MANUELA INUSA
Wintervanille

Autorin

Manuela Inusa wurde 1981 in Hamburg geboren und wollte schon als Kind Autorin werden. Kurz vor ihrem dreißigsten Geburtstag sagte die gelernte Fremdsprachenkorrespondentin sich: »Jetzt oder nie!« Nach einigen Erfolgen im Selfpublishing erscheinen ihre aktuellen Romane bei Blanvalet und verzaubern ihre Leser. Die Autorin lebt mit ihrem Ehemann und ihren beiden Kindern in einem idyllischen Haus auf dem Land. In ihrer Freizeit liest sie am liebsten Thriller und reist gerne, vorzugsweise nach England und in die USA. Sie hat eine Vorliebe für englische Popmusik, Crime-Serien, Duftkerzen und Tee.

Von Manuela Inusa bereits erschienen
Jane Austen bleibt zum Frühstück
Auch donnerstags geschehen Wunder

Die Valerie Lane
1 Der kleine Teeladen zum Glück
2 Die Chocolaterie der Träume
3 Der zauberhafte Trödelladen
4 Das wunderbare Wollparadies
5 Der fabelhafte Geschenkeladen
6 Die kleine Straße der großen Herzen

Besuchen Sie uns auch auf www.facebook.com/blanvalet
und www.twitter.com/BlanvaletVerlag

MANUELA INUSA

Winter-vanille

ROMAN

blanvalet

Sollte diese Publikation Links auf Webseiten Dritter enthalten, so übernehmen wir für deren Inhalte keine Haftung, da wir uns diese nicht zu eigen machen, sondern lediglich auf deren Stand zum Zeitpunkt der Erstveröffentlichung verweisen.

Verlagsgruppe Random House FSC® N001967

1. Auflage
Copyright © der Originalausgabe 2019
by Blanvalet in der Verlagsgruppe Random House GmbH,
Neumarkter Str. 28, 81673 München
Redaktion: Angela Küpper
Umschlaggestaltung: © Johannes Wiebel | punchdesign,
unter Verwendung von Motiven von Shutterstock.com
(donatas1205; DiamondGT; Charcompix;
Lenushka2012; topseller; V J Matthew)
JF · Herstellung: sam
Satz: KompetenzCenter, Mönchengladbach
Druck und Bindung: GGP Media GmbH, Pößneck
Printed in Germany
ISBN 978-3-7341-0788-7

www.blanvalet.de

Für Anoukh
– weltbeste Agentin und persönliche Superheldin

Prolog

»Siehst du, meine Kleine, das ist Vanille.«

Die fünfjährige Cecilia betrachtete den festen grünen Strang, den ihr Daddy in der Hand hielt. Einer der Onkel hatte ihn kurz zuvor von der langen Liane abgeschnitten, die den hohen Kakaobaum hinaufgeklettert war. Den Onkel kannte Cecilia nicht, genauso wenig wie die alte Frau, von der ihr Daddy ihr gesagt hatte, sie sei ihre Grandma Guadalupe. Auch war ihr die Gegend fremd, die ihr Vater Mexiko nannte. Sie wusste aber, dass ihre *mamá* aus Mexiko gekommen war, deshalb mochten diese Menschen wirklich ihre Familie sein, auch wenn sie sie noch nie zuvor gesehen hatte. Leider verstand sie all die spanischen Wörter nicht, und deshalb konnte sie auch keine der vielen Fragen stellen, die ihr auf der Zunge lagen. Nun, im Moment hatte sie nur eine Frage, denn etwas verwirrte sie ganz schön.

»*Das* ist Vanille?« Stirnrunzelnd sah sie ihren Vater an. Bisher hatte sie angenommen, Vanille sei gelb, so wie das Eis, das ihre *mamá* so gern gegessen hatte, bevor sie ihren Daddy und sie für immer verlassen hatte und in den Himmel hinaufgestiegen war.

Ihr Vater nickte und lächelte. »Ja, genau. Und zwar ist es eine ganz besondere Vanille. Nur deshalb haben wir uns auf den weiten Weg hierher nach El Corazón gemacht.«

7

Jetzt war Cecilia noch verwirrter, denn bis vor wenigen Sekunden noch hatte sie geglaubt, sie wären wegen der neuen Grandma Guadalupe, den Onkeln und Tanten und den vielen Cousins und Cousinen hier, die sie alle nicht kannte. Und nun erfuhr sie, dass sie die lange Reise nur gemacht hatten, damit ihr Vater diese grüne Vanille essen konnte, die gar nicht wie Vanille aussah.

Fragend sah sie zu ihrem Daddy hoch, der der größte Mann war, den sie kannte. Sein Lächeln aber wurde nur noch breiter. Er ging in die Hocke, sodass sie auf Augenhöhe waren.

»CeCe«, sagte er, weil er sie immer so nannte, »du weißt, dass deine *mamá* Vanille geliebt hat, oder?«

Sie nickte und wartete gespannt darauf, was ihr Vater ihr noch sagen würde.

»Sie war ganz verrückt nach Vanille. Und deshalb werden wir uns ihr zu Ehren einer ganz besonderen Aufgabe annehmen. Wir werden diese Vanillestränge nach Hause bringen und einpflanzen, und dann werden wir uns eine Vanilleplantage aufbauen.«

»Damit?«, fragte sie ungläubig und deutete auf das grüne Ding mit den Blättern daran in den Händen ihres Vaters. Sie wusste nicht genau, was eine Vanilleplantage war, aber es hörte sich wirklich groß an, und sie bezweifelte, dass so etwas Großes möglich war mit solch einem kleinen Stück Pflanze.

Doch ihr Vater nickte erneut und lachte. »Oh ja. Und es wird das Beste sein, was wir beide je gemacht haben. Es wird unsere Lebensaufgabe sein ... Wir werden deine *mamá* stolz machen.«

Jetzt musste auch Cecilia lächeln, denn es freute sie, dass sie vorhatten, ihre Mutter stolz zu machen. Dann würde sie vom Himmel aus auf sie heruntersehen und der Vanille beim Wachsen zugucken. Und sie würde glücklich sein, weil Vanille sie immer glücklich gemacht hatte.

»Das ist eine gute Idee«, befand sie und umarmte ihren Daddy.

»Ja, das finde ich auch.« Er drückte sie ganz fest und sagte: »Ich hab dich so lieb, kleine CeCe. Du bist alles, was ich noch habe.«

Die heiße mexikanische Sonne schien auf sie herab und machte, dass Cecilia die Augen zusammenkniff, weil das Licht so blendete. Als sie sie wieder öffnete, sah sie weit hinten auf dem Feld einen Esel, der einfach nur dastand und sie anblickte. Sie winkte ihm zu und löste sich dann von ihrem Vater, dem Tränen aus den Augen liefen.

»Warum weinst du denn?«, fragte sie ihn.

»Weil ich deine *mamá* so vermisse«, antwortete er.

»Das musst du nicht, Daddy. Sie ist doch immer bei uns.« Sie tätschelte seine nasse Wange.

Er lächelte traurig. »Ja, das ist sie, da hast du vollkommen recht.«

Ihr Vater erhob sich, hielt ihr seine freie Hand hin, die sie ergriff. Und zusammen gingen sie der Sonne entgegen, mit der Vanille, die ihr Leben von Grund auf verändern sollte.

Kapitel 1

»Und, wie schmeckt dein Kaffee?«, fragte CeCe Julia, ihre beste Freundin seit Jugendtagen. Sie standen zusammen am Pier 39, lehnten sich auf das hölzerne Geländer und sahen den Hunderten von Seelöwen dabei zu, wie sie sich auf den Stegen in der Sonne aalten, die an diesem Dezembertag wunderbar warm schien. Wäre nicht der ganze Pier weihnachtlich geschmückt, käme man überhaupt nicht darauf, dass die Feiertage vor der Tür stehen, dachte CeCe. Es hätte genauso gut September sein können. Doch die vielen Touristen, die auch an diesem Nachmittag mit ihren Weihnachtsmützen, ihren rentierbestickten Pullovern und den Tüten voller Geschenke umherliefen, verhießen etwas anderes: Das Fest der Liebe war nah, hier in San Francisco und überall auf der Welt.

»Zimtig«, antwortete Julia. »Lecker. Und deiner?«

»Seeehr süß. Und ich erkenne sofort, dass sie keine echte Vanille verwendet haben.« Mit Vanille kannte CeCe sich aus, da konnte ihr niemand etwas vormachen.

»War doch klar. Denkst du, die können sich echte Vanille leisten bei einem Vier-Dollar-Kaffee?«

CeCe zuckte die Schultern. Als sie an dem Coffeeshop vorbeigekommen waren, hatte sie unbedingt die neue Weihnachtssorte mit Vanille und Kardamom probieren wollen.

Ein Fehler. Laien schmeckte das Getränk wahrscheinlich gar nicht mal schlecht, aber jetzt, da sie wusste, dass da nur ein Ersatz ihres Lieblingsgewürzes drin war, mochte sie nicht mehr weitertrinken. Sie stellte den Becher an den Fuß des Geländers und beobachtete einen besonders kecken See-löwen, der immer wieder den Hals langstreckte und laute heulende Geräusche von sich gab.

Der Pier 39 war neben der Golden Gate Bridge wahr-scheinlich San Franciscos meistbesuchte Attraktion. Die Seelöwen waren 1990 nach einem Erdbeben hergekommen und hatten sich hier angesiedelt, jegliche Boote verdrängt und die Stege für sich eingenommen. Sie lockten jedes Jahr Millionen von Leuten an, die das Phänomen mit eigenen Augen sehen wollten. CeCe war als Kind manchmal mit ihrem Vater hier gewesen, dann, wenn er sich mal für einen Tag von seiner geliebten Vanillefarm hatte trennen können, was nicht allzu häufig vorgekommen war.

Sie war im Napa Valley aufgewachsen, einem Gebiet, in dem sonst nur Wein angebaut wurde. Auch die Vanilleplan-tage war einmal ein kleines Weingut gewesen, das ihr Vater von seinem Großvater geerbt hatte. Jedoch hatte er selbst jahrelang nichts angebaut und dort lediglich ab und zu ein Wochenende verbracht, um aus der hektischen Stadt heraus-zukommen und ein wenig durchzuatmen. Joseph Jones war Staubsaugervertreter gewesen, war von Haus zu Haus ge-fahren und hatte versucht, den Leuten ein viel zu teures Gerät aufzuschwatzen. Bis er eines Tages an der Haustür einer jungen Frau klingelte, in die er sich auf den ersten Blick verliebte … CeCe hatte zu Hause ein Foto ihrer Eltern, auf dem sie zusammen hier am Pier standen und glücklich in die Kamera lächelten. An diesem Ort fühlte sie sich den beiden immer ganz nah.

»Hast du Louis mal wiedergesehen?«, hörte sie ihre Freundin fragen und riss sich aus den Gedanken an ihre Eltern.

»Können wir bitte nicht über Louis sprechen?«, bat sie. Sie wollte gerade wirklich nicht an diese enttäuschende Episode ihres Lebens denken, sondern viel lieber den schönen Nachmittag mit Julia genießen. Ihren gemeinsamen Freitag. Seit sie nach der Highschool getrennte Wege gegangen waren, war der Freitag der Tag, an dem sie sich immer sahen, komme, was wolle.

»Okay, okay. Worüber willst du denn dann sprechen?«

CeCe überlegte. Dann fiel ihr etwas ein, über das es sich zu sprechen lohnte, und sie musste lachen.

»Was ist so lustig?«

»Benedict.«

»Benedict ist lustig? Was hat er denn gemacht?«

Seit einiger Zeit war CeCe mit dem Sohn eines Winzers befreundet, der ein paar Jahre jünger war als sie. Sie hatten sich in dem Forum der Farmers of California im Internet kennengelernt. Benedict war auf einem Weingut in der Nähe von Sonoma aufgewachsen und half seit seiner Kindheit bei der Ernte und bei der Weinverkostung, die das Familienunternehmen Touristen anbot. Er hatte selbst eine besondere Vorliebe für Weine entwickelt und mutete sich dann und wann ein wenig zu viel davon zu. Doch mit Benedict wurde es wenigstens nie langweilig.

»Er hat einen Job als Santa Claus im Kaufhaus angenommen«, informierte CeCe ihre Freundin, die Benedict durch einige gemeinsame Treffen ebenfalls kannte. »Vor über zwei Wochen schon, aber erst jetzt hat er sich getraut, mir davon zu erzählen.«

Jetzt musste auch Julia lachen. »Nicht dein Ernst! Benedict? Der elegante, immer schick und teuer gekleidete Benedict, der es darauf abgesehen hat, jede Frau unter dreißig zu beeindrucken? Die Vorstellung von ihm im Santa-Claus-Kostüm ist absurd!«

»Allerdings! Und vor allem – kannst du ihn dir mit kleinen Kindern auf dem Schoß vorstellen, die ihn damit vollquatschen, was sie sich zu Weihnachten wünschen?«

»Nein. Und ganz ehrlich: Das will ich sehen! In welchem Kaufhaus ist er? Nicht etwa bei Macy's?«

»Bei Rawley's. Wollen wir gleich hin?«

»Was ist denn das für eine Frage? Natürlich! Nehmen wir die Cable Car?«

Da war CeCe sofort mit dabei, denn die uralten Waggons, die noch immer auf drei Linien die Hügel von San Francisco rauf- und runterfuhren, waren zur Weihnachtszeit ein ganz besonderes Erlebnis. Sie waren nämlich mit allerlei Girlanden, Tannenzweigen, Christbaumkugeln und sogar Mistelzweigen geschmückt. CeCe warf den Becher Fake-Vanille-Weihnachtskaffeedingsbums in den nächsten Mülleimer und hakte sich bei Julia ein. Fröhlich machten sie sich zu Fuß auf zur Ecke Hyde und Beach Street, wo die Cable Car abfuhr.

Als sie an den vielen Ständen in Fisherman's Wharf vorbeikamen, an denen fangfrische Meeresspezialitäten angeboten wurden, blieb Julia abrupt stehen. »Hast du auch so Lust auf ein Fischbrötchen wie ich?«

Da musste CeCe nicht lange überlegen. »Hört sich toll an!« Schnurstracks marschierte sie auf einen der Stände zu und betrachtete die Auslage. »Was hältst du von diesen Sauerteigbrötchen mit fangfrischen Flusskrebsschwänzen?«

Ihre Freundin grinste. »Die mit dem Kilo Mayonnaise und mindestens fünftausend Kalorien?«

»Genau die.«

»Die sehen köstlich aus. Wir hätten gerne zwei davon!«, sagte Julia zu dem Mann mit der weißen Schürze und dem schwarzen Schnurrbart, der sie anlächelte.

»Eine gute Wahl«, erwiderte er, nahm nacheinander zwei vollbepackte Brötchen heraus, wickelte sie in Servietten und legte sie auf die Theke.

Bevor Julia ihr Portemonnaie aus der Handtasche holen konnte, sagte CeCe: »Das übernehme ich. Du hast schon den Kaffee ausgegeben.« So machten sie das immer, sich abwechseln. Sie hatten seit jeher eine Freundschaft, die in jeder Hinsicht ausgeglichen war.

Julia nickte und bedankte sich. Der Fischhändler wünschte ihnen noch einen schönen Tag, und sie gingen weiter.

»Oh Gott, ist das lecker«, sagte CeCe, nachdem sie in ihr Fischbrötchen hineingebissen hatte.

»Total! Du hast da übrigens Mayonnaise im Gesicht.« Julia lachte und deutete auf ihren Mund.

»Wo denn?«

»Überall.«

CeCe musste ebenfalls lachen. »Vielleicht sollten wir uns irgendwo hinsetzen und in Ruhe aufessen«, schlug sie vor und wischte sich mit der Serviette den Mund ab.

»Auf die Treppen dort?«

CeCe war einverstanden, und sie nahmen Platz und beobachteten das Treiben. Scharen von Touristen strömten in die berühmte Boudin Bakery, wo es deren allseits beliebte Sauerteigbrote in jeder nur erdenklichen Form gab. So konnte man für schlappe zwanzig Dollar eine Schildkröte aus Sauerteig oder – typisch San Francisco – sogar einen Cable-Car-Waggon bekommen. Außerdem war der Bäckerei ein Restaurant angeschlossen, wo Julia und sie schon an manchen Freitagen gewesen waren. Dort hielt man sich selbstverständlich auch an Sauerteig. Die Pizza hatte es CeCe angetan, während Julia sich jedes Mal über die leckeren Sandwiches hermachte. Ihre beste Freundin hegte nämlich eine Vorliebe für Sandwiches und hatte vor knapp zwei Jahren sogar ihren eigenen Laden, Julia's Sandwich Heaven, aufgemacht.

»Wie läuft das Geschäft?«, erkundigte CeCe sich nun und klemmte sich eine dunkle Haarsträhne hinters Ohr, damit sie nicht in der Mayonnaise landete.

»Oh, das läuft super, danke. Ich meine, all die Studenten haben Hunger, und meine Preise sind wirklich angemessen, wie ich finde.« Julia's Sandwich Heaven befand sich im Universitätsstädtchen Berkeley, nicht weit von San Francisco entfernt. Dort hatte sie studiert, und es hatte ihr so gut gefallen, dass sie einfach dageblieben war.

»Das freut mich für dich.« CeCe lächelte Julia an und blickte in die Ferne. Die Sonne stand bereits ganz niedrig über dem Meer und hüllte alles in ein wunderschönes Orange.

»Ja, ich freue mich auch. Wer hätte gedacht, dass das so gut funktionieren würde? Es ist ja nicht so, dass es in Berkeley sonst keine Sandwichläden gäbe.«

»Deine Sandwiches sind aber die besten. Und die Leute wissen halt, was gut ist.«

Julia strahlte. »Das ist lieb, dass du das sagst. Ich habe übrigens gerade beschlossen, dass ich ein Sandwich mit Flusskrebsschwänzen ins Sortiment aufnehmen werde. Diese kleinen Dinger sind wirklich superlecker.« Sie steckte sich den Rest ihres Brötchens in den Mund.

»Das solltest du unbedingt tun. Die Leute werden dir die Türen einrennen.« CeCe leckte sich die Finger ab.

Ihre Freundin nickte zufrieden und fragte sie dann: »Und, wie läuft es bei dir? Viel zu tun jetzt zur Weihnachtszeit?«

»Und ob! Vor allem die Vanilleplätzchen gehen weg wie nichts. Ich glaube, ich muss heute Abend noch mal neue backen, spätestens aber morgen früh. Ich hab schon wieder echt viele Bestellungen reinbekommen.«

»Du wolltest ja unbedingt deinen eigenen Onlineshop. Als ob du mit den Auslieferungen in der Gegend nicht schon genug zu tun gehabt hättest«, sagte Julia mit einem leicht vorwurfsvollen Unterton. CeCe wusste, woher der rührte: Seit sie ihre Ware auch online anbot, hatte sie kaum noch Zeit für irgendetwas anderes. Sie war seit Ewigkeiten zu keinem von Julias Auftritten gekommen, und dabei liebte sie es, ihrer Freundin und dem Gospelchor, dem sie mit fünfzehn Jahren beigetreten war, zuzuhören. Doch die Freitagnachmittage waren ihr heilig, und sie nahm sie sich trotz der vielen Arbeit frei, um Julia wenigstens einmal die Woche zu sehen.

»Ich weiß, ich weiß. Es war eine dumme Idee. Oder auch die beste meines Lebens. Die Vanille boomt. Wusstest du, dass der Kilopreis gerade auf siebenhundert Dollar gestiegen ist?«

»Ja, ich hab neulich was davon im Radio gehört und musste gleich an dich denken. Vanille ist teurer als Silber! Du wirst noch zur Millionärin.« Sie zwinkerte ihr zu.

CeCe lachte. »Na, so weit wird es wohl nicht kommen. Ich freue mich aber, dass die Vanille endlich gewürdigt wird.« Dass die Preise nur so gestiegen waren wegen der schlechten Ernte auf Madagaskar, dem Hauptanbaugebiet des Gewürzes, und einigen anderen nicht so schönen Faktoren, blendete sie lieber aus. Sie wollte sich den Tag nicht verderben lassen, er war nämlich nahezu perfekt. Sie war hier mit ihrer besten Freundin im vorweihnachtlichen San Francisco und konnte endlich mal ein bisschen entspannen.

Und da für sie zum Entspannen auch Schokolade dazugehörte, bat sie Julia, noch einen Abstecher zu Ghirardelli zu machen. Die willigte ein, sie versorgten sich mit der lebensnotwendigen Süßigkeit und waren beide ganz erstaunt, dass es schon dämmerte, als sie den Laden verließen. Sie betrachteten den hübschen Weihnachtsbaum auf dem Ghirardelli Square, während sie sich die kleinen Schokoladentäfelchen, die ihnen beim Betreten des Ladens in die Hand gedrückt worden waren, auf der Zunge zergehen ließen. Dann hakte CeCe sich bei Julia unter, und sie liefen fröhlich zur Cable-Car-Endhaltestelle, wo der Waggon gerade auf der runden Plattform von zwei starken Männern um hundertachtzig Grad gedreht wurde, um seine Fahrt in die Richtung, aus der er gekommen war, fortzusetzen. Sie kauften sich Tickets für sieben Dollar pro Person und stellten sich in die lange Warteschlange.

Die Leute vor ihnen stiegen ein. Eine Großfamilie mit sechs Kindern besetzte die eine Hälfte des Waggons, und eine Gruppe Japaner nahm wild fotografierend auf der anderen Seite Platz. Im Nu war die Cable Car voll, und CeCe und Julia waren kaum ein paar Meter vorangekommen. Es war klar gewesen, dass sie an einem Freitagnachmittag nicht gleich mit dem ersten Wagen mitfahren konnten, also warteten sie geduldig weiter, aßen Schokolade und erzählten sich dabei, was ihnen seit letztem Freitag alles passiert war.

»Du wirst nicht glauben, womit Kenneth uns überrascht hat«, sagte Julia plötzlich ganz aufgeregt. Kenneth war der Chorleiter, der beinahe wie ein Vater für ihre Freundin war.

»Nächste Woche Sonntag geben wir ein Konzert in der Grace Cathedral!«

CeCe staunte. »Ehrlich? Hier in San Francisco?« Die Grace Cathedral war eine große, gut besuchte Kirche, dort aufzutreten war etwas ganz Besonderes.

»Ja. Ich würde mich freuen, wenn du auch kämst.«

»Das werde ich auf jeden Fall, dafür nehme ich mir die Zeit«, sagte sie. »Tut mir leid, dass ich so lange bei keinem deiner Auftritte war.«

»Alles gut. So spielt das Leben manchmal. Wir beide haben doch viel um die Ohren.«

»Ich komme, versprochen.«

Julia lächelte zufrieden, und CeCe freute sich für ihre Freundin. Welch eine großartige Gelegenheit. Vielleicht wollte Benedict auch mitkommen, sie würde ihn auf alle Fälle fragen.

Sie fröstelte ein wenig und knöpfte sich die Jacke zu. Und nun bemerkte sie auch, dass es richtig dunkel geworden war. Die Sonne war komplett verschwunden, und die Stadt wurde von Abermillionen Lichtern erhellt. Wenn sie sich nach rechts hinten drehte, konnte sie die Golden Gate Bridge in ihrem erleuchteten Glanz sehen. Es war bereits halb sechs, als sie endlich an der Reihe waren, und die Lichterkette an dem Waggon funkelte ebenfalls. Als sie jetzt einstiegen, fanden sie natürlich wieder mal keinen Platz. Doch das machte nichts, denn war es nicht das Aufregende am Cable-Car-Fahren, dass man sich einfach auf die äußeren Stufen stellen und sich den Fahrtwind ins Gesicht wehen lassen konnte?

CeCe und Julia standen nebeneinander und umfassten die eiserne Stange, um nicht vom Waggon zu fallen. Das war CeCe als kleines Mädchen einmal passiert, oder besser gesagt, es wäre beinahe passiert, wenn ihr Vater sie nicht im letzten Moment an ihrer Jacke festgehalten und zurückgezogen hätte. Der Schreck saß tief, und lange Zeit hatte sie sich gar nicht mehr in eine Cable Car getraut. Aber der Spaß überwog dann doch, und sie überwand ihre Furcht – so wie sie es in allen Bereichen ihres Lebens tat. Hätte sie sich von der Angst überwältigen lassen, hätte sie die Herausforderung bestimmt nicht angenommen, nach dem Tod ihres Vaters vor neun Jahren die Vanillefarm zu übernehmen. Sich ihr mit jeder Faser ihres Seins zu widmen. Die Plantage war ihr Herz und ihre Seele, nichts war ihr wichtiger, mal abgesehen von ihren Freunden, ihrer Grandma Angela und natürlich ihren Erinnerungen an ihre Eltern. Doch sie würde alles tun, um die Farm, das Lebenswerk ihres Dads, aufrechtzuerhalten – was es auch kostete.

Sie fuhren die Hyde Street entlang und an der Lombard Street, der angeblich kurvenreichsten Straße der Welt, vorbei, die sich einen kleinen Hügel hinabschlängelte. Während CeCe das Haar ins Gesicht wehte und ihre Hand an der eisernen Stange immer kälter wurde, passierten sie viktorianische Gebäude, Einkaufsstraßen mit wunderschön dekorierten Schaufenstern und zuletzt den Union Square, der mit seinen mit Lichterketten geschmückten Palmen und dem großen beleuchteten Weihnachtsbaum mit den roten und goldenen Kugeln und dem roten Stern an der Spitze eine abstrakte Mischung aus Exotik und Idylle versprach. Eine Eislaufbahn war aufgebaut, und das Kaufhaus Macy's hatte wieder mal in jedem seiner Fenster einen großen Kranz hängen, während über der Eingangstür ein Schild mit der Aufschrift BELIEVE hing.

Sie lächelte. Ja, zu dieser Zeit des Jahres konnte man wirklich an alles glauben, sogar an Unmögliches. Unvorstellbare Dinge konnten wahr werden, wie zum Beispiel, dass Benedict sich als Santa Claus verkleidete oder dass Wunder geschahen. Dass sie selbst langsam wieder an die Liebe glaubte, zumindest wenn sie all die glücklichen Menschen um sich herum sah, die Familien und die Paare, die vor den vielen schönen Motiven für Fotos posierten. Jeder schien an diesem Tag zufrieden zu sein, und sie war es auch. Ja, sie war verletzt worden, und das nicht zu knapp, aber sie war bereit, diese Episode ihres Lebens hinter sich zu lassen und sich wieder zu öffnen. Für die Liebe, für jemanden, der ihr Herz erobern wollte ... Nur war das leider gar nicht so leicht, wenn man seine Tage zwischen Vanillepflanzen verbrachte und nur einmal die Woche in die Stadt kam. CeCe glaubte andererseits aber auch fest daran, dass Amor sie schon finden würde, wenn der Zeitpunkt gekommen war. Das Schicksal würde sie führen, so wie es ihren Vater und ihre Mutter zusammengeführt hatte.

Sie erreichten das Ende der Strecke in der Powell Street, sprangen ab und begaben sich in die Market Street. Dort im Westfield Shoppingcenter befand sich Rawley's, wo CeCe hoffte, Benedict anzutreffen.

»Bist du sicher, dass er heute arbeitet?«, fragte Julia.

»Er hat mir erzählt, dass er fast jeden Tag arbeiten muss, ich denke also schon.«

»Wieso hat er den Job überhaupt angenommen? Ich dachte nicht, dass es ihm an Geld mangelt. Das Weingut seiner Eltern wirft doch ziemlich viel ab, oder?«

»Schon, ja. Aber Benedicts Vater hat ihm wohl den Geldhahn zugedreht, weil er so viel für schicke Designerklamotten ausgegeben und sich einen Mercedes geleast hat. Sein Dad ist der Meinung, dass all diese Dinge nicht nötig sind.«

»Sind sie ja auch nicht«, sagte Julia und stellte sich auf die Seite von Benedicts Vater.

»Na ja, Benedict sieht das ein wenig anders, wie du weißt. Er hat mal wieder irgendeine Frau kennengelernt, die er beeindrucken und fein ausführen will. Der er etwas Schönes zu Weihnachten schenken will. Da ihm das aber zurzeit nicht möglich ist, hat er den Job als Santa angenommen. Er verdient wohl ziemlich gut dabei. Fünfzehn Dollar die Stunde, hat er mir verraten. Wenn er das fünf Wochen lang durchzieht, springt dabei ein hübsches Geschenk für Candy raus.«

»Candy? Das wird ja immer schlimmer.« Julia zog eine Grimasse.

CeCe musste schmunzeln. »Rate, was sie beruflich macht.«

»Nageldesign?«, riet Julia, weil es wahrscheinlich das Erste war, was ihr einfiel. Benedicts Freundinnen hatten stets falsche lange Nägel.

»Knapp daneben. Sie ist Hundefriseurin.«

»Haha. Wo ist das denn bitte knapp daneben?«

»Na, beide hübschen … Lebewesen auf, oder?«

Sie kicherten noch ein bisschen vor sich hin und hatten bald darauf das Kaufhaus erreicht. Benedict fanden sie auch auf Anhieb, er war gar nicht zu übersehen auf seinem riesigen goldenen Stuhl, ein kleines Mädchen auf dem Schoß, das weinte. Obwohl er toll aussah in seinem roten Anzug, mit dem langen weißen Bart, den klobigen schwarzen Stiefeln und der Weihnachtsmannmütze auf dem Kopf, wirkte er ein wenig unbeholfen, fand CeCe und beobachtete ihn gespannt. Dann jedoch holte er ein Taschentuch heraus, reichte es der Kleinen und tröstete sie. Sogleich strahlte sie auch schon wieder und erzählte ihm langatmig, was sie am Weihnachtsmorgen gerne unter dem Baum liegen haben würde. Das glaubte CeCe zumindest, hören konnte sie Santa und das Mädchen nicht, dafür waren sie zu weit weg von dem abgesperrten Bereich, den sie lieber nicht betreten wollte. Benedict würde sie umbringen, erstens dafür, dass sie Julia von seinem Nebenjob erzählt hatte, und zweitens, weil sie sich extra aufgemacht hatten, um ihm auch noch dabei zuzusehen.

»Wir sollten uns anstellen und uns auch auf seinen Schoß setzen«, schlug Julia augenzwinkernd vor.

»Witzige Idee. Da dreht er mir aber den Hals um, und ich bin im Frühjahr nicht mehr da, um meine Vanille zu ernten. Und wer kümmert sich dann um meine Farm?«

Julia schüttelte den Kopf. »Das ist wieder mal typisch für dich. Wenn du es schon in Vanillisch sagen willst: Viel schlimmer wäre, wenn die vielen Leute, die bei dir Plätzchen bestellt haben, keine bekommen sollten. Ich wünsch mir übrigens auch eine große Tüte.«

»Was ist denn Vanillisch?«, lachte CeCe.

»Na, die Sprache, die du seit Jahren sprichst. Eigentlich, seit ich dich kenne. Nur wird es mit jedem Jahr schlimmer.«

»So ein Unsinn.«

»Siehst du, du hörst es nicht einmal mehr.«

»Dann könnte ich genauso gut sagen, du sprichst Sandwichisch.«

»Wann habe ich denn heute bitte Sandwiches erwähnt?«

»Als du von deiner neuen Honigsauce erzählt hast, als du laut über ein neues Weihnachtssandwich mit Truthahnbrust und Preiselbeeren nachgedacht hast... Als du in Fisherman's Wharf gesagt hast, du willst Flusskrebsschwänze ins Sortiment aufnehmen...«

»Jaja, okay, du hast recht. Wir sind wohl zwei hoffnungslose Fälle.«

»Ach, wieso denn? Ich finde es schön, dass wir so leidenschaftlich bei der Sache sind.«

»Das stimmt auch wieder. Sag das aber mal der männlichen Spezies. Die sieht unsere Leidenschaft nämlich anscheinend nicht.«

»Die Männer wollen ja auch Leidenschaft für etwas ganz anderes.« CeCe stupste Julia leicht mit der Schulter an.

»Für Weihnachten?« Ihre Freundin deutete grinsend auf Benedict, und sie folgte ihrem Blick. Der Gute hatte gerade einen Jungen auf dem Schoß sitzen, der augenscheinlich zwar höchstens zehn Jahre alt war, jedoch mindestens genauso schwer wie Benedict selbst. Der war nämlich eher zierlich und schien von der unerwarteten Last ganz schön erdrückt zu werden.

CeCe legte sich eine Hand vor den Mund, um nicht laut loszuprusten. Als Julia aber zu gackern anfing, konnte sie sich ebenfalls nicht mehr zurückhalten. Und in diesem Moment entdeckte Benedict sie. Mit großen Augen und purem Entsetzen blickte er sie an. Sie winkten ihm zu und liefen so schnell wie möglich davon.

»Julia, ich glaube, das war's mit deinen Vanilleplätzchen«, japste CeCe. »Wenn er uns einholt, bin ich tot.«

»Dann musst du mir aber vorher noch schnell das Rezept verraten.«

»Keine Chance. Das nehme ich mit ins Grab«, schwor CeCe wie so oft.

Sie standen wieder auf der Straße und rangen nach Luft.

»Meine Bahn kommt gleich. Ich denke, ich muss los, heute Abend habe ich noch Probe«, sagte Julia.

»Oh, das hattest du gar nicht erwähnt. Ich dachte, wir gehen vielleicht noch ins Kino oder so.«

»Ein anderes Mal, ja? Wir müssen doch für unseren großen Auftritt üben.«

»Alles klar, das verstehe ich natürlich. Ich wünsche euch gutes Gelingen.«

»Danke, meine Liebe.« Julia lächelte herzlich, umarmte sie und stieg die Treppen zur BART hinunter, die sie direkt nach Berkeley bringen würde.

CeCe hatte ihren Wagen ein paar Seitenstraßen weiter geparkt, und als sie sich nun auf den Weg dorthin machte, dachte sie darüber nach, wie tapfer Julia war, trotz allem weiterhin beim Chor mitzumachen. Denn sie wusste, dass ihre Freundin bei jeder Probe, bei jedem Meeting und bei jedem Auftritt dem Mann begegnete, den sie am liebsten nie wiedergesehen hätte.

Sie stieg in ihren Pick-up und fuhr aus San Francisco hinaus, in Richtung Norden. Wie immer nahm sie die Route, die sie über die Golden Gate Bridge und entlang der San Pablo Bay führte. Sie hätte ihrer Grandma, die in Sausalito wohnte, einen Besuch abgestattet, wusste aber, dass diese heute Abend ein Date hatte. Also beschloss sie, da sie nun früher als erwartet zu Hause sein würde, auf jeden Fall noch zu backen.

Als sie die Lichter der Großstadt hinter sich gelassen hatte, öffnete sie ihr Fenster und atmete die frische Luft ein. Im Sommer duftete es nach unendlich vielen Blumen und Früchten, im Herbst nach reifem Wein, und jetzt im Dezember wehte ihr eine Brise aus kühler Seeluft und weihnachtlichen Gewürzen entgegen, deren Duft CeCe sich vielleicht nur einbildete, der aber auch aus den Fenstern der vielen kleinen Häuser entlang der Strecke kommen konnte, in denen man sich auf den Winter einstimmte.

Sie fuhr durchs Sonoma Valley, an Weingütern entlang,

die zu dieser Zeit des Jahres mit ihren kahlen Weinreben ein wenig trostlos wirkten. In der Dunkelheit sah sie einen Kojoten die Straße entlanghuschen.

Als sie sich nach gut einer Stunde dem Napa Valley näherte, fühlte sie sich gleich wieder in ihrem Element. Fühlte sie sich zu Hause. So gern sie einen kleinen Ausflug nach San Francisco, zu Julia nach Berkeley oder zu ihrer Grandma nach Sausalito unternahm, war sie doch jedes Mal froh, wieder auf ihrer Farm anzukommen. Nur hier empfand sie etwas, das sie mit dem Begriff Heimat verband. Der süße Duft der Vanille war allgegenwärtig, und ihre Eltern waren es auch. Wie so oft hatte sie nun, als sie aus ihrem Wagen stieg, das Gefühl, sie wären anwesend, gäben auf sie Acht. Passten auf, dass sie alles richtig machte, dass der Farmbetrieb lief. In jedem Frühsommer, wenn die Vanillepflanzen aufs Neue ihre gelben Blüten hervorbrachten, sprach sie ein Gebet und dankte nicht nur dem lieben Gott, sondern auch ihren Eltern für die bevorstehende gute Ernte, und bisher war sie nicht enttäuscht worden.

Jetzt ging CeCe auf das von ihrem Vater selbst gebaute Lagerhäuschen zu, das beheizt und mit einer Alarmanlage gesichert war. Dabei warf sie einen Blick auf den kleinen Hügel, der im Dunkeln vor ihr aufragte. Die Blockhütte darauf war erleuchtet, sie vermutete, dass Louis wie so oft am Abend mit einem Buch in seinem Lieblingssessel saß und las, ein gutes Glas Rotwein auf dem Tischlein neben sich. Sie schüttelte den Kopf, warf die Gedanken an ihn ab. Sie wollte nicht an ihn denken, dieser Abend gehörte allein der Vanille.

Sie schaltete das Licht ein und betrachtete das Ergebnis der vorigen Ernte: Tausende von schwarzbraunen Vanilleschoten, als Bündel zusammengehalten mit Bastbändern oder einzeln verpackt in dünnen Glasröhrchen. Im Dezember war nicht viel zu tun, was das Pflanzen oder das Ernten anging. Erst ab März würden die ersten Kapseln reif sein, und sie könnte sie von den Lianen pflücken, um sie aufwendig zu blanchieren und zu trocknen. Um die Blüten würde sie sich nicht vor Ende Mai kümmern müssen. Doch dann würde eine Menge Arbeit auf sie zukommen, da hier in Kalifornien nicht die speziellen Bienen- und Kolibriarten lebten, die in Mexiko, dem Heimatland der Vanille, das Bestäuben übernahmen. CeCe musste sich per Hand darum kümmern und die Augen weit offen halten, da die einzelnen Blüten sich nur ein einziges Mal öffneten, und das lediglich sechs Stunden lang. Wurden sie dann nicht bestäubt, starben sie ab und brachten keine Vanille hervor. Ja, die anderen Jahreszeiten waren sehr geschäftig, doch alles, was sie im Winter tun musste, war, darauf zu achten, dass die Pflanzen es schön warm hatten und genügend gegossen wurden. Sie konnte sich also ganz darauf konzentrieren, den Weihnachtsversand anzugehen und die vielen Plätzchen zu backen, die verlangt wurden. Neben denen bot sie auf der Website noch selbst gemachte Marmeladensorten, Vanillehonig, Vanilleöl, Vanillezucker, verschiedene Tees und andere Dinge an, deren Bestand sie morgen prüfen wollte, damit auch alles reichte. Ansonsten würde sie Neues herstellen müssen. Aber das kam morgen. Die nächsten Stunden wollte sie allein zum Backen nutzen, und deshalb nahm sie sich einen kleinen geflochtenen Bastkorb, legte zwei Handvoll Vanilleschoten hinein, die abgebrochen oder nicht so schön schwarzbraun geworden waren – denn sie verkaufte nur Eins-a-Ware –, und nahm sie mit ins Haus. Bevor sie jedoch die Tür zum Lager zuzog, atmete sie noch einmal den einzigartigen Duft ein und schloss die

Augen. Vanille. Ihr Leben. Sie konnte sich kein anderes vorstellen.

Sie knipste das Licht aus, verriegelte die hölzerne Tür,
tippte den Code für die Alarmanlage ein, ging ins Haus und
holte alle Backzutaten hervor. Dann legte sie eine Weih-
nachts-CD mit einem Mix der letzten zwei Jahrzehnte ein,
goss sich einen Tee auf und zündete eine Duftkerze mit
Vanillearoma an. Jetzt war sie bereit für einen Plätzchen-
Backabend, und es gab nichts, das sie in diesem Moment
lieber getan hätte.

Kapitel 2

Julia betrat den Probenraum mit einem mulmigen Gefühl, wie immer in den letzten achtundfünfzig Tagen. Sie blickte sich um und hoffte, er würde nicht da sein, *sie* würde nicht da sein, beide würden mit einer Grippe im Bett liegen, mit der Cholera oder der Pest.

Doch er war da. Jackson. Er stand an Haileys Seite und lachte über irgendetwas, das sie ihm strahlend erzählte. Sie fuhr ihm mit der Hand über den Arm, Julia konnte dabei ihre frisch gemachten Nägel erkennen. Falsche lange Nägel, und dann auch noch in Knallrot! Zu ihr hatte Jackson immer gesagt, er möge natürliche Frauen. Nicht ein Mal hatte sie sich in den fünf Jahren, die sie zusammen gewesen waren, falsche Nägel machen lassen oder sich auffällig geschminkt. Nicht, dass sie das gewollt hätte. Nein, Julia war der natürliche Typ Frau, sie war es schon immer gewesen, und sie hatte gedacht, Jackson hätte gerade das an ihr gemocht. Falsch gedacht, wie es aussah.

»Hihihi«, kicherte Hailey, die Hyäne. Julia hatte sie schon vorher nicht ausstehen können, jetzt hegte sie ihr gegenüber eine tief sitzende Abscheu, und manchmal wünschte sie sich, *sie* hätte falsche lange Nägel, mit denen sie ihr ...

»Kommt ihr alle näher, bitte?«, hörte sie Kenneth rufen. Er war Anfang fünfzig, hatte einen kahl geschorenen Kopf und die wundervollste Stimme, die Julia je gehört hatte. So tief und sanft, dass jedes gesungene Wort ihr eine Gänsehaut bescherte. Sie erinnerte sich gut an den Tag, an dem sie ihn zum ersten Mal singen gehört hatte. Damals waren Jemima und sie gerade nach Kalifornien gezogen und suchten nach einer Kirche. Die nächste Baptistengemeinde war in Napa, also machten sie sich dorthin auf und fanden auf Anhieb, was sie nach der schlimmen Zeit in Philadelphia so bitter benötigten: Zusammenhalt, Freundschaft, Aufgenommenwerden – und vor allem unglaublich bewegende Musik, die ihnen Liebe und Hoffnung versprach und dass hier alles gut werden würde. Kenneth erkannte schnell, dass Julia mit einer außergewöhnlichen Stimme gesegnet war, und nahm sie in den Chor auf. Seitdem verbrachte sie nicht nur die Sonntagmorgen in der Kirche, sondern war auch an mindestens zwei Abenden in der Woche bei den Proben. Als sie selbst noch keinen Führerschein gehabt hatte, hatte Jemima sie gefahren, sobald sie aber sechzehn geworden war, hatte sie sich den alten Wagen ausleihen und allein auf den Weg machen dürfen.

Kenneth war schnell zu einer Vaterfigur geworden und stand ihr mit Rat und Tat zur Seite. Er war derjenige gewesen, bei dem sie sich oft ausgeweint hatte, weil das Leben so ungerecht war. Dann sagte er ihr jedes Mal, sie solle nur auf den lieben Gott vertrauen, er würde schon alles richten. Ja, und dann hatte Gott ihr einige Jahre später Jackson geschickt. So oft der Herr auch richtig lag, dieses eine Mal hatte er mächtig danebengegriffen.

Julia begab sich auf ihre Position, sie sang im Sopran und durfte in der ersten Reihe stehen. Hailey stand als Altstimme schräg hinter ihr, obwohl Julia fand, dass Kenneth sie am besten weiter nach hinten verfrachtet hätte, denn es kamen nichts als schiefe, piepsige Töne aus ihrem Mund. Ganz hinten standen die Männer mit den tiefen Bassstimmen, darunter auch Jackson. Gut, dass sie ihn wenigstens nicht sehen musste, konzentrieren hätte sie sich dann sicher nicht mehr können. Schlimm genug, dass sie seine Anwesenheit spürte.

Kenneth dirigierte sie durch den Abend, sie besprachen kurz die Lieder für den Sonntag in der Napa-Kirche und übten dann die Stücke für das große Event in San Francisco. Sie alle waren ganz aus dem Häuschen gewesen, als Kenneth ihnen am Dienstag davon berichtet hatte. In der Grace Cathedral zu singen war ein Privileg, eine wunderbare Gelegenheit, besonders jetzt in der Vorweihnachtszeit, wo die Kirchen mit Menschen gefüllt waren. Julias Aufregung wuchs mit jedem Tag, sie hoffte so, dass CeCe es wahrmachen konnte und wie versprochen erscheinen würde. Sie im Publikum zu wissen, würde ihr ein wenig von der Aufregung nehmen, so war es schon immer gewesen. Leider fand ihre beste Freundin nur noch selten die Zeit, sonntags in die Kirche zu gehen. Julia verstand es ja. CeCe hatte ihre Farm, und außer ein paar Erntehelfern, die ihr im Frühjahr unter die Arme griffen, musste sie sich um alles allein kümmern. Sie verkaufte die süßen Vanilleschoten nicht nur in der Umgebung, sondern verschickte sie auch ins ganze Land. Und sie stellte die tollsten Dinge her, so wie den Vanillezucker, den Julia jeden Morgen in ihren Kaffee gab und der sie immer an ihre Jugend denken ließ, als sie selbst noch im Napa Valley gelebt hatte. Als sie sich zum ersten Mal in ihrem Leben sicher und geborgen gefühlt hatte, auch wenn die Schatten der Vergangenheit noch immer über sie fielen …

»Du nichtsnutziges Ding, nicht mal das kannst du für deine arme Mutter tun!«, schrie Tracy sie an.

»Ich will das nicht mehr machen, Mom. Beim letzten Mal haben mich ein paar von meinen Klassenkameraden dabei gesehen, das war so peinlich.«

Ihre Mutter sah sie wutschäumend an. Sie war so vollgepumpt mit Drogen, dass sie nicht mehr sie selbst war. »Du gehst jetzt da raus und schaffst mir ein bisschen Kohle ran! Wenn du dich nicht auf die Straße setzen willst, dann klau halt 'nem reichen Schnösel seine Brieftasche.«

Das würde Julia erst recht nicht machen, das war schon einmal schiefgegangen. Es war lange her. Damals hatte sie noch geglaubt, es wäre normal zu stehlen. Normal, von Tag zu Tag zu leben, ohne zu wissen, ob man morgen etwas zu essen haben würde. Sie hatte geglaubt, es ginge allen Menschen so. Heute wusste sie es besser.

»Nein, Mom, das will ich auch nicht.« Sie wagte es nicht, ihrer Mutter in die Augen zu sehen, und starrte stattdessen den kaputten Fernsehtisch an, dem eine leere Bierkiste das abgebrochene Bein ersetzte. Am liebsten hätte Julia sie gefragt, warum sie nicht endlich arbeiten ging, wie andere Mütter auch. Doch ihr war klar, dass das niemals passieren würde. Selbst wenn sie gewollt hätte, wer hätte sie schon eingestellt, so, wie sie aussah? Versifft und dreckig, ihr blondes Haar seit Wochen nicht gekämmt. Die einzige Arbeit, die sie machen konnte, war, es Freeze zu besorgen, im Gegenzug für das Meth, das er ihr brachte.

Julia blickte den Typen mit den langen fettigen Haaren und dem Beanie auf dem Kopf an, der neben ihrer Mutter auf der zerlöcherten blauen Couch hockte. Sie fand ihn einfach widerlich, hasste es, wenn er bei ihnen zu Hause abhing. Da war die Aussicht auf ein paar Stunden Betteln auf der Straße gar nicht mal so übel. Aber es war kalt, in den vergangenen Tagen hatte es geschneit, und sie war auf dem Heimweg von der Schule im Matsch ausgerutscht. Ihre Hose war noch immer feucht und schmutzig, doch sie hatte keine andere gefunden. Keine heile, keine saubere. Eigentlich hatte sie in den Waschsalon gehen wollen, doch dazu fehlte das Geld, und ihre Mom hatte heute ja auch andere Pläne für sie.

»Na, worauf wartest du?«, schrie sie jetzt herum. »Nun zisch schon ab und beschaff uns 'n bisschen Knete. Sieh selber zu, wie du das anstellst.«

»Aber, Mom ...«

Ihre Mutter erhob sich von der Couch. »Ich sag es nicht noch mal, Julia! Wir haben nichts mehr zu essen im Schrank!«

Das war ihr nicht entgangen. Die Ravioli aus den verbeulten Dosen und das alte Brot, das sie in der Mülltonne hinter dem Supermarkt gefunden hatte, waren das Letzte, was sie zu sich genommen hatten, und das war fast vierundzwanzig Stunden her. Ihr Magen hatte den ganzen Vormittag im Unterricht geknurrt.

»Julia! Wenn du jetzt nicht gehst ...«, brüllte ihre Mutter, und sie wusste, dass es ernst wurde. Dass ihre Mom kurz davor war auszuflippen. Kurz davor war, sie grün und blau zu schlagen.

So schnell sie konnte, rannte sie aus der Wohnung. Die rissige graue Straße entlang, vorbei an einer brennenden Mülltonne, an der sich ein paar ältere Männer aufwärmten, und an der Videothek, vor der letzte Woche jemand erschossen worden war. Das gelbe Absperrband flatterte noch immer lose im Wind.

Sie rannte, bis ihre Lungen wehtaten, und machte erst halt, als sie das Viertel hinter sich gelassen hatte, in dem sie aufgewachsen war. In dem sie die dreizehn Jahre ihres

Lebens verbracht hatte. Sie hasste es hier! Sie hasste ihr Leben! Verzweifelte an ihrer Mom, die ihr weder Essen noch Kleidung noch Liebe geben konnte. Seit sie denken konnte, hatte Julia für sie getan, was sie nur konnte, hatte für sie gesorgt, sie bekocht, ihre Kotze aufgewischt. Und was hatte ihre Mutter je für sie getan?

Da sie an diesem Tag nicht mehr nach Hause wollte, sah sie sich nach einem Unterschlupf um und betrat letztlich die Kirche, weil sie das einzige Gebäude war, das geöffnet hatte und ihr sicher erschien. Sie hätte vielleicht bei einer Schulfreundin unterkommen können, aber was hätte sie der sagen sollen? Es war schwierig genug, ständig Ausreden dafür zu erfinden, weshalb sie keinen Taschenrechner für den Mathe-Unterricht hatte oder kein Lunchpaket für die Mittagspause, wo ihr Vater war oder wo sie wieder mal den Bluterguss herhatte. Früher dachte sie, sie hätte die Schläge verdient, die ihre Mutter ihr hin und wieder verpasste, sie hatte geglaubt, auch sie wären normal. Doch dann hatte sie irgendwann erkannt, dass nicht jede ihrer Mitschülerinnen mit blauen Flecken übersät war, und da hatte sie begriffen, dass es eben nichts Gewöhnliches war, sondern dass es falsch war. Und dennoch konnte sie es ihrer Mutter nicht übelnehmen, weil sie doch wusste, was die Drogen mit ihr machten. Dass die Abhängigkeit wie eine Krankheit war, die nicht so leicht zu behandeln war.

Während sie über ihr Leben nachdachte, müde und erschöpft, legte sie sich auf die harte Kirchenbank und nickte ein. In der Nacht hatte sie Albträume, und ihr war schrecklich kalt, so ganz ohne Decke. Einsamer hatte sie sich nie gefühlt.

Am Morgen erwachte sie von wundervoller Musik. Im ersten Moment wusste sie nicht, wo sie war, dachte, vielleicht wäre sie gestorben und im Himmel, und diese Stimmen wären Engelsklänge. Dann jedoch setzte sie sich auf und entdeckte einen Chor, der ganz vorne am Altar stand und sang. Nur für sie, wie ihr schien.

Fasziniert hörte sie zu, nicht in der Lage, sich von der Stelle zu bewegen. Irgendwann kam ein Mann auf sie zu, der sich als Pastor der Kirche vorstellte, Father Michael. Er sagte ihr, er habe sie nicht wecken wollen, fragte, ob sie in Ordnung sei. Ob sie denn kein Zuhause habe. Starr vor Angst sah Julia ihn an. Einen Pastor durfte sie nicht belügen, das war ihr klar. Auch wenn sie nur wenig von Religion wusste, so war sie sich doch ziemlich sicher, dass sie dafür in die Hölle kommen könnte. Also stand sie auf und lief los, lief erneut durch die Straßen, wieder vorbei an der Videothek. Das gelbe Absperrband war davongeflogen. Vielleicht würde ihre Mutter ja eines Tages auch davonfliegen, hinauf in den Himmel, wenn sie denn einen Platz dort finden würde. Julia bezweifelte es …

Als sie an diesem Freitagabend nach der Probe nach Hause kam, war sie völlig erschöpft. Die letzten Stunden waren anstrengend gewesen, der Versuch, Jackson und Hailey zu ignorieren, schwerer als erwartet. Dabei hatte sie gedacht, langsam über ihn hinweg zu sein. Vielleicht lag es an der Weihnachtszeit, daran, dass sie im Dezember zusammengekommen waren, oder daran, dass sie dieses Weihnachten zum ersten Mal nach fünf Jahren ohne einen Partner an ihrer Seite verbringen musste. Sie würde nicht allein sein, denn sie hatte Jemima, die immer für sie da war, seit sie sie damals, vor vierzehn Jahren, bei sich aufgenommen hatte. Jemima war wie eine Mutter zu ihr, eine Mutter, wie Julia sie nie gehabt hatte. Und dennoch war es merkwürdig, in diesem Jahr keine Küsse unter dem Mistelzweig zu bekommen, keine liebevoll ausgesuchten Geschenke von einem

Mann zu erhalten und keine für ihn einkaufen zu müssen. Vor ein paar Tagen hatte sie in einem Kaufhaus ganz automatisch nach einer blau karierten Krawatte gegriffen, die Jackson super gestanden hätte. Dann war ihr eingefallen, dass in diesem Jahr Hailey ihm seine Krawatten schenken würde, und sie hatte sie schnell wieder zurückgelegt. Wahrscheinlich würde Hailey nicht nach einer unauffälligen blauen greifen, sondern nach einer schrillen, womöglich nach einer mit Schneemännern oder sonst was Kitschigem darauf. Weil Hailey eben so war. Und wahrscheinlich würde Jackson sich sogar freuen und sie voller Stolz präsentieren, damit auch jeder wusste, dass er und die wunderschöne Hailey jetzt ein Paar waren.

Wie Menschen sich doch verändern können, dachte Julia. Für einen anderen Menschen. Ob Jackson jetzt sogar auch zur Maniküre ging? Ob sie zusammen durch die Kaufhäuser zogen und sich Weihnachtspullover im Partnerlook zulegten?

»Nein!«, sagte Julia zu sich selbst. »Jetzt hör endlich auf! Du wirst noch wahnsinnig, wenn du so weitermachst.«

Sie atmete tief durch und beschloss, obwohl sie müde war, noch nicht gleich ins Bett zu gehen. Stattdessen machte sie sich einen Orangen-Vanille-Tee, nahm ihr Handy und rief CeCe an, von der sie wusste, dass sie ganz sicher noch nicht schlief.

»Hey, Süße, bist du noch am Backen?«

»Julia, hi. Das letzte Blech ist gerade im Ofen. Warum rufst du so spät noch an? Ist alles in Ordnung?«

»Ja, alles okay. Ich wollte mich nur für den schönen Nachmittag bedanken. Ich bin wirklich froh, dich in meinem Leben zu haben.«

»Ach, Julia. Ich bin ebenso froh, dich zu haben. Und die

Freitage mit dir möchte ich auch nicht missen. Wir haben gar nichts für nächste Woche vereinbart. Wollen wir vielleicht mal Schlittschuh laufen gehen?«

»Ich wollte eigentlich vorschlagen, dass wir uns nächste Woche statt Freitag am Samstag treffen und zusammen nach Daly City fahren.«

»Zur Dickens Christmas Fair?«, fragte CeCe gleich.

»War so eine Idee. Im letzten Jahr hat es uns beiden doch so gut gefallen.« Die Dickens Christmas Fair fand an den vier Wochenenden vor Weihnachten in Daly City statt, nicht weit von San Francisco entfernt. Dort betrat man ein viktorianisches Weihnachtsland wie zu Dickens' Zeiten, mit kostümierten Akteuren und Musik und Essen aus vergangenen Tagen. Als sie im letzten Jahr durch Zufall dort gelandet waren, hatten CeCe und sie sich vorgenommen, im nächsten Dezember wieder dorthin zu fahren.

»Da bin ich sofort dabei. Kann denn Gracie samstags einspringen?«, erkundigte ihre Freundin sich. Gracie war Julias Aushilfe im Sandwichladen, die an mehreren Tagen unter der Woche mitarbeitete und freitagnachmittags immer komplett übernahm, wenn sie sich mit CeCe traf. Neben Gracie gab es noch Ron, einen jungen Studenten, der zur Mittagszeit mithalf, wenn der Laden aus allen Nähten platzte, und der außerdem am Wochenende mit in Julia's Sandwich Heaven stand.

»Ich hoffe es. Ansonsten könnte Ron wieder seinen Mitbewohner Eddie fragen, der hat schon ein paarmal ausgeholfen, auch als ich neulich mit diesem miesen Magen-Darm-Infekt flachlag. Mach dir darüber mal keine Gedanken. Also ist das abgemacht? Nächste Woche Samstag?«

»Abgemacht.« CeCe hielt einen Moment inne. »Wie war denn die Chorprobe?«

Julia wollte schon wieder »Frag bitte nicht« oder »Kein Kommentar« sagen, aber das brachte ja nichts. Also seufzte sie und vertraute ihrer Freundin die Wahrheit an. »Es war die Hölle.«

»Waren die beiden da?« CeCe vermied es, Jacksons Namen auszusprechen, seit er Julia so schlimm hintergangen hatte.

»Ja. Und sie haben herumgeturtelt ohne jede Rücksicht auf meine Gefühle.«

»Dieses Schwein! Wie kann er dir das nur antun? Ich sage es dir nicht zum ersten Mal: Wenn er jetzt so zu dir ist, dann hatte er dich sowieso nie verdient.«

»Ja, das weiß ich doch. Wirklich! Und ich will ihn auch gar nicht zurückhaben. Weh tut es trotzdem.«

»Natürlich. Arme Julia, kann ich irgendwas für dich tun?«

»Du tust doch schon so viel für mich. Allein, dass du um diese Uhrzeit ein offenes Ohr für mich hast, ist mehr als genug.«

»Dann fühl dich ganz doll gedrückt, ja?«

»Danke. Hab ein schönes Wochenende.«

»Ich werde mich um all die Bestellungen kümmern müssen, die schon wieder reingekommen sind. Und am Sonntag fahre ich zu meiner Grandma. Dennoch habe ich mir fest vorgenommen, Jemima wenigstens einen kurzen Besuch abzustatten. Um zu sehen, wie es ihrem Rücken geht und ob sie irgendetwas braucht.«

»Das ist lieb von dir. Aber am Sonntag bin ich ja bei ihr und hole sie zum Gottesdienst ab.« CeCe hatte doch so viel anderes zu tun.

»Alles klar. Dann mach's gut, und vergiss den Idioten. Irgendwo wartet auch auf dich der Richtige.«

»Ich wüsste nur gerne, wo. Falls du das irgendwie heraus-finden könntest, wäre ich dir sehr verbunden.« Julia lächelte schon wieder.

»Ich werde, was Horoskope und Glückskekse anbelangt, meine Augen besonders weit offenhalten.«

»Du bist ein Schatz. Ich geh dann mal ins Bett, morgen früh um sechs kommt schon der Lieferant mit dem Brot, dann muss ich im Laden sein.«

»Ich beneide dich nicht darum«, hörte sie ihre Freundin sagen, und sie konnte sie vor sich sehen, wie sie sich schüt-telte. CeCe war alles andere als ein Frühaufsteher. Gerne schlief sie auch mal bis um zehn Uhr, während Julia bereits Stunden im Laden gestanden und zig Sandwiches belegt hatte. Außer zur Vanilleblütezeit, wenn es hieß, früh auf-zustehen und sich auf die Suche nach geöffneten Blüten zu machen, um diese zu bestäuben. Julia war als Teenager oft dabei gewesen, wenn CeCe und ihr Vater sich dieser auf-wendigen Tätigkeit angenommen hatten. Schon damals hatte sie begriffen, dass hinter dem Gewürz so viel mehr steckte, als man als Laie annahm. Und schon damals hatte sie sich in den Geschmack der Vanille verliebt. Sie erinnerte sich an die Muffins, die Joseph oft gebacken und CeCe und ihr mit zur Schule gegeben hatte. Es war so lange her …

Sie trank ihren letzten Schluck Tee und brachte den lee-ren Becher in die Küche, schaltete die Lichterkette im Fenster aus und lächelte dem winkenden Santa Claus aus Porzellan zu, der oben auf dem Kühlschrank saß. Sie nahm das Glas Vanillezucker vom Regal, öffnete es und steckte ihre Nase ganz tief hinein. Einfach himmlisch. Seit Jahren wünschte sie sich zum Geburtstag nichts als ein großes Glas dieses selbst hergestellten Zuckers von ihrer besten Freun-din und zu Weihnachten ihre weltbesten Vanilleplätzchen.

Sie freute sich schon richtig auf die diesjährigen, die sicher nicht bis Neujahr überleben würden. Wie sehr hoffte Julia, dass mit den Keksen auch ihre Gefühle für Jackson verschwinden würden. Sie wollte ihm nicht mehr nachtrauern, CeCe hatte recht, er hatte es nicht verdient.

Während sie nun den Flur entlangging und das Schlafzimmer ihrer Dreizimmerwohnung betrat, die sie noch immer an jeder Ecke an Jackson erinnerte, seufzte sie schwer.

»Lieber Gott, bitte lass mich ihn vergessen«, sagte sie gen Himmel, als sie unter der dicken Bettdecke lag und die Beine einzog, damit die nackten Füße nicht froren. »Ich wünsch mir zu Weihnachten nichts als das.« Sie musste grinsen. »Und CeCes Plätzchen. Sorry, aber auf die kann ich einfach nicht verzichten.«

In Gedanken an ihre Freundin, an ihre gemeinsame Jugend und an die Vanillefarm schlief sie an diesem späten Abend ein. Im Traum erschienen ihr zwei lachende Mädchen, die auf Schaukeln zu Hause im Napa Valley saßen und so hoch schwangen, dass sie beinahe San Francisco sehen konnten.

Kapitel 3

CeCe saß auf einer der Schaukeln im Garten, nicht weit von den Gewächshäusern entfernt, und stieß sich leicht vom Boden ab. Wie lange es her war, dass sie zusammen mit Julia auf diesen Schaukeln gesessen hatte. Damals, sie waren beide zarte fünfzehn, erzählten sie sich von den Jungen, die sie mochten, von schlechten Schulnoten, die sie schrieben, von den Träumen, die sie hatten. Was sie aber am meisten verband, war die Tatsache, dass sie beide keine Mutter mehr hatten. Zwar auf andere Weise, doch ein Leben ohne Mutter war schwer, egal, ob sie nun im Himmel war oder in irgendeinem Slum in Philadelphia. CeCe erinnerte sich noch gut an den Tag, an dem Julia ihr ihre Geschichte anvertraut hatte. Jemima und Julia waren erst vier Wochen zuvor ins Napa Valley gezogen, und anfangs hatte CeCe angenommen, die ältere Frau wäre die Grandma des stillen Mädchens mit den tollen Rastazöpfen, um die CeCe sie höllisch beneidete. Da in der Gegend nicht sehr viele Jugendliche in ihrem Alter lebten, war sie gleich auf Julia zugegangen, deren Haut sie an den Frühstücks-Milchkaffee ihres Dads und deren Augenfarbe sie an Vanilleschoten erinnerten. Julia wollte sich auch gleich mit ihr anfreunden und kam mit Jemimas Einverständnis mit zu ihr auf die Plantage, doch sie redete nicht viel. CeCe war schon besorgt und glaubte, sie hätte irgendetwas falsch gemacht, doch als sie Julia am Abend nach Hause brachte, nahm Jemima sie zur Seite und sagte ihr, dass sie dem Mädchen ein wenig Zeit geben solle, es habe Schlimmes durchgemacht und würde eine Weile brauchen, Menschen zu vertrauen.

Schlimmes durchgemacht ... CeCe fragte sich lange, was Jemima damit wohl gemeint hatte, bis Julia sich ihr an jenem warmen Sommertag, als sie wieder einmal auf den Schaukeln saßen, öffnete. Sie starrte in die Ferne und schien etwas zu sehen, das CeCes Augen verborgen war. Dann sagte sie: »Meine Mutter hat mich rausgeworfen.«

CeCe hielt die Schaukel an, indem sie die Füße in die Erde rammte, und blickte ihre neue Freundin erstaunt an. »Wie meinst du das?«

Julia zuckte mit den Achseln. »Sie wollte mich nicht mehr. Deshalb bin ich jetzt bei Jemima. Sie hat mich bei sich aufgenommen. Sonst wäre ich ... Keine Ahnung, wahrscheinlich tot oder so.«

CeCe wusste nicht, was sie darauf antworten sollte. Sie konnte sich nämlich überhaupt nicht vorstellen, dass irgendeine Mutter so etwas tun würde. Ihre eigene Mutter hatte sie geliebt, mehr als alles auf der Welt, das erzählte ihr Dad ihr oft. Und auch, dass der Tag ihrer Geburt der schönste in Carmens Leben gewesen sei und sie das immer wieder gesagt habe.

»Wäre vielleicht besser gewesen«, fuhr Julia fort. Sie starrte weiter in die Ferne. Dann jedoch entwich ihr ein kleines Lächeln, und sie meinte: »Na ja, das hab ich zumindest bis vor Kurzem noch gedacht. Bevor ich hierhergekommen bin. Kalifornien ist wirklich schön.«

»Finde ich auch«, sagte CeCe, weil sie das Gefühl hatte,

endlich etwas sagen zu müssen. Und zuzustimmen, dass Kalifornien schön war, war ganz unverfänglich. Was sie zu Julias Mutter sagen sollte, wusste sie noch immer nicht.

»Du hast echt Glück, weißt du das?«, sagte Julia dann.

»Weil ich in Kalifornien aufgewachsen bin?«

Jetzt wandte Julia den Blick vom Horizont ab und ihr zu. »Nein. Weil du ein Zuhause hast. Einen Vater, der dich liebt.«

»Was ist denn mit deinem Vater?«, wagte CeCe zu fragen.

Julia zuckte die Achseln. »Den kenn ich nicht.«

»Oh.«

»Meine Mutter war nur kurz mit ihm zusammen und ist dann schwanger geworden, ohne ihm von mir zu erzählen. Ich hab ihn nie kennengelernt. Weiß nicht mal, wo er ist oder ob er noch lebt. Wahrscheinlich eher nicht.«

»Warum redest du immer so? Als ob es normal wäre, dass alle sterben?«

»Ich komme aus North Central, Philadelphia. Da ist das Leben nicht wie hier«, war alles, was Julia sagte.

»Wie ist es denn dann?«

»Anders. Ganz anders.«

CeCe sah Julia an und wartete ab, ob sie noch etwas hinzufügen würde. Doch das tat sie nicht, und CeCe gab es auf. Mehr war aus Julia nicht herauszubekommen. Vielleicht irgendwann, aber heute wollte sie sie erst mal in Ruhe lassen. Sie war ja schon froh, dass Julia ihr überhaupt etwas erzählt hatte. Und dann noch so etwas!

Als sie am Abend ihrem Dad davon berichtete, nahm er sie in den Arm und bat sie, von nun an immer für Julia da zu sein; sie brauche eine Freundin, die ihr beistand. CeCe versprach es und machte heißen Kakao für ihren Dad und sich, natürlich mit einem Löffel Vanillezucker. Zusammen

43

setzten sie sich auf die Veranda und sahen der Sonne dabei zu, wie sie unterging.

»Ich würde dich gern etwas fragen«, begann Joseph und lehnte sich zurück. Er saß auf seinem Lieblingsstuhl; der war schon alt, und das linke hintere Bein war einmal abgebrochen, woraufhin ihr Dad ein neues angebracht hatte.

CeCe spielte mit einer ihrer langen dunkelbraunen Locken. Sie hatte das gleiche Haar wie ihre Mutter, das erkannte sie immer, wenn sie sich eines der alten Fotos ansah.

»Was denn?«, erkundigte sie sich. Sie rechnete eigentlich damit, dass ihr Vater sie fragen würde, ob sie mal wieder Lust auf Enchiladas hätte. Oder darauf, ihn demnächst in die Stadt zu begleiten, wo er sich ein paar neue Hemden zulegen wollte. Doch sie sollte ihn nicht in Sachen Hemden beraten, vielmehr sollte sie eine große Aufgabe übernehmen.

»Du backst doch manchmal diese Vanilleplätzchen.« CeCe nickte, und ihr Vater fuhr fort: »Ich habe mir gedacht, dass wir die Plätzchen und vielleicht auch ein paar andere Dinge den Läden in der Umgebung anbieten könnten. Neben den Vanilleschoten.«

»Ist das dein Ernst?« Sie konnte es kaum glauben und war total überrascht, dass ihr Dad diese Möglichkeit überhaupt in Erwägung zog. *Sie* sollte Kekse für den Verkauf backen?

»Und ob das mein Ernst ist. Jeder lobt deine Plätzchen. Ich kenne keine besseren.«

»Ich dachte, das würdest du immer nur zum Spaß sagen.« Ihr Vater sah sie verblüfft an. »Wie kommst du denn darauf? Es sind die besten Plätzchen überhaupt. Deine liebe Mutter würde sie sehr mögen.«

CeCe schossen Tränen in die Augen. Das passierte manchmal, wenn ihr Dad oder auch jemand anderes über ihre Mutter sprach. Neulich hatte der alte Postbote ihr gesagt, dass sie Carmen immer ähnlicher sehe – da war es gleich um sie geschehen.

»Sie hat Vanille geliebt«, fügte Joseph hinzu, als wüsste CeCe es nicht.

»Also, ich bin dabei«, sagte sie sofort, bevor ihr Vater es sich anders überlegen konnte. Einmal, es war nicht lange her, hatte er zu ihr gesagt, dass sie vielleicht mal wieder nach Mexiko fahren würden. Sie hatte sich schon darauf gefreut, ihre Verwandten dort wiederzusehen, doch dann hatte ihr Dad es zurückgenommen und gemeint, sie könnten die Plantage nicht so lange allein lassen. Womit er natürlich recht hatte.

»Ja? Nun gut, dann sollten wir gleich morgen einen Plan erstellen. Du backst, und ich biete die Plätzchen den Lebensmittelmärkten, den Ständen auf dem Farmers' Market und vielleicht sogar ein paar Weingütern an. Aber wir ziehen das nur durch, wenn du noch genug Zeit für die Schularbeiten findest.«

»Das werde ich, Dad. Versprochen.« Zurzeit waren sowieso noch Sommerferien, und sie hatte die meiste Zeit des Tages nichts zu tun. Sobald sie vormittags die Vanilleschoten aus den Holzkisten hervorgeholt hatten, in denen sie über Nacht in Decken eingewickelt lagerten, um sie zum Trocknen auf Bastmatten in die Sonne zu legen, langweilte sie sich schrecklich. Sie fuhr zwar gerne mit dem Rad herum, las Abenteuerromane und versuchte, die Blumen im Garten abzuzeichnen, aber allzu viel zu tun gab es hier auf der Farm nicht. Es waren noch fünf ganze Wochen, bis die Schule wieder losging, und selbst dann würde sie sicher am

Nachmittag oder Abend die Zeit zum Backen finden. Vielleicht hätte Julia sogar Spaß daran, ihr zu helfen.

»Na gut. Sehr schön.« Ihr Dad lächelte zufrieden.

CeCe lächelte auch. »Ich geh gleich mal rein und sehe nach, welche Zutaten wir noch besorgen müssen, okay?«

»Okay.« So einfach ließ ihr Vater sie aber nicht davongehen. Vorher zog er sie noch an sich und drückte sie. »Ich hab dich lieb, Kleines.«

»Ich hab dich auch lieb, Dad.«

Das war jetzt dreizehn Jahre her. Damals hatte Joseph tatsächlich ein paar Händler in der Gegend gefunden, die ihre Vanilleplätzchen ins Verkaufssortiment aufnehmen wollten. Dazu verlangten sie nach dem guten Vanillezucker, nach Vanillesirup und nach der Vanille-Himbeermarmelade, die Joseph und CeCe bisher nur zum Spaß eingekocht hatten, weil in jedem Sommer hinter dem Haus so viele wilde Himbeeren wuchsen. Mit den Jahren waren es immer mehr Produkte geworden, die sie mit Liebe herstellten, wenn sie sich gerade nicht um ihre Vanille kümmern mussten. Natürlich standen die Schoten an allererster Stelle, sie machten die anderen Produkte ja überhaupt erst möglich. Außerdem verdienten sie mit dem Verkauf der fermentierten Kapseln ihren Hauptlebensunterhalt. Damals waren die Preise zwar noch nicht annähernd so hoch wie heute, und doch konnten sie gut davon leben. Sie brauchten ja nicht viel, sie hatten einander, und das war alles, was zählte.

Seit ihr Vater nicht mehr da war, fühlte sie sich zugegebenermaßen manchmal ein wenig einsam auf der Farm. Das lag nicht daran, dass sie hier ganz allein lebte, so weit weg vom nächsten Ort, sondern daran, dass sie gerne jemanden gehabt hätte, mit dem sie auf der Veranda sitzen und sich unterhalten konnte, der sie in dem unterstützte, was sie tat. Wenn dieser Jemand aber nicht ausgerechnet an einem Freitag irgendwo in der Nähe von San Francisco oder Berkeley oder wo auch immer sie etwas mit Julia unternahm, stehen und auf sie warten würde, kamen eigentlich nur die Händler der Umgebung infrage, und die meisten von ihnen hatten ihre besten Jahre längst hinter sich. Es war also nicht allzu erstaunlich, dass CeCe sich in den einzigen Winzer unter fünfzig im Umkreis von zwanzig Meilen verliebt hatte. Dazu war er gut aussehend, charmant und noch zu haben gewesen …

Sie sah wieder in Richtung Hügel und seufzte. Dann hüpfte sie von der Schaukel und ging auf die vier Treibhäuser zu, in denen die Vanille es auch im Winter schön warm hatte. Die Treibhäuser hatte ihr Dad eigenhändig gebaut. Angefangen hatten sie mit einem einzigen, als sie damals mit den Vanillesträngen aus Mexiko zurückgekehrt waren. Es hatte ganze drei Jahre gedauert, bis die ersten Blüten zum Vorschein gekommen waren, und anfangs hatte Joseph noch seine Probleme mit dem Bestäuben gehabt, sodass nur etwa ein Drittel aller Blüten zu Kapseln geworden war. Mit den Jahren aber perfektionierte er seine Arbeit und brachte CeCe alles bei, was sie wissen musste. Die Vanille wurde zu ihrer beider Lebensinhalt, und CeCe hörte ihren Vater oft mit seiner verstorbenen Frau sprechen, ihr von den Pflanzen erzählen. Manchmal fand sie es traurig, manchmal aber auch beruhigend. Und so wurde das Lieblingsgewürz ihrer Mutter zu ihrem eigenen.

Sie betrat das vorderste Gewächshaus und sah nach, ob mit der Sprinkleranlage alles in Ordnung war, beäugte die grünen Kapseln, die immer praller wurden, und befühlte die Erde. Dann griff sie nach einigen Lianenenden, die dicht über dem Boden hingen, und band sie an die Holzbalken, die das Treibhaus durchquerten. Vanillepflanzen konnten zehn Meter hoch werden, ab und zu musste man sie stutzen oder zumindest bändigen, damit sie nicht völlig außer Kontrolle gerieten.

CeCe betrachtete das viele Grün mitten im Dezember und musste lächeln. Draußen auf den Weinfeldern grünte überhaupt nichts mehr, hier drinnen aber war immer Sommer. Hier war sie in Mexiko, ganz nah bei ihren Wurzeln, bei ihren Eltern und bei ihrer Leidenschaft. Sobald der Winter vorüber wäre, würde sie tagsüber die Glaswände beiseiteschieben und die Sonne hereinlassen. Ihr Vater hatte nämlich an alles gedacht und die Treibhäuser so konstruiert, dass sie im Winter die Kälte aussperrten, in der warmen Jahreszeit aber die Sonne, die all die Ranken mit ihren gleißenden Strahlen umhüllte, ihre Arbeit machen ließen. Die Pflanzen dankten es und trugen jedes Jahr viele Früchte. Obwohl eine Vanillepflanze für gewöhnlich nur um die hundert Kapseln brachte, zählte CeCe oftmals sogar hundertzwanzig oder mehr. Sie konnte sich wirklich nicht beklagen und war froh, dass Mutter Natur es so gut mit ihr meinte.

Als sie an all die Bestellungen dachte, die noch auf sie warteten, schloss sie das Treibhaus widerwillig und ging auf das kleine Haus zu, in dem sie seit ihrer Geburt wohnte. Es hatte drei Zimmer: ein Wohnzimmer, ein Schlafzimmer und eines, das einmal ihr Kinderzimmer gewesen war und das sie zum Arbeits- und Vorratsraum umfunktioniert hatte, da es im Lagerhaus irgendwann zu eng geworden war. Dort verstaute sie all die Marmeladen-, Chutney- und Vanillezuckergläser sowie die verschiedenen Teesorten. Außerdem hatte sie einen Schreibtisch hineingestellt, an dem sie die Bestellungen erledigte. Das Haus hatte zudem eine gemütliche Küche, in der sie sich besonders gerne aufhielt, und eine alte Veranda, deren Bretter schon so mitgenommen ausgesehen hatten, dass CeCe im letzten Sommer beschlossen hatte, ihnen einen neuen Anstrich zu verpassen. Das Haus selbst hatte sie zusammen mit ihrem Dad gestrichen, ein Jahr, bevor er von dem Lungenkrebs erfahren hatte, woran sie nicht gerne dachte und es auch jetzt schnell wieder ausblendete. Viel lieber erinnerte sie sich an den Februar, in dem sie zusammen ein warmes Hellbraun für die Wände und für die Fensterläden ein Cremeweiß ausgesucht hatten. Diese Farbe hatte CeCe nun auch für die Veranda gewählt, und sie musste sagen, dass sie sehr zufrieden war. Sie hatte auch gleich zwei neue Kissen gekauft, ebenfalls in einem hübschen Braun-Creme-Muster, für ihren Stuhl und für den ihres Vaters, auch wenn sie sich nur ganz selten darauf setzte, weil sie fand, dass es immer noch seiner war, auf dem niemand anderes sitzen sollte als er. Ja, das Haus fühlte sich mehr und mehr nach dem Ort an, an dem CeCe den Rest ihres Lebens verbringen wollte. Nicht nur verband sie eine wundervolle Kindheit und einzigartig schöne Momente mit ihren Eltern damit, nein, sie liebte dieses Haus wirklich, und jeden Morgen nach dem Aufstehen trat sie vor die Tür und sah hinüber zu den Pflanzen, die es ihr ermöglichten, weiterhin hier zu wohnen, ihren Lebensunterhalt zu bestreiten, und die ihr jede Angst vor der Zukunft nahmen.

Sie stellte sich nun vor das eingerahmte Porträt ihres Vaters, das im Flur hing, küsste ihre Fingerspitzen und legte diese auf seine Wange. Dann begab sie sich in ihr Arbeitszimmer und sah die Regale und Kisten durch, um zu sehen, welche Vorräte aufgestockt werden mussten. Das zu Weihnachten sehr beliebte Vanille-Cranberry-Mango-Chutney war so gut wie ausverkauft, nur noch sieben Gläser befanden sich in dem dafür vorgesehenen Regalfach. Erschrocken sah sie die an der Wand gestapelten Kartons durch und vergewisserte sich, dass es auch wirklich die letzten waren. Ja, das waren sie. Wenn jetzt mehr als sieben Gläser bestellt worden waren, hätte sie ein Problem und müsste sich noch dieses Wochenende daran machen, neues Chutney herzustellen.

Der Vanille-Honig, für den sie Bio-Honig von einem Imker aus der Umgebung verwendete, neigte sich auch dem Ende zu, und das Regalfach mit dem Vanille-Orangen-Tee war ebenfalls knapp bestückt.

Seufzend setzte sie sich an den Laptop und öffnete ihr Postfach. Sie sah auf den ersten Blick, dass es ein langer Tag werden würde, denn es waren seit vorgestern sage und schreibe achtundzwanzig Bestellungen eingegangen, darunter welche aus New York, Georgia und Kentucky. Sogar eine aus Frankreich war dabei, und sie fragte sich nicht nur, wie man dort wohl auf ihre Website gestoßen war, sondern musste natürlich auch gleich wieder an einen bestimmten Menschen denken, der ihr trotz aller Bemühungen, ihn zu verdrängen, doch immer wieder in den Sinn kam …

Kapitel 4

»Was machen Sie da?«, hörte CeCe eine tiefe Stimme. Sie war gerade dabei gewesen, die Vanillekapseln abzupflücken, die ihr reif genug erschienen, um geerntet zu werden. Da es ein wunderbar warmer Apriltag war, hatte sie die vordere Glaswand aufgeschoben. Die Sonne hatte ihr angenehm auf den Rücken geschienen, und sie hatte die Stille genossen. Jetzt drehte sie sich erschrocken um.

In etwa fünf Metern Entfernung stand ein ihr fremder Mann und lächelte sie an. Im ersten Moment fand sie es frech, dass sich jemand einfach so auf ihr Grundstück schlich und sie bei der Arbeit beobachtete, denn genau das hatte er anscheinend getan, wenn man von seiner lässigen Haltung ausging. Er hatte sich gegen einen der Balken gelehnt, ein Bein über das andere geschlagen. Er hätte da bereits seit einer halben Stunde stehen können, was wusste CeCe schon? Sie hatte seine Anwesenheit ja nicht mal bemerkt, so konzentriert war sie bei der Sache gewesen.

Kurz dachte sie an das Gewehr, das sich sicher verstaut im Haus befand. Ihr Dad hatte es damals angeschafft, weil er Angst gehabt hatte, es könne sich mal jemand auf die Farm schleichen und die Vanilleschoten klauen wollen. Das Gewehr hatte CeCe allerdings nie gebrauchen müssen und es beinahe schon vergessen – bis zu diesem Moment.

51

Sie starrte den Fremden von ihrer Position in der Hocke aus an, noch immer ziemlich verblüfft über sein unbefangenes Auftreten. Sauer war sie dann aber doch nicht, ganz im Gegenteil. Jeder Anflug von Empörung verflog, als sie in seine warmen dunklen Augen blickte. Und dann errötete sie sogar ein bisschen.

»Ich … äh … ich ernte meine Vanillekapseln«, gab sie zur Antwort.

»Nennt man die nicht Schoten?«, fragte er.

»Das ist ein weit verbreiteter Irrtum. Richtig heißen sie Fruchtkapseln.«

»Wieder was dazugelernt.« Er lächelte breit. »Und nun dürfen Sie mir auch noch erklären, wieso diese Kapseln nicht schwarz, sondern grün sind und wie Bohnen aussehen.«

»Das ist ganz einfach: Grün sind sie im reifen Zustand, schwarzbraun werden sie, nachdem man sie blanchiert und getrocknet hat. Fermentieren nennt man den Vorgang.«

»Und wie lange dauert das?«, wollte der Typ wissen, von dem sie noch immer nicht den Namen kannte.

Sie betrachtete ihn genauer. Er war groß, mindestens einen Meter fünfundachtzig, hatte dunkles Haar und ganz viele Lachfalten um den Mund und um die Augen herum. Er war umwerfend.

»Ein paar Monate«, erzählte sie ihm.

»Wow!«

»Einige Farmer trocknen sie lediglich vier oder sechs Wochen, das merkt man dann aber an der Qualität. Mein Vater hat mir beigebracht, dass gute Vanille ihre Zeit braucht. Geduld muss man haben, vor allem hier in der Bay Area, wo das Klima natürlich nicht an die Temperaturen von Mexiko, Tahiti oder Madagaskar herankommt. Also trockne ich meine Kapseln mindestens drei Monate lang. Kommt darauf an, wie warm das Wetter ist. Wenn die Sonne schön scheint, haben sie schneller die Farbe und Konsistenz erreicht, die sie brauchen, um als Eins-a-Ware durchzugehen.« Dass sie die Schoten außerdem massierte, verriet sie aber nicht.

»Und wenn die Sonne nicht scheint und es stattdessen regnet?«, fragte er.

»Für den Fall habe ich Lampen. Im Lagerhaus.« Sie deutete dorthin. »Das geht zur Not auch.«

»Das hört sich alles sehr aufwendig an.«

»Das ist es. Aber es macht auch eine Menge Freude. Mir macht es Freude.«

»Darf ich noch eine Sache fragen?«

»Klar.«

»Wieso bauen Sie ausgerechnet hier Vanille an? Ich meine, das Napa Valley ist doch für seine Weine berühmt, ich glaube nicht, dass überhaupt irgendwer im Umkreis von hundert Meilen etwas anderes anbaut. Außer Ihnen natürlich.«

»Das ist eine lange Geschichte.«

»Erzählen Sie sie mir irgendwann?«

»Vielleicht.« Sie grinste ihn an und blinzelte dann, weil die Sonne sie blendete. Sie stand auf. »Darf ich Sie nun auch etwas fragen?«

»Natürlich.«

»Wie ist eigentlich Ihr Name? Sie tauchen hier einfach auf und fragen mich aus, und dabei weiß ich noch nicht einmal, wer Sie sind und woher Sie kommen.«

Er ging ein paar Schritte auf sie zu und hielt ihr die Hand hin. »Entschuldigen Sie bitte, wo sind meine Manieren! Mein Name ist Louis. Louis Castro. Ich komme von dort oben.« Er zeigte mit dem Finger auf den Hügel, der sich zu ihrer Linken erstreckte.

»Vom Weingut des alten Harrison?«

53

Er nickte. »Er war mein Grandpa und hat mir das Gut hinterlassen.«

»Ehrlich?« Sie staunte. Dieser Louis war also ihr neuer Nachbar? Wie gerne hätte sie gewusst, ob er vorhatte, das Gut zu verkaufen oder es selbst weiterzuführen. Aber so etwas fragte man in solch einer Situation nicht. »Der Verlust Ihres Grandpas tut mir sehr leid. Er war ein guter Mensch.«

»Ja, das war er.«

»Ich war auf seiner Beerdigung. Sie habe ich dort aber gar nicht gesehen.« Sie biss sich auf die Lippe und merkte, wie sie erneut errötete. »Sorry, das sollte kein Vorwurf sein. Ich … äh … denke nur, Sie wären mir aufgefallen, es waren nicht allzu viele Leute anwesend.« Tatsächlich waren nicht einmal zehn Trauergäste gekommen. Sie hatte es sehr bedauerlich gefunden.

»Schon gut. Ich war zu der Zeit in Frankreich. Dort lebt meine Familie jetzt – meine Eltern, meine Schwestern und ich. Wir sind ausgewandert, als ich zwölf war. Seitdem habe ich meinen Grandpa nur zwei- oder dreimal gesehen. Keine Ahnung, warum er ausgerechnet mir das Gut vermacht hat.« Er zuckte mit den Schultern.

Sie versuchte sich daran zu erinnern, ob sie Louis in ihrer Kindheit vielleicht mal beim alten Harrison gesehen hatte, konnte sich aber an keinen Jungen in ihrem Alter erinnern.

»Verstehen Sie denn etwas von Wein?«, erkundigte sie sich.

»Das schon, ja. In Frankreich bauen wir auch welchen an. Chardonnay. Wir sind halt eine Winzerfamilie, da kommt man schwer von los.«

»Würden Sie gern etwas anderes machen?«

»Nein, ich glaube nicht. Wein ist mein Leben.«

»Sehen Sie, so geht es mir mit der Vanille.«

»Dann haben wir ja schon mal was gemeinsam«, sagte er und lächelte sie wieder auf diese besonders charmante Weise an. »Ich kenne hier noch nicht viele Leute. Hätten Sie vielleicht Lust, mir heute Abend ein wenig Gesellschaft zu leisten? Mir von der Gegend und den Menschen zu erzählen? Ich könnte uns was Schönes kochen.«

»Sie können kochen?«

»Sonst hätte ich wohl nicht so damit geprahlt.« Er lachte.

»Na ja, mit ›was Schönes kochen‹ könnten Sie meinen, dass Sie uns ein Grilled Cheese Sandwich machen. Oder dass Sie mir ein Fünf-Gänge-Menü zubereiten.«

»Reichen auch drei Gänge? Vorspeise, Hauptgang und Dessert?«

»Das hört sich fantastisch an. Allerdings muss ich darauf bestehen, das Dessert mitzubringen. Meine Crème brûlée ist berüchtigt.«

»Na, da bin ich gespannt. Einverstanden. Gibt es etwas, das Sie nicht gern essen? Haben Sie irgendwelche Allergien?«

Sie schüttelte den Kopf. »Nein, ich esse so gut wie alles. Na ja, bitte keine Weinbergschnecken.«

»Weil ich aus Frankreich komme? Haha.«

»Nein. Weil es auf Ihrem Hügel davon nur so wimmelt.« Sie lachte und musste an den alten Harrison denken, der mehr als einmal über die Schneckenplage geklagt hatte.

»Oh. Na, ich verspreche auf jeden Fall, dass es etwas anderes als Schnecken geben wird.«

»Super, ich freu mich. Um wie viel Uhr soll ich da sein?«

»Gegen sieben?«

»Das passt mir gut.«

»Nun würde mich aber noch eines interessieren«, sagte Louis.

»Und was?«

»Wie ist denn *Ihr* Name?«

Sie überlegte. Hatte sie ihm tatsächlich ihren Namen noch nicht genannt? Es musste an seiner Anziehungskraft liegen, die sie völlig aus dem Konzept brachte. »Ich heiße Cecilia Guadalupe Jones, aber nennen Sie mich ruhig CeCe.«

»CeCe. Ich freue mich auf heute Abend, CeCe.« Er zeigte ihr erneut sein strahlend weißes Lächeln, drehte sich dann um und ging davon.

Sie überkam eine Gänsehaut. Ihren Namen aus seinem Mund zu hören war unerwartet sexy. Sofort fragte sie sich, ob es richtig gewesen war, seine Einladung anzunehmen, und worauf sie sich da nur eingelassen hatte. Dann ging sie im Kopf die Outfits in ihrem Kleiderschrank durch und überlegte, welches sie am Abend anziehen sollte. Zu ihrem Date. Dem ersten Date seit Langem. Sie freute sich richtig auf ein gutes Essen, nette Gespräche und vielleicht am Ende sogar einen Kuss. Der letzte war viel zu lange her, wurde ihr schlagartig bewusst. Von Louis würde sie sich aber gerne küssen lassen. Er war nicht nur attraktiv, sondern wirkte auch ziemlich smart und schien wirklich nett zu sein. Und die Tatsache, dass er das Weingut von seinem Großvater geerbt hatte, genau wie ihr Dad, wollte sie als gutes Zeichen sehen. Ja, sie hatte ein Date, und sie konnte es kaum erwarten.

CeCe erinnerte sich an diesen ersten Abend mit Louis zurück. Er war wirklich schön gewesen, so wie viele weitere Abende danach. Wie hätte sie ahnen können, dass er in den zwei Jahren, in denen er sich mit ihr verabredete, auch noch andere Frauen traf? Sie hatten zwar nie über eine gemeinsame Zukunft gesprochen, übers Heiraten oder Kinderkriegen, und doch hatte sie ihre Beziehung für etwas Festes gehalten. Nicht nur für Spaß, den er sich auch noch woanders holte. Sie hatte ihn geliebt. Und auch wenn Louis und sie nicht diese intensive Nähe, diese Seelenverwandtschaft gehabt hatten wie ihre Eltern, so hatte sie doch auf mehr gehofft. Und dann hatte ausgerechnet Jemima ihn gesehen, in Napa, wo er mit einer anderen Hand in Hand durch die Straßen spaziert war. Schweren Herzens hatte ihre fürsorgliche Nachbarin ihr davon erzählt, woraufhin sie Louis gleich zur Rede gestellt hatte. Er hatte nichts geleugnet, sogar zugegeben, dass er auch noch andere Frauen datete. Sie hätten doch nie abgemacht, dass ihre Beziehung »exklusiv« wäre.

CeCe hatte nicht gewusst, dass man heutzutage anscheinend vereinbaren musste, ob es okay war, fremdzugehen oder nicht. Sie war mehr als verblüfft und zutiefst verletzt gewesen. Ohne weitere Überlegungen hatte sie mit Louis Schluss gemacht und sich seitdem auf keinen Mann mehr eingelassen, ob nun fest oder nur zum Spaß. Von den Männern hatte sie die Nase erst mal voll, vor allem, als dann auch noch Julia so enttäuscht worden war. Außerdem hatte sie mit ihrer Vanillefarm viel zu viel zu tun, da musste sie vollen Einsatz zeigen. Ein Mann wäre nur im Weg, das sagte sie sich selbst immer wieder, und doch wusste ihr Herz, dass sie sich tief im Innern nach einer Beziehung sehnte. Nach einem Partner, der sie auffing, wenn sie fiel, und der sie manchmal auch auf Händen trug. Nach jemandem, der bereit wäre, aus einem Weingut für sie eine Vanilleplantage zu machen, nur weil sie Vanille so sehr liebte.

Aber so etwas gab es nur im Märchen. Oder bei ihren Eltern, und die waren wohl die große Ausnahme gewesen. Wenn sie sich nämlich umsah, sei es bei Julia, Jemima, Benedict, ihrer Grandma oder der einsamen Dorothy, die alle so nannten, weil sie, seit man denken konnte, allein auf ihrem kleinen Weingut am Ende der Straße lebte, so war doch niemand mit der wahren Liebe gesegnet. Zumindest noch nicht, die Liebe konnte ja kommen, jederzeit und völlig unerwartet, zum Beispiel in Form eines Staubsaugervertreters, der plötzlich vor der Tür stand. Sie fragte sich, ob es die überhaupt noch gab. Sie hatte seit ihrem Dad keinen leibhaftigen mehr gesehen.

CeCe atmete tief durch, machte es sich auf ihrem Schreibtischstuhl bequem und steckte sich ein Orangenbonbon in den Mund.

»Okay, dann wollen wir uns mal an die Arbeit machen«, sagte sie zu sich selbst, dem Laptop oder dem Geist ihres Vaters. Vielleicht auch nur zu den Menschen, die sehnsüchtig auf ihre bestellten Produkte warteten.

CeCe gab auf ihrer Website an, dass eine Lieferung bis zu zwei Wochen dauern konnte, denn sie brachte nur einmal in der Woche Ware zur Post, zu der sie nach Napa fahren musste, was immerhin eine gute halbe Stunde Fahrt bedeutete. Vor allem im Sommer kam sie gar nicht öfter dazu. Meistens verband sie es mit den Auslieferungen an die Geschäfte dort, aber jetzt, zur Weihnachtszeit, musste sie zusätzliche Fahrten einlegen, da sie sonst einfach nicht hinterherkam.

Ganze vier Stunden brauchte sie, um die Bestellungen abzuhaken, die Pakete zu packen und die Rechnungen zu schreiben. Wie immer wurden hauptsächlich ganz schlicht Vanilleschoten gewünscht, entweder einzeln, im Dreierpack, das sie für achtzehn Dollar anbot, oder im Zehnerbündel, das stolze fünfzig Dollar kostete. Wenn man bedachte, dass eine Schote Madagaskar-Vanille zurzeit sieben oder sogar acht Dollar brachte, waren das gute Preise, und das wussten die Kunden zu schätzen. Vor allem war CeCes Vanille von hervorragender Qualität; in ganz Kalifornien bekam man keine wie diese. Ihre Schoten waren nämlich bis zu zwanzig Zentimeter lang, was wirklich außergewöhnlich war.

Als sie die Warenpakete in Kisten gestapelt hatte, sagte sie zu sich: »Na gut, dann werde ich heute wohl neues Chutney machen. Und Tee.« Dazu würde sie allerdings erst mal nach Napa fahren müssen, und sie konnte nicht einmal zwei Fliegen mit einer Klappe schlagen, weil das Postamt samstags geschlossen hatte. Doch es nützte alles nichts, sie musste neue Zutaten besorgen.

Also machte sie sich schnell ein Brie-und-Rucola-Sandwich, das sie im Stehen aß, schlüpfte in die braunen Boots, zog sich die olivgrüne Jacke über und fuhr los.

Das Wetter war wieder wunderbar, sonnig und warm. Als sie an Jemimas Haus vorbeifuhr, nahm sie sich vor, sie spätestens am Abend zu besuchen. Dann fiel ihr ein, dass sie vielleicht etwas aus der Stadt benötigte, und sie machte kehrt, um vor dem Haus ihrer älteren Nachbarin zu parken.

Leider öffnete Jemima auch nach mehrmaligem Klopfen nicht, was bedeutete, dass sie entweder einen Spaziergang oder ein Mittagsschläfchen machte. CeCe war nicht allzu besorgt, sie würde ja später noch vorbeischauen, und Lebensmittel würde Julia sowieso morgen mitbringen, wenn sie Jemima zur Kirche abholte.

Sie stieg also wieder in ihren Wagen, schob die Patrick-Park-CD rein und fuhr weiter, die Straße hinunter, vorbei an dem rot gestrichenen Haus von Mr. Perkins und an dem mit Holzplatten zugenagelten Stand, an dem er im Sommer und Herbst seine Kartoffeln verkaufte, vorbei an Rosies Weinhandlung, die vor Jahren ihre Türen geschlossen hatte, und vorbei an kleinen familiengeführten Weingütern und

59

riesigen Betrieben. Vor mehr als einem stand ein Bus mit Touristen, die zur Weinprobe gekommen waren und sich nach dem einen oder anderen Schluck sicher ein paar Flaschen aufschwatzen ließen. Benedict hatte ihr oft von diesen Proben erzählt, bei denen er sich hauptsächlich auf befreundete Frauen mittleren Alters mit eleganten Frisuren und teuer aussehendem Schmuck konzentrierte, die meistens gut bei Kasse waren und seinem Charme nicht widerstehen konnten. Sie musste lachen. Benedict. Ob er wohl im Santa-Claus-Kostüm ein genauso gutes Geschäft machen würde?

Ihr Lieblingssong *Something Pretty* erklang, und sie sang mit. Früher war sie mit ihrem Dad zusammen diese Strecke gefahren, wenn sie nach Napa mussten, um ihre Ware auszuliefern. Sie konnte sich an kaum eine Fahrt erinnern, bei der sie nicht lauthals gesungen hätten. Am liebsten hatte ihr Dad Countrymusik gehört, und neben Folk-Rock war das auch heute noch die Musikrichtung, die CeCe am meisten berührte. Erst vor Kurzem hatte sie die Serie *Nashville* für sich entdeckt, die ganz der Countrymusik gewidmet war, und hatte in den letzten Wochen öfter mal einen kompletten Abend vor dem Fernseher verbracht, zusammen mit einem Glas Wein oder einem Becher Vanillekakao und etwas Leckerem zu essen. Sie vergaß immer, Julia zu fragen, ob sie die Serie auch mochte, dann könnten sie diese Marathons zusammen veranstalten. Andererseits musste ihre Freundin ja schon so früh ins Bett wegen ihres Sandwichladens – da würde sie wohl allein weitergucken müssen.

Wie immer, wenn sie durch das Napa Valley fuhr, fühlte sie sich pudelwohl. Jetzt im Winter war es zwar nicht ganz so schön und prall wie zu den anderen Jahreszeiten, aber sie wusste ja, dass schon bald wieder alles grünen und erblühen würde. Ihre liebste Jahreszeit war der Herbst, wenn die ganze Gegend nach reifen Trauben duftete und die Felder von Grün zu Gelb und Rot wechselten. Die Aussicht war dann einfach atemberaubend, ein feuerrotes Meer aus Wein.

Sie erreichte Napa und fuhr als Erstes zum Markt, wo sie sich bei Colleen zwei Kilo Cranberrys und zwanzig Mangos besorgte. Die junge Obstverkäuferin war wie immer gut gelaunt und bereit, ein wenig zu plaudern.

»Wie geht es dir auf deiner Farm, CeCe?«, erkundigte sie sich. »Ist dir da im Winter nicht viel zu langweilig, so ohne etwas zu tun?«

»Oh, ich habe einiges zu tun«, erzählte sie. »Ich habe doch diesen Onlineshop, und gerade jetzt zu Weihnachten bestellen die Leute wie verrückt.«

»Na, das ist schön zu hören. Kaufst du dafür all das Obst?« Colleen hielt ihr eine Kumquat hin, die sie dankbar annahm.

»Ja. Die Kunden verlangen nach meinem Chutney.« Sie lächelte und biss in die kleine orangefarbene Zitrusfrucht, die bitter, süß und sauer zugleich war. »Mmmm, lecker. Davon darfst du mir gerne ein halbes Pfund mitgeben.«

Colleen lächelte ebenfalls und füllte eine Schaufel voll Kumquats in die Aluschüssel auf der Waage. »Dass du dazu Lust hast, all das Chutney und die Marmelade zu kochen. Ich bewundere dich echt. Für mich wäre das nichts. Und ein Leben auf der Farm erst recht nicht, nichts für ungut.«

»Schon okay. Es ist halt nicht jeder dafür geschaffen.« Sie wusste von vorherigen Gesprächen, dass Colleen, die noch bei ihren Eltern wohnte, nur auf dem Markt arbeitete, weil sie Geld für ein Leben in San Francisco sparte. Sie hatte ganze vier Jobs und konnte es kaum erwarten, das Napa Valley hinter sich zu lassen. Genauso war es Julia damals gegangen, und CeCe konnte keiner von beiden böse sein. Vielleicht hatten weder Colleen noch Julia diese Bindung zum Valley wie sie. Ein bisschen bemitleidete sie die beiden sogar, dass sie ihr Herz nicht hier verankern konnten. Es gab doch keinen schöneren Ort auf der Welt.

Sie verabschiedete sich von Colleen, ging noch kurz über den Markt, um mit einigen der anderen Händler ein paar Worte zu wechseln oder ihnen wenigstens zuzuwinken. Sie sagte Dads altem Freund Theo an seinem Olivenölstand Hallo und nahm den Duft der vielen verschiedenen Lebensmittel in sich auf. Dann fuhr sie weiter zum Supermarkt und kaufte zwei Kilo braunen Zucker und eine Flasche Tafelessig. Das würde reichen für fünfzig kleine Gläser Chutney. Zutaten für den Tee brauchte sie keine. Sie hatte nachgesehen und festgestellt, dass sie noch genügend getrocknete Apfelwürfel, Himbeeren, Erdbeeren, Rhabarber und Orangen im Lager hatte.

»Hallo, CeCe. Hast du wieder vor, Marmelade zu machen?«, fragte Zelda, die Frau an der Supermarktkasse, als sie ihr nun den Korb mit den Einkäufen hinstellte.

Sie sagte ihr, was sie auch schon Colleen am Marktstand gesagt hatte: »Nein, ich mache Chutney. Vanille-Cranberry-Mango-Chutney, das ist jetzt zur Weihnachtszeit total beliebt.« Zu Hause standen jetzt nur noch zwei der sieben Gläser im Regal.

Zelda lächelte. »Kann ich mir vorstellen. Das hört sich köstlich an.«

»Vielleicht legt Santa ja auch ein Glas unter deinen Baum«, erwiderte CeCe und lächelte zurück.

»Oh, da würde ich mich freuen. Und womit könnte man denn dir eine Freude machen, Kleines?«, erkundigte sich Zelda. Sie war um die sechzig und führte zusammen mit ihrem Mann Charles den kleinen Supermarkt, den CeCe jederzeit den großen Discountern vorzog. Hier wurde man wenigstens noch freundlich bedient und gut beraten.

»Ach«, winkte sie ab. »Ich hab alles, was ich brauche.«

»Das ist eine ganz typische Antwort für dich. Aber jeder hat doch etwas, das er gerne mag. Selbst deine Mutter hatte eine besondere Vorliebe, nämlich die Vanille.«

CeCe nickte. Natürlich. Und doch war es bei ihr anders. Ihre Mutter hatte schließlich nicht auf einer Vanillefarm gelebt und konnte sich nicht an der süßen Frucht bedienen, wann immer sie wollte.

»Okay, da fällt mir etwas ein. Ich bade ab und zu ganz gerne.«

»Badesalz also, ich schreibe es gleich auf meine Geschenkeliste.«

»Du bist ein Schatz, Zelda«, sagte CeCe und packte Zucker, Essig und die Dose Karamellpopcorn, die sie sich gegönnt hatte, in den Jutebeutel.

»Bis zum nächsten Mal, Liebes.«

»Ich werde wohl in nächster Zeit ein wenig häufiger vorbeischauen als sonst«, ließ CeCe sie wissen.

»Oho. Viele Bestellungen?«

»Ich komme kaum hinterher.«

»Wenn du Hilfe brauchst, sag Bescheid. Jessie hätte bestimmt Lust, sich etwas dazuzuverdienen. Zu Weihnachten brauchen wir doch alle ein wenig mehr Geld, um Geschenke für unsere Lieben zu kaufen.«

Jessie war Zeldas Tochter, die mit ihrem Mann und ihren drei Kindern auf halbem Weg zwischen Napa und der Vanilleplantage wohnte. Zur Erntezeit half sie seit Jahren, und auch das Bestäuben der Blüten hatte CeCe ihr längst beigebracht. Wenn Jessies Kinder in der Schule waren, wurde es ihr zu Hause oft langweilig, hatte sie CeCe anvertraut. Da war sie für jede noch so kleine Beschäftigung dankbar, denn im Napa Valley gab es nicht viel zu tun, wenn man nicht gerade auf einem der Weingüter arbeitete.

»Oh, eine gute Idee. Vielleicht werde ich darauf zurückkommen«, sagte sie. Sie mochte Jessie. Außerdem fand sie es dann und wann ganz nett, jemanden dazuhaben, mit dem sie sich bei der Arbeit unterhalten konnte.

»Darüber würde sie sich sicher freuen.«

»Also gut, ich will dann mal los. Bis Montag, Zelda, und grüß Charles von mir.« Montags war der Tag, an dem CeCe immer ihre Waren zur Post fuhr und an die Händler in Napa und Umgebung auslieferte. So auch an Zelda, die bei ihr stets Vanillezucker und drei verschiedene Teesorten bestellte.

»Das werde ich. Pass auf dich auf.«

»Das mache ich doch immer.« Was sollte ihr auch schon passieren? Sollte sie von einer Armee Weinbergschnecken angegriffen werden? Oder unter einem Haufen Vanilleschoten begraben werden?

CeCe legte alle Einkäufe auf die Ladefläche ihres Pickups, stieg ein und fuhr los. Als sie an Jessies Haus entlangfuhr, überlegte sie erneut, ob es eine gute Idee wäre, sie zur Unterstützung zu holen. Noch kam sie allein zurecht, aber wenn es mit den Bestellungen noch mehr nach oben gehen sollte, wäre es für eine einzelne Person wirklich nicht mehr zu bewältigen. Und es waren noch gut zwei Wochen bis Weihnachten! Sie würde sehen, was die nächsten Tage mit sich brachten, und dann entscheiden.

Kapitel 5

CeCe hatte die Cranberrys gewaschen, klein geschnitten und sie in ein wenig Wasser quellen lassen. Sie hatte die reifen Mangos fein gewürfelt und beiseitegestellt. Sie hatte den braunen Zucker mit dem Cranberrywasser aufkochen lassen, etwas Tafelessig dazugegeben und die Früchte darin köcheln lassen. Zu guter Letzt hatte sie die Vanilleschoten ausgekratzt, das Mark in den Topf gegeben und alles mit Vanillezucker abgeschmeckt. Und dann hatte sie die noch heiße, stückige Masse in hübsche kleine Gläser abgefüllt, die sie zu Hunderten im Lagerhäuschen aufbewahrte. Das Chutney war fertig und konnte abkühlen, und CeCe atmete durch, setzte sich mit einem alkoholfreien Bier auf die Veranda und sah der Sonne dabei zu, wie sie unterging. Sie hörte ihr Handy piepen und holte es aus der Hosentasche. Erschrocken entdeckte sie vier versäumte Anrufe und zwei Nachrichten. Alle waren von Benedict. Sie musste lachen und ahnte schon, weshalb er versucht hatte, sie zu erreichen.

Sie öffnete die Nachrichten. Die erste lautete:

Hi, CeCe, du wirst es nicht glauben, aber gestern im Kaufhaus hab ich zwei Frauen gesehen, die haargenau so aussahen wie Julia und du! Was für ein irrer Zufall, oder?

Die zweite war schon deutlicher:

*Dir ist klar, dass das ironisch gemeint war, oder?
Ich habe euch beide nämlich genau erkannt und bin
stinksauer! Wie konntest du daherkommen und dich
über mich lustig machen, und dann auch noch mit
Julia! Du solltest dich zutiefst schämen. Erzähl doch
gleich der ganzen Welt davon, dass Benedict Baker den
Santa Claus bei Rawley's spielt. Vielleicht machst du
auch noch ein Foto und schickst es Candy.*

CeCe schüttelte den Kopf. Benedict war mal wieder so was
von dramatisch. Sie kannte keinen anderen Heterosexuel-
len, der dermaßen theatralisch war wie er. Wahrscheinlich
hatte er als Kind zu viele Telenovelas gesehen. Einmal hatte
er ihr nämlich erzählt, dass sein Kindermädchen Carlota,
das auf ihn hatte achtgeben sollen, sich öfter mal am hauseigenen Wein bedient hatte und eingenickt war, während
die lateinamerikanischen Seifenopern weiterliefen und er
sie sich mit Begeisterung anschaute. Wahrscheinlich hatte
er sogar daher sein gutes Spanisch.

Als das Handy nun klingelte, ging CeCe direkt ran.

»Es tut mir leid, dass ich Julia davon erzählt habe, okay?
Candy werde ich kein Wort sagen und ihr ganz bestimmt
auch kein Foto von dir im Weihnachtsmannkostüm schicken, obwohl es ihr eventuell gefallen könnte. Frauen finden nämlich Männer in Kostümen manchmal ganz schön
heiß, musst du wissen. Na ja, es könnte ein wenig brenzlig
mit der Santa-Verkleidung werden, wenn der eigene Vater
in ihrer Kindheit auch in eine solche geschlüpft ist.« Sie
hatte gesprochen, ohne Luft zu holen, weil sie nicht wollte,
dass Benedict sie unterbrach. Es tat ihr ja ehrlich leid. Nicht

so sehr, dass sie Julia davon erzählt hatte, aber schon, dass sie Benedict bei seiner Tätigkeit beobachtet und sich köstlich über ihn amüsiert hatten.

»Also, mein Dad hat sich nie als Santa Claus verkleidet, als ich noch ein Kind war, deshalb gebe ich Ihnen ganz recht, Männer im Kostüm sind heiß, und ich würde mich über einen Santa zu Weihnachten sehr freuen.«

CeCe errötete sofort. Und jetzt wurde ihr klar, dass sie nicht mal richtig auf das Display gesehen hatte, so sicher war sie sich gewesen, dass Benedict dran war. Nur war er es überhaupt nicht! Wer, verdammt noch mal, war da am anderen Ende der Leitung?

»Darf ich fragen, mit wem ich spreche?«, sagte sie, noch immer peinlich berührt.

Die Frau lachte. »Hier ist Amanda Orbison vom Bay Channel 5. Ich bin dort richtig bei Cecilia Jones?«

Bay Channel 5? Etwa der Fernsehsender? CeCe wurde immer mulmiger, sie hatte sich gerade bis auf die Knochen blamiert.

»Ich muss mich bei Ihnen entschuldigen, Ms. Orbison.«

»*Mrs.* Orbison, bitte.«

»Okay, Mrs. Orbison. Ich dachte, ich spreche mit einem meiner besten Freunde.«

Wieder lachte die Frau. »Das macht doch nichts, ich fand es ganz erfrischend, vor allem macht die Sache Sie menschlich.«

Hm. Was sollte sie denn sonst sein, wenn kein Mensch?

»Wie kann ich Ihnen behilflich sein, Mrs. Orbison?«

»Ich rufe an, weil wir Sie gerne interviewen würden.«

»Wie jetzt? Ein Interview? Mit mir?« CeCe konnte gar nicht glauben, was sie da hörte. Wozu sollte man *ihr* schon Fragen stellen? Das musste ein Irrtum sein.

»Ja, genau, mit Ihnen. Und zwar geht es um Ihre Vanille. Wie Sie als Spezialistin sicher wissen, boomt die Vanille gerade wie noch nie, und da sie eines der beliebtesten Weihnachtsgewürze ist, wollen wir ihr eine komplette Sendung widmen und dafür auf einer Plantage drehen. Dass Ihre sich in der Bay Area befindet, passt wie die Faust aufs Auge. Der Beitrag wäre dann sozusagen das Highlight der Sendung, die übrigens noch vor Weihnachten ausgestrahlt werden soll. Wir müssten also sehr bald mit dem Dreh beginnen, am besten gleich am Montag, wenn es Ihnen recht ist.«

»Wie bitte, was?« CeCe blieb der Atem stehen. Hatte sie die Frau richtig verstanden? Sie wollte sie ins Fernsehen bringen? Zusammen mit ihrer Vanille und der ganzen Plantage?

»Wir würden Ihnen selbstverständlich eine Entschädigung zahlen, und da sich im Schnitt zwei Millionen Menschen unsere Nachmittagsreportagen ansehen, dürfte es sich für Sie wirklich lohnen. Ihre Vanille würde in ganz Kalifornien Beachtung finden, und der Umsatz dürfte um einiges steigen«, versuchte Amanda Orbison sie zu überzeugen.

Als ob das nötig wäre!

Schon als sie die Worte Fernsehen und Vanille gehört hatte, war sie Feuer und Flamme und natürlich sofort dabei gewesen.

»Ich mache es! Um wie viel Uhr sind Sie Montag hier?«

Wie in Trance wählte CeCe Benedicts Nummer. Als er abnahm, war er wie erwartet noch immer ziemlich aufgebracht.

»Na, schön, dass du dich endlich meldest. Sag mal, was denkst du dir eigentlich dabei, mich zu ignorieren? Und was …«

»Halt bitte kurz die Klappe, Benedict.«

Es war tatsächlich für einen Moment still am anderen Ende der Leitung, doch nur, damit Benedict erst richtig Luft holen konnte. »Erst lachst du mich aus, und dann verbietest du mir auch noch den Mund?«

»Ich komme ins Fernsehen!«, ließ sie die Bombe platzen.

»Waaas?«, schrie ihr Freund, der anscheinend sofort seine Wut auf sie vergessen hatte.

»Du hast richtig gehört! Gerade hat mich eine Amanda Orbison vom Bay Channel 5 angerufen.«

»Amanda Orbison? Oh, die ist heiß.«

»Keine Ahnung, ich hab gerade kein Bild von ihr vor Augen, aber ...«

»Groß, superschlank, falsche Brüste, langes blondes Haar, Brille.«

»Ach, die ist das?« Bei der Brille hatte es Klick gemacht. Die Frau hatte im letzten Monat die Weihnachtsbaum-Lichterzeremonie am Union Square in San Francisco moderiert, wenn sie sich nicht täuschte.

»Genau die. Und nun erzähl schon! Sie hat dich angerufen?«

»Ja, genau. Gerade eben erst. Sie will einen Fernsehbeitrag drehen, auf meiner Farm. Über die Vanille.«

»Über was denn sonst?«, stand für Benedict fest. »Vanille ist voll angesagt, sie ist *das Gewürz* dieses Weihnachten.«

»Na, du scheinst dich ja auszukennen.«

»Süße, ich bin nur nicht blind. Ist dir denn noch nicht aufgefallen, dass sie zurzeit überall Vanille reintun? In Tee und Kaffee, und neulich war ich im Fata Morgana essen, mit Candy natürlich, und rate, was! Sie hatten sogar in der Sauce zum Hummer Vanille drin.«

»Du warst Hummer essen mit Candy? Die Frau wird dich noch arm machen.«

»Sie weiß halt, was gut ist. Sie hat sich ja schließlich auch mich ausgesucht.«

CeCe musste schmunzeln. »Ja, aber du hast recht. Ich habe gestern auch einen Kaffee mit Vanille am Pier 39 ausprobiert.«

»Wie war er?«

»Nicht lecker.«

»Das sagst du nur, weil du verwöhnt bist. Einem Mr. Ghirardelli würde ja auch kein Schokoriegel von der Tankstelle schmecken.«

»Lebt Mr. Ghirardelli denn eigentlich noch?«

»Keine Ahnung. War ja auch nur ein Beispiel.«

»Na, wenn du meinst. Also, was ich noch sagen wollte: Falls Candy dich ins Armenhaus treibt, kannst du gerne bei mir unterkommen. Ich habe immer Platz auf meiner Couch für dich, und im Übrigen könnte ich gerade ein bisschen Hilfe gut gebrauchen.«

»Viel los bei dir?«, fragte Benedict.

»Ich komme kaum hinterher mit den Bestellungen. Heute habe ich fast dreißig Warensendungen verpackt. Wenn ich die am Montag zur Post bringe, werden die Leute hinter mir in der Schlange bestimmt wieder böse gucken.« Oh. Ihr fiel ein, dass das Fernsehteam ja am Montag kommen würde. Na, vielleicht konnte sie vorher noch schnell zur Post, oder das Team würde sie sogar begleiten. Was wusste sie schon, was genau die alles filmen wollten.

»Warum fragst du nicht Jessie, ob sie dir hilft?«

»Daran habe ich auch schon gedacht.«

»Das solltest du. Ich hab mit meinem Job als Weihnachtsmann nämlich schon genug zu tun, sorry. Womit wir wieder beim eigentlichen Thema wären.«

»Ich dachte, das eigentliche Thema wäre die coole Neuigkeit, dass der Bay Channel 5 eine Reportage mit mir drehen will?«

»Das ist wirklich cool, da hast du recht. Trotzdem bin ich noch böse auf dich.«

»Es tut mir leid, Benedict. Ich mache es wieder gut, ja? Willst du nächste Woche mal zum Abendessen kommen?«

»Einverstanden. Aber nur, wenn du mir mein Lieblingsessen kochst.«

»Solange nicht Hummer dein neues Lieblingsessen ist…«

»Haha. Du weißt genau, was ich mehr als alles andere liebe.«

»Auberginenauflauf, ja, ja, ich weiß.«

»Mit Rucolasalat.«

»Mache ich dir. Wie wäre es am Mittwoch? Montag kommt nämlich schon das Kamerateam und filmt hier den ganzen Tag. Und Dienstag kommen sie noch mal.«

»Und dann lädst du mich erst für Mittwoch ein? Ist das dein Ernst? Ich hab's mir anders überlegt, ich will kein Essen, ich will mit in die Reportage. Oh, warte, du könntest doch für mich kochen, von mir aus mit Vanille, und das könnten die filmen. Natürlich auch, wie ich eintreffe und mit dir esse. Ich tue auch so, als ob es das Beste wäre, was ich je gegessen habe.«

»Da musst du nur so tun?«, fragte CeCe gespielt beleidigt.

»Nein, natürlich nicht, du hast recht. Deine Gerichte sind jedes Mal ein Gaumenschmaus«, schleimte er. »Also, was sagst du?«

Da sie wirklich ein ziemlich schlechtes Gewissen hatte, nickte sie und sagte ihrem Freund, dass er kommen könne. »Dann am Dienstag, okay? Gegen acht?«

»Ich bin doch bis sieben im Kaufhaus, das kann ich unmöglich schaffen.«

71

»Hast du nicht mal einen Tag frei?« Sie wusste nicht, wie lange das Fernsehteam am Abend da sein würde.

»Montag.«

CeCe seufzte. »Na gut, dann halt Montag. Ich spreche mit Amanda und hoffe, sie hat nichts dagegen.«

»Erzähl ihr, wie gut aussehend ich bin. Das kann doch nur von Vorteil sein.«

Wieder musste CeCe den Kopf schütteln. Sie kannte kaum jemanden, der so von sich selbst überzeugt war wie Benedict. Nun ja, er hatte ja recht. Er würde sicher wirken wie ein bezahlter Schauspieler. So, als ob sie keine echten Freunde hätte. Sie seufzte erneut.

»Okay, ich gebe mein Bestes.«

»Und schon sei dir verziehen.«

Sie legte auf und setzte sich auf den Stuhl ihres Vaters. Das war gerade bitter nötig. Denn sie musste ihm nah sein.

»Daddy, hast du das gehört? Unsere Vanille kommt ins Fernsehen«, sagte sie gen Himmel. Noch immer ungläubig, verzogen sich ihre Mundwinkel zu einem Lächeln. Unfassbar. Sie hatte Amanda Orbison nicht einmal gefragt, wie sie auf sie gekommen war und woher sie ihre Telefonnummer eigentlich hatte. Viel zu aufregend war das alles gewesen.

Nachdem sie ein paarmal tief durchgeatmet und sich ein wenig beruhigt hatte, rief sie Julia an, um ihr davon zu berichten. Ihre Freundin war ganz außer sich vor Freude und sagte ihr, dass sie am Montag gleich anrufen solle, wenn das Fernsehteam wieder weg wäre. »Ich will alles hören!«

»Na klar doch. Ich melde mich dann abends.«

»Ich wünsch dir ganz viel Erfolg, Süße!«

CeCe bedankte sich und legte auf. Noch immer hatte sie ein riesiges Lächeln im Gesicht, das gar nicht wieder verschwinden wollte. Wahrscheinlich würde sie selbst im Schlaf noch grinsen wie ein Honigkuchenpferd.

Sie stand vom Stuhl ihres Vaters auf und begab sich ins Haus. Es war kalt geworden, sie wollte sich eine Wolldecke holen. Spontan ging sie dann aber in die Küche, bereitete eine Thermoskanne Vanille-Rhabarber-Erdbeer-Tee zu und spazierte rüber zu Jemima, die keine fünfhundert Meter von ihr in einem hübschen weiß gestrichenen Häuschen wohnte. Dem Häuschen, in dem auch Julia mehrere Jahre gewohnt und in dem sie Heilung und Frieden gefunden hatte.

»CeCe, Liebes, welch eine Überraschung«, begrüßte Jemima sie an der Tür, nachdem sie dreimal geklopft hatte. Jemimas Haus hatte keine Klingel, sie sagte immer, sie sei nach Kalifornien gezogen, um Ruhe zu finden. Laute Töne störten da nur.

CeCe hielt die Thermoskanne hoch. »Ich weiß, es ist schon spät, aber ich habe tolle Neuigkeiten – und Tee.«

»Na, da bin ich gespannt. Komm doch herein.«

Als sie beide in Jemimas gemütlichem Wohnzimmer saßen, jeder einen Becher Tee in der Hand, sah CeCe die ältere Dame eingehend an. »Wie geht es deinem Rücken?«, fragte sie.

»Dem geht es schon viel besser, mach dir da mal keine Sorgen.«

CeCe hatte gewusst, dass Jemima so etwas antworten würde. Ihre Haltung und ihr schmerzverzerrtes Gesicht bei jedem Schritt sagten jedoch etwas anderes.

»Ich habe vorhin schon bei dir geklopft, da warst du aber wohl nicht da.«

»Falls es am frühen Nachmittag war, da habe ich mich für ein Stündchen hingelegt.«

CeCe nickte. »Ich wollte wissen, ob du etwas aus der Stadt brauchst.«

»Ich bin gut versorgt, danke. Julia bringt mir immer so viel vorbei, das kann ich im Leben nicht essen.«

»Dann bin ich beruhigt. Wenn du irgendetwas brauchst, kannst du dich jederzeit bei mir melden, das weißt du, oder?«

»Aber natürlich.« Jemima lächelte, und CeCe betrachtete sie eingehend. Sie sah müde aus. Und doch funkelten ihre Augen, und ihre Rastazöpfe ließen sie weit jünger aussehen, als sie war. Heute trug sie Jeans und eine lilafarbene Bluse. Sie strahlte immer so eine unglaubliche Lebensweisheit aus und dazu eine Wärme, die bewirkte, dass man sich in ihrer Gegenwart einfach geborgen fühlte.

CeCes Grandma Angela war das genaue Gegenteil. Obwohl sie sogar ein paar Jahre älter war als Jemima, wirkte sie noch immer total flippig. Als wäre sie irgendwo in den Sechzigerjahren stecken geblieben und würde das Hippie-Dasein noch immer voll auskosten. CeCe musste schmunzeln, als sie an den neuen Hut dachte, den Angie, wie sie ihre Großmutter seit Kindheitstagen nannte, beim letzten Mal aufgehabt hatte. Er war rot mit bunten Blumen darauf. Sie freute sich richtig darauf, sie morgen zu sehen.

»Also, dann erzähl mal! Was gibt es denn für Neuigkeiten?«, erkundigte sich Jemima.

»Okay…« CeCe musste sich erst einmal sammeln und sich wieder auf die tollen News besinnen. »Du wirst nicht glauben, wer mich vorhin angerufen hat.«

»Der Präsident?«, witzelte Jemima.

»Oh, Gott sei Dank nicht. Nein, nein, jemand Gutes. Kennst du Amanda Orbison vom Bay Channel 5?«

Ihre Nachbarin schüttelte den Kopf. »Du weißt doch,

dass ich kaum Fernsehen gucke. Und wenn, dann sehe ich mir alte Serien wie *Love Boat* oder *Unsere kleine Farm* an.«

»*Unsere kleine Farm* habe ich als Kind mal gesehen. Es hat mir gefallen, weil es da auch um eine Farm ging.«

»Das ist schön, CeCe. Nun komm aber wieder zum Thema zurück. Spann mich nicht so auf die Folter. Das Fernsehen hat dich angerufen? Sollst du etwa bei einer dieser Gameshows mitmachen?«

»Viel besser. Sie wollen einen Beitrag drehen – auf meiner Farm! Anscheinend soll kurz vor Weihnachten eine Sendung zum Thema Vanille laufen, und sie haben mich ausgewählt, den Zuschauern etwas über das Gewürz zu erzählen.« Sie grinste. »Aufregend, oder?«

»Und ob! Das ist ja fantastisch, Kleines. Wann soll das Ganze stattfinden?«

»Am Montag schon. Und Dienstag. Ich weiß wirklich nicht, was sie zwei Tage lang filmen wollen, aber anscheinend haben sie alles genau durchgeplant. Vielleicht interessiert es die Zuschauer ja, wie ich meine Vanilleplätzchen backe oder Marmelade einkoche.«

»Deine Vanilleplätzchen sind die besten«, sagte Jemima.

»Danke schön.« CeCe lächelte sie an. Das hatte sie in letzter Zeit öfter gehört.

Ihr Blick fiel auf die hübsche Keksdose mit Engelmotiv in der Mitte des Tisches, und sie sah sich genauer im Zimmer um. Jemima hatte alles schon ganz weihnachtlich geschmückt. Eine wunderschöne Krippe mit Maria, Josef, dem Jesuskind, den drei Weisen und etlichen Tieren stand auf der Kommode und nahm den gesamten Platz ein, den sonst Jemimas Porzellanfiguren zierten. Ihr fiel ein, dass sie das auch noch machen musste: ihre Weihnachtskisten hervorholen und dekorieren, denn Amanda Orbison hatte ihr gesagt, dass es so weihnachtlich wie möglich bei ihr aussehen sollte. Immerhin würde es eine Weihnachtssendung werden.

»Wie sind die denn eigentlich auf dich gekommen?«, wollte Jemima nun wissen.

»Das weiß ich selbst noch nicht. Irgendwer muss ihnen meine Handynummer gegeben haben, die steht nämlich nicht auf der Website. Ich hab leider vergessen zu fragen.«

»Ich tippe auf Benedict oder Zelda.«

Zelda! Dass sie da noch nicht drauf gekommen war. Die Supermarktinhaberin war wohl die größte Tratschtante von ganz Napa.

»Benedict war genauso überrascht wie ich, als ich ihm eben davon erzählt habe, aber mit Zelda könntest du recht haben.«

Jemima nickte, als wüsste sie genau Bescheid. Dann trank sie einen Schluck Tee.

»Schmeckt er dir?«, fragte CeCe gespannt. Sie kam öfter mal mit einer Kanne Tee rüber, aber den Vanille-Rhabarber-Erdbeer-Tee führte sie noch nicht lange.

»Er schmeckt mir sogar ausgezeichnet. Wie kommst du nur immer auf solche köstlichen Ideen?«

»Ach«, winkte sie ab. »Die sind einfach irgendwann da.«

»Dann mach weiter so, Liebes.« Jemima sah sie warm an. »Ich bin so stolz auf dich, und auch auf Julia. Ihr beide habt wirklich eure Berufung gefunden. So wie ich damals. Es ist doch wundervoll, wenn man im Leben das machen kann, was einen erfüllt, nicht wahr?«

CeCe nickte. Sie war ziemlich berührt und musste kurz schlucken. Seit ihr Dad von ihr gegangen war, bekam sie, wenn man die Kekse mal außen vorließ, nicht mehr allzu viel Lob – von wem auch? Angie war nicht die Art von Person, die einfühlsam war und die einem ständig Komplimente machte. Na ja, zu CeCes grünem Shirt neulich hatte sie gemeint, dass sogar sie selbst es tragen würde, das war aber schon das Höchste der Gefühle.

»Das ist wirklich lieb, dass du das sagst«, brachte sie dann doch heraus. »Weißt du, ich war gestern erst mit Julia in San Francisco, und wir haben ebenfalls festgestellt, wie schön es ist, dass wir beide so viel Leidenschaft für unseren Beruf empfinden. Ich denke, das können nicht allzu viele Leute von sich behaupten.«

»Da hast du wohl recht. Was habt ihr denn in San Francisco gemacht?«

»Ach, wir haben uns einfach treiben lassen. Waren bei den Seelöwen und sind Cable Car gefahren. Und dann haben wir noch Benedict bei seinem Job als Kaufhaus-Weihnachtsmann beobachtet.«

Jemima musste lachen, da sie den Guten ebenfalls kannte und wahrscheinlich genauso überrascht war wie Julia. »Benedict als Santa Claus? Was ist denn in den gefahren?«

»Er hat eine neue Freundin und will sich was dazuverdienen, um ihr ein hübsches Weihnachtsgeschenk zu kaufen.«

»Na, das erklärt alles. Er will wohl bei ihr landen, was?« Jemimas Augen funkelten frech.

»Haha, ich glaube, das hat er schon erreicht, Jemima. Wir leben doch nicht mehr zu Zeiten von *Unsere kleine Farm*.« Sie kicherte.

»Na, zu meinen Zeiten war das auch alles noch ein bisschen anders.«

»Das glaube ich dir gern.« Jemima war ja auch nicht im San Francisco der Sechziger aufgewachsen, wo Sex and

Drugs and Rock'n'Roll an der Tagesordnung gewesen waren.

»Sag mal, wie sieht es denn bei dir in Sachen Liebe aus?«, fragte ihre ältere Freundin frei heraus. Das hätte auch von Angie kommen können, nur hätte die es in etwa so ausgedrückt: »Und? Wann hattest du das letzte Mal Sex?«

»Ach, frag lieber nicht. Ich glaube kaum, dass mir mein Traumprinz in nächster Zeit über den Weg laufen wird.«

Sie beide blickten gleichzeitig aus dem Fenster hinaus, in Richtung Louis' Weingut. Jemima wusste nur zu gut, was CeCe damals durchgemacht hatte. Und sie konnte sich sicher auch denken, dass es noch immer wehtat, auch wenn es inzwischen schon über ein Jahr her war.

Wie immer, wenn sie über die Liebe nachdachte, kamen CeCe ihre Eltern in den Sinn. Sie sah Jemima an, faltete die Hände und ließ sie auf ihre Oberschenkel sinken.

»Sag, Jemima, habe ich dir je erzählt, wie meine Eltern sich kennengelernt haben?«

»Dein Vater war Staubsaugervertreter, oder?«

Also hatte sie die Story schon mal erzählt. Würde es Jemima etwas ausmachen, wenn sie sie noch mal hörte? CeCe wollte so gerne über ihre Eltern sprechen.

Sie nickte. »Ja, er war Vertreter in San Francisco und hat an der Haustür meiner Mutter geklingelt. Sie hat damals mit ihren Eltern in einem kleinen Häuschen in South San Francisco gewohnt.«

»Und es war Liebe auf den ersten Blick?«

»Das war es. Sie begannen, sich zu verabreden, und mein Dad führte sie in nette kleine Restaurants aus, um sie zu beeindrucken.« Auch wenn sie keinen Hummer, sondern Enchiladas oder Pizza aßen, waren in der Hinsicht wohl alle Männer gleich: Sie versuchten, die Herzen der Frauen

78

mit gutem Essen zu gewinnen. »Als sie zwei Jahre nach ihrer ersten Begegnung in einer kleinen katholischen Kirche heirateten, brachte mein Dad meine Mom hierher ins Napa Valley auf die Farm. Damals war sie noch ein kleines Weingut, das mein Dad von seinem Grandpa geerbt hatte. Hier verbrachten sie ganz wundervolle romantische Flitterwochen. Meine Mutter verliebte sich auf Anhieb in die Gegend und bat meinen Vater, ob sie nicht herziehen könnten. Mein Dad, der einfach alles für sie getan hätte, willigte sofort ein und fuhr von da an mit seinen Staubsaugern nicht mehr so häufig in San Francisco herum, sondern beschränkte sich meist auf Napa, Sonoma und Umgebung, um abends früher zu Hause zu sein. Meine Mutter war bereits schwanger, und die beiden freuten sich unglaublich, bald eine richtige kleine Familie zu haben. Ja, und dann wurde ich geboren.«

»Das Beste, was den beiden passieren konnte. Ich kannte deine Mutter nicht, aber ich weiß von Joseph, dass sie dich abgöttisch geliebt hat, von dem Moment an, in dem sie dich zum ersten Mal im Arm hielt und dir in die Augen blickte. Wenn sie dich heute sehen könnte, wäre sie sehr stolz auf dich, CeCe. Vor allem, weil du die Vanillefarm so gut aufrechterhältst.«

Nun hatte sie nicht nur einen dicken Kloß im Hals, sondern auch Tränen in den Augen. »Ich wünschte, meine *mamá* hätte die Farm sehen können, hätte sehen können, was wir aus dem Weingut gemacht haben. Ganz allein für sie.«

»Sie wäre sicher sehr glücklich gewesen.«

»Ja, das wäre sie.«

CeCe trank noch einen Schluck Tee und nahm dann die Serviette entgegen, die Jemima ihr reichte, um sich damit die Tränen abzutupfen.

»Du und deine Farm im Fernsehen«, sagte Jemima nun mit einem Lächeln. »Da werde ich sogar mal eine Ausnahme machen und von meinem gewohnten Programm abweichen, denn das muss ich unbedingt sehen.«

CeCe stellte den leeren Becher ab und steckte die zusammengeknüllte, feuchte Serviette hinein. Ja, sie und ihre Farm im Fernsehen – die Aufregung wuchs mit jeder Minute.

»Bekomme ich noch einen Becher Tee?«, bat Jemima.

»Natürlich.« Sie nahm die Kanne in die Hand und füllte ihr nach.

Kapitel 6

»Magst du auch ein Bier?«

Richard, der den Blick auf einen Punkt weit in der Ferne gerichtet hatte, wandte sich seinem besten Freund zu, lächelte und antwortete: »Gerne.«

Er sah Mitchell dabei zu, wie er zwei Dosen aus dem Sixpack löste und ihm eine davon reichte. Er nahm sie entgegen, öffnete sie und trank einen großen Schluck. Das tat gut.

»Es ist ein wirklich schöner Abend«, sagte Mitchell, der geschäftlich in der Stadt zu tun und spontan vorbeigeschaut hatte. Er blickte ebenfalls in die Ferne, wo der Mond bereits die Skyline Sacramentos erhellte.

Sie saßen auf der Dachterrasse, die zu Richards Penthouse gehörte. So luxuriös und nett die Wohnung auch war, hatte er sich hier nie richtig zu Hause gefühlt. Er vermisste den Lake Tahoe, er vermisste die Arbeit, die ihn vierundzwanzig Stunden am Tag vereinnahmte und machte, dass er aufhörte, über andere Dinge nachzudenken. Dinge, die ihn nur aufbrachten oder traurig stimmten. In knappe Worte gefasst: das nüchterne Verhältnis zu seinem Vater und die Tatsache, dass seine letzte Beziehung dreieinhalb Jahre her war und er sich sein Leben mit vierunddreißig eigentlich anders vorgestellt hatte.

81

»Wann fährst du zurück zum Hotel?«, wollte Mitchell wissen.

»Gleich morgen in der Früh«, erwiderte er. »Es gibt viel zu tun, so kurz vor Weihnachten.«

»Weihnachten ist doch erst in zweieinhalb Wochen.«

»Ja, im Hotelgeschäft ist das aber fast so, als wäre es schon morgen. Wir sind bis Jahresende komplett ausgebucht, Events stehen an, Weihnachtsfeiern und Ausflüge, die geplant werden müssen. Wie es aussieht, muss ich noch mehr Pferde und Kutschen beschaffen, weil die Fahrten so gut ankommen.«

Die Kutschfahrten waren neu, etwas, das er sich für diesen Winter hatte einfallen lassen. Nun, eigentlich hatte ein Scheich aus Bahrain, der seit Jahren Stammkunde im Heavenly Resort war, sich danach erkundigt. Und da Richard seinen Gästen keine Wünsche offenlassen wollte, hatte er die Idee kurzerhand übernommen und zu den beiden Pferden, die er sowieso schon seit Jahren im Stall hatte, um den Gästen Ausritte zu ermöglichen, zwei weitere angeschafft.

Sein Vater hatte nur mit dem Kopf geschüttelt. Der führte selbst achtzehn Hotels und war der Meinung, Wellnessprogramme mussten reichen. Genau das war aber der große Unterschied zwischen Richard Banks senior und Richard Banks junior: Seinem Vater ging es vor allem um Profit, er aber wollte es schaffen, dass jeder einzelne Gast seinen Aufenthalt genoss und mit einem Lächeln wieder abreiste.

»Ich nehme nicht an, dass du vor Weihnachten noch mal zurück nach Sacramento kommst?«, fragte Mitchell.

Richard schüttelte den Kopf. »Nein, das wird kaum möglich sein. Ich wüsste auch nicht, was ich hier sollte. Meine Mom ist in Mailand, und mein Dad ist sonst wo. Ihn werde ich höchstens an Weihnachten kurz sehen.«

»Und die hübsche Blonde? Wie hieß sie noch?« Sein Freund grinste ihn an.

»Brittany? Ach, ich hab erkannt, dass ich einfach nicht auf Blonde stehe.« Die eigentliche Erklärung dafür, dass er Brittany nach nur vier Dates den Laufpass gegeben hatte, war die, dass er erkannt hatte, dass sie wie so viele andere auch nur hinter seinem Geld her war. Man hatte es echt nicht leicht als Sohn eines Hotelmagnaten. Jeder wusste, wer man war, zumindest die Frauen, die darauf aus waren, sich einen reichen Mann zu angeln.

Mindy war da anders gewesen. Sie hatte ihn wirklich geliebt. Wenngleich sie beide unterschiedliche Vorstellungen von einer gemeinsamen Zukunft gehabt und sich deshalb letztendlich getrennt hatten.

»Wie geht es denn dem großen Richard Banks senior?«, erkundigte sich Mitchell.

»Der war gerade in den Flitterwochen mit Ehefrau Nummer vier.«

Mitchell musste lachen. »Dein Dad ist echt unglaublich. Wie alt ist die Neue? Lass mich raten – einundzwanzig?« Es war kein Geheimnis, dass die Frauen seines Vaters immer jünger wurden, je älter er selbst wurde.

»Knapp daneben. Sechsundzwanzig.«

»Woah! Dann ist deine neue Stiefmutter um einiges jünger als du.«

»Oh Gott, so will ich Cynthia gar nicht sehen.«

»Ist sie wenigstens heiß?«, fragte Mitchell, noch immer grinsend.

Er wusste, dass sein Freund nur herumwitzelte, und doch fand er die ganze Sache grotesk. »Kannst du bitte aufhören damit? Das ist ja widerlich.«

»Okay, okay, sorry. Ich hör schon auf.« Mitchell lachte.

Richard schüttelte den Kopf. Dann seufzte er resigniert. »Du würdest sie wahrscheinlich eher nicht so heiß finden. Du stehst auf einen ganz anderen Typ.« Sein Freund mochte exotische Frauen, am besten mit kurzen Haaren, das war schon immer so gewesen. »Warte, er hat mir ein Hochzeitsfoto geschickt.«

Er holte sein Smartphone aus der Hosentasche und zeigte Mitchell das Foto, das sein Dad ihm gleich nach der Hochzeit auf Aruba gesimst hatte. Das war auch so eine Sache. Zu den vorigen beiden Hochzeiten hatte er Richard noch eingeladen, jetzt machte er sich nicht einmal mehr die Mühe, flog lieber gleich mit seiner Zukünftigen auf eine karibische Insel und heiratete am Strand, um die Flitterwochen direkt mit dranzuhängen.

Mitchell pfiff durch die Zähne und sagte bewundernd: »Wow! Respekt! Dein alter Herr versteht es, sich hübsche Frauen anzulachen.«

Hm, mit Lachen hatte sein Dad Ehefrau Nummer vier sicher nicht für sich gewonnen, eher mit Diamanten und Jimmy Choos. Und vielleicht sogar dem einen oder anderen Implantat, das er ihr spendiert hatte. Richard warf einen Blick auf das Foto, das seinen Dad mit der blonden Cynthia zeigte, deren Dekolleté in dem Hochzeitskleid so sicher falsche Brüste zum Vorschein brachte, wie dass es im Dezember am Lake Tahoe schneite.

Er steckte sein Handy wieder ein und trank von seinem Bier. »Können wir bitte von was anderem reden?«, bat er seinen ältesten Freund, mit dem er zusammen auf dem Internat gewesen war. Dort hatten seine Eltern ihn mit zwölf Jahren hingeschickt, weil er langsam zu alt für eine Nanny geworden war und weil sie selbst natürlich keine Zeit für ihn gehabt hatten. Sein Dad war mit all seinen

Hotels und Affären beschäftigt gewesen und seine Mutter mit ihrem Job als Kostümbildnerin. Damals hatten sie noch in Bel Air, Los Angeles, gewohnt, wo seine Mom wunderschöne Kleider und Kostüme für Hollywoodfilme entwarf, die ihr mehr bedeuteten als alles andere. Ja, erst hatte er den Gedanken, von zu Hause wegzumüssen, gehasst, dann jedoch hatte er bereits an seinem ersten Tag auf der Sherman's Boarding School for Boys Mitchell getroffen – das Beste, was ihm je passiert war. Seitdem führten sie eine Freundschaft, die ihresgleichen suchte. In seinem Leben gab es keinen zweiten Menschen, dem er so vertraute, auf den er sich so verlassen konnte und für den er bis ans Ende der Welt gegangen wäre.

»Na klar. Wie wäre es mit dem Thema Kekse?« Er kramte in seinem Rucksack herum, den er um die Schulter hängen gehabt hatte, als er eine halbe Stunde zuvor eingetroffen war, und holte eine Tüte Vanilleplätzchen hervor.

Richard lachte. »Kekse? Na, ein tolles Thema. Aber gut, dass du was zu essen dabeihast, in meiner Küche sind nämlich nur noch ein paar Reste vom indischen Lieferdienst anzufinden, und ich bezweifle, dass man die noch guten Gewissens essen kann.« Er stand auf und holte eine Schüssel aus dem Schrank, in die Mitchell die Tüte sogleich leerte.

»Nimm dir einen!«, forderte sein Freund ihn auf und sah ihn gespannt an.

»Oh Gott, sag mir nicht, dass das Haschkekse sind oder so was!«

Mitchell lachte. »Nein, nein, ich glaube, aus dem Alter sind wir raus. Aber süchtig machen könnten die Dinger dich trotzdem. Na los, probier schon!«

Mann, was war denn auf einmal in seinen Freund gefahren? Richard schüttelte schmunzelnd den Kopf und nahm sich einen Keks. Als er ihn an den Mund führte, stieg ihm der Vanilleduft in die Nase. Es roch unglaublich!

Er biss ab und ... befand sich im Himmel.

»Na? Gut, oder?«, fragte Mitchell und sah ihn erwartungsvoll an.

Richard steckte sich den Rest des runden, mit Puderzucker bestäubten Plätzchens in den Mund, genoss dieses intensive Geschmackserlebnis und nahm sich gleich Nachschub aus der Schüssel.

»Gut? Die sind unbeschreiblich! Wo hast du die her?« Er steckte sich einen weiteren Keks in den Mund, und plötzlich wusste er, woran sie ihn erinnerten.

Der Geschmack. Der Duft. Das Gefühl von Geborgenheit. Es war wieder da. Und das alles hatten nur diese Vanilleplätzchen in ihm ausgelöst.

Sie erinnerten ihn an Elena!

Elena war seine Nanny gewesen, als er noch klein gewesen war. Bevor er aufs Internat geschickt worden war. Elena war Mexikanerin und das einzig Gute und Beständige in seinem Leben gewesen. Die einzige Person, die ihm Wärme geschenkt, die ihm zugehört, die sich um ihn gesorgt hatte. Und sie hatte immer nach den Vanillebonbons gerochen, die sie fast ununterbrochen gelutscht hatte. Manchmal hatte sie ihm heimlich eins abgegeben, obwohl seine exzentrische Mutter Süßigkeiten strikt verboten hatte.

Ach, waren das schöne Zeiten gewesen. Elena. Er hatte schon so lange nicht an sie gedacht. Irgendwann einmal, es musste zehn Jahre her sein, hatte sie ihm eine Weihnachtskarte geschickt, woraufhin er sie angerufen hatte. Und da hatte sie ihm erzählt, dass sie vorhatte, zurück nach Mexiko zu gehen.

Elena ...

»Richard? Hey! Wo bist du mit deinen Gedanken? Immer noch bei den Keksen? Oder etwa bei einer Frau? Du siehst nämlich auf einmal ganz schwärmerisch aus.«

Er rüttelte sich aus seinen Gedanken. »Nein, nein, es sind nur die Kekse. Die sind wirklich unfassbar lecker. Wo hast du sie her?«

»Ich hab sie neulich auf dem Farmer's Market in Napa gekauft, als ich dort zu einer Weinprobe war.«

»Hast du etwa vor, jetzt auch noch im Weingeschäft mitzumischen?«

»Nein, nein, ich bleibe bei den Gewürzen. Ein Großkunde aus Napa hatte mich nur eingeladen, mit ihm diesen Ausflug zu machen. Der Kerl ist ein Kotzbrocken, die Kekse waren das einzig Gute an dem Tag.«

»Das einzig Gute? Dabei soll das Napa Valley doch so schöne Landschaften bieten.«

Mitchell zuckte die Schultern. »Ich bin eher der Stadt-Typ, das weißt du doch. Es sei denn, es hat etwas mit Sport zu tun. Sonst mag ich es lieber urban.«

Ja, das wusste Richard. Sein Freund war das genaue Gegenteil von ihm. Er selbst liebte die Natur, frische Luft und atemberaubende Aussichten. Am Lake Tahoe bekam man von allem mehr als genug.

»Wie auch immer«, fuhr Mitchell nun fort. »Ich hab diese Dinger also letzten Monat da auf dem Markt mitgenommen und sie für so lecker befunden, dass ich gleich online noch ein paar Tüten bestellt habe.«

»Ach was, die sind auch im Internet zu haben?«

»Japp. Eine junge Vanillefarmerin führt da einen kleinen Onlineshop. Ich bin schwer am Überlegen, ob wir mit ihr nicht einen Deal aushandeln sollten. Aber so kleine Plantagen produzieren meistens nicht genug.«

»Schick mir mal bitte den Link, damit ich mir auch welche bestellen kann.«

»Die Website steht hier auf der Tüte.« Mitchell reichte sie ihm.

»Danke. Und nun erzähl du mal. Wie läuft es mit Mona?«

Mitchell seufzte schwer. »Da gibt's eigentlich nichts Neues. Es ist ein On und Off. Seit zwei Wochen sind wir wieder zusammen, aber ich habe keine Ahnung, wie lange es diesmal hält.«

Richard betrachtete seinen Freund und fragte sich, warum er sich das nur antat. Mona machte ihn nicht glücklich. Er konnte gar nicht mehr zählen, wie oft die beiden sich schon getrennt hatten. Allerdings hielt er sich mit seiner Meinung zurück. Was wusste er schon? Er hatte die Richtige doch auch noch nicht gefunden und bezweifelte so langsam, dass er es je würde.

»Na, falls ihr zu Weihnachten noch zusammen seid, könnt ihr gerne ins Hotel kommen. Für dich habe ich immer ein Zimmer frei.«

»Danke, das ist nett von dir. Aber Weihnachten verbringen wir getrennt, ich bei meinen Eltern und sie bei ihrer Familie in Phoenix. In der Woche darauf vielleicht. Sag mal, hattest du nicht vor, das Hotel bald zu renovieren?«

Richard nickte. Ja, das stimmte, da hatte er sich einiges vorgenommen. »Gleich im neuen Jahr. Ab dem siebten Januar haben wir zwei Wochen geschlossen. Die Zimmerwände müssen neu tapeziert und die Teppiche im gesamten Hotel ausgetauscht werden. Auch einige Matratzen sind nicht mehr brauchbar, und die Lobby wird ebenfalls neu gestaltet. Du weißt, ich will für meine Gäste nur das Beste.«

»Ja, das weiß ich. Du machst es besser als dein Dad. Viel besser.«

Richard war gerührt, weil sein Freund das erkannt hatte. Er legte ihm einen Arm um die Schulter.

»Schön, dass du hier bist.«

»Du kannst Mr. Watson von der Zimtfabrik danken, der mich unbedingt persönlich sehen wollte.« Mitchell war ständig auf Reisen, weil er so viele Kunden besuchen musste.

»Danke, Mr. Watson«, sagte Richard und griff nach dem letzten Keks.

Kapitel 7

CeCe musste schmunzeln, als sie die Stufen zum Haus ihrer Grandma hochstieg. Denn während alle anderen bereits ihren Weihnachtsschmuck hervorgeholt hatten, so wie auch sie am Morgen, war hier noch immer alles mit Kürbissen dekoriert. Auf jeder Stufe standen mindestens zwei oder drei davon, sodass man einen kleinen Slalom laufen oder versuchen musste, darüber hinwegzusteigen. Auch hing noch eine Lichterkette mit Lampions in Kürbisform einmal quer über der Eingangstür. Im Küchenfenster klebten … na? Dreimal durfte man raten! Kürbisbilder natürlich.

Dass hier alles noch immer nach Halloween aussah, war allerdings nichts Ungewöhnliches. Denn bei Angie gab es das ganze Jahr über Kürbisse. Sie liebte Kürbisse! CeCe hatte keine Ahnung, woher diese Leidenschaft kam, aber sie war da, solange sie ihre Grandma kannte, und das war irgendwie auch cool. Denn eine Grandma zu haben, die anders war als alle anderen, hatte sie schon immer als wunderbar empfunden. Damals in der Schule, als ihre Mitschülerinnen immer von ihren langweiligen Großeltern erzählt hatten, die ihnen, wenn sie bei ihnen übernachteten, nicht erlaubten, Fernsehen zu gucken, und die ihnen Spinat aufzwangen, konnte CeCe nur lächeln. Denn ihre Grandma sah sich mit ihr bis zwei Uhr morgens alte Folgen von *Drei*

Engel für Charlie an und machte Spaghetti mit Tomatensauce.

Angela Jones war anders, ja. Aber hier in Sausalito war sie ganz normal, denn die Gemeinde bestand überwiegend aus Künstlern, Aussteigern und Stars, die es hierher verschlagen hatte, weil sie sich nach einer anstrengenden Karriere an einem Ort zur Ruhe setzen wollten, an dem sie eben nichts Besonderes waren und einfach nur in Frieden gelassen wurden.

Ihre Grandma war irgendwie von allem etwas. Künstlerin, Aussteigerin und Alt-Hippie. Letzteres erkannte man nicht nur an ihrem Verhalten, sondern auch an ihrer verrückten Kleidung.

»Hey!«, sagte Angie und umarmte sie kurz. »Hast du Hunger?«

Sie musste lachen. So war Angie, immer direkt und ehrlich, sie machte keine langen Reden und hielt auch nichts von Small Talk.

»Klar.«

Angie schnappte sich die rote Fransenjacke, die sie zusammen mit der grünen Hose und dem gelben Pullover wie einen Papagei aussehen ließ. Sie zog die Tür zu, ohne abzuschließen. CeCe hatte es aufgegeben zu fragen, warum sie das nie tat. Angies Antwort war sowieso jedes Mal dieselbe: »Wozu zuschließen? Bei mir gibt es doch nichts, das man würde klauen wollen.«

»Wie geht es dir?«, erkundigte sich CeCe, während sie die Stufen hinunterstiegen und die kleine, gewundene Princess Street entlanggingen.

»Bestens, wie immer. Worüber sollte ich mich auch beklagen? Die Sonne scheint, das Leben ist schön.«

»Na, das freut mich. Was macht die Kunst?«

Angie malte Bilder. Porträts von Menschen, die alle auf dasselbe hinausliefen: Am Ende glich ein jeder einem Kürbis.

»Die macht, was sie will. Du weißt ja, ein wahrer Künstler lässt sich leiten.«

Oh ja, das sah man an den vielen Bildern in Tulip's Gallery. Tulip war das englische Wort für Tulpe, und Angies Freundin hatte sich in den Sechzigern selbst so genannt. Angie hatte ihren Namen behalten, da damals gerade der gleichnamige Song der Rolling Stones erschienen war und sie ihn so mochte.

»Also, wohin gehen wir essen?«, fragte CeCe.

»Ich dachte ans Sausalito Bakery & Café. Ich brauche was Grünes.«

»Alles klar.«

Sie bogen nach rechts um die Ecke zur Bridgeway Street und liefen die Straße an der Bucht entlang, von der aus man in weiter Ferne die Skyline von San Francisco bestaunen konnte. Wenn man sich denn etwas aus ihr machte. Angie hatte die ersten zweiundfünfzig Jahre ihres Lebens in San Francisco gelebt, bevor es sie hierher verschlagen hatte, und sie war seitdem höchstens ein paarmal dort gewesen. Sie betonte sogar immer wieder, dass sie es kein bisschen vermisste. Hier in Sausalito fühlte sie sich wohl. Hier schien die Welt stillzustehen.

»Schon wieder so viele Touristen heute«, stellte Angie fest. »Hoffentlich bekommen wir überhaupt noch einen Platz.« Das kleine Restaurant hatte kaum mehr als zehn Tische, das wusste CeCe von vorigen Besuchen.

»Du willst dich doch nicht wirklich über die Touristen beklagen, oder? Sind sie nicht diejenigen, die deine Bilder kaufen?«

Angie warf ihr einen Blick von der Seite zu, der ihr Missfallen ausdrückte. Sagen tat sie aber nichts.

CeCe sah aufs Wasser. Auf der anderen Seite der Straße ging es über ein paar Steinbrocken direkt ins Meer, und in der Bucht, zwischen hier und San Francisco, tat sich eine Insel auf. Angel Island. Ein weiterer Ort für Promis und Aussteiger, nur ein wenig exklusiver. Und einsamer. CeCe konnte sich nicht vorstellen, auf einer Insel zu wohnen, nirgends mit dem Auto hinzukommen und immer auf eine Fähre angewiesen zu sein.

Ihr Blick fiel auf den alten Mann, der wie so oft am Ufer saß und Gebilde aus Steinen baute. Er setzte einen Stein auf den anderen, oftmals sogar nur Spitze auf Spitze, und sie fragte sich wie jedes Mal, wie er das nur anstellte, ohne dass alles in sich zusammenfiel.

Ein Ehepaar blieb stehen und betrachtete die Kunstwerke, dann nahmen sie ihm eins der Fotos davon ab, die er verkaufte.

»Träumst du, CeCe?«, hörte sie Angie fragen.

Sie machte halt und bemerkte, dass ihre Grandma ein paar Schritte weiter hinten stehen geblieben war. Huch! Sie war bereits am Restaurant vorbeigelaufen? Wie hatte ihr das denn passieren können?

Sie grinste, ging zurück und folgte Angie ins Innere des kleinen Gastronomiebetriebs, der eher locker gehalten war. Es herrschte Selbstbedienung, also stellten sie sich in die Schlange.

»Sieh mal, es ist nur noch ein Tisch frei. Der direkt am Fenster. Magst du dich schon mal setzen, während ich bestelle?«, fragte Angie.

»Ja, klar. Bring mir irgendwas mit. Bestell mir am besten dasselbe wie dir, ja?« Eilig drehte sie sich um und trat zum

93

Fenstertisch, von dem aus man eine fabelhafte Aussicht auf die Promenade und die Bucht hatte.

Keine fünf Minuten später stand Angie mit zwei Tellern in den Händen vor ihr und stellte das Essen ab. Während sie noch einmal zurück zur Theke ging, um die Getränke zu holen, betrachtete CeCe das viele Grün, das sich auf ihrem Teller türmte.

Angie hatte es anscheinend sehr gut gemeint. Auf einem Berg aus gemischten Blattsalaten stapelten sich gegrillte Auberginen- und Zucchinistreifen, gebratene Champignons und Spinat. Dazu gab es zwei Scheiben Baguette.

Da hatten sie es nun doch noch: Angie tischte ihr Spinat auf.

»Das sieht aber *sehr* gesund aus«, sagte sie zu ihrer Grandma, als diese sich setzte.

»Du hast gesagt, ich soll dir dasselbe bestellen wie mir.«

Ja, und das bereute sie schon.

»Nun zieh nicht so ein Gesicht, sondern probier! Das ist wirklich lecker.« Angie nahm die Gabel in die Hand und spießte einen Pilz auf.

CeCe versuchte es mit einer Aubergine.

»Wow, du hast recht, das ist wirklich lecker«, musste sie zugeben, nachdem sie auch das andere Gemüse probiert hatte. »Ich sollte mal mit Julia herkommen. Antipasti liebt sie nämlich.«

»Das solltest du unbedingt mal tun. Ich hab sie lange nicht gesehen. Wie geht es ihr?«

»Gut. Sie hat am Sonntag einen großen Auftritt in der Grace Cathedral in San Francisco.«

»Mit dem Chor?«

»M-hm«, machte CeCe, während sie auf den Salatblättern herumkaute.

»Na ja, du weißt ja, ich halte nichts von Religion. Aber schön für Julia. Ist sie denn endlich über den untreuen Bastard hinweg?«

Wie gesagt – Angie war direkt und hielt mit nichts hinter dem Zaun.

»Noch nicht so ganz, aber sie ist auf dem richtigen Weg.«

»Das hoffe ich für sie. Es gibt doch so viele nette Männer da draußen. Was mich auf etwas anderes zu sprechen bringt. Wie sieht es denn bei dir aus in Sachen heiße Kerle?« Angie zwinkerte ihr verschmitzt zu.

»Heiße Kerle? Du meinst, mitten im winterlichen, einsamen Napa Valley? Also, in letzter Zeit hat sich leider kein Ritter in schimmernder Rüstung auf meine Farm verirrt.«

»Ritter in schimmernder Rüstung. Pfff!«, machte Angie. »Davon war doch gar nicht die Rede. Ich spreche von Sex! Wann hattest du zum letzten Mal welchen?«

CeCe merkte, wie sie errötete. Nicht, weil sie so überrascht war, dass ihre achtundsiebzigjährige Grandma so offen über Sex sprach, das war sie von ihr gewohnt. Nein, eher weil sie es hier in der Öffentlichkeit und dazu noch so laut tat, dass sich bereits alle anderen Gäste nach ihnen umdrehten.

»Pssst! Es muss doch nicht jeder über mein Sexleben Bescheid wissen«, sagte sie mit gesenkter Stimme. »Wenn du es so genau wissen willst – das letzte Mal liegt fast anderthalb Jahre zurück.«

»Ist nicht dein Ernst! Seit Louis ist mit niemandem was gelaufen?«

»Nein, natürlich nicht. Ich bin keine Frau für eine Nacht!«, sagte sie empört. Doch dann wurde ihr sogleich bewusst, dass sie ihre Grandma damit beleidigt hatte. »Ich meine, es ist für mich vollkommen okay, wenn andere es so

95

halten, aber ich persönlich möchte lieber eine feste Beziehung haben. Verstehst du?«

»Ach, Kind, jetzt brauchst du doch kein schlechtes Gewissen zu bekommen.«

War sie so durchsichtig?

»Hab ich nicht. Ich meine …«

»CeCe, ich war auch einmal wie du. Ich war deinem Grandpa fünfundzwanzig Jahre treu. Aber sein Tod, so sehr er mich mitgenommen hat, war irgendwie auch das Ende einer Ära. Ich habe die Liebe meines Lebens verloren und glaube nicht, jemals wieder so eine tiefe Verbindung mit einem Mann zu haben. Warum also nicht das Leben auskosten und nehmen, was kommt? Spaß haben. Das solltest du auch mal ausprobieren.«

»Ich suche lieber weiterhin nach meinem Traumprinzen. Ich habe die wahre Liebe immerhin noch nicht erlebt.«

»Da hast du auch wieder recht. Eine wahre Liebe sollte jeder im Leben gehabt haben.«

CeCe lächelte ihre Grandma zustimmend an und betrachtete ihren Pullover. »Hübsche Sonnenblume«, sagte sie und deutete auf die riesige Blume mitten auf der Vorderseite.

»Danke. Ich hab mich gleich in den Pulli verliebt und wusste, den muss ich haben. Roy hat ihn mir spendiert.«

»Roy? Ehrlich? Wie läuft es denn mit Roy? Am Freitag wäre ich auf dem Heimweg aus San Francisco beinahe bei dir vorbeigekommen, aber dann fiel mir wieder ein, dass du ja ein Date hattest. Darf ich fragen, wie es gelaufen ist?«

»Natürlich darfst du. Es war sehr schön.«

»Was habt ihr gemacht?«

»Roy hat für mich gekocht.«

»Ja? Hm, du scheinst ihn ja wirklich zu mögen, deinem Strahlen nach zu urteilen. Und ihr hattet jetzt schon wie viele Dates? Ist wohl diesmal mehr als nur eine flüchtige Liebelei?«

Die Frau vom Nachbartisch sah auf seltsame Weise zu ihnen herüber. Sie musste sich wohl denken, was das denn für eine sexgeile Oma war, die in dem Alter noch datete, was das Zeug hielt. Sie konnte ja nicht wissen, dass Angie gefühlte dreißig war.

»Nun, ich muss sagen, ich mag ihn sehr. Mal sehen, wohin es sich entwickelt.«

»Angie, Angie. Du willst doch auf deine alten Tage nicht noch was Festes anfangen, oder?«

»Wer weiß? Ich lasse es einfach auf mich zukommen.«

»Okay, jetzt musst du mir aber mehr über diesen Roy erzählen. Wo kommt er her, und was macht er? Du hattest erzählt, er ist Fotograf? Und dass er auf einem Hausboot wohnt?«

»Ja, genau, seit etwa zwei Jahren. Er hat sich hier zur Ruhe gesetzt.«

»Und wie alt ist er?«

»Was spielt das denn für eine Rolle?«, fragte Angie und zuckte die Achseln.

CeCe sah ihrer Grandma sofort an, dass sie etwas verschwieg.

»Wie alt ist er, Angie? Oh Gott, hast du dir etwa einen jungen Toyboy geangelt?«

Angie begann zu lachen. »Was? Um Himmels willen, nein! Er ist siebzig, bist du nun zufrieden?«

»Na, dann ist ja gut.«

»Und er denkt, dass ich es ebenfalls bin«, fügte Angie ein wenig zögerlich hinzu.

»Er denkt was? Dass du siebzig bist? Wieso hast du ihn denn angelogen?«

»Ach, lügen ist so ein böses Wort. Ich habe ein wenig geschwindelt. Na komm, ich könnte glatt für siebzig durchgehen, oder?«

»Ja, das könntest du allerdings«, sagte CeCe und meinte es so. Angie könnte sogar für sechzig durchgehen. Ihre weißen Haare, die sie in einem Bob trug, waren überhaupt das Einzige an ihr, das ihr Alter verriet. Ansonsten hatte sie sich unglaublich gut gehalten. Ihre Haut wies kaum Falten auf, was wohl auf die gute Luft hier in Sausalito und die gesunde Ernährung zurückzuführen war. Der Rest von ihr – das fröhliche Funkeln in ihren Augen, die bunten Klamotten und die Art und Weise, wie sie sich ausdrückte – war jung geblieben, was CeCe ungemein freute, denn so hoffte sie, noch ganz lange etwas von ihrer Grandma zu haben.

»Nun erzähl du aber mal. Was gibt es bei dir Neues?«, lenkte Angie gekonnt vom Thema ab. »Dass du noch immer das Dasein einer alten Jungfer führst, weiß ich ja schon. Aber irgendwas muss doch auch dir auf deiner Farm widerfahren, oder? Gibt es wieder eine Schneckenplage? Ist der Vanillepreis gestiegen? Hast du Pudding gemacht?« Angie scherzte zwar, doch sie hatte auch recht. Dies waren tatsächlich meist die einzigen Dinge, die CeCe zu berichten hatte. Aber nicht heute.

»Es gibt tatsächlich spannende Neuigkeiten.«

»Ja? Na, dann lass mal hören.«

Voller Euphorie sah sie ihre Grandma an. »Ich komme ins Fernsehen.«

Da pikste Angie doch glatt mit ihrer Gabel daneben, und der Pilz flog vom Teller. »Wie bitte, hab ich mich verhört?«

»Nein, ehrlich! Ich komme ins Fernsehen.«

»Sag bloß nicht, dass du bei einer dieser Dating-Shows mitmachst.«

»Oh Gott, nein!«

»Bei einer Quizshow? Vielleicht gewinnst du eine Million.«

»Auch das nicht. Ich werde auf meiner Farm gefilmt und interviewt, das Ganze soll ein Beitrag zum Thema Vanille werden, der noch diesen Dezember ausgestrahlt wird.«

»Das ist ja großartig!« Angie war total begeistert.

»Ja? Findest du?«

»Na klar! Das würde deine Eltern aber freuen. Ich kann sie quasi im Himmel jubeln hören.«

»Ich dachte, du glaubst nicht an den Himmel.«

»Ich glaube nicht an Religion. Das ist nicht dasselbe.«

»Na, wie auch immer. Schon am Montag kommt das Fernsehteam zu mir auf die Plantage und filmt mich und meine Vanille.«

»Was ziehst du an?«, fragte Angie.

Verdammt, darüber hatte sie noch gar nicht nachgedacht.

»Keine Ahnung! Was würdest du vorschlagen?« Oje, warum hatte sie das nur gefragt? Angie würde ihr vermutlich noch anbieten, sich den Sonnenblumenpulli auszuleihen.

»Ich würde mich nicht allzu sehr aufdonnern. Es soll doch so wirken, als wäre es für dich ganz normaler Alltag, richtig?«

CeCe nickte.

»Dann trag Bluejeans, deine braunen Boots und die hübsche fliederfarbene Bluse.«

CeCe überlegte kurz. Das war perfekt. Schick und dennoch leger.

»Du bist ein Genie!«, sagte sie zu ihrer Grandma.

»Hast du jemals daran gezweifelt?« Angie zwinkerte ihr zu. »Nun komm aber, wir haben noch viel vor.«

Sie standen auf und traten aus dem Restaurant. Eine

frische Brise wehte CeCe ins Gesicht, und sie schloss für einen Moment die Augen.

»Was haben wir denn vor?«, fragte sie.

»Na, zuerst einmal möchte ich dich zeichnen.«

Na klar, was sonst?

Sie gingen die Straße zurück und kamen an dem rosaweiß verschnörkelten Haus vorbei, das auf CeCe schon immer wie ein mit Zucker verziertes Lebkuchenhaus gewirkt hatte. Wie schon in Kindertagen fragte sie sich auch heute wieder, wer wohl darin wohnen mochte. Wahrscheinlich eine Hippie-Hexe, die Hänsel und Gretel mit Gemüse anlocken will, dachte sie und musste lachen.

Eine Stunde später betrachtete CeCe das fertige Werk.

»Hmmm … täusche ich mich, oder sehe ich heute aus wie ein Butternut?«, fragte sie lachend.

Auch Angie begutachtete das Bild, das eine Mischung aus Kürbis und Gesicht zeigte. Sehr abstrakte Kunst. »Ja, da könntest du recht haben.« Sie stellte alle Pinsel ins Wasser und sagte: »Zieh deine Jacke an, wir gehen raus.«

CeCe tat, wie ihr geheißen. Kurz darauf standen sie unten vor dem Haus, und Angie deutete auf einige Fahrräder, die unter einer Überdachung standen.

»Schnapp dir eins davon.«

»Ooooh! Wir machen eine Radtour?«, fragte sie erfreut. Sie liebte es, Fahrrad zu fahren, war schon als Kind immer mit Angie herumgeradelt und fuhr auch heute noch gerne durchs Napa Valley, wenn sie die Zeit dazu fand. Ihr wurde bewusst, dass sie das schon eine ganze Weile nicht mehr getan hatte. Umso fantastischer fand sie Angies Idee. »Wohin fahren wir denn?«

»Das wirst du gleich sehen.« Die Achtundsiebzigjährige

schwang sich aufs Rad, als wäre es eine Leichtigkeit, und radelte los.

CeCe folgte ihr, gespannt, wo es sie hinführen sollte.

Sie fuhren links um die Ecke, am Brillenladen und an den Galerien vorbei, die sich hier an der Hauptstraße häuften. Als Nächstes passierten sie den Fähranlegeplatz und den Brunnen, den zwei steinerne Löwen bewachten, die Scharen von Touristen und Tausende von Segelbooten und Yachten, die hier an den Anlegern strahlten. Teure Yachten, die mehr kosteten, als CeCe sich mit ihrer Vanille jemals würde leisten können. Doch sie wollte auch gar keine Yacht. Sie war glücklich mit dem, was sie hatte: eine liebe Grandma, wundervolle Freunde, ein hübsches Häuschen, das sie ihr Eigen nennen konnte, und natürlich die Farm. Gerade war sie richtig froh, die Veranda im letzten Jahr gestrichen zu haben. Ja, das Anwesen konnte sie guten Gewissens all denen zeigen, die es interessierte, wie eine Vanillefarmerin so lebte.

Wieder dachte sie über die Reportage nach. Sie würde versuchen, sich ganz natürlich zu geben, einfach sie selbst zu sein. Und im Interview würde sie ehrlich alle Fragen beantworten. Sie überlegte, was Amanda Orbison wohl von ihr wissen wollte. Und was, wenn sie auf irgendwas nicht antworten mochte? Dann würde sie auch da ganz ehrlich sein.

CeCe war so in Gedanken, dass sie fast verpasst hätte, dass Angie nach rechts abgebogen war. Zu den Anlegern mit den Hausbooten.

Oh! Wollten sie etwa den geheimnisumwobenen Roy besuchen? Es sah ganz danach aus.

Vor dem Steg stieg Angie vom Rad und schloss es an einem Holzzaun an. CeCe tat es ihr gleich.

»Haben wir etwa das vor, was ich denke, das wir vor-haben?«, fragte sie grinsend.

»Was denkst du denn, was wir vorhaben?«

»Willst du mir etwa Roy vorstellen?«

»Richtig erraten«, war alles, was Angie sagte. Sie ging über den Steg, als wäre sie ihn schon viele Male entlang-gelaufen, zielsicher und fröhlich. Ja, fast glaubte CeCe, dass ihre Grandma mit jedem Schritt, den sie auf das Hausboot zuging, noch ein wenig fröhlicher wurde.

Sie liefen auf ein dunkelblau gestrichenes Hausboot zu, das größer als die meisten anderen war. Direkt daneben schwamm ein kleines Motorboot im Wasser, das an einen der Pfeiler gebunden war.

»Wow, das sieht aber teuer aus«, konnte CeCe es sich nicht verkneifen zu sagen. Sie hatte angenommen, dieser Roy wäre ein einfacher Fotograf, der sich mit Zusammenge-spartem auf seine alten Tage eines dieser kleinen alten Haus-boote gekauft hatte. An Luxus hatte sie dabei nicht gedacht.

Angie seufzte, als bereute sie es schon, CeCe mit her-genommen zu haben. Und als sie das Hausboot betraten, wusste sie auch, warum.

Drinnen war es noch schicker. Nichts von wegen schlich-ter Einrichtung, als Allererstes entdeckte sie einen riesigen Flatscreen-Fernseher im modernsten Design nebst einer rie-sigen, bequem aussehenden Couch. Die Küche, auf die sie nun zusteuerten, hatte einen Herd mit Ceranfeld und eine dieser tollen Espressomaschinen, die CeCe sich selbst schon lange hatte anschaffen wollen.

»Wow!«, entfuhr es ihr. Sie hatte keine Ahnung gehabt, dass es im Innern eines Hausboots so aussehen konnte.

Der Mann, der jetzt überrascht aufblickte, sah ebenso beeindruckend aus wie alles andere.

»Oh, ich habe euch gar nicht kommen gehört«, sagte er und hielt mit ein paar Schritten auf sie zu. Als Erstes gab er Angie einen Kuss auf den Mund und wandte sich dann CeCe zu.

»Darf ich vorstellen?«, sagte Angie. »Roy, das ist meine Enkelin CeCe. CeCe, das ist mein guter Freund Roy.«

Sie musste schmunzeln. Na, dass die beiden mehr als gute Freunde waren, war nicht zu übersehen.

Roy hielt ihr seine Hand entgegen, die sie schüttelte. »Freut mich, dich kennenzulernen. Angie hat mir schon viel von dir erzählt.«

»Ah ja? Ich hoffe, nur Gutes?«

»Nur das Beste.«

»Dann bin ich beruhigt.« Sie lächelte erleichtert. Es hätte ja auch sein können, dass ihre Grandma sonst was für peinliche Geschichten erzählt hatte.

»Ich weiß dagegen noch gar nicht viel über dich, Roy. Ich bin gerade, ehrlich gesagt, mehr als erstaunt über dein tolles Zuhause.«

»Ja, es ist schön, nicht wahr? Als ich meinen Beruf aufgegeben und mich dazu entschlossen habe, mich hier in Sausalito zur Ruhe zu setzen, wusste ich genau, wie und wo ich wohnen wollte. Direkt am Wasser. Genau so, wie ich es einmal in einer Zeitschrift gesehen habe. Die Bilder sind mir seitdem nicht aus dem Kopf gegangen. Die Zeitschrift habe ich übrigens im Krankenhausbett gelesen, als ich nach meinem Herzinfarkt gerade noch mal mit dem Leben davongekommen bin. Ich wusste, ich musste etwas Grundlegendes ändern. Sonst hätte mich meine Arbeit noch umgebracht.«

CeCe war ein wenig verwirrt. Die Tätigkeit als Fotograf konnte einen umbringen? Nun, vielleicht, wenn man Fotos von gefährlich hohen Berggipfeln aus machte oder auch in Kriegsgebieten. Aber wieso sollte das Fotografieren zu einem Herzinfarkt führen?

»Ich verstehe nicht ganz«, gab sie zu. »Ist das Fotografieren denn so stressig?«

Jetzt sah Roy verwirrt aus. »Das Fotografieren? Das mache ich nur so zum Spaß, ich bin Hobby-Fotograf.«

»Oh.« Sie sah zu Angie. Sie hatte doch gesagt ...

»Eigentlich bin ich Broker. Ich war an der Wall Street.«

»Du kommst aus New York?«, fragte sie erstaunt. Und er war Broker? Das erstaunte sie noch viel mehr. Das war ja nun gar nicht Angies übliches Beuteschema. Sonst war sie immer mit Künstlern oder Musikern oder Poeten zusammen gewesen. Einmal sogar mit einem berühmten Schriftsteller, der das Schreiben nach seinem dritten Bestseller aufgegeben hatte, weil er fand, er habe die eigentlichen Gründe, weshalb er Autor geworden war, aus den Augen verloren.

»Oh ja. Ich habe mein ganzes Leben in New York verbracht, bis ich vor zwei Jahren herzog.« Na, wenigstens eine Tatsache, die stimmte.

»Ich wollte schon immer mal nach New York«, gab CeCe preis. »Ist die Freiheitsstatue wirklich so klein? Man denkt immer, die sei riesig, aber mein Freund Benedict, der letztes Jahr in Manhattan war, meinte, sie wäre total winzig.«

Roy lachte. »Ja, da hat dein Freund recht. Sie *ist* winzig.«

CeCe grinste und betrachtete Roy genauer. Das war also Angies neuer Freund. Er war um die eins achtzig groß, trug das weiße Haar in einem welligen Kurzhaarschnitt, hatte einen Dreitagebart und steckte in Shorts, in denen er seine braun gebrannten Beine zur Schau stellen konnte. Ja, er war wirklich ziemlich gut aussehend, sie konnte schon verstehen, was Angie an ihm fand. Und auch, warum sie für ihn all ihre Vorurteile über Bord warf.

»Ich sollte wohl mal meine Paella umrühren«, sagte er und eilte zum Herd. »Ich hoffe, du magst Paella?«, erkundigte er sich.

»Ja klar, aber ...« Fragend sah sie zu ihrer Grandma, die sich doch rein pflanzlich ernährte. Beinhaltete Paella nicht Huhn und Meeresfrüchte?

»Angie bekommt natürlich eine vegane Variante«, versicherte er sogleich.

»Oh, wie aufmerksam«, sagte sie bewundernd. »Angie, zeigst du mir mal kurz, wo das Bad ist?«, bat sie ihre Grandma, weil sie unbedingt unter vier Augen mit ihr reden wollte.

»Aber sicher.« Angie ging ganz selbstverständlich voraus, als wäre sie hier zu Hause. Wie oft sie wohl schon in dem Hausboot gewesen war? Und ob sie auch mal die Nacht hier verbrachte?

»Da bitte, die Toilette«, sagte Angie und blieb vor einer hölzernen, weiß gestrichenen Tür stehen.

»Ich brauch kein Klo, ich will dich was fragen«, stellte sie schnell klar und schubste Angie sachte in eine Ecke, in der Roy sie nicht sehen konnte.

»Was ist denn in dich gefahren?«, fragte Angie.

»In mich? Ich würde viel lieber wissen, was mit dir los ist! Wieso hast du mir verschwiegen, dass Roy Wall-Street-Broker ist? Dass er anscheinend reich ist? Was ist denn mit all den Vorurteilen, die du sonst hast?«

»Ich hab keine Vorurteile. Und ich habe Menschen noch nie nach ihrer Vergangenheit beurteilt. Für mich zählt einzig und allein, wer Roy heute ist.«

»Ja, und du scheinst ziemlich viel von ihm zu halten.«

»Allerdings. Er ist einer von den Guten.« Sie sah CeCe

direkt in die Augen. »Erzählt habe ich dir von seiner Vergangenheit nichts, weil ich genau weiß, wie *du* bist. Du ziehst doch immer über reiche Schnösel her, wie du sie nennst.«

»Nein, das tu ich nicht«, verteidigte sie sich, musste sich dann aber doch eingestehen, dass das stimmte. Es war nicht so, dass sie wohlhabende Leute allgemein nicht mochte. Benedict und seine Familie zum Beispiel konnte sie gut leiden. Es ging um diese Typen, die sie ihrer Meinung nach zu Recht als reiche Schnösel bezeichnete. Kerle, die sich auf ihr Geld etwas einbildeten, die glaubten, damit alles und jeden kaufen zu können. Solche Leute konnte sie absolut nicht ausstehen.

»Na, wenn du meinst.«

»Essen ist fertig!«, rief Roy.

»Sollen wir ihm sagen, dass wir erst vor drei Stunden gegessen haben?«, fragte CeCe.

»Nein, der Arme hat sich solche Mühe gegeben.«

»Okay. Von dem bisschen Gemüse vorhin bin ich eh nicht satt geworden.« Sie hielt Angie den Arm hin, in den diese sich einhakte. Zusammen gingen sie in die Küche, aus der ihnen ein wunderbarer Geruch entgegenkam.

Na, dann wollte sie diesen Roy mal genauer unter die Lupe nehmen. CeCe hatte nämlich das Gefühl, als würde er ein wenig länger in Angies Leben bleiben.

Kapitel 8

Julia schlief unruhig. Immer wieder fanden Erinnerungen einen Weg in ihre Träume, bis plötzlich alles ganz klar und deutlich erschien, so, als wäre es erst gestern gewesen ...

Als Julia mit bebendem Herzen durch die nur angelehnte Wohnungstür trat, entdeckte sie ihre Mutter, die auf der Couch hockte. Allein. Sie rührte sich nicht, sah beinahe leblos aus. Langsam ging Julia auf sie zu und legte eine Hand auf ihren Arm. Angst machte sich in ihr breit. Fast glaubte sie schon, jetzt hätte sie niemanden mehr. Keinen Vater, keine Mutter. Vielleicht würde Freeze sie bei sich aufnehmen. Doch dann gab ihre Mutter ein merkwürdiges Stöhnen von sich, öffnete die Augen und richtete sich auf.

»Julia«, sagte sie, beinahe liebevoll.

Julias Herz erwärmte sich, und sie fühlte etwas, das sie schon sehr lange nicht mehr gefühlt hatte. Was es war, konnte sie nicht in Worte fassen.

Doch dann erhob ihre Mutter sich und taumelte schwindlig umher. Sie fasste sich an den Kopf, und ihr Blick veränderte sich. »Hast du Kohle beschafft?« Julia schüttelte den Kopf, und ihre Mutter verengte die Augen. »Nein? Ist das dein Ernst? Du wagst dich echt nach Hause ohne Bares? Wir haben nichts zu essen mehr, und mein Dope ist auch alle.«

»Das ist nicht meine Schuld, Mom«, gab Julia zur Antwort, flüsternd, um ihre Mutter nicht noch wütender zu machen.

»Ach nein? Wenn du dich einfach auf die Straße setzen und ein bisschen mitleidig gucken würdest, wie du es früher immer gemacht hast, dann …« Sie ließ sich wieder auf die Couch sacken, als wäre es zu anstrengend, zu stehen und zu meckern. Als wäre es zu anstrengend, am Leben zu sein. »Wo warst du überhaupt?«

»In einer Kirche.«

Tracy begann, grunzend zu lachen. Ein wenig Spucke fiel auf ihr langes schmutziges Haar, das einmal blond gewesen war. »Ach, ist mein Kind jetzt gläubig geworden?«

»Ich bin nicht …«, begann Julia, doch ihre Mutter unterbrach sie.

»Is' auch egal. Weißt du was? Ich will, dass du verschwindest«, sagte sie, und diesmal hörte es sich anders an als sonst, endgültig.

Erschrocken starrte Julia sie an. »Wo soll ich denn hin?«

»Na, geh doch in deine Kirche, vielleicht findest du da einen Platz. Ich will dich hier nicht mehr haben, nicht, nachdem du mich so im Stich gelassen hast.«

»Aber Mom, denk doch mal an all die anderen Dinge, die ich für dich tue.« Würde sie nicht von Zeit zu Zeit aufräumen und den Müll rausbringen, würde es hier vor Ratten und Kakerlaken nur so wimmeln. Und wenn sie nicht versuchen würde, aus dem Wenigen, was sich in der Küche befand, einigermaßen genießbare Mahlzeiten zu zaubern, wäre ihre Mom wahrscheinlich schon verhungert.

»Du tust überhaupt nichts, du bist nichts als eine Plage, die ich seit Jahren durchfüttere. Keine Ahnung, was ich mir dabei gedacht habe, ein Kind in die Welt zu setzen.«

Julia stiegen Tränen in die Augen. Sie sah ihre Mutter an,

den einzigen Menschen, den sie hatte. Sie wollte sie nicht mehr, wollte sie wegschicken. Das konnte sie doch nicht tun!

»Mom, bitte, Mom«, flehte sie. Dabei zog sie verzweifelt am Ärmel ihres Pullovers, den sie aus der Altkleidersammlung hatte, weil ihre Mutter ihr, solange sie denken konnte, keine neuen Klamotten gekauft hatte. Der Ärmel riss ein, doch es war ihr egal. Alles war egal.

»Raus aus meinem Haus!«, sagte ihre Mutter nun lauter. Dass es kein Haus, sondern eine abgewrackte Einzimmerbude war, vergaß sie dabei anscheinend.

»Mom ...« Julia begann zu weinen. »Lass mich bleiben, bitte. Ich setz mich auch auf die Straße und bettle um Geld«, versuchte sie ihre Mutter umzustimmen.

»Es ist zu spät!«

»Bitte, Mom, schick mich nicht fort.« Sie schluchzte jetzt so sehr, dass sie die Worte kaum herausbekam.

»Es ist das Beste für dich. Ich kann dir doch nichts bieten.« Jetzt hörte sie sich gar nicht mehr so böse an. Und hatte sie ... hatte ihre Mutter etwa ebenfalls Tränen in den Augen? »Sieh mich an, ich bin keine gute Mom. Geh und finde einen besseren Ort.« Sie wischte sich über die Augen, schüttelte verzweifelt den Kopf und öffnete die Tür. »Geh und komm bloß nicht wieder!«, sagte sie dann streng und gab Julia einen Schubs.

Weinend stand sie vor der Tür, die ihre Mutter jetzt schloss. Was sollte sie tun? Wo sollte sie hin? Sie setzte sich auf die alte Fußmatte am Boden, auf der einmal WELCOME HOME gestanden hatte – die Buchstaben waren seit Jahren verschwunden. Zusammengekauert hockte sie da und weinte, in der Hoffnung, ihre Mutter würde sich irgendwann erbarmen und sie wieder hereinlassen. Sie wollte doch nur einen Platz haben, den sie ihr Zuhause nennen konnte. Auch wenn es sich dabei um eine dreckige Wohnung mit abgelaufenen Lebensmitteln und einer Toilette ohne Brille handelte, ohne Heizung, weil die Rechnungen seit Ewigkeiten nicht bezahlt worden waren, und ohne Liebe und Geborgenheit. Es war ihr egal. Sie wollte nur zurück nach Hause.

Stundenlang saß sie vor der Tür, doch ihre Mom öffnete diese erst wieder, als Jay-K davorstand, ein anderer Dealer. Dabei warf sie keinen einzigen Blick auf Julia, als würde sie für sie überhaupt nicht mehr existieren.

Da begriff sie es schweren Herzens. Von nun an war sie auf sich allein gestellt. Sie musste eine Lösung finden, einen Ort, wo sie unterkommen konnte. Es gab nur einen, der ihr einfiel …

Julia stöhnte, als sie den Wecker hörte. Langsam raffte sie sich auf und haute auf den roten Hahnenkamm, um das nervtötende Kikeriki, welches das Ding von sich gab, zu beenden. Den Wecker in Form eines Hahns hatte CeCe ihr zum Geburtstag vor zwei Jahren geschenkt, eine lustige Idee, doch manchmal war sie kurz davor, ihn in den nächsten Mülleimer zu werfen.

Es war Sonntag, eigentlich ihr liebster Tag der Woche, da sie Jemima sehen und in der Kirche singen würde, und doch war der Sonntag seit der Trennung von Jackson auch zu einer kaum überwindbaren Mutprobe geworden. Sie konnte sich nicht vorstellen, dass sie sich jemals wieder voller Freude hinstellen und Lieder singen würde, die von Liebe und Frieden und himmlischer Güte handelten, wenn ihr Innerstes doch in Flammen stand.

Warum musste Jackson ihr das antun? Wenn er ihr schon den Glauben an die Liebe nahm, warum musste er ihr dann auch gleich noch die Freude am Singen verderben? Nein, das war falsch ausgedrückt. Singen tat sie immer noch voller Leidenschaft, aber mit ihm zusammen im selben Chor war es etwas, das sie nur noch tat, weil es von ihr erwartet wurde. Und weil sie ihm nicht zeigen wollte, wie viel es ihr ausmachte. Würde sie jetzt aus dem Chor aussteigen, der ihr zwölf Jahre lang die Welt bedeutet hatte, hätte Jackson doppelt gewonnen.

Warum konnte *er* sich nicht einfach einen anderen Chor suchen? Ihr ihren Frieden geben? Warum konnte er nicht wenigstens so viel Anstand zeigen?

Und dann war da natürlich noch Hailey ...

Julia stöhnte laut und setzte sich dann im Bett auf, schlug die Beine über den Rand und stand auf. Es nützte ja nichts. Wie jeden Sonntag seit acht Wochen würde sie die Zähne zusammenbeißen und sich der Situation stellen. Dem Mistkerl zeigen, dass er ihr absolut nichts mehr bedeutete. Und das tat er wirklich nicht ... nein, kein bisschen ... ehrlich nicht ... Ach, wenn sie sich das nur selbst endlich abnehmen würde!

Dieser Idiot! Würde die Bibel Hass nicht ausdrücklich untersagen, würde sie ihm das Höllenfeuer wünschen.

Nachdem sie geduscht hatte, ging es ihr schon ein bisschen besser. Heute legte sie absichtlich etwas mehr Make-up auf als sonst, benutzte den tiefroten Lippenstift, der seit der Hochzeit ihrer Freundin Joy unberührt war, und zog das neue, knielange beigefarbene Chiffon-Kleid an, das ihrer schlanken Figur schmeichelte. Als sie fertig war, betrachtete sie sich im Spiegel. Die rosigen Wangen standen ihr gut, fand sie, und die roten Lippen ebenfalls. Warum sollte man sich am Tag des Herrn nicht mal hübsch machen? Kurz überlegte sie, auch noch die Heels mit den Zehn-Zentimeter-Absätzen anzuziehen, die sie ebenfalls seit der

Hochzeit nicht mehr getragen hatte, doch das wäre zu viel des Guten gewesen. Deshalb entschied sie sich für die schwarzen Pumps mit kleinem Absatz, die waren bequem, darin konnte sie gut stehen. Und darauf kam es beim Singen an, hatte sie schon vor Jahren erkannt. Je unbequemer die Schuhe, desto wackeliger war der Gesang. Wahrscheinlich hatte Hailey mit ihren billigen roten Hackenschuhen diese Erkenntnis noch nicht gewonnen und klang deshalb immer so schief.

Sie öffnete die Fenster im Schlaf- und im Wohnzimmer, in denen die Farben Beige und Blau dominierten, rückte die blau gestreiften Kissen auf der hellen Couch gerade und pustete ein wenig Staub von der blau gestrichenen Kommode. Dann ging sie in die Küche, spülte kurz das Geschirr vom Vortag ab, während der Kaffee durchlief, und machte sich zwei Scheiben French Toast mit viel Puderzucker und Ahornsirup. Heute war ihr einfach nach etwas Süßem, heute brauchte sie eine Stärkung für den Tag. Am nächsten Sonntag vor dem Auftritt in der Grace Cathedral würde sie wahrscheinlich eine ganze Schokotorte verdrücken. Wenn sie an das Konzert dachte, wurde sie immer aufgeregter. Sie freute sich, dass CeCe versprochen hatte zu kommen. Vielleicht würde sie sogar Benedict mitbringen, und Jemima hatte auch schon zugesagt. So würde sie ihr eigenes kleines Publikum haben und hoffentlich weniger nervös sein. Selbst zwölf Jahre Chorerfahrung, wöchentliche Auftritte in der Napa-Kirche und einige kleinere Konzerte auf kirchlichen Festivals hatten sie nicht auf einen Auftritt in der Grace Cathedral vorbereitet. Wie auch? Ihre eigene Kirche fasste gerade mal zweihundert Gäste, und meist war sie nicht einmal zur Hälfte voll. Julia wusste nicht, wie viele Plätze die berühmte Grace Cathedral im Herzen von San Francisco hatte, aber sie hatte gelesen, dass bei einer Rede Martin Luther King juniors im Jahr 1964 rund fünftausend Besucher anwesend gewesen waren. So viele würden es am kommenden Sonntag wahrscheinlich nicht werden, doch überhaupt die Gelegenheit zu bekommen, in einer solchen Location zu singen, war unglaublich!

Kirchen bedeuteten so viel für sie. Seit damals, als eine Kirche ihr das Leben gerettet hatte …

»Oh, da bist du ja wieder, mein Kind«, sagte Father Michael und lächelte sie an.

Schüchtern ging sie auf den älteren Mann in seiner Robe zu und sagte: »Tut mir leid, dass ich heute Morgen einfach abgehauen bin.«

»Das muss dir nicht leidtun. Ich habe mir allerdings Sorgen um dich gemacht, mein Kind.«

Sie verstand nicht, warum er sie »mein Kind« nannte, wahrscheinlich hatte es etwas damit zu tun, dass er sich selbst Vater nannte. Sie musste zugeben, dass es in ihren Ohren schön klang. Ihre Mom hatte nie »mein Kind« zu ihr gesagt oder »mein Schatz« oder auch nur »meine Süße«, so, wie die Vertrauenslehrerin sie jedes Mal nannte, wenn sie Julia zu sich bestellte. Schon oft hatte Mrs. Preston sie gefragt, ob zu Hause alles in Ordnung sei. Ja, alles bestens, hatte sie jedes Mal gesagt, auch wenn das nie gestimmt hatte. Doch so schlimm es zu Hause auch war, liebte sie ihre Mutter trotz allem und hatte nicht gewollt, dass man sie ihr wegnahm und sonst wohin schickte. Ihre Mutter war doch alles, was sie hatte. Gehabt hatte.

»Geht es dir gut?«, fragte Father Michael nun. »Du kannst ganz ehrlich mit mir sein, ich werde niemandem verraten, was du mir im Vertrauen erzählst.«

Julia sah den Mann an, dessen Haar so weiß wie Schnee war und dessen Stimme ihr Herz berührte. Dann brach sie in sich zusammen, sackte auf die Knie und begann, bitterlich zu weinen.

Father Michael half ihr auf, setzte sich mit ihr auf eine der Kirchenbänke und legte ihr sachte eine Hand auf den Rücken. Er sagte gar nichts, wartete einfach nur ab, bis sie bereit war, ihm ihre Geschichte zu erzählen. Und das tat sie, von Anfang bis Ende, bis zu dem Moment, als ihre Mutter sie vor die Tür gesetzt hatte.

»Wie furchtbar, mein Kind. Das hast du wahrlich nicht verdient. Aber weißt du was? Ich kenne da eine liebe Frau, die sich deiner annehmen und dir ein neues Zuhause suchen wird. Wie findest du die Idee?« Voller Zuversicht sah er sie an.

»Ich will kein neues Zuhause. Ich will einfach nur, dass meine Mom mich wieder in die Wohnung lässt.«

»Weißt du, mein Kind, manchmal hat der liebe Gott andere Pläne für uns«, war alles, was Father Michael sagte. »Lass mich einen Anruf tätigen.« Er stand auf, ging zwei Schritte, drehte sich dann zu ihr um und schien zu überlegen, ob er sie allein lassen konnte. Ob sie noch da sein würde, wenn er wieder zurückkam. Dann lächelte er sie an und hielt ihr eine Hand entgegen. »Komm mit«, sagte er, und gemeinsam riefen sie Jemima an.

»Guten Morgen!«, sagte Julia, als Jemima ihr öffnete. »Ich umarme dich gleich. Lass mich nur kurz die Tüten abstellen.«

Jemima hielt ihr die Tür auf. »Was bringst du mir denn da nur alles? Wann soll ich das je aufessen?«

»Da sind neben frischem Brot, Aufschnitt, Obst und

Gemüse auch einige Konserven und Backzutaten dabei, die halten sich ewig, keine Sorge.« Sie stellte alles auf dem Küchentisch ab. »So, jetzt komm aber mal her.« Sie umarmte ihre Pflegemutter herzlich.

»Wie lieb, dass du an alles denkst. Was würde ich nur ohne dich tun, mein Herz?«

»Ach, das mache ich doch gerne. Endlich kann ich mich mal revanchieren. Wie geht es denn deinem Rücken? Und schwindle mich nicht an.«

»Dem geht es schon viel besser, danke.«

Julia kniff die Augen halb zusammen und sah Jemima misstrauisch an. »Du solltest doch nicht schwindeln.« Sie merkte es immer gleich, wenn ihre Pflegemutter ihr nicht ganz die Wahrheit sagte.

»Na ja, optimal ist es noch nicht. Aber ich kann mich wenigstens wieder rühren.«

»Das ist schon mal eine gute Nachricht. Hast du was gegessen?«

Jemima nickte. »Ja, ich habe mir Speck gebraten, dazu gab es Toastbrot. Und du? Hast du etwas gegessen? Es scheint mir nämlich, dass du immer dünner wirst.«

Damit lag Jemima nicht falsch. Sie hatte seit letztem Sonntag wieder ein Kilo abgenommen. Zurzeit hatte sie einfach keinen großen Appetit, außer natürlich, wenn sie mit CeCe unterwegs war oder Nervennahrung brauchte.

»Ach, das bildest du dir nur ein. Ich esse regelmäßig, keine Sorge. Erst am Freitag habe ich das leckerste Fischbrötchen aller Zeiten gegessen, mit CeCe in San Francisco.«

»Ich habe schon gehört, dass ihr einen kleinen Ausflug dorthin gemacht habt.«

»War CeCe hier?« Julia stellte zwei Schachteln Pancakemischung in den Hängeschrank über der Arbeitsplatte, auf der eine Schüssel Obst stand. Zwei Äpfel sahen nicht mehr sehr appetitlich aus, weshalb Julia sie in den Mülleimer warf.

»Die hätte man noch verwenden können«, sagte Jemima. »Für Apfelpfannkuchen zum Beispiel oder Apfelmus.«

Julia seufzte und holte fünf frische rote Äpfel aus dem Baumwollbeutel hervor. »Ich bringe dir wohl echt mehr, als du essen kannst, was?«

Jemima lachte. »Das sage ich dir jede Woche.«

»Wie wäre es denn, wenn wir nach dem Gottesdienst zusammen kochen? Hast du Lust?«

»Musst du denn heute nicht in deinen Laden?«

»Ich bitte Ron, noch zwei, drei Stunden länger zu übernehmen.« Heute war ihr einfach nach Zeit mit Jemima.

»Das fände ich sehr schön, Liebes«, erwiderte ihre Pflegemutter. Die einzige Mutter, die sie noch hatte.

Vor einigen Jahren war Julia zusammen mit CeCe nach Philadelphia geflogen und hatte versucht, ihre leibliche Mutter ausfindig zu machen. Sie hatten sie nicht gefunden, die alte Wohnung wurde längst von jemand anderem bewohnt. Sie wusste nicht, ob Tracy Freeman überhaupt noch am Leben war. Ohne Antworten waren sie zurück nach Kalifornien geflogen, und damals hatte Julia beschlossen, dass es an der Zeit war, ihre Vergangenheit für immer hinter sich zu lassen. Sie hatte jetzt ein neues Leben, ein wundervolles Leben und Menschen darin, denen sie etwas bedeutete. Die sie liebten und so nahmen, wie sie war. Was konnte sie sich mehr wünschen?

Eine Stunde später stand Julia in der Kirche und sang. *The Lord Is My Shepherd*. Ja, Gott hatte sie beschützt und sie auf den richtigen Weg gebracht, als sie nicht mehr weitergewusst hatte. Sie hatte nicht ein einziges Mal daran gezweifelt, dass es ihre Bestimmung gewesen war, in ihrer verzweifelten Lage ausgerechnet in einer Kirche zu stranden.

Ihr entgingen nicht die Blicke, die Jackson ihr nach dem Auftritt zuwarf. Anscheinend gefiel ihm ihr Look an diesem Sonntag. Auf dem Weg hierher hatte Jemima sie gefragt, warum sie sich denn so schick gemacht habe, dabei hatte sie wissend gegrinst. Sie wusste die Antwort ja doch schon.

Julia musste zugeben, dass sie Genugtuung empfand. Jackson konnte ruhig auch ein bisschen leiden. Vielleicht sogar bereuen, dass er sie so einfach hatte fallen lassen. Nach fünf gemeinsamen Jahren, in denen sie schließlich sogar versucht hatte, schwanger zu werden. Damals hatte sie sehr darunter gelitten, dass es nicht auf Anhieb geklappt hatte, jetzt war sie mehr als froh darüber. Jackson war nicht länger der Mann, mit dem sie eine Familie gründen wollte. Einmal Betrüger, immer Betrüger, daran glaubte sie fest. Das war etwas, das sie mit CeCe gemeinsam hatte. Die war auf die gleiche Weise enttäuscht worden. Wie sehr sie sich für sie beide wünschte, dass sie endlich Männern begegneten, die es ernst meinten, die gut und treu waren und es verdient hatten, von ihnen geliebt zu werden.

Vielleicht sollten CeCe und sie sich bei einer dieser Onlinedatingseiten anmelden. Hörte man nicht immer wieder, dass Menschen dort ihre wahre Liebe fanden?

»Ihr wart wundervoll«, sagte Kenneth nach dem Gottesdienst zu seinen Schäfchen, wie er die Chormitglieder nannte. »Ich habe keinen Zweifel, dass ihr den Auftritt am nächsten Sonntag meistern werdet. Dass ihr mich stolz machen werdet.«

Julia strahlte. Ja, das würde sie. Sie alle würden ihr Bestes geben, das wusste sie mit Sicherheit.

»Wir treffen uns wie immer Dienstag und Donnerstag zur Bandprobe und am besten am Freitag noch mal, wenn euch das passt.«

Kurz dachte Julia an CeCe, dann fiel ihr aber ein, dass sie sich in der kommenden Woche samstags treffen wollten.

Voller Vorfreude verabschiedeten sie sich alle voneinander, wobei Jackson sie wieder so ansah, als wollte er ihr irgendetwas sagen. Plötzlich stand er vor ihr und meinte: »Du warst umwerfend heute.«

Wie versteinert sah sie ihn an. Seit sechzig Tagen hatten sie kein Wort miteinander gesprochen, und jetzt sagte er ihr auf einmal, dass sie umwerfend war?

Was sollte das? Was, um Himmels willen, wollte er denn noch von ihr?

Konnte er sie nicht einfach in Frieden ihres Weges gehen lassen?

»Danke«, wollte sie sagen, doch es kam ihr nicht über die Lippen. Stattdessen starrte sie Jackson weiter an. Bis Hailey herbeikam, ihm von hinten die Arme um den Hals legte und sich an ihn drückte.

Verlegen blickte Jackson sie an.

Sie hatte genug! Noch bevor er die aufkommenden Tränen sehen konnte, drehte sie sich um und ging Jemima suchen.

Verdammt noch mal, sah er denn nicht, dass er ihr wehtat? Sie überlegte ernsthaft, nach dem Konzert in der Grace Cathedral den Chor zu verlassen. Es gab in der Gegend sicher noch andere Gospelchöre, andere Kirchen. Situationen wie diese hier wollte sie nicht länger mitmachen. So sehr sie sich auch bemühte, es ging einfach nicht.

Als sie wieder im Wagen saßen, fragte Jemima: »Was wollte Jackson denn von dir?«

»Gar nichts«, war ihre Antwort, und genau das war es auch, was sie für ihn empfinden wollte. Wenn das doch nur einfacher wäre.

Kapitel 9

»Herzlich willkommen auf meiner Vanillefarm«, begrüßte CeCe Amanda Orbison am Montagmorgen um drei Minuten nach neun, nachdem sie sich wieder gefangen hatte. Kurz war sie ein wenig erschlagen gewesen von all den Wagen, die angefahren kamen, und den vielen Menschen, die mit ihrem Equipment ausstiegen. Dass zu solch einem kleinen Dreh so viel dazugehörte, hätte sie nicht gedacht. Es waren mindestens sechs oder sieben Leute anwesend.

Amanda Orbison sah genauso aus, wie man sie aus dem Fernsehen kannte. Groß, schlank, superlange Beine, die in einem champagnerfarbenen Rock steckten, von dem CeCe sich sicher war, dass er den Tag nicht fleckenfrei überstehen würde. Sie waren hier auf einer Farm, nicht in der Oper!

Amanda kam mit einem Lächeln und einer ausgestreckten Hand auf sie zu, die CeCe ihr schüttelte. Sie musste gestehen, dass die Frau etwas an sich hatte, das bewirkte, dass sie sich gut aufgehoben fühlte, noch bevor sie überhaupt ein Wort gesagt hatte. Ja, sie kam ein wenig hochnäsig rüber, aber sie konnte sich wohl auch etwas auf ihren Status einbilden. Immerhin war sie Amanda Orbison, eines der bekanntesten Gesichter in der Bay Area.

»Guten Morgen, Ms. Jones. Wie schön, dass Sie es so kurzfristig einrichten konnten.«

»Wie gesagt habe ich einiges zu erledigen. Ich muss Bestellungen zur Post bringen und meine Ware an die Händler in der Umgebung ausliefern.«

»Das ist wunderbar! So sind unsere Zuschauer hautnah mit dabei und erleben Sie im Alltag. Cecilia Jones, die Vanilleflüsterin.«

»Die was, bitte?«, fragte sie lachend. Das sollte doch wohl ein Witz sein, oder? Sie konnten nicht wirklich vorhaben, sie so zu nennen. Sie war doch nicht Robert Redford in *Der Pferdeflüsterer*. Sie hatte überhaupt noch nie mit ihrer Vanille geredet.

»Oh, ja. Das wird unser Aufmacher sein. Immerhin wächst diese außergewöhnliche Vanille hier bei Ihnen, mitten im Nirgendwo.«

Stirnrunzelnd sah CeCe die Frau an. Mitten im Nirgendwo?

»Ihnen ist aber schon bewusst, dass Sie sich im Napa Valley befinden, oder? Einem preisgekrönten Weinanbaugebiet.«

Jetzt lachte Amanda. »Ja, natürlich. Aber darum geht es doch! Sie pflanzen dieses faszinierende Gewürz inmitten von Weingütern an. Auf diese Idee muss man erst mal kommen!«

Nun, eigentlich war ja nicht sie darauf gekommen …

»Misha, bitte frische Ms. Jones' Make-up ein bisschen auf, ja?«

Eine junge Frau mit einem Koffer, der sich als Schminkkoffer entpuppte, kam herbeigeeilt. Bevor CeCe es sich versah, hatte Misha sie schon auf den Verandastuhl gesetzt und schminkte an ihr herum. CeCe pustete die Pinselhärchen weg, die ihre Nase kitzelten. Einen Moment lang glaubte sie schon, dass Amanda, die sie kritisch betrachtete, ihr nun sagen würde, dass sie auch noch ihr Outfit wechseln sollte. Dabei hatte sie sich richtig gut gefühlt, als sie heute Morgen vor dem großen Schlafzimmerspiegel gestanden und sich Mut zugeredet hatte. Die Jeans und die fliederfarbene Bluse waren ihrer Meinung nach genau das Richtige. Doch nach einem Nasenkräuseln nickte Amanda und sagte der Visagistin nur, dass sie sich auffälligeren Lippenstift für Ms. Jones wünschte. CeCe ließ es über sich ergehen und hoffte nur, sie würde sich am Ende selbst noch erkennen.

»Woher wollen Sie eigentlich wissen, dass meine Vanille so außergewöhnlich und faszinierend ist?«, fragte sie dann ein wenig provokativ. Sie glaubte nicht, dass eine Amanda Orbison sie überhaupt je gekostet oder auch nur erblickt hatte.

»Wir machen unsere Arbeit gut, Ms. Jones. Wir würden diesen Beitrag nicht drehen, ohne uns vorher gründlich informiert zu haben.«

»Darf ich fragen, wie Sie überhaupt auf mich gekommen sind?« Darüber grübelte sie schon die ganze Zeit nach.

»Einer unserer Marketingforscher ist in einem kleinen Laden in Napa auf Ihre Produkte gestoßen. Die Inhaberin hat uns von Ihnen und Ihrer Farm erzählt und uns Ihre Kontaktdaten gegeben.«

Jemima hatte also richtig gelegen, es musste sich ohne jeden Zweifel um Zelda handeln.

»Sie haben richtige Marketingforscher, die durchs Land fahren und nach guten Themen suchen?«

»Aber sicher, durch ganz Kalifornien, versteht sich. Wir berichten ja ausschließlich über unseren schönen Sonnenstaat. Oft bekommen wir auch Vorschläge zugemailt. Aber wer will schon etwas von einer Kreuzung aus Birne und

Kumquat wissen, oder wer interessiert sich tatsächlich für einen alten Orangenfarmer, der jeden Morgen exakt fünfzig Orangen von seinen Bäumen pflückt? Ihre Vanille allerdings … und das so kurz vor Weihnachten … Das Thema wird einschlagen wie eine Bombe, das garantiere ich Ihnen.«

»Na gut, wenn Sie meinen …«

Die Visagistin war fertig, und CeCe warf einen Blick in den Spiegel, den die Frau ihr hinhielt Ja, sie sah ganz okay aus, damit konnte sie leben.

»So, wollen wir dann mal beginnen?«, fragte Amanda Orbison. »Was haben Sie als Erstes vor?«

»Ich muss meine Bestellungen zusammensammeln und auf den Pick-up laden«, sagte CeCe, die inzwischen aufgestanden war.

»Sehr gut. Dann machen Sie das. Tun Sie überhaupt alles genauso wie immer, als wären wir überhaupt nicht da, ja?« Sie sah sich ein wenig verlegen um. »Dürfte ich, bevor wir anfangen, vielleicht noch Ihre Toilette benutzen?«

»Ja, klar, gehen Sie gerne rein, den Flur entlang, die zweite Tür links.«

Sie hielt die Tür auf und sah Amanda nach, die auf ihren High Heels davonstöckelte. CeCe konnte gut nachvollziehen, weshalb Benedict sie »heiß« genannt hatte. Ihre falschen Brüste waren in der weißen Bluse nicht zu übersehen, und sie strahlte wirklich einen sexy, aber dennoch professionellen Charme aus, der wahrscheinlich jeden Mann in den Bann zog. Fast wie eine heiße Schulbibliothekarin – das war doch so eine Männerfantasie, oder? Dazu passten auch der Dutt und die Brille. Wenn sie genauer darüber nachdachte, fand sie es sehr mutig, dass Amanda statt Kontaktlinsen eine Brille trug. Sie war wie ein kleiner Dämpfer in ihrem perfekten Erscheinen, und wahrscheinlich war das gewollt, denn jeder mochte doch Ecken und Kanten, selbst bei einer heißen Moderatorin. Und irgendwie machte eben-diese Auffälligkeit Amanda Orbison auch in CeCes Augen sympathisch.

Auf dem Weg zurück warf Amanda einen Blick durch die halb offen stehende Tür ihres Arbeitszimmers, das sah CeCe, die noch immer in der Tür stand, genau, obwohl Amanda es recht unauffällig tat. Sie musste schmunzeln. Wenn die Moderatorin es wollte, würde sie sie gerne später herum-führen, sie hatte nichts zu verheimlichen.

»Also, können wir?«, fragte CeCe mit einem Blick auf die Uhr. Normalerweise, zumindest im Winter, begann sie pünktlich um zehn Uhr auszuliefern, das würde heute sehr knapp werden.

»Einen Moment, ich rufe Raúl.«

»Wer ist Raúl?«, fragte sie.

»Der Leiter des Kamerateams.« Amanda trat auf die Veranda und pfiff einmal laut. Kurz darauf erschien ein etwa fünfzigjähriger Latino mit seinem Assistenten, der eine schwere Kamera hinter ihm hertrug.

»Darf ich vorstellen? Ms. Jones, das ist unser Mann für die Technik, Raúl. Raúl, dies ist die allseits beliebte Cecilia Jones.«

Oh, sie war allseits beliebt?

Raúl schüttelte ihr die Hand. Sie fragte sich, warum kei-ner ihr den Assistenten vorstellte, der ganz unscheinbar hinter dem massigen Raúl stand. Er sah richtig niedlich aus, man könnte denken, er sei nicht älter als sechzehn und noch auf der Highschool.

Raúl nickte ihr wortlos zu und sah sich um. Begutachtete jeden Zentimeter des Grundstücks. Dann sagte er mit tiefer Stimme und spanischem Akzent: »Wir müssen die Außenaufnahmen noch vor drei Uhr nachmittags machen. Danach ist das Licht nicht mehr gut.«

»Oh«, entgegnete CeCe.

»Na, dann wollen wir uns mal schleunigst auf nach Napa machen und sehen, was wir heute noch schaffen. Ansonsten drehen wir den Rest morgen«, meinte Amanda.

»Wir fahren jetzt nach Napa?«, fragte Raúl Amanda.

Die Moderatorin nickte. »Ms. Jones bei ihrem Alltag filmen. Montags fährt sie ihre Ware dort aus. Das steht doch im Konzept für die heutige Sendung.«

Raúl schien wenig begeistert, brummte genervt und sagte dem Assistenten auf Spanisch, dass er alles wieder in den Wagen schaffen sollte. Das verstand CeCe, die sich seit ihrer Kindheit ein wenig Spanisch angeeignet hatte. Nachdem sie mit ihrem Dad in Mexiko gewesen war und sich kaum mit ihren Verwandten dort hatte verständigen können, hatte sie sich, als sie älter wurde, vorgenommen, die Sprache ihrer Mutter zu lernen. Sie hatte in der Schule Spanisch als Hauptfach gewählt und sich immer, wenn sich die Gelegenheit ergab, auf Spanisch unterhalten. Denn sie hatte so sehr gehofft, irgendwann noch einmal nach Mexiko zu fahren. Leider war es dazu nie gekommen. Doch eines Tages, das hatte sie sich selbst fest versprochen, würde sie zurückkehren. Nach El Corazón, wo ein Teil ihrer Wurzeln ihren Ursprung hatten.

Als sie ihren Dad einmal gefragt hatte, warum ihre *mamá* ihr nur wenige Worte ihrer Muttersprache beigebracht und stattdessen immer auf Englisch mit ihr geredet hatte, hatte der ihr geantwortet, dass Carmen ihre Wurzeln zwar nie geleugnet hatte, dass sie Kalifornien aber als ihre Heimat angesehen und sich wie eine Amerikanerin gefühlt hatte. Immerhin hatte sie den Großteil ihrer Kindheit in San Francisco verbracht, nachdem sie als Siebenjährige mit ihren Eltern dorthingezogen war. Ihr Vater hatte als Tierarzt eine gute Anstellung in einer Veterinärklinik bekommen, wodurch sie alle – Carmen, ihre Mutter und ihr Vater – eine Aufenthaltserlaubnis erhalten hatten. Danach waren sie nur noch in den Sommerferien nach Mexiko gefahren, um ein paar Wochen in der alten Heimat zu verbringen. Damals hatte Carmen der Duft der Vanille, die ihre Onkel anbauten, geradezu betört. Nur zu gern hatte sie ihre Tage auf der Vanillefarm verbracht. Seitdem hatte sie Vanille geliebt, und das tat sie bis zuletzt. CeCe konnte sich noch so gut an das selbst gemachte Vanilleeis ihrer Mutter erinnern und an die Plätzchen, die sie, seit sie allein an den Herd durfte, versucht hatte nachzubacken. Sie fand immer noch, dass ihre nicht halb so lecker waren wie die ihrer *mamá*, aber vielleicht bildete sie sich das auch nur ein. Vielleicht war in ihrer Erinnerung der Geschmack der Kekse einfach so himmlisch, weil er sie so sehr an ihre liebe Mutter erinnerte.

CeCe lud die Kisten mit den vorbereiteten Bestellungen auf den Pick-up und sah Amanda Orbison fragend an. »Wollen Sie bei mir mitfahren? Oder soll lieber einer der Kameramänner mit?«

»Ich fahre im Mercedes«, ließ Amanda sie wissen. »Jeffrey begleitet Sie.«

Jeffrey? Wer war denn nun Jeffrey?

Amanda winkte einem jungen Mann zu, der ungefähr in CeCes Alter war und gleich herbeigeeilt kam.

Er hielt ihr die Hand hin. »Jeffrey Brison, freut mich, Sie kennenzulernen, Ms. Jones.«

»Ganz meinerseits«, sagte sie und schenkte dem Mann mit der blonden Föhnwelle ein Lächeln.

»Ein wunderschönes Fleckchen Erde haben Sie hier.«

»Danke schön. Mir gefällt es auch sehr.«

»Ich fahre bei Ihnen mit, ja? Dann können Sie mir während der Fahrt schon einiges erzählen. Ich werde die Interviews machen.«

CeCe sah zu Amanda Orbison. Sie hatte geglaubt, die Moderatorin würde das Interview führen.

Jeffrey Brison lachte. »Ach, Sie dachten … Also, vor der Kamera interviewt natürlich Mrs. Orbison Sie. Doch während der Dreharbeiten und auch dazwischen werden immer wieder Fragen aufkommen. Die nehmen wir beide auf ein Diktiergerät auf, wenn es Ihnen recht ist.«

»Ja, klar. Wie immer Sie wollen.«

Amanda Orbison nickte zufrieden und stöckelte zu dem metallicblauen Mercedes, in dem ein Mann saß, der anscheinend ihr Fahrer war und der jetzt ausstieg, um ihr die Tür aufzuhalten. Wow, CeCe war immer wieder aufs Neue beeindruckt. Als Normalsterblicher hatte man ja überhaupt keine Ahnung davon, wie so was ablief.

Jeffrey Brison stieg nun auf der Beifahrerseite ein. Er hatte auch sofort sein Diktiergerät in der Hand.

CeCe schnallte sich an und wandte sich ihm zu. »Ich weiß wirklich nicht, ob das alles so aufregend wird, wie Sie sich das offenbar vorstellen.«

Der Produktionsassistent lächelte sie strahlend an. »Oh, da machen Sie sich mal keine Gedanken. Ich bin mir sicher, es wird grandios. Und selbst, wenn es hier und da doch noch ein wenig hakt, wissen die Produktionsleute schon, wie sie es geraderücken können.«

»Okay.« Na, da war sie aber gespannt. Sie trat aufs Gaspedal und fuhr los – eine Entourage im Schlepptau. Wahrscheinlich würde sie die nächsten Tage und Wochen das Gesprächsthema Nummer eins hier in der Gegend sein.

Kurz musste sie lächeln. Tja, wäre Louis nicht so ein Dummkopf gewesen, wäre er jetzt auch ins Fernsehen gekommen. Aber er hatte es ja so gewollt. Oder besser gesagt, er hatte sie ja nicht gewollt. Stattdessen durfte jetzt Benedict mit in die Sendung, der immer lieb und nett zu ihr war … Oje, das mit Benedict hatte sie ja noch gar nicht angesprochen …

»Mr. Brison, mir wurde gesagt, ich soll ganz normal meinem Alltag nachgehen, so als wären Sie und das Team gar nicht anwesend.«

»Nennen Sie mich doch Jeffrey, ja?« Er lächelte schon wieder breit.

»Gern. Und Sie dürfen CeCe sagen, wenn Sie möchten. So nennen mich nämlich die meisten. Also? Soll ich alles so machen wie sonst?«

»Ja, ganz genau das ist der Plan, CeCe. Das hört sich übrigens nett an. Wie sind Sie auf den Namen gekommen?« Er hielt ihr das Diktiergerät entgegen.

»Mein Dad hat irgendwann angefangen, mich so zu nennen. Als Spitzname, als ich ein kleines Mädchen war. Warum genau, kann ich Ihnen gar nicht sagen.«

»Können wir ihn fragen?«

»Er weilt leider nicht mehr unter uns.«

»Das tut mir leid.«

»Danke. Was ich eigentlich wissen wollte … Ist es okay, wenn mein bester Freund Benedict heute Abend zum Dinner vorbeikommt? Das haben wir schon vor Wochen vereinbart.« Ein bisschen Schwindeln war ja wohl erlaubt, oder?

»Sieht er gut aus?«, fragte Jeffrey sofort.

»Sie meinen, ob er fernsehtauglich ist? Keine Sorge, er sieht aus wie dem *Harper's Bazaar Magazine* entsprungen.«

»Ah, ja?«

»Ja. Er ist übrigens auch aus der Gegend. Seine Familie besitzt das Baker-Weingut im Sonoma Valley, keine halbe Stunde von hier.«

Jetzt machte Jeffrey große Augen. »Sie sprechen aber nicht von dem Benedict Baker, dem Erben des größten Cabernet-Sauvignon-Anbauers von ganz Kalifornien, oder?«

»Oh, Sie kennen sich aber aus. Genau um den Benedict geht es.« Sie hatte nicht gewusst, dass ihr Freund unter Fernsehleuten bekannt war. Für sie war er einfach nur Benedict.

»Das ist ja fantastisch! Also, einen Benedict Baker dürfen Sie jederzeit gerne mit in die Sendung bringen. Für wie viel Uhr ist das Dinner geplant?«

»Für acht. Ist das okay?«

»Das ist perfekt. Dann drehen wir heute bis spät, und morgen sollten uns dann der Vor- und der Nachmittag reichen.«

»Wie Sie wollen, ich richte mich da ganz nach Ihnen.«

»Exzellent!«, sagte Jeffrey und strahlte vor sich hin. Es war nicht zu übersehen, dass der Plan, Benedict mitspielen zu lassen, diesem Mann außerordentlich gut gefiel. Vielleicht bekäme er dafür ja Bonuspunkte beim Sender oder so.

Oh, Benedict, damit hatte ich nicht gerechnet, sagte sie im Stillen und musste an ihren Freund im Santa-Kostüm denken. Wenn das nun herauskäme! Nein, das würde es nicht. Nicht, wenn sie beide ihren Mund hielten. Es wusste doch niemand, wer sich unter dem roten Anzug und hinter dem dicken Flauschebart bei Rawley's verbarg.

»Darf ich Sie noch ein wenig zu den Auslieferungen befragen, die wir gerade tätigen?«, wollte Jeffrey nun wissen, als sie durch das wunderschöne Napa Valley fuhren, das heute wieder von der warmen Sonne bestrahlt wurde.

»Na klar. Was wollen Sie wissen?«

»Wie oft machen Sie denn Auslieferungen?«

»Also, nach Napa fahre ich nur montags, also einmal die Woche. Mittwochs geht es dann in die andere Richtung. Wenn aber dringend etwas benötigt wird, fahre ich ab und an ein zweites Mal.«

»Was könnte denn so dringend benötigt werden?«

»Nun, das kommt darauf an. Die kleinen Lebensmittel-händler der Gegend brauchen manchmal einen Nachschub an Marmelade oder an meinem allseits beliebten Vanille-zucker.«

»Marmelade. Die beinhaltet auch Vanille?«

»Alles, was ich produziere, beinhaltet Vanille«, bestätigte sie.

»Produzieren … das hört sich so aufwendig an. Aber Sie stellen doch alles auf Ihrer kleinen Farm her, oder gibt es auch eine richtige Fabrikproduktion?«

»Nein, nein, das mache ich ganz allein in meiner Küche.«

»Sie haben keine Produktionshelfer?«, erkundigte er sich, und in CeCes Ohren hörte es sich fast ein wenig spöttisch an.

»Nein, so viele Bestellungen kommen nun auch nicht zusammen. Das schaffe ich alles prima allein.«

»Ah ja. Gut. Sie sagten, Sie liefern an die Lebensmittel-händler der Gegend. Wo genau befinden die sich, Napa ausgenommen? In Sonoma, Wingo, Petaluma?«

Sie nickte. »Ganz richtig. Und in Vineburg, Lakeville, San Antonio, Merazo, Kenwood, Union, Atlas, Yountville und Middleton.«

»Und Sie beliefern nur diese … Tante-Emma-Läden?« Wieder klang ein wenig Spott mit, den er wohl einfach nicht verbergen konnte.

»Ich beliefere kleine Supermärkte, ja. Außerdem Marktstände und sogar einige Weingüter, deren Weine eine vanillige Note haben. Da passt es dann ganz gut, meine Produkte mit zum Verkauf anzubieten, in Geschenkkörben und so weiter.«

»Ah ja.« Der Typ sagte anscheinend wirklich gerne »Ah ja«.

»Genau. Und dazu habe ich natürlich noch meinen Onlineshop, wo besonders jetzt zur Weihnachtszeit der Teufel los ist. Besonders meine Kekse, das Vanille-Cranberry-Mango-Chutney und natürlich die üblichen Vanilleschoten kommen gut an. Ich musste erst am Wochenende Nachschub machen. Chutney und Plätzchen.«

»Diese Plätzchen … Was unterscheidet sie denn von gewöhnlichen Vanillekeksen, die man in jedem Supermarkt bekommt?«

So langsam hätte sie sich beleidigt fühlen können. Tat sie aber nicht, der Mann hatte ja keine Ahnung …

»Der große Unterschied ist, dass sie mit Liebe gemacht sind«, sagte sie, öffnete das Handschuhfach und förderte eine angebrochene Tüte Vanilleplätzchen zutage. Sie hielt sie ihm hin.

»Na gut, dann will ich mich mal überzeugen lassen«, sagte er, lachte, nahm sich eins und biss hinein. Kurz darauf schwebte er wie alle, die davon probierten, im Himmel, das sah sie ihm deutlich an. »Oh mein Gott, was haben Sie mir da gegeben? Zucker aus dem Paradies?«

Sie grinste in sich hinein. »Nein, nur meine mit Liebe selbst gebackenen Vanilleplätzchen.«

»Okay, okay, ich sag kein Wort mehr.« Er betrachtete den Keks in seiner Hand ehrfürchtig und steckte sich dann den Rest in den Mund. »Die sind wirklich unglaublich! Ich bin dafür, dass jeder Mensch auf der Welt diese Kekse kosten sollte. Die sind Millionen wert!«

CeCe lachte. »Na, wenn Sie meinen.«

»Hören Sie mir zu, Schätzchen, eines Tages werden Sie damit reich werden, das prophezeie ich Ihnen. Haben Sie auf das Rezept ein Patent angemeldet? Falls nämlich nicht, sollten Sie das schnellstens tun.«

»Darüber habe ich, ehrlich gesagt, überhaupt noch nicht nachgedacht.«

»Dann holen Sie das schleunigst nach, CeCe. Darf ich mir noch einen Keks nehmen?«

»Bedienen Sie sich.« Sie legte ihm die Tüte in den Schoß und blickte wieder auf die Straße. Sie war wirklich erleichtert, dass alle im Team so nett waren – Raúl vielleicht ausgenommen – und sie ihre Nervosität dadurch ganz schnell ablegen konnte. Sie freute sich richtig auf alles, was der Tag noch mit sich bringen würde. Und als sie nun zur Post abbog, konnte sie sich ein Strahlen nicht verkneifen.

Sie fuhren zur Post, sie fuhren zu Zeldas Supermarkt und zu den anderen drei Läden in Napa, sie fuhren zu den fünf Marktverkäufern, denen CeCe die Waren immer nach Hause beziehungsweise auf die Farm brachte, damit sie sie auf dem Wochenmarkt am Samstag verkaufen konnten, und sie fuhren den Oxbow Public Market an, der an sieben Tagen in der Woche geöffnet hatte, und lieferten den beiden Händlern, die CeCes Produkte im Sortiment hatten, ihre Ware direkt vor Ort. Und die ganze Zeit begleitete sie das Kamera-Team. Auch Jeffrey war immer mit dabei, Amanda Orbison allerdings klinkte sich irgendwann nach der dritten oder vierten Warenlieferung aus und setzte sich mit ihrem Laptop in ein Café, wo sie wer weiß was tat. Mit ihren

Freundinnen chatten, nach einem Spa für ein Wellness-wochenende suchen, an ihrer Autobiografie schreiben... Na, CeCe wollte nicht unfair sein, denn vielleicht arbeitete die Frau auch einfach nur.

Natürlich dauerte die Tour länger als gewohnt, da CeCe erst mal allen Kunden erklären musste, was Mr. Föhnwelle und Raúl, der Brummbär, bei ihr machten. Nachdem sie auf dem Heimweg noch in Union und Yountville haltgemacht hatten, war es bereits Viertel vor zwei, als sie endlich zurück auf der Farm waren. Wenn Raúl der Meinung war, nach drei ginge nichts mehr, würde das heute wohl nichts mehr werden mit dem Dreh auf der Plantage.

CeCe sah Raúl mit Amanda diskutieren, die zweifellos das letzte Wort hatte. Der junge Assistent lief mit dem Kamera-Equipment hin und her, bis er irgendwann alles müde auf der Veranda abstellte. Er wischte sich mit dem Handrücken den Schweiß von der Stirn und ließ sich auf die Stufen sacken. CeCe ging in die Küche und füllte ein paar Gläser mit Limonade, die sie am Morgen zubereitet hatte, und brachte sie auf einem Tablett nach draußen. Es war ihr egal, wer hier den höchsten Rang hatte, zuallererst stellte sie sich zu dem völlig erschöpften Kamera-Assistenten und bot ihm etwas zu trinken an.

»Sie sehen ziemlich erledigt aus. Es ist aber auch wieder warm heute... Hier, für Sie«, sagte sie, und der Junge nahm sich ein Glas.

»Danke, das ist wirklich nett«, sagte er und sah sich kurz nach Raúl um.

»Sie haben sich eine Pause verdient. Sie leisten ja hier auch einiges.« Sie lächelte ihn an. »Ich bin übrigens CeCe. Ich glaube, man hat vergessen, uns einander vorzustellen.«

Der Junge lächelte schüchtern. »Ich bin Mario. Danke noch mal.«

»Sehr gerne. Ich bringe den anderen dann auch mal was. Bis später!«

Mario winkte ihr nach und leerte gleichzeitig sein Glas Limonade in einem Zug.

Nachdem CeCe auch die anderen versorgt hatte, führte sie das Team, allen voran Amanda Orbison, auf der Farm herum, zeigte ihnen die Treibhäuser und ihr Lager.

»Das ist aber sehr viel Vanille«, stellte Amanda fest.

»Das ist der Vorrat des ganzen letzten Jahres.«

»Es riecht unglaublich hier drinnen.«

»Ja, die Vanille versprüht schon ein ganz besonderes Aroma.«

Sie zeigte Amanda auch noch das Innere des Hauses, Raum für Raum, und dann sagte die Moderatorin: »Ich würde mich jetzt gerne für heute zurückziehen. Morgen werde ich auch nur vormittags da sein, um das Interview mit Ihnen zu führen. Es ist zum Glück schönes Wetter angesagt, wir sollten also perfekte Verhältnisse haben. Ich dachte mir, wir könnten draußen auf der Veranda drehen.«

»Hört sich gut an. Sie sagen, Sie wollen schon gehen? Möchten Sie denn nicht zum Essen bleiben?«

Amanda lachte und stellte somit mehr als klar, dass sie lediglich die Produzentin und Moderatorin des Beitrags sein würde und keinesfalls einer der niederen Mitarbeiter oder gar ihre Freundin. »Nein, danke. Ich habe einen Mann und eine Tochter, die zu Hause auf mich warten. Jeffrey und die Kameraleute bleiben noch. Jeff hat mir von Ihrem besonderen Gast erzählt, das gefällt mir alles sehr gut und wird auch bei unseren Zuschauern prima ankommen, da bin ich mir sicher. Machen Sie das Beste draus, und gehen

Sie vorher noch mal in die Maske, ja? Und bitte setzen Sie sich mit Jeffrey zusammen, oder gehen Sie am besten mit ihm in die Treibhäuser. Dann können Sie heute schon alle relevanten Fragen durchgehen. Das Kamerateam kann derweil drinnen in der Küche aufbauen. Dann bereiten Sie sich auf das Abendessen vor. Raúl wird Sie beim Kochen und beim Essen filmen. Ist noch irgendwas unklar? Haben Sie noch Fragen?«

»Nein, nein, alles gut. Fahren Sie ruhig zu Ihrer Familie. Falls noch etwas sein sollte, kann Jeffrey mir weiterhelfen, oder?«

»Ganz genau. Er übernimmt jetzt. Genießen Sie den Abend und seien Sie ausgelassen. Das wird schon werden.« Amanda schenkte ihr noch ein Lächeln, und schon war sie weg.

CeCe blieb ein wenig sprachlos zurück. So eine Frau hatte sie auch noch nicht kennengelernt. Sie strotzte nur so vor Selbstbewusstsein und vor Ehrgeiz, und doch ließ sie andere die meiste Arbeit machen. Sie hatte es wohl wirklich weit geschafft in dem Business.

»Können wir, CeCe?«, hörte sie Jeffrey fragen und drehte sich um.

Sie lächelte und sagte: »Aber natürlich.« Und dann brachte sie ihn an die heiligen Orte, dorthin, wo ihre Vanille wuchs.

Kapitel 10

CeCe musste zugeben, es machte sie ein wenig nervös, dass Raúl die ganze Zeit mit der Kamera neben ihr stand und jeden Handgriff festhielt. Fast hätte sie sich mit dem scharfen Messer in den Finger geschnitten, als sie mal kurz zu Raúl sah, statt sich auf die Aubergine zu konzentrieren.

»Erzählen Sie unseren Zuschauern doch bitte genau, was Sie da tun«, bat Jeffrey, der sich mit einem kalten Bier in der Hand an die Küchentheke gelehnt hatte. Ihn hatte man natürlich nicht im Blick, sondern nur CeCe und ihre Zutaten für den Auberginen-Auflauf, den Benedict sich gewünscht hatte. Sie hatte alles heute auf dem Markt besorgt, als sie am Mittag dort gewesen waren, um Waren auszuliefern. Jeffrey und die anderen hatten sich vor gut einer Stunde Sandwiches und Getränke liefern lassen, Amanda Orbison war jetzt wahrscheinlich schon zu Hause bei ihrer Familie und aß Salat oder sonst was Kalorienarmes.

»Oh. Okay. Also, ich schneide die Auberginen in dünne Scheiben. Dasselbe tue ich mit den Tomaten, danach werde ich beide schichtweise in die Auflaufform legen.« Sie sah zu Jeffrey, der ihr ein Zeichen gab, dass sie weiterreden sollte. »Ja, und … ähm … man braucht mindestens zwei große Auberginen und drei bis vier große Tomaten, die schön

136

fleischig sein sollten. So wie diese hier.« Sie hielt die Früchte in die Kamera und begann damit, sie ebenfalls in Scheiben zu schneiden. Dann schichtete sie alles abwechselnd in die mittelgroße weiße Auflaufform und holte die Flasche mit den passierten Tomaten hervor, außerdem die Gewürze und den Knoblauch.

»Jetzt werde ich die Sauce zubereiten. Ich schäle zwei Knoblauchzehen, gebe sie in die Presse und brate sie in einer Pfanne mit Rapsöl an. Man könnte auch Olivenöl nehmen, da ich aber mit meiner Vanille arbeiten werde, verwende ich Rapsöl ... ähm ... weil Rapsöl ... weil Raps ...« Oh Gott, wie nah wollte Raúl denn noch an sie herankommen? Sie befürchtete fast schon, er würde ihr das Ding an den Kopf hauen. »Ich ... ähm ...« Sie sah zu Jeffrey, der den Kopf schüttelte. Zu viele Ähms, sie verstand schon. »Ja, also, das Vanillearoma kommt mit einem neutraleren Öl besser zur Geltung. So, jetzt gebe ich die passierten Tomaten hinzu und schmecke alles mit Salz und Pfeffer ab. Und jetzt fehlt nur noch meine Vanille.«

»Es ist außergewöhnlich, dass Sie Vanille, bei der die meisten Menschen doch eher an süße Speisen wie Eis, Kekse oder Kuchen denken, für herzhafte Gerichte verwenden«, sagte Jeffrey.

»Ja, das mag sein. Ich meine, für die meisten Leute ist die Vanille wahrscheinlich ein ausschließlich süßes Gewürz, weil sie es nicht anders kennen. Man kann Vanille aber ganz vielseitig verwenden. Ich mache zum Beispiel auch ein Chutney, bei dem ich Vanille mit Chili kombiniere. Das kann man übrigens in meinem Onlineshop bestellen, zusammen mit vielen anderen köstlichen Dingen.« Sie lächelte in die Kamera.

Jeffrey hatte ihr gesagt, dass sie ruhig hier und da mal

ihren Shop erwähnen sollte. Ein bisschen blöd kam sie sich dabei aber schon vor.

Sie nahm sich eine Vanilleschote, schnitt diese auf, kratzte das körnige schwarze Mark heraus und gab es zu der Sauce. Natürlich kommentierte sie auch das alles. Dann löffelte sie die Sauce über das Gemüse, rieb Parmesan direkt darüber und schob die Auflaufform in den Ofen.

»Und jetzt mache ich noch einen Rucolasalat dazu, weil mein Freund Benedict, der mir heute Abend Gesellschaft leisten wird, den so gerne isst.«

Wenn man vom Teufel spricht – in exakt dem Moment klingelte es an der Tür. CeCe öffnete ihm und staunte nicht schlecht. Benedict sah sowieso schon immer so aus, als wollte er auf die nächste Gala gehen, heute Abend aber hatte er sich besonders in Schale geworfen. Dabei wollten sie doch nur zu Abend essen. Sie selbst trug noch immer die Sachen von heute Morgen, allerdings hatte sie auf Amandas Rat – oder besser auf ihre Anweisung – gehört und sich noch einmal von Misha zurechtmachen lassen. Wovon man jetzt aber sicher nichts mehr sah, denn CeCe fühlte sich, als stünde sie mitten in einer Sauna. Ob es die Hitze in der Küche war oder die Nervosität, die sie dermaßen schwitzen ließ, konnte sie nicht sagen, aber sie war sich sicher, sie sah schlimm aus. Was auch ein Blick in den Flurspiegel bestätigte.

»Wie siehst du denn aus?«, fragten Benedict und sie einander gleichzeitig.

»Ich bin am Kochen«, antwortete sie zuerst.

»Wird das etwa gefilmt? Du solltest dich schnellstens ein wenig frisch machen, Süße.«

»Ja, gleich, ich stelle dich nur kurz allen vor.« Sie nahm ihm seinen schicken schwarzen Mantel ab, unter dem ein dunkelgrünes Seidenhemd zum Vorschein kam, das perfekt zu der feinen schwarzen Stoffhose und den spitzen schwarzen Schuhen passte und dessen oberste zwei Knöpfe offen standen. Sie schüttelte den Kopf und schob Benedict in die Küche. »Blamier mich nicht, Mr. Napa Valley«, flüsterte sie ihm von hinten ins Ohr.

Jeffrey schien ganz angetan von Benedicts Anblick. Er ging sofort auf ihn zu und schüttelte ihm die Hand. »Sie müssen Mr. Baker sein, ich freue mich sehr, Sie kennenzulernen.«

»Der bin ich«, erwiderte Benedict.

»Alle mal herhören!«, sagte CeCe so laut, dass jedermann es mitbekam. »Das ist mein bester Freund Benedict, er wird heute mit mir zu Abend essen.« Sie stellte Benedict allen Anwesenden namentlich vor, wobei sie leider vergessen hatte, wie der Typ hieß, der fürs Licht zuständig war.

»Philipp«, half er ihr auf die Sprünge und widmete sich wieder den Scheinwerfern.

»Es ist mir eine Freude«, sagte Benedict und machte eine theatralische Geste. »Als ich gehört habe, dass meine allerliebste Freundin ins Fernsehen kommt, habe ich sofort gesagt: ›Nein, CeCe, wir müssen den Abend nicht absagen. Ich bin gern mit dabei und stehe dir zur Seite.‹«

»Prrrffff!«, entfuhr es CeCe, und sie hätte am liebsten laut losgelacht. Ein bisschen anders war das Ganze ja schon gewesen.

»Und als ich gehört habe, dass Sie mit von der Partie sind, war ich entzückt, Mr. Baker.« Jeffrey strahlte ihn an. »Wie wunderbar, dass Sie es einrichten konnten.«

»Aber selbstverständlich«, erwiderte Benedict, legte einen Arm um CeCe und zog sie an sich. Ihr entging nicht, auf welche Weise Jeffrey ihn ansah, und sie fragte sich, ob Benedict blind war oder ob er es gut überspielte. Oder ob er es schlicht gewohnt war, dass Frauen wie Männer verrückt nach ihm waren. Sie hatte in den vier Jahren, die sie ihn kannte, schon mitbekommen, dass die Frauen ihn umschwärmten wie Bienen den Honig, aber das hier war neu für sie.

»Wäre es okay, wenn ich mich mal kurz frisch machen gehe?«, fragte sie.

»Oh, das sollten Sie ganz dringend tun«, sagte Jeffrey, nachdem er sie eingehend betrachtet hatte.

»Meine Rede«, bemerkte Benedict.

Sie kniff ihm unbemerkt in die Taille und konnte sehen, wie ihr Freund ein »Aua« unterdrückte. Dann löste sie sich von ihm und machte sich auf ins Bad.

Hier war das Licht sogar noch besser, und sie bekam fast einen Schlag, als sie vor dem Spiegel stand. Ihr Gesicht war total gerötet und ihre Haare ganz wüst! Warum hatte ihr denn niemand etwas gesagt? Und so hatten sie sie gefilmt? *So* würde sie im Fernsehen erscheinen?

Nun ja, eigentlich hatte sie ja von Anfang an gesagt, dass sie sich ganz natürlich geben und sich nicht verstellen wollte. Na, das hatte sie geschafft. Wenn das nicht natürlich war, was dann?

Sie zuckte die Achseln und überlegte kurz, Misha herbeizurufen, entschied dann aber, dass sie das auch gut allein hinbekommen würde. Mit einer Bürste, ein wenig Makeup, Puder und Lipgloss war die Sache gerettet, und sie konnte wieder zu den anderen gehen.

Als sie zurück in die Küche kam, flirtete Jeffrey immer noch mit Benedict. Wie sollte der Gute auch wissen, dass Benedict auf das andere Geschlecht stand?

Sie ließ sich nicht beirren und machte sich an den Salat,

wusch den Rucola, den Lollo Rosso und den Feldsalat, schnitt ein paar Oliven klein, gab Stückchen eingelegter Artischockenherzen hinzu und rührte ein Balsamicodressing an. Dann schnitt sie das Baguette in Scheiben und deckte den Tisch. Zwanzig Minuten später konnte sie den Auflauf aus dem Ofen holen, und eine ganze Schar von Menschen, die sie gestern noch nicht gekannt hatte, sah Benedict und ihr dabei zu, wie sie es sich schmecken ließen. Sie hoffte nur, sie würde sich nicht verschlucken – obwohl, das würde der Sendung doch sogar noch die richtige Würze geben, oder? Wenn ein Krankenwagen gerufen werden musste, um die Vanilleflüsterin von ihrem eigenen Essen zu befreien, das ihr im Hals stecken geblieben war? Zumindest würde das Jeffrey gefallen, falls der es überhaupt mitbekäme, denn er schien sie überhaupt nicht mehr wahrzunehmen. Viel zu sehr war er damit beschäftigt, Benedict schöne Augen zu machen.

Am nächsten Morgen fühlte CeCe sich wie gerädert. Das Fernsehteam war am Abend erst um halb elf gegangen, und nachdem sie in der Küche noch Klarschiff gemacht und sich die Schminke aus dem Gesicht gewaschen hatte, war es fast Mitternacht gewesen, als sie endlich im Bett gelegen hatte.

Sie war nur froh, dass heute keine Auslieferungen auf dem Programm standen. Allerdings hatte sie noch das Interview vor sich, und sie war sich nicht mehr so sicher, ob Amanda Orbison sie wirklich nur Harmloses fragen würde. Letzte Nacht hatte sie geträumt, dass sie im Garten saß, während der Regen auf sie niederprasselte, und Amanda hatte das Interview geführt – auf dem Stuhl ihres Vaters, im Schutz des Verandadaches. Sie hatte sie zu ihrer Mutter ausgefragt, und jede Frage war noch ein wenig persönlicher geworden. Am Ende hatten sich CeCes Tränen mit den Regentropfen vermischt, und sie war schweißgebadet aufgewacht. Danach hatte sie nicht mehr einschlafen können, und als sie schließlich unter der Dusche stand, schwor sie sich, keine allzu persönlichen Fragen zu beantworten, komme, was wolle. Es ging hier schließlich um ihre Vanille und nicht um ihr Leben – und schon gar nicht um ihre Vergangenheit, oder?

Sie hatte sich gerade den letzten Bissen ihres Nutella-Brotes – heute brauchte sie einfach etwas Süßes für die Nerven – in den Mund geschoben, als sie draußen mehrere Wagen vorfahren hörte. Seufzend stand sie auf, trank die letzten Schlucke ihres Gewürztees und stellte Teller und Becher in die Küche. Das Rentier mit der roten Nase, das auf Letzterem abgebildet war, sah sie besorgt an, zumindest bildete CeCe sich das ein. Der Becher war ein Geschenk von Julia zum letzten Weihnachtsfest gewesen, und ihr fiel mit Schrecken ein, dass sie ihre Freundin gestern Abend gar nicht wie versprochen angerufen hatte. Heute würde sie tagsüber auch nicht dazu kommen, es würde bis zum Abend warten müssen.

Es klingelte an der Tür, und sie ging aufmachen, setzte ein Lächeln auf und begrüßte Amanda Orbison, die heute wieder fabelhaft aussah. In einem engen Hosenanzug, der die Farbe von Zitronen hatte, stand sie da und strahlte mit der Sonne um die Wette.

»Guten Morgen, Ms. Jones«, sagte sie und drehte sich sofort suchend um. »Misha! Komm sofort hier angetanzt!«

Oje. Sah sie etwa so schlimm aus an diesem Morgen? Dann war der wohl doch nicht so gut.

Misha eilte herbei und kümmerte sich um sie. Fünfzehn

Minuten später sah sie so frisch und schön aus, als hätte sie keine schlaflose Nacht hinter sich.

Als sie zusammen mit Amanda auf die Veranda trat, hatten Raúl und sein Team schon alles aufgebaut. In Richtung Sonne war eine dunkle Wand aufgestellt, die wohl Schatten spenden sollte. Die Kamera stand bereit, und nun kam Mario herbei, befestigte ein winziges Mikrofon an der hellblauen Bluse, für die sie sich heute entschieden hatte, und deutete auf den Stuhl, den sie bereitgestellt hatten. Es war der Stuhl ihres Vaters. Ob das nun ein gutes oder ein schlechtes Omen war, blieb abzuwarten.

Ihr kamen die Szenen aus ihrem Traum in Erinnerung. Na, wenigstens regnete es nicht. Sie setzte sich und versuchte, ruhig durchzuatmen. Sie brauchte doch gar nicht nervös zu sein. Das Interview würde nämlich ganz nach ihren Vorstellungen ablaufen; was sie nicht beantworten wollte, würde sie einfach nicht beantworten. Sie würde ganz sie selbst sein und nur erzählen, womit sie sich wohlfühlte.

Amanda Orbison setzte sich ihr gegenüber, auch auf sie war eine Kamera gerichtet.

»Sind wir startklar, Raúl?«, fragte sie.

»Startklar«, brummte er.

Amanda zupfte sich noch einmal das Blouson zurecht, sah dann auf und zeigte der Welt ihr strahlendstes Lächeln.

»Guten Nachmittag, liebe Zuschauer. Ich freue mich, dass Sie eingeschaltet haben. Heute sind wir zu Gast bei Cecilia Jones, der Vanilleflüsterin.« Sie lächelte, und Cecilia war sich nicht sicher, ob sie jetzt etwas sagen sollte.

Also versuchte sie es mit »Hallo, Mrs. Orbison. Ich freue mich, in Ihrer Sendung zu sein.«

»Cut!«, rief Raúl.

Fragend sah sie Amanda an.

»Sie sind noch nicht dran, Ms. Jones. Raúl gibt Ihnen ein Zeichen, okay? Und bitte nennen Sie mich vor der Kamera nicht Mrs. Orbison, sondern Amanda, das ist persönlicher. Ich werde Sie Cecilia nennen. Gut?«

Sie nickte. Woher sollte sie das denn alles wissen? Es war ja nicht so, dass sie täglich irgendwelche Fernsehsendungen drehen würde. Sie war immerhin nicht Amanda Orbison, sie war die Vanilleflüsterin. Anscheinend.

»Alles auf Anfang!«, rief Raúl.

Und noch mal das gleiche Prozedere.

»Guten Nachmittag, liebe Zuschauer. Ich freue mich, dass Sie eingeschaltet haben. Heute sind wir zu Gast bei Cecilia Jones, der Vanilleflüsterin.«

Diesmal lächelte CeCe einfach nur in die Kamera und wartete auf ein Zeichen, in der Hoffnung, dass sie das dann auch erkennen würde.

»Wir befinden uns inmitten des Napa Valleys, das vielen von Ihnen als das Weinanbaugebiet schlechthin bekannt sein dürfte. Diese Frau allerdings hat sich etwas anderes gedacht: Warum sollte man hier nicht auch Vanille anpflanzen können? Und genau das hat sie getan. Ihre Vanille ist nicht nur die wohlduftendste und schmackhafteste, die mir jemals zu Augen und zur Nase gekommen ist«, Amanda lachte ihr süßliches Lachen, »sondern auch die beliebteste weit und breit. Es ist mir ein Vergnügen, die Vanilleflüsterin, wie sie in der Gegend von allen genannt wird, heute bei uns zu haben. Cecilia, willkommen beim Bay Channel 5.«

Jetzt gab Raúl, der rechts von ihr stand, ihr ein Zeichen, das aus einem Kopfnicken und einem Daumen nach oben bestand.

»Guten Morgen, Amanda, ich freue mich, in Ihrer Sendung zu sein.«

»Cut!« rief Raúl ein wenig genervt.

Was hatte sie denn jetzt schon wieder falsch gemacht?

»Die Sendung wird nachmittags ausgestrahlt«, sagte Amanda geduldig.

»Oje, tut mir leid. Weil es doch Morgen ist, hab ich wahrscheinlich ...«

»Kein Problem. Meinen Teil haben wir auf Band, wir können einfach noch einmal bei Ihnen anfangen.«

Sie wartete wieder auf das Zeichen von Raúl und versuchte zu lächeln.

»Hallo, Amanda. Ich freue mich, in Ihrer Sendung zu sein.«

Diesmal kein Cut. Sie schien alles richtig gemacht zu haben.

»Zuerst einmal wird unsere Zuschauer sicher brennend interessieren, weshalb Sie denn die Vanilleflüsterin genannt werden«, sagte Amanda nun.

Ähm ... Ja, das wüsste sie selbst gern. Immerhin war es Amandas Idee gewesen. Was sollte sie denn darauf jetzt bitte antworten?

»Ich ... äh ... also, eigentlich ...«

»Cut!« Na, das konnte ja heiter werden.

»Ms. Jones, denken Sie sich doch bitte einfach irgendwas aus, ja?«, bat Amanda. So langsam wurde sie ungeduldig, das hörte CeCe ihrer Stimme an.

»Okay. Tut mir leid.« Sie nahm aus den Augenwinkeln Jeffrey wahr, der weiter abseits stand und heute total niedergeschlagen wirkte. Oje, war er etwa enttäuscht wegen Benedict? Hatte er endlich erfahren, dass die Schwärmerei nicht auf Gegenseitigkeit beruhte?

»Das muss es nicht«, sagte Amanda und holte sie wieder ins Hier und Jetzt. »Weiter geht's!«

Das Zeichen von Raúl. Und nun musste sie sich schnell etwas überlegen ...

»Ich glaube, man nennt mich Vanilleflüsterin, weil meine Vanille so wunderbar heranreift. Meine Schoten sind mit bis zu zwanzig Zentimetern die längsten auf dem Markt, und der Geschmack ist einzigartig. Das alles kommt nicht von ungefähr. Es steckt sehr viel Arbeit, aber auch Liebe darin.«

Raúl hielt ihr einen hochgestreckten Daumen hin. War das nun wieder ein Zeichen oder einfach nur ein Daumen hoch, gut gemacht?

»Oh ja, ich habe Ihre Vanille gekostet. Sie ist wirklich außergewöhnlich, da muss ich Ihnen recht geben. Denken Sie, dass die Erde hier im Napa Valley etwas damit zu tun hat, dass sie so gut gedeiht? Und wie genau sind Sie eigentlich auf die Idee gekommen, ausgerechnet hier Vanille anzubauen?«

Ein Zeichen von Raúl.

»Also, eigentlich stammt die Idee gar nicht von mir, sondern von meinem Vater. Diese Farm war früher einmal ein Weingut, wie all die anderen hier in der Gegend, doch er wollte unbedingt eine Vanilleplantage daraus machen.« Sie lächelte bei dem Gedanken an ihren Vater und war froh, auf seinem Stuhl zu sitzen. Das gab ihr Halt.

»Warum wollte er das?«, fragte Amanda.

»Das ist eine lange Geschichte ...«

»Lassen Sie uns daran teilhaben, Cecilia.«

Sie überlegte. Nein, diese Dinge waren zu privat. Sie wollte ganz Kalifornien nicht an dem Romantischsten teilhaben lassen, das ihr Dad je für ihre Mom getan hatte. »Tut mir leid, aber die Hintergründe sind sehr persönlich, ich möchte ungern darüber sprechen.«

»Cut!«

»Ms. Jones, weshalb sind wir hier?«, fragte Amanda, nun sichtlich genervt. »Sie können doch nicht einfach sagen, Sie wollen nicht drüber sprechen. Das ist es doch, was unsere Zuschauer besonders interessiert.«

Sie zuckte die Achseln. »Denken Sie sich etwas aus«, wiederholte sie die Worte, die Amanda ihr zuvor gesagt hatte, und musste innerlich grinsen.

Die Moderatorin seufzte, überlegte und sagte ihr, dass sie wenigstens nicht so abwehrend sprechen sollte. Dann gab sie Raúl ein Zeichen, dass sie weitermachen konnten.

»Er hatte seine Gründe«, sagte sie nun stattdessen. »Sehr persönliche Gründe.«

»Oooh, das klingt aber geheimnisvoll«, stieg Amanda direkt ein. »Das passt ja einmal mehr zu diesem fast mystischen Ort.«

Mystisch? Okay, wenn sie meinte …

»Gestern Abend durften wir schon dabei sein, wie Sie Ihren guten Freund Benedict Baker bekocht haben. Tun Sie so etwas öfter? Ihre Freunde in die Welt der Vanille einladen?«

CeCe nickte. »Ja, ich liebe es, dass sie sich ebenfalls so an meinem Lieblingsgewürz erfreuen. Meine beste Freundin zum Beispiel wünscht sich von mir nur noch ein Glas Vanillezucker zum Geburtstag und eine große Tüte Vanilleplätzchen zu Weihnachten.«

»Na, da hat sie aber Glück, dass Weihnachten schon wieder vor der Tür steht.« Amanda lachte erneut. »Und wo Sie schon auf Ihre selbst gebackenen Vanilleplätzchen zu sprechen kommen … Die sind ja nicht von dieser Welt, oder? Unser Produktionsassistent Jeffrey redet von nichts anderem mehr. Und auch ich habe die hauchdünnen Plätzchen bereits probiert. Sie sind köstlich. Nein, dieses Wort beschreibt sie nicht einmal annähernd. Sie sind wie eine himmlische Explosion der lieblichsten Vanille, die Sie sich nur vorstellen können.«

Oh, das hatte Amanda aber schön gesagt. Es freute CeCe richtig, dass sie ihre Kekse so pries. Immerhin sahen sich Millionen von Zuschauern diese Sendung an, oder? Wenn auch nur ein winziger Teil davon bei dieser Beschreibung auf den Geschmack käme und ihre Vanilleplätzchen bestellen würde, dann … Herrje, dann müsste sie wohl doch noch richtig in Produktion gehen. Allein wäre das niemals zu bewältigen.

Amanda Orbison stellte ihr noch jede Menge weiterer Fragen, von denen sie ein paar nicht beantwortete, was Amanda jedes Mal seufzen ließ. Als CeCe sagte, dass sie das besondere Geheimnis ihrer Vanille, ihrer Herkunft und ihres einzigartigen Geschmacks ebenfalls nicht preisgeben wollte, seufzte Amanda besonders laut. Dann wurde CeCe noch dabei gefilmt, wie sie im Treibhaus nach ihren Vanillepflanzen sah, und zum Schluss wurden Fotos von ihr in ihrem Garten, vor ihrem Haus und bei der Vanille geschossen. Ihr Lieblingsbild war das, auf dem sie zwei Hand voll schwarzbrauner Vanilleschoten in die Kamera hielt und stolz lächelte. Ja, sie war stolz, und das durfte sie auch sein.

Als sich das Kamerateam verabschiedet hatte, sah sie wie so oft zum Himmel hoch und sprach zu ihren Eltern. »Na, was sagt ihr? Hab ich das gut gemeistert? Danke, dass ihr für schönes Wetter gesorgt habt. Regen wäre wirklich sehr ungelegen gekommen.«

Das Wetter hatte wirklich außerordentlich gut mitgespielt. Sie erinnerte sich nicht daran, in der Vergangenheit jemals so einen warmen, sonnigen Dezember erlebt zu haben. Im Napa Valley konnten sie sich zwar nicht über allzu viel Kälte beklagen, und Schnee oder Frost gab es nie, was der Vanille nur guttat, aber das hier waren wirklich Temperaturen wie im August.

Sie war froh, als endlich alle weg waren und sie die Bluse ausziehen konnte. Im Tanktop setzte sie sich mit einer kalten Dose Fanta, die noch vom Lieferservice übrig war, auf die Veranda in den Schatten und nahm ihr Telefon zur Hand. Jetzt hatte sie Zeit für Julia. Die wartete bestimmt schon ganz ungeduldig.

»Hallo, meine Liebe, was machst du gerade?«, fragte sie, nachdem ihre Freundin sich gemeldet hatte.

»Was ich mache? Das ist doch wohl so was von unwichtig. Was machst du, du neuer Fernsehstar?«

»Das werde ich wohl nie werden. Ich bin mir sogar sicher, dass sie fast alles rausschneiden werden, was ich heute gesagt und getan habe.« Sie musste grinsen, als sie an Amanda Orbisons gestressten Gesichtsausdruck dachte.

»Ach komm, so schlimm kann es doch gar nicht gewesen sein.«

»Rate, wie oft sie ›Cut!‹ gerufen haben?«

»Keine Ahnung. Hast du etwa mitgezählt?«

»Das nicht, aber es waren sicher an die fünfzig Mal. Und das allein beim Interview.«

Julia lachte. »Was kann man denn da überhaupt falsch machen?«

»So ziemlich alles, was mir vorher auch nicht klar war. Aber ich hab immer entweder zu früh geredet oder gar nicht geantwortet oder das Falsche gesagt, oder ich hab geniest …«

»Oje …«

»Ich glaube, Amanda Orbison braucht nach diesem Tag erst mal ein paar Extra-Tropfen Passionsblumen-Essenz.«

Sie lachte. Die hatte die Gute sich heute wirklich zweimal eingeflößt, sie hatte es genau gesehen.

»Wie war die denn so? Wie man sie aus dem Fernsehen kennt?«

»Wenn du damit groß und hübsch und ziemlich arrogant meinst, dann war sie so.«

»Ach, du Arme. Musst so viel durchmachen, und dann bekommst du auch noch die beste Werbung für deine Vanille. Du bist wirklich zu bedauern«, zog Julia sie auf.

»Haha.«

»Nein, ehrlich. Egal, wie schlimm es war, etwas Besseres hätte dir gar nicht passieren können.«

»Das wollen wir erst mal abwarten.« Plötzlich hörte sie ein Knacken, dann sah sie etwas aus den Augenwinkeln und schrak auf. Sie konnte nicht fassen, wer da vor ihr stand. Dass der sich das traute!

»Sorry, Julia, ich hab gerade was Wichtiges … Ich muss auflegen. Melde mich später, okay?« Ohne Julias Antwort abzuwarten, hatte sie das Gespräch bereits weggedrückt. Und dann konnte sie nicht anders, als den Mann anzustarren, der ihr nicht mehr hätte wehtun können, wenn er ihr ein Messer direkt ins Herz gestochen hätte.

Ihr erster Impuls war, aufzustehen und ins Haus zu laufen, doch sie konnte sich nicht rühren, war wie festgefroren vor Schreck.

Louis stand da und besaß auch noch die Frechheit, sie anzulächeln. Was bildete der sich ein!

»Was tust du hier?«, fragte sie kühl.

»Ich hab die ganzen Leute gesehen und mich gefragt, was hier wohl los sein mag.«

»Sie sind schon wieder weg. Kannst du dich bitte auch vom Acker machen?«

Er sah sie an, mit diesem Blick, der sie vor achtzehn Monaten noch völlig weich hatte werden lassen. Diese Intensität, diese Wärme, sie waren noch immer da und das Herzflattern auch. Und plötzlich konnte sie sich wieder bewegen. Schnell sprang sie auf und stieß dabei ihre Fantadose um. Es spritzte in alle Richtungen, und doch war sie unfähig, sich zu bücken und das Chaos zu beseitigen. Alles, was sie wollte, war wegzurennen. Doch Louis sah sie noch immer so an. Er wusste, dass er sie hatte … dass sie bis aufs Mark in seinem Bann war.

Nein, das würde sie nicht zulassen! Sie würde ihm nicht wieder verfallen.

»Lass mich in Ruhe, Louis. Hau ab und komm nicht wieder!«, sagte sie mit strenger Stimme, obwohl sie das Gefühl hatte, innerlich so sehr zu zittern, dass ihre Beine jeden Moment nachgeben könnten.

»Aber CeCe …«

»Hau ab!«, schrie sie, warf ihm einen eiskalten Blick zu, drehte sich um und ging ins Haus. Sie schloss die Tür, ließ sich daran heruntersacken und legte die Arme um ihre angezogenen Beine, machte die Augen zu und versuchte, sich zu beruhigen. Zu atmen.

Was wollte Louis denn wieder in ihrem Leben? Er hatte hier nichts mehr zu suchen. Sie hoffte so, er hatte es endlich kapiert. Sie hoffte, ihr armes Herz würde es endlich kapieren.

Kapitel 11

»Man könnte gut vierzig Gästezimmer daraus machen«, sagte der Immobilienmakler und zeigte Richard sein strahlend weißes Lächeln. Der Mann war keine fünfundzwanzig, also nicht gerade der erfahrene Geschäftsmann, den er sich gewünscht hätte. Doch er hatte ihm bereits vor diesem Objekt drei ziemlich gute Anwesen gezeigt, aus denen man wirklich etwas machen könnte, und das hier war einfach unglaublich. Ein altes Bürogebäude aus den Dreißigerjahren, das sich mitten in Santa Monica befand. Es war im Art-déco-Stil gebaut, mit hohen Räumen, länglichen Fenstern und einer blassgelben Fassade, die hellblaue Balken zierten, was in Richards Augen den besonderen Reiz ausmachte. Die Leute liebten Art déco, sie mochten das alte Hollywood, und auch das neue Hollywood war nun wirklich nur einen Katzensprung entfernt.

»Ein großartiges Gebäude«, entgegnete er und ließ sich von dem Makler durch die vier Stockwerke führen.

»Es müsste natürlich einiges gemacht werden. Die Wasserleitungen wurden seit den Siebzigerjahren nicht erneuert, und die Elektrik ist auch nicht auf dem neuesten Stand. Aber ich denke, in ein bis zwei Jahren könnten Sie hier Ihr Hotel eröffnen.«

Richard lächelte. Ein zweites Hotel, das wäre schon ein

Traum. Er hatte sich bisher gesträubt, da er mit dem Resort am Lake Tahoe mehr als genug zu tun hatte und auf keinen Fall wie sein Vater enden wollte, als Workaholic, dessen Lebensinhalt Arbeit, Arbeit und noch mal Arbeit war. Doch der Gedanke an ein Hotel in einer wärmeren Gegend Kaliforniens hatte ihm immer besser gefallen, und er hatte sich überlegt, dass er doch keinesfalls alles allein managen müsste. Er könnte für beide Hotels Geschäftsführer einstellen, die ihm unter die Arme griffen und die Arbeit übernahmen, wenn er gerade nicht da war.

Und deshalb hatte er die Gelegenheit beim Schopf gepackt und einfach ein paar Tage an seine Reise in den Süden drangehängt. Eigentlich war er nach Los Angeles gekommen, weil er auf eine Hochzeit eingeladen gewesen war. Dario, der Sohn des Gärtners, der sich damals um das Anwesen in Bel Air gekümmert hatte und mit dem er bis heute eine sporadische Freundschaft führte, hatte ihn eingeladen. Er musste zugeben, dass ihn die Geste berührt hatte. Nicht einmal sein eigener Vater hatte ihn auf seiner Hochzeit dabeihaben wollen, doch Dario hatte ihn bedacht. Vor lauter Rührung hatte Richard ihm einen Reisegutschein im Wert von zweitausend Dollar geschenkt. Er hoffte, Dario und seine bezaubernde Braut Valentina, die er gestern auf der Feier kennengelernt hatte, würden sich damit ein paar schöne Tage machen können. Flitterwochen oder zweite Flitterwochen oder einfach nur ein Wochenende auf Hawaii, um mal der Großstadthektik zu entfliehen – wie es ihnen beliebte.

Dario hatte das großzügige Geschenk gar nicht annehmen wollen, aber Richard hatte darauf bestanden. Er freute sich doch, wenn er ihm etwas Gutes tun konnte. Nie würde er vergessen, wie Dario ihn, als sie beide sieben gewesen waren, in den Arm genommen hatte, weil er so traurig gewesen war, dass seine Eltern ihn an seinem Geburtstag allein mit Elena gelassen hatten. Er hatte sich unter eine der Palmen in den Garten gesetzt und geweint. Doch Dario war gekommen und hatte ihn wieder aufgemuntert, hatte ihm von seinen Mentos abgegeben und ihn mit seinem Spielzeugauto spielen lassen. Danach hatte die beiden eine innige, aber heimliche Freundschaft verbunden, denn Richard Banks senior hätte solch eine Verbindung garantiert nicht geduldet.

Die Hochzeit war wunderschön gewesen. Dario und Valentina kamen beide aus Puerto Rico, und dementsprechend hatte Richard einige neue Gerichte probieren dürfen, wie Arroz con Gandules, ein Reisgericht mit Fleisch, oder Pasteles, in Bananenblättern gedämpfte Teigtaschen mit einer Mischung aus Fleisch, Bohnen, Rosinen, Kapern, Oliven und Gewürzen, und Tembleque, ein Pudding aus Kokosmilch, die ihm ganz ausgezeichnet geschmeckt hatten. Es wurde bis spät in die Nacht getanzt, und eine der Brautjungfern hatte ihm ein mehr als eindeutiges Angebot gemacht. Doch er hatte höflich abgelehnt. Er war kein Mann für eine Nacht. Er war auf der Suche nach der wahren Liebe.

»Ein Objekt, in das man sich verlieben könnte, was?«, fragte der Makler ihn nun, und er konnte nur zustimmen und nicken.

Richard sah aus dem Fenster, von dem aus man einen direkten Blick auf den Strand, die palmengeschmückte Ocean Avenue und den Santa Monica Pier mit seinen Touristenattraktionen hatte. »Eine umwerfende Aussicht. Doch ich möchte nicht voreilig handeln. Lassen Sie uns noch die anderen Häuser ansehen«, bat er. Er hatte sich noch nie mit dem Erstbesten zufriedengegeben. Er war zwar nicht der

Anspruchsvollste aller Menschen, doch er wollte mit voller Leidenschaft dabei sein, wenn er sich für ein Objekt entschied. Immerhin ging es hier um seine Zukunft. Würde er sich für das Hotel in Santa Monica entscheiden, würde er künftig sehr viel Zeit hier verbringen. Doch Kalifornien war groß, und es gab sicher noch einige verborgene Ecken und so manche einzigartige Gebäude zu entdecken. Er war mit einem Mal ganz aufgeregt und ziemlich gespannt, wohin ihn sein Herz am Ende führen würde.

Kapitel 12

Julia belegte das Ciabatta, schnitt es in der Mitte durch, gab die beiden voll bepackten Hälften gekonnt auf einen Teller, ohne dass auch nur ein Salatblatt herausfiel, und stellte es auf die Glastheke. Sie lächelte den Kunden, einen hiesigen College-Professor, der jeden Samstag zum Lunch vorbeikam, an und sagte: »Ihr Tomaten-Mozzarella-Sandwich, guten Appetit!«

Der Mann Mitte fünfzig mit dem gezwirbelten Oberlippenbart lächelte zurück und nahm sein Essen entgegen. Er erinnerte sie ein wenig an Charles Dickens, nur hätte der sicher kein Sandwich zum Mittagessen verdrückt. Im neunzehnten Jahrhundert hatte es doch sicher eher etwas wie Braten und Kartoffeln zum Samstagslunch gegeben, oder? Sie musste lächeln. Heute hatte sie wirklich nur das viktorianische Zeitalter im Sinn, und das kam nicht von ungefähr. Denn nachher würde sie mit CeCe nach Daly City fahren, um dort die Dickens Christmas Fair zu besuchen. Diese gab es bereits seit 1970, und Julia war total angetan von all den wundervollen Dingen, die man dort erleben konnte. Mit ihrem viktorianischen Ambiente war die Fair ein extremer Kontrast zur heutigen Zeit, und sie liebte es, diese Welt zu erkunden. Neben Betriebswirtschaft hatte sie nämlich englische Literatur studiert, und auf die Christmas

156

Fair zu gehen empfand sie beinahe so, als tauchte sie in eines von Dickens' Büchern ein, in *Nicholas Nickleby* oder in *Große Erwartungen*. Hach, waren das noch Zeiten. Manchmal wünschte sie sich fast, im neunzehnten Jahrhundert gelebt zu haben. Da waren die Männer nämlich noch Gentlemen, da war die Liebe noch von Bedeutung. Da sah ein Mann es als seine Pflicht an, für seine Frau zu sorgen, sie glücklich zu machen …

Die Türglocke bimmelte, und Julia sah auf. Eddie betrat den Sandwich Heaven. Sehr gut, dann konnte das Abenteuer ja losgehen!

Eddie war Anfang zwanzig; in seinen Baggyjeans und seinem verwaschenen T-Shirt schlurfte er durch den Laden und kam hinter den Tresen.

»Sorry, hab verschlafen«, sagte er, kratzte sich am Hinterkopf und gähnte.

Julia schüttelte den Kopf. Und in die Obhut dieses Jungen sollte sie ihren Laden geben? Zum Glück war ja noch Ron da, der auf jeden Fall verantwortungsbewusster war. Sie hörte ihn jetzt auch mit seinem Mitbewohner schimpfen, als sie sich nach hinten zu dem kleinen Aufenthaltsraum begab und schon auf dem Weg dorthin die Schürze abband.

»Mann, Alter, es ist nach zwei! Da beschaffe ich dir den Job, und du kommst zu spät!«

»Ja, sorry, Dude. Ich brauch halt meinen Schlaf.«

»Blödmann!«

Julia kam zurück, die Jacke an, die Handtasche um die Schulter gehängt, und lächelte. »Alles gut, nur kein Stress. Aber redet bitte in anständigem Ton miteinander vor den Kunden.«

»Tut mir leid«, sagte Ron sofort.

»Dito«, kam es von Eddie.

»Setzt du bitte noch ein Cap auf oder bindest dir einen Zopf?«, bat Julia Eddie und zeigte auf sein kinnlanges Haar. »Und Hände waschen nicht vergessen.«

»Klar, Boss.«

Sie musste schmunzeln. Boss genannt zu werden war immer noch sehr ungewohnt.

»Ihr dürft euch jeder ein Sandwich machen«, sagte sie dann. »Aber nur eins, okay?«

Beide nickten. Dann verabschiedete sie sich, sagte auch ihrem persönlichen Charles Dickens und einigen anderen Gästen auf Wiedersehen und trat vor die Tür. Dort wartete sie auf CeCe, die sich anscheinend auch verspätete. Sie hatten verabredet, dass CeCe sie um zwei Uhr im Laden abholte, doch es war weit und breit nichts von ihrer Freundin zu sehen.

Fünf Minuten später wartete Julia immer noch. Dann piepte ihr Handy. Sie las die Nachricht, die soeben eingetroffen war: *Sorry, spät dran. Erkläre ich gleich. Zehn Minuten.*

Hm. Okay. Es war bereits 14:22. Das bedeutete, dass sie erst nach halb drei hier loskommen und nicht vor halb vier bei der Christmas Fair sein würden. Die schloss leider schon um sieben ihre Türen, es würde ihnen also nicht allzu viel Zeit dort bleiben.

Ihr Stammkunde trat aus dem Laden. Sein eigentlicher Name war Frank, den hatte er ihr einmal verraten. Er blieb neben ihr stehen, lächelte und nahm einen tiefen Atemzug.

»Riechen Sie das auch?«, fragte er.

»Was denn?«

»Weihnachten steht vor der Tür«, antwortete er.

»Ach, ehrlich? Ich dachte, nur wir zwei ständen vor der Tür.« Sie grinste. Solche Späße hatten sie schon öfter miteinander gemacht.

Frank lachte. »Der war gut. Warten Sie auf jemanden?«

»Ja, auf meine Freundin. Wir haben vor, einen kleinen Ausflug zu unternehmen.«

»Darf ich fragen, wohin?«

»Ins viktorianische London«, erwiderte sie mit einem breiten Lächeln.

»Oho. Die Dickens Christmas Fair! Ich fahre jedes Jahr mit meinem Enkel dorthin.«

»Echt? Was für eine schöne Tradition. Wie alt ist Ihr Enkel?«

»Er wird im Januar zehn. Und raten Sie, wie er heißt!«

Sie überlegte. »Charles?«

»Knapp daneben. Oliver.«

»Nein, wirklich? Wie passend. Oliver gefällt es sicher gut auf der Fair, oder?«

»Er kann gar nicht genug davon kriegen und fragt mich immer schon im Sommer, wann wir wieder hinfahren.«

Sie lachte. »Was gefällt ihm dort am besten?«

»Das Fudge natürlich.«

Julia erinnerte sich an den Stand mit original englischem Fudge, brockenweise und in den verschiedensten Sorten.

»Klar. Und was ist Ihr Highlight?«

»Ach, die ganze Atmosphäre. Ich bin Geschichtsprofessor, das wissen Sie, oder?« Sie nickte. »Es ist jedes Mal wie eine Zeitreise für mich. Nun … wenn ich mir aber eines herauspicken müsste, würde ich wohl sagen, ich mag die Tänzerinnen am liebsten.« Er zwinkerte ihr schelmisch zu.

»Haha, ja, das kann ich mir vorstellen.« Julia hatte die Tänzerinnen in ihren pompösen Kleidern genau vor Augen. Sie erinnerten sie ein wenig an die Frauen in diesen alten Westernfilmen, die in den Saloons tanzten.

»Was ist denn Ihr Highlight?«, fragte Frank nun.

»Oh, ich war leider erst einmal da. Im letzten Jahr. Mir hat der alte Stand mit den gerösteten Maronen am besten gefallen. Vor allem der singende Verkäufer.« Der hatte wirklich nonstop Weihnachtslieder geträllert, mit britischem Akzent selbstverständlich.

»Der alte Milford. Ja, der ist schon etwas Besonderes.«

Sie sah CeCes Wagen um die Kurve fahren. Endlich. Sie konnte es kaum noch erwarten, zum Festival zu kommen. »Da ist meine Freundin. Ich muss mich leider verabschieden.«

»Ich wünsche Ihnen viel Spaß im alten London! Probieren Sie unbedingt den Plumpudding.«

»Das werde ich«, sagte sie, obwohl sie sich nicht so sicher war, ob sie das wirklich tun würde. Sie hatte Plumpudding noch nie gegessen, aber sie wusste, wie er aussah. Appetitlich war etwas anderes.

CeCe hielt am Straßenrand, und Julia stieg ein.

»Da bist du ja endlich! Was war denn los?«, fragte sie.

»Lange Geschichte, sorry. Erzähl ich dir auch sofort. Aber sag du mir doch erst mal, mit wem du dich da gerade so angeregt unterhalten hast. Hast du etwa einen neuen Freund?« CeCe grinste breit und winkte Frank zu. Dann fuhr sie los.

»Du bist unmöglich! Das war doch nur Frank, einer meiner Stammgäste. Er kommt jeden Samstag.«

»Ach, echt? Ob er wohl wegen deiner Sandwiches kommt oder vielleicht auch nur, um dich zu sehen?«

»Er ist steinalt! Er hat mir gerade von seinem Enkel erzählt! Jetzt hör aber auf!«

»Okay, okay …«

»Nun sag schon, warum du mich über eine halbe Stunde hast warten lassen.«

»Das lag daran, dass ich noch Kekse backen musste.«

»Schon wieder? Wie oft backst du denn, bitte?«

»Zurzeit jeden zweiten Tag, würde ich sagen. Das ist total irre! Und wenn erst die Sendung ausgestrahlt wird … Amanda Orbison erwähnt meine Kekse nämlich im Interview, und sie meint, nach Dienstag werden die Leute sie mir aus den Fingern reißen.«

»Wie ist Amanda Orbison denn so? Ich will alles hören!«

»Hab ich dir doch schon am Telefon erzählt. Sie ist ganz nett, aber halt viel beschäftigt und ziemlich eitel. Sie hat auf der Farm die ganze Zeit elegante helle Kleidung getragen und sich gefühlt alle paar Minuten die Nase nachpudern lassen. Aber du wirst es nicht glauben! Der Typ, der fürs Kamerateam zuständig ist, Raúl, der die ganze Zeit unfreundlich und brummig war, hat sich bei mir gemeldet und um ein Date gebeten!« CeCe lachte.

Julia machte große Augen. »Ist nicht dein Ernst! Und? Hast du zugesagt?«

»Nicht in einer Million Jahre!«

»Haha. Na, du wolltest doch einen Mann. Einen Traumprinzen.«

»Der ist alles andere als ein Traumprinz. Jedes Mal, wenn er sich gebückt hat, hat man seinen halben Hintern sehen können.« Sie zog eine Grimasse.

»Wir sind echt zwei Loser, oder?« Julia stützte den Ellbogen an der Fensterscheibe ab. »Ein Grandpa und ein Brummbär.«

CeCe biss auf ihrer Lippe herum, was bedeutete, dass sie ihr etwas erzählen wollte, aber nicht wusste, ob sie es wirklich tun sollte. Julia kannte ihre Freundin gut. Erwartungsvoll sah sie sie an und hoffte, dass sie sich dafür entscheiden würde.

»Louis war neulich da«, platzte es dann auch schon aus ihr heraus.

»Nein!«

»Doch. Am Dienstag nach den Dreharbeiten. Als wir beide gerade telefoniert haben.«

»Das war also der Grund, weshalb du mich so schnell abgewürgt hast. Ich dachte, du hättest Kekse im Ofen gehabt oder so. Erzähl schon! Louis war da? Was hat er denn gewollt?«

»Er wollte reden. Wissen, was das Fernsehteam bei mir gemacht hat.«

»Und, hast du es ihm erzählt?«

»Hab ich nicht! Das geht ihn nämlich gar nichts an! Er hat sich dafür entschieden, kein Teil meines Lebens mehr zu sein, also ...«

»Eigentlich hast du das doch entschieden, oder? Du hast ihn immerhin in die Wüste geschickt.« Bei ihrer Freundin war es nämlich genauso gewesen wie bei ihr und Jackson. Sie war ihrem Freund nicht genug gewesen. Wenigstens hatte CeCe dann Schluss gemacht. Zumindest hatte *sie* ihre Würde nicht ganz verloren.

»Ja, das hab ich. Und dann stand er plötzlich wieder vor mir.« CeCe sah aus, als verheimlichte sie ihr etwas.

»Du bist doch nicht etwa schwach geworden, oder?«, fragte sie schockiert.

»Nein, nein, bin ich nicht. Ich hatte aber Herzklopfen ohne Ende.«

»Das ist doch normal. Du hast den Kerl immerhin zwei Jahre lang geliebt. Ich habe auch immer noch Herzklopfen, jedes Mal, wenn ich Jackson sehe.« So erst am Abend zuvor.

»Ich weiß«, sagte CeCe und legte ihr eine Hand auf den

Arm. »Wie läuft es denn so im Chor? Bist du aufgeregt wegen morgen?«

»Ich mache mir fast in die Hose! Ich meine, es ist die Grace Cathedral! Da hat schon Duke Ellington performt!«

»Wer?«

Sie musste schmunzeln. CeCe kannte eben nur ihre Countrymusiker, was ja auch vollkommen okay war.

»Der wohl großartigste Pianist aller Zeiten«, erklärte sie. Kenneth hörte den Jazzmusiker gerne und hatte ihn ihr nähergebracht. Deshalb war er ja auch so aufgeregt, wahrscheinlich noch viel mehr als alle anderen.

»Ehrlich? Wow! Also, ich werde auf jeden Fall in der ersten Reihe sitzen. Zusammen mit Jemima und Benedict. Falls da überhaupt noch Platz ist. Ach, ich würde auch mit der letzten Reihe vorliebnehmen, wenn ich nur dabei sein kann. Der Sound da drinnen muss umwerfend sein.«

»Du bist süß. Und ja, das glaube ich auch. Moment mal … Benedict kommt tatsächlich mit? Wie hast du ihn denn dazu gebracht?« Julia wusste, dass er weder etwas von Kirchen noch von Chorgesang hielt.

»Er war mir einen Gefallen schuldig.«

»Da bin ich aber gespannt.«

»Er durfte in der Sendung mit dabei sein. Am Montag beim Dinner.«

»Sollte ich jetzt beleidigt sein, dass ich nicht dabei sein durfte, oder eher erleichtert, weil ich mir Amanda Orbison und Raúl nicht antun musste?«

»Ich würde sagen, Letzteres. Aber Benedict war ganz in seinem Element. Ich finde wirklich, er sollte nach Hollywood gehen, der Mann hat eine Kamerapräsenz! Ich war die ganze Zeit völlig nervös, und er kommt daher in seinem schicken Outfit und tut so, als würde er das täglich machen.«

CeCe lachte. »Und stell dir vor! Der Produktionsassistent Jeffrey hatte einen Narren an unserem Freund gefressen. Er hat die ganze Zeit mit ihm geflirtet, aber Benedict hat es anscheinend gar nicht gemerkt. Oder er ist es einfach gewohnt, dass ihn alle anhimmeln, keine Ahnung. Auf jeden Fall war Jeffrey dann total geknickt, als er herausgefunden hat, dass die Zuneigung einseitig ist.«

»Na, bei Benedict könnte man aber wirklich denken, dass er auch auf Männer steht.«

»Ja, oder? Na, aber wir beide wissen ja bestens, dass er ausschließlich auf Frauen abfährt. Auf sehr weibliche Frauen. Er ist auch fasziniert von Amanda Orbison und war total enttäuscht, dass sie am Montag zum Dinner nicht mehr da war.«

»War sie nicht?«

»Nein. Sie wollte zu ihrer Familie.«

»Das macht sie aber irgendwie auch sympathisch, oder?«, fand Julia.

»Ja, hast recht. Irgendwie schon. Na, ich bin auf jeden Fall gespannt, was überhaupt dabei rauskommt. Die müssen ja zwei Tage Dreh in eine halbe Stunde quetschen.«

»Wann genau wird es ausgestrahlt? Du sagtest was von Dienstag?«, erkundigte sie sich. Die Sendung wollte sie sich nämlich unbedingt ansehen. Die durfte man doch nicht versäumen – genau wie die Aussicht, die sich ihr in diesem Moment bot. Sie überquerten gerade die Bay Bridge, die von Oakland nach San Francisco führte. In Julias Augen stand sie der allseits beliebten Golden Gate Bridge in nichts nach. Ja, sie war halt nicht ganz so alt und auch nicht rot, sondern grau, aber sie hatte fast dieselbe Form und Länge, und der Ausblick auf San Francisco war sagenhaft. Rechts von ihr ragte die alte Gefängnisinsel Alcatraz aus dem Wasser, und schräg vor ihr konnte man die Transamerica Pyramid, ein spitz zulaufendes, achtundvierzig Stockwerke hohes Bürogebäude sehen, das längst zum Wahrzeichen der Stadt geworden war.

»Genau, am Dienstag schon«, erzählte CeCe. »Nachmittags um drei.«

»Da sollten wir uns unbedingt alle treffen und es uns gemeinsam ansehen.«

»Von mir aus gerne. Wir könnten die Sendung bei mir gucken, dann kann auch Jemima rüberkommen.«

»Klar, super, das machen wir.«

»Vielleicht mag auch Benedict dazustoßen. Er ist immerhin der Star der Sendung. Wahrscheinlich geben sie ihm mehr Sendezeit als mir. Wusstest du, dass er total bekannt ist? Jeder aus der Produktion wusste sofort, wer er ist.«

»Ehrlich? Weshalb ist er denn so bekannt? Wegen seiner außerordentlichen Arbeit als Santa Claus?«

»Haha«, lachte CeCe. »Nein, ehrlich. Die Bakers sind wohl so was wie die Royals unter den Winzern. Das war mir bisher überhaupt nicht bewusst.«

»Mir auch nicht. Da haben wir ja einen richtig prominenten Freund.«

»Du sagst es!«

»Na, ich bin gespannt auf den Beitrag. Bestimmt kommst du super rüber und kannst dich danach vor Aufträgen nicht mehr retten.«

»Darüber würde ich mich zwar sehr freuen, ich komm aber jetzt schon kaum hinterher.«

»Du hast Probleme, Süße.«

»Luxusprobleme, ich weiß.« CeCe zwinkerte ihr zu.

Julia grinste vor sich hin, während sie San Francisco hinter sich ließen. Ja, sie konnten sich wirklich nicht bekla-

165

gen. Ihre beste Freundin kam ins Fernsehen, und sie hatte den wohl größten Auftritt ihres Lebens vor sich. Morgen würde sie wahrscheinlich vor Nervosität nicht mehr klar denken können. Doch heute wollte sie sich erst einmal amüsieren.

Eine halbe Stunde später hatten sie Daly City erreicht, parkten vor dem Cow Palace, wo die Veranstaltung stattfand, und betraten Charles Dickens' Welt.

»Du willst wirklich noch was essen?«, fragte CeCe sie zwei Stunden später.

Sie waren durch das nachgebaute viktorianische London geschlendert, hatten die verkleideten Akteure und die Tänzerinnen bewundert, hatten die Stände abgeklappert und sich Kerzen, selbst gestrickte Schals und jede Menge Fudge gekauft, und sie hatten gegessen, bis ihnen die Bäuche fast platzten. Beide hatten sie sich zuerst Bratkartoffeln und Truthahn mit viel Sauce gegönnt, dann Shortbread und zum Abschluss die wohlduftenden Maronen bei dem singenden Verkäufer. Jetzt standen sie allerdings vor einem Stand mit Plumpudding, und Julia erinnerte sich an die Worte, die Frank ihr mit auf den Weg gegeben hatte.

»Frank meinte, ich soll unbedingt Plumpudding probieren«, sagte sie ihrer Freundin.

»Du weißt aber schon, dass da Rosinen drin sind, oder? Du hasst Rosinen!«

»Bist du dir sicher?«, fragte sie.

»Das können wir ganz schnell herausfinden.« Ihre Freundin holte das Smartphone hervor und googelte »Plumpudding«.

»Okay, die Zutaten sind meistens: Zucker, Melassesirup, Brotkrumen, Rinderfett…« CeCe verzog das Gesicht, und

Julia tat es ihr gleich. »…Eier, Rosinen, Orangenschalen und Gewürze. Siehst du! Rosinen!«

»Hört sich echt eklig an. Ich habe davon ja schon in alten englischen Romanen gelesen, aber das! Ich glaube, ich verzichte lieber.«

»Gute Entscheidung.«

Sie liefen noch ein bisschen durch die Gänge und fanden einen Buchstand, an dem Julia natürlich nicht widerstehen konnte und sich eine hübsch verzierte Ausgabe von Dickens' *Bleak House* kaufte, da sie diesen Roman noch nicht besaß, und dazu ein gehäkeltes Lesezeichen, das sie einfach entzückend fand.

»Have a merry Christmas, my dear«, sagte die Verkäuferin in original britischem Akzent, und Julia war einfach nur begeistert. Dieser Ausflug machte so viel Spaß.

»Thank you, good woman«, antwortete sie und versuchte dabei ebenfalls, Britisch zu sprechen, was ihr aber nicht so recht gelang.

»Dein Akzent ist miserabel«, lachte CeCe.

»Ich weiß.«

»Du, guck mal, da vorne gibt es einen Stand mit Trifle. Das sieht echt lecker aus.«

Julia musste lachen. Hatte ihre Freundin nicht vor gut zwanzig Minuten noch gesagt, dass sie pappsatt wäre?

»Trifle hört sich sogar sehr gut an. Da sind keine Rosinen drin, oder?«

»Fragen wir nach!« CeCe marschierte auf den Stand zu und erkundigte sich bei der Verkäuferin nach den Zutaten des geschichteten Desserts, das in kleinen Schalen verkauft wurde. Sie erfuhren, dass es nur aus Biskuitkuchen, süßem Quark, Früchten, Marmelade, Wackelpudding und Sahne bestand. Köstlich also, und ganz ohne Rosinen!

Sie kauften sich jeder ein Trifle und setzten sich auf eine der aufgestellten Bänke, aßen und lauschten den Klängen vergangener Tage. Die Musik stimmte sie wirklich auf Weihnachten ein. Als *O Come, all Ye Faithful* ertönte, fühlte Julia sich richtig wohlig. Heute Abend würde sie es sich mit Dickens' *Weihnachtsgeschichte* in ihrem Lesesessel gemütlich machen und dabei das leckere Fudge essen – wenn dann überhaupt noch Platz in ihrem Magen war, was sie schwer bezweifelte.

Kapitel 13

CeCe stand vor der imposanten Grace Cathedral in Nob Hill, einem der teuersten Stadtviertel San Franciscos. Wenn sie sich umdrehte, konnte sie das elegante InterContinental Hotel sehen, das hier oben auf dem Hügel mit seinen sechzehn Stockwerken die ganze Stadt überragte. CeCe hatte es noch nie betreten, aber sie hatte gehört, dass ein Zimmer an die tausend Dollar pro Nacht kostete. Benedict hatte ihr erzählt, dass er einmal im hauseigenen Restaurant gespeist und dort die beste Crème brûlée seines Lebens gekostet hatte. Natürlich war das, bevor er ihre Crème brûlée gegessen hatte.

Auf der anderen Seite der California Street, dem InterContinental gegenüber, befand sich das Fairmont, ein ebenso beeindruckendes Hotel. Von beiden Bauwerken musste man die beste Aussicht auf die Stadt sowie die Bucht haben. Wie unglaublich es sein musste, morgens aufzuwachen, aus dem Fenster zu gucken und die Golden Gate Bridge zu sehen.

Aber der Anblick der Episkopalkirche, vor der sie jetzt stand, war auch nicht zu verachten. Das helle, neugotische Bauwerk ragte vor ihr auf, links und rechts ein rechteckiger Turm, in der Mitte ein großes Rosettenfenster, das sie ausgesprochen schön fand und an ein Mandala erinnerte.

Als sie erfahren hatte, dass Julia hier auftreten würde, hatte sie die Grace Cathedral gegoogelt und herausgefunden, dass Alfred Hitchcock an diesem Ort sogar einige Szenen seines letzten Films, *Familiengrab,* gedreht hatte. Auch von Duke Ellingtons Auftritt und Martin Luther Kings Rede, die Julia beide stolz erwähnt hatte, hatte sie gelesen. Dieses Gebäude barg so viel Geschichte, und heute würde ihre beste Freundin ein Teil davon werden. CeCe war verdammt stolz, sie hatte ihre gute Kamera dabei und wollte alles aufnehmen, um es für immer festzuhalten. Damit Julia eines Tages ihren Kindern ihren größten Auftritt zeigen konnte.

»Hey, CeCe«, hörte sie eine wohlbekannte Stimme.

Benedict war neben sie getreten, er war ganz in Schwarz gekleidet.

»Hey, Benedict. Dir ist schon klar, dass das hier keine Beerdigung ist, oder?«

Er zuckte mit den Schultern. »Was weiß ich, wie man sich in der Kirche anzieht? Ist bestimmt zwanzig Jahre her, dass ich mal in einer war.«

»Da warst du vier.«

»Ganz genau. Zu meiner Taufe.«

»Du bist getauft? Das wusste ich ja gar nicht.«

»Meine Großeltern haben darauf bestanden. Aber egal jetzt. Wie geht es dir? Wann wird unser grandioser Fernsehbeitrag ausgestrahlt?«

»Mir geht es sehr gut, danke. Ich freue mich auf das Konzert. Und hab ich dir das noch nicht erzählt? Am Dienstagnachmittag um drei zeigen sie den Beitrag.«

»Ooooh! Den müssen wir uns unbedingt zusammen ansehen.«

»Ich wollte dich auch fragen, ob du Lust dazu hast. Aber musst du dienstags nicht arbeiten?«

»Schon. Aber ich kann ja mal einen Nachmittag krank machen, oder? Denkst du, ich will in meinem schrecklichen Kostüm auf meinem Thron sitzen, während die ganze Welt sich mich im Fernsehen ansieht?«

»Du klingst ja gar nicht eingebildet.« Sie musste lachen.

»Das bin ich nicht! Aber Süße, wir kommen ins Fernsehen. Und das nicht nur als Statisten in einem Werbespot für ein Durchfallmittel, sondern so richtig!«

Sie starrte Benedict neugierig an. »Durchfallmittel? Hast du mir etwas zu berichten?«

Er winkte ab. »Ach, ich war jung und brauchte das Geld. Wollen wir jetzt reingehen und es hinter uns bringen?«

»Jetzt hör auf, so negativ zu sein. Es wird bestimmt ganz toll. Und denk daran, dass wir Julia unterstützen, wir sind ihre Freunde.«

»Hast ja recht.« Er hielt ihr seinen Arm hin, und sie hakte sich ein. Gemeinsam gingen sie die vierzig Stufen hinauf und betraten die Kathedrale.

Von innen war sie sogar noch beeindruckender. Wunderschöne Buntglasfenster schmückten die Wände und den Altarraum. Als CeCe nach oben blickte, sah sie das imposante Kreuzrippengewölbe. Einige Bänke waren bereits besetzt, CeCe entdeckte Julia und ihre singenden Freunde vorne im Chor, wo sie gerade eine Stellprobe machten.

»Sieh mal, es ist sogar noch was ganz vorne frei«, flüsterte sie Benedict zu.

»Es ist so gut wie alles noch frei«, erwiderte er, ohne dabei seine Stimme zu senken. »Glaubst du wirklich, dass hier noch Leute kommen?«

Sie grinste ihn an. »Das Konzert fängt erst um zehn an.«

»Es ist zehn vor neun.« Er sah sie böse an. »Hattest du mir nicht was von neun Uhr gesagt?«

»Ich muss zugeben, dass ich ein wenig geschwindelt habe.«

»Oh, CeCe, ich hätte eine Stunde länger schlafen können!«

»Dann hätten wir aber bestimmt keinen Platz mehr ganz vorne bekommen. Jemima wollte doch so gern in der ersten Reihe sitzen und alles hautnah miterleben.« CeCe winkte Jemima zu. Sie waren zusammen hergefahren, doch Julias Pflegemutter war bereits vorgegangen, um Plätze freizuhalten.

»Ihr seid doch verrückt«, sagte Benedict und stellte sich neben Jemima. Dabei setzte er ein breites Lächeln auf. »Hallo, Jemima, wie geht es dir?«

»Sehr gut, mein Junge. Und dir?«

»Wunderbar. Ich bin fit wie ein Turnschuh«, antwortete er sarkastisch.

Jemima sah ihn mit einem Stirnrunzeln an. »Sag, wer ist verrückt?«

»CeCe«, antwortete er ohne Umschweife und funkelte sie wieder böse an. »Wenn ich wegen dir nachher zu spät zur Arbeit komme, gibt es richtig Ärger, hörst du?«

»Du arbeitest doch gleich um die Ecke. Da kannst du sogar zu Fuß hingehen. Länger als eine Viertelstunde brauchst du nicht. Du könntest auch schwänzen und dir den Gottesdienst nach dem Konzert ebenfalls noch mit uns ansehen.«

»Ich verzichte, danke.«

»Wie ich höre, arbeitest du jetzt als Santa Claus«, sagte Jemima und zwinkerte ihr zu.

»Pssst!«, machte Benedict. »Das muss doch nicht jeder mitbekommen!«

»Sei nicht so eingebildet und setz dich hin«, befahl Jemima, und Benedict folgte ihr aufs Wort.

CeCe nahm zwischen den beiden Platz, vor allem, damit Jemima Benedicts Geschimpfe nicht so hautnah ertragen musste.

»Und was sollen wir jetzt eine Stunde lang machen?«, fragte Benedict genervt.

»Uns mental auf den Auftritt vorbereiten«, erwiderte sie. »Und endlich aufhören, in der Kirche zu meckern«, fügte sie mit einem bösen Blick hinzu.

»Der Herr sieht alles«, ließ Jemima Benedict wissen. Und nun wirkte er doch ein wenig betreten und hielt endlich den Mund.

Er verschränkte die Arme vor der Brust und schloss die Augen. Soll er doch ruhig noch ein Nickerchen halten, dachte CeCe. Sie würde den Moment genießen und einfach die tolle Atmosphäre auf sich wirken lassen. Sie winkte Julia zu, als diese zu ihnen sah, und wünschte ihr, als sie kurz vor Beginn des Konzertes noch einmal zu ihnen kam, alles Glück der Welt.

Um Punkt zehn Uhr vernahm man aus der Grace Cathedral die ersten Klänge des Napa Mercy Choirs. CeCe war sich sicher, dass man die wundervolle Musik sogar noch einige Straßen weiter hören konnte. Vielleicht wurden die reichen Leute in ihren luxuriösen Betten im Fairmont sogar von diesen Stimmen geweckt, die gewaltig und doch sanft, die kraftvoll und doch lieblich waren.

Sie hörte so gebannt zu, dass sie nichts anderes um sich herum wahrnahm. Der erste Song, *Oh Holy Night*, brachte sie so richtig in eine melancholische Weihnachtsstimmung. Und der zweite, *Joy To the World*, zauberte ihr ein Lächeln auf die Lippen und Liebe ins Herz. Als sie zu Jemima blickte, sah sie Tränen in ihren Augen vor Glück und vor

Stolz, und sie hakte sich bei ihr ein. Als sie irgendwann zur anderen Seite blickte, durfte sie mit Erstaunen feststellen, dass sogar Benedict ganz ergriffen wirkte. *Amazing Grace* hatte ihm anscheinend den Rest gegeben und selbst den eingefleischtesten Kirchenmusikverachter überzeugt. Der Chor sang den Song nicht im gewohnten Stil, sondern in einer eigenen, sehr berührenden dreistimmigen Version. Julia hatte ein kleines Solo am Schluss, und CeCe hatte nun auch feuchte Augen und musste sich ein Taschentuch aus der Handtasche suchen. Sie reichte auch Jemima eins und spaßeshalber Benedict, der sie abschätzig ansah. Sie musste innerlich lachen, denn sie wusste ja doch, dass es ihn berührte.

Nach dem letzten Song, *The Lord is My Shepherd*, war CeCe unglaublich bewegt. Sie blinzelte die Tränchen weg und stand mit allen anderen auf, um dem Chor den Applaus zu schenken, der ihm gebührte.

Julia sah so stolz aus, CeCe glaubte sogar, dass sie für ein paar Momente vergessen hatte, dass Jackson nur zwei Reihen hinter ihr stand. Den Idioten hatte sie das ganze Konzert über zu ignorieren versucht, was bei seinem Solo gar nicht so einfach gewesen war. Sie konnte noch immer nicht fassen, was er der armen Julia angetan hatte. Wie falsch hatte sie ihn nur eingeschätzt? So oft hatten er und Julia bei ihr im Garten, auf der Veranda oder am Küchentisch gesessen, und sie hatten sich über Gott und die Welt unterhalten, zusammen gegessen und über die Zukunft gesprochen. Jackson war einer der Ersten gewesen, denen sie damals von dem geplanten Onlineshop erzählt hatte. Ganze fünf Jahre war er an Julias Seite gewesen … und dann hatte er sich in ein Arschloch verwandelt. Hatte sie betrogen. Hatte ihr das Herz gebrochen. Und damit war auf einen Schlag auch die Freundschaft zwischen Jackson und ihr vorbei gewesen. Niemals hätte sie noch normal mit ihm umgehen, sich mit ihm unterhalten, ihm Dinge anvertrauen können. Wie hätte sie ihn weiter schätzen können, wenn er ihrer besten Freundin doch so wehgetan hatte?

Julia ging mit den anderen von der Bühne, und der Reverend trat an den Altar. Er bedankte sich noch einmal ganz herzlich und leitete den Gottesdienst ein. Benedict hatte sich schon eine Viertelstunde zuvor vom Acker gemacht, um es noch rechtzeitig zur Arbeit zu schaffen, aber Jemima wollte gern bleiben, und so blieb auch CeCe. Nach etwa zehn Minuten stieß Julia, jetzt nicht mehr in ihrer Robe, sondern in einem hübschen braunen Kleid, zu ihnen und setzte sich auf den freien Platz.

»Du warst so toll«, flüsterte CeCe ihr zu.

»Ich fühle mich noch ganz beschwingt.« Ihre Freundin strahlte richtig. Als hätte sie einen göttlichen Segen empfangen.

CeCe nahm Julias Hand in ihre und drückte sie. Dann lauschten sie dem Reverend, wie er von einer Reise erzählte, die zwei Menschen und ein Esel vor langer Zeit gemacht hatten. Diese Reise endete in Bethlehem, und das größte Souvenir, das die beiden wieder mit sich nahmen, war ein neugeborenes Baby, dessen Namen eines Tages die ganze Welt kennen sollte ...

Nach dem Gottesdienst kamen ein paar der Chormitglieder auf Julia zu und fragten sie, ob sie noch mit zum Italiener gehen wolle. Julia lehnte ab, weil sie versprochen hatte, noch mit zu Jemima zu kommen.

»Geh ruhig mit, Liebes. Ich bin mir sicher, CeCe bringt mich nach Hause.«

»Ja, natürlich, ich muss ja in dieselbe Richtung.« Sie zwinkerte Jemima zu.

»Nein, nein, das geht doch nicht ...«, sagte Julia.

»Du liebst Antipasti, und beim Italiener gibt es jede Menge davon. Das hast du dir heute wirklich verdient«, meinte CeCe. Dann aber nahm sie den Blick ihrer Freundin wahr, der zu Jackson und dieser Hailey wanderte, und sie verstand. »Oder komm mit uns. Wir könnten doch zu dritt essen gehen, um deinen Auftritt zu feiern.«

Julia wollte gerade etwas erwidern, als sie Jackson und Hailey Arm in Arm weggehen sahen. Jemima schüttelte nur den Kopf über die beiden, und eine ältere Frau aus dem Chor sagte zu Julia: »Die haben schon was anderes vor, keine Sorge. Na, was ist? Kommst du?«

Julia sah noch einmal zu Jemima und auch zu CeCe, und sie beide nickten und lächelten ihr zu.

»Danke, ihr seid die Besten. Wir sehen uns ja am Dienstagnachmittag.«

»Viel Spaß, Liebes«, wünschte Jemima.

»Bis bald, Süße.« CeCe umarmte ihre Freundin fest.

Und dann gingen Jemima und sie die vierzig Stufen wieder hinunter. Ein Obdachloser saß auf einer der Treppen, und Jemima holte einen Dollarschein aus der Manteltasche, um ihn in seinen Hut zu legen.

»Sieh mal, wie schön der Park aussieht«, sagte CeCe und deutete auf die andere Straßenseite. »Wollen wir uns ein bisschen auf eine Bank setzen und das Wetter genießen?«

»Das hört sich gut an«, fand Jemima, und sie überquerten die Straße.

Sie spazierten den Weg entlang, der durch den kleinen grünen Park inmitten der hektischen Straßen und hohen Gebäude führte. Dann fanden sie eine leere Bank, auf der sie sich niederließen. Sie stand einem Brunnen gegenüber, der drei Statuen von Kindern zeigte, die einander an den Händen hielten und tanzten. Jemima betrachtete sie lächelnd und sagte: »Wie wunderbar das Leben manchmal ist. Julia hatte es wirklich nicht leicht als Kind, und sieh dir an, wo sie heute angekommen ist.«

»Nicht leicht« war gar kein Ausdruck. CeCe dachte an den Winter vor sechs Jahren zurück, als Julia beschlossen hatte, dass es Zeit war, mit der Vergangenheit abzuschließen und ihrer Mutter zu verzeihen. Gemeinsam hatten sie sich in einem kalten Dezember auf nach Philadelphia gemacht ...

»Schnee! Richtiger Schnee!«, rief CeCe, als sie aus dem Flughafengebäude traten und sie zum ersten Mal im Leben mehr als nur ein paar vereinzelte Flocken des weißen Glücks auf einmal sah.

»Ja, hier hatten wir immer mehr als genug davon«, sagte Julia. »Du kannst dir gar nicht vorstellen, wie kalt es in Philly werden kann. Wenn man sich keine warmen Sachen leisten kann, ist das kein großer Spaß.«

Inzwischen hatte ihre Freundin keine Geheimnisse mehr vor ihr, sie hatte ihr so vieles anvertraut, von dem CeCe nicht einmal geahnt hatte, dass es einem auch im richtigen Leben widerfahren konnte. Im Film ja, aber in echt?

CeCe verstand, warum Julia ihre Mutter wiedersehen wollte. Es nagte seit Jahren an ihr, dass sie sie ihr ganzes gemeinsames Leben wie eine Fremde behandelt und sie am Ende sogar vor die Tür gesetzt hatte. Es war nicht so, dass sie sich erhoffte, ihre Mutter hätte sich geändert und würde sie plötzlich mit offenen Armen empfangen. Nein, sie machte sich keine Illusionen. Aber sie hatte kaum schöne Erinnerungen an ihre Kindheit und wollte einfach noch mal zurückkehren, um herauszufinden, ob da nicht doch irgendetwas war, das ihre frühesten Jahre bedeutungsvoll machte.

Philadelphia war so ganz anders als das sonnige Kalifornien. Und nicht nur, was das Wetter anging. Die Straßen wirkten trist, es wuchsen keine Palmen, und nichts als kahle Bäume ragten hier und da auf. Touristen gab es schon, aber die wollten hier keinen sonnigen Urlaub verbringen und Hollywood oder Fisherman's Wharf erkunden; sie waren hergereist, um einige der bedeutendsten historischen Sehenswürdigkeiten Amerikas zu besichtigen. Wie zum Beispiel die Liberty Bell, die Glocke, die 1776 geläutet wurde, als die Unabhängigkeit verkündet wurde. Oder das Grab von Benjamin Franklin. Oder das Betsy Ross House, ein Museum, das der Frau gewidmet worden war, die die erste amerikanische Flagge genäht hatte. All das befand sich im Stadtkern Philadelphias. Von den anderen Gegenden hielten sich die Touristen fern, dort gab es nichts zu bestaunen, dort herrschten Armut und Gewalt. Natürlich hatte auch Kalifornien seine Ghettos und Armenviertel, doch noch nie zuvor hatte CeCe etwas gesehen, das dem Ort glich, an dem ihre beste Freundin groß geworden war.

Julia führte sie ohne Umschweife zu ihrer alten Wohnung. Dort lebte inzwischen allerdings ein junger Mann, der ihre Mutter nicht kannte. Sie klingelten an ein paar Türen und fragten Nachbarn, von denen keiner sich an Julia oder ihre Mutter erinnerte. Bis eine alte Dame ohne Zähne ihnen öffnete und sich die Hand vor den Mund hielt, als sie Julia wiedererkannte.

»Julia, Julia … ich dachte, du wärst tot.«

»Mrs. Smith«, sagte Julia und reichte der Frau die Hand, die sie tätschelte. »Wie kommen Sie denn darauf?«

»Du warst plötzlich nicht mehr da. Bist du es wirklich?«

»Ja, ich bin es. Wie geht es Ihnen, Mrs. Smith?«

»Ich habe nur noch fünfzig Cent im Portemonnaie und habe solchen Hunger«, klagte die Alte.

CeCe hatte einen dicken Kloß im Hals. Überhaupt fühlte sie sich an diesem Ort wie in einem schlimmen Traum oder wie in einem dieser Endzeitfilme, in denen es mit der Menschheit zu Ende ging. Sie sah, wie Julia ihr Portemonnaie herausholte und ihrer früheren Nachbarin zwei Zwanzigdollarscheine reichte. Diese fing an zu weinen und bedankte sich überschwänglich.

»Bitte kaufen Sie sich was zu essen dafür, ja?«, sagte Julia eindringlich. »Mrs. Smith, können Sie mir vielleicht weiterhelfen? Haben Sie meine Mutter gesehen? Wissen Sie, wo sie hin ist?«

Mrs. Smith schüttelte den Kopf. »Nein, das weiß ich nicht. Ich habe sie seit Jahren nicht gesehen.«

»Seit Jahren … hm … Können Sie sich noch daran erinnern, wann genau Sie sie zuletzt gesehen haben?«

»Nein, mein Kind. Es muss aber mindestens vier oder fünf Jahre her sein. Tut mir leid, dass ich dir nicht mehr helfen kann.«

»Ist schon gut. Danke trotzdem, Mrs. Smith. Bitte passen Sie auf sich auf, ja? Es wird ein kalter Winter.«

CeCe sah im Flur hinter der alten Dame einen Schal hängen, der schmutzig und durchlöchert war. Sofort nahm sie ihren eigenen Schal ab und gab ihn ihr. Mrs. Smith bedankte sich herzlich. Dann gingen sie davon.

»Ich hatte ja keine Ahnung, dass es hier so trostlos ist«, sagte CeCe, als sie wieder auf die Straße traten. »So hoffnungslos.« Endlich verstand sie Julias Anspielungen darauf, dass sicher alle tot seien. »Was wirst du jetzt tun? Wo könnten wir noch nach deiner Mutter suchen?«

»Ich habe da ein paar Ideen«, antwortete Julia, und nachdem sie erfolglos an ein paar weiteren Türen geklingelt hatten, machten sie sich auf zu Tracys früheren Freunden, Exfreunden, sogar zu einem ihrer gruseligen Drogenhändler, den sie aber Gott sei Dank nicht fanden. Sie sahen in billigen Kneipen nach, in dunklen Gassen und auf Parkplätzen von Supermärkten, auf denen einige Leute herumlungerten. Dann erkundigten sie sich beim Einwohnermeldeamt, riefen Gefängnisse und Entzugskliniken an. Doch auch nach einer Woche waren sie nicht weiter als am ersten Tag.

»Ich muss mich wohl damit abfinden, dass ich ohne Ergebnisse zurück nach Hause fliegen werde«, sagte Julia enttäuscht, und CeCe nahm sie in den Arm.

Sie war froh, dass Julia jetzt Kalifornien ihr Zuhause nannte. Bis vor Kurzem hatte sie nämlich immer noch Philadelphia als ihr Zuhause angesehen. Ein furchtbares Zuhause, das sie ihrer Freundin keinesfalls wünschte.

An ihrem letzten Tag gingen sie in den Supermarkt und kauften jede Menge Lebensmittel ein, die sie Mrs. Smith brachten, und dann flogen sie zurück nach San Francisco. Nach Hause. Zurück an den Ort, der ihnen Trost und Wärme spendete.

»Julia hat sich wirklich nicht unterkriegen lassen«, sagte CeCe jetzt zu Jemima und sah noch einmal zur Grace Cathedral, auf die sie vom Park aus einen prima Ausblick hatten.

Jemima lächelte. »Das Konzert war wirklich schön, oder?«

»Ja, das war es.«

»Es ist bereits Mittagszeit. Hast du Lust, irgendwo was mit mir essen zu gehen?«

»Gern. Woran hast du gedacht?«, fragte CeCe.

»Ich kenne mich in San Francisco nicht gut aus. Schlag du doch etwas Nettes vor«, bat Jemima.

»Oh, ich kenne da ein tolles Restaurant. Hast du schon mal von der Boudin Bakery gehört?«

»Na, aber sicher. Da wollte ich schon immer mal hin. Haben sie nicht auch diese wunderbare Clam Chowder in der Brotschale?«

»Haben sie.« CeCe lächelte, und Jemima erhob sich.

»Ich bezahle das Taxi. Wir müssen nur eins finden.«

Das war das kleinste Problem. Sie begaben sich zum Straßenrand, und CeCe pfiff einmal laut durch die Finger und winkte das nächste Taxi heran.

»Nach Fisherman's Wharf, bitte«, sagte sie zu dem Taxifahrer. »Zur Boudin Bakery.«

Jemima sah aus dem Fenster und lächelte. Und CeCe war froh, ihrer älteren Freundin eine Freude machen zu können. Vielleicht würden sie ja sogar noch einen Abstecher zu den Seelöwen machen und ein Eis essen. Das Wetter war so schön, man sollte es wahrlich genießen.

181

Kapitel 14

CeCe nahm den Teller mit den Frischkäse-Gurken-Sandwiches mit zum Tisch und stellte ihn ab. Julia hatte sie beigesteuert; die Sandwiches waren typisch für die höheren Kreise, und sie hatte gemeint, dass CeCe sich heute wie ein Star fühlen sollte. Immerhin würde in nur einer halben Stunde die Sendung mit ihr in der Hauptrolle ausgestrahlt werden.

Julia hatte bereits auf dem Sofa neben Jemima Platz genommen, Angie saß auf ihrem Lieblingsschaukelstuhl, und CeCe wollte sich gerade auch setzen, als es an der Tür klingelte.

»Das muss Benedict sein. Vielleicht bringt er ja Hummer mit, wo wir doch heute so royal sind«, sagte sie und zwinkerte den anderen zu.

»Oh, bitte nicht«, entgegnete Angie und dachte dabei wahrscheinlich an die armen Hummer.

CeCe öffnete die Tür. »Hallo, mein Freund, ich ...« Sie stockte, als sie erkannte, wen Benedict dabeihatte. Eine hübsche junge Frau nämlich, superschlank und ganz in Rot gekleidet. Auffälliger ging kaum – das konnte nur Candy sein!

»Hi, BFF. Sieh mal, wen ich überredet habe, mitzukommen. Darf ich vorstellen? Das ist meine Candy. Candy, das ist Cecilia.«

»Von allen CeCe genannt«, fügte Candy hinzu. Sie lächelte sie strahlend an, wobei ein Glitzersteinchen an ihrem Schneidezahn funkelte, schüttelte ihre Hand und betrat das Haus. »Ooooh, gemütlich hast du es hier.« Candy ging ins Wohnzimmer weiter. Dabei konnte CeCe die rote Schuhsohle ausmachen. Louboutins – was sonst?

CeCe sah Benedict stirnrunzelnd an.

»Ich fand, es war an der Zeit, dass ihr euch mal kennenlernt«, sagte er. Dann hielt er ihr eine Tüte hin. »Ich habe Wein mitgebracht.«

»Den werden wir sicher alle gut gebrauchen können«, erwiderte sie.

Sie nahm Benedict die Tüte ab und ließ ihn seine Jacke selbst aufhängen. Immerhin hatte er ihr ja auch letzten Montag schon bewiesen, dass er sich hier ganz wie zu Hause fühlte.

Sie folgten Candy ins Wohnzimmer. Die stellte sich gerade jedem einzeln vor, inklusive Handschütteln. »Hallo, ich bin Candy. Hallo, ich bin Candy. Hallo, ich bin Candy.«

»Wie war der Name noch gleich?«, hörte sie Angie fragen und hielt sich eine Hand vor den Mund, um nicht laut loszulachen.

Julia sagte: »Schön, dich kennenzulernen, wir haben schon viel von dir gehört.«

»Ach ja? Was denn so?«, wollte Candy wissen und quetschte sich mit auf die Couch.

»Hmmm ... Dass du in einem Hundesalon arbeitest«, antwortete Julia. CeCe sah ihr an, wie sie angestrengt überlegte, was sie noch von ihr erfahren hatten, das erwähnenswert war. Da ihr scheinbar nichts einfiel, sagte CeCe: »Dass du eine Schwäche für Hummer hast.«

»Oh ja, das stimmt. Und ich habe eine Schwäche für

183

Benedict«, ließ Candy alle wissen und lächelte Benedict an. Der setzte sich gerade in den leeren Sessel und lächelte zurück.

»Und ich habe eine Schwäche für dich. Komm her, Babe. Bei mir ist es doch viel gemütlicher.« Er deutete auf seinen Schoß, auf dem Candy sogleich Platz nahm.

Angie stand auf. »Ich guck mal, was in der Küche noch zu tun ist.«

CeCe folgte ihrer Grandma und entdeckte sie am offenen Kühlschrank. Als sie CeCe sah, machte Angie eine Kotzgeste. »Ich weiß nicht, ob ich das einen ganzen Abend lang aushalte. Die beiden sind ja gruselig.«

»Sie sind frisch verliebt«, sagte CeCe lachend. »Lass sie doch.«

»Wenn ich mich jemals so mit Roy verhalte, bring mich bitte auf der Stelle um.«

»Ich glaube, das passiert in einer Million Jahren nicht«, war sie sich sicher.

»Hast du was zu trinken da? Ein Bier oder so?«

»Benedict hat Wein mitgebracht.« Sie stellte die Tüte auf den Tresen und holte zwei Flaschen Rotwein zum Vorschein.

»Da hat der Junge doch noch was richtig gemacht.« Angie öffnete die Hängeschranktür, nahm sechs Weingläser heraus, stellte sie auf ein Tablett und öffnete dann gekonnt den Wein mit dem Korkenzieher, der einen Griff in Form eines Maiskolbens hatte. CeCe überlegte, wo sie das hässliche Ding herhatte, es wollte ihr aber partout nicht einfallen.

»Wo ist denn die Toilette?«

Sie drehte sich um und sah Candy in der Tür stehen.

»Oh. Geradeaus den Gang runter, die zweite Tür links«, erklärte sie ihr.

184

»Das hat Benedict mir auch gesagt, aber ich hab wohl den falschen Gang genommen.«

Angie drehte sich weg und brachte eine Mischung aus Lachen und Husten hervor. CeCe klopfte ihr auf den Rücken und musste grinsen. Dann sagte sie zu Candy: »Ich zeig es dir.« Sie ging an ihr vorbei und voran in Richtung Bad. Doch als sie sich umdrehte, stellte sie fest, dass Candy ihr gar nicht folgte. »Candy?«, rief sie.

»Ja?«, rief sie zurück.

»Kommst du?«

»Sofort.« Sie kam auf ihren Stöckelschuhen angelaufen und erklärte: »Tut mir leid, ich habe gerade deiner Mutter ein Kompliment zu ihren Ohrringen gemacht.« Angie trug heute hübsche Kreolen.

»Sie ist nicht meine Mutter, sondern meine Grandma«, korrigierte CeCe sie.

»Nein! Sie muss mit sieben schwanger geworden sein.«

CeCe starrte Candy verblüfft an. Das konnte sie nicht wörtlich meinen, oder?

»Sie sieht nur jünger aus, als sie ist. Sie ist achtundsiebzig. Hier ist das Bad.« Sie deutete auf die Tür, an der ein hölzernes Schild mit einer Robbe in einer Badewanne hing und auf dem in Großbuchstaben »Bad« stand. Angie hatte es ihr zum einundzwanzigsten Geburtstag geschenkt, das wusste sie noch genau. Wenn sie jetzt darüber nachdachte, war sie sich sicher, dass auch der Maiskolben-Korkenzieher von ihr war. Wer sonst würde so etwas verschenken?

»Danke«, sagte Candy und verschwand im Badezimmer.

CeCe ging zurück in die Küche, die inzwischen leer war. Angie schenkte bereits allen Wein ein, als sie das Wohnzimmer betrat.

»Und?«, fragte Benedict und sah gespannt in die Runde. »Wie findet ihr sie?«

Erwartete er jetzt eine ehrliche Antwort?

»Sie scheint sehr ... nett zu sein«, antwortete Julia.

»Sie ist schon was Besonderes«, sagte Angie, CeCe konnte aber deutlich den Sarkasmus heraushören.

»Sie hat dich für meine Mutter gehalten«, erzählte sie ihr.

Angie hatte sofort ein Strahlen im Gesicht. »Sie ist meine neue beste Freundin«, entgegnete sie und grinste. Dann griff sie nach einem der kleinen Hummus-Sandwiches, die Julia extra für sie mitgebracht hatte.

»Na, das hab ich mir doch gedacht, dass dir das gefällt.« CeCe zwinkerte ihrer Großmutter zu.

»Wie findest *du* sie, CeCe?«, erkundigte sich Benedict. Er sah dabei so hoffnungsvoll aus, dass sie ihn nicht enttäuschen wollte.

»Nett. Hübsch. Ich finde, ihr passt super zusammen.«

»Ehrlich?«, fragte er, und sie nickte. »Ich brauche mal kurz euren Rat, bevor sie zurück ist. Ich will ihr zu Weihnachten etwas ganz Besonderes schenken. Denkt ihr, sie würde sich über eine Kette freuen, mit einem Herzanhänger oder so? Von Tiffany?«

»Unbedingt!«, meinte Julia.

»Das ist eine schöne Idee, Benedict«, fand auch Jemima.

CeCe nickte. »Darüber wird sie sich sicher freuen.« Sie sah auf die Uhr und erschrak. Es war zehn Minuten vor drei! Gleich würde sie im Fernsehen zu sehen sein, und Millionen von Menschen würden sich das angucken. Nun, vorausgesetzt, es interessierten sich wirklich so viele für das Thema Vanille.

Aufgeregt wie sonst was, setzte sie sich zu Jemima und

Julia aufs Sofa und schaltete den Fernseher ein. Zum Essen war sie viel zu nervös, wobei die anderen dieses Problem nicht zu haben schienen. Sie langten nämlich nach den Köstlichkeiten – Sandwiches, Käsewürfel, Nachos und Guacamole, eine Gemüseplatte mit Dip, Erdbeeren und Honigmelone – und ließen es sich schmecken. Alle, außer Candy. Denn die war noch immer nicht von der Toilette zurückgekommen. Um drei Minuten vor drei schien auch Benedict nervös zu werden, stand auf und machte sich auf die Suche nach seiner Liebsten. Nach einer Minute kamen sie zusammen zurück.

»Entschuldigt bitte, ich konnte nicht herausfinden, wie die Spülung funktioniert«, sagte Candy.

Himmel, Arsch und Zwirn, dachte CeCe und bemerkte gleich wieder Angies hämisches Grinsen. Doch sie war jetzt so angespannt, dass ihr Candy im Moment ziemlich egal war. Denn die Sendung fing an.

Candy setzte sich wieder auf Benedicts Schoß und langte dann zu der Schale mit Erdbeeren, die Angie mitgebracht hatte. »Oh, wie toll. Ich liebe Erdbeeren«, sagte sie. »Ich finde, die sind so schön süß. Und rot. Rot ist meine Lieblingsfarbe.«

Das hätte man sich denken können, denn die Frau trug nicht nur die bekannten High Heels mit der roten Sohle, einen roten Rock und eine rote Bluse, sondern auch rote Ohrringe und sogar ein knallrotes Haarband um den dunkelroten Pferdeschwanz. Selbstverständlich waren ihre Nägel ebenfalls rot lackiert. Dass ihre Lieblingsfarbe Rot war, interessierte CeCe allerdings wenig, vor allem zum jetzigen Zeitpunkt, und sie hoffte nur, Candy würde den Mund halten, damit sie sich auf die Sendung konzentrieren konnte.

Gott sei Dank küsste Benedict sie aber kurz darauf, und sie wurde still. Und Amanda Orbison wurde eingeblendet, wie sie im Studio stand und vom heutigen Thema erzählte.

»Guten Nachmittag, meine lieben Zuschauer. Ich freue mich, dass Sie auch heute wieder eingeschaltet haben. An diesem sonnigen Dienstag möchte ich Ihnen ein Thema näherbringen, das zurzeit voll im Trend liegt…«, grüßte sie, und CeCe fragte sich, wie sie denn vorher hatte wissen können, dass es heute ein sonniger Tag werden würde. Die Sendung war ja sicher schon vor Tagen aufgezeichnet worden. Oder waren die Szenen im Studio live? Nein, das glaubte sie nicht. Und wenn es nun heute geregnet hätte? Hatten sie für diesen Fall noch eine Plan-B-Begrüßungsszene gedreht? »Es handelt sich um das Thema Vanille«, wurde Amanda nun konkreter.

»Sieht sie nicht elegant aus?«, fragte Benedict.

»Sehr elegant«, stimmte Candy zu. »Und sie trägt Chanel.«

Echt? Amandas Hosenanzug hätte in CeCes Augen auch von Target sein können, sie kannte sich da null aus.

»Pssst!«, sagte Angie. »Es geht los!«

Und tatsächlich! Im nächsten Moment wurden CeCes Vanillepflanzen eingeblendet, in ihrer vollen Pracht. Es folgte eine Großaufnahme der Farm, und dann kam CeCe, die in ihrem Garten stand und die Vanilleschoten in die Kamera hielt. Sich selbst im Fernsehen zu sehen war so ungewohnt, dass CeCe sich beinahe nicht erkannte. Vor allem fand sie, dass sie trotz der Aufregung und des Wetters ziemlich okay aussah. Ja, eigentlich mochte sie sich sogar richtig gut leiden.

»Wow, CeCe, du siehst toll aus!«, rief Angie. »Ich hab doch gesagt, die fliederfarbene Bluse ist eine gute Idee.«

»Und darauf hab ich auch gehört.« Sie lächelte.

»Eine gute Wahl«, meinte Benedict.

»Du siehst sehr stolz aus«, fand Jemima.

»Und glücklich«, bemerkte Julia.

»Schade nur, dass man im Fernsehen immer fünf Kilo dicker wirkt«, sagte Candy, und CeCe hätte ihr am liebsten die Schale mit Guacamole ins Gesicht gepatscht.

»Seid leise jetzt«, sagte Jemima. »Sie erzählt von der Vanille!«

Alle starrten wie gebannt auf den Bildschirm, und CeCe konnte sich selbst von ihrer Leidenschaft erzählen hören.

»Ab Juni fangen die Pflanzen an zu blühen. Sie kennen sicher diese gelben Blüten, die oftmals auf Verpackungen von Vanilleprodukten abgebildet sind?« Diese Frage war an Jeffrey gerichtet gewesen, der mit ihr durch die Treibhäuser gegangen war, immer gefolgt von Raúl und dem Kamerateam. Jeffrey sah man jetzt natürlich nicht, so, als wäre er überhaupt nicht da gewesen. »Diese Blüten blühen nur ein einziges Mal und auch nur wenige Stunden lang. Man muss schnell sein und sie mit der Hand bestäuben, damit aus ihnen eine Fruchtkapsel werden kann. Dies tut man am besten mit einem Bambusstäbchen oder einem Kaktusstachel. Ich bevorzuge Kaktusstacheln.« Eigentlich hatte sie jetzt noch erzählt, dass sie die Stacheln von einer befreundeten Kakteenzüchterin bekam, die sie wie Benedict über die Internetseite der Farmers of California kennengelernt hatte. Aber das war herausgeschnitten worden, wahrscheinlich war es nicht interessant genug gewesen.

In der nächsten halben Stunde durfte sie feststellen, dass noch so einiges mehr gekürzt worden war. Von der Fahrt nach Napa und ihren Auslieferungen waren gerade einmal zwei oder drei Minuten übrig, und während sie mindestens fünf Minuten beim Kochen in der Küche gezeigt wurde – wobei sie gar nicht so schlimm aussah, wie sie befürchtet hatte –, hatte Benedict nicht einmal zwanzig Sekunden bekommen. Anscheinend waren die Zuschauer mehr an der Zubereitung eines Auflaufs interessiert – Kochsendungen waren ja nicht ohne Grund so beliebt – als an dem Sohn eines Winzers, der nonstop über Wein redete. Oder vielleicht lag es auch an Jeffrey, der sauer gewesen war, dass aus Benedict und ihm nicht mehr geworden war.

Benedict war schwer beleidigt. »Das kann doch nicht wahr sein! Was fällt denen ein? Die haben einfach alles rausgeschnitten! Auch die lustigen Witze, die ich erzählt habe.«

»Anscheinend fanden sie die nicht so lustig«, schätzte Jemima.

»Du musst das verstehen, Benedict«, versuchte CeCe, ihn zu beschwichtigen. »Die müssen immerhin zwei ganze Tage in eine halbe Stunde packen.«

»Ich finde es nicht in Ordnung«, sagte er und verhielt sich wie eine kleine Diva. Dabei vergaß er wohl, dass der Beitrag ja eigentlich von CeCe handelte und von ihrer Vanille. Er konnte froh sein, überhaupt dabei gewesen zu sein.

»Ach, Schatzi, mach dir nichts draus. Wenigstens siehst du gut aus. Umwerfend, besser gesagt.«

»Ja? Danke, Spätzelchen.« Die beiden stupsten die Nasen aneinander und küssten sich wieder einmal.

CeCe stöhnte innerlich und widmete sich wieder der Sendung. Jetzt kam endlich das Interview, das natürlich die meiste Sendezeit erhielt, weil Amanda Orbison dabei war. CeCe hoffte nur, dass sie all die dummen Bemerkungen, das Stottern und das Erröten rausgeschnitten hatten. Schrecklich, wenn ganz Kalifornien das sehen würde. Dann würde sie nämlich ziemlich unprofessionell rüberkommen, und die Leute würden bestimmt nichts bei ihr bestellen.

Erleichtert stellte sie fest, dass die Produktion ihre Arbeit gut gemacht hatte. Sehr gut sogar. Das Interview war toll, nur die einwandfreisten Antworten wurden gezeigt, und nicht nur Amanda Orbison erstrahlte im besten Licht. Auch CeCe konnte sich sehen lassen. Vor allem ihre Liebe zur Vanille kam deutlich rüber. Ja, sie war sehr zufrieden, mehr als das. Sie sollte den Sender anrufen und sich bedanken. Vielleicht sollte sie sogar Raúls Einladung zum Dinner annehmen.

Nein. So zufrieden war sie dann doch nicht.

»Entschuldige bitte, CeCe?«, hörte sie Candy fragen.

»Ja?«

»Kannst du mir kurz sagen, wo das Badezimmer ist? Ich hab so viel Wein getrunken, ich muss mal Pipi.«

Verwirrt sah sie sie an. »Aber … du warst doch vorhin …«

»Ach ja, stimmt. Den Gang runter und dann …«

»Die zweite Tür links«, erinnerte sie sie.

Candy nickte, stand auf und ging los. Nach einer Minute hörten sie sie nach Benedict rufen. Der stand auf, und alle begannen zu lachen.

»Sie ist wirklich was Besonderes«, wiederholte Angie.

»Vielleicht solltest du ihr einen Plan zeichnen«, überlegte Jemima.

»Ihr seid so fies«, lachte CeCe und sah wieder zum Fernseher. Gerade fragte Amanda sie, wie sie darauf gekommen war, in einem Weinanbaugebiet Vanille anzubauen. Sie war gespannt, wie sie diese knifflige Szene gerettet hatten.

Kapitel 15

Richard starrte gebannt auf den Fernsehbildschirm. Er konnte den Blick nicht von der Frau nehmen, die von ihrer Liebe zur Vanille erzählte. Wie war er überhaupt dazu gekommen, sich mitten am Nachmittag eine TV-Sendung anzusehen? Das tat er doch sonst nicht. Ja, genau, er hatte die neuen Gäste begrüßt, darunter einen wichtigen Stammgast, der Scheich aus Bahrain, der mit drei seiner Frauen angereist war. Der Scheich hatte sich sofort erkundigt, ob Richard ihm eine Kutsche zur Verfügung stellen konnte, da er ganz vernarrt in den Schnee war und gerne eine Fahrt unternehmen wollte. Richard hatte sich gefragt, welche der Frauen Scheich Rashad wohl mitnehmen würde oder ob sogar alle drei dabei sein durften, aber es gehörte zum Geschäft, dass er keine Fragen stellte. Es hatte ihn nicht zu interessieren, und das war auch gut so. Es gab schließlich genügend andere Dinge, um die er sich kümmern musste. So war er als Nächstes in der Hotelküche vorbeigegangen und hatte sich bei seinem Chefkoch Chester erkundigt, was er für die Abendkarte vorgesehen hatte. Chester hatte wie immer alles fest im Griff, weshalb Richard ihn auch nach all den Jahren noch beschäftigte und ihm sogar vor Kurzem erst eine Gehaltserhöhung gegeben hatte. Obwohl sein Vater ihm gesagt hatte, dass er ihn gehen lassen und neuen

Wind reinbringen sollte. Mit jemand Neuem, Kostengünstigerem. Richard Banks senior hielt nicht viel von Loyalität, ihm ging es allein um den Gewinn. Da war Richard junior anders, und er hoffte, er würde niemals so werden wie sein alter Herr.

Als er sich die Speisekarte angesehen hatte, war er auf die Kürbissuppe mit Kürbiskernöl zur Vorspeise gestoßen und hatte sich innerlich geschüttelt. Er hatte Kürbis noch nie ausstehen können. Schon als er ein kleines Kind gewesen war, hatte er einen großen Bogen um jedes Gericht gemacht, das dieses Gemüse beinhaltete, und auch für Halloween war er nicht zu haben gewesen. Er selbst konnte sich nicht daran erinnern, aber seine Nanny Elena hatte ihm erzählt, dass er sich mit drei Jahren einmal so vor einer Kürbisfratze erschreckt hatte, dass er wochenlang Albträume gehabt hatte. Halloween war auch heute noch ein Gräuel für ihn und das einzige Fest, das er in seinem Resort nicht groß veranstaltete. Aber die Leute mochten nun mal Kürbis und hatten Chester schon oft Komplimente für seine Variationen gemacht, also war es für ihn okay, dass die Suppe auf der Tageskarte stand. Er musste sie ja nicht essen.

Nach seinem Besuch in der Küche hatte er sich warme Sachen angezogen und einen Rundgang gemacht, nachgesehen, ob die Pferde es auch angenehm hatten, und überprüft, ob alle Wege vom Schnee freigeschaufelt waren und gestreut war. Nicht auszudenken, wenn einer seiner Gäste ausrutschen und sich den Fuß brechen würde.

Und als er seinen Rundgang beendet hatte, hatte er sich in seine Suite begeben, um ein wenig Korrespondenz zu tätigen. Er hatte eine große Weihnachtsfeier geplant und musste sich noch mit einigen Organisatoren in Verbindung setzen, damit an Heiligabend auch alle Kostüme da waren und die Band, die aus lauter Weihnachtsmännern bestand, die richtige Musik spielte. Im Gegensatz zu Halloween hatte er nämlich für Weihnachten eine Menge übrig. Er liebte den Schnee und die Lichter, die Gerüche, die Musik und die Dekorationen. Sein Dad hatte sich niemals als Santa Claus verkleidet; wahrscheinlich lag es daran, dass er sich schon immer gefreut hatte, wenn er irgendwo einen erblickte. Er erinnerte sich gut, dass er früher als Junge und auch noch als Teenager stundenlang im Kaufhaus gestanden und den kleinen Kindern zugesehen hatte, wie sie sich auf Santas Schoß gesetzt und ihm von ihren Wünschen erzählt hatten. Er hatte viel entbehren müssen in seiner Kindheit, mit zwei Elternteilen, die ihren Beruf immer vor ihr Kind gestellt hatten, aber er nahm sich vor, dass er eines Tages ein besserer Vater sein würde. Am liebsten hätte er jetzt schon eine eigene Familie, nur fehlte ihm dafür leider noch die richtige Frau. Und so langsam fragte er sich, ob er sie jemals finden würde, wenn er selbst schon auf dem besten Weg war, so ein Workaholic wie sein Vater zu werden. Aber er arbeitete ja nur deshalb so viel, weil er nichts Besseres zu tun hatte. Hätte er erst mal seine eigene kleine Familie, würde sich das auf der Stelle ändern, das war gar keine Frage.

Während er also einige Mails geschrieben hatte, war ihm der Gedanke gekommen, dass er sich über das Wetter der nächsten Tage erkundigen sollte. Das hätte er auch online tun können, er hatte den Laptop schließlich schon an, aber er mochte den Wetterkanal, dort bekam man einfach eine ausführlichere Auskunft zu den einzelnen Skigebieten, gerade jetzt zur Weihnachtszeit, wo sich doch so viele Menschen auf in den Winterurlaub machten.

Nach dem Wetterbericht wollte er den Fernseher schon ausschalten, hatte dann aber Lust, ein bisschen herumzuzappen. Vielleicht würde er in einem Werbespot auf etwas stoßen, das er Mitchell schenken konnte, dem Mann, der schon alles hatte. Die ersten Spots zeigten nur Kinderspielzeuge, Damenparfums und Tabletten für Menstruationsbeschwerden. Er lachte in sich hinein. Davon besaß sein Freund sicherlich noch nichts!

Er schaltete weiter ... und hielt dann inne, denn er blickte in ein Gesicht, das einfach zu sehr strahlte, als dass er es hätte wegdrücken können.

Dieses Gesicht ... diese Frau ...

Wer war sie nur? Eine Schauspielerin? Nein. Eine Vanillefarmerin, wie er erfuhr, als er ihr einige Sekunden lang zuhörte. Er legte die Fernbedienung beiseite und stand von seinem Schreibtischstuhl auf, um es sich in seinem Fernsehsessel bequem zu machen. Er lehnte sich zurück und saß doch gleich wieder aufrecht, weil er so fasziniert war.

Er wusste gar nicht, was genau es war ... diese Frau, das, was sie erzählte, oder einfach diese Liebe, die sie ausstrahlte. Liebe zur Vanille. Nicht zu irgendeiner Pflanze, sondern zu seinem Lieblingsgewürz. Sofort kamen ihm wieder Elenas Vanillebonbons in den Sinn und auch Mitchells Vanillekekse von neulich. Er hatte sich längst ein paar Tüten bestellen wollen, war dann aber wegen des Vorweihnachtsstresses nicht dazu gekommen. Die leere Tüte hatte er längst weggeworfen, aber er hatte wenigstens mit seinem Smartphone ein Foto des Etiketts geschossen. Darauf standen der Name des Onlineshops und die Internet-Adresse.

Gebannt hörte er der jungen Frau zu, die vielleicht Ende zwanzig war. Sie sah nett aus, hatte lange dunkle Locken und ein hübsches Lächeln. Sie saß auf einer Veranda, die ihre zu sein schien, ihr gegenüber diese arrogante Moderatorin, die er nicht ausstehen konnte. Doch die war ihm gerade herzlich egal. Er wollte nur wissen, was die Vanillefarmerin zu sagen hatte, die Amanda Orbison die »Vanilleflüsterin« nannte.

Amanda Orbison fragte sie nun, wie sie darauf gekommen war, ausgerechnet im Napa Valley Vanille anzubauen, und die junge Frau antwortete, dass eigentlich ihr Vater die Idee gehabt hatte. Sie lächelte in die Kamera, und man konnte sehen, mit wie viel Stolz sie erfüllt war.

»Warum wollte er das?«, fragte Amanda Orbison.

»Das ist eine lange Geschichte…«, antwortete die Vanilleflüsterin.

»Lassen Sie uns daran teilhaben, Cecilia.«

Cecilia… was für ein hübscher Name. Gab es da nicht mal einen Song?

»Er hatte seine Gründe«, erzählte die Frau namens Cecilia nun, und es kam ihm so vor, als hätte sie dabei einen Funken Traurigkeit in den Augen. »Sehr persönliche Gründe.«

Er hörte aus ihren Worten etwas heraus, das ihn ehrlich bewegte. Vielleicht war es Wehmut, und er glaubte, eine tiefe Liebe zu ihrem Vater zu erkennen. Oh, wie gerne würde Richard sie nach diesen Gründen fragen, die sie im Fernsehen nicht preisgeben wollte. Vielleicht würde sie sie ihm ja erzählen. Amanda Orbison würde er auch keine Geheimnisse anvertrauen, aber bei ihm wären sie sicher. Wirklich.

»Ooooh, das klingt aber geheimnisvoll«, sagte Amanda Orbison, und hätte sie weniger Botox in der Stirn gehabt, hätte diese sich jetzt wahrscheinlich gerunzelt. »Das passt ja einmal mehr zu diesem fast mystischen Ort. Gestern Abend durften wir schon dabei sein, wie Sie Ihren guten Freund Benedict Baker bekocht haben…«

Gestern Abend durfte man dabei sein…?

Wie lange lief die Sendung denn schon, und warum zum Teufel hatte er das verpasst? Er hätte nur zu gern gesehen, wie und was Cecilia gekocht hatte. Konnte man sich das irgendwo im Nachhinein angucken? Hatte der Bay Channel 5 auf der Homepage eine Mediathek?

Cecilia, die er von Minute zu Minute, ach was, von Sekunde zu Sekunde entzückender fand, nickte. »Ja, ich liebe es, dass sie sich auch so an meinem Lieblingsgewürz erfreuen. Meine beste Freundin zum Beispiel wünscht sich von mir nur noch ein Glas Vanillezucker zum Geburtstag und eine große Tüte Vanilleplätzchen zu Weihnachten.«

Vanilleplätzchen ...

Das konnte doch nicht sein, oder?

Jetzt beugte er sich vor, legte die Finger aneinander und wartete gespannt darauf, was er noch von Cecilia erfahren durfte.

»Na, da hat sie aber Glück, dass Weihnachten schon wieder vor der Tür steht.« Amanda lachte wieder. Gemachte Zähne – auf jeden Fall! Sie pries jetzt Cecilias Vanilleplätzchen, die ihrer Meinung nach nicht von dieser Welt waren.

Einen Moment lang überlegte er ernsthaft, ob diese Cecilia etwas mit den schmackhaften Vanilleplätzchen zu tun haben könnte, die er neulich hatte kosten dürfen, aber sie war lediglich Besitzerin einer kleinen Vanillefarm, da würde sie doch wohl kaum Kekse in Großmengen herstellen, oder? Obwohl ... Mitchell hatte gesagt, er habe die Plätzchen auf einem Markt gekauft. Vielleicht war es ja nur ein kleines Unternehmen. Einerseits wollte er sofort herausfinden, ob da eine Verbindung zwischen dieser Cecilia und den unfassbar guten Keksen bestand, von denen Amanda Orbison gerade schwärmte, andererseits konnte er seinen Blick nicht abwenden.

»Freut mich ehrlich sehr, dass meine Kekse Ihnen so gut schmecken«, sagte Cecilia und lächelte breit in die Kamera. Einer ihrer Schneidezähne war ein klein wenig schief, was sie nur noch attraktiver machte. Er konnte sich nicht daran erinnern, jemals ein schöneres Lächeln gesehen zu haben. Er konnte sich überhaupt kein schöneres vorstellen.

»Am Schluss der Sendung blenden wir gern noch einmal für unsere Zuschauer die Adresse ein, wo sie die Vanille-plätzchen und auch die anderen wunderbaren Produkte bestellen können, die Sie eigenhändig hier auf Ihrer kleinen Farm herstellen.«

»Vielen Dank«, sagte Cecilia. »Ich würde mich sehr über ein paar neue Kunden freuen.«

Ich werde dein bester Kunde, dachte Richard und konnte es kaum abwarten, bis die Adresse eingeblendet wurde. Aber Amanda Orbison fuhr fort, Cecilia Fragen zu stellen. Jede ihrer Antworten schaffte es, dass er sie noch ein wenig sympathischer fand. Er erfuhr zum Beispiel, dass sie seit ihrer Kindheit auf der Vanillefarm lebte und sich überhaupt kein anderes Leben vorstellen konnte, dass sie all ihre Pro-dukte höchstpersönlich in ihrer eigenen Küche herstellte und dass sie Weihnachten genauso gern mochte wie er. Als Amanda Orbison sie am Ende noch fragte, ob sie ihre ge-liebte Farm nicht einmal für den Mann ihrer Träume ver-lassen würde, um mit ihm in die Stadt zu ziehen, schüttelte sie vehement den Kopf.

»Niemals! Für keinen Mann der Welt«, entgegnete sie, und wie sie es sagte, ließ Richard hoffen, dass sie ihren Traummann noch nicht gefunden hatte.

Als sie zum Abschluss noch einmal in die Kamera lächelte, wünschte er sich, ihr Lächeln gelte allein ihm. Er wartete ab. Es wurde ein Studio gezeigt, in dem Amanda Orbison nun in einem weißen Hosenanzug stand und weiter über die Vanille sprach. Darauf folgten noch zwei weitere kleine Beiträge, die nichts mit Cecilia zu tun hatten, und dann waren sie endlich am Ende der Sendung angelangt. Inzwischen hatte Richard bereits sein Handy hervorgeholt und das Foto gesucht. Mitchells Kekse waren von einer Firma namens Napacali Vanilla hergestellt worden. Napacali. Der erste Teil war Napa – stand das für Napa Valley? Amanda sowie Cecilia hatten doch gesagt, dass Cecilias Vanillefarm die einzige in der ganzen Gegend sei, oder?

Und dann ... dann wurde endlich die Internet-Adresse eingeblendet, unter der man Cecilias Produkte bestellen konnte. Sie lautete www.napacali-vanilla.com.

Er war wie erstarrt. Er hatte die selbst gemachten, unbeschreiblichen Vanillekekse dieser Frau bereits probieren dürfen! Und jetzt hatte er sie im Fernsehen gesehen und war hin und weg von ihr gewesen, bevor er das überhaupt gewusst hatte. Er war hin und weg, ja, anders konnte man es nicht beschreiben.

Hin und weg.

Völlig fasziniert.

So beeindruckt, dass er sich jetzt wieder an den Schreibtisch setzte und die Mediathek vom Bay Channel 5 aufrief, um sich den Beitrag in voller Länge anzusehen.

Kapitel 16

Das Handy klingelte, und Mitchell streckte den Arm lang, um es von der Badezimmerkommode zu fischen, auf der er es abgelegt hatte.

»Richard«, sagte er, nachdem er den Namen seines besten Freundes auf dem Display gelesen hatte.

»Hey, Kumpel. Wie geht's? Wo bist du?«

»Ich bin tatsächlich mal zu Hause.« Er reiste viel, da war es schon fast eine Seltenheit, dass er sich in seinen eigenen vier Wänden befand, wenn Richard sich bei ihm meldete.

»Ich hoffe, ich störe nicht?«

»Na ja, ich liege in der Badewanne und lese.«

Er hörte seinen Freund lachen. »Du liegst in der Wanne und liest? Jetzt sag mir bloß nicht, du hast dabei auch noch Enya angemacht und Kerzen aufgestellt. Steht auch ein Glas Champagner bereit?«

»Haha. Sehr witzig. Nein, keine Enya und keine Kerzen. Ich lese einen blutrünstigen Thriller. Gerade war der Killer dabei, wieder zuzuschlagen.«

»Ja, klar. Wahrscheinlich liest du eine Liebesschnulze und willst es nur nicht zugeben.«

»Ja, genau. Ich lese Danielle Steel und brauche Taschentücher, weil ich so heulen muss.«

»Das klingt schon eher nach dir.«

Mitchell schüttelte schmunzelnd den Kopf. »Wieso bist du denn so guter Laune?«

»Bin ich das nicht immer?«

»Na ja, in letzter Zeit warst du ziemlich gestresst. Wie läuft es denn im Hotel? Sind die Weihnachtsgäste schon angereist?«

»Der Scheich aus Bahrain ist wieder da.«

»Wie viele Frauen hat er diesmal dabei?«

»Drei.«

»Mann, wie ich den beneide.«

»Echt? Du willst drei Frauen gleichzeitig? Kannst du denen überhaupt gerecht werden?«

»Stimmt, das würde ich wohl kaum schaffen.« Er grinste. »Erzähl, warum rufst du an? Weshalb störst du mich bei meinem Entspannungsbad?«

Kurze Stille. Dann hörte er Richard tief einatmen, als müsste er sich für irgendetwas wappnen.

»Okay, ich hatte da eine Idee und bin gespannt, was du davon hältst. Eigentlich wollte ich dich sogar um einen Gefallen bitten. Um einen großen.«

»Na, dann mal raus mit der Sprache«, forderte er seinen Freund auf.

»Ich möchte gerne ein Seminar veranstalten, hier im Resort.«

»Ein Seminar? Aha. Und wann?«

»Gleich nach Weihnachten. Im neuen Jahr. Ab dem siebten Januar.«

Er war verwirrt. »Hattest du da nicht vor zu renovieren?«

»Dafür muss eine Woche reichen. Das Hotel ist zwei Wochen geschlossen, die erste würde ich gern für etwas anderes nutzen.«

»Für ein Seminar?«

»Genau. Und da kommst du ins Spiel.«

Er konnte sich echt nicht denken, wie er Richard diesbezüglich behilflich sein könnte.

»Also, noch verstehe ich kein Wort. Könntest du bitte ein wenig ausführlicher werden?«

»Erinnerst du dich an die Kekse?«

Was? Kekse? Jetzt kam er gar nicht mehr mit.

»Wovon zum Teufel sprichst du, Richard?«

»Die Vanillekekse, die du mitgebracht hast, als du mich neulich in Sacramento besucht hast. Als wir auf der Dachterrasse saßen und Bier getrunken haben. Als wir …«

»Ja, ja, mir ist schon klar, von welchen Keksen du sprichst. Ich bringe ja nicht ständig welche mit. Aber was haben die Kekse denn mit deinem Seminar zu tun?«

»Ich habe eine Fernsehsendung gesehen.«

»Und?«

»Da ging es um das Thema Vanille.«

Sein Freund sprach in Rätseln. Kekse. Vanille. Wollte er ein Backseminar veranstalten, oder wie?

»Und rate, was!«, sagte Richard. »Sie war in der Sendung.«

»Ja, wer denn?« Das Wasser wurde langsam kalt, deshalb drehte er jetzt den Heißwasserhahn ein wenig auf.

»Die Bäckerin. Die Frau, die diese Kekse gebacken hat.«

Okay. So langsam begann das Ganze, Gestalt anzunehmen. Er wusste zwar immer noch nicht, worauf Richard eigentlich hinauswollte, aber wenigstens kamen sie der Sache schon näher.

Er legte das Buch zur Seite. Das Gespräch würde sicher noch eine Weile dauern.

»Die Kekse, die ich mitgebracht habe? Die Bäckerin war also in der Fernsehsendung?«, fragte er.

»Ja. Eigentlich ist sie aber gar keine Bäckerin, sondern Vanillefarmerin. Die Vanilleflüsterin nennen sie sie.«

Was war denn das in Richards Stimme? Er konnte es nicht richtig einordnen. Also ließ er ihn erst mal weitersprechen.

»Sie führt diese Vanilleplantage im Napa Valley, die einzige weit und breit, und sie tut das mit voller Leidenschaft. Ihre Vanille soll außergewöhnlich sein. Es gibt da wohl ein Geheimnis, weshalb sie so gut wächst und warum sie so süß ist und ihre Schoten so lang sind. Es ist eine besondere Art von Vanille, aber was genau dahintersteckt, wollte sie in dem Interview nicht verraten. Wusstest du, dass die Vanilleschoten eigentlich gar nicht so heißen? Im Grunde sind es nämlich Kapseln.«

»Ja, ich weiß.« Immerhin war er Geschäftsführer einer Gewürzfirma. Der Firma seines Vaters, die er schon ganz bald übernehmen sollte. »Das ist ja alles sehr spannend. Könntest du langsam mal auf den Punkt kommen?« Er versuchte, mit dem Fuß den Hahn zuzudrehen, was ihm nicht glückte. Also beugte er sich vor und stellte ihn per Hand ab.

»Ja, warte doch. Ich wollte dir nur kurz erzählen, wie ich überhaupt auf die Idee mit dem Seminar gekommen bin.«

»Du willst also ein Vanilleseminar veranstalten? Ein Backseminar? Oder was?«

»Wie kommst du denn darauf?«, hörte er Richard fragen.

»Na, du erzählst von nichts anderem als von Keksen und Vanille.«

»Oh Mann, nun sei doch nicht so ungeduldig, sondern hör mir zu. Diese Frau … sie hat mich auf etwas gebracht. In deiner Firma handelt ihr doch auch mit Vanille, oder?«

»Ja, tun wir.«

»Das ist gut. Das ist sehr gut. Dann wird es funktionieren.« Richard machte wieder eine Pause, schien zu überlegen. »Ich hatte an verschiedene Gewürze gedacht. Jeden Tag ein anderes, eine Woche lang.«

»Du willst also ein Gewürzseminar veranstalten?«

»Genau. Hatte ich das noch nicht gesagt?«

»Nein, hattest du nicht.«

»Also, ja, ich plane ein großes Event. Ein Seminar, an dem nur die besten Gewürzanbauer Kaliforniens teilnehmen. Sie können einen ganzen Tag lang ihr Gewürz vorstellen, davon probieren lassen, ja, wir könnten sie sogar zum Dinner ein Drei-Gänge-Menü kochen lassen, jeden Abend steht dabei dann ein anderes Gewürz im Fokus.«

»Hört sich gut an. Aber wem sollen sie ihre Gewürze denn vorstellen?«, fragte Mitchell.

»Na, dir!«, entgegnete Richard, als wäre es das Logischste auf der Welt.

»Mir?«

»Dir und deinen Leuten. Deinen Produktbeschaffern im Unternehmen. Wie nennen die sich?«

»Einkäufer.«

»Genau, denen.«

»Aber wir haben bereits unsere Quellen. Unsere Farmer, mit denen wir seit Jahren Geschäfte machen.«

»Aber ihr expandiert doch ständig. Da können doch noch neue dazukommen, oder? Wenn die Ware wirklich gut ist? So wie diese Vanille. Solch eine Vanille habt ihr bestimmt noch nicht im Sortiment.«

»Richard … Ich weiß nicht. Ich meine, wie kommst du denn nur auf die Idee, plötzlich so was veranstalten zu wollen?«

»Sie war auf einmal in meinem Kopf, nachdem ich die Sendung im Fernsehen gesehen hatte. Nun, eigentlich hab ich da nur die zweite Hälfte gesehen, ich hatte leider zu spät eingeschaltet. Dann aber habe ich sie mir noch mal komplett in der Mediathek angeguckt. Drei Mal.«

»Drei Mal?« Er runzelte die Stirn, und dann machte es endlich Klick. »Du stehst auf die Farmerin, richtig? Diese Vanilletante!«

»Vanilleflüsterin«, korrigierte Richard ihn.

»Wie auch immer. Du stehst auf sie.«

»Auf sie stehen? Wie alt sind wir? Fünfzehn? Ich finde sie ziemlich attraktiv, das muss ich zugeben ...«

»Du hast vor, das Ganze nur für sie zu veranstalten, oder? Um sie kennenzulernen.« Er hatte seinen Freund durchschaut.

»Könnte schon sein, ja ...«

»Hast du den Verstand verloren? Weißt du eigentlich, was für Kosten da auf dich zukommen würden?«

»Geld spielt keine Rolle«, stellte Richard schnell klar. »Also, wirst du mir nun helfen, oder nicht? Bist du dabei?«

»Wenn du mir jetzt noch mal ganz genau erklärst, worin meine Aufgabe bestehen würde, werde ich es mir überlegen«, sagte er zu seinem Freund.

»Du sollst den Veranstalter spielen. Kommt ja ein bisschen komisch rüber, wenn ein Hotelier ein Gewürzseminar auf die Beine stellt. Ein Gewürzunternehmen allerdings, das klingt schon viel plausibler.« Na, wie passend für Richard, dass ausgerechnet er als sein bester Freund eines führt, dachte Mitchell. »Du könntest also als Gastgeber fungieren. Das Resort ist der Veranstaltungsort, hier ist genug Platz, und wir haben vom siebten Januar an das ganze Hotel für uns.«

»Denkst du dann aber nicht, dass es eine gute Gelegenheit wäre, auch ein paar andere Leute einzuladen? Wenn du schon so ein großes Ding auf die Beine stellst?«

»Was für Leute meinst du?«, fragte Richard.

»Na, Restaurantchefs, Küchenchefs, Journalisten ... Damit deine Flüsterin auch anderweitig beeindrucken kann. Damit sich das alles für sie auch lohnt, verstehst du? Denn wie gesagt, kann ich dir nicht versprechen, dass wir sie unter Vertrag nehmen, und ich fände es schon ziemlich daneben, wenn du sie wirklich nur einlädst, um sie für deine Zwecke zu missbrauchen.«

»Wie du das ausdrückst ... für meine Zwecke missbrauchen. Ich will sie kennenlernen, ich bin ... ich hab mich ... ich ...«

»Scheiße, du hast dich verknallt? In jemanden, den du nur ein paar Minuten im Fernsehen gesehen hast?«

»Du kennst sie nicht. Du weißt nicht, wie ... zauberhaft sie ist«, verteidigte Richard sich.

Mitchell schüttelte den Kopf. Das war ja unglaublich. Seit Teenagertagen hatte Richard nicht mehr für ein Mädchen geschwärmt, nicht auf diese Weise. Er erinnerte sich an einen Valentinstag, als sie achtzehn oder neunzehn gewesen sein mussten, sie waren noch nicht lange in Stanford gewesen. Richard hatte Geena Willows hundert Schachteln ihrer Lieblingspralinen gekauft und sie ihr ins Studentenwohnheim liefern lassen. In Geena war er wirklich unsterblich verliebt gewesen, seitdem hatte Richard sich keine Gesten in solch einer Größenordnung mehr einfallen lassen, zumindest nicht, dass er wüsste. Für eine Frau, die er noch nicht einmal kannte, ein ganzes Seminar auszustatten, war hardcore, und er konnte nicht einmal ansatzweise nachvollziehen, was Richard da geritten hatte. Aber er musste seine Gründe haben, und Mitchell war sein Freund, also würde er ihm helfen.

»In Ordnung, ich lasse mir das alles mal durch den Kopf gehen und melde mich morgen bei dir, okay?«, sagte er.

Er hörte Richard förmlich aufatmen. »Okay. Bitte denk nicht zu lange nach. Ich möchte sie so bald wie möglich einladen.«

»Alles klar, Kumpel.«

»Dann bade mal schön weiter.«

Darauf hatte Mitchell schon gar keine Lust mehr. Nachdem er sich von Richard verabschiedet und ihn weggedrückt hatte, versuchte er, sich wieder auf seinen Thriller zu konzentrieren, aber das wollte ihm partout nicht gelingen.

Immer wieder musste er an Richards Vorhaben denken. Sein Freund hatte völlig den Verstand verloren. Oder er war einfach nur verliebt. Mitchell erinnerte sich selbst daran, wie schön es war, frisch verliebt zu sein. So richtig verliebt zu sein. Jemanden so zu vergöttern, dass man einfach alles für ihn tun würde. Und jetzt wurde ihm erst bewusst, wie sehr auch er das vermisste.

Kapitel 17

CeCe saß neben ihrem Dad auf der Veranda und sah in die Ferne. Die Sonne war gerade dabei, über den Weinfeldern unterzugehen, und hatte alles in ein rosa Licht gehüllt, das CeCe faszinierte.

Sie merkte, wie ihr Vater sie von der Seite betrachtete, und drehte sich zu ihm.

»Ist das nicht hübsch?«, fragte sie und strahlte ihn glücklich an.

»Es ist wunderschön. Es erinnert mich an den ersten Abend, an dem ich mit deiner *mamá* hier war.«

Sie rutschte jetzt von der untersten auf die obere der drei Verandastufen und schob ein Bein unter das andere. Gespannt sah sie ihren Vater an. Er hatte ihr schon eine ganze Weile keine Geschichten mehr von ihrer Mutter erzählt. Was nicht hieß, dass sie alles vergessen hatte, was er preisgegeben hatte, als sie noch kleiner gewesen war. Als er sich noch jeden Abend an ihr Bett gesetzt und ihr vor dem Gute-Nacht-Kuss ein bisschen was von Carmen erzählt hatte. Es war alles in ihrem Gehirn gespeichert und in ihrem Herzen verankert. Manchmal fand sie es schade, dass er sie langsam als erwachsen ansah und anscheinend fand, dass sie mit ihren dreizehn Jahren keine Geschichten und keine Gute-Nacht-Küsse mehr brauchte. Jetzt guckte er abends nur noch kurz in ihr Zimmer, wünschte Gute Nacht und sagte, dass sie nicht mehr so lange aufbleiben solle.

Sie wusste, was der Grund dafür war, dass er sie nicht mehr so liebevoll behandeln konnte wie noch zuvor. Was nicht bedeutete, dass er nicht herzlich war oder der beste Vater auf der Welt, es war nur anders, und das lag daran, dass sie ihn an ihre Mutter erinnerte. Er hatte es ihr einmal, als er ein paar Gläser zu viel Wein getrunken hatte, anvertraut. Sie sah von Tag zu Tag mehr aus wie Carmen, und das tat ihm weh. Das tat ihm so schrecklich weh, und es bewirkte, dass er sie nur noch mehr vermisste.

Joseph hatte, nachdem Carmen gestorben war, nie wieder eine Frau in sein Leben gelassen. War auf kein Date gegangen, hatte sich nicht einmal länger als zehn Minuten mit einer anderen Frau unterhalten, und wenn er sich überhaupt unterhalten hatte, war es dabei stets um die Vanille, um CeCes Schulleben oder um Lebensmittel gegangen, die sie einmal wöchentlich in Napa einkauften, wenn sie ihre Ware ausfuhren.

»Erzählst du mir von diesem ersten Abend?«, bat sie ihren Dad. Sie war ihm nicht böse, wie hätte sie es sein können?

Er sah nun auch in die Ferne und seufzte schwer. Sein Seufzen klang nach Traurigkeit und so, als ob er sich erinnern wollte und dann lieber doch nicht.

»Aber sicher«, sagte er schließlich und lächelte sie an. »Es war am Tag unserer Hochzeit. Deine *mamá* war gerade einundzwanzig und ich zehn Jahre älter, als wir in einer kleinen Kapelle nicht weit von Sonoma heirateten. Damals war ich bereits Besitzer dieser Farm, hatte Carmen aber noch nicht mit hergebracht, weil es hier ehrlich gesagt ziemlich schlimm aussah. Alles war verwildert, und das Haus war vom letzten Sturm ganz schön mitgenommen. Da ich aber kein Geld für eine richtige Hochzeitsreise aufheben konnte, fuhr ich eine Woche lang jeden Tag auf die Farm und richtete alles her, damit es an unserem Hochzeitstag hübsch sein würde. So wie deine liebe Mutter, die mir ... die mir den Atem raubte in ihrem schlichten weißen Kleid und den dunklen Haaren, die unter dem Blumenkranz auf ihrem Kopf offen herabfielen. Orangefarbene Rosen waren es, glaube ich.«

»Ja, ich habe das Foto gesehen, es waren orangefarbene Rosen.« Und es waren nicht nur die Lieblingsblumen ihrer Mutter gewesen, sondern nun auch die ihren.

Ihr Vater nickte. »Sie war hin und weg, als sie das Anwesen sah. Sie hat diesen Ort hier sehr geliebt, musst du wissen. So sehr, dass sie am Ende unserer Flitterwochen beschloss, dass sie hier wohnen wollte. Ich hatte bis dahin kein einziges Mal daran gedacht, eines Tages wirklich hierherzuziehen, aber Carmens Wunsch ergab Sinn. Hier mussten wir keine teure Miete zahlen, hier konnten wir uns etwas aufbauen, und es gab genügend Platz für all die Kinder, die sie haben wollte.« Joseph blickte zu Boden, und CeCe glaubte schon, er würde anfangen zu weinen. Doch nach einer halben Minute sah er wieder auf und fuhr fort. »Am ersten Abend unseres gemeinsamen neuen Lebens saßen wir zusammen auf diesen Stufen, auf denen du und ich gerade sitzen. Die Sonne ging unter und hüllte Carmens Gesicht in ein gleißendes Rot. Sie sah schöner aus als je zuvor, und ich wusste aus der Tiefe meines Herzens, dass ich den Rest meines Lebens mit dieser Frau verbringen wollte. Und dann ...« Er blickte ihr in die Augen. »... erzählte sie mir, zwei Tage zuvor herausgefunden zu haben, dass sie schwanger war, und machte mich damit zum glücklichsten Mann der Welt.«

»Oh, Daddy«, sagte CeCe berührt und legte eine Hand auf das Knie ihres Vaters.

Er legte seine Hand auf ihre und hatte nun doch Tränen in den Augen. »Du hast so viel Ähnlichkeit mit ihr, dass es mir Angst macht.«

»Angst? Warum denn das?«, fragte sie verwirrt.

»Du bist der wichtigste Mensch in meinem Leben, CeCe. Ich will dich nicht auch noch verlieren.«

»Aber du wirst mich nicht verlieren, Dad. Ich passe immer gut auf mich auf, das weißt du doch.«

»Ja, das weiß ich. Ich hoffe nur, dass ich alles richtig mache, dass ich mich so um dich kümmere, wie sie es gewollt hätte …«

»Dad! Das tust du! Du bist der beste Vater von allen!«

Er betrachtete sie eingehend. »Du siehst nicht nur aus wie sie, du hast auch ihr gutes Herz.«

Jetzt spürte sie selbst Tränen in ihren Augen aufsteigen. »Danke, Dad.«

Plötzlich schüttelte er den Kopf. »Tut mir leid, ich wollte nicht … wollte nicht … Das waren dumme Gedanken. Natürlich werde ich dich nicht verlieren, und du wirst mich nicht verlieren. Wir werden noch viele gemeinsame Jahre miteinander auf dieser Farm verbringen, und eines Tages wirst du dann heiraten und …«

»Und wenn ich gar nicht heiraten will?«, fragte sie. Da war sie sich nämlich noch gar nicht so sicher. Sie kannte kaum jemanden, dessen Ehe gehalten hatte. Außer Angie, die mit Grandpa George so lange zusammen gewesen war, bis er gestorben war.

»Sag so was nicht. Weißt du, CeCe, es ist enorm wichtig, den einen Menschen im Leben zu finden, der dich versteht, der dich du selbst sein lässt, der dich zu einem besseren Menschen macht. Der bis an dein Lebensende an deiner Seite verweilen möchte. Es ist wahrlich nicht leicht, sich auf

211

die Suche zu machen, und manchmal muss man gar nicht suchen, manchmal führt das Schicksal zwei Menschen einfach zusammen, ganz ohne Vorwarnung, und es trifft einen wie ein Blitz. Aber es ist so … so unglaublich schön, diesem Menschen zum ersten Mal gegenüberzustehen und zu wissen, dass er der Eine ist.«

»Und woher weiß man das?«, fragte sie.

»Man weiß es einfach«, antwortete ihr Dad und sah wieder in die Ferne.

Das war nicht die Antwort, die CeCe sich erhofft hatte, aber sie wollte ihrem Vater vertrauen. Wenn er ihr sagte, sie würde es schon wissen, dann würde sie das vielleicht wirklich. Sie hoffte es sehr.

»Ach, du armes kleines Ding«, sagte CeCe, als sie die tote Maus im Garten entdeckte. Sie holte eine Schaufel und fegte sie mit einem Handfeger behutsam darauf. Dann ging sie ans Ende des Grundstücks, grub unter dem Zitronenbaum ein Loch und legte die Maus hinein. »Ruhe in Frieden«, sagte sie, bevor sie die Erde wieder darauf schaufelte.

Als sie fertig war, stemmte sie die Hände in die Hüften und überlegte, was heute zu tun war. Als sie sich in alle Richtungen drehte, entdeckte sie keine hundert Meter weiter Louis auf seinem Anwesen, der ihr zuwinkte. Sie winkte nicht zurück, sondern ignorierte ihn und ging ins Haus, wo sie sich einen Kakao mit viel Schlagsahne machte und sich damit an den Schreibtisch setzte. Sie sah ihre E-Mails durch. Lauter neue Bestellungen, noch viel mehr als sonst. Das hatte sie wohl der Fernsehsendung und Amanda Orbison zu verdanken. Am Dienstagabend nach dem Beitrag und auch gestern waren etliche Bestellungen eingegangen, und sie hatte bereits einige Waren verpackt, die sie diesmal aber von Sonoma aus versendet hatte, wo sie gestern ja ausgeliefert hatte. Außerdem hatte sie am Abend noch Jessie angerufen und mit ihr abgesprochen, dass sie ab heute täglich kommen und ihr helfen würde mit dem Backen, dem Verpacken und dem Verschicken der Waren. Zu wissen, dass sie von nun an Unterstützung haben würde, war eine große Erleichterung.

Und auch heute! Es war erst zehn Uhr morgens, und es waren schon – sie musste zählen – siebzehn Bestellungen eingegangen. Du liebe Güte! Vielleicht sollte sie sich gleich an die Bearbeitung machen, bevor es noch mehr wurden und sie gar nicht mehr hinterherkam.

Die meisten Kunden bestellten tatsächlich Vanillekekse, was bedeutete, dass sie heute auch noch würde backen müssen. Ihre Vorräte waren so gut wie aufgebraucht, weshalb sie Jessie erst einmal einkaufen geschickt hatte. Sie sah alle Mails durch und stieß auf eine, bei der es sich um keine Bestellung handelte. Im Betreff stand »Einladung«. Oh, sie wurde eingeladen? Wozu denn? Heiratete etwa irgendwer? Oder war es wieder nur so eine Hippie-Party, die Angie veranstaltete und auf der es ausschließlich vegane Speisen und grüne Smoothies gab?

Nein, Angie war nicht der Absender, sondern jemand namens Richard Banks.

Hm, einen Richard Banks kenne ich nicht, überlegte sie noch und öffnete die Mail. Es war tatsächlich eine Einladung, und sie besagte Folgendes:

Sehr geehrte Ms. Jones,
mit Begeisterung habe ich die Sendung auf dem Bay
Channel 5 verfolgt, in der Sie und Ihre Vanillefarm
vorgestellt wurden. Da in meinem Hotel-Resort vom

07.01. bis 13.01. ein Seminar stattfindet, bei dem verschiedene Gewürze kalifornischer Farmer präsentiert werden sollen, lade ich Sie hiermit herzlich dazu ein. Veranstaltet wird es von der Century Spice Corporation, die nach Lieferanten neuer und außergewöhnlicher Gewürze sucht. Ich würde mich sehr freuen, Sie in der oben angegebenen Woche bei uns begrüßen zu dürfen – mit Ihrer einzigartigen Vanille. Sie würden einen kompletten Tag gestalten, Einzelheiten würden wir bei Interesse besprechen.

Ich freue mich, von Ihnen zu hören.

Mit freundlichen Grüßen

Richard Banks

Inhaber/Heavenly Resort, Lake Tahoe

CeCe starrte auf den Bildschirm. Dass die Fernsehsendung ihr neue Kunden bescherte, war schon toll, aber das hier? Sie sollte an einem Gewürzseminar teilnehmen? Es sogar mitgestalten? So ganz hatte sie es noch nicht verstanden, aber interessiert war sie auf jeden Fall. Vor allem, seit sie gelesen hatte, wo das Seminar stattfinden sollte. Der Lake Tahoe war *das* Wintersportgebiet Kaliforniens. Sie hatte so lange keinen Schnee gesehen und war, da dieser Dezember in San Francisco der heißeste der letzten vierzig Jahre war, noch immer nicht richtig in Weihnachtsstimmung. Da war der Gedanke an ein weißes Winterwunderland einfach nur verzückend.

Außerdem wurde das Seminar von der Century Spice Corporation veranstaltet. Die Firma war ihr wohlbekannt, immerhin war sie eine der größten und etabliertesten im Gewürzgeschäft.

Aber sich ganz allein auf den Weg zum Lake Tahoe

machen? Was würde sie da an den Abenden machen, mit wem würde sie ein Zimmer teilen, mit wem sich unterhalten? Wie schön wäre es, wenn … Sie hatte eine Idee!

CeCe klickte auf »Antworten« und verfasste ebenfalls eine Mail.

Sehr geehrter Mr. Banks,
ich freue mich sehr über Ihre Einladung zum Gewürz-
seminar und möchte mich zunächst einmal dafür
bedanken, dass Sie dabei an mich gedacht haben.
Wäre ich denn die einzige Teilnehmerin, die die Vanille
präsentieren würde? Und wie genau haben Sie sich das
vorgestellt? Müsste ich Vorträge halten? Produkte
herstellen? Kostproben mitbringen? Ich würde gern
Näheres erfahren.
Falls ich die Einladung annehmen sollte, gäbe es
allerdings eine Bedingung: Ich könnte nur zusammen
mit meiner Assistentin Julia anreisen, die mir bei
jeglichen Präsentationen zur Hand gehen würde.
Mit freundlichen Grüßen
Cecilia Jones

Sie schickte die Mail ab, trank einen großen Schluck Kakao und kümmerte sich um die ersten Bestellungen. Doch schon nach zehn Minuten sah sie eine neue E-Mail aufblinken. Der Absender war Richard Banks.

Wow, dachte sie, der war aber schnell. Er schien es ziemlich nötig zu haben, dass sie zu dem Seminar kam. Na, es gab ja auch nicht viele Vanillefarmer in Kalifornien, also blieb ihm nicht viel anderes übrig, als sie zu überzeugen. Eigentlich könnte sie sich dann doch noch mehr als nur eine Assistentin wünschen, oder? Die Präsidenten-Suite zum

Beispiel. Sie musste lachen. Nein, so jemand war sie nicht. Und sie wusste ja noch nicht mal, ob das Heavenly Resort überhaupt über eine Präsidenten-Suite verfügte.

Sie beschloss, Mr. Banks ein wenig zappeln zu lassen und sich erst mal das Hotel anzusehen. Er musste ja nicht unbedingt erfahren, wie sehr sie sich über die Einladung freute und wie unglaublich gern sie kommen wollte.

Sie rief die Website des Resorts in Heavenly, Lake Tahoe auf … und schnappte erst einmal nach Luft. Mit solch einem Luxushotel hatte sie nämlich nicht gerechnet. Es hatte nicht nur fünf Sterne, sondern auch eigene Skipisten (nicht, dass sie Ski fahren konnte), ein Spa (nicht, dass sie scharf auf ein Algenbad war) und einen eigenen Friseursalon (nicht, dass sie irgendwen an ihre geliebten Locken ranlassen würde). Außerdem bot es Massagen, Kutschfahrten und Skikurse an. Es hatte Sterneköche angestellt, man schlief in handbestickter ägyptischer Baumwollbettwäsche, und es wurden Preise aufgelistet, die sie sich im Leben nicht hätte leisten können.

Sie war gespannt, was Richard Banks, der ja anscheinend der Inhaber des Ganzen war, ihr geantwortet hatte. Sie konnte ihn sich bildlich vorstellen: um die sechzig, braun gebrannt, graues Haar und immer im schicken Anzug, außer wenn er Golf spielte. Da trug er eine dieser Golfkappen, farblich passend zu seinem Pullunder.

Sie öffnete die Mail und las …

Sehr geehrte Ms. Jones,
der Geschäftsführer der Century Spice Corporation,
Mitchell Hollander, hatte es sich so gedacht, dass an
jedem Tag ein neues Gewürz vorgestellt werden soll.
Zuerst anhand einer kleinen Präsentation, dann mit

*einer eigenen Idee und zum Schluss mit einem Menü
zum Dinner, bei dem alle drei Gänge das jeweilige
Gewürz enthalten sollen. So möchte Mr. Hollander
sehen, ob sich das Gewürz für unterschiedliche
Geschmacksrichtungen eignet. Natürlich müsste das
Menü nicht von Ihnen gekocht, sondern nur geplant
werden. Unsere Küchencrew übernimmt die Verarbei-
tung der Zutaten. Ob Sie dabei helfen wollen, sei Ihnen
überlassen.
Was Ihre Bitte um eine Assistentin anbelangt, steht dem
aus meiner Sicht nichts im Wege. Sie können sie also
gern mitbringen, ihr wird ein eigenes Zimmer zur
Verfügung gestellt werden. Platz haben wir genug, da
das Resort während der Seminarwoche für andere
Gäste geschlossen ist.
Ich hoffe auf eine positive Antwort!
Mit freundlichen Grüßen
Richard Banks*

Yippee!!! CeCe freute sich riesig und konnte ihr Strahlen
gar nicht mehr abstellen. Julia würde ausflippen, wenn sie
es ihr morgen erzählte. Sie würden eine ganze Woche im
Schnee verbringen, noch dazu in dem wohl luxuriösesten
Hotel, das man sich nur vorstellen konnte. Und das Wundervollste war, sie durfte anderen ihre Vanille näherbringen,
interessierten Menschen, die ihr zuhörten und die vielleicht
sogar mit ihr zusammenarbeiten wollten.

Wem sollte sie die tolle Nachricht als Erstes erzählen?
Julia musste sie das unbedingt persönlich sagen, und sie
hoffte, dass ihre Freundin sich dann problemlos freineh-
men konnte. Sie hatte ja kompetente Mitarbeiter, die auch
früher schon übernommen hatten, also machte CeCe sich

diesbezüglich keine allzu großen Sorgen. Aber Angie könnte sie anrufen. Oder Benedict, der aber sicher gerade wieder in seinem Weihnachtsmannkostüm steckte.

Die Frage hatte sich erübrigt, da sie in dem Moment Jessie vorfahren hörte, die kistenweise Mehl, Zucker, Butter und Milch brachte. Sie lief nach draußen und strahlte sie an.

»Rate, was gerade passiert ist!«, sagte sie, während Jessie aus dem Wagen stieg.

Lachend sah Jessie sie an. »Na, irgendetwas Gutes, deinem breiten Lächeln nach zu urteilen.«

CeCe nickte. »Etwas sehr Gutes«, erwiderte sie und begann zu erzählen. Von Richard Banks, vom Seminar und vom Schnee, den sie kaum erwarten konnte, unter ihren Füßen zu spüren.

Kapitel 18

CeCe parkte in einer kleinen Seitenstraße und spazierte zu Fuß zu Julia's Sandwich Heaven. Sie hatten geplant, heute ins Kino zu gehen, vorher hatte sie aber noch eine besondere Überraschung für ihre Freundin.

Am Tag zuvor hatte sie noch ein paarmal mit diesem Richard Banks gemailt und alle Einzelheiten erfahren. Mit jeder Mail war sie ein bisschen aufgeregter geworden. Das Seminar war für sie wie ein wichtiges Referat in der Schule und die Teilnahme beim *Bachelor* gleichzeitig. Denn erstens würden sie auf einem genauso exklusiven Anwesen wohnen wie die Teilnehmerinnen der Fernsehsendung, die sie sich nur zu gerne ansah. Und zweitens hatte Mr. Banks ihr erzählt, dass sie die einzige Frau unter sonst ausschließlich männlichen Farmern sein würde. Vielleicht würde ja sogar ein richtig netter Farmer dabei sein oder ein sympathischer Mitarbeiter des Gewürzunternehmens. Am Ende war vielleicht sogar Richard Banks ihr charmanter Bachelor.

Sie musste lachen. Ja sicher, sie würde sich bestimmt in einen sechzigjährigen Hotelier verlieben. Und Julia würde bei dem Chefkoch enden, der ihr jeden Tag exquisite Sandwiches machen würde, mit Hummer und Kaviar und Trüffeln und Austern.

Sie verzog das Gesicht. Austern hatte sie noch nie leiden

können. Sie fragte sich, wie man diese glibberigen Dinger überhaupt freiwillig herunterschlucken konnte. Aber die Reichen schienen das zu tun, einfach weil es sich für einen Reichen so gehörte.

»Hey, Süße, was ist denn mit dir los?«, hörte sie Julias lachende Stimme. »Du verziehst das Gesicht, als hättest du gerade in eine saure Zitrone gebissen.«

Lieber zehn saure Zitronen als eine eklige Auster.

»Ich habe gerade an Austern gedacht«, erzählte sie ihrer Freundin.

»Sollte ich fragen, wieso du das tust?«

»Lieber nicht. Wieso bist du eigentlich schon draußen, ich dachte, ich soll dich im Laden abholen? Bin ich etwa wieder zu spät?« Sie sah auf die Uhr. Nein, zwanzig vor eins, Viertel vor war abgemacht.

»Nein, nein. Ron und Gracie haben alles im Griff, und ich dachte, ich komme schon mal vor die Tür. Dann hab ich dich von Weitem gesehen und bin dir entgegengelaufen, aber wie es scheint, hast du mich gar nicht bemerkt.«

»Ja, ich war ziemlich weit weg in meinen Gedanken.«

»Wo genau, kannst du mir dann gleich erzählen. Zuerst musst du mir aber verraten, was du Spannendes mit mir vorhast.«

CeCe hatte Julia nur gesagt, dass sie sie abholen würde und dass sie vorher bitte nichts essen sollte. Ansonsten wusste ihre Freundin noch von nichts.

Jetzt strahlte sie Julia an. »Wir gehen essen.«

»Das habe ich mir beinahe gedacht.« Julia grinste.

»Rate, wo!«

»Bei Subway?«

Typisch Julia, sie hatte wieder mal nur Sandwiches im Kopf.

»Besser.«

»Bei McDonald's?«

»McDonald's ist besser als Sandwiches essen?« Sie runzelte die Stirn.

»Keine Ahnung, du magst Pommes vielleicht lieber.« Julia zuckte mit den Schultern. »Mensch, CeCe, könntest du aufhören, mich auf die Folter zu spannen, und mir sagen, was los ist?«

»Sei gespannt und folge mir«, sagte sie nur und lief schnellen Schrittes voran.

»Warum rennst du denn so? Hast du es eilig?«

»Ich habe für ein Uhr reserviert. Und da, wo wir hingehen, sollte man besser nicht zu spät kommen.« Sonst gaben sie den Tisch nämlich schnell an den Nächsten weiter. Es war überhaupt ein Wunder, dass sie so kurzfristig einen Tisch bekommen hatten. Aber wenn man Beziehungen hatte …

Sie gingen weiter und noch ein Stückchen weiter, immer die Shattuck Avenue entlang. Als sie auf der linken Seite Safeway erreichten, überquerten sie die Straße. An diesem Supermarkt orientierte CeCe sich immer, da es sonst hätte sein können, dass sie einfach an dem Restaurant vorbeigelaufen wäre, in das sie Julia ausführen wollte. Von außen war es nämlich eher unscheinbar, aus dunklem Holz, fast wie ein Hexenhaus.

»Wir gehen ins Chez Panisse?«, rief Julia begeistert aus.

»Du hast es erfasst«, erwiderte CeCe lächelnd. Sie war ja selbst aufgeregt. Zuvor war sie nämlich erst ein einziges Mal in dem international bekannten und vielfach ausgezeichneten Restaurant gewesen, in dem in den Neunzigerjahren die California Kitchen erfunden wurde: gesundes und dennoch köstliches Essen zu sündhaft teuren Preisen.

Auch ihr erster Besuch war zusammen mit Julia gewesen, das war vor fünf Jahren zu Julias Collegeabschluss gewesen. Julia hatte ihn groß feiern wollen, zusammen mit CeCe und Jemima, und hatte schon Wochen im Voraus einen Tisch reservieren müssen.

»Aber … wie hast du denn einen Tisch ergattert?«

»Ich habe gute Connections«, gab sie preis.

Julia grinste. »Benedict?«

»Exakt.«

»Und wie hat er so kurzfristig einen Platz ergattert? Oder hast du das hier etwa schon länger geplant?«

»Nein, ich kam erst gestern auf die Idee. Und ich hab ehrlich gesagt keine Ahnung, wie unser Freund das geschafft hat. Er meinte mal, er kenne jemanden aus dem Chez Panisse. Wahrscheinlich ist er mit dem Chefkoch zusammen auf die Privatschule gegangen, oder er hatte mal was mit einer der Kellnerinnen. Uns kann es egal sein, Hauptsache, wir bekommen gleich einen Tisch und etwas zu essen.«

»Das ist sooo aufregend. Und teuer. Kannst du dir das auch leisten?«

»Heute werde ich es mir einfach mal leisten. Denn wie gesagt, gibt es etwas zu feiern.«

»Du bist so gemein, dass du mir nicht endlich erzählst, was eigentlich los ist.«

»Nur Geduld, meine allerliebste Freundin.« Und Assistentin, hätte sie am liebsten angehängt, wollte die Überraschung aber noch nicht verraten. Erst bei einem Glas Champagner und einer winzigen Portion von irgendetwas Leckerem, von dem sie sicher nicht satt werden würden.

Sie gingen durch den Torbogen mit der Inschrift CHEZ PANISSE, stiegen die Stufen hoch zum Café, da das richtige

Restaurant, in dem ausschließlich Drei-Gänge-Menüs angeboten wurden, erst abends öffnete. Dort nannte CeCe ihren Namen, sie wurden zu ihrem Tisch gebracht, und ihnen wurde die Karte gereicht. Sie bestellten zur Vorspeise eine Suppe.

»Ich dreh gleich durch, wenn du mir nicht endlich verrätst, was wir denn nun eigentlich feiern«, sagte Julia.

CeCe grinste sie an. Ja, sie war gemein, das wusste sie. Aber musste man so eine unglaubliche Neuigkeit nicht gebührend verkünden? Als der Kellner ihnen die zwei Gläser Champagner hinstellte, beschloss sie, dass sie Julia nicht länger zappeln lassen würde.

»Okay. Ich verrate es dir. Mach dich auf etwas Unglaubliches gefasst.«

Julia sah aus, als wenn sie vor Ungeduld gleich platzen würde. Gespannt sah sie sie an.

»Warst du schon mal am Lake Tahoe?«

»Würdest du es nicht wissen, wenn ich jemals am Lake Tahoe gewesen wäre?«, fragte Julia stirnrunzelnd. »Was ist denn das für eine Frage? Und worauf willst du hinaus? Willst du etwa zum Lake Tahoe?«

»Genau das habe ich vor.« Sie konnte nicht anders, als wieder breit zu lächeln.

»Tatsächlich?«

CeCe nickte. »Ich wurde eingeladen.«

»Von wem denn?«

»Von einem gewissen Richard Banks, der dort ein Hotel besitzt, in dem im Januar ein Gewürzseminar stattfindet.«

»Ein Gewürzseminar? Hört sich toll an! Das ist perfekt für dich, könnte interessant werden, und vielleicht lernst du ja sogar noch was.«

»Ich soll das Seminar sogar mitgestalten«, verriet sie.

Julia machte große Augen. »Du sollst nicht nur im Publikum sitzen?«

Ihr Lächeln wurde immer breiter. »Nein, ich soll sogar einen ganzen Tag gestalten, darf den Leuten von meiner Vanille erzählen und sogar ein Drei-Gänge-Menü für sie zusammenstellen.«

»Oh mein Gott, wie cool! Aber welchen Leuten denn eigentlich?«

»Denen von diesem großen Gewürzunternehmen, Century Spice Corporation. Die veranstalten das Ganze nämlich und suchen wohl nach neuen Händlern.«

»Das ist einfach unglaublich. Ich freue mich für dich.«

»Danke. Das wird bestimmt toll. Stell dir vor, endlich mal wieder Schnee, und wir beide mittendrin.«

Ihre Freundin starrte sie an. »Was hast du gerade gesagt? Wir beide … Heißt das etwa, du willst mich mitnehmen?«

»Na, ich brauch doch eine Assistentin!« Sie zwinkerte ihr zu.

»Aber ich bin doch keine … Ich hab doch keine Ahnung von dem, was du tust. Wie soll ich dir denn assistieren?«

CeCe lachte. »Da werden wir uns schon was ausdenken. Außerdem hast du mehr Ahnung als die meisten. Du warst so oft mit dabei, wenn mein Dad und ich bestäubt oder geerntet oder unsere Schoten verarbeitet haben.«

»Das ist aber Ewigkeiten her.«

»Süße, ich erzähle doch ständig von der Vanille, das sagst du selbst immer. Du solltest dir nun wirklich keine Sorgen machen. Die müsste vielmehr ich mir machen, ich werde nämlich die einzige weibliche Farmerin dort sein.«

»Ooooh, das heißt, wir wären allein unter Männern? Unter vielen heißen kalifornischen Farmern?«

Sie lachte. »Unter alten Farmern mit einem Schlapphut auf dem Kopf und einem Strohhalm im Mundwinkel.«

Jetzt musste auch Julia lachen. »Für mich hört sich das trotzdem großartig an. Und du bist sicher, dass du mich dabeihaben willst? Und dass das auch in Ordnung geht?«

»Alles schon geklärt. Und ja, natürlich möchte ich dich dabeihaben. Ohne dich wäre es doch nur halb so spaßig.«

Julia umarmte sie über den Tisch hinweg. »Ich freu mich riesig. Wann soll es denn überhaupt losgehen?«

»Am siebten Januar. Bis zum dreizehnten.«

»Hmmm … Was mache ich denn dann solange mit meinem Laden? Ach, da wird mir schon was einfallen. Jetzt müssen wir erst mal anstoßen, das ist nämlich wirklich ein Grund zum Feiern. Nun verstehe ich auch die Sache mit dem Champagner und alldem hier.« Sie machte eine ausladende Geste mit der Hand und traf dabei beinahe den Kellner, der ihnen die Vorspeise brachte. »Oh, entschuldigen Sie bitte«, sagte sie schnell.

»Kein Problem«, antwortete er lächelnd und fügte nebenbei hinzu: »Ich war als Kind öfter Ski fahren am Lake Tahoe, und ich finde noch immer, dass es einer der schönsten Orte in ganz Kalifornien ist. Sie haben wirklich Glück.«

»Das finden wir auch«, erwiderte CeCe. Sobald der Kellner weg war, grinste sie Julia an. »Hat der uns etwa belauscht?«

»Ich glaube, wir waren einfach so laut, dass er nicht anders konnte, als mitzuhören. Völlig egal. Wir fahren zum Lake Tahoe!«

Sie nahmen jetzt die Champagnergläser in die Hand und stießen auf ihre wunderbare Reise in den Schnee an.

»Das wird so cool«, sagte Julia. »Ich hoffe aber, du hast nicht vor, mit mir Ski fahren zu gehen. Ich hab das noch nie gemacht und ende sicher als Leiche in irgendeinem mächtigen Schneeberg.«

CeCe lachte. »Nein, nein, so gut solltest du mich kennen.« Sie legte den Kopf schief und lächelte ihre Freundin an. »Es gibt dort ein Spa. Vielleicht dürfen wir es nutzen.« Inzwischen hatte sie nämlich gelesen, dass es dort neben Algenbädern auch Whirlpools und verschiedene Saunen gab.

»Ooooh, das wird ja mit jeder Minute besser.« Plötzlich sah Julia sie erschrocken an. »Oh nein, ich hab aber gar keine dicken Sachen, die wir da sicher brauchen werden. Eine warme Jacke, Schneestiefel und Ohrenwärmer.«

»Ohrenwärmer? Sind das diese Dinger, die so aussehen wie flauschige Kopfhörer?«

Julia nickte aufgeregt.

»Stimmt, ich habe auch nichts dergleichen. Das heißt dann wohl, dass wir shoppen gehen müssen.«

»Unbedingt! CeCe, du hast mir gerade den Tag gerettet. Ja, ich glaube sogar, wenn wir so ins neue Jahr starten, kann es nur ein gutes werden.«

»Das hoffe ich auch. Für uns beide.« Heute fragte sie ihre Freundin nicht nach dem Chor und auch nicht nach Weihnachten, da sie wusste, dass es das erste Fest seit Jahren ohne Jackson für sie sein würde. Jetzt sollten sie einfach nur den Moment genießen und sich auf den Lake Tahoe freuen. Und deshalb erhob sie erneut ihr Glas. »Auf Tahoe!«

»Auf Tahoe«, wiederholte Julia.

»Hatte ich erwähnt, dass der Ort, in dem sich das Hotel-Resort befindet, Heavenly heißt?«

Sofort nahmen Julias Augen diesen Glanz an, wie immer, wenn der Himmel zur Sprache kam. Irgendwie bewirkte das bei ihrer Freundin etwas ganz Besonderes, etwas, das nicht von dieser Welt war.

»Oh, wie wundervoll. Der Name des Ortes beinhaltet mein Lieblingswort.« Julia hatte ja sogar ihren Laden Sandwich Heaven genannt.

»Ganz genau. Vielleicht ist es ja sogar Schicksal, dass wir dorthin fahren.«

»Ein schöner Gedanke.«

Ja, das fand CeCe auch.

Sie widmeten sich endlich ihrer Bärlauchcremesuppe mit den köstlichen, frisch gerösteten Schnittlauch-Croutons. Nach ein paar Löffeln fragte Julia: »Und? Was hast du so am Wochenende vor?«

»Kekse backen, würde ich sagen.« Sie holte tief Luft. »Und ich habe Benedict versprochen, zusammen mit ihm Weihnachtseinkäufe zu erledigen.«

»Muss er denn nicht den Weihnachtsmann spielen?«

Sie grinste. »Er hat den Job hingeschmissen, nachdem sich ein kleiner Junge direkt auf seinem Schoß übergeben hat.«

Julia hielt sich die Augen zu. »Oh nein, armer Benedict.«

»Wir wissen doch beide, dass er für die Rolle als Santa niemals geschaffen war.«

»Ja, so ist es wohl. Er soll lieber beim Wein bleiben und dabei, reichen Frauen bei der Weinverkostung so viel zum Probieren zu geben, dass sie seinem Charme hoffnungslos verfallen und ihm gleich hundert Flaschen abnehmen.« Sie lachte.

»Ja, das kann er doch viel besser«, stimmte CeCe zu.

»Ich hoffe, er hat wenigstens genügend Geld eingenommen, um seiner Candy ein schönes Geschenk zu kaufen?«

»Das werde ich morgen sehen, wenn ich ihn beraten soll. Ich finde ja, er sollte ihr einfach mal ein GPS-Gerät kaufen, damit sie nicht mehr verloren geht.«

Sie lachten beide so laut, dass der ältere Herr am Nachbartisch ihnen einen strengen Blick zuwarf und sich dann den Finger auf den Mund legte.

»'tschuldigung«, rief CeCe zu ihm rüber, musste aber nur noch mehr lachen.

»Candy ... Ich habe wirklich noch nie jemanden wie sie kennengelernt«, sagte Julia.

»Tja ... wo die Liebe hinfällt.«

Sie beide wurden still. Sie wussten nämlich, dass es ausgerechnet ihnen nicht zustand, über die Beziehung anderer zu urteilen. Sie waren schließlich die größten Loser auf dem Planeten, was die richtige Partnerwahl anbelangte.

»Na, dann wünsche ich viel Spaß«, sagte Julia nach ein paar stillen Minuten. »Grüß Benedict von mir.«

»Das werde ich.«

»Wir sehen uns aber doch am Montag, oder?«

Montag war schon Heiligabend, und sie hatten geplant, den ganzen Abend lang Weihnachtsfilme zu gucken, Pizza zu bestellen und Popcorn zu essen. Julia würde wie jedes Jahr bei ihr übernachten, und am Weihnachtsmorgen würden sie sich gegenseitig ihre Geschenke überreichen. Das taten sie schon so, seit sie einander kannten, und kein Mann hatte sie jemals davon abgehalten. Selbst zu Zeiten, in denen sie Partner an ihrer Seite gehabt hatten, hatte die Weihnachtsnacht nur ihnen gehört. Den Rest des Festes hatten sie dann mit dem Freund und der Familie gefeiert.

»Aber natürlich! *The same procedure as every year*«, zitierte sie die Worte aus dem alten britischen Fernsehsketch *Dinner for One*, den ihre Freundin so mochte.

»Ich hoffe nur, wir haben endlich aus den letzten Malen gelernt und stopfen uns nicht wieder so voll, dass wir Bauchschmerzen kriegen *as every year*«, lachte Julia.

»Darauf würde ich nicht wetten.« CeCe zwinkerte ihr zu.

Kaum zu fassen, dass nächste Woche schon Weihnachten war. Das Fest der Feste stand vor der Tür, das in diesem Jahr nicht nur für sie einsam sein würde. Aber sie hatten ja einander, und dafür war CeCe unendlich dankbar. Sie mochte sich gar nicht vorstellen, wie ein Fest ganz allein auf der Farm aussehen würde. Wahrscheinlich würde sie sich die ganze Nacht lang alte Fotos ansehen und weinen. Aber so würden sie romantische weihnachtliche Komödien gucken, für Jude Law in *Liebe braucht keine Ferien* und für Ben Affleck in *Wie überleben wir Weihnachten* schwärmen. Sie würden mit Mila Kunis und Kristen Bell in *Bad Moms 2* feiern und sich über Will Ferrell in *Buddy, der Weihnachtself* kaputtlachen. Ja, sie würden wie immer das Beste aus dem Fest machen, und auch wenn sie statt Truthahn nur Pizza essen würden und statt einer großen Familie um sich herum nur einander hatten, würden sie sich dennoch gesegnet fühlen. Denn Weihnachten war trotz allem etwas Besonderes, und sie feierten es auf ihre eigene Art und Weise.

Kapitel 19

Richard summte vor sich hin. Er konnte den Song *Cecilia* nicht mehr aus dem Kopf bekommen, seit er die junge Frau mit demselben Namen vor fünf Tagen zum ersten Mal erblickt hatte. Sie war wie eine Erscheinung gewesen, die sich in ihm eingenistet hatte: in seinem Kopf, in seinem Herzen, in seinem ganzen Dasein. Es war verrückt, das wusste er, aber er musste immerzu an sie denken.

Wie froh er gewesen war, als Mitchell ihm gleich am Mittwoch eine Nachricht geschrieben hatte, in der er ihm mitgeteilt hatte, dass er einverstanden sei. Mit dem Gewürzseminar. Und damit, als Veranstalter einzuspringen. *Für dich würde ich doch alles tun, Kumpel, und das weißt du genau,* hatte er geschrieben, und Richard war wieder einmal dankbar, ihn zum Freund zu haben.

Natürlich hielt Mitchell ihn für durchgeknallt. Natürlich verstand er ihn nicht. Wie hätte er es können, wenn Richard selbst nicht mal wusste, was mit ihm passierte? Er wusste nur eins: Er wollte diese zauberhafte Frau, die er bisher nur aus dem Fernsehen kannte, leibhaftig sehen. So richtig. Er wollte sich mit ihr unterhalten und herausfinden, warum ihr Vater sich denn nun eine Vanilleplantage im Napa Valley aufgebaut hatte. Er wollte alles über Cecilia Jones erfahren. Einfach alles. Er wollte wissen, was sie gerne aß, welche Musik sie hörte, welches ihre Lieblingsfarbe war. Er wollte ihre Hobbys erfahren, wollte sehen, ob sie gemeinsame Interessen hatten. Er wollte sie einfach kennenlernen und in ihr Innerstes blicken. Er wollte nichts lieber als das.

»Guten Morgen, Mr. Banks«, begrüßte ihn einer seiner Stammgäste, Mr. Peterson aus Austin, Texas. Er war am Tag zuvor zusammen mit seiner Frau und seiner Tochter angereist, sie wollten das dritte Weihnachten infolge im Heavenly Resort verbringen. Ein bisschen beneidete er den Mann, der einfach vor den altbewährten Traditionen floh und es sich hier gut gehen ließ. Er selbst hingegen musste heute noch einiges über sich ergehen lassen.

»Guten Morgen, Mr. Peterson. Wie geht es Ihnen? Ist alles zu Ihrer Zufriedenheit?«

»Alles bestens. Ich fühle mich pudelwohl. Vor dem Frühstück bin ich schon einige Bahnen geschwommen.«

»Hört sich gut an. Nehmen Sie heute Abend an unserer Feier teil?«

»Aber selbstverständlich! Und Sie ebenso?«

»Leider bin ich verhindert. Die Familie, das verstehen Sie sicher.«

»Aber natürlich. Familie ist das Wichtigste überhaupt.«

Ja. Wenn man so eine Traumfamilie hatte wie Mr. Peterson – eine Frau, die ihn vergötterte, und eine engelsgleiche Tochter –, mochte das der Wahrheit entsprechen. Ihm graute es eher davor, heute seiner Familie zu begegnen, oder besser gesagt dem, was davon übrig war. Seine Mutter hatte ihm aus Mailand eine Weihnachtskarte geschickt, zusammen mit einem Geschenk, das er noch nicht ausgepackt hatte. Wahrscheinlich war es sowieso nur wieder eine neue Krawatte oder einer dieser Männerschals, die er niemals tragen würde. Er besaß bereits vier Stück davon, vielleicht sollte er sie einer wohltätigen Organisation spenden.

Na, wenigstens schenkte seine Mutter ihm überhaupt etwas. Sein Vater hingegen machte sich nichts aus Geschenken. Er war der Ansicht, es sei verschwendete Zeit, etwas zu besorgen, das dem Beschenkten dann sowieso nicht gefiel. Damit mochte er recht haben. Dennoch machte Richard seinen Mitmenschen gern Geschenke. Seiner Mom hatte er eine handgefertigte Pralinenschale aus Kristall gekauft, die ihr hoffentlich gefallen würde, und seinem Dad würde er später eine Kiste Zigarren von seinem Lieblingstabakanbauer in Georgia mitbringen. Mitchell hatte er eine gute Flasche Scotch geschickt, weil ihm dann doch nichts Besseres eingefallen war, und auch seine Mitarbeiter hatte er reich beschenkt. Sie hatten Gutscheine fürs Red Lobster und für Macy's bekommen, da konnte er nichts falsch machen. Im Kaufhaus konnten sie sich selbst etwas aussuchen, das sie oder ihre Liebsten brauchten. Und er mochte die Vorstellung, wie sie mit ihren Familien ins Red Lobster gingen und einen netten Abend bei gutem Essen verbrachten. So trug er hoffentlich zu einem harmonischen Beisammensein bei, etwas, das er sich in seiner eigenen Familie nicht mehr zu erhoffen wagte.

»Sie sehen guter Laune aus, Mr. Banks«, sagte Mr. Peterson nun. »Liegt es an Weihnachten, oder gibt es irgendwelche wunderbaren Neuigkeiten, wenn ich so neugierig fragen darf?«

»Oh. Ich bin guter Laune, da liegen Sie ganz richtig. Ich habe jemanden kennengelernt.«

»Oho! Eine nette junge Dame etwa?«

»Könnte gut möglich sein.« Er merkte, wie er strahlte, konnte es aber nicht abstellen und wollte es auch gar nicht.

»Ich möchte noch nicht zu viel verraten, aber dieses Weihnachten fühle ich mich bereits reich beschenkt und gesegnet«, gab er preis.

»Das ist ja fantastisch. Ich freue mich für Sie, mein Guter.« Mr. Peterson zeigte ihm einen hochgestreckten Daumen und zog sich dann die rot-grün gestreifte Krawatte zurecht.

»Vielen Dank. Ich wünsche Ihnen einen schönen Tag und viel Spaß nachher bei der Feier. Wenn es bei mir nicht allzu spät wird, schaue ich noch vorbei.« Es würde bestimmt nicht sehr spät werden, denn er würde so früh verschwinden, wie er nur konnte. Er war bei seinem Vater und dessen neuen Frau eingeladen. Und seine Stiefmutter Nummer drei war noch schwerer zu ertragen als die anderen beiden zusammen.

»Tun Sie das. Ihnen viel Spaß mit Ihrer Familie.«

»Danke.« Den würde er garantiert *nicht* haben.

Er ging weiter, begrüßte noch ein paar andere Gäste, ging dann in die Küche und erkundigte sich, ob die Vorbereitungen für die Weihnachtsparty am Abend gut vorangingen. Chester hatte wie immer alles im Griff, sodass er sich nur noch bei der Partyplanerin Yvette erkundigen musste, ob auch bei ihr alles wie geplant lief. Nachdem er auch von ihr eine positive Antwort erhalten hatte, machte er sich auf ins Spa, wo er sich eine ausgiebige Massage gönnte, die er heute ganz dringend brauchte. Es war nicht einmal Mittag, und er war schon so verspannt, als hätte er eine Woche auf der Couch geschlafen.

Das war ihm letzte Nacht tatsächlich passiert. Er war auf der Couch eingeschlafen, nachdem er sich wieder einmal die Vanille-Sendung angesehen hatte. Da sein Laptop heute Morgen ordentlich auf dem Tisch stand, musste er ihn im

Halbschlaf abgestellt haben, bevor er sich mit der Wolldecke zugedeckt hatte und eingeschlafen war. Er hatte von
der Vanille geträumt, das wusste er noch, an Einzelheiten
erinnerte er sich allerdings nicht mehr.

Als er aus dem Spa zurückkam, fand er Mateo vor der
Tür zu seiner Suite vor, ein Paket in den Händen. Mateo
war der Laufbursche und hielt ihm nun die braune Box
entgegen.

An der Handschrift erkannte er sofort, von wem das
Paket war. Er bedankte sich bei Mateo und betrat sein Zimmer. Zuerst einmal stieg er unter die Dusche und setzte sich
dann in seinem Bademantel an den Tisch. Er rubbelte sich
das Haar nur halb trocken, legte sich das Handtuch um die
Schultern und öffnete das Paket. Zum Vorschein kamen
drei Tüten Vanilleplätzchen. Cecilias Plätzchen.

Sein Herz pochte schneller. Er nahm die beigelegte Karte
aus dem Umschlag und las:

Lieber Freund,
da ich weiß, wie sehr du zurzeit auf Vanille stehst,
dachte ich mir bei meinem letzten Besuch in Napa,
ich mache einen kleinen Abstecher zum Markt und
besorge dir ein paar von denen. Lass sie dir schmecken.
Frohe Weihnachten! Wir sehen uns im neuen Jahr.
Dein Mitchell

Richard musste lächeln. Für den Mann, der schon alles
hat ... Er hätte niemals gedacht, dass man ihn mal mit Keksen so glücklich machen konnte, doch so war es. Diese
Vanilleplätzchen waren das beste Weihnachtsgeschenk, das
er seit Jahren bekommen hatte. Er konnte es kaum erwarten, sie zu kosten. Doch er nahm sich vor, bis zum Abend zu

warten. Bis nach dem Essen bei seinem Vater. Dann würde er sie sich, eines nach dem anderen, im Mund zergehen und den Tag genüsslich ausklingen lassen.

Er starrte die drei Tüten an. Andererseits … Wenn er sich jetzt schon ein paar gönnte, könnte ihm das den Tag versüßen und ihn das Dinner besser überstehen lassen. Ja, das war eine gute Idee. Er öffnete eine Tüte und sog den Duft ein, der ihm sofort entgegenströmte. Und dann begann er wieder den Song zu summen, erst leise und dann immer lauter. Nach dem ersten Keks wurde aus dem Summen ein Pfeifen. Und nach dem dritten Keks sang er lauthals mit. »Cecilia, bald werden wir uns endlich sehen«, fügte er dem Originaltext hinzu und hatte im Nu die halbe Tüte aufgegessen.

Der Abend wurde noch viel schlimmer, als er gedacht hatte.

Gegen halb fünf am Nachmittag hatte er sich auf den Weg nach Sacramento gemacht, wohin ihn sein Vater und seine neue Frau Cynthia eingeladen hatten. Richard Banks senior hatte Wohnsitze überall in den USA. Vom Ausland hielt er nicht viel, weshalb er auch keines seiner Luxushotels außerhalb der Staaten gebaut hatte. Richard vermutete, dass der Grund dafür war, dass seine Mutter seinen Vater verlassen hatte und ins Ausland gegangen war. Richard verstand nicht allzu viel von der Liebe, aber er war sich ziemlich sicher, dass seine Mutter die einzige Frau war, die sein alter Herr jemals geliebt hatte. So richtig geliebt, aus der Tiefe seines Herzens, so, wie er hoffte, irgendwann selbst einmal eine Frau zu lieben.

Schon als er eintraf, ahnte er, dass Ärger im Paradies herrschte. Cynthia, der er eine Schachtel Pralinen überreichte, war sehr kurz angebunden und spürbar schlechter Laune. Warum das so war, konnte Richard nur erahnen. Vermutlich hätte sie an Heiligabend lieber etwas anderes gemacht, als bei einem schnöden Dinner mit zwei Männern zu sitzen, die nicht viel miteinander sprachen und zwischen denen immer eine gewisse Spannung herrschte. Oder sie hatte herausgefunden, dass sie nicht das Geschenk bekommen würde, das sie sich gewünscht hatte, dreikarätige Diamantohrringe oder etwas in der Art. Oder sie hatte ihren frisch angetrauten Ehemann mit einer anderen erwischt, das konnte natürlich auch sein. Richard senior war nämlich noch nie einer von der treuen Sorte gewesen, und Richard war sich ziemlich sicher, dass er es auch nach vier Ehen noch nicht gelernt hatte.

Sein Vater war wie immer: mürrisch. Ein anderes Wort fiel ihm wirklich nicht zu ihm ein. Wenn jemand ihm gesagt hätte, er solle seinen Vater mit drei Wörtern beschreiben, hätte er nur antworten können: mürrisch, mürrisch, mürrisch.

Heute war Richard senior wieder einmal schwer beschäftigt. Er lief in seinem teuren Anzug und mit Straßenschuhen im Wohnzimmer umher und nickte Richard zur Begrüßung nur kurz zu. Anscheinend telefonierte er gerade mit jemandem in New York, der ihn in Rage brachte. Richard nahm auf der ledernen Couch Platz und legte die Zigarrenkiste auf dem Tisch ab. Cynthia brachte ihm ein Glas Rum, ohne ihn gefragt zu haben, was er trinken wollte. Da er Rum nicht ausstehen konnte, stellte er es ebenfalls auf dem Couchtisch ab und vergnügte sich mit einem der Canapés, die auf einem gläsernen Teller bereitstanden. Cynthia setzte sich ihm gegenüber und spielte nur mit ihrem Handy herum. Wahrscheinlich versuchte sie, das nächste Level der Candy Crush Saga zu erreichen, oder sie schrieb einer ihrer Freundinnen, wie schrecklich ihr Weihnachten war. Sie trug Ohrringe in Christbaumkugelform.

»Wie geht es dir, Cynthia?«, fragte er nach einer Weile, weil er sich mehr als dumm vorkam. »Wie waren eigentlich die Flitterwochen?«

Sie sah kurz von ihrem Handy auf und lächelte ihn an. »Gut«, antwortete sie und widmete sich wieder wichtigeren Dingen.

Endlich stieß auch sein Vater zu ihnen. »Hallo, Junge«, grüßte er. »Wie läuft das Hotel?«

Eine liebevollere Begrüßung konnte man sich kaum vorstellen.

Richard sah auf. »Gut, danke, Dad. Ich hoffe, bei dir läuft ebenfalls alles bestens?«

»Ich habe gerade einen meiner Geschäftsführer feuern müssen«, war seine Antwort.

»An Weihnachten?« Warum fragte er überhaupt? Weihnachten war für seinen Vater ein Tag wie jeder andere.

»Ja, na und? Er hat sich angemaßt, über meinen Kopf hinweg Entscheidungen zu treffen.«

»Was denn für Entscheidungen?« Eigentlich wollte er es überhaupt nicht wissen.

»Er hat eine Weihnachtsfeier geplant, obwohl ich es ihm untersagt hatte.«

»Oh. Und findet die Feier nun dennoch statt?«, wollte er wissen.

Sein Vater sah ihn an, als hätte er gefragt, ob sie heute in Unterwäsche zu Abend essen wollten. Natürlich nicht, sagte sein Blick.

»Hm. Bei mir im Hotel findet eine Weihnachtsfeier statt. Zu dieser Stunde, um genau zu sein«, informierte er seinen Vater und fragte sich im selben Moment, warum er nur so etwas Törichtes von sich gab. Wahrscheinlich wollte sein Unterbewusstsein Richard senior ein wenig provozieren.

»Das ist ziemlich dumm, Junge. Verschwendetes Geld.«

»Meine Gäste lieben diese Feier. Einige freuen sich jedes Jahr aufs Neue darauf.«

Wieder sah sein Vater ihn an, als wollte er ihn am liebsten gleich übers Knie legen und den Stock hervorholen. Nicht, dass er ihn jemals geschlagen hätte. Dazu hätte er ja mal anwesend sein müssen.

Wenn Richard an seine Kindheit zurückdachte, fielen ihm nicht viele Weihnachtsfeste ein, an denen sein Vater zu Hause gewesen war. Nicht damals, als sie noch in Bel Air gewohnt hatten, und auch nicht später, wenn er über die Feiertage vom Internat nach Hause gekommen war. Seine Eltern hatten sich getrennt, als er dreizehn gewesen war, kurz nachdem er auf die Sherman's Boarding School gekommen war. Seine Mutter hatte noch eine Weile in dem gemeinsamen Haus gewohnt, war dann aber nach New York gezogen, bevor sie vier Jahre später nach Italien auswanderte. Richard war es so vorgekommen, als wenn sie nur darauf gewartet hätte, dass er achtzehn wurde, die Schule beendete, aufs College ging und sein Leben selbst in die Hand nahm. Damit sie endlich komplett frei sein und Amerika und ihre Familie hinter sich lassen konnte. Sein Vater hatte nach der Scheidung überall und nirgends gewohnt. Er besaß zu der Zeit bereits so viele Hotels, dass er sich seinen Wohnsitz aussuchen konnte. Mal verbrachte er eine Weile in Sacramento, dann ein paar Jahre in Seattle oder Dallas, nur um wieder nach Kalifornien zurückzukehren und ein weiteres Hotel in San Diego oder San José zu eröffnen. Inzwischen war er Inhaber so vieler Hotels, dass

Richard kaum noch mitzählen konnte. Er bezweifelte, dass sein Vater selbst noch den Überblick behielt. Das einzig Gute an seinem Hobby, Hotels zu sammeln wie normale Menschen Münzen oder Briefmarken, war, dass er Richard zu seinem College-Abschluss nichts anderes zu schenken wusste als ein Hotel. Er wollte, dass sein Sohn in seine Fußstapfen trat, und da Richard nie herausgefunden hatte, was er stattdessen machen wollte, hatte er sich dieser Aufgabe angenommen. Immer mit dem Vorsatz, es besser zu machen als sein alter Herr. Er war sich nicht sicher, ob er alles richtig machte, aber eines wusste er: Sein Ziel, ein besserer Boss zu sein als sein Vater, hatte er erreicht.

»Was gibt es denn zu essen?«, fragte er jetzt, um vom Thema abzulenken.

»Martha hat uns Wachteln zubereitet«, ließ er ihn wissen. Martha war die Köchin, die seinen Vater seit Jahren überallhin begleitete. Richard hatte ihr ebenfalls einen Macy's-Gutschein geschenkt, den er ihr bereits per Post zugeschickt hatte, da Richard senior es gar nicht gerne sah, wenn er das Personal verhätschelte, wie er es ausdrückte.

Sie erhoben sich und setzten sich an den langen Esstisch. Sein Vater nahm sein Glas Bourbon mit, den er immer ohne Eis trank. Richard begnügte sich mit Wasser. Als er fünf Minuten später den Teller mit der winzigen Wachtel, fünf Rosenkohlköpfchen und drei getrüffelten Prinzessinnenkartöffelchen vor sich stehen hatte, wünschte er sich nichts sehnlicher, als jetzt auf der Feier im Hotel zu sein und mit den anderen Gästen Truthahn, Süßkartoffeln und Preiselbeersauce zu essen. Unwillkürlich musste er an Cecilia denken und fragte sich, was sie wohl gerade aß, wer bei ihr war und ob sie einen schönen Heiligabend hatte. Ob sie ihn wohl mit ihrem Vater zusammen verbrachte? Dann hoffte er für sie, dass dieser ein angenehmerer Geselle war als seiner.

Während des gesamten Essens wurden kaum zehn Worte gesprochen. Ein trostloseres Weihnachtsfest konnte man sich überhaupt nicht vorstellen. Richard wollte diesen deprimierenden Abend einfach nur schnell zu Ende bringen und zurück nach Heavenly fahren, um sich wenigstens noch ein bisschen unter die feiernden Gäste zu mischen.

»Hat Ihnen die Wachtel nicht geschmeckt, Mr. Banks?«, hörte er eine Stimme und sah auf. Martha stand neben ihm und musterte ihn besorgt.

»Doch, doch. Ich habe nur ein wenig Magenbeschwerden«, sagte er, um sie nicht zu kränken.

»Das tut mir leid. Darf ich Ihnen einen Salbeitee machen?«

»Das ist nicht nötig, vielen Dank. Ich werde mich bald auf den Weg machen.«

»Das solltest du tun«, sagte sein Vater. »Du kannst es dir nicht leisten, in dieser Zeit des Jahres krank zu werden. Weihnachten und Silvester stehen schließlich vor der Tür.«

Als wenn er das nicht wüsste … Er nickte, trank sein Wasser aus und verabschiedete sich.

»Gute Besserung«, sagte Cynthia, die ihn zur Tür begleitete. »Und danke noch mal für die Pralinen. Ich werde sie nicht essen, das sind absolute Dickmacher, aber Martha freut sich bestimmt darüber.«

Er nickte und versuchte zu lächeln, dann drehte er sich um und fuhr keine fünf Minuten später zurück zum Lake Tahoe. Er konnte es kaum erwarten, nach Hause zu kommen, denn dort fand nicht nur eine fröhliche Weihnachtsfeier statt, an der er nun doch noch teilnehmen konnte, sondern es warteten auch die köstlichsten Vanilleplätzchen der Welt auf ihn. Bei dem Gedanken daran war er gleich wieder besserer Laune. Er stellte das Radio an und drehte an dem Knopf, bis ein Weihnachtslied erklang, das er schon immer gemocht hatte.

Do They Know It's Christmas?

Er fragte sich, ob sein Vater es wusste, ob er die Bedeutung von Weihnachten kannte. Doch dann beschloss er, nicht mehr an ihn zu denken. Stattdessen wollte er versuchen, den Rest der Feiertage zu genießen. Dieses Jahr war nämlich irgendetwas anders, das spürte er ... und er hoffte, seine Weihnachtswünsche würden in Erfüllung gehen.

Kapitel 20

Julia klingelte an der Tür und freute sich, das lächelnde Gesicht des Mannes zu sehen, der ihr öffnete.

»Julia! Welch eine Überraschung. Komm doch herein!«, sagte Kenneth und machte einen großen Schritt zur Seite, um ihr Platz zu machen.

Sie betrat sein Haus, sah ihn an und ließ sich im nächsten Moment in die Arme nehmen. »Fröhliche Weihnachten, Julia«, sagte er. Kenneth, der Vater, den sie nie gehabt hatte.

»Dir auch fröhliche Weihnachten«, erwiderte sie und sog diese ganz besondere Atmosphäre ein, die sie immer umhüllte, wenn sie ihn besuchte. Heute lief Weihnachtsmusik, und es duftete nach einem Rinderbraten, wenn sie sich nicht täuschte.

Kenneth nahm ihr den Mantel ab, und sie dachte an all die Last, die er ihr in den letzten zwölf Jahren abgenommen hatte. An all die Gespräche, die sie mit ihm geführt hatte und die so wunderbar ehrlich gewesen waren. An all die Stunden, die er sich für sie freigenommen hatte, als sie damals zu Schulzeiten keinen Vater gehabt hatte, der der Klasse seinen Beruf erklärte oder der den Campingausflug begleitete. Sie hatte ihm unglaublich viel zu verdanken und würde nie vergessen, wie oft er ihr wieder auf die Beine geholfen hatte, wenn sie trotz all des Glücks auch mal schlimme Momente gehabt hatte, in denen die Vergangenheit sie eingeholt hatte. Als Jackson ihr nicht hatte helfen können und sie sich nicht an Jemima hatte wenden mögen, war Kenneth für sie da gewesen. Sie liebte ihn, als wäre er ein echtes Familienmitglied, und sie wusste, dass dies auf Gegenseitigkeit beruhte.

»Habe ich da Julias Namen gehört?«, rief Moesha, Kenneths Frau und Mutter seiner Kinder. Sie kam aus der Küche und trocknete sich an einem Geschirrtuch die Hände ab.

Auch von ihr ließ Julia sich umarmen.

»Hallo, Moe, ich wollte nur kurz vorbeischauen und euch ein frohes Fest wünschen. Und euch die hier geben.« Sie hielt drei Geschenketüten in die Höhe.

Moesha lächelte sie warm an. »Das war doch nicht nötig«, sagte sie. »Aber wir freuen uns natürlich sehr, dass du uns bedacht hast. Für dich liegt auch etwas unter dem Weihnachtsbaum. Komm doch herein. Die Mädchen freuen sich bestimmt, dich zu sehen.« Sie nahm ihr die Jacke ab, schubste sie in Richtung Wohnzimmer und rief durchs Haus: »Kinder, Julia ist hier! Kommt alle her und begrüßt sie.«

Kurz darauf liefen drei Mädchen unterschiedlichen Alters und unterschiedlicher Größe mehr oder weniger schnell herbei. Als Erste war Aaliyah bei ihr, mit neun Jahren die Jüngste. Sie umarmte sie gleich stürmisch und zeigte ihr die neuen Zöpfe, die ihre Mom ihr extra für Weihnachten geflochten hatte. Kurz darauf kam auch die mittlere Tochter herbei: Keisha, mit dreizehn schon eine richtige junge Dame, die ihrer Mutter über den Kopf wuchs und die sie mit ihrem Zahnspangenlächeln anstrahlte und auch gleich herzlich umarmte. Und irgendwann kam auch Sharon angetrottet, ihr Smartphone in der Hand und ebenfalls eine neue Frisur. Sie hatte sich von ihren Rastazöpfen getrennt und sich für einen hübschen Bob entschieden, der sie richtig erwachsen wirken ließ.

»Wow!«, sagte Julia. »Du siehst umwerfend aus.«

Sharon ließ das Handy sinken und schenkte ihr ihre Aufmerksamkeit. »Danke. Ich fand, es war mal Zeit für eine Veränderung.«

Wie oft Julia das in letzter Zeit auch gedacht hatte … Nur hatte sie sich das im Gegensatz zu diesem erst sechzehnjährigen Mädchen noch nicht getraut.

»Steht dir auf jeden Fall super.«

Sharon lächelte und widmete sich wieder ihrem Handy.

Aaliyah führte sie ins Wohnzimmer und brachte sie dazu, sich aufs Sofa zu setzen. Julia konnte nur staunen. Der Weihnachtsbaum sah einfach unglaublich aus. In diesem Jahr hatte die Familie ihn mit blauen Kugeln und Schleifen geschmückt. Hier und da sah sie ein wenig Gold, aber Blau dominierte auf jeden Fall. Niemals wäre sie selbst auf den Gedanken gekommen, ihren Baum blau zu dekorieren, aber es gefiel ihr wirklich außerordentlich gut. Sie dachte an den Baum vom letzten Jahr zurück und daran, wie sie und Jackson ihn zusammen geschmückt hatten. Sie hatten sich nach langer Diskussion für Silber entschieden und sich kaputtgelacht, weil am Ende mehr von dem silbernen Lametta auf ihnen selbst als auf dem Baum gelandet war.

Julia seufzte und musste sich zusammennehmen, um nicht wieder in Tränen auszubrechen. Sie hatte bereits den ganzen Morgen geweint. Denn in diesem Jahr hatte sie auf einen Baum komplett verzichtet, und die Wohnung war ihr so trostlos vorgekommen wie nie zuvor. Sie war froh, Weihnachten nicht zu Hause sein zu müssen, und dankbar,

Menschen zu haben, die nicht zulassen würden, dass sie die Feiertage traurig und allein verbrachte.

»Wer hat Lust auf eine heiße Schokolade?«, hörte sie Kenneths Stimme, und erst jetzt fiel ihr auf, dass er die letzten Minuten nicht mehr hinter ihr gestanden hatte. Er war wohl in die Küche gegangen und hatte ihnen ein leckeres Getränk gezaubert.

»Mit Marshmallows?«, fragte Keisha.

»Aber natürlich!«, antwortete ihr Daddy. »Was wäre denn eine heiße Schokolade ohne Marshmallows?« Er verteilte die Becher mit dem rot-grünen Weihnachtsmuster, und Aaliyah versuchte, in Julias Tüten zu spähen.

»Aali!«, schimpfte ihre Mom. »Nun sei doch nicht so neugierig!«

»Entschuldigung«, sagte die Kleine, aber Julia lachte nur. »Ach was. Du brauchst dich doch nicht zu entschuldigen, die Geschenke sind schließlich für euch. Darf ich sie ihnen jetzt geben, oder soll ich sie unter den Baum legen?«, fragte sie Moesha.

»Von mir aus können sie sie auch gern jetzt auspacken«, sagte diese.

Julia verteilte ihre Geschenke und sah dabei zu, wie die Familie, die sie so gern selbst gehabt hätte, diese von ihrem Papier befreite. Wie gern war sie doch hier, war sie immer hier gewesen. Schon seit Kenneth sie zum ersten Mal mit hergebracht hatte – damals waren Sharon und Keisha noch ganz kleine Mädchen, und Moesha war schwanger mit Aaliyah gewesen –, hatte sie die Wärme in diesem Haus gespürt. Seitdem hatte sie jede Sekunde, die sie mit Kenneths Familie verbringen durfte, genossen, war sich jedoch immer bewusst gewesen, dass diese Abstecher in ein normales, harmonisches Zusammenleben nur kurze Besuche waren. Sie wusste, dass sie sich da nicht hineinsteigern durfte, wusste, dass sie glücklich mit dem sein konnte, was sie jetzt hatte. Es war so viel mehr, als sie während ihrer Kindheit und Jugend zu hoffen gewagt hatte. Niemals hätte sie damals, als sie im schmutzigen Slum lebte, geglaubt, eines Tages ins sonnige Kalifornien zu ziehen und eine Mutter an ihrer Seite zu haben, die sie liebte. Trotz allem. Oder vielleicht auch wegen allem. Wegen ihrer schlimmen Vergangenheit. Und weil auch sie ein Anrecht auf ein bisschen Glück hatte.

Sie konnte sich noch so gut an ihre erste Begegnung mit Jemima erinnern. Father Michael hatte sie zu ihr gebracht; sie würde diesen wunderbaren Moment niemals vergessen …

»Hallo, mein Name ist Jemima«, sagte die Dame von der Jugendfürsorge mit den tollen Rastazöpfen und lächelte sie warmherzig an. »Ich habe gehört, du heißt Julia?«

Sie nickte schüchtern.

»Du kannst Jemima vertrauen«, hörte sie Father Michael sagen, doch sie konnte nur auf die Kette mit dem Kreuzanhänger starren, die der dunkelhäutigen Frau um den Hals hing. Vielleicht war sie ja das Zeichen, die Hilfe, um die sie Gott gebeten hatte, als sie letzte Nacht auf der kalten Kirchenbank gelegen hatte.

»Ich würde vorschlagen, wir beide lernen uns erst mal ein wenig kennen, was hältst du davon? Ich hätte jetzt unglaublich Lust auf ein Eis. Magst du Eis?«

Sie musste lachen. »Es ist arschkalt da draußen.«

Jemima zuckte die Schultern. »Na und? Eis geht immer, finde ich. Vielleicht nimmst du eins mit heißer Schokosauce?«

Allein beim Gedanken daran lief Julia das Wasser im Mund zusammen. Sie schenkte Jemima ein kleines Lächeln, zum Zeichen dafür, dass sie einverstanden war.

Jemima bedankte sich bei Father Michael und sagte ihm, dass sie allein klarkommen würden. Dann nahm sie Julia mit und ging mit ihr in ein wundervolles Eiscafé, eines, wie sie es zuvor noch nie betreten hatte.

Als Julia sich gerade den vierten Löffel in den Mund schob und hoffte, der Becher würde nie leer werden, sagte Jemima wie nebenbei: »Wir sollten dir eine neue Jacke kaufen. Es ist arschkalt da draußen.«

Julia mochte es, dass Jemima ihre Worte gebrauchte. Sie war immerhin alt! Aber sie schien lustig zu sein, weshalb Julia jetzt lachen musste.

»Gehen wir beide shoppen? Was meinst du?« Jemima lächelte sie warm an.

»Shoppen? Im Secondhandladen?« Woanders war sie bisher nie shoppen gewesen.

»Ach was. Wir gehen in einen dieser coolen Läden, in denen Jugendliche gerne einkaufen. Da darfst du dir ein paar hübsche Sachen aussuchen. Father Michael hat mir ein bisschen was aus der Gemeindekasse überlassen.«

Julia strahlte vor Freude. Dies musste der beste Tag in ihrem Leben sein! Erst ein großes Eis mit köstlicher heißer Schokosauce und dann Klamotten shoppen? Und auch noch ungetragene! Sie kniff sich in den Arm, um sicherzugehen, dass sie nicht träumte. Als sie wieder zu Jemima blickte, bemerkte sie, dass diese ganz traurig aussah. Sie traute sich nicht zu fragen, was los sei, weil sie den schönen Moment nicht zerstören wollte. Vielleicht hatte Jemima private Sorgen, oder sie hatte vielleicht eine Tochter wie sie gehabt, die auf der Straße erschossen worden war. Man hörte so viel. Es gab kaum einen Menschen, den Julia kennengelernt hatte, der kein Familienmitglied verloren hatte.

»Vielleicht magst du ja auch ein bisschen shoppen? Dir

eine neue Jacke oder so kaufen?«, fragte sie Jemima, um sie ein wenig aufzuheitern.

Jemima lächelte. »Das ist eine sehr gute Idee. Dann lass uns doch gleich losmarschieren.«

Losmarschieren. Julia kannte das Wort nur von Soldaten, die in den Krieg marschierten. Sie aber war dabei, aus dem Kriegsgebiet zu verschwinden. Vielleicht konnte man es ja auch auf diese Weise verwenden. Sie marschierte in ein neues Leben, und das würde mit dem Kauf einer neuen Jacke anfangen.

Drei Monate später lebte Julia noch immer im Jugendheim, das auch nicht viel besser war als die Wohnung ihrer Mutter. Es gab zwar genug zu essen, aber ein paar der anderen Mädchen versuchten, sie fertigzumachen. Einmal war sie nachts davon geweckt worden, wie Ashley sie von der Matratze zog und auf den Boden warf, weil sie der Meinung war, sie hätte ihr das Bett weggenommen. Ein anderes Mal hatte sie eine Faust im Gesicht, nur weil sie sich den Lippenstift von Christina angesehen hatte. Sie hatte ihn nicht mal benutzt! Und sie fragte sich, was wohl passiert wäre, wenn sie das gewagt hätte.

Das Schlimmste aber waren die Mädchen, die abgeholt wurden. Diejenigen, die eine Pflegefamilie gefunden hatten. Jedes Mal, wenn eine der Betreuerinnen hereinkam und mit diesem gewissen Lächeln im Gesicht einen Namen aufrief, brach Julias Herz ein kleines Stückchen mehr. Sie fragte sich, was passieren würde, wenn auch noch das letzte Stück abgebrochen wäre.

Ab und zu besuchte Jemima sie, manchmal holte sie sie sogar zum Eisessen ab. Jedes Mal sah Jemima ganz traurig aus, wenn sie sie wieder zurückbrachte. Sie lächelte zwar, aber Julia merkte es ja doch, denn ihr ging es ganz genauso. Einmal erwähnte Jemima, dass sie gerade einen Haufen Papierkram zu erledigen hätte, ein anderes Mal sprach sie sehr lange mit der Heimleiterin. Und irgendwann sagte sie ihr, dass sie sie heute nicht zurückbringen würde und dass sie ihre Sachen packen sollte. Julia würde mit zu ihr kommen, wenn sie das wollte.

Niemals in ihrem Leben hatte sie etwas so sehr gewollt, und niemals in ihrem Leben hatte sie solches Glück verspürt. Sie packte ihre Sachen in weniger als fünf Minuten zusammen und streckte Ashley und Christina die Zunge aus. Dann nahm sie die Hand, die Jemima ihr hinhielt, und marschierte endlich in das Leben, das sie sich so gewünscht hatte.

Jemima war zu dem Zeitpunkt bereits sechzig Jahre alt, und Julia hätte sie vielleicht eher wie eine Grandma als wie eine Mutter sehen sollen, und doch war sie für sie die beste Mutter, die sie je gehabt hatte. Sie schenkte ihr nicht nur ein richtiges Zuhause, Julia hatte bei ihr sogar ein eigenes Zimmer und durfte sich wünschen, was es zum Abendessen geben sollte, das sie immer gemeinsam zu sich nahmen. Dann erzählten sie einander von ihrem Tag und von ihren Träumen. Jemima erwähnte dabei immer öfter, dass sie sich eines Tages, wenn sie in Rente ging, gern ein Häuschen in Kalifornien kaufen würde, wo sie alt werden wollte – ohne den Stress der Großstadt, ohne Kriminalität in den Straßen, mit viel Sonne und Glückseligkeit. Eines Tages fragte sie Julia, ob sie sie begleiten würde, wenn es so weit wäre. Da musste sie nicht lange überlegen. Innerhalb einer Millisekunde sagte sie zu Jemima: »Ich gehe überallhin, wo du hingehst. Ich hab doch niemanden außer dir.« Ihre Mutter hatte nicht einmal versucht herauszufinden, wo sie war. Julia hatte sie, seitdem sie sie rausgeworfen hatte, kein einziges Mal mehr gesehen.

Jemima dagegen hatte Tracy getroffen, aber sie hatte ihr nicht erzählt, was bei dem Hausbesuch und dem Treffen vor Gericht vorgefallen war. Julia war sich sicher, sie wollte sie nur schützen, und fragte nicht danach. Alles, was sie wusste, war, dass Jemima jetzt offiziell ihre Pflegemutter war.

Jetzt lächelte Jemima sie zufrieden an und nahm einen Bissen von der Pizza, die Julia sich zum Abendessen gewünscht hatte. Und sie sagte ihr, dass sie sich das so gewünscht hatte und dass sie dann jetzt die rechtlichen Schritte einleiten würde. Von da an sprachen sie oft von Kalifornien, und sie freuten sich auf eine Zukunft unter Palmen.

Einige Wochen später schneite es wieder, und zum ersten Mal fand Julia den Schnee richtig schön. Jemima kaufte ihr hübsche lila Handschuhe, mit denen sie Schneekugeln formen konnte, die sie auf die hässliche Skulptur warf, die im Hinterhof von Jemimas Wohnhaus stand. Auch strickte Jemima ihr einen tollen roten Pullover, den sie ihr am Weihnachtsmorgen schenkte. Nach einem ausgiebigen Weihnachtsfrühstück machten sie einen Spaziergang, und Jemima sagte ihr, wie froh sie sei, Julia in ihrem Leben zu haben, und dass sie die Tochter war, die sie niemals gehabt hatte.

Diesen Tag würde Julia niemals vergessen, das wusste sie mit Sicherheit. Und da der Schnee einfach zu ihm dazugehörte, würde er ebenfalls für immer einen Platz in ihrem Herzen – das endlich anfing zu heilen – einnehmen.

»Wie geht es Jemima?«, fragte Moesha, die ihre Pflegemutter natürlich aus der Kirche kannte.

»Ihr Rücken macht ihr immer noch zu schaffen, auch wenn sie es niemals zugeben würde. Sie ist trotzdem gerade mit zwei Freundinnen dabei, Geschenke an die sozial benachteiligten Familien der Gegend zu verteilen.«

»Ach, gute Jemima. Ihr kommt doch morgen zum Weihnachtsgottesdienst? Die Kleinen haben sich in diesem Jahr selbst übertroffen mit dem Krippenspiel.«

»Das werden wir uns auf keinen Fall entgehen lassen.«

»Ich spiele den Weisen, der den Weihrauch bringt«, erzählte Aaliyah stolz.

Julia lachte. »Ach, ehrlich? Trägst du auch einen Bart und alles, was zu einem Weisen dazugehört?«

»Na klar.«

»Ich kann es kaum erwarten, dich in deinem Kostüm zu sehen. Gefällt dir dein Geschenk?«, fragte sie. Es war eins dieser Malbücher, in das man Kleider zeichnen und somit die Figuren ankleiden konnte. Die Verkäuferin in der Spielzeugabteilung, die sie beraten hatte, hatte ihr gesagt, dass es bei Mädchen zwischen zehn und zwölf gerade total angesagt war.

»Ich liebe es! Hannah und Jada werden mich darum beneiden.« Die Kleine strahlte sie an.

»Freut mich.«

»Jetzt musst du aber dein Geschenk aufmachen!«, sagte Keisha, der sie eine glitzernde Handtasche geschenkt hatte, und überreichte ihr ein quadratisches Päckchen.

»Wenn es für euch okay ist, würde ich das gerne mitnehmen und morgen früh öffnen. Es warten leider dieses Jahr nicht so viele Geschenke für mich unterm Weihnachtsbaum.« Sie spürte, wie ihr erneut Tränen in die Augen stiegen. Schnell blinzelte sie sie weg.

»Aber natürlich«, sagte Kenneth und legte ihr eine Hand auf die Schulter.

Moesha sagte, dass sie wieder in die Küche müsse, um sich um das Essen zu kümmern, und fragte, ob sie zum Dinner bleiben wolle.

»Das ist lieb, aber ich muss mich leider schon verabschieden. Ich bin mit meiner Freundin CeCe verabredet. Wir wollen einen Filmabend machen.«

Sie bemerkte, wie mitleidig Kenneth sie ansah. Und nachdem sie sich bei allen verabschiedet und Moesha ihr einen schönen Abend gewünscht hatte, brachte er sie zur Tür und sagte: »Ich mache mir Sorgen um dich, Julia. Geht es dir auch wirklich gut?«

Sie lächelte tapfer und antwortete: »Du brauchst dir keine Sorgen zu machen. Ich bin okay. Ein bisschen traurig vielleicht, aber …«

»Er hatte dich gar nicht verdient«, sagte Kenneth plötzlich mit Wut in der Stimme. »Wie er sich verhalten hat … Das ist alles andere als christlich.«

Sie wusste nicht, was sie darauf erwidern sollte. Kenneth hatte es schon auf den Punkt gebracht. Sich wochenlang hinter ihrem Rücken mit Hailey zu treffen, um auszutesten, ob diese ihm eine bessere Partnerin sein könnte als Julia, und dann auch noch an einem Sonntag direkt nach einem Chorauftritt mit ihr Schluss zu machen, war einfach das Allerletzte.

»Du wirst jemanden finden, der dich gut behandelt, Julia, da bin ich mir ganz sicher. Und dafür bete ich jeden Tag.«

Sie umarmte Kenneth, sagte: »Danke, du bist wirklich einer von den Guten«, und ging zu ihrem Auto. Sie stieg ein und war einfach nur froh, jetzt zu CeCe fahren zu können, mit der sie vorhatte, einen unbeschwerten Abend zu verbringen. Mit CeCe würde sie bestimmt nicht lange Trübsal blasen.

Und so war es dann auch. Ihre beste Freundin begrüßte sie schon an der Tür mit einer Riesenschüssel Popcorn.

»Hallo, Freundin! Bist du bereit für einen Abend voller kitschiger Weihnachtsfilme?«

Julia trat ein und befreite sich von ihrer Jacke. »Klar. Nur können wir die traurigen bitte weglassen und gleich zu den lustigen übergehen?«

»Da liegen' wir heute mal wieder ganz auf einer Wellenlänge. Ich habe schon *Bad Moms 2, Daddy's Home 2* und *Buddy, der Weihnachtself* bereitgelegt.«

»Betrinken sich die Frauen in *Bad Mom*s nicht hemmungslos?« Sie hatten den Film letztes Jahr kurz vor Weihnachten im Kino gesehen, und das war es, woran sie sich noch erinnerte.

»Ja, ich glaube schon.«

»Na, dann rein mit dem Film, und her mit dem Wodka!«, rief sie und schmiss sich auf die Couch.

»Ähm … Mit Wodka kann ich leider nicht dienen, aber ich habe Eierpunsch da.«

»Der geht auch.« Julia grinste CeCe an, und die lief zum Kühlschrank, um den Punsch zu holen.

Julia musste lächeln. Sie war so froh, ihre Freundin zu haben. Nicht auszudenken, was sie jetzt allein zu Hause machen würde. Heulen wahrscheinlich. Und sich in Jacksons Hemd kuscheln, das sie noch immer aufbewahrte.

»Guck mal, was ich für dich habe«, sagte CeCe, die plötzlich wieder im Wohnzimmer stand. Sie hielt den Eierpunsch in der einen und eine große Tüte Vanilleplätzchen in der anderen Hand.

»Kekse!«, rief sie, nahm ihr die Tüte ab und schüttete sie in die leere Schüssel auf dem Couchtisch, die eigentlich für die Chips gedacht war.

Während CeCe den Film einlegte, hielt Julia sich die Schüssel vors Gesicht und steckte die Nase ganz tief hinein.

Ja, so duftete Weihnachten. Sie steckte sich gleich einen Keks in den Mund und kuschelte sich unter die dicke Wolldecke, die bereitlag. CeCe kroch ebenfalls darunter und lehnte den Kopf an ihre Schulter.

»Ich bin so froh, dass du da bist.«

»Das bin ich auch. Fröhliche Weihnachten, du wunderbare Freundin.«

CeCe strahlte sie an, schenkte zwei Gläser Eierpunsch ein, reichte ihr eines und sagte: »Auf unsere Freundschaft! Und auf Lake Tahoe!«

»Auf ein wunderbares Abenteuer im Schnee!«, sagte sie und stieß ihr Glas gegen CeCes.

Kapitel 21

»Wer möchte noch von den Würstchen?«, fragte Jemima am nächsten Morgen beim Weihnachtsfrühstück.

CeCe hielt die Hände über ihren Teller, damit Jemima ihr nicht noch mehr geben konnte. Sie hatte ihr schon ungefragt von dem French Toast nachgefüllt.

Julia war nicht so schnell und hatte im Nu zwei weitere Würstchen auf ihrem Teller liegen.

CeCe musste schmunzeln, weil ihre Freundin so eine lustige Grimasse zog.

»Willst du uns mästen, Jemima?«, fragte sie.

»Ach, so ein Unsinn. Es ist Weihnachten, da darf man sich mal ein bisschen was gönnen.«

Ein bisschen was hatte aus Würstchen, Rühreiern, Speck, French Toast, Bratkartoffeln und überbackenen Tomaten bestanden. CeCe fragte sich, wann Jemima nur aufgestanden war, um das alles zu zaubern. Sie selbst hatte ihren Wecker um sieben gestellt, damit Julia und sie sich ihre Geschenke geben und sich in Ruhe fertig machen konnten, ehe sie zu Jemima rübergingen. Es war eine kurze Nacht gewesen, sie waren erst um halb zwei schlafen gegangen beziehungsweise hatten bei ihrem letzten Film das Sofa ausgezogen und zum Bett umgewandelt, auf dem sie aneinandergekuschelt eingenickt waren. Irgendwann gegen vier war

CeCe aufgewacht, hatte das Licht und den Fernseher ausgemacht und kurz überlegt, ob sie in ihr Bett rüberhuschen sollte, sich dann aber doch wieder zu Julia gelegt, da sie nicht wollte, dass ihre Freundin am Weihnachtsmorgen allein aufwachte. Sie wusste, wie schwer dieses Weihnachten für sie war. Und sie hasste Jackson dafür, dass er das verursacht hatte.

Als der Wecker sie beide um Punkt sieben mit *Here Comes Santa Claus* aus dem Schlaf gerissen hatte, war Julia gleich aufgesprungen und hatte CeCe ihre Geschenke überreicht. Wie immer war sie mehr als großzügig gewesen und hatte ihr einen weißen Strickpullover, einen Schal und einen neuen Kaffeebecher mit der Aufschrift MOST BEAUTIFUL GIRL IN THE WORLD geschenkt.

CeCe hatte lachen müssen, als sie ihn ausgewickelt hatte. »Ach, findest du wirklich, ich bin das hübscheste Mädchen der Welt?«

»Aber natürlich«, hatte Julia grinsend erwidert.

»Na, da bist du aber die Einzige, so viel ist sicher.«

»Für deinen Dad warst du es auch«, hatte Julia sie erinnert, und einen Moment lang war sie nostalgisch geworden. Ja, das hatte er ihr tatsächlich das eine oder andere Mal gesagt. Um nicht traurig zu werden und die ausgelassene Stimmung zu ruinieren, hatte sie Julia das nächste Geschenk zugeworfen. »Fang!«

Julia hatte beide Arme in die Höhe gestreckt, das Paket aber verfehlt. »Oje, ich hoffe, es ist nichts Zerbrechliches«, hatte sie gesagt und es vom Boden aufgehoben.

»Ach, Mensch, jetzt hast du das Kristallwalross kaputtgemacht«, hatte sie gescherzt.

»Wie blöd aber auch. Ein Walross fehlte mir noch in meiner Kristallsammlung.« Julia hatte das Papier aufgerissen, und der hübsche hellblaue Cardigan war zum Vorschein gekommen, den CeCe beim Weihnachtsshopping mit Benedict entdeckt hatte.

»Gefällt er dir?«, hatte sie gefragt.

»Er ist wunderschön, danke!«

»Den hab ich neulich mit Benedict zusammen gekauft. Er meinte, er würde dir sicher fabelhaft stehen.«

»Habt ihr gut ausgesucht. Sag mal, wie war es denn mit Benedict, du hast noch gar nichts erzählt. Hat er was Schönes für seine Candy gefunden?«

»Oh ja. Besser gesagt, ich habe das perfekte Geschenk für sie gefunden, und Benedict war gleich total angetan.«

»Ja? Was war es denn?«, hatte Julia wissen wollen.

»Eine Kette, wie er es geplant hatte. Allerdings nicht mit einem Herzanhänger, das wäre für jemanden wie Candy doch viel zu gewöhnlich. Nein, wir haben bei Tiffany einen Anhänger in Form einer Erdbeere gefunden. Er ist aus Gold und mit roten Glitzersteinchen verziert.«

»Candy liebt Erdbeeren! Da wird sie sich sicher freuen. Na komm, du bist wieder dran«, hatte Julia dann gesagt und nun ihr ein Päckchen zugeworfen.

»Du bist ja verrückt! Das ist viel zu viel.«

»Sind nur deine Lieblingspralinen.«

CeCe hatte gelacht. »Warum verrätst du das denn? Hier, Vanillekekse für dich!«, hatte sie gesagt und, diesmal aber ganz sachte, Julia die große Tüte Plätzchen zugeworfen.

»Das beste Geschenk von allen«, hatte ihre Freundin gesagt und gestrahlt.

Als sie fertig mit dem Frühstück waren, verabschiedete CeCe sich und wünschte Jemima und Julia viel Spaß beim Weihnachtsgottesdienst.

»Möchtest du nicht doch mitkommen?«, fragte Jemima noch einmal.

»Tut mir leid, das geht wirklich nicht. Ich fahre jetzt direkt zu Angie.« Die hatte sie zum Mittagessen eingeladen. Schon bei dem Gedanken an noch mehr Essen wurde ihr übel. Ihr Bauch war so voll, dass sie, als sie zurück zu Hause war, um Jemimas Präsent – eine ovale bunte Vase – abzustellen und Angies Geschenk zu holen, eine Magentablette nehmen musste.

Auf dem Weg zur Haustür gab sie ihrem Daddy auf dem Bild im Flur einen Kuss und wünschte ihm fröhliche Weihnachten. Dann fuhr sie los zu Angie. Im Wagen stellte sie Weihnachtsmusik an und sang mit, und sie wünschte, ihr Vater würde neben ihr sitzen und mitmachen.

»CeCe!«, hörte sie Angie rufen, noch bevor sie ihren Vorgarten erreichte. Sie kam auf sie zugelaufen und umarmte sie stürmisch, was sonst so gar nicht ihre Art war. »Frohe Weihnachten wünsche ich dir!«

»Was ist denn mit dir los? Du wirkst ja so happy heute.«

»Na, es ist doch Weihnachten. Wenn das kein Grund ist, um happy zu sein.«

Stirnrunzelnd sah sie ihre Grandma an, die kein bisschen weihnachtlich gekleidet war wie etwa Jemima in ihrem rot glitzernden Pullover oder sie selbst in dem T-Shirt mit dem Grinch darauf, das sie ebenfalls beim Shopping mit Benedict entdeckt hatte. Er hatte gelacht und sie als Weihnachtshasserin bezeichnet, aber sie hatte es ganz passend gefunden. Immerhin war Weihnachten für sie nicht unbedingt das Fest der Liebe, sondern eher das Fest der Einsamkeit und der Enttäuschungen. Ihr Vater war kurz vor Weihnachten gestorben, und Louis, der Idiot, hatte ihr gestanden, dass er an ihrem letzten gemeinsamen Weihnachten nach dem morgendlichen Sex mit ihr am Nachmittag auch noch Weihnachtssex mit einer anderen gehabt hatte. Wie sehr sie ihn verabscheute, konnte sie in Worten gar nicht ausdrücken.

Für das Frühstück bei Jemima hatte sie über das T-Shirt eine rote Wolljacke gezogen, diese trug sie jetzt aber offen. Angie würde es nicht als Beleidigung auffassen, dass sie solch ein Outfit trug. Ganz im Gegenteil: Sie lachte sich schlapp, als sie den Grinch entdeckte, der groß und grün auf ihrer Brust sein hässliches Grinsen zeigte.

»Okay, Angie, sag mir sofort, was los ist. Hast du etwa …«

»… einen kleinen Joint geraucht, was ist schon dabei?«

»Angie! Und das an Weihnachten!«, schimpfte sie, musste aber gleichzeitig lachen. Ihre Grandma war wirklich eine Nummer für sich. Und das mit achtundsiebzig Jahren! Sie selbst hatte seit der Highschool kein Haschisch mehr geraucht.

»Nun sei kein Spielverderber und komm ins Haus. Roy wartet schon.«

Oh. Sie feierten zusammen mit Roy? CeCe hoffte nur, dass der nicht auch stoned war. Als sie aber das Haus betrat und er ebenso laut losgackerte beim Anblick ihres T-Shirts, wurde sie eines Besseren belehrt. Er war so high wie die Golden Gate Bridge, mindestens.

»Hallo, Roy«, sagte sie. »Ich wünsche dir fröhliche Weihnachten.«

»Das wünsche ich dir ebenso, Mrs. Grinch«, erwiderte er lachend, und CeCe fragte sich, ob er als seriöser New Yorker Broker wohl auch schon gekifft hatte oder ob er das erst tat, seit er Angie kannte.

»Danke.« Sie sah sich in der Küche um, in der ihre Grandma am Hantieren war. Roy half ihr ein wenig, würzte das Essen nach und deckte den Tisch. »Was gibt es denn Leckeres? Spaghetti mit veganer Bolognese?«, fragte sie und sah in alle Töpfe und in den Ofen.

»Aber natürlich nicht!«, entgegnete Angie empört, als hätte sie ihr das nicht schon an den drei vergangenen Weihnachtsfesten aufgetischt.

Diesmal hatte ihre Grandma sich aber tatsächlich Mühe gegeben mit dem Festmahl, und es wirkte beinahe richtig weihnachtlich. Es gab Tofurky – Truthahn aus Tofu –, einen Süßkartoffelauflauf – natürlich mit veganen Marshmallows als Topping –, grünen Spargel – selbstverständlich ohne Butter – und Brokkoli – einfach Brokkoli.

»Roy ist jetzt auch Veganer«, informierte Angie sie, als sie am Tisch saßen.

»Ach, ehrlich?« Fragend sah sie den Mann an, dessen Pullover von einer teuren Marke war, das sah man aus hundert Metern Entfernung. Sie würde zu gern wissen, wie Angie ihn dazu bewogen hatte, sich von nun an auch nur noch pflanzlich zu ernähren. Als sie aber sah, wie er Angie anblickte, war ihr klar, dass er es aus keinem anderen Grund als Liebe tat.

Sie freute sich richtig für ihre Grandma, dass sie auf ihre alten Tage doch noch jemanden gefunden hatte, der sie wertschätzte und der vielleicht sogar den Rest seines Lebens mit ihr verbringen wollte.

»Ich ziehe das jetzt seit zwei Wochen durch, und ich fühle mich besser denn je«, sagte er. »Du solltest das auch mal ausprobieren.«

»Ja, vielleicht irgendwann«, antwortete CeCe. So lecker das Essen auch aussah, würde sie wohl doch nicht ganz ohne Fleisch oder wenigstens ein paar Milchprodukte auskommen können, die sie ja auch zum Backen ihrer Vanilleplätzchen nutzte. Aber wer konnte schon wissen, was die Zukunft brachte? Roy hätte sich vor fünf Jahren sicher auch nicht vorstellen können, einmal auf einem Hausboot zu leben, sich ausschließlich von Pflanzen zu ernähren und mit einer verrückten Hippie-Oma zusammen zu sein, die ihm zu Weihnachten einen Joint anbot.

Sie musste lachen.

»Ja, Liebes, so ist es richtig. Sei mal ein bisschen fröhlich, statt immer eine Trauermiene aufzusetzen«, meinte Angie.

»Trauermiene? Wann habe ich die denn bitte aufgesetzt?«, wollte sie wissen.

»Na, jeden Tag, seit du herausgefunden hast, dass Louis dich verarscht hat.« Sie richtete sich an Roy: »Das ist der Schmock, der meiner Kleinen das Herz gebrochen hat.«

»Schmock«, wiederholte Roy und lachte.

»Er hatte Sex mit drei Frauen gleichzeitig«, erzählte Angie ihm.

»Grandma!«, schimpfte CeCe, und Angie sah sie böse an, weil sie es gar nicht mochte, wenn sie so genannt wurde.

»Na, stimmt doch, oder?«

»Mit allen drei gleichzeitig?«, fragte Roy nach, um sicherzugehen, dass er richtig verstanden hatte. Dabei sah er so schockiert und lustig aus, dass sogar CeCe losprustete.

»Nicht alle auf einmal«, klärte sie ihn auf. »Er hatte nur neben mir noch zwei andere Freundinnen.«

»Bei mir würde das wohl nicht mal mit Viagra funktionieren«, sagte er.

»Na, komm du mal gar nicht erst auf dumme Gedanken«, warnte Angie ihn, und die beiden sahen sich verliebt an und küssten sich über den Tisch hinweg.

CeCe sollte es verrückt vorkommen, dass sie an einem

festlich gedeckten Tisch saßen – Tannen- und Mistelzweige waren querbeet darüber verstreut, in der Mitte stand ein ausgehöhlter Kürbis mit einem breiten Grinsen und einer Weihnachtsmannmütze auf dem Kopf –, dass die zwei älteren Herrschaften, die sie eingeladen hatten, zugekifft waren und dass statt Weihnachtsmusik im Hintergrund Jimi Hendrix lief. Aber dafür kannte sie Angie schon viel zu lange und viel zu gut. Das war halt Weihnachten mit ihrer Grandma.

»Lasst es euch schmecken!«, rief diese nun, und CeCe biss in ein Stück Tofurky.

Nach dem Essen erledigten sie alle zusammen den Abwasch. Das sah so aus: Angie spülte das Geschirr, reichte Roy die abgewaschenen Teile, er trocknete sie ab und reichte sie an CeCe weiter, die sie zurück an ihren Platz im Schrank stellte. Dabei sangen sie zusammen zu den Rolling Stones mit, was wirklich lustig war.

»*I can't get no satisfaction ...*«, sang Roy und machte einen auf Mick Jagger.

»*... 'cause I try, and I try, and I try, and I try ...*«, stieg Angie ein und pustete ihnen eine Handvoll Schaum entgegen.

Und alle zusammen: »*Hey, hey, hey, hey, that's what I say.*«

CeCe fühlte sich total ausgelassen, Weihnachten hatte lange nicht so viel Spaß gemacht.

»Mein liebstes Lied der Stones ist ja *Angie*«, gab Roy preis, und CeCe konnte sich ein »Awww« nicht verkneifen, während Angie auf ihn zuging und sich so an ihn schmiegte, dass es CeCe fast peinlich war, dabei zuzusehen. Als die beiden dann so richtig anfingen zu knutschen, wandte sie sich ab, hockte sich auf den Sessel im Wohnzimmer, auf dem sie als Kind schon immer gern gesessen hatte, und holte ihr Smartphone heraus. Eigentlich wollte sie nur kurz sehen, ob sie irgendwelche Nachrichten hatte. Und tatsächlich, Julia hatte ein Video vom Krippenspiel geschickt, während Benedict geschrieben hatte: *Kill mich, bitte!*

Sie lachte in sich hinein. Der Arme musste sicherlich auch gerade das Familientreffen über sich ergehen lassen. Und er hatte richtig schlimme Exemplare dabei, wie seinen Grandpa, der bei der Army gewesen war und immer wieder dieselben Geschichten über den Vietnam-Krieg erzählte, in dem er seinen kleinen Zeh verloren hatte.

Dann warf sie einen ganz kurzen Blick in ihre E-Mails, nur für den Fall, dass irgendetwas Wichtiges war. Oder dass Richard wieder geschrieben hatte. Sie hatten sich in den letzten Tagen einige Male gemailt, und sie musste zugeben, dass sie richtig gespannt darauf war, ihn kennenzulernen. Sie war sich inzwischen nämlich ziemlich sicher, dass er doch kein älterer Herr war. So witzig und charmant, wie er sich in seinen E-Mails gab, konnte er nur ein jüngerer oder zumindest jung gebliebener Mann sein, der sich mit seiner Liebenswürdigkeit so langsam in ihr Herz schlich. Neben etlichen neuen Bestellungen hatte sie tatsächlich eine Mail von Richard Banks erhalten. Sie lächelte breit, öffnete sie und las:

Liebe Ms. Jones,
ich wünsche Ihnen und Ihrer Familie ein wunderschö-
nes Weihnachtsfest und ein harmonisches Beisammen-
sein. Sie werden es kaum glauben, aber mein erstes
Weihnachtsfrühstück bestand heute Morgen aus Ihren
grandiosen Vanillekeksen, die wohl das Beste sind, das

*ich an diesen Feiertagen zu essen bekommen werde
(gestern musste ich mir Wachteln und Rosenkohl
antun) …*

Sie musste lachen. Rosenkohl konnte sie auch nicht ausstehen. Und Wachteln … Da war ja Angies Essen tausendmal besser. Sie musste noch mehr lachen, als sie zu den Worten zurücksprang, in denen Richard Banks ihr ein harmonisches Fest mit ihrer Familie wünschte. Also, das hier war alles andere als ein traditionell harmonisches Fest, aber der Mann konnte ja nicht wissen, dass ihre einzige lebende Verwandte, die sich nicht in Mexiko befand, eine total durchgeknallte Grandma war.

Sie las auch den Rest.

*… Ich freue mich bereits jetzt auf Ihre Vanillekreationen beim Seminar, und noch mehr freue ich mich darauf, Sie persönlich kennenzulernen.
Die besten Wünsche
Richard Banks*

CeCe spürte ein Kribbeln in ihrer Magengegend, und das kam nicht von all dem vielen Essen. Für einen Augenblick stellte sie sich vor, wie Richard Banks in seinem eleganten Hotel gesessen, ihr eine Nachricht geschrieben und dabei einen ihrer selbst gebackenen Vanillekekse gegessen hatte. Moment mal! Wo hatte er die eigentlich her? Jetzt war sie mehr als verwirrt, denn sie wüsste nicht, dass sie jemals eine Bestellung von ihm erhalten und ihm welche zugesendet hätte. Natürlich hätte er sie überall in der Gegend kaufen können, vielleicht war er ja erst so auf sie gekommen … Nein, er war durch die Fernsehsendung auf sie gestoßen, hatte er geschrieben. Oder steckte vielleicht doch noch mehr dahinter?

»Also, mein Schatz, erzähl uns mal von dem tollen Seminar, an dem du teilnehmen sollst«, hörte sie plötzlich Angie sagen, die nun Hand in Hand mit Roy ins Wohnzimmer kam. In der anderen Hand hielt sie eine Schüssel Kartoffelchips, Roy balancierte eine Schale Salsa und eine Schale Guacamole in seiner freien Hand.

Oh Gott, sie wollte kein Essen mehr sehen, sie hatte das Gefühl zu platzen! Sie würde eine ganze Woche nichts mehr essen!

»Ich hab dir doch schon am Telefon ausführlich davon berichtet.« Dann aber sah sie Roys interessierten Blick, als er ihr gegenüber auf dem Sofa Platz nahm. Angie setzte sich zu ihm und hakte sich bei ihm ein. »Also, ich werde ab dem siebten Januar eine Woche in Heavenly am Lake Tahoe verbringen«, erzählte sie erneut. »Bei einem Gewürzseminar, das von der Century Spice Corporation veranstaltet wird. Die suchen wohl nach außergewöhnlichen neuen Gewürzen.«

»Und deine Vanille ist in jedem Fall außergewöhnlich«, stimmte Angie zu. »Du solltest unbedingt bald die Marmelade probieren, die CeCe dir mitgebracht hat«, sagte Angie an Roy gewandt, »die ist unfassbar gut.«

»Das werde ich bestimmt tun. Ich hätte da aber noch eine andere Idee, was man mit Marmelade machen könnte«, erwiderte Roy und zwinkerte Angie zu.

»Eklig!«, rief CeCe. »Bitte solche Gespräche nicht vor Enkeln oder Verwandten jeglicher Art führen.«

Die beiden Alten lachten.

»Dann erzähl mal weiter. Das Ganze findet also in einem Hotel statt?«, fragte Angie.

»Ja. Im Heavenly Hotel and Ski Resort. Ich hab's gegoogelt, es sieht wunderschön aus dort. Man kann Ski und Snowboard fahren und so weiter, was ich natürlich nicht tun werde. Es gibt aber auch einen Spabereich, den wir hoffentlich nutzen dürfen.«

»Wir?«, fragte Roy nach.

Sie nickte. »Ich fahre zusammen mit meiner Freundin Julia hin. Ich hab einfach gesagt, ich muss sie als meine Assistentin dabeihaben, und Mr. Banks hat zum Glück sofort eingewilligt.«

Roy hatte sein Smartphone hervorgeholt und anscheinend »Heavenly« gegoogelt, denn er zeigte ihnen jetzt einige wirklich tolle Aufnahmen von Berggipfeln, vom glitzernden See und von fantastischen Sonnenuntergängen.

»Wer ist dieser Mr. Banks?«, erkundigte sich Angie. »Der Seminarleiter?«

»Nein, der Hotelinhaber. Er ist total nett, ich habe ein paarmal mit ihm gemailt.«

»Ooooh, er ist also nett«, sagte Angie und grinste dabei breit.

»Und sicher ist er steinalt«, meinte CeCe schnell, damit Angie gar nicht erst anfing, sie mit ihm zu necken.

»Na und? Ältere Männer haben auch ihre Vorzüge«, fand Angie.

»Äh … nein, danke.« Sie hatte doch keinen Vater-Komplex!

Angie und Roy begannen wieder zu knutschen, und CeCe nutzte die Gelegenheit, Richard Banks zu googeln. Auf die Idee war sie zuvor noch gar nicht gekommen, und sie bezweifelte, viel über einen Hotelinhaber zu finden – immerhin gab es in Kalifornien eine Million richtiger Prominenter –, aber vielleicht würde sie ja auf ein Foto von ihm stoßen.

Sie gab in die Suchmaschine »Richard Banks Hotelier« ein – und tatsächlich wurden ihr mehrere Beiträge angezeigt.

Hotel-Mogul Richard Banks heiratet zum vierten Mal!, lautete eine Schlagzeile. Darunter war er mit seiner Frischangetrauten abgebildet, die so aussah, als wenn sie gerade erst die Highschool beendet hätte. Und Richard Banks war leider doch alt, so wie sie es anfangs vermutet hatte. Er sah zwar nett aus, hatte grau meliertes Haar, ein Grübchen am Kinn und war für sein Alter gut gebaut, aber er schien die Frauen zu wechseln wie seine Unterwäsche. Das war definitiv nichts für CeCe. Na, egal, dennoch war er ihr gegenüber immer freundlich gewesen, und sie würde sich in seiner Gegenwart natürlich ebenso verhalten.

Sie wusste nicht, warum, aber auf einmal war sie enttäuscht. Richtig enttäuscht. Eine Weile sah sie Angie und Roy beim Kuscheln zu, dann starrte sie aus dem Fenster den blauen Himmel an, betrachtete den Grinch auf ihrem T-Shirt über Kopf und griff zu den Snacks. Sie tunkte einen riesigen Chip in die Guacamole, die genauso grün war wie der Grinch, und stopfte ihn sich in den Mund. Ein paar Chips gingen doch immer, selbst wenn man schon am Platzen war.

Kapitel 22

Julia stand vor dem Spiegel, die Schere in der Hand. Die Tränen liefen ihr die Wangen hinunter, weil sie im Begriff war, etwas zu tun, das sie sich geschworen hatte, niemals zu machen. Denn nachdem sie damals als Kind immer so schrecklich verklettete, schief geschnittene Kurzhaarfrisuren gehabt hatte, waren ihr die Rastas, die Jemima ihr an ihrem zweiten Tag bei ihr aus Kunsthaar eingeflochten hatte, heilig gewesen. Seit gut vierzehn Jahren trug sie sie nun, hatte sich alle sechs Wochen von Jemima neue flechten lassen und dabei zugesehen, wie ihr eigenes Haar mit jedem Mal an Länge zunahm. Heute ging es ihr bis zu den Schulterblättern, und Jemima musste weit weniger synthetisches Haar mit einflechten als noch zu Anfang.

Sie warf einen Blick auf die Haarsträhnen, die verstreut am Boden lagen, und dann wieder auf die Schere in ihrer Hand. Sie hatte ihr Haar bereits von allen Zöpfen, von allem Ballast befreit, der auf ihr gelastet hatte. Und nun wollte sie den Schritt gehen, den sie einfach gehen musste.

Mit einem weinenden und einem lachenden Auge setzte sie die Schere an und schnitt. Schnitt so weit am Haaransatz, dass sie selbst kurz zusammenzuckte. Jemima würde ihr den Hals umdrehen, und CeCe würde wahrscheinlich vor Schreck aufschreien, weil sie sie nie anders gekannt hatte als mit Rastas. Ihre Kunden im Sandwichladen würden sie vielleicht nicht wiedererkennen. Aber all das war egal, sie musste, sie wollte diesen Schritt gehen, damit sie frei in ein neues Jahr starten konnte.

Und deshalb schnitt sie jetzt und schnitt und schnitt, bevor sie es sich anders überlegen konnte. Und bevor sie es sich versah, war sie ein neuer Mensch. Eine neue Julia, die endlich Jackson und dieses beschissene Jahr, das ihr nur Kummer gebracht hatte, hinter sich lassen konnte. 2019 würde besser werden, das konnte es doch nur. Ein neues Jahr, ein neues Leben, vielleicht sogar eine neue Liebe.

Als sie fertig war, lächelte sie in den Spiegel. Sie kam sich vor, als wäre sie gerade wiedergeboren worden.

Um zehn nach acht an diesem Silvesterabend klingelte Julia bei CeCe an der Tür. Diese öffnete sogleich, begrüßte sie und hielt mitten im Satz inne. »Ach du Scheiße, was hast du denn gemacht?«, schrie sie.

Julia musste lachen. Genau die Reaktion, die sie erwartet hatte. Auf ihre beste Freundin war einfach immer Verlass.

»Ich dachte, es ist mal Zeit für etwas Neues«, sagte sie und fasste sich an ihre kurzen Haare, die keine fünf Zentimeter lang waren. »Wie findest du es?«

CeCe starrte noch immer, als hätte sie sich einen Elefanten auf die Stirn tätowieren lassen.

»Sieht ... äh ... gut aus. Ich muss mich da erst mal dran gewöhnen. Was erwartest du auch, so ganz ohne Vorwarnung?«

»Sorry. Ich war mir bis zum Schluss selbst nicht ganz sicher, ob ich es durchziehen würde.«

»Hast du sie dir etwa selbst geschnitten?«

Sie nickte.

»Okay, dafür sehen sie wirklich toll aus. Du hast ein Talent dafür. Vielleicht sollte ich dich auch mal an meine Haare ranlassen.«

»Deine wunderschönen Locken? Die würde ich im Leben nicht anrühren.«

»Hast recht. Ich würde mich nicht für eine Million Dollar von ihnen trennen.«

Nur Julia wusste, wie ernst ihre Freundin das meinte. Denn die Haare waren fast das Einzige, was sie noch mit ihrer verstorbenen Mutter verband. Neben der Vanille natürlich.

Sie standen noch immer in der Tür, was Julia langsam komisch vorkam. »Willst du mich nicht reinbitten?«, fragte sie mit einem Stirnrunzeln.

»Ich … ähm … muss dir etwas sagen.«

»Und was?«

»Wir sind heute Abend nicht allein.«

Julia stieß nun die Tür auf und drängte CeCe beiseite. Sie warf einen Blick ins Wohnzimmer. Auf dem Sofa kauerte Benedict, klein und traurig wie ein Welpe, den keiner haben wollte. Er war in eine Decke gekuschelt und starrte auf den Fernseher, er schien sie gar nicht zu bemerken.

Julia ging zurück in den Flur, hängte ihren Mantel an einen der Haken und drehte sich zu CeCe, die ein wenig unbeholfen wirkte. »Was ist passiert?«

»Er stand auf einmal vor der Tür. Will nicht so recht mit der Sprache rausrücken, meinte nur, dass Candy weg ist.« CeCe zog die Schultern hoch.

»Oje, der Arme. Aber irgendwie war es doch schon vorherzusehen, oder? Ich meine, mit welcher Frau bleibt er denn je länger als ein, zwei Monate zusammen?«

»Das dachte ich auch, aber diesmal scheint er echt

geknickt zu sein. Ich glaube, er hat Candy wirklich gerngehabt.«

»Na, wenn er geknickt ist, müssen wir uns um ihn kümmern, das steht fest. Aber ... Hast du ihm gesagt, dass wir vorhaben, heute einen *Nashville*-Abend zu veranstalten?«

CeCe schwärmte ihr schon so lange von ihrer neuen Lieblingsserie vor, dass sie eingewilligt hatte, heute Nacht und auch morgen den ganzen Tag über die erste Staffel durchzugucken. Irgendwie freute sie sich richtig darauf. Nun aber, da Benedict da war, würden sie das eventuell verschieben müssen.

»Er sagt, er guckt mit. Ist ihm egal, er will nur nicht allein sein«, erzählte CeCe.

»Oh Mann, es muss ihn wirklich schwer getroffen haben«, sagte sie und betrat nun das Wohnzimmer. »Hey, Benedict, ist alles okay?« Sie setzte sich zu ihm auf die Couch.

Benedict betrachtete sie eine Weile und sagte dann: »Nein.«

Wenn er sogar zu schwach war, um sie auf ihre Frisur anzusprechen, musste es ihm wirklich dreckig gehen.

»Magst du erzählen, was passiert ist?«, ermutigte sie ihn. Er aber schüttelte nur den Kopf.

»Na gut. Dann essen wir halt erst mal. Ich habe was vom Chinesen mitgebracht. Da es sicher längst kalt ist, werden wir es aufwärmen müssen. Ich hoffe, es reicht für uns alle.«

»Ich hab keinen Hunger«, brachte Benedict wehleidig hervor.

»Oh, du Armer.« Sie schlang die Arme um ihren Freund und drückte ihn fest. CeCe setzte sich auf Benedicts andere Seite und tat es ihr gleich. Und plötzlich hörte sie ein Schluchzen.

Weinte Benedict etwa? Dagegen mussten sie aber dringend etwas unternehmen!

»Machst du das Essen warm?«, bat sie CeCe. »Und wir brauchen Alkohol. Hast du Sekt da?«

»Aber klar, es ist Silvester.«

»Bring alles her! Und schalte so schnell wie möglich diese Serie an. Wir müssen unseren Freund von seinem Kummer ablenken.«

CeCe huschte in die Küche, und Benedict legte den Kopf an Julias Schulter. Sie streichelte über sein Haar und hoffte, sie konnten ihn ganz schnell auf andere Gedanken bringen.

Eine Stunde später hatten sie alle drei einen Schwips und starrten auf den Fernseher. Die Frauen unter ihnen schmachteten die männlichen Hauptdarsteller an, von denen Julia hellauf begeistert war. Hätte sie schon früher von ihnen gewusst, wäre *Nashville* längst auch ihre Lieblingsserie geworden.

»Oh mein Gott, Gunnar ist so heiß!«, schwärmte sie und musste sich mit der Zeitschrift, die auf dem Tisch lag, Luft zuwedeln. Sie stand total auf große Männer!

»Ja, der ist nicht übel. Aber Deacon erst! Ich könnte ihm in seinen süßen Hintern beißen«, gestand CeCe, und Julia kicherte wie irre.

»Der ist doch voll alt!«, sagte sie dann, obwohl Deacon wahrscheinlich höchstens Mitte vierzig war. Aber CeCe war erst achtundzwanzig und sollte bei Männern in ihrem Alter bleiben, oder? Immerhin gab es in dieser Serie genug davon. Sie griff zur vorletzten Mini-Frühlingsrolle und biss herzhaft hinein.

CeCe leerte ihr Sektglas und füllte allen nach. »Ach, wieso denn? Sollte es denn nicht egal sein, wie alt jemand ist?

Wahre Liebe kennt kein Alter, oder? Ich meine, mein Dad war auch zehn Jahre älter als meine Mom, und Angie ist acht Jahre älter als Roy, obwohl er davon gar nichts weiß.« Sie grinste.

»Da hat sie recht«, stimmte Benedict zu, der nach seinem Glas griff und es in einem Zug austrank. »Liebe kennt kein Alter. Liebe kennt überhaupt nichts mehr, Liebe macht nämlich dumm und blind und …« Er legte den Kopf in das Kissen, das er auf dem Schoß liegen hatte. Vor einer Weile war er vom Sofa auf den Kuschelteppich gerutscht und saß nun mit angezogenen Knien da.

Julia sah, wie CeCe zu ihm rüberrutschte und ihm die Schultern massierte. »Ja, die Liebe ist ein Arschloch«, sagte sie.

»Was ist denn mit euch los?«, fragte Julia. »Warum seid ihr denn so schlecht drauf? In zweieinhalb Stunden beginnt ein neues Jahr, und alle Möglichkeiten stehen uns offen. Wer weiß, was 2019 uns bringt? Vielleicht finden wir ja im nächsten Jahr alle die wahre Liebe?«

»Ich will von der Liebe nichts mehr wissen«, beschloss Benedict. »Die tut viel zu weh.«

»Ja, so sehe ich das auch«, meinte CeCe, und Julia konnte nur den Kopf schütteln.

Irgendwann war der Sekt ausgetrunken, obwohl es noch nicht mal Mitternacht war.

»Und womit sollen wir nun aufs neue Jahr anstoßen?«, fragte Julia und sah auf die Uhr. Es war zweiundzwanzig Minuten vor zwölf. Die einzelne Frühlingsrolle lag noch immer auf dem Teller, und von Benedict hatten sie auch noch nicht mehr erfahren, als dass Candy weg war und er von der Liebe nichts mehr wissen wollte.

CeCe zuckte nur die Schultern.

»Aber wir brauchen doch was zum Anstoßen. Ich will unbedingt das neue Jahr feiern und mir Vorsätze machen.«

Benedict schien überhaupt nichts mehr zu interessieren. Er starrte auf den Fernseher und schimpfte über Avery, der drauf und dran war, Scarlett zu betrügen.

»Mach das nicht!«, rief er. »Du verletzt sie nur.«

CeCe und Julia sahen beide ihren Freund an und ahnten endlich, worum es hier ging.

»Benedict, hat Candy dich etwa hintergangen?«

»Sie hat mich für einen anderen verlassen. Einen Zehn-Sterne-Chefkoch oder irgend so einen High-Class-Wichtigtuer.«

»Oh nein, das tut mir so leid«, sagte sie und strich ihm über den Arm.

CeCe hockte sich sofort zu ihm auf den Boden. »Ach, sie hat dich gar nicht verdient, die blöde Kuh.«

»Das ist sie nicht. Sie ist die bezauberndste Prinzessin, die ich je kennengelernt habe.«

»Da spricht nur der Alkohol aus dir, mein Freund. So toll war sie nämlich gar nicht.«

»Doch, war sie«, widersprach Benedict und sah Scarlett dabei zu, wie sie litt. »Arme Scarlett, ich weiß genau, wie sie sich fühlt. Vielleicht sollte ich mir jemanden wie sie suchen, die finde ich süß.«

»Das ist sie auch«, stimmte Julia ihm zu. »Du solltest dir wirklich mal ein ganz normales Mädchen suchen, eins, das nicht nur hinter deinem Geld oder deinem Namen her ist.«

»Wir werden dir bei der Suche helfen, ja?«, sagte CeCe noch, aber Benedict antwortete nicht mehr. Er nickte nur vage, legte sich lang und war schon weggedöst. Da er mit dem Kopf auf CeCes Schoß lag und es nur noch vier Minuten bis Mitternacht waren, konnte ihre Freundin nicht für etwas zum Anstoßen sorgen und bat Julia um Hilfe.

»Kannst du schnell in die Küche gehen und die Flasche Waldmeisterlikör holen, die oben auf dem Kühlschrank steht?«

»Waldmeister …?«

»Hat Angie mir heute geschenkt. Ist doch egal, Hauptsache, wir haben was zum Anstoßen.«

Julia nickte und lief in die Küche, schnappte sich den grünen Likör und war um zwei Minuten vor zwölf zurück. Als sie endlich die Flasche aufgekriegt und die Sektgläser mit dem dickflüssigen Getränk gefüllt hatte, lief bereits der Countdown.

»Zehn, neun, acht, sieben, sechs, fünf, vier …«, zählten sie beide zusammen mit dem Fernsehkommentator runter und hielten ihre Gläser bereit. »… drei, zwei, eins – frohes neues Jahr!«

Im Fernsehen wurde gefeiert und gejubelt, man sah Konfetti und Luftschlangen umherfliegen und wie das Feuerwerk gezündet wurde, und Julia wusste einfach, dass dies ein besonderer Moment war. Sie hielt ihrer besten Freundin ihr Glas entgegen, die mit ihrem dagegenstieß. Dann begrüßten sie das neue Jahr mit einem Schluck Waldmeisterlikör und verzogen beide das Gesicht. Sie sahen einander an und mussten lachen.

»Das ist das Merkwürdigste, das ich jemals getrunken habe«, sagte Julia.

»Ja, es ist wirklich gewöhnungsbedürftig. Aber es ist von Angie, was hast du also anderes erwartet?« CeCe lachte noch einmal laut und sah zu Benedict, der noch immer auf ihren Beinen schlief. »Also, erzähl mir von deinen Neujahrsvorsätzen!«, forderte ihre Freundin sie auf.

275

»Ich will endlich Jackson vergessen.«

»Der beste Vorsatz aller Zeiten«, sagte CeCe und nickte bekräftigend.

»Und dann möchte ich der wahren Liebe begegnen. Ich will einen Mann finden, der gut zu mir ist und der mich nicht verletzen wird.«

»Ja, das will ich auch«, sagte CeCe. »Um das noch mal zusammenzufassen: Wir wollen also alle drei Mr. Right beziehungsweise Miss Right finden, ja?« Sie nickte. »Na, das dürfte doch ein Kinderspiel werden. Schließlich warten an jeder Ecke Traumprinzen und -prinzessinnen darauf, uns kennenzulernen.«

»Jetzt sei doch nicht so sarkastisch. Wir werden sie finden. Wir müssen nur die Augen weit genug offen halten.«

»Na, du bist ja sehr optimistisch.«

»Alles andere wäre auch dumm, oder? Schließlich hab ich mir die Haare abgeschnitten, um ein neues Leben zu beginnen.«

Benedict rührte sich, öffnete die Augen halb und faselte: »Deine Haare sind wirklich schön.«

»Danke, Benedict«, sagte sie zu ihm, doch er war schon wieder im Land der Träume.

CeCe befreite sich nun von ihm, krabbelte zu ihr rüber und umarmte sie. »Es wird ein gutes neues Jahr, da bin ich mir ganz sicher.«

Dann gingen sie zur Tür und stellten sich auf die Veranda. In der Gegend wurden nicht viele Raketen in die Luft gejagt, aber in der Ferne konnten sie ein Feuerwerk sehen, das sie nun still bewunderten.

»Ich will kurz Angie anrufen und ihr ein frohes neues Jahr wünschen«, sagte CeCe nach einer Weile. »Bleibst du noch draußen?«

Julia nickte. »Nur eine kleine Weile.« Sie sah ihre Freundin lächeln und hineingehen und lehnte sich selbst gegen das weiße Geländer. Sie erinnerte sich daran, wie Joseph sich immer darauf gestützt und ihnen zugewunken hatte, wenn sie morgens zur Ecke gelaufen waren, um den Schulbus zu kriegen. Es war so unendlich lange her. Ja, die Zeit verging in Windeseile, und bald würde hoffentlich auch Jackson nur noch eine weit entfernte Erinnerung sein. Er würde ganz aus ihrem Herzen verschwunden sein, um Platz für neue Menschen zu machen, die diesen Platz verdient hatten. Und vielleicht würde ihr Herz ja sogar ein anderes Herz finden, um sich mit ihm zu vereinen.

Sie nahm noch einen Schluck von dem Waldmeisterlikör und lächelte. Was immer 2019 ihr auch bringen würde, sie war bereit. Und ihr Herz war es auch.

Kapitel 23

Am Sonntag erwachte CeCe mit einem Lächeln. Heute würden Julia und sie sich auf zum Lake Tahoe machen und die beste Zeit seit Langem haben. Es war alles geklärt: Sie hatte mit Jessie gesprochen, die sich während dieser Woche nicht nur um ihre Vanillepflanzen kümmern würde, sondern auch um die Bestellungen. In den letzten Tagen hatten sie zusammen so viele Vanilleplätzchen gebacken, dass der Vorrat hoffentlich reichte, bis sie zurück war. Des Weiteren hatte sie bereits am Samstag all ihre Waren an die Läden und Märkte in der Umgebung ausgeliefert, hatte zusammen mit Julia warme Wintersachen eingekauft, ihre Koffer gepackt und dazu noch zwei große Tüten Vanilleplätzchen für Richard Banks bereitgelegt. Und sie hatte ihren Seminartag bis ins kleinste Detail geplant. Nicht nur hatte sie eine Präsentation und ein Quiz vorbereitet, sie hatte sich auch eine Menüfolge überlegt, die hoffentlich alle umhauen würde. Und wenn es auch Köche geben würde, die die Speisen zubereiteten, wollte sie es sich auf keinen Fall nehmen lassen, dabei zu sein, denn Kochen war immerhin eine ihrer größten Leidenschaften.

Sie hatte eine Weile gebraucht, bis sie das perfekte Menü zusammengestellt hatte. Am wichtigsten war ihr gewesen, dass das Dessert Vanilleeis beinhaltete, im Gedenken an ihre Mutter. Dafür hatte sie sogar diese unglaublichen kandierten Orangenscheiben bei Lucinda, einer befreundeten Orangenfarmerin, bestellt, die sich wunderbar als Garnierung eignen und die dem Ganzen eine gewisse Eleganz geben würden. Sie war bereit, jetzt musste sie nur noch aufstehen und sich überlegen, was sie heute anziehen wollte. Aber da Richard Banks nun doch kein netter Mann in ihrem Alter war, wie sie es sich insgeheim erhofft hatte, war das eh egal. Sie fragte sich aber doch immer wieder, warum sie bei ihm ein ganz anderes Gefühl gehabt hatte. Seine Sprache war gehoben, ja, immerhin war er anscheinend ein wohlhabender Hotelier, aber sie war irgendwie auch jung, fast frech gewesen. Tja, da hatte sie sich wohl mächtig getäuscht. Aus ihnen beiden würde garantiert nichts werden.

Sie musste lachen. Als ob sich ein heißer, reicher Hotelbesitzer je in sie verliebt hätte. Schmunzelnd schlug sie die Decke zur Seite und stand auf. Als ihre nackten Füße den Boden berührten, erschauderte sie. In den letzten Tagen war es endlich auch in der Bay Area so richtig winterlich geworden. Am Morgen zuvor hatte sie sogar Frost auf ihren Blumen im Garten entdeckt. Jetzt war es besonders wichtig, dass die Temperatur in den Gewächshäusern und im Lagerhaus exakt stimmte. Sie war erleichtert, dass Jessie sich um alles kümmern würde und sie sich um nichts zu sorgen brauchte, während sie am Lake Tahoe war. In Heavenly. Ob es da wirklich so himmlisch war?, fragte sie sich, als sie unter der Dusche stand. Julia hatte da keine Zweifel. Die hatte zum Glück auch alles klären können, und Gracie hatte versprochen, die ganze Woche im Sandwich Heaven zu arbeiten. Ron und Eddie würden auch mit einspringen, und sie hatten ihr wohl alle drei gesagt, dass sie ruhig losfahren könne und sich keine Gedanken um den Laden machen solle. Wie CeCe ihre Freundin kannte, würde sie zwanzigmal am Tag dort anrufen und sich erkundigen, ob alles in Ordnung war, immerhin hatte sie den Laden noch nie so lange allein gelassen, aber CeCe war trotzdem froh, dass Julia mit von der Partie war. Allein wäre es doch ziemlich merkwürdig gewesen zwischen all den Männern, außerdem war sie sich sicher, dass sie extrem nervös gewesen wäre. So hoffte sie, Julia würde ihr ein wenig von dieser Nervosität nehmen und sie würde nicht ganz so aufgeregt sein. Sie hatte ihre Freundin bereits gebeten, immer mit anwesend zu sein, besonders an ihrem Seminartag, von dem sie noch immer nicht wusste, welcher das sein würde. Aber heute Abend oder spätestens morgen früh würden sie es sicher erfahren. Morgen war Montag und der erste Tag des Gewürzseminars. Allerdings hatte Richard Banks angeboten, dass sie schon heute anreisen konnten, um sich einzurichten und vorzubereiten, und das Angebot hatte sie gerne angenommen.

Sie entschied sich für eine schlichte Bluejeans und einen dicken grauen Pullover, der sie hoffentlich auch am Lake Tahoe warmhalten würde. Dazu würde sie die schwarzen Stiefel anziehen; ihre neuen Schneestiefel waren bereits im Koffer verstaut. Sie machte sich ein ausgiebiges Frühstück, ging noch mal ihre Unterlagen durch, die sich ordentlich sortiert in einem dicken Ordner befanden, und stellte sicher, dass sie den Speicherstick mit den Fotos dabeihatte. Die wollte sie während der Präsentation zeigen, damit sich auch jeder genau vorstellen konnte, wovon sie erzählte.

Um drei Minuten vor zehn klingelte es an der Tür. Als sie aufmachen ging, stand Julia auf der Veranda, in einem dicken braunen Pullover und mit einem breiten Lächeln im Gesicht.

»Bist du bereit?«, fragte sie.

»Das bin ich«, erwiderte CeCe und sah schnell nach, ob auch alles ausgeschaltet war, bevor sie die Jacke überzog, sich die Handtasche und die Tasche mit dem Laptop und dem Ordner über die Schulter hängte, sich die beiden Kekstüten unter den Arm klemmte und versuchte, irgendwie noch die zwei Koffer zu greifen.

»Ich kann doch auch was nehmen, du Packesel«, sagte Julia lachend und kam ihr zu Hilfe. Sie trugen alles zu Julias Auto, verstauten es, und CeCe stieg ein und machte es sich auf dem Beifahrersitz gemütlich.

Sie hatten beschlossen, Julias Wagen zu nehmen, da sie ihr Gepäck ungern auf dem offenen Pick-up transportieren wollten – nachher schneite es noch und deckte alles mit einer kalten weißen Haube zu. Julias Nissan war da eine weit bessere Wahl, außerdem hatte er Allwetterreifen und diese tolle eingebaute Sitzheizung, die sie warmhalten würde, sobald sie sich dem Skigebiet näherten.

»Hast du alles?«, fragte ihre Freundin zur Sicherheit noch mal nach. »Alles, was du für deinen Seminartag brauchst?«

»Ich denke schon. Ich habe meinen Laptop, einen Speicherstick mit Fotos, einen dicken Ordner mit allen Unterlagen und natürlich einige Vanilleprodukte zum Probieren dabei.«

»Hört sich so an, als wärst du perfekt vorbereitet.« Julia sah sie nun direkt an. »Ich bin so stolz auf dich, Süße. Du wirst sie alle so was von beeindrucken, da bin ich mir ganz sicher.«

»Wie lieb, danke. Ja, ich werde mein Bestes geben, um sie alle süchtig nach Vanille zu machen«, sagte sie und schmunzelte. Sie hoffte so, dass sie bei den Veranstaltern sowie den Teilnehmern dieselbe Leidenschaft für ihr Lieblingsgewürz auslösen konnte, die sie schon ihr ganzes Leben begleitete.

»Wenn einer das schafft, dann du.«

Sie schnallten sich an, und Julia fuhr los. Zuerst nahmen sie den Interstate 80 bis nach Sacramento, wo CeCe seit Jahren nicht gewesen war. Sie bat Julia, dort einen kleinen Zwischenstopp einzulegen. Sie beide setzten sich auf eine Parkbank, von der aus man einen guten Blick auf die Skyline der Fünfhunderttausend-Einwohner-Stadt hatte. Natürlich hatte Julia für leckere Sandwiches gesorgt, die sie nun zum Lunch aßen, um sich ein wenig zu stärken.

»Wie lange müssen wir noch bis Heavenly fahren?«, fragte CeCe, als sie in das dick belegte Camembert-Sandwich mit Preiselbeergelee biss.

»Insgesamt hat mir das Navi drei Stunden und achtzehn Minuten angezeigt. Eine gute Stunde haben wir schon hinter uns. Also sind es noch circa zwei Stunden bis zum Hotel.«

»Das heißt, wir kommen, wenn alles gut geht, gegen zwei Uhr an. Dann können wir ja sogar noch einen Spaziergang machen und die Gegend erkunden, bevor es dunkel wird.«

»Das fände ich sehr schön. Ich war so lange nicht im Schnee.« Julia wirkte nachdenklich. »Weißt du, dass ich den Schnee meine ganze Kindheit lang gehasst habe?«

»Nein, das wusste ich nicht.«

»Ich hatte halt nie warme Sachen und habe unendlich gefroren, wenn es geschneit hat. Manchmal habe ich versucht, mir aus einem Altkleidercontainer etwas herauszufischen.«

»Oh Gott, Julia …« CeCe war immer wieder aufs Neue schockiert über die Geschichten, die ihre Freundin aus ihrer Vergangenheit erzählte.

»Ich bin nicht stolz drauf, aber einmal bin ich sogar in einen Secondhandladen gegangen und habe eine Winterjacke geklaut. Meinen alten dünnen Anorak hab ich dafür dagelassen, ihn einfach mit dem Bügel der dicken Jacke an den Ständer gehängt. Doch ich hatte ein schrecklich schlechtes Gewissen.«

»Das muss fürchterlich gewesen sein«, sagte CeCe voller Mitleid. »Ich kann mir gar nicht vorstellen, nicht genug anzuziehen zu haben.«

»Tja, ich kannte es damals gar nicht anders. Aber als ich dann bei Jemima war«, ihre Mundwinkel verzogen sich zu einem Lächeln, und ihre Augen nahmen diesen dankbaren Ausdruck an, wie immer, wenn sie von ihrer Pflegemutter sprach, »hatte ich alles, was ich brauchte. Und von da an mochte ich sogar den Winter und den Schnee.«

CeCe fand keine Worte mehr, sie konnte nur einen Arm um Julias Schulter legen und sie an sich ziehen. Irgendwann sagte sie dann aber doch etwas. »Ich werde dafür sorgen, dass du den Schnee auch in den kommenden Tagen mögen wirst. Wir werden diese Seminarwoche gar nicht als Arbeit betrachten, sondern einfach mal richtig Spaß haben, ja? Es uns gut gehen lassen.«

»Das hört sich großartig an. Ich kann es kaum erwarten, anzukommen.«

»Dann sollten wir am besten gleich weiterfahren.« CeCe steckte sich den letzten Bissen ihres Sandwiches in den Mund und sprang von der Bank.

Julia nickte und setzte sich wieder ans Steuer.

»Wenn ich dich ablösen soll, sagst du einfach Bescheid, ja?«, bot CeCe ihr an.

»Ja, das mache ich. Hast du Lust auf Musik?«

»Aber immer doch. Du weißt, dass mein Dad und ich

283

früher immer Musik anhatten, wenn wir irgendwo hingefahren sind.«

Julia drückte ein paar Knöpfe, und ein bekanntes Lied erklang. CeCe musste sofort lächeln. Das war der perfekte Song für diese Fahrt, für sie beide, für einen Neustart. Sie fingen an mitzusingen und waren einer Meinung mit Carrie Underwood, die in *Before He Cheats* von einer Frau sang, die sich das betrügerische Verhalten ihres Mackers nicht mehr gefallen lassen wollte und stattdessen versprach, ihm seine Reifen aufzuschlitzen und sein Auto mit einem Baseballschläger zu bearbeiten.

Und CeCe wusste, dass auch sie niemals wieder auf einen Mann reinfallen würde, der sie schlecht behandelte. Nie wieder!

»Maybe next time he'll think before he cheats ... Oh, maybe next time he'll think before he cheats ...«

»Wow! Sieh dir das an!«, sagte Julia zwei Stunden später voller Bewunderung.

»Oh mein Gott!«, rief CeCe. »Das ist ja unglaublich!«

»Und da sollen wir wohnen? Bist du dir auch sicher?«

»Ganz sicher. Heavenly Hotel and Ski Resort, da steht es!« Sie deutete auf das Schild über dem Eingangsbereich, selbst völlig baff von dem Anblick des imposanten Gebäudes und der ganzen Umgebung. Sie waren wirklich in einem Winterwunderland gelandet.

Julia parkte auf dem riesigen Parkplatz, und sie beide machten sich erst einmal ohne Gepäck auf zum Empfang, um einzuchecken.

CeCe nannte ihren Namen und wurde von dem freundlichen Rezeptionisten, der sich als Victor vorstellte, mit einem Lächeln begrüßt. Er sagte ihnen, dass sie zwei der besten Zimmer im Hotel hätten, und schickte einen jungen Pagen mit nach draußen, um ihre Koffer zu holen.

»Das nenne ich mal Service«, sagte Julia beeindruckt.

»Ja, so kann das gerne weitergehen, oder?«

Sie folgten dem Pagen, der ihre vier Koffer auf den Gepäckwagen stellte und diesen ins Hotel schob.

Als sie die Lobby wieder betraten, stand vor der Rezeption ein Mann, der ganz so aussah, als ob er sich abgehetzt hätte. Eine blonde Haarsträhne hing ihm ins Gesicht, das ein wenig rot angelaufen war. Sobald er sie bemerkte, kam er auf CeCe zu und hielt ihr die Hand hin.

»Ms. Jones, es freut mich, dass Sie da sind«, sagte er mit einem breiten Lächeln im Gesicht. Während sie noch überlegte, wer dieser Mann sein könnte, vielleicht einer der Veranstalter, stellte er sich schon vor. »Ich bin Richard Banks, wir hatten miteinander gemailt.«

Jetzt war sie völlig verwirrt. Anscheinend sah sie den Mann auch genauso an, denn er trat einen Schritt zurück und wirkte verlegen.

»Es freut uns ebenfalls, hier zu sein«, übernahm Julia schnell. »Und es freut uns, Sie persönlich kennenzulernen, Mr. Banks.«

CeCe spürte, wie ihre Freundin ihr unauffällig in die Seite kniff, und sie versuchte, sich aus dem tranceartigen Zustand zu reißen, in dem sie steckte. Sie verstand gerade die Welt nicht mehr. Dies war Richard Banks? Wie konnte das sein? Er war keinesfalls der Mann aus dem Internet, er war viel jünger und auch viel attraktiver. Jetzt merkte sie, wie *sie* errötete.

»Entschuldigen Sie bitte«, sagte sie, weil alle sie anstarrten und wohl erwarteten, dass sie etwas von sich gab, das ihr merkwürdiges Verhalten erklärte. »Sie sind ja gar

nicht … Ich hatte online ein Foto von Ihnen gesehen und …
Sie sind nicht …«

»Nicht so attraktiv wie auf dem Foto im Netz?« Richard
Banks grinste jetzt, und sie hörte Julia und den Pagen
lachen. Victor schmunzelte ebenfalls.

»Nein! Nein, um Gottes willen! Ich meinte, Sie sind viel
jünger. Ich muss ein falsches Foto erwischt haben. Tut mir
sehr leid.« Sie hoffte, er erkannte, wie sehr.

Nun fing auch er an zu lachen, so richtig aus dem Bauch
heraus. »Sie haben vermutlich ein Foto von meinem Vater
erwischt. Richard Banks senior. Er ist auch im Hotel-
gewerbe.«

»Scheiße, ist das peinlich«, sagte sie und hielt sich gleich
darauf die Hand vor den Mund. Warum konnte sie nicht
einfach die Klappe halten?

Richard Banks lachte, wenn möglich, nur noch mehr.
»Kein Problem«, sagte er. »Ich bin froh, dass wir das Miss-
verständnis aufgeklärt haben. Darf ich Sie jetzt auf Ihre
Zimmer bringen?«

»Das kann doch Ben machen, Mr. Banks«, sagte Victor
schnell.

»Keine Widerrede. Ich begleite die beiden Damen sehr
gern.« Nun wurden *seine* Wangen wieder ein bisschen röter,
CeCe sah es genau. Herrje, was war denn das nur zwischen
ihnen? Und wer gewann wohl am Ende den Wettbewerb
für die röteste Tomate?

Richard Banks nahm zwei der Koffer vom Gepäckwagen –
ausgerechnet CeCes – und führte sie zum Fahrstuhl. Ben
folgte ihnen mit Julias Koffern, drückte die Zwei, und sie
fuhren hoch. Nachdem der Aufzug angehalten hatte, gingen sie den Gang hinunter und blieben vor der Zimmertür
mit der Nummer 28 stehen.

Oh, wie passend, dachte CeCe, da es ihr Alter war.

»Das ist Ihr Zimmer, Ms. Freeman«, sagte er dann allerdings.

»Danke schön«, erwiderte Julia und schob die Schlüsselkarte in den dafür vorgesehenen Schlitz. Ben trug ihrer Freundin die Koffer ins Zimmer und kam wieder heraus.

»Mit Ihren Schlüsselkarten haben Sie auch Zutritt zum Spa-Bereich, den Sie uneingeschränkt und jederzeit nutzen können. Ich empfehle auch einen Spaziergang auf einem unserer Wanderpfade, sie sind vom Schnee freigeschaufelt, keine Sorge. Dinner wird ab sechs Uhr im Restaurant im Erdgeschoss serviert. Wir beschäftigen einige der besten Köche Kaliforniens«, erzählte er ihnen, und CeCe erahnte, wie Julia im Stillen jubelte. Ihre Freundin bedankte sich noch einmal bei Richard, winkte ihr kurz zu und war in ihrem Zimmer verschwunden.

Richard Banks ging noch ein paar Schritte weiter und blieb dann vor der Tür mit der Nummer 30 stehen.

»Leider haben die Zimmer in unserem Hotel keine Verbindungstüren«, sagte er entschuldigend.

»Das ist doch überhaupt kein Problem«, erwiderte sie.

»Ich wünsche Ihnen einen angenehmen Aufenthalt.« Er drehte sich um und wollte schon gehen.

»Mr. Banks?«, rief sie.

Er drehte sich um. »Ja?«

»Meine Koffer!« Sie deutete auf ihr Gepäck in seinen Händen.

Wieder errötete er. »Wo bin ich nur mit meinen … Bitte entschuldigen Sie.« Er kam zurück, wartete darauf, dass sie die Tür öffnete, und trug ihre Koffer ins Zimmer.

Als sie sich gegenüberstanden, spürte CeCe eine unglaubliche Anziehung, die sie nicht richtig einordnen konnte.

Sie hatte das Gefühl, als würden sie sich aus einem früheren Leben kennen, als würde sie bereits irgendetwas verbinden. »Danke«, hauchte sie.

Richard Banks nickte und trat auf den Flur.

Plötzlich fielen ihr die beiden Tüten Kekse ein, die sie noch immer in der Hand hielt. »Die sind für Sie.« Sie reichte sie Richard, und als er sie entgegennahm, berührten sich ihre Finger, zwar nur ein klein wenig, allerdings fühlte es sich an wie … Blitze. Sofort musste sie an die Worte ihres Dads denken.

»Vielen Dank, das ist sehr nett.« Er sah ihr nun direkt in die Augen. Seine waren grün und warm und vertrauensvoll. »Ich hoffe, Sie sind nicht allzu enttäuscht.«

CeCe sah sich im Zimmer um, das einfach fabelhaft war. Es war mindestens dreißig Quadratmeter groß und hatte neben einem riesigen Bett auch eine Couch und einen Fernseher, der bestimmt dreimal so groß war wie ihrer zu Hause.

»Warum sollte ich enttäuscht sein?«, fragte sie. »Das Zimmer ist fantastisch.«

»Das meinte ich nicht«, glaubte sie ihn murmeln zu hören. Doch dann richtete er sich auf und sagte mit fester Stimme: »Das freut mich. Wir sehen uns.«

Sie beobachtete ihn dabei, wie er sich umdrehte und zurück zu den Fahrstühlen ging. »Ich hoffe bald«, flüsterte sie ihm nach.

Kaum hatte sie ihre Schuhe ausgezogen und in die Ecke geschleudert, klopfte es an der Tür. Einen Moment hoffte sie, es wäre Richard Banks, doch natürlich war es Julia, die ganz aufgeregt in ihr Zimmer stürmte.

»Hast du dir die Bademäntel angeguckt? Ich hab noch nie im Leben so weiche Bademäntel gesehen.«

»Nein, noch nicht. Ich war bis eben …«

»Aha! Du hast mit Mr. Banks geflirtet, wie? Was war denn das zwischen euch?« Julia ließ sich aufs Bett plumpsen und sah sie neugierig an.

Sie hatte also auch mitbekommen, dass etwas zwischen ihnen gewesen war, CeCe hatte es sich nicht nur eingebildet.

»Ich habe absolut keine Ahnung.« Sie zuckte die Achseln und ging zum Fenster. Die Aussicht war überwältigend. Sie blickten genau auf den Lake Tahoe, der trotz der eisigen Temperaturen überhaupt nicht zugefroren war, sondern dunkel glitzerte, während verschneite Tannen ihn einrahmten, als wollten sie ihn beschützen.

»Wie auch immer. Kannst du bitte noch ein bisschen mehr mit ihm flirten? Ich will nämlich unbedingt so einen Bademantel mit nach Hause nehmen. Und Benedict sollten wir auch einen mitbringen, das wird ihn sicher ein wenig aufheitern.«

»Nun denk doch nicht schon an zu Hause. Wir sind gerade erst angekommen.« Und sie hatten noch eine ganze wunderbare Woche vor sich.

»Hast ja recht«, sagte Julia und begann, irgendein Lied zu summen. »Er ist wirklich süß.«

»Wer ist süß?«, fragte CeCe nach, als wüsste sie nicht genau, von wem ihre Freundin sprach.

»Na, Richard.«

»Wir sollten ihn wirklich Mr. Banks nennen. Er ist immerhin der Inhaber dieses imposanten Hotels.«

»Ob er wohl Millionär ist?«, überlegte Julia.

»Keine Ahnung. Ist mir auch egal. Ich finde ihn nett.«

»Das ist er auch. Und gar nicht so ein alter Greis, wie wir dachten.« Sie kicherte.

CeCe lächelte glücklich, während sie weiter aus dem Fenster sah. Julia musste ja nicht sehen, wie sehr sie sich darüber freute, die würde sie nur den ganzen Abend aufziehen.

»Also, was wollen wir zuerst machen?«, fragte ihre Freundin, die ganz hibbelig auf dem Bett hin und her rutschte. »Spa oder Spaziergang im Schnee?«

»Wir sollten zuerst ein bisschen rausgehen. Bevor es dazu zu dunkel ist. Und wenn wir dann so richtig eingefroren sind, wärmen wir uns im Whirlpool auf. Was hältst du davon?«

»Klingt nach einem guten Plan.«

Das Telefon klingelte, und Julia griff nach dem Hörer. »Hallo?«, sagte sie mit verführerischer Stimme.

CeCe lachte und schüttelte gleichzeitig den Kopf. Manchmal war ihre Freundin unmöglich.

»Aber natürlich«, sagte Julia und reichte den Hörer an sie weiter.

»Ja?«, sagte sie.

»Ms. Jones, ich bin es, Richard Banks. Ich würde gern wissen, ob Sie beide Lust haben, heute Abend zusammen mit mir und meinem besten Freund Mitchell zu dinieren.«

Am liebsten hätte sie vor Freude gekreischt. Stattdessen versuchte sie, ihren lauten Herzschlag, den Richard Banks bestimmt durchs Telefon hören konnte, irgendwie in den Griff zu bekommen, und atmete tief durch.

»Das muss ich kurz mit meiner Assistentin besprechen«, sagte sie und hielt die Hand auf die Muschel. »Wollen wir mit ihm zu Abend essen?«, flüsterte sie Julia zu. Die nickte überschwänglich. »Ja, das würden wir sehr gerne«, ließ sie Richard Banks wissen.

Sie hielt die Luft an, und es kam ihr ganz so vor, als wenn am anderen Ende jemand erleichtert aufatmete.

Kapitel 24

Richards Herz pochte wie wild. Er hatte den Atem angehalten und auf Cecilias Antwort gewartet. Als sie nun mit ihrer entzückenden Stimme »Ja, das würden wir sehr gerne« sagte, konnte er erleichtert ausatmen.

Er wusste nicht, wie ihm geschah. Schon auf dem Bildschirm hatte er sie einfach nur zauberhaft gefunden, doch in echt war sie wohl die schönste Frau, die er je erblickt hatte. Ihre langen dunklen Locken, die ihr perfektes Gesicht einrahmten, weckten in ihm den Wunsch, damit zu spielen, daran zu riechen und sich tief darin zu vergraben. Ihre glitzernden braunen Augen, die Wärme, Herzlichkeit und auch ein wenig Neugier und Abenteuerlust ausstrahlten, zogen ihn in den Bann. Und ihr Lächeln erst, dieses wunderschöne, einzigartige, aufrichtige Lächeln ... Wie gerne hätte er ihre Lippen mit seinen berührt.

Ja, er hatte schon vorher gewusst, dass diese Frau hübsch war und etwas ganz Besonderes, aber sie jetzt leibhaftig vor sich zu sehen, hatte ihm den Atem geraubt. Hatte ihn erröten lassen wie einen Schuljungen, der zum ersten Mal für ein Mädchen schwärmte und ihm dann sprachlos gegenüberstand, nicht in der Lage, noch normal zu denken oder zu handeln. Und dann erst die Sache mit den Koffern. Wie peinlich war das nur gewesen!

Aber sie hatte sich nicht anders verhalten. Auch sie war errötet, hatte ihn wie erstarrt angeblickt und dann dummes Zeug gefaselt. Wahrscheinlich war das nur gewesen, weil sie ihn für älter, weil sie ihn für seinen Vater gehalten hatte. Oh Gott, all die Zeit, die sie miteinander gemailt hatten, als er ihr frohe Weihnachten gewünscht hatte, da hatte sie ein Bild seines Vaters vor Augen gehabt? Ihm wurde übel, und er musste ins Bad gehen und sich ein wenig Wasser ins Gesicht spritzen, um wieder klar denken zu können.

Cecilia war hier. Sie war hier bei ihm, und sie war einfach hinreißend.

Und vielleicht, ja nur vielleicht konnte er sie davon überzeugen, dass er so viel besser war als sein Vater. Dass er Frauen wertschätzte und dass er ein guter Fang war, wie Mitchells Dad immer sagte, der noch ein richtiger Vater war. So einer, wie er es auch eines Tages sein wollte. Einer, der immer für seine Kinder da war, einer, der am Vatertag einen Becher mit dem Spruch »Bester Dad der Welt« bekam.

Er war so froh, sich durchgerungen zu haben, sie anzurufen. Er hatte sich gedacht, wenn er nach der peinlichen Situation nicht gleich wieder ins kalte Wasser sprang, würde es ihm am Ende gar nicht mehr gelingen. Nicht auszudenken, Cecilia eine ganze Woche in seinem Hotel wohnen zu haben und sie jeden Tag zu sehen, ohne dass sie sich näher kennenlernten. Nicht auszudenken, dass sie nach dieser Woche wieder abreisen würde, ohne dass sie sich je wiedersehen würden. Es musste ihm einfach gelingen, sie von sich und seinem Charme, der ihm leider kurzzeitig abhandengekommen war, zu überzeugen.

Sie würden zusammen zu Abend essen. Das war schon mal ein guter Anfang. Er sah auf die Uhr und dann aus dem

Fenster. Er hoffte, dass Mitchell bald ankam, denn er brauchte dringend Unterstützung. Und jemanden, der ihm sagte, dass er sich beruhigen sollte. Dass er ganz er selbst sein sollte. Jemanden, der ihm eine runterhaute, wenn es sein musste.

Viertel nach drei. Er stand noch immer am Fenster und sah nun zwei Frauen den Schnee entlangstapfen. Sie trugen beide Schneeschuhe und dicke Winterjacken, die sie aussehen ließen wie Eskimos. Eine der Jacken war blau und eine war rot. Er erkannte Cecilia eingemummt in der roten, sie hakte sich jetzt bei ihrer Assistentin ein.

Er musste lächeln, denn er freute sich, dass er sich anscheinend nicht getäuscht hatte. Auch im wahren Leben wirkte sie äußerst sympathisch. Er konnte es kaum erwarten herauszufinden, ob sie wirklich der wundervolle Mensch war, den er in ihr vermutete. Doch dafür musste er sich jetzt erst mal zusammenreißen und der seriöse, vertrauenswürdige Mann sein, der er doch war. Damit sie ihn als diesen kennenlernen konnte und nicht als komplett Irren.

Als Mitchell dreiunddreißig lange Minuten später endlich mit seinem Toyota auf den Parkplatz fuhr, glaubte Richard vor Aufregung beinahe zu platzen. Er musste seinem Freund so dringend von Cecilia erzählen, dass er es kaum noch aushielt. Deshalb lief er ohne Jacke aus seinem Zimmer und die Treppen hinunter, weil er keine Zeit hatte, um auf den Fahrstuhl zu warten. Er lief durch die Lobby, aus der Tür hinaus und erreichte Mitchell, der noch bei seinem Wagen stand und sein Gepäck aus dem Kofferraum holte, völlig außer Puste.

»Hey, Kumpel«, keuchte er.

Mitchell drehte sich um, sah ihn stirnrunzelnd an und

erwiderte: »Hallo, du völlig Durchgeknallter. So siehst du zumindest aus. Bist du hergerannt?«

»Ja.«

»Und wo ist deine Jacke? Wir haben minus acht Grad.«

»Die ist auf meinem Zimmer.«

»Dir ist aber klar, dass du, wenn du mit einer Grippe im Bett liegst, deine Cecilia nicht beeindrucken kannst, oder?«

»Schhh!«, machte er und drehte sich schnell nach allen Seiten um. Immerhin waren Cecilia und Julia auch hier draußen. Oh Gott, wenn sie ihn so sahen, sie würden ihn wirklich für einen Verrückten halten. Vor allem, weil er, wie er jetzt bemerkte, in Hausschuhen dastand.

Die bemerkte nun auch Mitchell und lachte laut los.

»Ist ja gut, nun lenk doch nicht noch mehr Aufmerksamkeit auf uns.«

»Sind sie etwa schon hier?«, erkundigte sich sein Freund.

Richard nickte fröhlich. »Ja. Und du kannst dir nicht vorstellen, wie umwerfend sie ist.«

»Ja? Ehrlich? Sieht sie genauso gut aus wie im Fernsehen?« Er hatte Mitchell gezwungen, sich die Sendung ebenfalls anzusehen. Nur so konnte er verstehen, warum er sie unbedingt kennenlernen wollte.

»Leibhaftig sieht sie sogar noch viel besser aus.«

»Okay. Das glaube ich dir gern. Aber du siehst gerade überhaupt nicht gut aus, wenn ich dir das mal so sagen darf. Ich meine, Alter, du trägst Hausschuhe im Schnee. Deine Haare stehen wild ab, und du bist irgendwie knallrot im Gesicht.«

»Das kommt davon, weil ich gerannt bin.« Er mochte es nicht eingestehen, dass er ja auch vorhin, als er mit Cecilia geredet hatte, die ganze Zeit rot im Gesicht gewesen war.

»Na, das hoffe ich. Komm, gehen wir jetzt rein, bevor du

noch wirklich krank wirst. Machen wir uns frisch. Wie sehen unsere Pläne für heute aus?« Mitchell, einen Kopf größer als er und doppelt so durchtrainiert, schwang sich die beiden Reisetaschen über die Schultern und ging aufs Hotel zu. Richard folgte ihm und merkte, wie seine Socken immer nasser wurden.

»Wir essen heute Abend mit ihnen zusammen. Mit Cecilia und mit Julia«, erzählte er freudig.

»Ah ja? Schön, dass ich auch mal gefragt werde.«

»Julia ist ebenfalls sehr hübsch, du hast also keinen Grund, dich zu beklagen«, flüsterte er Mitchell zu, als sie die Rezeption erreichten und sein Freund sich von Victor die Keycard geben ließ.

»Guten Tag, Mr. Hollander. Hatten Sie eine gute Anreise?«

»Sehr gut, danke, Victor. Sagen Sie, führt mein Kumpel hier sich schon den ganzen Tag so seltsam auf?« Er deutete auf Richard.

Richard haute seinem Freund gegen den Arm und zog ihn mit sich davon. »Blamier mich bloß nachher nicht vor den Frauen so«, warnte er ihn.

»Ich glaube, das ist gar nicht nötig, das hast du nämlich selbst schon bestens drauf.«

»Haha«, machte er und geleitete Mitchell auf sein Zimmer, das am Ende des Ganges und nur drei Zimmer neben dem von Julia lag.

Er setzte sich in den Sessel, während Mitchell sein Zeug auspackte.

»Sie hat mir Kekse geschenkt«, berichtete er ihm mit einem Strahlen im Gesicht.

»Etwas Besseres hätte sie dir nicht mitbringen können, oder?«

»So sehe ich das auch.«

»Dann erzähl doch mal! Wie ist denn diese Julia so?«

»Hübsch, würde ich sagen. Außerdem hat sie ein ziemlich umwerfendes Lachen.«

»Ja? Es wundert mich schon, dass du überhaupt etwas anderes wahrgenommen hast als Cecilia Jones.«

»Bist du wieder lustig.« Richard sah seinen Freund ernst an.

»Nein, ehrlich. Sie scheint außergewöhnlich zu sein. Und was, wenn ich mich nun auch in sie verliebe und sie dir wegschnappe?«

»Dann bist du mal mein bester Freund gewesen.«

»Dein Ernst?« Mitchell legte den Kopf ein wenig schief und sah ihn mit großen Augen an. »Wegen einer Frau?«

»Du würdest sie mir nicht wegschnappen, da kenne ich dich zu gut.«

»Das stimmt. Aber weißt du was? Als ich eben gesagt habe: ›Was, wenn ich mich auch in sie verlieben würde …‹, da hast du das einfach so stehen lassen. Dann hab ich mich also doch nicht getäuscht, du bist wirklich Hals über Kopf in sie verknallt.«

Er zuckte verlegen die Schultern. »Na ja … Ich kenne sie doch noch gar nicht richtig. Ich kann aber schon sagen, dass sie mich ziemlich umhaut.«

»Wow, Richard. Wann warst du das letzte Mal so hin und weg von einer Frau?«

»Ist schon eine ganze Weile her.«

»Das will ich aber auch meinen. Na gut, wenn das so ist, werde ich natürlich mein Bestes geben, um dir zu helfen. Gehen wir essen mit den beiden Damen. Aber erst mal musst du raus aus diesen nassen Hausschuhen und dir was anderes anziehen. Was Lässiges. Im Anzug wirkst du viel zu seriös.«

»Okay.«

»Am besten, ich komme mal mit auf dein Zimmer, und wir werfen einen Blick in deinen Schrank.«

Er atmete erleichtert auf. Genau so hatte er sich das vorgestellt. Dass Mitchell ihm auf die Sprünge half.

Auf dem Weg durch den Gang und hoch in die dritte Etage, in der sich Richards Suite befand, pfiff sein Freund vor sich hin. »Wenn du sagst, diese Julia sei hübsch, was genau meinst du damit?«

»Hm ... Sie ist groß, größer als Cecilia, und sehr schlank. Sie ist dunkelhäutig und hat einen schicken Kurzhaarschnitt.«

»Hört sich sogar sehr hübsch an. Ich bin gespannt darauf, sie kennenzulernen.«

Ja, das konnte er sich vorstellen.

»Das wirst du schon ganz bald, und dann kannst du dir selbst ein Bild machen.«

»Versprich mir nur eins«, meinte Mitchell.

»Und was?«

»Benimm dich nicht wie ein Irrer. Sei ganz normal, ja? Sei du selbst.«

»Ich werde es versuchen«, versprach Richard, obwohl er jetzt schon wusste, dass das gar nicht so einfach sein würde.

Kapitel 25

Julia und CeCe erkundeten die Gegend. Zum Glück waren die Wege, wie Richard Banks es versprochen hatte, wirklich freigeschaufelt, und sie konnten den Wanderpfad entlangspazieren, der sie hinter dem Hotel entlang und zu einem Gipfel führte, von dem aus sie eine unbezahlbare Aussicht hatten. Der Schnee um sie herum glitzerte so, als enthielte er Diamantstaub, und der See funkelte im Glanz der letzten Sonnenstrahlen.

»Sieh mal«, sagte CeCe und zeigte nach rechts. »Da vorne ist ein weiterer Weg, ich glaube, da geht es den Berg hinunter.«

Sie verließ ihren Aussichtspunkt und stapfte ein paar Schritte durch den Schnee, um zu erkunden, wo der Weg tatsächlich hinführte. Ja, es sah so aus, als ob ihre Freundin recht hatte. »Die Tour sollten wir aber heute nicht mehr machen. Es wird bald dunkel, und wir wollten doch noch den Whirlpool austesten, oder?«

»Ja klar, aber falls wir irgendwann die Zeit finden, würde ich da wirklich mal runterlaufen wollen.«

»Das können wir gern tun. Denkst du nicht, wir werden auch mal ein paar freie Stunden haben? Oder werden die Vorträge immer den ganzen Tag lang dauern?«, wollte sie wissen.

»Das fragen wir am besten heute Abend Mr. Banks«, schlug CeCe vor und strahlte beim Erwähnen seines Namens schon wieder.

Ja, Richard Banks war gut aussehend, aber für Julias Geschmack war er viel zu seriös in seinem teuren Anzug und mit der langweiligen gescheitelten Frisur. Klar, er musste als Hotelier so rüberkommen, aber sie selbst mochte lieber lockere, sportliche Männer. Durchtrainierte Männer. Exotische Männer. Die Männer, mit denen sie bisher zusammen gewesen war, hatten alle einen Touch Außergewöhnliches gehabt. Sie dachte daran, dass Richard gesagt hatte, er würde zum Dinner seinen besten Freund mitbringen.

»Du, CeCe, wie hieß noch mal der beste Freund von Richard?«

»Mitchell, hat er gesagt.«

»Hm … und wie war noch gleich der Name des Gewürzunternehmers?«

Jetzt machte CeCe große Augen. »Verdammt, du hast recht! Mitchell Hollander! Er ist der Veranstalter des Ganzen. Ob es sich dabei um ein und denselben Mitchell handelt?«

»Das werden wir wahrscheinlich bald herausfinden. Was weißt du denn über diesen Mitchell Hollander?«

»So gut wie gar nichts.«

»Aber Richard Banks hast du doch auch gegoogelt. Bist du da nicht auf die Idee gekommen, den Veranstalter mal unter die Lupe zu nehmen?«

»Ehrlich gesagt nicht. Weißt du, Richard Banks hat sich schon in seinen E-Mails so nett angehört, dass ich einfach herausfinden wollte, wer er ist. Mit Mitchell Hollander hatte ich bisher doch nichts zu tun.«

»Schon ein bisschen komisch, dass der Hotelinhaber

dich angeschrieben hat und nicht der Veranstalter, oder?«, überlegte sie.

CeCe zuckte nur die Schultern.

»Und? Bist du jetzt erleichtert, dass Richard Banks doch kein alter, reicher Sack ist?«, fragte Julia schmunzelnd.

»Irgendwie schon, ja«, gestand ihre Freundin.

»Ist nicht zu übersehen. Es scheint richtig zwischen euch zu funken.«

»Findest du? Ich weiß nur, dass ich mich total dämlich aufgeführt habe.«

»Sag ich doch.« Julia lachte.

»Na, freut mich, dass du das alles so lustig findest. Vielleicht sollte ich Mitchell Hollander beim Abendessen mal davon erzählen, wie du dich mit sechzehn beim Pinkeln in einen Ameisenhaufen gesetzt hast und dein ganzer Hintern voller roter Bisse war.«

»Wehe, du wagst es! Dann erzähle ich Richard Banks, dass du schon in ihn verknallt warst, als du noch dachtest, er wäre fünfundachtzig.«

»Hey!«, schrie CeCe und boxte ihr gegen die Schulter.

»Aua!«, jammerte Julia, musste aber lachen, da CeCe so leicht zu durchschauen war. Sie war wirklich gespannt, was zwischen ihrer Freundin und dem Hotelinhaber in der kommenden Woche noch alles passieren würde. Einen guten Start hatten sie ja schon mal gehabt. Auf jeden Fall war nicht zu übersehen, dass sie einander mochten. Sie hoffte nur, die beiden erkannten es auch.

Sie gingen zurück zum Hotel, das jetzt unter den rosa Wolken noch hübscher aussah. Die Fensterrahmen des dreistöckigen weißen Gebäudes waren blau gestrichen, Julia schätzte, dass es mindestens fünfzig Zimmer gab.

»Und das gesamte Resort ist wirklich während des

Seminars geschlossen?«, fragte sie CeCe, die darüber genauer Bescheid wusste.

»Für gewöhnliche Gäste, ja. Das hat mir Mr. Banks erzählt. Aber es reisen wohl ganz schön viele Leute zum Seminar an: die Teilnehmer und ihre Begleitpersonen, die Leute von dem Gewürzunternehmen, dann noch einige Chefköche und Restaurantleiter und Großhändler aus der Gegend, wenn ich das richtig verstanden habe. Das Hotel wird bestimmt trotzdem ziemlich voll sein.«

»Ja, wahrscheinlich. Aber heute ist außer uns noch kaum jemand da.« Sie sah auf den leeren Parkplatz, auf dem nur acht Autos standen, darunter ein schwarzer Toyota, der vorhin noch nicht da gewesen war.

»Die kommen entweder noch heute Abend oder eben erst morgen an«, schätzte CeCe.

»Ja, so wird es wohl sein. Das heißt dann, dass wir den Whirlpool ganz für uns haben?«, wurde ihr schlagartig bewusst.

»Cool!«, rief CeCe und rannte in Richtung Eingang. Julia folgte ihr, und sie liefen um die Wette. Sie überholte ihre Freundin, was an ihren langen Beinen liegen mochte, und rief: »Erster!«, als sie die Lobby erreichte. CeCe traf drei Sekunden nach ihr ein, und Victor an der Rezeption schmunzelte.

»Hatten Sie einen angenehmen Ausflug?«, fragte er mit seiner monotonen Stimme, aber mit einem Lächeln auf den Lippen.

»Ja, wir hatten viel Spaß«, japste CeCe.

»Es ist wunderschön da draußen«, sagte Julia.

»Und jetzt genehmigen wir uns ein Bad im Whirlpool.«

»Das klingt großartig. Darf ich Ihnen eine Flasche Champagner zum Pool bringen lassen?«, fragte Victor.

301

CeCe und Julia sahen einander an und nickten dann. »Ja, gerne«, riefen sie und machten sich auf in ihre Zimmer, um sich die Bikinis und die Bademäntel anzuziehen.

»Oh mein Gott, das ist der Speisesaal?«, fragte Julia, als sie diesen zusammen mit CeCe um kurz vor sieben betrat. Ehrfürchtig blickte sie sich um. Es gab mindestens dreißig Tische, alles war im eleganten Zwanzigerjahre-Stil gehalten, an den Wänden waren silbern eingerahmte Schwarz-Weiß-Bilder von Flappergirls in Fransenkleidern und mit Federboas zu sehen. Von der Decke hingen Kronleuchter, auf den Tischen mit den cremefarbenen Decken standen frische rote Blumen, und alles war mit feinstem Porzellan und silbernem Besteck eingedeckt.

CeCe sah nicht weniger erstaunt aus. »Das habe ich auch nicht erwartet.«

Sie sahen sich um und wussten nicht so recht, wo sie hingehen sollten oder ob sie sich schon setzen durften. Dann kam eine ältere Empfangsdame mit einem strengen Dutt auf sie zu und lächelte sie an.

»Ihr Name, bitte?«

»Jones und Freeman«, antwortete CeCe.

»Ah ja, natürlich. Folgen Sie mir bitte.«

Julia überlegte. Warum hatte die Frau überhaupt nach ihren Namen gefragt? Wenn sie es richtig erfasst hatte, waren sie die einzigen weiblichen Gäste im ganzen Hotel. In den letzten Stunden waren noch ein paar weitere Autos vorgefahren, und sie entdeckte ein paar Männer, die an Tischen saßen und aßen. Aber das Restaurant war sonst so gut wie leer.

Die Empfangsdame führte sie zu einem Tisch und reichte ihnen die Tageskarte.

Julia sah CeCe an und grinste. »Na, dann wollen wir mal dinieren«, wiederholte sie die Worte von Richard Banks, die er offenbar zu ihrer Freundin am Telefon gesagt hatte. »Mal sehen, was es heute Leckeres gibt.«

Sie schlug die Karte auf. Es gab jeweils zwei Gerichte bei der Vorspeise, beim Hauptgericht und beim Dessert zur Auswahl. Zur Vorspeise konnten sie zwischen Petersiliencremesuppe und Hokkaido-Salat wählen, zur Hauptspeise zwischen Steinpilzrisotto mit Pangasiusfilet und einer vegetarischen Lasagne. Zur Nachspeise zwischen einem warmen Schokoladen-Lava-Küchlein und … Ach, das andere war doch vollkommen egal. Wer brauchte denn eine Alternative zu einem warmen Schokoladen-Lava-Küchlein?

»Oh mein Gott, hört sich das gut an«, sagte sie.

»Hast du gesehen, was es als Dessert gibt?«, fragte CeCe, und Julia wollte gerade antworten, als sie die Anwesenheit zweier Männer bemerkte, die an ihren Tisch getreten waren.

»Guten Abend, meine Damen«, sagte Richard Banks, der diesmal keinen Anzug trug, sondern eine schwarze Stoffhose und einen hellblauen Pullover, der ihm ausgezeichnet stand. Sie schielte zu CeCe rüber, der man deutlich ansah, wie nett sie ihn fand. Und dann sah sie zu Richards Begleitung, seinem Freund Mitchell, der … Ooooh, war sie gestorben und im Himmel? War er einer Mister-America-Wahl entsprungen? Wer war dieser Mann, der sie jetzt anlächelte und erröten ließ?

Verdammt! Vorhin hatte sie sich noch über CeCes und Richards Verhalten lustig gemacht, und nun passierte ihr das Gleiche.

Doch sie würde sich nicht blamieren! Stattdessen lächelte sie zurück und versuchte, sich nicht anmerken zu lassen, dass dieser Mann ihr gerade den Atem raubte. Er war wirklich ausgesprochen heiß, groß und gut durchtrainiert. Und er hatte einen asiatischen Touch, was sie sehr sexy fand.

»Guten Abend, Mr. Banks«, erwiderte CeCe, die sich nun auch viel souveräner gab als noch am Nachmittag. Sie sah Richard Banks sogar ins Gesicht und schenkte ihm ein Lächeln, ohne dass sie dabei wie eine Tomate aussah.

Der Hotelier schien ebenfalls lockerer zu sein, vielleicht bewirkte das die Anwesenheit seines Freundes, der sich sogleich als Mitchell Hollander, Veranstalter des Gewürzseminars, vorstellte.

Hatten sie also doch recht gehabt! Bei Richards bestem Freund Mitchell handelte es sich tatsächlich um den Geschäftsführer der Century Spice Corporation. Die leitende Position machte ihn gleich noch ein bisschen attraktiver, auch wenn es Julia eigentlich egal war, was ein Mann beruflich machte. Die Hauptsache war, dass er es mit Leidenschaft tat und dass er sein eigenes Geld verdiente.

Jackson war Leiter einer Target-Filiale in San Francisco gewesen. Aber an ihn wollte sie gerade wirklich nicht denken.

Die Männer setzten sich ihnen gegenüber, und Richard Banks fragte: »Hatten Sie einen schönen Nachmittag?«

»Einen sehr schönen sogar«, antwortete CeCe. »Wir waren ein bisschen spazieren. Die Gegend ist wirklich atemberaubend.«

»Ja, ich bin auch sehr glücklich, ein Hotel an diesem wunderbaren Ort zu haben.«

»Eine sehr gute Idee, das Seminar hier zu veranstalten, Mr. Hollander«, sagte Julia zu ihrem Tischnachbarn.

»Oh, bitte nennen Sie mich doch Mitchell. Mein Dad ist Mr. Hollander, ich bin einfach nur …« Er machte eine Pause und sah ihr in die Augen.

»Mitchell?«, fragte sie und hielt dem Blick stand.

»Genau.« Er lächelte und zeigte ihr erneut seine weißen Zähne, die ihn wohl einen Mister-Teeth-Wettbewerb hätten gewinnen lassen.

»Oh ja, natürlich«, meldete sich nun auch Mr. Banks zu Wort. »Lassen wir doch die Förmlichkeiten, wenn es allen recht ist. Das gefällt mir auch viel besser. Ich bin Richard.«

»Sehr erfreut, Richard«, sagte ihre Freundin. »Mich dürft ihr gerne CeCe nennen. Das machen all meine Freunde, und irgendwie habe ich das Gefühl, als wenn wir uns im Lauf der Woche alle sehr gut anfreunden würden.«

Julia sah, wie Richards Augen aufleuchteten. Er strahlte richtig, als hätte CeCe seinen Heiratsantrag angenommen oder so. Oh, diese beiden … Sie musste schmunzeln.

»Ich bin übrigens Julia«, sagte sie dann auch noch, obwohl sie nicht glaubte, dass es jemanden interessierte, zumindest Richard nicht, der doch nur Augen für die andere Frau am Tisch hatte.

»Julia. Und du bist CeCes Assistentin, Julia?«

Wenn Mitchell ihren Namen aussprach, wurde ihr heiß und kalt gleichzeitig. Verdammt, war der Kerl sexy!

»Ja, genau.« Jetzt musste sie unbedingt einen kühlen Kopf bewahren, um ihren kleinen Schwindel nicht auffliegen zu lassen.

»Ihr arbeitet schon lange zusammen?«, fragte Richard, wobei er aber ausschließlich CeCe ansah.

»Ähm … ja«, antwortete die. »Viel länger sind wir aber schon befreundet. Julia und ich kennen uns seit unserer Jugend und sind gemeinsam aufgewachsen.«

»Dann geht es euch wie uns«, sagte Mitchell. »Richard und ich sind zusammen auf dem Internat gewesen.«

Internat. Oh. Sie scheinen beide aus reichem Elternhaus zu kommen, dachte Julia.

»Ach, die alten Zeiten«, lachte Richard, doch Julia bekam ganz genau mit, wie er seinem Freund einen warnenden Blick zuwarf. Anscheinend sollte Mitchell den Mund halten und keine peinlichen Anekdoten ausplaudern. Oder Richard wollte nicht, dass er überhaupt irgendetwas aus seiner Vergangenheit erzählte. Sie konnte den Mann noch nicht so richtig einschätzen. Mitchell dagegen war wie ein offenes Buch, er schien total gelassen und mit sich selbst im Einklang zu sein.

Der Kellner kam jetzt an den Tisch und begrüßte sie. Er fragte, ob sie sich bereits für eine Vorspeise entschieden hätten. Sie alle nahmen den Hokkaido-Salat, außer Richard, der die Nase rümpfte und die Suppe wählte. Zu ihrer Überraschung bestellte er eine Flasche Champagner. Da CeCe und sie bereits im Whirlpool eine Flasche geteilt hatten, war sie sich nicht sicher, ob sie noch mehr trinken sollten, sie mussten schließlich morgen fit und munter sein. Andererseits … ein Gläschen konnte nicht schaden, oder?

»Magst du keinen Kürbis, Richard?«, fragte sie, nachdem der Kellner davongegangen war.

Mitchell lachte. »Mein Kumpel hier *hasst* Kürbis. Schon immer. Ja, er hat sogar richtig Angst vor den Dingern. Ratet mal, welcher Feiertag ganz bestimmt nicht sein liebster ist!«

Sie alle lachten nun, und Richard sah Mitchell böse an. »Danke, mein Freund.«

»Du magst wirklich keine Kürbisse?«, fragte CeCe.

Er schüttelte den Kopf. »Die konnte ich noch nie ausstehen, nein.«

»Dann darfst du auf keinen Fall jemals CeCes Grandma Angie kennenlernen. Die würde es persönlich nehmen und dich verfluchen«, scherzte Julia.

»Ach ja?«, fragte Mitchell. »Ist sie so eine begeisterte Kürbis-Anhängerin?«

»Angie ist verrückt nach Kürbissen«, erzählte CeCe. »Sie hat das ganze Jahr über eine Kürbis-Dekoration vor dem Haus stehen. Außerdem kocht sie ständig was mit Kürbis. Sie ist Veganerin.«

»Oh, veganes Essen kann äußerst lecker sein«, meinte Mitchell. »Einer meiner Freunde besitzt ein veganes Restaurant in Fresno.«

Der Kellner kam mit dem Champagner und schenkte ihnen ein.

»Wollen wir anstoßen?«, fragte Richard, und sie alle hielten ihre Gläser in die Höhe und ließen diese aneinander klirren. »Auf eine wunderbare Woche!«

»Auf eine wunderbare Woche!«

»Kommst du daher? Aus Fresno?«, erkundigte sich Julia dann bei Mitchell.

Er nickte. »Ja, geboren und aufgewachsen. Und du? Wenn ich fragen darf?«

Noch vor einigen Jahren war dies eine Frage gewesen, auf die sie nicht hätte antworten wollen. Doch jetzt war sie darüber hinweg und sagte ohne Wehmut: »Ich bin in Philadelphia geboren.«

»Oh, die Stadt der brüderlichen Liebe«, meinte Mitchell.

CeCe begann zu kichern, sie hatte eindeutig schon zu viel Alkohol intus. Julia wusste, dass ihre Freundin kaum etwas vertrug, sie musste sie unbedingt davon abhalten, noch mehr zu trinken. Nicht, dass sie morgen bereute, heute irgendetwas Dummes gesagt oder getan zu haben.

»Ich lebe aber schon seit vielen Jahren in Kalifornien und möchte hier auch nicht mehr weg«, sagte sie.

»Kann ich gut verstehen.«

»Wo kommst du her, Richard?«, fragte CeCe den Hotelier.

»Ich bin in Los Angeles aufgewachsen, genauer gesagt in Bel Air.«

»Oooh, bei den Reichen und Schönen!«, entfuhr es CeCe, und gleich darauf: »Hast du mal den Prinzen von Bel Air getroffen?«

Julia stieß ihrer Freundin gegen das Schienbein, damit sie aufhörte, so albernes Zeug zu reden.

Richard runzelte die Stirn. »Ist das eine echte Person?«

Mitchell lachte und klärte ihn auf. »Das war ein Witz. *Der Prinz von Bel Air* ist eine Serie mit dem jungen Will Smith.«

»Ach sooo!« Jetzt lachte auch Richard. »Entschuldige bitte, ich habe nie viel ferngesehen.«

»Aber mich hast du im Fernsehen gesehen«, sagte CeCe und errötete ganz heftig.

»Ja. Und das war das Beste, das ich seit Langem gesehen habe«, erwiderte Richard.

»Oh Gott, seid ihr schmalzig. Sind wir hier in einem alten Hollywoodfilm, oder was?«, fragte Mitchell und kratzte sich am Unterarm. Als er sein Shirt hochzog, erkannte Julia ein Tattoo. War das etwa … ein Kreuz? Ihr Herz schlug schneller. Er hatte sich Jesu Kreuz auf den Unterarm tätowieren lassen. Dann zog er den Ärmel schon wieder herunter, als wäre nie etwas geschehen und als hätte er sich nicht gerade als der himmlischste Mann entpuppt, den Julia je getroffen hatte.

Richard und CeCe schmachteten sich verlegen an, die Vorspeise kam, und Julia konnte nicht aufhören, sich vorzustellen, Mitchell das Shirt auszuziehen, um zu sehen, was sich darunter noch alles verbarg.

»Darf ich dich etwas fragen, Julia?«, hörte sie ihn dann sagen und sah ihm ins Gesicht.

»Ja, natürlich.«

»Wo hast du deine Wurzeln? Ich hoffe, die Frage ist nicht zu persönlich, ich interessiere mich einfach sehr für Stammbäume.«

»Mein Vater war Afroamerikaner«, antwortete sie ihm ohne Bedenken.

»Ach, tatsächlich? Ich hätte eher etwas Südamerikanisches vermutet. Brasilianische Wurzeln vielleicht.«

»Nein.« Sie schüttelte lächelnd den Kopf. »Dafür ist CeCe hier zuständig. Ihre Mutter stammte aus ...« Bevor sie antworten konnte, hatte sie CeCes spitzen Ellenbogen in der Seite und musste sich verkneifen, laut aufzuschreien.

Shit! Sie hatte vergessen, dass ihre Freundin sie darum gebeten hatte, weder die Herkunft ihrer Mutter noch die der Vanille zu erwähnen. Sie wollte nicht, dass ihr Geheimnis, woher diese besondere Vanillesorte stammte, herauskam.

Doch jetzt konnte CeCe sich kaum noch retten. Dank ihr. Sie hatte ein ganz schlechtes Gewissen.

»Meine Mutter kommt von südlich der Grenze«, gab CeCe dann selbst preis. Das konnte alles Mögliche bedeuten. Puh, noch mal Schwein gehabt. Es sei denn, einer der Herren würde jetzt nach Details fragen. Bevor das aber passieren konnte, sagte sie: »Der Kürbissalat ist ja unglaublich! Ich bin noch nie auf den Gedanken gekommen, Kürbis in den Salat zu tun.«

Richard verzog wieder das Gesicht, wandte sich dann aber erneut an ihre Freundin. »CeCe, erzähl uns doch ...«

Schnell fiel Julia ihm ins Wort: »Mitchell, wo hast du deine Wurzeln? Oh, entschuldige bitte, Richard.«

»Kein Problem«, winkte er ab.

»Die Eltern meiner Mutter stammen ursprünglich von den Philippinen, sie ist aber hier in Kalifornien geboren.«

»Oh, das hört sich spannend an. Warst du mal dort?«

»Ja, einige Male als Kind und dann als Jugendlicher in den Sommerferien. Ich war nun aber schon eine ganze Weile nicht mehr auf den Philippinen, muss ich gestehen. Ich bin mit der Firma so eingespannt und ständig innerhalb der USA auf Reisen, dass ich kaum Zeit für etwas anderes finde.«

Auch nicht für die Liebe?, hätte sie am liebsten gefragt, hielt aber ihren Mund. Und nun kam auch Richard wieder zu Wort.

»Oje. Ich fühle mich richtig ausgeschlossen bei so viel Exotik hier am Tisch.«

»Kam dein Grandpa Gerard nicht aus Irland?«, fragte Mitchell nach.

»Ja, stimmt. Zählt das?« Er sah sich fragend in der Runde um.

»Aber klar«, meinte CeCe, und auch Mitchell und sie stimmten zu.

»Und jetzt, CeCe, möchte ich unbedingt noch mehr über deine Grandma hören«, sagte Richard. »Sie hört sich wirklich außergewöhnlich an.« Er legte den Löffel in den leeren Suppenteller, stützte das Kinn auf die Hand und sah CeCe fasziniert an.

Ihre Freundin grinste. »Ja, also, meine Grandma Angie, die übrigens richtig böse wird, wenn ich sie Grandma nenne, wohnt nun seit gut fünfundzwanzig Jahren in Sausalito. Sie ist ein richtiger Alt-Hippie, und hatte ich erwähnt, dass sie Künstlerin ist? Das, was sie zeichnet, dürfte dir allerdings gar nicht gefallen …«

Julia beobachtete Richard, und sie war sich sicher, dass er gerade sogar Kürbis gegessen hätte, wenn CeCe ihn damit gefüttert hätte. So verliebt sah er sie an. Konnte das wirklich möglich sein? Konnte man sich so schnell ineinander verlieben? Immerhin hatten sich die beiden heute zum ersten Mal persönlich getroffen. Doch Richards Blick sagte mehr als tausend Worte, und CeCe schien es genauso zu ergehen. Julia freute sich richtig für ihre Freundin, sie hatte ein wenig Glück wahrlich verdient.

Sie spürte Mitchells Blick auf ihren Haaren und sah ihn an.

»Hübsche Frisur«, flüsterte er, um CeCe nicht zu unterbrechen, und sah ihr dabei tief in die Augen.

»Danke«, erwiderte sie, fasste sich an die Haarspitzen und war richtig froh, sich zu dieser Entscheidung durchgerungen zu haben.

Kapitel 26

»Guten Morgen! Bist du so weit?«, fragte Julia, die an ihre Tür geklopft hatte und sie nun freudig anstrahlte.

CeCe lächelte. »Ja, das bin ich.« Sie war so was von bereit, nicht nur für den ersten Seminartag, sondern vor allem dafür, Richard wiederzusehen.

Der Abend war wundervoll verlaufen. Sie hatte Kürbissalat, Lasagne und unfassbar leckeren warmen Schokokuchen mit einem flüssigen Kern gegessen, sie hatte Geschichten von ihrer Grandma erzählt, mit denen sie alle zum Lachen gebracht hatte, sie hatte mit Richard Banks, der ihr von Minute zu Minute interessanter vorgekommen war, intensive Blicke gewechselt... Wie glücklich sie war, dass er doch nicht derjenige war, für den sie ihn eine Zeit lang gehalten hatte. Er war jung, gar nicht viel älter als sie, Anfang, Mitte dreißig vielleicht, und er war so unglaublich liebenswürdig, dass sie ihn zum Abschied gestern Abend am liebsten umarmt hätte. Natürlich hatte sie das sein lassen, da die Seminartage seriös abgehen mussten, aber als sie später in ihrem Bett gelegen hatte, hatte sie noch lange an ihn denken müssen.

Sie gingen nun hinunter, wieder in den großen Speisesaal, wo das Frühstück serviert wurde. Während am Abend noch rote Blumen die Tische geziert hatten, waren es jetzt kleine

Töpfe mit gemischten gelben und weißen Blümchen. Sie fand es sehr geschmackvoll und eine gute Idee, dass die Deko den Tageszeiten angepasst wurde, und sie fragte sich, ob wohl Richard dafür verantwortlich war.

Diesmal wurden sie von einem jungen Mann zu ihrem Tisch geführt. Es wurde ihnen in Windeseile eine Kanne Kaffee, ein Korb voll Brötchen, ein Teller Aufschnitt, ein Schälchen Rührei, ein Teller Pancakes und eine kleine Obstplatte gebracht.

»Wow!«, staunte Julia. »Wenn wir jeden Morgen so in den Tag starten, kann die Zeit hier doch nur gut werden, oder?«

»Auf jeden Fall. Das sieht klasse aus!«

Sie luden sich die Teller voll und ließen es sich schmecken, begutachteten die anderen Leute im Restaurant, das heute sogar ziemlich voll war, und überlegten, wer von ihnen ein Seminarteilnehmer sein könnte.

»Der da sieht aus wie der Kerl auf dieser Jalapeño-Saucenflasche«, meinte Julia. »Die hab ich im Laden, und nur ganz mutige Kunden wagen sich daran.«

»Der mit dem gezwirbelten schwarzen Schnurrbart?«, fragte CeCe, und ihre Freundin nickte. Sie musste lachen. »Du hast recht, der sieht haargenau so aus! Vielleicht hat er ja sogar Modell gestanden für die Flasche.«

Als der Mann zu ihnen herübersah, widmeten sie sich schnell wieder ihrem Frühstück, mussten aber kichern. CeCe hoffte, er ahnte nicht, dass sie wild über ihn spekulierten.

»Und der da!«, meinte sie dann und deutete unmerklich auf einen dicklichen Mann am anderen Ende des Saals, der mit einer ebenfalls dicklichen Dame beisammensaß und sich angeregt unterhielt. »Der sieht aus wie der aus der

Vanilleeis-Werbung. Du kennst die, oder? Wo der Mann erst an einer Vanilleschote riecht, dann eine große Kugel Vanilleeis formt, sie auf eine Eiswaffel gibt und in die Kamera hält.«

»Die kenne ich! Und wow, du hast recht! Er sieht ihm tatsächlich sehr ähnlich. Du meine Güte, wir sind hier von lauter Prominenten umgeben!«, scherzte ihre Freundin.

»Ja. Nur wir beide sind Nobodys.«

»Nun hör aber auf! Du bist Cecilia Jones, die Vanilleflüsterin, und ich bin deine Assistentin! Wir sind wohl die Berühmtesten von allen.«

»Entschuldigen Sie bitte«, sagte ein Mann vom Nebentisch und lehnte sich zu ihnen. »Hab ich das gerade richtig vernommen? Sie sind die Vanilleflüsterin aus dem Fernsehen?«

CeCe nickte. Es war ihr schon ein wenig unangenehm, so laut geredet zu haben, dass sogar die Leute am Nebentisch es mitbekommen hatten.

»Ich habe die Sendung gesehen und bin äußerst interessiert an Ihrer Vanille. Ich freue mich sehr auf Ihren Vortrag, darf ich fragen, an welchem Tag Sie ihn halten?«

»Am Freitag«, antwortete sie. Richard hatte ihr den Plan gestern Abend noch geschickt, und sie hatte ihm ihre Menüfolge zurückgemailt mit allen Zutaten, die sie dafür brauchen würde.

»Dann muss ich mich wohl noch ein wenig gedulden«, sagte der Mann. »Ich bin übrigens Martin Snider, Küchenchef im Holiday in San José und immer auf der Suche nach neuen, außergewöhnlichen Zutaten.«

Sie schüttelte ihm die Hand, und er lud sie gleich ein, im Holiday vorbeizuschauen, falls sie mal nach San José kommen sollte.

Sie bedankte sich, der Mann widmete sich wieder seinen Tischnachbarn, und CeCe grinste Julia an. »Das war irgendwie verrückt, oder?«, flüsterte sie.

»Was? Dass er dich in sein Restaurant eingeladen hat?«

»Nein, dass er wusste, wer ich bin.«

»Du bist halt berühmt, sag ich doch.« Julia grinste zurück.

Es war ein ausgelassenes Frühstück, CeCe war sich sicher, es konnte nur ein toller Tag werden. Leider war Richard beim Frühstück nicht anwesend, aber Mitchell betrat wenig später den Raum und kam auf ihren Tisch zu, als er sie entdeckte.

»Guten Morgen, Ladys«, sagte er lächelnd. Julia hatte ihr am Abend, als sie auf ihre Zimmer gegangen waren, gestanden, dass sie ihn äußerst anziehend fand. Und ja, da war sie mit ihrer Freundin einer Meinung. Er war zwar ein ganz anderer Typ als Richard und wahrscheinlich niemand, in den sie sich verliebt hätte, aber zu Julia passte er ausgesprochen gut. Sie hatte schon immer eine Vorliebe für markante Männer gehabt, für muskulöse, für welche, die einem Hollywoodfilm oder wenigstens einer Zahnpasta-Werbung entsprungen sein könnten. Nur leider war diese Art von Männern nicht immer die treueste, sie wussten einfach, wie gut sie aussahen, und nutzten all ihre Möglichkeiten. Jackson war auch einer von ihnen gewesen und Louis ebenso.

»Guten Morgen, Mitchell«, sagte Julia, deren Wangen sich rosa färbten. »Hast du gut geschlafen?«

»Sehr gut, danke. Ich war auch schon eine Runde joggen.«

CeCe starrte ihn mit offenem Mund an. »Im Schnee?«

Er lachte. »Ja, es macht Spaß, durch die Schneeschichten zu laufen, ein wenig Widerstand ist gar nicht schlecht.«

»Bitte frag uns nicht, ob wir dich morgen früh begleiten wollen«, sagte sie.

»Nein, nein, keine Sorge. Ihr habt genug um die Ohren. Ich habe mir übrigens von Richard die Menüs geben lassen. Deins hört sich in meinen Ohren am besten an, kann ich ehrlich sagen.«

»Oh, danke, das freut mich.«

Mitchell sah sich nun auf dem Tisch um, auf dem kaum etwas übrig war.

»Ihr hattet aber großen Appetit heute Morgen, was?«, sagte er und musste schmunzeln.

»Die Bergluft macht halt hungrig«, gab CeCe zurück, und sie merkte wieder, wie Mitchell Julia musterte. Er hatte eindeutiges Interesse an ihr, das war nicht zu übersehen. Julia strahlte ihn an, und er strahlte zurück.

Der Kellner kam, fragte Mitchell, wie er seine Eier gern hätte, und brachte mit dem Frühstück wenig später auch eine weitere Kanne Kaffee, von der CeCe sich gleich nachschenkte. Das würde ihr hoffentlich helfen, den Tag über hellwach zu bleiben, sie hatte viel zu wenig geschlafen.

»Ja, so geht es mir auch immer, wenn ich Richard hier besuchen komme«, sagte Mitchell.

»Du kommst oft her?«, erkundigte sich Julia.

»So oft es mir möglich ist. Ich finde es wichtig, Freundschaften zu pflegen.«

CeCe konnte die vielen Sternchen in den Augen ihrer Freundin sehen, die wieder einmal hin und weg war.

Sie hoffte nur, dieser Mann würde sie nicht auch wieder nur enttäuschen. Noch einmal würde sie sich das nicht mit ansehen. Julia wusste es nicht, aber nachdem Jackson sie für Hailey verlassen hatte, nachdem er sie schon wochenlang mit ihr betrogen hatte, war sie zu ihm gegangen und hatte ihn niedergemacht, ihn gefragt, wie er Julia nur so etwas hatte antun können. Leider war der Idiot nicht sehr einsichtig, soweit sie wusste, hatte er sich bis heute nicht richtig bei ihrer Freundin entschuldigt.

»Du sagtest gestern, du reist viel«, wandte sie sich nun an Mitchell. »Nimmst du deine Freundin da manchmal mit?« Sie musste es einfach fragen, musste wissen, ob Julia sich Hoffnungen machen konnte. Diese fand das gar nicht lustig und kickte ihr wieder mal ans Schienbein, so, wie sie es gestern schon getan hatte, als CeCe dummes Zeug geredet hatte. Sie sollte das vielleicht lieber sein lassen, oder sie wäre am Ende der Woche von blauen Flecken übersät.

»Oh, äh … nein, die kommt auf Geschäftsreisen für gewöhnlich nicht mit«, sagte er, und CeCe hätte ihm eine reinhauen können. Er hatte doch gestern so mit Julia geflirtet, und auch die Art, wie er sie heute angesehen hatte … da hatte man wirklich glauben können, er würde sich mehr wünschen! Sie hatte es geglaubt, und sie wusste, Julia war es ebenso ergangen. Und nun stellte sich heraus, dass er auch nur einer von diesen Mistkerlen war, wie die meisten Männer, die sie kannte.

Julias Lächeln verschwand, das Glitzern in ihren Augen erlosch. Sie blieb noch etwa zwei Minuten wortlos am Tisch sitzen, erhob sich dann und fragte sie, ob sie sich langsam aufmachen wollten.

»Ja, wir sollten wirklich los. Wir sehen uns später, Mitchell? Beim Muskat-Vortrag?«, fragte sie höflich, weil er immerhin der Veranstalter des Seminars und ein potenzieller Großkunde war.

»Ja, natürlich. Bis später.«

Ihr entging nicht, wie er Julia ansah – voller Bedauern und mit einer Entschuldigung in den Augen.

Doch Julia ging schnell davon, CeCe musste fast rennen, um sie einzuholen. Tröstend legte sie ihrer Freundin einen Arm um die Schultern. »Sei froh, dass du von Anfang an weißt, dass er vergeben ist. Du willst dich doch nicht mit einem Mann einlassen, der in einer Beziehung steckt, oder? Du willst doch nicht so sein wie Hailey.«

Julia blieb stehen und starrte sie an. »Natürlich nicht! Ich hatte nur das Gefühl, es wäre etwas zwischen uns. Ich dachte, das Glück wäre endlich auch mal wieder auf meiner Seite.«

Ja, das hatte CeCe auch gedacht. Und sie wusste, dass sie sich nicht täuschte. Da war etwas zwischen den beiden gewesen. Nur waren die äußeren Umstände leider nicht immer die passenden, manchmal sollte es einfach nicht sein. Sie wünschte nur, Mitchell hätte bereits am Abend zuvor von seiner Freundin erzählt, so, wie Richard beim Digestif wie nebenbei erwähnt hatte, dass er keine hatte.

»Nicht traurig sein, ja?«, bat sie Julia nun.

Die versuchte zu lächeln. »Nein, schon gut. Ich tue das, wofür ich hier bin: Ich spiele deine Assistentin. Es war sowieso dumm von mir zu glauben, dass jemand wie er jemanden wie mich…«

Oh nein, jetzt fing Julia wieder an, sich an ihre Zeit im Ghetto zu erinnern…

»Hör sofort auf! Du bist eine großartige, einfühlsame, aufrichtige, wunderschöne Frau, und jeder Mann könnte sich glücklich schätzen, dich zu bekommen. Ich will so was nie wieder hören, verstanden?« Streng sah sie ihre Freundin an, die heute in ihrem beigen Wollkleid und den kniehohen Stiefeln wirklich wunderschön aussah.

Julias Mund verzog sich zum Glück wieder zu einem Lächeln. »Okay, okay, ich bin schon still. Ich bin großartig, und jeder Mann könnte froh sein, mich zu bekommen«, wiederholte sie.

»Ganz genau. Und ich will nie wieder etwas anderes hören.«

»Du solltest Motivationscoach werden.«

»Ach, nein, danke. Ich bleib lieber bei meiner Vanille«, sagte CeCe und glaubte, Richard durch die Lobby huschen zu sehen. Heute war der erste Seminartag, er war sicher schwer beschäftigt. Doch schon jetzt brachte der Gedanke, ihn bald wiederzusehen, ein paar Schmetterlinge mit, die sich in ihrem Bauch ausbreiteten und da sicher so schnell nicht wieder verschwinden würden.

Eine Stunde später begaben sie sich zu dem großen Konferenzraum, in dem das heutige Seminar über die Muskatnuss stattfinden sollte. CeCe und Julia hatten Plätze in der zweiten Reihe, von wo aus sie einen wunderbaren Blick auf Richard hatten, der natürlich ganz vorne saß, neben Mitchell und einigen anderen wichtig aussehenden Menschen. CeCe zählte die Frauen im Raum, es waren genau acht, und die meisten schienen Assistentinnen zu sein. Die etwas Fülligere, die neben dem Typen aus der Eiswerbung saß, war vielleicht seine Ehefrau. Und die streng gekleidete Dame in der ersten Reihe hatte sicher eine ganz hohe Position bei Mitchell in der Gewürzfabrik.

CeCe konnte nicht aufhören, Mitchell anzusehen, den sie wirklich anders eingeschätzt hatte, und auch Richard, mit dem sie heute gerne wieder dinieren würde. Sie hoffte auf eine weitere Einladung, doch zuerst einmal wollte sie sich auf den Vormittag konzentrieren. Sie war gespannt, was der erste Seminarteilnehmer geplant hatte.

Als alle Plätze besetzt waren, schloss eine junge Frau, die

319

neben der Tür stand, diese, und Richard erhob sich und begab sich nach vorn ans Pult. Er lächelte freundlich und sagte: »Guten Morgen, verehrte Gäste, ich freue mich sehr, Sie bei uns im Heavenly Resort begrüßen zu dürfen. Mit Begeisterung darf ich Ihnen verkünden, dass eine grandiose Woche voller interessanter Vorträge und köstlicher Speisen vor Ihnen liegt. Mary verteilt gleich noch das Programm, ich möchte Ihnen aber dennoch schon mal erzählen, was in den nächsten Tagen alles anliegt. Heute, an unserem ersten Seminartag, werden wir uns ganz der Muskatnuss widmen. Wir haben Hannibal Ross eingeladen, einen Muskatfarmer aus San Bernardino, der uns einige bedeutende Details über das Gewürz erzählen wird, das er seit dreißig Jahren mit Liebe und Leidenschaft anbaut.« Er deutete auf einen Herrn um die sechzig am Rande der ersten Reihe, der die Hand hob, strahlte und allen zuwinkte. Ein kurzer Applaus, dann fuhr Richard fort. »Nach dem Vortrag am Vormittag werden wir uns gegen ein Uhr ein kleines Mittagessen im Restaurant gönnen. Danach versammeln wir uns wieder hier, und es geht weiter mit einer Dia-Show und einer Kostprobe. Darauf folgt eine zweistündige Pause, in der Sie sich ein wenig ausruhen, einen Spaziergang machen oder dem Spa oder dem Fitnessraum einen Besuch abstatten können, und um neunzehn Uhr findet dann das erste große Dinner im Speisesaal statt, das von Mister Ross zusammengestellt wurde. Nur die besten Köche Kaliforniens werden sich um die Zubereitung kümmern, und alle drei Gänge werden selbstverständlich Muskat beinhalten. So können Sie neue, spannende Kreationen entdecken und sich überzeugen lassen, dass die Muskatnuss sowohl mit herzhaften als auch süßen Speisen ausgezeichnet harmoniert.« Richard lächelte nun wieder und sah in die zweite Reihe. CeCe merkte, wie ihr Herz schneller pochte. »Dieser Ablauf wird sich an jedem Tag der Woche wiederholen. Morgen wird Frank Hoover aus Vista uns seine Fenchelsamen vorstellen. Am Mittwoch bringt uns Peter Whittaker aus Anaheim seinen speziellen Pfeffer ein wenig näher. Am Donnerstag dreht sich dann alles um die Kurkuma, die von José Lopez aus Riverside vorgestellt wird. Und zu guter Letzt wird uns Cecilia Jones aus dem Napa Valley ihre einzigartige Vanille präsentieren.«

Sie spürte die Blicke aller Anwesenden auf sich. Erst jetzt fiel anscheinend einigen von ihnen auf, dass sie die einzige weibliche Teilnehmerin war, und plötzlich fragte sie sich, ob das wohl Zufall war oder ob Richard damit irgendetwas bezweckte. Immerhin gab es Hunderte, vielleicht Tausende weibliche Gewürzfarmerinnen im Staate Kalifornien. Wenn sie ehrlich sein sollte, freute es sie, dass Richard sie als einzige Frau ausgewählt hatte. Dass er sie auserwählt hatte … Er blieb nun mit seinen Blicken bei ihr hängen, starrte sie an, sodass jeder es mitbekam. Sie merkte, wie sie rot anlief, ihr wurde unerträglich heiß, und sie bat ihn innerlich, doch endlich von ihr abzulassen. Als hätte er es gehört, wanderte sein Blick nun zu Hannibal Ross, und er forderte ihn auf, nach vorne zu kommen.

»Ich wünsche Ihnen viel Erfolg, Mr. Ross. Und Ihnen allen viel Vergnügen und zahlreiche neue Eindrücke.« Richard ging nun zurück zu seinem Platz, jedoch nicht, ohne sie noch einmal anzusehen und ihr ein Lächeln zu schenken.

Sie applaudierte mit den anderen und betrachtete dabei Richard Banks. Sie fand es süß, dass er seine Gefühle für sie so offen zeigte. In Richard Banks' Gesicht konnte jeder lesen, dass er sie mochte, und das bewirkte, dass die

Schmetterlinge in ihrem Bauch jetzt einen Freudentanz aufführten.

Sie sah zu Julia, die sie grinsend anblickte. »Ich freu mich für dich, dass das Glück wenigstens auf deiner Seite ist«, flüsterte sie und drückte ihre Hand. Es waren aufrichtige Worte, sie wusste, dass Julia sie ernst meinte, auch wenn sie selbst wahrscheinlich mehr als enttäuscht war. Mitchell, der direkt neben Richard saß, hatte sich bisher kein einziges Mal umgedreht. Julia sollte ihn schnellstens vergessen, es war sicherlich das Beste.

Kapitel 27

Richard hörte Hannibal Ross dabei zu, wie er voller Leidenschaft von der Muskatnuss erzählte, von ihrem einzigartig erdigen Geschmack, ihrer Herkunft, seiner Farm, den Erntevorgängen, der Verarbeitung ... Aber wenn er auch zuhörte, wollten die Worte nicht in seinem Gehirn ankommen, denn er selbst hatte nur eine einzige Sache im Kopf, besser gesagt, eine Person, und die saß nur eine Reihe hinter ihm.

Er hatte sich schon wieder so dämlich verhalten, hatte sie vor allen Anwesenden angestarrt und sie damit in Verlegenheit gebracht. Das hatte er wirklich nicht gewollt, und er wusste, dass er das irgendwie wiedergutmachen musste. Andererseits war es ihm sogar egal, dass jeder mitbekam, was er empfand. Die Liebe war eben so. Man konnte nicht gegen sie ankämpfen, und das wollte er auch gar nicht.

Er fragte sich, ob es CeCe wohl genauso ging. Ob auch sie ihn im Sinn hatte, ihn von ihrem Platz aus vielleicht sogar ansah, oder ob sie sich tatsächlich aufmerksam der Muskatnuss widmete. Ein- oder zweimal drehte er sich um und durfte freudig feststellen, dass sie ihn anblickte. Sie lächelte schüchtern, und er lächelte zurück. Sie mochte ihn, da war er sich sicher. Und sein Herz machte Sprünge vor Glück.

Ganz anders sah es dagegen bei Mitchell aus. Richard

konnte die Anspannung, die von ihm ausging, beinahe körperlich spüren und hätte ihn am liebsten gefragt, was denn nur mit ihm los war. Am Abend noch war er doch bester Stimmung gewesen, er hatte sogar mit Julia geflirtet, schien sehr angetan von ihr gewesen zu sein. Was um alles in der Welt über Nacht mit ihm passiert war, konnte er sich nicht erklären.

Als Mr. Ross seinen Vortrag endlich beendet hatte und es Zeit für die Mittagspause war, sprach er Mitchell auf sein Verhalten an.

»Hey, was ist denn los?«, flüsterte er ihm zu, sobald sie den Saal verlassen hatten.

»Was? Gar nichts«, antwortete sein Freund, sah aber gar nicht danach aus. »Guter Vortrag. Super Start ins Seminar.«

»Ja, das finde ich auch, aber ...«

CeCe und Julia kamen jetzt an ihnen vorbei, und er hielt sie auf, berührte CeCe am Arm, bevor sein Gehirn überlegen konnte, was er da tat.

Sie drehte sich um und starrte auf seine Hand, bis er sie wegzog. »Ich wollte nur wissen, ob ihr beide Lust habt, euren Lunch mit uns einzunehmen?«, fragte er.

Er bemerkte, wie CeCe kurz Julia ansah, die ebenfalls ganz bedrückt dreinschaute. Mitchell und sie schienen es zu vermeiden, einander anzublicken.

»Oh, ähm, ich habe nach dem ausgiebigen Frühstück noch keinen Appetit«, sagte Mitchell nun. »Ich wollte eigentlich die Zeit nutzen, um in den Fitnessraum zu gehen. Ich brauche dringend ein bisschen Bewegung.«

Richard wusste, dass das eine Lüge war, da Mitchell heute Morgen bereits joggen gewesen war. Oder es war die Wahrheit, und er hatte einfach einen Grund dafür, sich voll auspowern zu wollen. Frust rauslassen oder so.

Er sah Julia an, merkte, wie sie den Atem anzuhalten schien.

»Oh. Na, dann müssen die Damen wohl mit mir vorliebnehmen. Wenn ihr möchtet«, sagte er also.

»Sehr gerne«, meinte CeCe.

Mitchell machte, dass er schnellstens davonkam, und Julia atmete aus. Richard sah CeCe stirnrunzelnd an, sie zuckte nur mit den Achseln.

Zum Mittagessen gab es eine Bouillabaisse mit frisch gebackenem Sauerteigbrot. Das war sehr gut, denn so hatte er gleich ein Gesprächsthema. Er fragte CeCe, die ja ganz in der Nähe von San Francisco lebte, ob sie manchmal zur Boudin Bakery ging.

»Oh, ja, da gehen Julia und ich immer wieder gerne hin.«

»Ihr seid oft in San Francisco?«

»Ab und zu. Wir beide treffen uns seit Jahren immer freitags und unternehmen etwas Schönes. Da landen wir dann ganz automatisch manchmal in San Francisco.«

»Ich mag die Stadt sehr, es ist viel zu lange her, dass ich das letzte Mal da war. Vielleicht sollte ich dieser schönen Stadt bald mal wieder einen Besuch abstatten. Und Chinatown auch. Ich könnte sterben für Dim Sum.«

»Ja, das ist wirklich lecker. Falls du demnächst mal wieder nach San Francisco kommst, lass es mich wissen, dann gehen wir zusammen Dim Sum essen.«

Er strahlte überglücklich. »Ich nehme dich beim Wort.«

Julia entschuldigte sich und ging in Richtung der Toiletten. Er nutzte die Gelegenheit und sah CeCe nun ernster an. »Sag mal, ist irgendetwas vorgefallen, das ich verpasst habe? Mitchell benimmt sich so eigenartig, und Julia ... Nun ja, es kann sein, dass ich mir das nur einbilde, aber ...«

»Du bildest es dir nicht nur ein«, sagte CeCe.

»Und wärst du so gut, mir zu sagen, was geschehen ist?«

»Du warst ja selbst dabei«, entgegnete CeCe.

Verwirrt sah er sie an. Wo war er dabei gewesen? Hatte er etwa wieder taggeträumt?

»Na, du hast doch gesehen, wie Mitchell gestern Abend mit Julia geflirtet hat. Heute Morgen war es das Gleiche. Und dann haben wir erfahren, dass er eigentlich eine Freundin hat. Ich nehme an, das wusstest du auch, oder?« CeCe sah ihn jetzt direkt an, und er fühlte sich schrecklich. Hatte Julia sich etwa falsche Hoffnungen gemacht? Das tat ihm ehrlich leid. Es stimmte ja, Mitchell hatte diese On-and-off-Freundin, er war sich aber ehrlich gesagt nie wirklich sicher, wann die beiden nun zusammen waren und wann nicht. Er hatte angenommen, dass Mitchell, wenn er auf diese Weise mit Julia flirtete, zurzeit wieder Single war.

Gerade als er etwas erwidern wollte, wurde er von einem der Restaurantchefs bezüglich der ausgezeichneten Bouillabaisse angesprochen. Fischsuppe war nun keine seiner Leibspeisen, aber er wusste, dass so ein Gericht, vor allem als kleiner leichter Mittagssnack, bei den Gästen immer gut ankam, besonders wenn sie vom Fach waren.

Als er dem Mann geantwortet hatte, saß auch Julia schon wieder mit am Tisch, und CeCe und er konnten nicht weiter auf das Thema eingehen. Er musste unbedingt mit Mitchell sprechen.

Der saß nach dem Mittagessen wieder an seinem Platz im Konferenzraum und war nicht besser gelaunt als vorher. Sie sahen sich jetzt eine PowerPoint-Präsentation an und probierten vier verschiedene Arten des Gewürzes aus verschiedenen Teilen der Welt. So interessant er den ersten Seminartag anfangs auch gefunden hatte, ertappte Richard sich immer öfter dabei, wie er auf die Uhr sah – eine teure

Rolex, die sein Vater ihm an seinem Geburtstag vor drei Jahren lieblos in die Hand gedrückt hatte –, und als Hannibal Ross endlich zum Ende kam, hatte er wirklich genug von der Muskatnuss gehört. Genug für ein ganzes Leben.

Er wollte gern zu CeCe und Julia gehen. Er wollte mit Mitchell reden. Er wollte fragen, ob sie wenigstens alle zusammen zu Abend essen konnten. Doch Mr. Ross kam aufgeregt auf ihn zu und fragte, wie er seinen Beitrag zum Seminar gefunden hatte. Ob er ihn ganz seiner Vorstellung entsprechend gestaltet hatte. »Und die Proben! Haben Sie gesehen, wie angetan alle von meiner Muskatnuss waren?«, fragte er freudestrahlend.

Richard nickte. »Ja, das habe ich gesehen. Es war ein wirklich gelungener erster Tag. Das sieht Mr. Hollander genauso, hab ich recht?«, wandte er sich jetzt an Mitchell, der wiederum Julia anstarrte. In seinen Augen sah er Reue.

Er stieß Mitchell an, da er gar nicht richtig bei ihnen war. Sein Freund schüttelte den Kopf, wie um sich ins Hier und Jetzt zurückzuholen, und fragte: »Wie bitte?«

»Ein gelungener erster Tag, oder?«, wiederholte Richard.

»Sehr gelungen.« Mitchell schüttelte Mr. Ross die Hand. »Und ein wunderbares Aroma. Unsere Einkäufer werden sich in den nächsten Wochen bei Ihnen melden.«

»Oh, wirklich? Das freut mich aber!« Mr. Ross strahlte jetzt, wenn möglich, noch mehr.

»Wenn Sie uns bitte entschuldigen würden?«, meinte Richard und zog Mitchell mit sich. Er brachte ihn wortlos in seine Suite, schenkte ihm einen Scotch ein und sah ihn an. Wartete ab, ob er den Anfang machen würde. Und tatsächlich blickte er von seinem Platz auf dem Sessel zu ihm auf. »Ich glaube, ich hab Mist gebaut.«

»Das glaube ich auch. Ich dachte, mit Mona und dir sei

es endgültig aus? Hattet ihr nicht an Weihnachten diesen Riesenstreit?«

»Ja, und an Silvester haben wir uns wieder vertragen.«

»Bei dir und deinem Liebeswirrwarr blicke ich echt nicht mehr durch, sorry.«

»Liebe ist es ja gar nicht, Richard. Ich mag nur nicht gern allein sein, wenn ich abends von der Arbeit nach Hause komme. Oder von einer meiner Geschäftsreisen. Es ist schön zu wissen, dass da jemand auf einen wartet, verstehst du?«

Ja, das konnte er gut verstehen. »Aber fühlt es sich denn richtig an zu wissen, dass da jemand wartet, den du gar nicht liebst? Findest du nicht, du solltest endlich mal nach einer Frau Ausschau halten, bei der du dir sicher sein kannst, dass du auch in einem Monat noch mit ihr zusammen bist? Eine, mit der du alt werden willst?«

»Ha! So eine wie deine Cecilia?«, fragte Mitchell gehässig.

Richard sah ihn verständnislos an. Er wusste wirklich nicht, was in seinen besten Freund gefahren war. Es wirkte fast so, als würde er ihm sein Glück nicht gönnen.

»Ja, so eine wie Cecilia.«

»Du kennst sie gerade mal seit gestern, Mann. Wie kannst du dir denn so sicher sein, dass sie die Richtige ist?«

»Ich weiß es einfach. Ich spüre es. So etwas habe ich noch nie erlebt. Ich kann gar nicht mehr aufhören, an sie zu denken, möchte jede Sekunde mit ihr verbringen. Ich bin … ich bin …«

»Verliebt. Ja, das sehe ich.«

»Und was ist dann dein Problem? Findest du nicht, ich habe es verdient, einen Menschen zu finden, der sein Leben mit mir teilen möchte?«

»Du weißt doch noch gar nicht, ob sie das auch will,

oder? Hast du ihr deine Liebe etwa schon gestanden?« Wieder dieser abschätzige Ton in der Stimme.

»Nein. Das wäre wirklich ein wenig früh. Wir müssen uns erst mal besser kennenlernen. Ich muss herausfinden, ob sie genauso empfindet.«

»Tsss! Klar, du bist Richard Banks junior. Da sagt keine Frau Nein.«

Richard ging nun mit seinem Glas Scotch in der Hand auf Mitchell zu. »Ich finde es ehrlich nicht gut, wie du mit mir redest, Kumpel. Ich hoffe, da spricht nur die Reue über dein eigenes dummes Verhalten aus dir.«

Mitchell seufzte und legte das Gesicht in die Hände. »Tut mir leid. Ich weiß auch nicht, was mit mir los ist. Als ich gesehen hab, wie verletzt Julia ist... Ich wollte ihr echt nicht wehtun und fühle mich einfach schrecklich.«

»Kannst du mir jetzt endlich mal erzählen, was eigentlich genau passiert ist?«

»Es war beim Frühstück. Julia und ich ... wir haben wieder diese intensiven Blicke ausgetauscht wie gestern Abend. Haben ein bisschen geflirtet. Und dann fragt CeCe mich wie aus dem Nichts, ob meine Freundin mich auf meinen Geschäftsreisen begleitet.«

»Oje ... Und du warst schon immer ein schlechter Lügner...«

»Ich brauchte es gar nicht erst zu versuchen. Ich hab die Wahrheit gesagt, dass sie mich für gewöhnlich nicht begleitet. Du hättest Julias Gesicht sehen sollen.«

»Aber warum hast du denn überhaupt was von einer Freundin gesagt? Du und Mona, ihr steckt doch noch nicht mal in einer festen Beziehung!«

»Hätte ich vor Julia verheimlichen sollen, dass ich jemanden sehe? Sex habe?«

»Oh Mann, ich verstehe dein Dilemma. Und es war richtig, die Wahrheit zu sagen. Aber wie willst du dich denn da nur wieder herausboxen?«

»Ich habe nicht den blassesten Schimmer. Vielleicht sollte ich mich einfach bei ihr entschuldigen? Aufrichtig?«

»Das wäre schon mal ein guter Anfang. Und bei mir kannst du dich dann auch gleich entschuldigen, wenn du schon dabei bist.«

»Tut mir leid, dass ich meinen Frust an dir ausgelassen habe. Ehrlich. Kommt nicht wieder vor.«

»Danke. Entschuldigung angenommen. Machen wir einen Spaziergang, um einen kühlen Kopf zu bekommen?«

Mitchell nickte und erhob sich. »Und im Übrigen finde ich, CeCe hat absolut das Potenzial, die Frau an deiner Seite zu werden.«

Er grinste. »Findest du?«

»Auf jeden Fall. Sie ist wirklich niedlich. Und sie steht mit beiden Beinen fest im Leben, hat ihre Farm. Ich kann mir kaum vorstellen, dass sie hinter deinem Geld her ist.«

Jetzt musste Richard lachen. »Du wirst es nicht glauben, sie hat mich wohl die ganze Zeit über für meinen Vater gehalten.«

»Du machst Witze!«

»Nein, ehrlich«, sagte er und erzählte seinem Freund die ganze Geschichte, während sie im Dunkeln durch den frisch gefallenen Schnee stapften.

»Du siehst bezaubernd aus«, sagte Richard später am Abend zu Cecilia, die in der Lobby auf ihn wartete. Julia war an ihrer Seite und sah ebenso hübsch aus. Er hatte Mitchell dabei, der sich dazu durchgerungen hatte, zusammen mit den Ladys zu essen. Von ihrem Spaziergang aus hatten sie die beiden Frauen angerufen und sich mit ihnen verabredet.

Julia sah Mitchell noch immer böse an. Nein, böse war nicht das richtige Wort. Sie wirkte eher müde, so, als hätte sie schon viel zu viele Enttäuschungen ertragen müssen.

Mitchell fragte sie, ob er einen Moment mit ihr allein haben könnte, und obwohl die beiden ein paar Schritte zur Seite gingen, konnte Richard hören, wie sein Freund Julia um Verzeihung bat. CeCe lächelte zufrieden, und Julia nickte und lächelte schließlich auch. Damit war die Sache vielleicht noch nicht ganz aus der Welt geschafft, aber wenigstens konnten sie jetzt einen entspannten Abend genießen.

Als sie an ihren Tisch kamen, leuchteten CeCes Augen auf. »Ooooh, orangefarbene Rosen! Meine Lieblingsblumen!«

Er freute sich. Als hätte er es gewusst, hatte er am Morgen angeordnet, Josephine, die Restaurantleiterin, möge heute Abend für eine orangefarbene Tischdekoration sorgen.

»Ach, tatsächlich? Welch ein Zufall«, sagte er und rückte CeCe den Stuhl zurecht. Mitchell tat dasselbe für Julia.

Als sie alle saßen und einen Blick auf das heutige Muskat-Menü geworfen hatten, sagte Julia, die schon wieder viel besserer Laune zu sein schien: »Oh, wie köstlich. Gambas in Muskat-Senf-Sauce. Das hört sich toll an.«

»Magst du Meeresfrüchte auch so sehr?«, erkundigte sich Mitchell, und Julia nickte. Gott sei Dank schienen die beiden wieder normal miteinander umgehen zu können.

»Ich bin schon so gespannt auf dein Menü, CeCe«, sagte Mitchell dann an Cecilia gewandt.

»Das darfst du auch sein. Es wird etwas ganz Besonderes.«

»Wusstest du eigentlich, dass ich deine fantastischen Vanillekekse entdeckt und Richard mitgebracht habe?«

331

»Nein, das wusste ich nicht.« Erstaunt sah sie von Mitchell zu ihm.

»Ja, das war Anfang Dezember. Wir saßen auf Richards Dachterrasse in Sacramento, die Sterne standen hell am Himmel, es war ein wirklich schöner Abend. Erinnerst du dich, Richard?«

»Wie könnte ich nicht?«

»Moment mal … du hast meine Kekse probiert, noch bevor du mich in der Fernsehsendung gesehen hast?«, fragte CeCe ihn jetzt überrascht.

»Ja, so war es.« Er wusste nicht, ob sie das gut oder schlecht fand, ob sie erfreut war oder das Gegenteil. »Ich kannte deine unglaublichen Kekse bereits, als ich dich im Fernsehen sah. Und da Mitchell das Gewürzseminar plante, schlug ich ihm vor, dass er doch dich einladen könnte.« Er sah zu Mitchell hin und hoffte, er würde ihn nicht verraten. Doch zum Glück spielte er mit.

»Ja, genau. Und da ich ebenfalls ganz begeistert von deinen Keksen war, habe ich selbstverständlich gleich zugestimmt.«

CeCe sah jetzt doch ziemlich zufrieden aus. Gott sei Dank!

Der erste Gang wurde serviert, und er war köstlich. Gerade als Richard das letzte Stück Gamba in den Mund steckte, vibrierte sein Telefon. Er hatte es extra auf leise gestellt, da er nicht gestört werden wollte, doch er musste kurz sichergehen, dass es nichts Wichtiges war, und sah auf das Display. Es war sein Vater.

»Es tut mir schrecklich leid, aber dürfte ich euch bitten, mich für einen Moment zu entschuldigen?«, fragte er und erhob sich, als alle nickten.

»Ja, Dad?«, fragte er, während er den Saal verließ, und

machte sich auf das Schlimmste gefasst. Sein Vater rief nie einfach nur so an. Wenn er etwas wollte, schrieb er meistens eine SMS, anrufen tat er nur, wenn er ihn mal wieder zur Sau machen wollte.

»Richard, habe ich das richtig gehört?«

Oje. Was hatte er gehört und von wem?

»Worum geht es denn? Und können wir bitte schnell machen, ich bin nämlich gerade beim Dinner mit wichtigen Gästen.«

»Aha! Stimmt es also. Beim Dinner. Mit Gästen! Hattest du nicht vor, dein Hotel zu renovieren? In der zweiten Januarwoche, das hattest du doch gesagt, oder?«

»Ja, das war der Plan. Dann habe ich aber zusammen mit Mitchell dieses Gewürzseminar auf die Beine gestellt ...«

Sein Vater ließ ihn gar nicht ausreden. »Ja, das habe ich gehört!«

Aha, das hatte er also gehört.

»Da muss ich von Giovanni aus dem Casa Rossa erfahren, dass du so ein albernes Seminar veranstaltest, von dem anscheinend jeder weiß, nur ich nicht. Was soll das Ganze überhaupt?«

»Mitchell hatte mich gebe ...«

»Und wann willst du endlich renovieren? Ich habe es schon für eine dumme Idee gehalten, das Hotel zu schließen, um neue Teppiche anzuschaffen, es jetzt aber zu schließen wegen eines Gewürzseminars ... Dadurch machst du Zigtausende Dollar Verlust! Oder entschädigt dich Mitchell etwa?«

»Ähm ... nein, ähm ... aber ...« Wenn sein Vater erführe, dass er selbst sogar das Seminar finanzierte, würde er wahrscheinlich nie wieder ein Wort mit ihm sprechen. Hm, so übel wäre das eigentlich gar nicht.

»Ähm, aber, ähm«, äffte Richard senior ihn nach. »Und du hältst dich für einen guten Geschäftsmann? Kein Wunder, dass du bisher nicht mehr zustande gebracht hast. Als ich in deinem Alter war, besaß ich bereits sieben Hotels, die ich mir ganz allein aufgebaut habe und ...«

Richard seufzte und ging nach oben in seine Suite. Dies könnte länger dauern. Am liebsten hätte er seinen Vater einfach abgewürgt, ihn weggedrückt, ihn aus seinem Leben gelöscht. Aber so leicht war das nicht. Richard Banks senior drückte man nicht einfach weg. Man hörte ihm zu. Man ließ sich von ihm erniedrigen. Man ließ sich aufzählen, was man alles falsch gemacht hatte. So lange, bis man sich ganz klein fühlte. Und als er endlich fertig war und Richard zurück ins Restaurant kam, war sein Tisch leer. Mitchell, CeCe und Julia waren wieder auf ihren Zimmern, und er hatte nicht einmal den Hauptgang und das Dessert probiert.

»Mr. Banks«, hörte er nun Josephine. Sie kam auf ihn zu, wie immer trug sie einen strengen Dutt am Hinterkopf. »Wir haben Ihnen Ihr Essen beiseitegestellt. Soll ich bitten, es für Sie aufzuwärmen?«

Er schüttelte den Kopf. Der Appetit war ihm gewaltig vergangen. Am meisten bedauerte er aber nicht das verpasste Essen, sondern die versäumten Gespräche, die er mit CeCe hätte führen können. Sie hatten nur noch fünf Tage zusammen, bevor Julia und sie am Sonntag abreisten. Und in diesem Moment beschloss er, von nun an jeden Augenblick voll auszukosten, und wenn sein alter Herr es noch einmal wagen sollte, ihm wertvolle Minuten mit der bezaubernsten Frau überhaupt zu stehlen, würde er ihn wirklich einfach wegdrücken.

Kapitel 28

»Erzählt doch mal, wie es so läuft, und vor allem, ob ihr unter all den vielen Männern schon jemand Nettes kennengelernt habt!« Ein neugieriger Benedict blickte ihnen vom Laptopbildschirm entgegen, und CeCe und Julia mussten lachen. Es war acht Uhr morgens, und ihr Freund hatte schon wieder nichts als Liebe im Kopf.

Julia hoffte nur, dass CeCe Mitchell nicht erwähnen würde. So anständig sie es auch gefunden hatte, dass er sie am Abend zur Seite genommen und sie um Verzeihung gebeten hatte, war ihr Innerstes noch immer in Aufruhr. Denn sie spürte, dass er sie genauso mochte wie sie ihn. Dass er eine Freundin hatte, nahm ihnen allerdings jede Möglichkeit, sich näherzukommen. Denn wie CeCe schon richtig gesagt hatte: Sie war keine Hailey. Sie machte sich nicht an Männer ran, die bereits vergeben waren. Das würde sie einer anderen Frau niemals antun, denn sie wusste nur zu gut, wie weh es tat.

CeCe aber grinste in die Laptopkamera und hatte anscheinend gar nicht vor, etwas über Mitchell oder irgendeinen anderen zu erzählen, da sie wieder nur den Einen im Kopf hatte. »Oh, wir haben einen sehr netten Mann kennengelernt. Den Inhaber des Hotels, Richard Banks.«

»Der? Ich dachte, der ist alt!«

»Ist er doch nicht. Ich hatte ihn mit seinem Vater verwechselt.«

»Oh Gott, ich hoffe, das hast du ihm nicht erzählt.« Benedict schien ganz aufgeregt und blickte ihnen mit großen Augen entgegen.

»Doch, irgendwie schon. Ist das schlimm?«, fragte ihre Freundin besorgt.

»Also, wenn mich jemand mit meinem Vater verwechseln würde, wäre ich schwer beleidigt.«

Ja, das konnte sie sich vorstellen. Benedicts Vater hatte nämlich bereits eine Halbglatze, und einen Bierbauch oder vielleicht auch einen Weinbauch hatte er ebenso.

»Richards Vater ist einfach eine ältere Version von ihm, ich glaube nicht, dass er das als so schlimm empfunden hat«, sagte CeCe.

»Es geht ja nicht immer nur ums Aussehen. Vielleicht hat sein Dad einen ganz schlimmen Charakter.«

»Das kann ich mir nicht vorstellen bei seiner charmanten Persönlichkeit«, meldete Julia sich jetzt zu Wort.

»Oho! Was höre ich da? Bist du etwa auch in ihn verknallt?«, fragte Benedict.

»Nein, danke, den überlasse ich CeCe.«

»Seid ihr euch denn schon nähergekommen, CeCe?«

»Was du wieder denkst! Wir sind noch keine achtundvierzig Stunden hier. Wir haben aber bereits mehrmals mit ihm zusammen gegessen.«

»Was meinst du damit? Ein Sandwich auf die Schnelle oder ein romantisches Dinner?«

»Zwei romantische Dinner«, offenbarte Julia. »Und ein Mittagessen.« Dass das eine Dinner leider abrupt durch einen scheinbar wahnsinnig wichtigen Anruf abgebrochen worden war, ließ sie weg.

»Uuuh! Hört sich toll an! Ich hoffe, da passiert noch was zwischen euch. Haltet mich auf dem Laufenden, ja?«

»Na klar. Und wie läuft es bei dir?«, erkundigte sich CeCe.

»Ja, genau«, wollte auch Julia wissen. »Trauerst du noch immer Candy nach?«

»Nein, nein, keine Sorge. Ich habe jemand Neues kennengelernt.«

Julia sah CeCe verblüfft an, ihre Freundin konnte es wohl genauso wenig glauben wie sie. Noch vor einer Woche hatte er geschworen, Candy für immer zu lieben, und behauptet, sie niemals vergessen zu können. Aber das war typisch Benedict!

»Sag bloß! Und wer ist sie?«, fragte sie ihn.

»Ihr werdet es nicht glauben, eine Countrysängerin!« Das war tatsächlich schwer zu glauben. »Eure Serie hat mich neulich so inspiriert, dass ich an einem einsamen Abend in eine Countrymusik-Bar gegangen bin, wo ich auf Jane gestoßen bin, die dort auf der Bühne gestanden und gesungen hat.«

»Sie ist also tatsächlich eine richtige Countrysängerin? So wie Scarlett aus *Nashville*?«, fragte CeCe erstaunt.

»Na, sag ich doch!«

»Beschreib sie doch mal!«, bat Julia.

»Sie ist total hübsch, aber auf natürliche Weise.«

»Sie hat keine falschen Brüste? Falsche Nägel? Falsche Haare?«

»Nein, hat sie nicht. Hmmm, ihr glaubt, sie passt nicht zu mir? Ich sollte meinem Frauentyp treu bleiben?«

»Nein!«, schrien sie beide in die Kamera.

Benedict sah sie überrascht an. »Okay, dann findet ihr das also gut, dass ich mal was Neues ausprobiere?«

An das Gespräch vom Silvesterabend, an dem sie ihm genau das gesagt hatten, konnte er sich anscheinend nicht erinnern.

»Ja, sehr gut sogar«, sagte CeCe, und Julia nickte bestätigend.

»Alles klar. Dann bin ich beruhigt. Heute treffe ich sie nämlich wieder. Wir wollen ins Museum gehen.«

»Ins Museum?« Nicht shoppen? Keinen Hummer essen? Das hörte sich merkwürdig an aus Benedicts Mund.

»Ja, sie hat vorgeschlagen, in dieses Museum mit den alten Spielautomaten zu gehen, in Fisherman's Wharf.«

»Das Musée Mécanique?«, fragte Julia. »Da war ich schon mal, das ist toll! Die haben da alte Jahrmarkt-Automaten von vor über hundert Jahren. Auch welche, die dir die Zukunft oder dein Liebesglück vorhersagen.« Sie erwähnte nicht, dass sie mit Jackson dort gewesen war und dass der Automat ihr ewige Liebe prophezeit hatte.

»Mach ein Foto und schick es uns!«, bat CeCe.

»Alles klar, das werde ich. Ich muss jetzt Schluss machen, ich muss noch eine Weinprobe vorbereiten und mich um Touristen kümmern, bevor ich mich auf nach San Francisco mache.«

»Viel Spaß!«, wünschten sie beide Benedict und klappten den Laptop zu.

»Kannst du dir das vorstellen? Benedict mit einem ganz normalen Mädchen?«, fragte CeCe, noch immer Erstaunen im Gesicht.

Julia schüttelte den Kopf. »Wir sollten uns auch aufmachen. Ich habe einen Riesenhunger.«

»Ich auch. Das muss am Schnee liegen«, meinte ihre Freundin und strahlte dabei so, dass Julia sicher war, sie meinte eigentlich: Das muss an der Liebe liegen.

338

Als sie heute zum Frühstück runterkamen, waren zur Abwechslung die Männer bereits da und winkten ihnen zu. Anscheinend war es schon Tradition, dass sie zu viert aßen. Julia war es recht, trotz allem mochte sie Mitchell und unterhielt sich gern mit ihm, und auch CeCe und Richard sollten ruhig ihre gemeinsame Zeit haben.

»Guten Morgen«, begrüßten sie einander, und Mitchell fragte, ob er ihr Kaffee einschenken dürfe. Er trug heute eine blaue Anzughose und ein weißes Hemd ohne Krawatte. Die Ärmel hatte er hochgekrempelt. Er sah so lässig aus, so unglaublich gut, dass sie ihn gar nicht allzu lange ansehen mochte.

»Gern, danke.«

Da war er wieder, dieser Blick. Was sollte sie nur dagegen tun? Wie konnte sie es schaffen, dass das, was sie in seinen Augen las, sie nicht mehr berührte?

»Wie geht es dir, Richard? Gestern Abend bist du gar nicht mehr zurückgekommen, ich hoffe, es ist alles in Ordnung?«, erkundigte sie sich, um sich abzulenken und auch, weil sie sich wirklich alle Sorgen gemacht hatten.

Doch Richard, mal wieder im strengen dunklen Anzug mit Krawatte, winkte ab. »Das ist lieb, dass ihr euch sorgt, es ist aber alles okay. Es ging nur um etwas Familiäres. Es tut mir sehr leid, dass ich euch allein gelassen habe, ich bin auch noch mal zurückgekommen, da wart ihr allerdings schon auf euren Zimmern.«

»Du musst dich wirklich nicht entschuldigen«, sagte CeCe. »Familie geht immer vor.«

Richard nickte und lächelte gezwungen. So sah es in Julias Augen zumindest aus. »Also … Heute ist der Tag der Fenchelsamen. Was halten wir denn von diesem Gewürz?«

Es kam Julia fast so vor, als wollte er schnell vom Thema

Familie ablenken. Vielleicht hatte Benedict richtiggelegen, und es war doch nicht alles Gold, was glänzte.

»Ich backe sie manchmal in Brot ein, zusammen mit Kümmel«, erzählte CeCe. »Das schmeckt wirklich lecker.«

»Das hört sich köstlich an. Und ihr anderen? Verwendet ihr manchmal Fenchelsamen? Ich glaube, ich habe noch gar nicht erwähnt, was für ein begnadeter Koch Mitchell ist, oder?«

»Ach … begnadet …« Mitchell machte eine Geste, die aussagte, dass Richard heftig übertrieb. »Ich bin ein mittelmäßiger Hobbykoch. Und ja, ich koche ab und zu ganz gerne mit Fenchel, allerdings verwende ich dazu eher die frischen Knollen.«

»Du bist Hobbykoch? Was kochst du am liebsten?«, wollte Julia wissen.

»Wahrscheinlich haltet ihr es für ein Klischee, aber ich koche tatsächlich am liebsten Asiatisch. Vor allem aber, weil die asiatische Küche sehr vitaminhaltig, fettarm und gesund ist.«

»Ich mag asiatisches Essen sehr gern«, ließ Julia ihn wissen und wünschte sich, die Situation wäre eine andere, und er würde einmal für sie kochen.

»Und was ist dein absolutes Lieblingsessen?«, fragte Mitchell sie.

»Ich liebe Sandwiches über alles.«

»Sandwiches?«, fragte er. »Das ist ungewöhnlich. Ich meine, ein Sandwich ist doch etwas, das man sich auf die Schnelle macht, wenn man nicht viel Zeit oder kaum noch etwas im Kühlschrank hat, oder?«

»Oh, unterschätze Sandwiches nicht!«, sagte sie.

»Julia zaubert ganz unglaubliche Sandwiches!«, kam CeCe ihr zu Hilfe. »Mit den leckersten Zutaten. Zu Weihnachten hat sie mir mal eins mit Truthahnbrust und Preiselbeersauce gemacht, das war so lecker, das hätte ich eine Woche lang jeden Tag essen können.«

»Hört sich vorzüglich an«, meinte Richard.

»Das war es. Das Brot hatte Walnüsse und Mandarinenstückchen mit eingebacken.«

»Okay, das klingt nach exquisiten Zutaten, da glaube ich dir gern, dass es ganz köstlich war«, gestand Mitchell.

»CeCe, was ist denn dein Leibgericht?«, fragte Richard nun ihre Freundin.

»Wenn ich ehrlich sein soll, stehe ich total auf Pizza. Die gute alte Pizza Margherita mit viel Oregano.«

»Ja, die einfachsten Dinge sind manchmal die besten«, stimmte er ihr zu. »Mein Lieblingsessen ist seit meiner Kindheit Mac & Cheese.«

»Makkaroni mit Käse?«, fragte Julia und musste lachen. »Wenigstens selbst gemacht oder die Fertigmischung aus der Packung?«

»Das ist mir ganz egal, ich gebe mich mit beidem zufrieden«, sagte er.

Julia biss in einen Bagel mit Frischkäse und Räucherlachs und grinste Mitchell an, der sie ebenfalls angrinste. Mac & Cheese! Das hätte sie nun wirklich nicht erwartet von einem Hotelier, der ziemlich sicher Millionär war.

Nachdem sie alle fertig gegessen hatten, machten sie sich auf zum Seminar. Heute brachte Frank Hoover aus Vista ihnen das Gewürz näher, das er seit acht Jahren anbaute, und er war nicht halb so unterhaltsam wie Hannibal Ross am Tag zuvor. Wenn sie ehrlich sein sollte, war er sogar ziemlich einschläfernd, und Julia ertappte sich selbst mehrmals dabei, wie ihr die Augen zufielen. Vielleicht war sie aber auch einfach zu müde, da sie die halbe Nacht nicht hatte schlafen können. Immer wieder hatte sich Mitchell, der nur drei Zimmer weiter wohnte, in ihre Gedanken geschlichen. Am liebsten hätte sie all ihre Grundsätze über Bord geworfen und wäre zu ihm rübergeschlichen, um sich endlich mal wieder richtig zu amüsieren. Das hatte sie so nötig. Wäre ein One-Night-Stand denn wirklich so schlimm?

Ja, das wäre er, solange eine andere Frau im Spiel war.

Plötzlich spürte sie einen Blick auf sich und wandte den Kopf. Mitchell sah über die Schulter zu ihr.

Oh, bitte, hör doch auf, mich mit deinen tiefgründigen Augen so anzugucken, dachte sie. Und gleichzeitig wollte sie, dass er nie wieder wegblickte, wollte diese Augen erforschen und herausfinden, was sich ganz unten am Grund befand. Sie spürte, dass da so viel mehr war, als er ihnen allen zeigte.

»Außerdem werden Fenchelsamen auch als Heilmittel verwendet«, erzählte der schlaksige Mr. Hoover gerade mit seiner monotonen Stimme. »Sie wirken nämlich bei Magen- und Darmerkrankungen besonders krampflösend. Wer also unter Völlegefühl und Blähungen leidet, so wie ich derweilen, sollte beim nächsten Mal zu Fenchelsamen greifen.«

CeCe kicherte neben ihr los, wie so einige andere im Saal. Auch Mitchell drehte sich zu ihnen und grinste schief. Jetzt war es um Julia geschehen, sie lachte laut los und musste sich die Hand vor den Mund halten. Der arme Frank Hoover sah ganz verlegen aus, weil alle ihn plötzlich so lustig fanden. Aber wenigstens hatte er die Leute wieder aus ihrem Tiefschlaf geholt.

Heute gab es zum Mittagessen einen Salat mit Hähnchenbrustfilet und frisch gebackenem Ciabatta. Und diesmal leistete auch Mitchell ihnen Gesellschaft.

Während CeCe und Richard sich angeregt unterhielten, lehnte er sich zu Julia rüber und flüsterte: »Ich habe selten einen so langweiligen Vortrag gehört.«

»Ja, da muss ich dir recht geben. Ich hatte Mühe, meine Augen offen zu halten.«

»Das hab ich gesehen. Du bist ein paarmal eingedöst.« Er schmunzelte.

»Oh Gott, ehrlich? Das hast du gesehen?« Er hatte sie beim Schlafen beobachtet? Ein wohliges Kribbeln breitete sich in ihr aus, als sie sich das vorstellte.

»Ich habe es nur zufällig mitbekommen, und sicher war ich der Einzige, keine Sorge.« Er lächelte sie an. »Was hältst du davon, wenn wir den Nachmittag schwänzen? Ich weiß nämlich nicht, wie ich das noch drei weitere Stunden ertragen soll.«

»Schwänzen?« Sie starrte ihn verwundert an.

»Na, du als Assistentin bist doch wohl zu entbehren, oder?« Er sah zu CeCe rüber, die von ihrem Gespräch überhaupt nichts mitbekam, weil sie Richard gerade irgendetwas über Orangen erzählte.

»Das vielleicht. Aber du doch nicht! Immerhin bist du der Veranstalter!«

»Ach, ich habe vorne in der ersten Reihe einen Abteilungsleiter und zwei Einkaufsleiter sitzen. Denen kann ich ruhigen Gewissens die Aufgabe überlassen, Mr. Hoover weiter dabei zuzuhören, wie er von seinen Blähungen erzählt.« Er lachte ausgelassen, und Julia lachte mit.

»Meinst du das wirklich ernst?«

»Ich habe noch nie etwas so ernst gemeint«, sagte er nun und sah ihr dabei tief in die Augen. Jetzt lachte er gar nicht mehr, sondern sandte ihr so viel Wärme, dass sie gar nicht anders konnte, als Ja zu sagen.

Kapitel 29

Sie hatte Ja gesagt. Er konnte es noch gar nicht glauben, er würde den Nachmittag mit ihr verbringen! Darüber freute er sich nicht nur deshalb so sehr, weil dieser Mr. Hoover sterbenslangweilig war und er sich auf diese Weise vor einem weiteren öden Vortrag retten konnte, sondern auch, weil er endlich einmal allein sein würde mit Julia.

Allein sein mit Julia. Das war gar nicht gut. Und doch war es das, wonach sein Herz sich sehnte, seit er sie zum ersten Mal gesehen hatte. Sie hatte etwas an sich, das ihn sofort angezogen hatte. Eine gewisse Grazie, die er nur von Schauspielerinnen in alten Hollywoodfilmen kannte. Von Audrey Hepburn beispielsweise oder Grace Kelly. Und dann dieser mokkafarbene Ton ihrer Haut und die elegante Kurzhaarfrisur! Und ihre braunen Rehaugen ... die vollen Lippen ... die süße kleine Nase ... und ihre raue Stimme, die so viel mehr erzählte als nur Worte. Sie hörte sich so stark und gleichzeitig so zerbrechlich an. Er wollte sie halten und ihr sagen, dass sie bei ihm in Sicherheit war, und mit ihr die höchsten Berge erklimmen und die ganze Nacht lang mit ihr reden und alles über sie erfahren. Sie kam aus Philadelphia, hatte sie gesagt, und dabei hatte er in ihren Augen gesehen, dass dieser Ort ihr viel Kummer bereitet hatte. Schmerzen, die er ihr nehmen wollte.

Er wollte ihr von sich erzählen, und das war eine ganz neue Erfahrung für ihn. Wenn er mit Mona zusammen war, hatte er nie das Bedürfnis, seine Vergangenheit, seine Hoffnungen und Träume mit ihr zu teilen. Das Einzige, worüber sie nach einem langen Arbeitstag sprachen, waren Belanglosigkeiten. Er erzählte, mit wem er sich zum Mittagessen verabredet hatte, was er in dem neuen trendigen Restaurant gegessen hatte oder dass er vorhatte, am Wochenende zum Klettern in den Yosemite National Park zu fahren, falls das Wetter mitspielte. Sie erzählte von der neuen Diät, die sie ausprobierte, oder von einem der Maler, deren Bilder sie in der Kunstgalerie ausstellten, in der sie arbeitete. Und nach ein wenig Small Talk landeten sie dann im Bett, wo sie sich eine Weile vergnügten, bevor sie beide müde einschliefen.

Mona. Sie beide hatten nicht sehr viel gemeinsam, und doch waren sie seit zwei Jahren ein Paar. Nun ja, so konnte man das eigentlich nicht betiteln. Sie waren nicht richtig zusammen, Mona begleitete ihn nur selten auf wichtige Veranstaltungen, er nahm sie auch nicht mit zu Familienfesten. Sie feierte Thanksgiving und Weihnachten mit ihrer Familie und er mit seiner. Sie planten keine gemeinsame Zukunft, auf das Thema Kinder waren sie noch nie zu sprechen gekommen, und er konnte sich nicht vorstellen, mit ihr in einem Haus mit weißem Gartenzaun und Hund zu wohnen. Richard hatte ihn einmal gefragt, ob er sie liebte, und er hatte nichts darauf zu sagen gewusst. Seitdem hatte er sich dieselbe Frage immer wieder mal gestellt und konnte sie bis heute nicht mit einem Ja beantworten. Manchmal wunderte er sich selbst, warum er sich überhaupt noch mit ihr traf, aber es war, wie er es seinem Freund gestanden hatte: Er mochte am Abend, wenn er von der Arbeit kam, nicht allein sein. Dann dachte er zu viel darüber nach, was er alles nicht hatte. Was seine Eltern hatten, die nach achtunddreißig Jahren Ehe noch immer total verliebt waren. Und darüber, was er für ein Loser war, dass er es in seinen vierunddreißig Lebensjahren nicht ein einziges Mal geschafft hatte, sich zu verlieben. Er arbeitete viel, ja, aber das tat sein Dad auch. Wahrscheinlich machte er irgendetwas falsch, und es kam ihm so vor, als wollte Julia ihm mit jedem Blick sagen, was das war. Und wie er es besser machen könnte.

»Also, wollen wir den anderen Bescheid sagen oder uns einfach davonschleichen?«, fragte sie ihn jetzt und sah ihn niedlich grinsend an. Sie hatten sich vor dem Hotel getroffen, es fielen zarte Flocken vom Himmel, die auf Julias blauer Mütze landeten und sie einfach zauberhaft aussehen ließen.

»Wir sollten einfach abhauen. Ich schreib Richard eine Nachricht, und Mrs. Appleby auch.« Als sie ihn fragend ansah, erklärte er: »Das ist die Einkaufsleiterin, die immer vorne neben mir sitzt.«

»Ah, okay. Dann schreibe ich CeCe auch mal eben.«

Sie versteckten sich hinter einer Mauer und tippten, so schnell sie konnten, damit ihre Handy-Displays nicht allzu nass wurden. Dann lächelte er Julia an.

»Was willst du machen? Kannst du Ski fahren?« Sie verzog das Gesicht, was ihn zum Lachen brachte. »Ich nehme an, das soll Nein bedeuten?«

»Ich bin ehrlich gesagt nicht so der sportliche Typ.«

»Ehrlich nicht? Ich hätte auf das Gegenteil getippt bei deiner durchtrainierten Figur.«

Julia lachte herzhaft, was er unglaublich anziehend fand. »Ich bin wohl einfach mit einem guten Stoffwechsel gesegnet. Nun ja, und manchmal gehe ich joggen.«

»Ja? Wo? In Berkeley?«

Sie nickte. »Ich laufe gern über den College-Campus, der ist total schön.«

»Erzähl mir davon«, bat er.

»Oh, dort gibt es diese vielen hübschen Wege entlang der großen hellen Gebäude und diesen tollen Uhrenturm, und wundervolle Magnolienbäume, die zur Blütezeit einfach alles magisch aussehen lassen.«

»Hört sich wirklich schön an. Ich war zwar schon in Berkeley, aber noch nie auf dem Campus. Vielleicht sollte ich ihm bei meinem nächsten Aufenthalt einen Besuch abstatten.«

»Oh, dann musst du unbedingt bei mir im Sandwichladen vorbei ...« Julia hielt inne und biss sich auf die Lippe.

Überrascht sah er sie an. »Du besitzt einen Sandwichladen?«

Sie sah ein wenig so aus, als hätte er sie bei etwas Verbotenem ertappt. Dann nickte sie und offenbarte: »Ja, Julia's Sandwich Heaven im Zentrum von Berkeley.« Er konnte Stolz in ihrer Stimme erkennen, und nun lächelte sie auch schon wieder.

»Aber ... ich dachte, du wärst CeCes Assistentin?«

Sie grinste und schirmte den Mund mit der Hand ab. »Das bin ich nur für diese eine Woche. Aber niemandem weitersagen.«

Er musste wieder lachen. »Dein Geheimnis ist bei mir sicher.« Er konnte gar nicht glauben, was er da hörte. Sie war eine Geschäftsfrau mit ihrem eigenen kleinen Unternehmen! Das zu wissen machte sie gleich noch ein wenig reizvoller. Er fand es toll, wenn Menschen sich ihre Träume erfüllten, hart dafür arbeiteten, ihre Ziele zu erreichen. Davor hatte er großen Respekt.

347

»Ein Sandwichladen also. Jetzt verstehe ich auch deinen leidenschaftlichen Vortrag über Sandwiches.«

»Ich mache wirklich leckere Sandwiches.«

»Das glaube ich gern. Ich muss mich unbedingt mal selbst davon überzeugen.«

»Ich würde mich freuen.«

Sie lächelte ihn an, und er konnte nicht anders, als sie zu küssen. Bevor er wusste, was er tat, lagen seine Lippen auf ihren, und sie hielt ihn nicht auf.

Herr im Himmel, sie küssten sich!

Und was das für ein Kuss war! Nie zuvor hatte es sich so angefühlt, so voller Leichtigkeit, als schwebe er auf Wolken. Julia musste ein Engel sein, der zu ihm gesandt worden war.

So sehr er sie weiterküssen wollte, so sehr er wollte, dass dieser Kuss niemals endete, löste er sich doch von ihr und sah sie entschuldigend an. »Es tut mir leid, das hätte ich nicht tun sollen.«

Wie sehr wünschte er sich, dass sie sagte: »Doch, es war genau das Richtige.« Aber sie nickte nur und sah zu Boden.

»Wenn du willst, können wir wieder reingehen«, bot er an, da er wusste, dass er gerade Mist gebaut hatte. Auch wenn es sich überhaupt nicht danach anfühlte.

Doch Julia überraschte ihn, indem sie sagte: »Nein, lass uns Ski fahren.«

Er strahlte und nahm sie bei der Hand, und zusammen gingen sie sich Ski-Ausrüstungen ausleihen.

Nach einem heiteren Nachmittag machten sie sich auf den Weg zurück zum Hotel. Die letzten Stunden waren unglaublich gewesen. Das Wetter hatte gut mitgespielt, die Sonne hatte auf die Berggipfel geschienen und den Schnee glänzen lassen. Der Lake Tahoe war ihm wie ein funkelnder, verwunschener See vorgekommen, der ihm versprach, seine größten Wünsche in Erfüllung gehen zu lassen. Und Julia … war einfach nur wunderbar gewesen. Sie überzeugte nicht nur mit Charme und Humor, sondern auch mit Ehrgeiz und Zielstrebigkeit. Sie hatten viel gelacht und herumgealbert, und Julia hatte sich für eine Anfängerin erstaunlich gut angestellt. Einmal waren sie zusammen im Schnee gelandet, und er hätte sich am liebsten über sie gebeugt und sie wieder geküsst, doch er wollte sie respektvoll behandeln, und sie erneut zu küssen wäre falsch gewesen. Denn es gab da ja immer noch Mona.

Doch erneut nach ihrer Hand zu greifen und sie zu halten wollte er sich nicht nehmen lassen. Das war doch ganz freundschaftlich, oder?

»Darf ich dich etwas fragen?«, meinte sie, als sie die Skier wieder abgegeben hatten.

»Klar.«

»Wieso warst du eigentlich damals auf dem Internat? Haben deine Eltern so viel gearbeitet?«

Er sah sie an und wusste, dass er sie nicht anlügen konnte wie zum Beispiel Mona, die ihn das sogar auch einmal gefragt hatte. »Wenn ich ehrlich sein soll, war ich kein allzu guter Junge damals. Meine Eltern hatten so ihre Schwierigkeiten mit mir.«

»Oh, wirklich? Das hätte ich nun nicht gedacht.«

»Ja. Mit zwölf hatte ich den falschen Freundeskreis und habe mich ständig geprügelt und so weiter. Meine Eltern wurden mehr als einmal ins Büro des Schuldirektors gerufen. Irgendwann hatte mein Vater dann genug und hat mich aufs Internat geschickt. Wo ich Richard kennengelernt habe, der mir gezeigt hat, wie dankbar ich sein konnte, eine

349

intakte Familie zu haben und Eltern, die mich lieben und die für mich da sind.«

»Ich freue mich für dich, dass du auf den rechten Weg zurückgefunden hast.«

»Das habe ich auf jeden Fall. Irgendwann wollten meine Eltern mich sogar wieder nach Hause holen, ich habe sie aber gebeten, weiter auf der Sherman's bleiben zu dürfen. Ich mochte Richard einfach nicht allein lassen, weißt du?«

»Das muss wahre Freundschaft sein«, sagte Julia.

»Wir sind die besten Freunde. Schon seit wir uns kennen.«

»Dasselbe gilt für CeCe und mich. Hätte ich sie damals nicht gehabt, als ich nach Kalifornien kam und noch mal ganz neu anfangen musste nach…« Sie unterbrach sich selbst. Wahrscheinlich war sie noch nicht bereit, über ihre Vergangenheit zu reden, und das war völlig okay.

»Du hattest es in deiner Kindheit wohl nicht so leicht, hm?«, fragte er ganz allgemein, während sie vorangingen. Er blickte zum Himmel, der mit schweren dunklen Wolken behangen war. Es schneite jetzt wieder mehr, sie sollten sich beeilen, bevor es so richtig anfing.

»Nein. Meine Kindheit war eine Katastrophe, um ehrlich zu sein.«

»Dann ist es doch umso schöner, dass es dir heute so gut geht. Du hast CeCe und deinen Sandwichladen…«

»Und Jemima. Das ist meine Pflegemutter.«

»Ich würde sie wirklich gerne kennenlernen«, ließ er sie wissen, und ihm wurde bewusst, dass er das nicht nur so dahinsagte, sondern es tatsächlich so meinte. Er war über sich selbst erstaunt. Monas Eltern hatte er bis heute nicht kennengelernt. Was nicht daran lag, dass sie in Phoenix lebten.

350

»Ehrlich?«, fragte Julia, und er nickte. Sie passierten gerade die Pferdeställe, hatten beinahe das Hotel erreicht.

Er konnte nicht anders. Er wollte sie halten, sie berühren und spüren und die Nacht mit ihr verbringen. Und in ihren Augen sah er, dass sie dasselbe wollte.

Wieder küsste er sie, küsste sie aus dem Herzen heraus. Dann sah er sie an und entdeckte Tränen in ihren Augen. Vielleicht waren ihr ja nur ein paar Schneeflocken hineingeweht? Der Gedanke, dass er sie zum Weinen gebracht hatte, war beinahe unerträglich. Und deshalb fasste er einen Entschluss.

»Würdest du mich bitte entschuldigen?«, fragte er. »Ich habe etwas Wichtiges zu erledigen.« Er hoffte, sie verstand, dass es etwas Gutes war, etwas, das ihnen endlich Zweisamkeit ermöglichen würde. Er wartete auf ihr Nicken und eilte ins Hotel.

Als er an den Tisch trat, an dem Richard, CeCe und Julia bereits saßen und sich die Fenchelsamen-Vorspeise schmecken ließen, fühlte er sich stark und bereit und besser als in den letzten zehn Jahren.

»Oh, wow, was ist denn mit dir los?«, fragte Richard und sah ihn erstaunt an. »Du siehst ja richtig euphorisch aus. Hattest du einen schönen Nachmittag?«

»Den hatte ich«, antwortete er. »Und danach habe ich Mona angerufen und ihr gesagt, dass es vorbei ist.«

Er spürte alle Blicke auf sich. Besonders Julia sah ihn an, als wenn sie es gar nicht richtig glauben könnte.

»Das war aber auch mal an der Zeit, Kumpel«, sagte Richard und sah zu Julia, wahrscheinlich um sie wissen zu lassen, dass das sonst nicht Mitchells Art war. »Dieses On und Off der beiden war nicht auszuhalten.«

Julia nickte. Sie verstand.

Mitchell nickte auch. Ja, es war höchste Zeit gewesen. Wie hätte er denn noch mit Mona zusammen sein können, wenn er sein Herz längst an eine andere verloren hatte? Die Sache zu beenden war auch gar nicht so schwer gewesen, wie er angenommen hatte. Mona hatte zuerst ein wenig trotzig reagiert und gesagt: »Du hast schon vorher Schluss mit mir gemacht, und du weißt, dass das nie lange angehalten hat. Du weißt genau, dass du nach spätestens zwei Wochen wieder bei mir angekrochen kommst.«

»Diesmal ist es anders«, hatte er entgegnet. »Ich habe jemanden kennengelernt.«

Kurze Stille. Dann: »Oh Gott, bin ich erleichtert. Beau Brown hat mich nämlich um ein Date gebeten ... und ich würde es ehrlich gesagt gerne annehmen.«

»Der Künstler, der diese Türen malt?« Alle seine Bilder zeigten irgendwelche Türen, da waren ja Kürbisse spannender. Er musste an CeCe und ihre Grandma denken und daran, dass er sie hoffentlich bald alle ganz häufig sehen würde. Zusammen mit Julia, wenn sie denn wollte.

Er setzte sich nun und fragte: »Und? Was gibt es zu essen?«

»Eine langweilige Kartoffelsuppe. Der Vortrag am Nachmittag war übrigens genauso langweilig«, erzählte Richard mit gesenkter Stimme. »Mr. Hoover hat uns von seinem Tagesablauf auf der Farm berichtet.«

»Das Spannendste dabei war, dass er sich am Abend nach getaner Arbeit eine Folge *Bonanza* ansieht«, meinte CeCe. »Das war ganz schön gemein von euch, uns allein zu lassen.«

»Das war allein meine Schuld«, sagte Mitchell. »Ich habe Julia förmlich gezwungen, den Nachmittag zu schwänzen.«

»Ihr wart Ski fahren, habe ich gehört?«, fragte Richard.

Er nickte. »Julia ist ziemlich begabt.«

Sie lachte laut und schien plötzlich total erleichtert und ausgelassen. »Das ist so was von übertrieben«, sagte sie. »Ich bin dahingeeiert und war froh, wenn ich das Ende der Bahn irgendwie erreicht habe, ohne hinzufallen.«

»Ich finde, du hast eine sehr gute Figur gemacht«, sagte er zu ihr, und sie lächelte ihn an.

Dann bekam auch er die Suppe und musste den anderen recht geben: Sie war langweilig. Zudem schmeckte sie mehr nach Muskat als nach Fenchel und hätte viel besser zum Vorabend gepasst.

Das Dinner dagegen verlief gar nicht langweilig. Sie erzählten sich lustige Geschichten und lachten viel, und am Ende verabschiedeten sie sich alle voneinander, und Mitchell wurde bewusst, dass er lange keinen so schönen Abend mehr verbracht hatte.

Er ging auf sein Zimmer und dachte nach, dachte über Julia nach und über all die Möglichkeiten, die ihnen nun offenstanden. Und dann, um kurz nach elf, erhob er sich aus seinem Sessel, verließ sein Zimmer und ging den Gang hinunter, um vor der Tür mit der Nummer 28 stehen zu bleiben. Mit pochendem Herzen klopfte er an.

Kapitel 30

Als CeCe am nächsten Morgen an Julias Tür klopfte, um sie abzuholen, öffnete diese ihr mit einem riesigen Strahlen im Gesicht. Sie sah aus, als hätte sie ein weltbewegendes Geheimnis, das sie unbedingt loswerden wollte. Und schon zog sie CeCe ins Zimmer und machte die Tür hinter ihr zu.

»Rate, was passiert ist!«, sagte Julia und schien vor Glück beinahe zu platzen.

»Nun erzähl schon!«, forderte CeCe sie auf, ebenfalls ganz aufgeregt.

Julia strahlte nur noch mehr. »Mitchell war bei mir.«

»Mitchell? Wann?« Doch das brauchte sie eigentlich gar nicht zu fragen, denn das Gesicht ihrer Freundin sprach Bände. »Oh mein Gott, etwa über Nacht?«

Julia nickte wie wild und zog sie aufs Bett, wo sie sich setzten. »Er kam gestern Abend noch her und hat mir gesagt, dass er jetzt frei sei und dass er sich sehr freuen würde, mehr Zeit mit mir verbringen und mich besser kennenlernen zu dürfen.«

»Und das hast du ihm natürlich gern erlaubt, wie?« Sie grinste ihre Freundin an, die jetzt total verschmitzt aussah. »Scheiße, ihr habt wahrscheinlich in diesem Bett die ganze Nacht lang versaute Spielchen gespielt«, rief sie und sprang auf.

»Nun hör schon auf, CeCe. Missgönnst du mir mein Glück etwa?«

Nein, das tat sie natürlich nicht, und Julia hatte recht, sie sollte wirklich keine dummen Witze machen. Denn es war wundervoll, was ihrer Freundin da gerade widerfuhr, auf deren Seite die Liebe in letzter Zeit wirklich nicht gewesen war.

»Ich könnte mich nicht mehr für dich freuen, Süße«, sagte sie nun und nahm Julias Hände in ihre. »Du hast es so verdient, endlich wieder glücklich zu sein. Und ich hoffe, Mitchell lässt dich endlich diesen Idioten Jackson vergessen.«

»Wen?«, fragte Julia und kniff ein Auge zu.

»Das ist die richtige Einstellung. Also, erzähl! Ich will alle Details wissen. Er ist also zu dir gekommen … und dann? Wie war der erste Kuss? War er schön?«

Julia lächelte schief und gestand ihr: »Eigentlich haben wir uns schon gestern beim Skifahren geküsst. Ich habe es dir nicht erzählt, damit du nichts Falsches von mir denkst. Weißt du, ich wollte es ja gar nicht, es ist einfach so passiert.«

Einen Moment war CeCe sprachlos und sogar ein bisschen enttäuscht, dass ihre beste Freundin ihr so etwas Wichtiges vorenthalten hatte. Doch sie verstand sie gut. Und selbstverständlich verzieh sie ihr auf der Stelle.

»Ist schon okay. Awww, er hat dich geküsst und daraufhin mit seiner Freundin Schluss gemacht? Bevor es zu mehr zwischen euch kommen konnte? Weil er sich das so sehr gewünscht hat? Das ist ja noch viel romantischer!«, sagte CeCe und war trotzdem froh, dass es zwischen Mitchell und seiner Freundin nichts allzu Ernstes gewesen war – das hatte sie Richards Worten am Vorabend entnommen.

»Ja, oder?«, fand auch Julia.

»Und wie soll es jetzt mit euch weitergehen? Nach dem Seminar? Wollt ihr eine Fernbeziehung führen?«

»Darüber hab ich mir noch keine Gedanken gemacht, und ehrlich gesagt will ich das auch gar nicht. Ich möchte einfach nur mal den Moment genießen, die Zeit mit Mitchell, ohne darüber nachzugrübeln, was morgen ist oder nächste Woche. Der liebe Gott wird schon zusammenführen, was zusammengehört, sagt Jemima immer.«

»Das hört sich ziemlich weise an.«

»Jemima ist die weiseste Frau überhaupt. Im Gegensatz zu einigen anderen älteren Damen, die wir kennen.«

CeCe musste lachen. »Ja, Angie hätte jetzt wahrscheinlich eher so was gesagt wie: Lasst es krachen!«

Auch Julia lachte. »Das klingt nach ihr, ja.«

CeCe betrachtete ihre Freundin, die so selig aussah, und wurde nachdenklich. »Weißt du, ein wenig beneide ich dich ja. Dafür, dass du und Mitchell euch schon so nahegekommen seid. Zwischen Richard und mir ist außer netten Gesprächen und intensiven Blicken noch rein gar nichts gelaufen.«

»Ihr geht es halt langsam an, ist doch auch gut.«

»Ja, schon. Nur haben wir nicht mehr allzu viel Zeit, und ich würde auch gern mal geküsst werden.«

»Womöglich traut er sich nicht, weil er hier doch den seriösen Geschäftsmann spielen muss und die Situation nicht ausnutzen will. Wenn du einen Kuss willst, solltest du ihn dir vielleicht einfach holen.«

»Nein, niemals! Ich weiß doch noch nicht mal, ob er mich küssen will! Oder ob er mich überhaupt mag.«

»Also, wenn du das nicht allmählich weißt, bist du echt blind. Er ist total verschossen in dich, das sieht doch jeder.«

»Jeder?« Sie knabberte an ihrem Fingernagel.

»Jeder!« Julia haute ihr auf die Hand, damit sie mit dem Nagen aufhörte. »Das hattest du dir so schön abgewöhnt.«

»Ja, sorry. Ich bin halt nervös. Mehr als nur ein bisschen.«

»Kann ich gut verstehen.« Ihre Freundin lachte. »Hättest du noch vor einer Woche gedacht, dass wir beide uns hier verlieben würden?«

»Ich hätte nicht im Traum mit so etwas gerechnet.« Obwohl sie ja, wenn sie ehrlich war, schon ab und zu an Richard gedacht und eine Weile lang sogar gehofft hatte, er wäre ihr Traumprinz.

Konnte er es nun wirklich doch noch werden?

»Wollen wir runtergehen? Ich habe Mitchell gesagt, dass wir uns um neun beim Frühstück treffen, als er heute Morgen zurück in sein Zimmer gehuscht ist.«

»Klar, gehen wir.« CeCe freute sich unwahrscheinlich darauf, Richard wiederzusehen. Beim Verlassen des Zimmers machte ihr Herz ein paar Sprünge und übertrug die Vorfreude auf ihre Beine, die ebenfalls einen Hüpfer machten.

Julia lachte. »Was war das denn gerade?«

»Das nennt man Vorfreude, ich hatte angenommen, du würdest sie auch empfinden?«

Und dann fing auch Julia an zu hüpfen, und zusammen galoppierten sie zum Fahrstuhl, wo bereits einige Herren warteten und sie belustigt begrüßten.

Spicy Pete, wie Peter Whittaker sich selbst nannte, war das genaue Gegenteil von Frank Hoover. Er war ein wahrer Entertainer und brachte so richtig Pep in den Vormittag. Zuerst erzählte er davon, wie er als junger Mann auf der Suche nach seiner Bestimmung gewesen war und dass er sich, weil er so gerne scharf gegessen hatte, irgendwann einfach gedacht hatte: Warum nicht mit Chili mein Geld verdienen? Anfangs baute er auf dem kleinen Grundstück hinter dem Haus seiner Eltern Chilischoten an und verkaufte diese auf dem Wochenmarkt. Irgendwann kamen zu den schlichten roten Chilischoten auch feurige Sorten wie Jalapeños dazu, und zu guter Letzt, als er irgendwann seine eigene Farm hatte, beschloss er, dass er es auch noch mit Pfeffer versuchen wollte. Inzwischen hatte er sich ein kleines Imperium der scharfen Gewürze aufgebaut, und jeder aus Anaheim und Umgebung kam zu ihm, wenn er es mal »so richtig krachen lassen« wollte. Spicy Pete brachte sie mit seinen Anekdoten über feuerspeiende Männer, die sich zu viel zugemutet hatten, und seinem alljährlichen Chili-Contest mehr als einmal zum Lachen. Als es in die Mittagspause ging, versprach er ihnen einen »hitzigen Nachmittag«, und CeCe fragte sich schon, ob sie alle am Ende Feuer speien würden.

»Na, der ist ja mal eine Überraschung«, sagte Mitchell beim Essen. »Ich könnte mir gut vorstellen, mit ihm zusammenzuarbeiten.«

»Ja, bisher gefällt er mir auch am besten«, sagte Richard.

»Was ich dich schon die ganze Zeit fragen wollte, Richard«, meldete Julia sich zu Wort. »Warum ist CeCe denn erst am Freitag dran, als Allerletztes?«

»Na, weil das Beste bekanntlich immer zum Schluss kommt, oder?«, antwortete er und zwinkerte CeCe zu, was ihr ein Kribbeln im Bauch bescherte.

»Du glaubst, ich könnte dir besser gefallen als Spicy Pete?«, fragte sie lachend.

»Ich bin mir noch nicht sicher, aber ich bin hoffnungsvoll«, scherzte er. »Und vor allem erhoffe ich mir, dass wir dann endlich Näheres über das Geheimnis deiner Vanille erfahren werden.«

»Es heißt nicht umsonst Geheimnis«, erwiderte sie mit einem Lächeln, doch Richard sah plötzlich so aus, als wenn er es wirklich ernst meinen würde. Und dann sagte er etwas, das sie ein wenig beunruhigte, sie konnte nicht einmal genau sagen, warum.

»Na, aber Julia kennt es doch sicher, oder? Vielleicht können wir ja aus ihr etwas herauskitzeln.« Er sagte es im Spaß, doch es gefiel ihr nicht. Ihre Vanille war ihr heilig.

»Ich weiß von nichts«, entgegnete ihre Freundin unschuldig, und die Männer lachten und wechselten auch gleich das Thema.

Wahrscheinlich machte sie sich völlig grundlos Sorgen.

»Sag mal, Richard, was ich noch gern wissen wollte«, meinte sie dann. »Das Seminar endet ja bereits am Freitag. Wir haben aber bis Sonntag unsere Zimmer. Was ist denn fürs Wochenende eingeplant?«

»Gar nichts. Da könnt ihr es euch einfach mal so richtig gut gehen lassen.«

»Ooh!«, machte Julia. »Können wir dann vielleicht mal zu den Pferden gehen? Oder sogar eine Kutschfahrt machen? Wir sind bisher noch gar nicht dazu gekommen, und ich liebe Pferde über alles.«

Richard überlegte. »Hmmm ... Eigentlich habe ich eine bessere Idee. Was haltet ihr davon, wenn wir heute Nachmittag eine Schlittenfahrt machen? Gleich nach dem Vortrag? Denn für morgen und die kommenden Tage wird starker Schneefall vorhergesagt, und ich kann nicht versprechen, dass es dann noch klappt.«

»Das ist eine großartige Idee«, fand auch Mitchell und griff nach Julias Hand. Die beiden wirkten so glücklich miteinander, CeCe war sich sicher, dass es mehr als nur eine Urlaubsliebelei werden würde.

»Oh ja!«, freute sich Julia, und auch sie war begeistert.

»Das hört sich wundervoll an. Dann sind wir uns ja einig, oder?« CeCe sah in die Runde, und alle nickten.

»Gut. Dann werde ich nach dem Lunch alles arrangieren, damit die Kutsche später für uns bereitsteht«, versprach Richard.

Sie aßen zufrieden weiter und kamen auf das Thema Bücher zu sprechen. Mitchell erzählte Richard, dass Julia ihren Abschluss in Englischer Literatur gemacht hatte, was sie ihn anscheinend schon wissen lassen hatte.

»Oh. Das heißt, wir haben eine Frau vom Fach unter uns. Welches ist dein Lieblingsbuch, Julia? Das interessiert mich immer sehr bei Menschen, die ich neu kennenlerne, denn es sagt so viel über den Charakter einer Person aus.«

»Hm, ich habe einige Lieblingsbücher, aber mein absoluter Favorit ist wohl *Große Erwartungen* von Charles Dickens.«

»Das habe ich am College gelesen«, erzählte Richard. »Ich hatte einen Kommilitonen, der absolut Dickens-fanatisch war. Ein gutes Buch, besser noch als *Oliver Twist* oder *Eine Geschichte aus zwei Städten*.«

»Hast du die alle gelesen?« Julia schien schwer beeindruckt.

»Ich lese sehr viel. Meine Abende hier sind manchmal ziemlich einsam, muss ich zugeben.« Bei diesen Worten sah er zu CeCe, und er wirkte fast ein wenig traurig.

»Darf ich fragen, welches *dein* absolutes Lieblingsbuch ist?«, fragte Julia neugierig.

Da musste Richard nicht lange überlegen. »*Von Mäusen und Menschen*. Ich verehre Steinbeck.«

Richards Augen glänzten. Es war nicht zu übersehen, dass er ein sehr passionierter Mann war. Und jetzt wanderte sein Blick zu CeCe, und diese Leidenschaft schien auf einmal allein ihr zu gelten. Sie wurde ganz nervös, und das Kribbeln in ihrem Bauch breitete sich im ganzen Körper aus und ließ sie dahinschmelzen.

»Ja, da muss ich zustimmen, er war ein großartiger Autor«, meinte Julia.

»Ich habe alles gelesen, was er je geschrieben hat. Aber *Von Mäusen und Menschen* hat etwas ganz Besonderes in mir geweckt. Es hat mich schon immer an Mitchell und mich erinnert, an unsere Freundschaft.«

CeCe dachte nach, zumindest so gut es mit einem geschmolzenen Gehirn möglich war. Das Buch hatte sie auch gelesen, damals in der Schule im Englischunterricht. Es war eine Ewigkeit her, und doch glaubte sie sich daran zu erinnern, dass es von zwei Freunden handelte, von denen einer klein und schmächtig und verantwortungsbewusst war und der andere groß und schwer und grob und …

»Oh Gott, ich hoffe, keiner von euch beiden hat je eine Maus mit der Hand zerquetscht!«, sagte sie ganz aufgebracht, als ihr wieder einfiel, was der große Schwere in der Geschichte ständig getan hatte. Wenn die beiden im Buch Richard an Mitchell und sich selbst erinnerten, dann konnte nur Mitchell der große Schwere sein.

»Nein, nein, natürlich nicht«, beruhigte Richard sie schmunzelnd. »Aber die Freundschaft der beiden ist wirklich einmalig. Sie halten immer zusammen und stehen füreinander ein.«

»Bis zum bitteren Ende«, meinte Julia. »Nun ja, an das Ende wollen wir gar nicht denken.«

»Was passiert noch mal am Ende?«, fragte CeCe interessiert, denn das wollte ihr partout nicht einfallen.

»Das verraten wir dir nicht«, meinte Richard. »Es ist

doch ein guter Anreiz, das Buch noch einmal zu lesen, oder?« Er zwinkerte ihr wieder zu, auf diese schelmische Art, die ihre Knie weich werden ließ. Oje, und in wenigen Minuten musste sie wieder aufstehen, sie wusste gar nicht, wie das gehen sollte, wenn ihre Knie, ihre Beine, ja, ihr ganzer Körper doch flüssiger waren als die Pfirsichsauce, die auf dem Tisch stand und als Topping für den Milchreis gedacht war, den es zum Mittagessen gegeben hatte.

»Das werde ich tun«, versprach sie.

»Was liest du denn sonst so?«, wollte Richard wissen. »Welches ist dein liebstes Buch?«

CeCe musste überlegen. Sie las zwar auch gern, aber selten die Art von bedeutender Weltliteratur, die sich ausschließlich in Julias Bücherregalen und anscheinend auch in denen von Richard befand.

»Ist es total blöd zu sagen, dass mein Lieblingsbuch *Die Brücken am Fluss* ist? Es ist einfach eine Geschichte, die mir am meisten im Gedächtnis geblieben ist. Natürlich ist Robert James Waller nicht so intellektuell wie Dickens oder Steinbeck, aber ...«

»Mach dir nichts draus«, meinte Mitchell und sorgte gleich dafür, dass sie sich besser fühlte. »Ich lese hauptsächlich Thriller, die haben mit intellektueller Literatur genauso wenig zu tun wie dein Buch. Aber das ist es ja gerade: Jeder sollte das lesen, was ihn glücklich macht und ihm ein paar unbeschwerte Stunden bereitet, denn dazu sind Bücher letztendlich doch da, oder?«

Da stimmten ihm alle zu. Sie mochte Mitchell von Tag zu Tag mehr und konnte gut verstehen, was Julia an ihm fand.

Richard sah auf seine Armbanduhr. »Ich mache mich dann auf und lasse die Kutsche für später vorbereiten. Wir sehen uns gleich im Konferenzraum?« Er lächelte sie warm an.

CeCe nickte und sah Richard nach, der heute einen braunen Nadelstreifenanzug trug. Dann fiel ihr Blick auf das Blumenbouquet, das den Tisch zierte. Es beinhaltete orangefarbene Rosen, so wie bisher jede Blumendekoration, seit sie in Gegenwart von Richard erwähnt hatte, dass es ihre Lieblingsblumen waren. Natürlich konnte es sich dabei auch um einen Zufall handeln, doch tief im Innern wollte sie gern glauben, dass es vielleicht sogar etwas mit ihr zu tun hatte.

Kapitel 31

Nachdem sie tatsächlich alle Feuer gespuckt hatten beim Testen von Spicy Petes verschiedenen Pfeffersorten, spürte CeCe ihre Zunge nicht mehr und befürchtete schon, dass das Dinner heute ebenfalls voller Schärfe sein würde. Doch Pete versprach ihnen, dass er seinen Pfeffer bei allen drei Gängen sehr dezent einsetzen würde. Vor allem auf die Schoko-Pfeffer-Mousse freute sie sich schon. Zuerst aber würde sie mit ihren Freunden durch den Schnee fahren, und das konnte sie kaum erwarten.

Als Spicy Pete fertig war und sie entlassen wurden, sagte Richard, dass sie sich um Viertel nach fünf in der Lobby treffen sollten, was Julia und ihr eine knappe halbe Stunde Zeit gab, um auf ihre Zimmer zu gehen, sich warm einzumummen und zu Hause anzurufen, um zu hören, ob alles in Ordnung war. CeCe erkundigte sich zuerst bei Jessie, ob sie die Bestellungen im Griff hatte.

»Hier ist alles in Ordnung, mach dir keine Gedanken«, beruhigte Jessie sie. »Ich muss dir aber etwas erzählen … Louis ist heute auf der Farm gewesen und hat sich nach dir erkundigt.«

Ein bitterer Geschmack machte sich in ihrem Mund breit. Was wollte der denn schon wieder?

»Und? Was hast du ihm gesagt?«, fragte sie.

»Dass du geschäftlich unterwegs bist und erst am Sonntag wiederkommst. Hätte ich etwas anderes sagen sollen?«

Sie überlegte. »Wenn er noch mal fragt, darfst du ihm gerne sagen, dass ich mit meinem Freund unterwegs bin. Vielleicht lässt er dann ja endlich mal locker.«

»Will er dich etwa zurück?«, fragte Jessie erstaunt. Sie hatte natürlich wie alle anderen in der Gegend mitbekommen, was damals vorgefallen war. So etwas sprach sich schneller herum als die Neuigkeit, dass der alte Harold sich endlich seinen sechsten Zeh hatte wegoperieren lassen.

»Ich hoffe nicht«, sagte sie und seufzte.

»Okay, ich werde es ihm übermitteln. Aber du, sag mal, bist du denn tatsächlich mit deinem Freund unterwegs? Ich wusste ja gar nicht, dass du wieder jemanden an deiner Seite hast.«

CeCe musste lächeln. »Es ist alles noch sehr frisch, weißt du? Ich bin mir nicht sicher, ob überhaupt etwas daraus wird, aber das muss Louis ja nicht erfahren.«

»Alles klar. Wie auch immer, ich wünsche dir weiterhin viel Spaß beim Seminar und natürlich mit deinem unbekannten Verehrer.«

Angie war weit offensiver. Seit sie ihr am Sonntagabend erzählt hatte, dass es sich bei dem Hotelinhaber um Richard Banks junior handelte, der nur wenige Jahre älter war als sie, machte sie bei jedem Telefonat irgendwelche Andeutungen.

»Und? Seid ihr schon in der Kiste gelandet?«, fragte ihre Grandma sie heute gleich, nachdem sie sie begrüßt hatte.

»Und? Wieder irgendwelche Joints geraucht?«, fragte CeCe im Gegenzug.

»Nein, aber ich habe Haschkekse gebacken.« Angie lachte. »Nun sei doch nicht so ein Spielverderber! Es interessiert mich wirklich. Nähert ihr euch endlich an?«

365

»Wir machen heute eine Kutschfahrt.«

»Ooh! Im Dunkeln? Nur ihr beide? Wie romantisch!«

»Nein, zusammen mit Julia und Richards Freund Mitchell.«

»Oh Mann! Wenn du nicht aufpasst, fangen die beiden eher etwas miteinander an als du und dein Richard.«

CeCe sagte nichts dazu, was Angie natürlich sofort richtig interpretierte.

»Ach du meine Güte! Waren die beiden etwa schon in der Kiste?«

»Nun sag das doch nicht immer so! Die haben hier ganz ausgezeichnete luxuriöse Betten mit Bezügen aus ägyptischer Baumwolle, keine Kisten!«

»Na, dann eben: Waren die beiden etwa schon in dem luxuriösen ägyptischen Bett?«

Sie schüttelte seufzend den Kopf. »Die Baumwolle ist aus Ägypten, nicht die Betten. Und frag das Julia doch am besten selbst. Ich bin nicht so eine Tratschtante wie du.«

»Cecilia Guadalupe Jones!«, sagte Angie, und so nannte sie CeCe ausschließlich dann, wenn sie ernst wurde, was nur alle paar Jahre mal vorkam. »Ich muss jetzt wirklich mal ein Machtwort mit dir sprechen. Du darfst dich nicht immer drauf verlassen, dass der Mann den ersten Schritt tut. Denn so wirst du vielleicht ewig warten. Sei die selbstbewusste Frau, die ich miterzogen habe, und mach dich an den Kerl ran! Hätte ich Roy nicht gefragt, ob er mit mir nackt baden will, wäre aus uns sicher bis heute nichts geworden.«

Oh Gott, solche Details wollte sie überhaupt nicht hören, und sich Angie und Roy beim Nacktbaden vorstellen ganz bestimmt auch nicht. Sie kniff die Augen zu.

»Um mich das zu trauen, brauche ich aber ein paar von deinen Haschkeksen«, scherzte sie.

»Nenn mir eine Adresse, und ich schicke dir welche.«

»Das war ein Witz, Angie.«

»Das ist mir schon klar, kleine Miss Saubermann. Aber jetzt mal im Ernst, lass dir einen Tipp von deiner erfahrenen alten Grandma geben.« Oh, sie nannte sich selbst Grandma, es schien ihr wirklich wichtig zu sein. »Rede mit ihm. Bringe in Erfahrung, was seine Interessen sind, wovon er träumt, wonach sein Herz sich sehnt. Und dann gib ihm all das. Du hast es verdient, endlich auch mal einen von den Guten abzubekommen, Kleines. Mister Right.«

»Manchmal habe ich das Gefühl, Richard könnte das tatsächlich sein …«

»Dann finde es heraus!«

Und plötzlich fühlte sie sich wirklich ganz mutig und selbstbewusst. Es war zwar nicht so, dass sie das sonst nicht war, aber bei Richard Banks junior war es schon eine andere Sache. Immerhin stammte er aus einer stinkreichen Familie, sein Vater war, soweit sie das beurteilen konnte, Milliardär, und Richard würde sein Vermögen eines Tages vielleicht erben. Er hatte jetzt schon sehr viel Erfolg mit seinem eigenen Hotel, trug Designerkleidung, sah umwerfend aus und konnte wahrscheinlich jede Frau haben, die er wollte. Das alles war irgendwie ganz schön einschüchternd.

Aber ihr Vater hatte ihr einmal gesagt, dass sie es wissen würde, wenn sie dem Richtigen begegnete, und auch wenn es verrückt war, weil sie Richard noch überhaupt nicht lange kannte, hatte sie das Gefühl, er könnte wirklich der Märchenprinz sein, von dem sie schon so lange träumte. Und sie glaubte, ihr Vater würde ihn mögen, und das war ihr das Allerwichtigste. Louis hätte er wahrscheinlich sofort durchschaut, nur leider war er nicht da gewesen, um sie zu warnen.

»Oh, Dad, was würdest du mir raten?«, fragte sie gen Himmel, nachdem sie sich von Angie verabschiedet und ihr versprochen hatte, sich gleich zu melden, nachdem sie mit Richard in der Kiste gelandet war. Sie musste lachen. »Weißt du, Dad, Angie ist mir wirklich keine große Hilfe. Ich wünschte so sehr, du wärst jetzt hier.« Sie schloss die Augen und vermisste ihn in diesem Moment besonders arg.

Sie hörte Stimmen im Gang, Julia und Mitchell, die sich unterhielten. Oje, war es etwa schon an der Zeit runterzugehen? Sie hatte sich noch nicht mal umgezogen. Schnell schlüpfte sie aus den Halbschuhen und zog die dicken Schneestiefel an. Sie tauschte die geblümte Bluse gegen einen warmen bordeauxfarbenen Pullover, schnappte sich ihre rote Jacke und die Keycard und eilte hinaus. Julia und Mitchell standen noch immer da und schienen die Welt um sich herum vergessen zu haben. Erst als sie »Hallo, ihr beiden« sagte, schienen sie sie zu bemerken.

»Hallo, CeCe«, sagte Mitchell.

»Willst du keine Mütze mitnehmen?«, fragte Julia und betrachtete sie eingehend. »Und Handschuhe? Einen Schal? Draußen ist es eiskalt.« Julia selbst war eingemummt wie ein Eskimo und sah so aus, als ob sie eine Expedition zum Nordpol plante.

»Oh Shit«, murmelte sie und lief noch mal zurück zum Zimmer. Ihre Freundin hatte ganz recht. Wenn sie so rausgehen und stundenlang bewegungslos in einer Kutsche sitzen würde, wäre sie am Ende des Tages eingefroren und würde morgen sicher mit einer Lungenentzündung im Bett liegen.

Was war nur mit ihr los? Sonst war sie doch auch nicht so gedankenverloren.

Sie griff nach dem dicken rot-orangenen Schal, den

Jemima ihr extra für die Reise aus Bio-Wolle gestrickt hatte, nach den warmen Fäustlingen und der neuen Mütze, die perfekt zur Farbe der Jacke passte. Sie trug so viel Rot, sie kam sich vor wie eine der Chilischoten, die Spicy Pete heute dabeigehabt hatte. Und genauso heiß war ihr auch, als sie in der Lobby ankamen.

Richard wartete schon auf sie. »Die Kutsche steht bereit«, verkündete er, und als sie alle aus dem Hotel traten und der eisige Wind ihr ins Gesicht blies, war CeCe froh über die dicken Sachen.

»Die Pferde sind so anmutig«, sagte Julia und streichelte eines der beiden Tiere, ein großes mit dunklem Fell. Das andere, etwas kleinere war weiß und sah aus wie aus Schnee geformt. »Wie heißen sie?«

CeCe tippte auf Snowflake und vielleicht Zorro oder Brownie. Sie hatte als Kind mal ein Kaninchen namens Brownie besessen.

Richard wirkte ein wenig verlegen und wollte nicht so recht rausrücken mit der Sprache. Aber Mitchell lachte und sagte: »Das sind Johnny und Baby.«

CeCe starrte Richard an und staunte. Sie konnte sich ein Schmunzeln nicht verkneifen. »Johnny und Baby? So wie in *Dirty Dancing*?«

Er nickte. »Ja, so wird es wohl sein.«

»Hast *du* ihnen etwa die Namen gegeben?« CeCe hörte Julia kichern, die sich nun von Mitchell auf die Kutsche helfen ließ.

»Ich mag den Film. Und wenn du die beiden hier kennen würdest, wüsstest du, dass die Namen perfekt zu ihnen passen. Sie sind ein Herz und eine Seele.«

»Wie romantisch!«, sagte sie. »Ich wusste nicht, dass Pferde sich verlieben können.« CeCe setzte sich Julia und

Mitchell gegenüber, Richard nahm neben ihr Platz und reichte ihr eine Wolldecke, mit der sie sich zudecken konnte.

»Oh doch«, sagte Julia. »Erinnerst du dich? Als Teenie hatte ich Reitunterricht, und auf dem Reiterhof gab es damals auch ein Pferdepärchen, das ständig schmuste. Die beiden hatten allerdings ganz unbedeutende Namen: Jelly und Belly. Ich war immer der Meinung, sie sollten schönere Namen haben. So was wie Johnny und Baby. Ich finde das total süß.«

»Ich auch.«

Mitchell grinste schon wieder. »Wollt ihr wissen, wie die anderen beiden Pferde im Stall heißen?«

»Bonnie und Clyde?«, riet sie.

»Sonny und Cher?«, fragte Julia.

»Knapp daneben. Romeo und Julia«, antwortete Mitchell.

»Ooooh! Wie schön. Und auch noch literarisch«, schwärmte Julia sogleich.

»Ich hätte dich nicht für so romantisch gehalten«, sagte CeCe und sah Richard ins Gesicht, der sich jetzt die Mütze zurechtrückte und versuchte, so zu tun, als wäre es ganz normal und überhaupt nicht peinlich, dass er seine Pferde nach den wohl romantischsten Paaren aller Zeiten benannt hatte – das sah sie genau!

»Ich, äh … Nun ja, dann bin ich wohl ein Romantiker, ich gestehe es. Wollen wir jetzt losfahren?« Er gab dem Kutscher ein Zeichen, und sie bewegten sich langsam vorwärts.

CeCe legte eine Hälfte der Decke über Richards Beine und sagte: »Sie ist doch groß genug für zwei.«

»Danke.« Er lächelte sie an.

»Sag mal, Richard, frieren die Pferde denn gar nicht?«, wollte Julia wissen.

»Nein, nein, die können das vertragen. Wir fahren auch nicht länger als eine Stunde aus.«

»Keine Sorge, Richard achtet sehr auf seine Tiere. Er geht jeden Tag in die Ställe, um sich persönlich davon zu überzeugen, dass sie gut behandelt werden und alles haben, was sie brauchen«, pries Mitchell seinen Freund.

»Und keines wird täglich länger als drei Stunden für Kutschfahrten eingeteilt. Die restliche Zeit dürfen sie auf der Weide herumlaufen oder im Stall faulenzen«, erzählte er.

Wenn er schon so gut für seine Pferde sorgte, was für einen guten Daddy würde er dann erst abgeben?, dachte CeCe unwillkürlich.

Während der weiteren Fahrt sprachen sie nicht viel, weit mehr genossen sie die Landschaft, den Schnee und die Stille. Die Umgebung wirkte wie ein einzigartiges Winterwunderland, friedlich und irgendwie märchenhaft mit dem glitzernden Weiß, das Bäume, Berge und Häuser eindeckte.

»Es ist wirklich magisch hier«, sagte Julia, und CeCe stimmte ihr zu.

»Wie sieht die Gegend denn im Sommer aus?«, wollte sie wissen. »Ganz ohne Schnee?«

»Auch im Sommer ist es schön«, erwiderte Richard. »Man kann toll wandern und sich am See in der Sonne aalen. Aber mir persönlich gefällt es im Winter am besten.«

»Und dir, Mitchell? Warst du schon mal im Sommer hier?«, fragte sie.

»Schon mehr als einmal, ja. Und mir gefällt es tatsächlich in der warmen Jahreszeit besser, was vor allem daran liegen mag, dass ich ein leidenschaftlicher Kletterer und Mountainbiker bin. Das kann man hier im Sommer wunderbar machen.«

Richard nickte. »Ihr solltet unbedingt auch mal im Sommer herkommen und euch selbst davon überzeugen.«

»Ist das ein Angebot?«, fragte Julia.

»Auf jeden Fall. Hiermit lade ich euch offiziell dazu ein, im Sommer wieder im Heavenly Resort Urlaub zu machen. Für euch habe ich immer ein Zimmer frei.«

»Findet im Sommer etwa wieder ein Gewürzseminar statt?«, fragte CeCe, eigentlich eher spaßeshalber, doch dann wechselten Mitchell und Richard einen merkwürdigen Blick, den sie nicht richtig deuten konnte. Vielleicht bildete sie es sich nur ein, aber irgendetwas in ihr schaltete auf Wachsamkeit.

Kapitel 32

Sobald sie zurück im Hotel waren, war es auch schon Zeit fürs Dinner. Heute gab es als Vorspeise eine unglaublich köstliche Pfefferpastete, als Hauptgang Tagliatelle mit Puten-geschnetzeltem und einer Zitronen-Pfeffersauce und zum Dessert die angekündigte Pfeffer-Schokomousse. Und die war überhaupt nicht scharf, sondern prickelte eher auf der Zunge, weil die Kombination aus Schokolade und Pfeffer die Geschmacksnerven anregte und den Gaumen, der ent-weder süß *oder* scharf gewohnt war, eine ganz neue Erfah-rung machen ließ.

»Das schmeckt ausgezeichnet«, sagte Richard.

»Ich kann gar nicht fassen, wie gut mir das gefällt«, meinte auch Mitchell. »Ich habe unsere Einkaufsleiter übri-gens bereits angewiesen, Peter Whittaker ein Angebot zu machen, das er gar nicht ablehnen kann.«

»Ich bin gespannt, ob du am Ende auch CeCe ein An-gebot machst«, sagte Richard und lächelte sie an.

»Wenn CeCe mich genauso von ihrem Produkt über-zeugen kann, könnte das gut sein.«

»Ich kann den Freitag kaum erwarten«, sagte Richard. »Habe ich bereits erwähnt, dass die Vanille mein absolut liebstes Gewürz ist?«

CeCe sah Richard erstaunt an. »Tatsächlich?«

Er nickte.

»Meins auch«, gab sie preis.

Mitchell lachte. »Das überrascht mich jetzt nicht.«

»Wo genau kommt deine wunderbare Vanille eigentlich her?«, fragte Richard dann, und CeCe sah ihn verwundert an.

Warum fragte er denn jetzt schon wieder so etwas? Hatte sie nicht deutlich gemacht, dass sie nichts über die Herkunft ihrer Vanille verraten würde? Dass alles ein großes Geheimnis war, das sie für sich behalten wollte? Sie hätte Richard sensibler eingeschätzt und war wirklich ein wenig enttäuscht.

»Nun lass doch«, kam Mitchell ihr Gott sei Dank zu Hilfe. »Wenn CeCe uns jetzt schon alles verrät, dann hat sie ja am Freitag gar nichts mehr zu erzählen.«

»Ich werde auch am Freitag nichts über die Herkunft oder die Besonderheit meiner Vanille erzählen«, stellte sie klar und legte ihre Serviette grob auf den Tisch.

»Oh«, machte Mitchell. »Entschuldige bitte. Ich wollte dir nicht zu nahetreten.«

»Ja, CeCe, bitte verzeih, dass wir so neugierig sind. Natürlich musst du nichts verraten, wenn du nicht willst«, meinte nun auch Richard.

Sie nickte und blickte zu Julia, die sie besorgt ansah. Ihre Freundin wusste nämlich, wie wichtig es ihr war, nichts von ihrer Mutter zu erzählen – es war viel zu persönlich – und ganz bestimmt auch nichts über El Corazón preiszugeben, denn dann könnte ja jeder dorthin fahren und sich ein paar Vanillestränge holen, um diese in Kalifornien oder anderswo anzupflanzen. Dann wäre ihre Vanille im Nullkommanichts gar nichts Besonderes mehr.

»Ich denke, ich werde jetzt auf mein Zimmer gehen und

ein bisschen lesen«, sagte sie und stand auf. »Möchtest du noch bleiben?«, fragte sie Julia.

»Ich komme mit«, antwortete diese, und CeCe war ihr dankbar.

Zusammen gingen sie auf ihr Zimmer, wo CeCe ihre Freundin gleich fragte: »Sag mal, fandest du das nicht auch komisch? Dass Richard schon wieder nach meinem Geheimnis gefragt hat?«

Julia zuckte mit den Achseln. »Süße, ich glaube, du interpretierst da zu viel hinein. Ich denke, er hat sich da gar nichts weiter bei gedacht, nachzufragen.«

Bevor sie darauf antworten konnte, klopfte es an der Tür. Richard stand davor und bat sie, einen Spaziergang mit ihm zu machen. Zuerst wollte sie nicht, denn seine Fragen hatten einen üblen Nachgeschmack bei ihr hinterlassen, dann aber dachte sie, dass er es vielleicht erklären wollte, und sie willigte ein.

»Viel Spaß!«, wünschte Julia und zwinkerte ihr zu.

Sie gingen hinaus in die Dunkelheit, und schon nach zwei Minuten sagte Richard: »Ich hoffe, du bist mir nicht mehr böse?«

»Warum denn?«, fragte sie, als wüsste sie gar nicht, was er meinte.

»Na, weil ich erneut nach deiner Vanille gefragt habe und du anscheinend nicht darüber reden willst.«

»Es ist nicht so, dass ich nicht darüber reden will, ich meine, am Freitag werde ich immerhin den ganzen Tag lang davon erzählen. Es gibt nur bestimmte Dinge, die mir wichtig sind und die ich mit niemandem teilen möchte, den ich nicht oder nicht so gut kenne. Persönliches, das mir sehr am Herzen liegt. Verstehst du?«

Er nickte. »Das verstehe ich sogar sehr gut. Mir geht es

375

genauso. Auch ich habe Erinnerungen, die ich in meinem Herzen bewahre und bei denen ich Angst habe, sie zu verlieren, wenn ich sie mit jemandem teile.«

Sie nickte und war froh, dass er sie verstand.

»Aber mit dir würde ich sie teilen«, sagte er dann.

Sie blieb stehen und sah ihn sprachlos an.

»Weil du mir wirklich wichtig bist und ich genau weiß, dass du mich nicht auslachen oder verurteilen oder dass du weitererzählen würdest, was ich dir im Vertrauen sage.«

Ihr Herz war stehen geblieben, und sie wusste überhaupt nicht, wie sie noch einen Schritt vorangehen sollte. Deshalb war sie froh, als Richard jetzt ihre Hand nahm und sie leitete. Mit ihrer Hand in seiner fühlte sie sich, als könnte sie Berge erklimmen oder Abhänge hinunterspringen und unten so sanft landen, als wäre der Grund eine weiche Matratze. Bevor er ihre Hand genommen hatte, war ihr jeder Schritt durch den neu gefallenen und noch nicht weggeschippten Schnee wie eine große Hürde vorgekommen, jetzt war es, als würde sie ganz schwerelos hindurchgleiten.

Obwohl sie beide Handschuhe trugen, konnte sie die Wärme seiner Hand fühlen, und sie bewirkte, dass ihr ganzer Körper sich erhitzte, trotz der sinkenden Temperaturen.

Sie waren etwa zweihundert Meter vom Hotel entfernt und erreichten den Aussichtspunkt, an dem CeCe an ihrem ersten Tag schon mit Julia gewesen war. Im Dunkeln konnte man nicht viel mehr erkennen als den Mond und die Sterne, die hell und romantisch am Himmel leuchteten.

Keiner von ihnen beiden hatte noch etwas gesagt, seit Richard ihr gestanden hatte, dass sie ihm wichtig war und er ihr alles anvertrauen würde. Seine Worte bewegten sie noch immer, und sie wollte ihm sagen, dass er das nicht zu tun brauchte, doch es kam einfach nicht über ihre Lippen. Denn im Grunde wollte sie alles von ihm wissen. Alles.

»Weißt du, warum mein Lieblingsessen Mac & Cheese ist?«, fragte er auf einmal.

Verwirrt sah sie ihn an und konnte im Licht der einzelnen Laterne, die den Aussichtspunkt erhellte, nicht viel mehr als seine Silhouette erkennen.

Mac & Cheese? Er wollte über Mac & Cheese reden?

Sie schüttelte den Kopf. »Warum denn?«, fragte sie.

Er blickte in die Ferne, und sie fragte sich, was er da wohl sah. Seine Vergangenheit? Sein jüngeres Ich?

»Als ich ein kleiner Junge war, hatte ich eine Nanny, Elena. Sie war Mexikanerin und der wichtigste Mensch in meinem Leben ...«

Sie wunderte sich, warum er das sagte. Waren seine Eltern denn nicht die wichtigsten Menschen in seinem Leben gewesen? Allerdings fragte sie nicht, sondern blieb still und ließ ihn weitererzählen.

»Meine Eltern waren keine guten Eltern. Sie hatten nie Zeit für mich, arbeiteten rund um die Uhr ... Ach, im Grunde kannte ich sie gar nicht. Elena aber ...« Ein Lächeln breitete sich auf seinem Gesicht aus. »Sie war ein ganz besonders herzlicher Mensch. Sie hat mit mir Verstecken gespielt und Monopoly, sie ist mit mir zum Strand gefahren und hat mir das Schwimmen beigebracht, und sie hat mir Mac & Cheese gemacht, das ich als Junge so gern mochte. Sie hat es mir so oft gemacht.« Er lachte. »Und immer hat sie mir Gesellschaft geleistet und mitgegessen, obwohl sie selbst viel lieber Quesadillas oder Enchiladas gegessen hätte. Elena war die Beste.«

Oh. Jetzt begann sie langsam zu verstehen ...

»Und wo ist Elena jetzt?«, wagte sie zu fragen.

»Zurück in Mexiko. Sie ist jetzt schon über sechzig und wollte bei ihrer Familie sein. Sie hat nie eigene Kinder bekommen, weil sie sich ihr Leben lang um den reichen Nachwuchs anderer kümmern musste.«

Mexiko. Kurz verspürte sie das Bedürfnis, ihm von ihrer *mamá* zu erzählen, doch dann bemerkte sie, dass die Sterne gar nicht mehr sichtbar waren. Dunkle Wolken verdeckten sie, und nun begann es heftig zu schneien.

»Oh nein!«, rief Richard. »Wir sollten machen, dass wir schleunigst ins Hotel zurückkommen.«

Wieder nahm er ihre Hand, und sie liefen los. Als sie das Hotel erreichten, hatte der Schneefall ein Maß erlangt, dass sie kaum noch etwas sehen konnten. Draußen vor der Tür schüttelten sie sich den Schnee ab und betraten lachend das Gebäude.

»Ich fühle meine Glieder nicht mehr, so kalt ist mir. Ist meine Nase noch dran, oder ist sie schon abgebrochen wie ein Eiszapfen?«, fragte sie.

Richard betrachtete ihre Nase eingehend, als müsste er wirklich herausfinden, ob sie drauf und dran war abzufallen. »Sie ist noch dran«, sagte er dann. »Ich könnte jetzt ein Bad im warmen Whirlpool gebrauchen. Kommst du mit?«

Ihr Herz pochte schneller. Mit Richard zusammen auf engstem Raum im Whirlpool? Halbnackt? Er würde sie im Bikini sehen und sie ihn in seiner Badehose. Sie würde sehen, was sich unter seinen Hemden und Pullovern versteckte. Ob er wohl durchtrainiert war? Ein Sixpack hatte?

Sie nickte. Der Versuchung konnte sie nicht widerstehen.

»Okay«, sagte sie. »Ich gehe nur schnell meinen Bikini holen.« Obwohl Angie jetzt sicher gesagt hätte, den brauche sie doch gar nicht. Grinsend lief sie auf ihr Zimmer.

Es war bereits halb elf. Sie wusste, dass der Poolbereich

um zehn schloss, was wohl bedeutete, dass Richard und sie dort ganz allein sein würden. Alles in ihr kribbelte. Die Schmetterlinge waren zurück und tanzten vor Freude.

Sie schrieb Angie schnell eine SMS: *Ich bin zwar nicht mit ihm in der Kiste, aber wir wollen jetzt zusammen in den Whirlpool.*

Im Bikini, dem bequemen Bademantel darüber und den hoteleigenen Pantoffeln an den Füßen, fuhr sie hinunter in den Spabereich. Als sie das Schwimmbad betrat, war es tatsächlich leer. Nur Richard war da, er saß bereits im dampfenden Whirlpool, der wirklich mehr als einladend aussah. Sie hatte noch immer Gänsehaut am ganzen Körper, die aber nicht nur vom Schnee herrührte.

»Hallo«, sagte Richard lächelnd.

»Hallo«, erwiderte sie und zog Pantoffeln und Bademantel aus. Dabei spürte sie genau, wie Richard sie beobachtete, und sie wollte einerseits einfach nur stehen bleiben und sich von ihm ansehen lassen und andererseits so schnell wie möglich in den Pool. Denn sie hatte das Gefühl, als wollte er ihr mit seinen Blicken auch noch den Rest ausziehen.

Sie stieg ins Wasser und setzte sich ihm gegenüber. Er grinste sie an. »Da hatten wir aber wirklich Glück, dass wir vom Schnee nicht eingedeckt wurden. Man hätte ewig nach uns suchen können und hätte uns womöglich nie gefunden.«

»Ja, da hatten wir unwahrscheinliches Glück«, stimmte sie ihm zu.

Sie sah ihn an, blickte in seine grünen Augen und hätte darin versinken können. Sein blondes Haar war nass, was ihn unheimlich attraktiv machte, mehr noch als sowieso schon. Am liebsten wäre sie zu ihm rübergerutscht und hätte wieder seine Hand genommen. Hätte sie auf ihren

Oberschenkel gelegt und ihn hinaufwandern lassen, so weit er wollte ...

Sie kniff die Augen zu. Allein der Gedanke ließ sie aufstöhnen. Erschrocken blickte sie Richard an.

Der lachte nervös. »Was war denn das?«, fragte er.

»Gar nichts.« Sie musste unbedingt einen kühlen Kopf bewahren, was gar nicht so leicht war hier in dem heißen Wasser, das auch noch blubberte und sie mit einer der Düsen an einer Stelle direkt über dem Steißbein besprühte, die schon immer besonders empfindsam gewesen war.

»Richard«, sagte sie schnell und rutschte ein Stück weg von der Düse. »Nennt dich eigentlich jeder Richard? Ich meine, hast du keinen Spitznamen oder so?«

Er schüttelte den Kopf. »Mitchell hat mich früher auf dem Internat manchmal Richie genannt, ich habe ihm aber gesagt, dass er das lassen soll.«

Das Internat. Wo er wahrscheinlich ganz einsam gewesen war ...

»Ich wollte eigentlich immer bei meinem richtigen Namen genannt werden«, fuhr er fort. »Vielleicht, weil es das Einzige war, das ich mit meinem Vater gemeinsam hatte.«

Oh Gott, wie unendlich traurig. Und Richard sah jetzt wirklich so aus, als wenn er niemanden auf der Welt hatte, der ihn liebte. Niemanden – außer ihr.

Sie konnte nicht anders. Musste ihn trösten. Wollte ihn wissen lassen, dass sie da war. Wollte ihm sagen, dass er nicht allein war. Wollte ihn einfach nur halten. Und deshalb nahm sie sich jetzt Angies Rat zu Herzen und machte den ersten Schritt.

Sie erhob sich von ihrem Platz, ließ sich durch das Wasser zu Richard rübergleiten und setzte sich auf seinen Schoß.

380

Verwundert und mit riesigen Augen starrte er sie an.

Sie grinste. »Ich finde, du brauchst ganz dringend einen Spitznamen«, sagte sie. »Weil du ein eigenständiger Mensch bist. Ein wundervoller Mensch.« Der ihr eines seiner persönlichsten Geheimnisse anvertraut hatte, und sie wusste, wie viel Mut dazugehörte.

»Nenn mich, wie du willst«, raunte er.

»Okay.« Sie lächelte ihn an. »Dann werde ich dich von nun an Rick nennen. Das steht dir viel besser.«

Er nickte und sah sie an. Sah sie mit so viel Verlangen an. Und dann kam sie mit ihrem Gesicht noch näher auf seines zu, berührte seine Lippen mit ihren und schmeckte Wasser und Angst und Hoffnung zugleich. Sie wusste nicht, ob diese Gefühle von ihr ausgingen oder von ihm, aber sie wollte sie wegküssen, wollte seine Lippen so lange spüren, bis da nur noch Zuversicht war. Wollte seine Lippen nie mehr loslassen.

Sie freute sich, als er seine Hände an ihre Taille legte und den Kuss erwiderte. Sie ließ sich völlig gehen, vergaß alles um sich herum und konnte sich nicht erinnern, sich jemals so gut gefühlt zu haben. So verstanden. So eins mit einem anderen Menschen.

»Oh, CeCe, du weißt ja gar nicht, was du mit mir machst«, hauchte Richard, als wäre sie das Beste, was ihm je passiert war.

Sie küssten sich eine gefühlte Ewigkeit, Richards Hände berührten sie an Stellen, die sehr lange kein Mann berührt hatte, und irgendwann lösten sich seine Lippen von ihren und legten sich an ihr Ohr. »Willst du mit auf mein Zimmer kommen?«, hörte sie ihn fragen.

Und so gern sie auch Ja gesagt hätte, war sie doch keine Frau, die so schnell mit einem Mann ins Bett ging, weshalb

sie voller Bedauern antwortete: »Lass es uns langsam an-
gehen, ja?«

Richard sah ihr nun direkt ins Gesicht und nickte. »Okay.
Auch wenn es mir schwerfällt.« Er legte seine Hand an ihre
Wange. »Du bist wirklich etwas ganz Besonderes, CeCe, ist
dir das eigentlich bewusst?«

Glücklich küsste sie Richard wieder und spielte sogar
mit dem Gedanken, ihre guten Vorsätze dieses eine Mal
über Bord zu werfen, als sie plötzlich Stimmen hörte und
sich umdrehte.

Zwei Personen hatten den Poolbereich betreten und blieben nun abrupt stehen, als sie sie entdeckten. Es waren der
dickliche Mann aus der Vanilleeis-Werbung und seine Frau.
Die beiden trugen mehr als unvorteilhaft sitzende Bade-
mode und starrten sie verlegen an.

»Entschuldigen Sie bitte«, meinte der Mann.

»Ist hier schon geschlossen?«, fragte seine Frau errötend.

»Ja, leider«, rief Richard ihnen zu. »Morgen früh ab sieben können Sie schwimmen.«

»Dann verzeihen Sie die Störung, Mr. Banks«, sagte der
Mann, schnappte sich seine Frau, und die beiden machten,
dass sie davonkamen.

CeCe brach in Gelächter aus. »Was war das denn?«,
fragte sie.

»Ich glaube, da hatte jemand die gleiche Idee wie wir«,
meinte Richard grinsend.

»Sieht ganz danach aus.« Sie grinste ebenfalls.

Er sah sie bedauernd an. »Ich glaube, die Stimmung ist
dann wohl dahin.«

»Das ist schon okay«, sagte sie und gab Richard einen
letzten Kuss, bevor sie aufstand. »Morgen ist ein neuer
Tag.«

»Ja«, sagte er und erhob sich ebenfalls. »Und ich muss gestehen, ich kann es kaum erwarten, dass er beginnt.«

»Geht mir ebenso.« Sie hielt ihm ihre Hand hin, und zusammen stiegen sie aus dem Pool.

Richard ließ es sich jedoch nicht nehmen, sie noch einmal an sich zu ziehen und sie auf eine Weise zu küssen, die ihr den Atem raubte.

»Danke!«, sagte er.

»Gern geschehen«, erwiderte sie, auch wenn sie nicht genau wusste, wofür er sich eigentlich bedankte. Für den neuen Spitznamen? Für die Küsse? Für ihre Zuneigung? Oder einfach für alles? Wie auch immer. Es war gern geschehen. Sehr gern sogar. Sie zog sich den Bademantel über. »Wir sehen uns morgen?«

Er nickte. »Wir sehen uns morgen.« Er warf ihr noch einen letzten intensiven Blick zu und ließ sie vorangehen. Es mussten ja nicht alle Gäste sehen, dass sie nach Schließung des Poolbereiches zusammen schwimmen gewesen waren. Auch wenn es ihr überhaupt nichts ausgemacht hätte.

Sie ging auf ihr Zimmer, duschte und zog sich ihren Kuschelpyjama an. Dann huschte sie rüber zu Julia, denn obwohl es beinahe Mitternacht war, wollte sie ihr unbedingt vor dem Schlafengehen noch erzählen, was passiert war. Nicht im Detail, aber sie wollte ihr berichten, dass sie und Richard sich endlich nähergekommen waren. Dass sie sich geküsst hatten.

Sie klopfte an Julias Tür, doch ihre Freundin öffnete nicht. Ob sie schon schlief? Oder ob sie wohl bei Mitchell war? CeCe wollte die beiden keinesfalls bei irgendwas stören, doch sie war noch viel zu aufgedreht, um schon schlafen zu gehen. Und deshalb huschte sie jetzt runter in die

Lobby, um bei Victor nachzufragen, ob er den bereits geschlossenen hoteleigenen Shop kurz für sie öffnen könnte. Er hatte freundlicherweise angeboten, das jederzeit zu tun, und gerade war ihr einfach nach Schokolade und einem richtig guten Liebesfilm. Sie wollte mal sehen, was das Pay-TV zu bieten hatte. Doch zuerst musste sie die Schokolade auftreiben.

Im Pyjama lief sie den Gang zur Lobby entlang, in der Hoffnung, zu dieser späten Stunde auf niemanden mehr zu treffen, und wollte gerade um die Ecke biegen, als sie zwei bekannte Stimmen hörte. Es waren die von Richard und Mitchell, die sich unterhielten, allerdings im Flüsterton, was sie ein wenig merkwürdig fand. Sie blieb unwillkürlich stehen und lauschte, auch wenn sie wusste, dass sich das nicht gehörte. Doch sie musste wissen, worum es bei dem Gespräch ging, weil sie immer wieder ihren Namen hörte. Dann hörte sie Mitchell sagen: »Ich weiß nicht, ob ich CeCe noch länger belügen kann ...«, und hielt den Atem an. Richards Antwort verstand sie nur bruchstückhaft: »... endlich angenähert ... Geheimnis anvertraut ... muss unbedingt herausfinden ... nicht eher gehen lassen, bis ich ... erfahren habe ...«

Das Blut gefror ihr in den Adern. Sie hatte genug gehört! Völlig verstört und tränenüberströmt lief sie zurück auf ihr Zimmer, warf sich aufs Bett und verfluchte sich selbst, weil sie wieder einmal auf einen Mann reingefallen war, für den sie einfach nicht genug war. Der mehr wollte als nur sie und ihre Liebe. Sie konnte es nicht fassen, dass ihr das erneut passiert war.

Kapitel 33

Julia hatte die Nacht mit Mitchell verbracht. Eigentlich hatte sie nach CeCe gesucht, die gegen elf noch immer nicht wieder in ihrem Zimmer gewesen war. Sie hatte zwar gewusst, dass ihre Freundin mit Richard zusammen gewesen war, hatte sich aber doch langsam Sorgen gemacht. Denn die beiden hatten nach dem Dinner spazieren gehen wollen, und es hatte draußen so sehr gestürmt und geschneit, dass sie tatsächlich in Gefahr geraten sein könnten. Stattdessen hatte sie in der Lobby Mitchell getroffen, der ihr erzählt hatte, Richard und CeCe wären den ganzen Abend zusammen und nach dem Spaziergang sogar noch im Schwimmbad gewesen. Jetzt sei CeCe auf ihrem Zimmer. Julia war einfach nur froh gewesen, dass die beiden wohlbehalten wieder im Hotel angekommen waren, und hatte bestimmt bei nichts stören wollen, weshalb sie mit zu Mitchell aufs Zimmer gegangen und bis zum Morgengrauen bei ihm geblieben war.

Nachdem sie sich in dieser Nacht zum dritten Mal geliebt hatten, hatte sie einfach etwas loswerden müssen. »Mitchell, eigentlich wollte ich das nicht fragen, weil wir gerade so viel Spaß miteinander haben und ich das nicht zerstören will, aber was wird denn aus uns, wenn das Seminar vorbei ist und wir beide wieder nach Hause fahren?«

Er hatte sie verwundert angesehen. »Wie könntest du mit so einer Frage irgendetwas zerstören? Ich finde, das ist eine sehr gute und berechtigte Frage, und ich habe sie dir auch schon stellen wollen. Also, ich denke, da wir beide in Kalifornien wohnen und nicht einer von uns in New York und der andere in Alaska, wird das doch sicher machbar sein, dass wir uns auch weiterhin sehen, oder?«

»Willst du das denn?«, hatte sie gefragt, noch immer vorsichtig.

Er hatte ihr Kinn in seine Hand genommen und ihr einen langen, sanften Kuss auf den Mund gegeben.

»Und ob ich das will. Ich glaube nämlich, du bist das Beste, was mir seit Langem passiert ist. So einfach werde ich dich deshalb nicht wieder gehen lassen, sei dir da mal sicher.«

Da hatte sie ihn endlich anstrahlen und ihm ihre Freude zeigen können. Er wollte sie wiedersehen. Und auch, wenn es mit der Entfernung sicher nicht leicht werden würde, würden sie es doch miteinander versuchen. Das waren wunderbare Neuigkeiten, die sie gleich am Morgen, als sie zurück in ihr Zimmer kam, Jemima erzählte. Was Jemima anging, brauchte sie nicht besorgt zu sein, sie um sieben Uhr morgens anzurufen, denn sie stand schon immer mit dem ersten Hahnenschrei auf.

Wie erwartet freute sie sich zwar für sie, war aber auch besorgt, weil sie ja nur zu gut wusste, wie sehr Jackson sie verletzt hatte.

»Du solltest vielleicht nichts übereilen«, riet sie ihr.

»Das habe ich nicht vor, Jemima, keine Angst. Ich will ihn ja nicht heiraten oder zu ihm nach Fresno ziehen. Ich möchte ihn einfach nur wiedersehen, weil er … weil er ein richtig netter Kerl ist. Er wird dir sicher gefallen.«

»Jackson hat mir auch gefallen, wenn ich ehrlich bin, und du siehst ja, was daraus geworden ist.«

Sie musste lächeln. Jemima machte sich immer so viele Gedanken. Sie hatte ja recht, was Jackson anging, ihn hatten sie alle sehr gemocht, und niemand hätte dieses Verhalten von ihm erwartet. Aber das bedeutete doch nicht, dass alle Männer, die einen guten ersten Eindruck machten, diesen am Ende ablegen würden. Mitchell war eine ganz andere Art Mensch als Jackson. Er war nicht so steif und konservativ, sondern lebensfroh und aktiv. Mit ihm würde sie hoffentlich endlich wieder so richtig aufblühen.

»Jemima, ich bin ein großes Mädchen«, sagte sie. »Und ich bin endlich dabei, über Jackson hinwegzukommen. Du darfst dich für mich freuen, mir geht es nämlich nach langer Zeit endlich wieder so richtig gut.«

»Dann freue ich mich für dich, Kleines. Pass nur auf dich auf, ja?«

»Das tue ich doch immer.«

Sie verabschiedeten sich und beendeten das Gespräch. Und obwohl Julia unendlich müde war, legte sie sich nicht noch mal ins Bett, sondern sprang unter die Dusche, um munter zu werden, zog sich an und steckte sich eine von den Pralinen in den Mund, die Mitchell ihr am Tag zuvor geschenkt hatte. Er musste sie im Hotelshop gekauft haben – wo sonst hätte er in dieser Pampa köstliche Schokolade auftreiben sollen?

Sie fragte sich, ob auch CeCe irgendein Geschenk von Richard bekommen hatte. Pralinen, Blumen, einen Kuss? Sie war so gespannt und überlegte, ob sie bei CeCe anklopfen sollte oder nicht. Falls Richard wirklich mit aufs Zimmer ihrer Freundin gegangen war, war er vielleicht noch immer dort. Das könnte peinlich werden. Allerdings mussten sie sich eh bald aufmachen zum Frühstück, also trat sie in den Gang hinaus und wagte es einfach.

Sie klopfte. Klopfte noch einmal. Hörte ein Rumpeln. Kräuselte die Stirn. Klopfte erneut. Und endlich öffnete CeCe ihr. Die schien aber gar nicht guter Laune zu sein, und Julia erkannte jetzt, dass sie sie bei etwas völlig anderem als bei einer romantischen Situation störte.

CeCe packte!

Sie betrat das Zimmer und schloss die Tür hinter sich. »Sag mal, was tust du denn da?«, fragte sie schockiert.

»Ich packe«, erwiderte CeCe wütend.

»Ja, das sehe ich. Aber warum denn nur?«

»Weil ich abreisen werde. Heute noch. Jetzt gleich. Je früher, desto besser.«

»Mal davon abgesehen, dass ich überhaupt nicht verstehe, warum du abreisen willst – hast du mal rausgeguckt? Da wütet nämlich ein heftiger Schneesturm. Du wirst keine fünf Meilen weit kommen.«

»Ist mir egal, ich fahre trotzdem. Hier werde ich nämlich keine Minute länger bleiben.« CeCe schmiss ein paar Pullover in ihren Koffer, richtete sich auf und sah sie an. »Ich wäre dir sehr dankbar, wenn du dann auch packen würdest.«

Was? Sie wollte aber gar nicht packen! Sie wollte hier nicht weg, und der Sturm war nicht der einzige Grund. Das musste CeCe doch wissen. Allerdings sah sie nicht so aus, als wenn sie gerade klar denken könnte.

»Kannst du mir jetzt endlich mal erzählen, was überhaupt vorgefallen ist? Warum willst du weg?« Julia setzte sich aufs Bett und deutete auf den Platz neben sich.

CeCe setzte sich widerwillig zu ihr und starrte auf irgendetwas am anderen Ende des Zimmers. Auf die Leselampe?

Auf das Bild an der Wand? Dann schwammen plötzlich Tränen in ihren Augen.

»Hey«, sagte Julia und legte einen Arm um ihre Freundin. »Was ist denn los?«

»Richard …«, war alles, was CeCe herausbrachte.

»Richard? Was ist mit Richard?«

»Es war alles nur gelogen. Er mag mich gar nicht wirklich. Er wollte die ganze Zeit nur an mein Geheimnis herankommen.«

»Welches Geheimnis denn? Etwa das um deine Vanille? Woher sie stammt?«

CeCe nickte. »Genau das Geheimnis! Darauf war er die ganze Zeit nur aus. Und dein Mitchell übrigens auch. Die sind total hinterhältig, die beiden. Lügner und … und … Mistkerle. Genau solche Mistkerle wie Louis und Jackson. Und wir sind schon wieder mal drauf reingefallen. Lernen wir es denn wirklich nie?«

»Hey, hey. Moment!«, sagte Julia. »Ich verstehe nur Bahnhof. Wie kommst du denn darauf, dass sie uns belogen haben?«

»Ich hab's gehört, Julia. Gestern Abend. Ich bin unten im Gang auf die beiden gestoßen. Ich hab zwar nicht jedes Wort verstanden, aber doch so viel, dass ich es mir zusammenreimen kann.«

»Das muss ein großes Missverständnis sein, Süße. Wahrscheinlich haben die beiden über etwas ganz anderes geredet.«

»Haben sie nicht! Ich habe immer wieder meinen Namen gehört und ›angelogen‹ und ›muss unbedingt herausfinden‹ und so weiter. Es war eindeutig, Julia. Das konnte man gar nicht falsch interpretieren.«

»Scheiße!«, sagte Julia. Dann aber überlegte sie. CeCe

389

war ihr Geheimnis heilig, und manchmal neigte sie diesbezüglich dazu, ein wenig überzureagieren. »Du sagst, du hast diese Worte vernommen, aber nicht alles gehört. Wie weit warst du denn von den beiden entfernt?«

»Ich stand direkt um die Ecke.«

»Du hast sie also belauscht?«

»Ja, und? Erzähl mir jetzt bitte nichts von Moral, nachdem Richard und Mitchell sich so was geleistet haben.«

»Habe ich nicht vor. Ich will es nur besser nachvollziehen können.«

»Julia, kannst du mir nicht einfach glauben? Die beiden haben uns von vornherein verarscht! Sie wollten nur herausfinden, woher meine Vanille stammt, nur deshalb haben sie mich wahrscheinlich zum Seminar eingeladen. Ich meine, Richard hat doch mehrfach erwähnt, dass er die Sendung gesehen hat, oder?«

»Und Mitchell auch«, sagte Julia nachdenklich, und CeCe nickte heftig. So langsam zog Julia in Erwägung, an CeCes Geschichte könnte wirklich etwas Wahres dran sein. Ihr Geheimnis hatten die Männer im Laufe der Tage nämlich wirklich oft erwähnt. Und jetzt fiel ihr auch ein, wie Richard immer wieder danach gefragt hatte …

Dennoch wollte sie nicht so einfach abreisen. Nicht, ohne der Sache auf den Grund gegangen zu sein. Womöglich lag CeCe ja doch total daneben, und es war alles nur ein Missverständnis.

»Können wir nicht erst mal mit Richard und Mitchell reden, bevor wir einfach abfahren?«, bat sie.

CeCe sprang vom Bett auf. »Nein!« Sie riss die Schubladen der Kommode auf, holte ihre restlichen Sachen hervor und warf sie ebenfalls in den Koffer.

Julia starrte auf den anderen Koffer, der noch unausgepackt war. Darin befanden sich all die Dinge, die ihre Freundin für ihren Seminartag dabeihatte.

»Aber CeCe. Das geht doch nicht! Was ist mit deinem Vortrag am Freitag? Mit deinem Menü?«

»Ist mir egal. Ist mir scheißegal! Ich will weg!«

Nun erhob Julia sich und stemmte die Hände in die Hüften, um ihren Standpunkt klarzumachen. »Das kann ich nicht zulassen. Du kannst gerade nicht klar denken, was total verständlich ist, aber trotzdem dürfen wir nichts übereilen.«

CeCe hielt inne und sah sie enttäuscht an. »Ich dachte, du wärst meine beste Freundin.«

»Das bin ich auch. Und gerade deshalb werde ich dich keinen so großen Fehler machen lassen.«

CeCe lief ins Bad, holte ihre Kosmetiksachen und warf diese zusammen mit ihren Schneestiefeln, einer Mütze, einem Schal und ihrem Kuschelkissen in den Koffer und nahm beide Koffer in die Hände. Sie war aufbruchbereit.

»Kommst du nun mit oder nicht?«

»Nein.«

»Dann fahre ich allein.« Sie ging in Richtung Tür.

»Wir sind mit meinem Wagen hier«, erinnerte Julia sie.

CeCe blieb stehen, und sie konnte sehen, wie ihre Schultern heruntersackten. Sie stellte die Koffer ab und drehte sich um.

»Bitte, Julia. Ich kann nicht bleiben. Wenn du bleiben willst, dann tu das, aber gib mir wenigstens die Autoschlüssel.«

Was sollte sie nur tun? Ihre Freundin schien so verzweifelt. Andererseits glaubte sie nicht, dass CeCe ihr Vorhaben wirklich umsetzen würde, wenn sie erst mal einen Fuß vor die Tür setzte. Und selbst wenn sie in den Wagen stieg,

391

würde sie wahrscheinlich nicht mal vom Parkplatz runter-
kommen.

Sie seufzte. »Okay.« Sie ging in ihr Zimmer, holte den
Schlüssel aus ihrer Handtasche und reichte ihn ihrer Freundin.

»Pass auf dich auf, hörst du?«, sagte sie und umarmte sie.

CeCe nickte. »Danke. Wie kommst du denn jetzt nach
Hause?«

»Ich werde schon einen Weg finden.«

»Ich hoffe, du lässt dich nicht von Mitchell fahren, der
ist nämlich genauso verlogen wie Richard.«

Das würde sie erst noch herausfinden.

»Ich glaube wirklich, dass du falschliegst«, sagte Julia
noch einmal. »Ich werde die Wahrheit herausfinden und
mich bei dir melden, okay?«

»Tu, was du nicht lassen kannst«, meinte CeCe und ging
den Gang hinunter.

Julia sah aus dem Fenster, sah, wie ihre beste Freundin
ihre Koffer zum Auto schleppte und dabei gegen den Wind
und den Schnee ankämpfte. Sie sah, wie sie den Nissan erreichte, die Koffer auf den Rücksitz schmiss und einstieg.
Sie fühlte sich schrecklich und war sich nicht sicher, ob sie
CeCe aufhalten sollte. Wusste einen Augenblick lang nicht,
ob sie wirklich bleiben oder CeCe doch lieber begleiten
sollte. Dann fuhr ihr Wagen vom Parkplatz, und es war
sowieso zu spät.

CeCe war weg. Und Julia musste schleunigst zu Mitchell
gehen und herausfinden, was an CeCes Theorie dran war.
Sie hoffte, nichts, denn sie brauchte seine Hilfe, um CeCe
zurückzuholen. Sie machte sich furchtbare Sorgen um ihre
Freundin, die solche Wetterbedingungen doch gar nicht gewohnt war.

Mit wild pochendem Herzen klopfte sie an Mitchells Zimmertür. Sie hatte ihn in den letzten Tagen so ins Herz geschlossen, hatte sich ihm hingegeben... Sie betete zu Gott, dass er nicht auch wieder nur ein Reinfall gewesen sein sollte.

Kapitel 34

Richard hatte sich gerade am Tisch niedergelassen und sich statt Kaffee heute einen Tee mit Zitrone bestellt, da er irgendwie das Gefühl hatte, eine Erkältung sei im Anmarsch. Kein Wunder bei dem Wetter gestern, das auch heute noch andauerte. Er wollte sich die nächsten Stunden, vielleicht Tage, nicht freiwillig nach draußen begeben und hoffte, keiner seiner Gäste würde auf die dumme Idee kommen, einen Spaziergang zu machen oder, schlimmer noch, Ski zu fahren. Gerade dachte er an die Pferde und ob sie es auch warm genug hatten, als Mitchell und Julia hektisch angelaufen kamen. Sie waren beide ganz außer Puste.

»Richard!«, keuchte Mitchell.

Sofort war er besorgt. »Was ist denn passiert?«

»CeCe!«, hechelte sein Freund weiter. »Sie ist weg!«

»Wie, sie ist weg? Wahrscheinlich schwimmt sie nur ein paar Runden und verspätet sich ein wenig.« Ja, an so etwas wollte er selbst gern glauben, denn Mitchells Gesichtsausdruck gefiel ihm gar nicht, und als er erst den von Julia genauer betrachtete, schlug sein Herz schneller, und er musste sich zwingen, weiter ruhig zu atmen.

»Nein!«, machte ihm nun auch Julia klar. »Sie ist davongefahren, nach Hause.«

»Nach Hause? Etwa zurück zur Farm?«, fragte er schockiert. Warum denn das?

Beide nickten eifrig. »Ja, Richard!«, sagte Mitchell aufgebracht. »Sie ist da draußen in dem Schneesturm! Sie haben angesagt, dass er bis zehn Uhr vormittags Orkanstärke erreicht haben soll. Das ist schon in einer Stunde!«

Als er das hörte, sprang er sofort auf. »Oh Gott, wir müssen sie finden, bevor ein Unglück geschieht«, sagte er und eilte aus dem Restaurant. Mitchell und Julia folgten ihm.

»Du willst da jetzt auch raus?«, fragte Mitchell.

»Ich komme mit!«, rief Julia. »Wir könnten uns in zwei Autos auf den Weg machen, dann haben wir höhere Chancen, sie zu finden.«

Sie hatten bereits den Empfang erreicht, und Richard bat Victor, ein Schneemobil vorfahren zu lassen.

»Damit wird es leichter sein voranzukommen als mit einem Auto«, erklärte er seinen Freunden.

»Ich kann doch aber nicht seelenruhig hier herumsitzen, ohne irgendwas zu tun«, sagte Julia.

»Bleibt ihr hier, falls sie zurückkommt. Und falls dem so sein sollte, informiert mich bitte umgehend«, bat er eindringlich.

»Das werden wir«, sagte Mitchell.

Richard grübelte noch immer über den Grund von CeCes eiliger Abreise nach. Lag es etwa an dem, was gestern Abend im Whirlpool passiert war? Lag es an ihm? War es ihr zu schnell gegangen? Sie war doch aber diejenige gewesen, die die Initiative ergriffen und sich auf seinen Schoß gesetzt hatte. Die ganze Nacht hatte er daran denken müssen, und er hatte sogar von ihr geträumt. Wie sehr er sich noch beim Aufwachen darauf gefreut hatte, sie heute wiederzusehen.

»Mitchell, ich verstehe das alles nicht«, sagte er verwirrt.

395

Sein Freund sah ihn ernst an. »Sie hat gestern Abend mitbekommen, wie wir geredet haben«, erzählte er.

Kurz musste er überlegen. »Etwa unser Gespräch unten im Gang?« Worüber hatten sie da noch gesprochen? Ah ja, jetzt wusste er es wieder.

»Ja! Und sie hat es total fehlinterpretiert. Als du sagtest, du müssest unbedingt herausfinden, ob …«

Er nickte. Ja, er wusste, was Mitchell meinte, nicht nötig, es laut auszusprechen. Immerhin standen unweit von ihnen Gäste herum, die jedes Wort mithören konnten. Nicht, dass ihm seine Gefühle zu CeCe peinlich wären, aber sie war immerhin Seminarteilnehmerin, und er wollte nicht unprofessionell rüberkommen.

»Ja, und sie hat es so verstanden, als wenn wir unbedingt ihr Geheimnis herausfinden wollten.«

»Aber welches Geheimnis denn nur?« Er verstand die Welt nicht mehr.

»Na, das Geheimnis der Vanille!«, half Julia ihm auf die Sprünge. »Du hast es ja mehr als einmal angesprochen. Beim Lunch und beim Dinner und …«

»Du liebe Güte! Oh, wenn CeCe nur wüsste, weshalb ich sie wirklich hierher eingeladen habe.«

Jetzt sah Julia ihn stirnrunzelnd und ziemlich verwirrt an. »Wie meinst du das?«

»Das erklärt Mitchell dir. Kumpel, erzähl ihr ruhig alles – keine Geheimnisse mehr! Ich fahre los und suche sie.« Er wollte gerade raus aus dem Hotel, als er merkte, dass er schon wieder weder passende Schuhe noch eine Jacke anhatte. Deshalb rannte er, so schnell er konnte, die Treppen hoch, zog sich in Windeseile warm an und wartete draußen ungeduldig auf das Schneemobil.

Kurz dachte er daran, dass er den Kurkuma-Vortrag am

Vormittag verpassen würde, aber das war ihm gerade mehr als egal. Er wollte nur CeCe finden und sie sicher zurück zum Hotel bringen. Gestern Abend war es schon so unglaublich stürmisch gewesen, aber das jetzt glich fast einem Hurrikan. Wie sollte sie da durchkommen?

Das Mobil wurde vorgefahren, Mateo stieg aus und überreichte ihm den Schlüssel. »Geben Sie Acht, Mr. Banks, es wird von Minute zu Minute schlimmer da draußen. Mit diesem Wetter ist nicht zu spaßen.«

Ja, das wusste er doch. Deshalb wollte er ja so schnell wie möglich los! Er nickte, schnappte sich den Schlüssel, sprang auf das Fahrzeug, das sogar durch den tiefsten Schnee kam, und fuhr los.

Er passierte verschneite Häuser, verschneite Berge, verschneite Täler, und eigentlich sah alles wunderschön aus in diesem Meer aus weißem Zauber, doch er konnte nur an eines denken: CeCe. Und ob es ihr gut ging.

Der Wind peitschte ihm mehr und mehr ins Gesicht. Der Schnee war so hart, als würde er ihn ohrfeigen wollen für seine Dummheit. Warum hatte er ihr nicht einfach reinen Wein eingeschenkt? Er hätte ihr doch sagen können, dass er viel mehr noch, als dass er etwas über ihre Vanille erfahren wollte, etwas über *sie* wissen wollte. Was wäre so schlimm daran gewesen, ihr zu gestehen, dass er sie schon beim ersten Anblick im Fernsehen so beeindruckend gefunden hatte, dass er sie unbedingt hatte kennenlernen wollen?

Ja, die Sache mit dem Seminar, das er extra auf die Beine gestellt hatte, um sie dann tatsächlich kennenzulernen, wäre vielleicht ein wenig merkwürdig rübergekommen, aber es wäre allemal besser gewesen als das hier. Wenn ihr nun etwas zustieß? Er würde sich bis in alle Ewigkeiten die Schuld dafür geben.

Er fuhr weiter. Jetzt fing es auch noch an zu hageln, und kurz verlor er den Halt und raste auf einen Schneeberg zu. Im letzten Moment konnte er noch wenden und zurück auf die Straße finden, die nicht einmal mehr wie eine solche aussah. Sicher war sie seit gestern nicht mehr freigeräumt worden, und inzwischen waren gut fünfzig Zentimeter Neuschnee gefallen.

Er sah sich um, hielt Ausschau, war nun schon gute zehn Meilen vom Resort entfernt. Ob sie es überhaupt bis hierher geschafft hatte? Oder ob sie irgendwo eingeschneit war und er sie womöglich übersehen hatte? Eingeschneit zu sein war kein Spaß, das wusste er aus eigener Erfahrung …

Vor seinen Augen verschwamm alles, und er war wieder dreizehn Jahre alt. Es war Dezember, die Woche vor Weihnachten, und seine Klasse unternahm übers Wochenende einen Skiausflug. Seine Eltern hatten ihm gesagt, dass er in diesem Jahr nicht nach Hause kommen könne, da sein Dad geschäftlich an der Ostküste und seine Mutter in Italien sei. Das war, bevor er erfahren hatte, dass seine Mom mit einem anderen Mann dort war und dass sie bereits die Scheidung eingereicht hatte. Auf jeden Fall ging es ihm richtig mies, er beneidete seine Mitschüler, die sich auf die Feiertage mit der Familie freuten. Als ein paar ältere Jungen ihn herausforderten, mitten in einem Schneesturm Verstecken zu spielen, stimmte er deshalb zu. Ihm war alles egal. Und wenn er dabei draufging, wen würde es interessieren? Niemanden – da war er sich sicher. Er versteckte sich also tief im Wald, nicht ahnend, dass die anderen Jungs überhaupt nicht vorhatten, nach ihm zu suchen, sondern ihn nur reingelegt hatten. Er verharrte ganze drei Stunden dort, es wurde immer dunkler, und es schneite mehr und mehr. Die Bäume boten ihm Schutz, doch er hatte sich verlaufen, und als er endlich auf eine Lichtung kam, war er so durchgefroren, dass er keinen weiteren Schritt mehr gehen mochte. Müde und erschöpft von diesem kranken Spiel und vom Leben überhaupt legte er sich in den Schnee und starrte zum Himmel. »Hol mich doch, du da oben«, rief er. »Da oben ist es bestimmt viel besser als hier unten.«

Es schneite immer mehr, irgendwann war er komplett mit Schnee bedeckt, nasse Flocken ließen sich auf seiner Nase, seiner Stirn, seinen Lippen und seinen Lidern nieder, und er schloss die Augen, bereit, von dieser Welt zu gehen.

Doch nicht der liebe Gott erlöste ihn von seinem Elend, sondern Mitchell, der seit Stunden auf der Suche nach ihm war und ihn endlich gefunden hatte. Er öffnete die Augen wieder, als er ein Schluchzen vernahm.

»Mitchell?«, fragte er, weil er nicht sicher war, ob er halluzinierte.

»Richie?«, rief Mitchell erleichtert und fiel auf die Knie, um ihn zu umarmen. Er weinte, ja, sein Freund weinte um ihn. »Ich dachte schon, du wärst tot!«

»Das dachte ich auch«, gab er zu.

»Fuck! Jag mir nie wieder so einen Schrecken ein, hörst du?«

Er ließ sich hochhelfen, und Mitchell schleppte ihn zurück zum Schullandheim, das natürlich keinem gewöhnlichen Schullandheim glich, sondern das mit fünf Sternen ausgezeichnet war und in dem man zum Frühstück geräucherten Lachs und Eier Benedict bekam statt Cornflakes und Erdnussbuttertoast.

Alle, vor allem die Lehrer und Betreuer, die auch schon seit Stunden nach ihm suchten, waren froh, ihn zu sehen, begrüßten ihn überschwänglich und kümmerten sich gleich um ihn. Wahrscheinlich waren sie einfach dankbar, keinen

399

Millionärssohn verloren und nun die schlimmste Klage aller Zeiten am Hals zu haben.

Richard bekam eine heiße Schokolade. Auf die Frage hin, wie er hatte verloren gehen können, erwähnte er die älteren Jungs mit keinem Wort, und selbstverständlich behielt er für sich, dass er Mitchell hatte weinen sehen. Er war unendlich dankbar, dass sein Freund ihn gefunden hatte. Eigentlich freute es ihn noch viel mehr, dass er sich überhaupt auf die Suche nach ihm gemacht und sein eigenes Leben in Gefahr gebracht hatte. An diesem Abend fragte Mitchell ihn, ob er Weihnachten nicht bei seiner Familie in Fresno verbringen wollte, und er hatte sich lange nicht so glücklich gefühlt. Manchmal musste man vielleicht dem Tod ins Auge blicken, um das Leben wieder zu schätzen zu wissen, dachte er damals und hatte es seitdem des Öfteren gedacht.

Doch heute wollte er nicht an so etwas denken. Er wollte nicht, dass CeCe dem Tod ins Gesicht sah. Er wollte sie finden, so wie Mitchell damals ihn gefunden hatte.

Angestrengt hielt er nach ihr Ausschau. Und dann entdeckte er in der Ferne irgendetwas Rotes. Er hoffte so, dass es CeCes Jacke war. Als er sich dem roten Fleck näherte, erkannte er sie, wie sie wütend durch den Schnee stapfte.

Kapitel 35

Sie war stecken geblieben. Was zu erwarten gewesen war bei diesem Schneechaos. Klar, sie hätte auf Julia hören sollen, hören müssen, das wusste sie, aber sie hatte so dringend weggewollt von allem, dass sie nicht sehr weit gedacht hatte.

Nachdem sie am Abend das Gespräch zwischen Richard und Mitchell mit angehört – oder teilweise mit angehört – hatte, war sie so unglaublich enttäuscht gewesen. Die ganze Nacht lang hatte sie wachgelegen und nachgedacht. Über Richard. Über das, was sie geglaubt hatte, mit ihm zu haben. Über die Küsse. Über sein Lächeln, das sie für ehrlich gehalten hatte. Über seine Worte, dass sie ja gar nicht wisse, was sie mit ihm mache.

Hatte er das vielleicht ganz anders gemeint, als sie es verstanden hatte? Womöglich hatte er damit ausdrücken wollen, dass er sich im Zwiespalt befand. Weil er sie doch eigentlich aus ganz anderen Gründen hergelockt und nun tatsächlich Gefühle für sie entwickelt hatte?

Es war egal! Was auch immer er fühlte, es war nicht von Bedeutung. Nicht mehr. Denn alles, was sie miteinander gehabt hatten, war auf einer Lüge aufgebaut. Sie hatte es doch genau gehört. Sie hatten sie angelogen, Richard und auch Mitchell. Hatten sie nur zu diesem Seminar eingeladen, um

401

an ihr Geheimnis zu kommen. Um herauszufinden, woher ihre Vanille stammte. Aber sie würde es nicht preisgeben! Niemals! Außer ihr und ihrem Dad, Angie und Julia wusste es keiner, und dabei sollte es auch bleiben.

Oh nein! Julia war ja noch da. Und was, wenn sie nun versuchen würden, es ihr zu entlocken?

Wieso war sie nicht einfach mitgekommen, als CeCe sie darum gebeten hatte? Schließlich war sie ihre beste Freundin, und wozu hatte man denn eine solche, wenn sie nicht auf derselben Seite war?

Sie musste zugeben, dass sie sauer war. Andererseits hatte sie auch ein schlechtes Gewissen, denn immerhin war sie mit Julias Auto losgefahren, was bedeutete, dass diese am Lake Tahoe festhing. Wie sollte sie denn jetzt nur zurück nach Berkeley kommen? Ha! Sollte doch ihr verlogener Freund Mitchell sie fahren. Aber die beiden sollten bloß nicht auf die Idee kommen, bei ihr auf der Farm vorbeizuschauen. Falls sie jemals wieder dorthin zurückfinden sollte.

Sie starrte auf den Wagen. Julias Wagen, der in einem riesigen Schneehaufen feststeckte. Es wunderte sie, dass der Nissan es überhaupt so weit geschafft hatte. Aber er hatte ja diese Allwetterreifen, und wahrscheinlich hatte ihre Wut bewirkt, dass sie bis hierhin jedes Hindernis überwunden hatte. Aber nun? Ihre Freundin würde richtig sauer sein, sie wäre es zumindest an ihrer Stelle. Sie wusste ja, dass sie sich absolut dumm und kindisch verhalten hatte, aber dafür hatte sie ja auch gute Gründe gehabt, oder?

Nachdem sie zum vierten Mal versucht hatte, den Pannendienst anzurufen, gab sie es auf. Es war einfach unmöglich, hier, mitten in den eingeschneiten Bergen, ein Netz zu bekommen. Es blieb ihr nichts weiter übrig, als sich zu Fuß auf den Weg zu machen. Wohin, das wusste sie noch nicht. Sie war wohl etwa zehn oder zwölf Meilen vom Hotel entfernt, und dorthin zurückzukehren war sowieso nicht machbar. Vielleicht fand sie ein anderes Hotel, ein Geschäft, eine Kirche oder sonst irgendetwas, wo sie Unterschlupf finden konnte, bis sich der Sturm gelegt hatte. Von dort aus könnte sie dann auch den Pannendienst rufen.

Sie kämpfte gegen den Wind an, der ihr kalt und böse ins Gesicht schlug. Sie sah kaum, wo sie entlangging, doch sie hatte keine Wahl, als einfach immer weiterzugehen. Zu stapfen, besser gesagt. Der Schnee ging ihr fast bis zu den Knien, und sie verfluchte sich selbst dafür, nicht die dicken Schneestiefel angezogen zu haben.

Irgendwann spürte sie ihre Füße nicht mehr und ihre Hände auch nicht. Ihr Gesicht fühlte sich an wie betäubt, und sie musste an einen Film denken, den sie einmal gesehen hatte und in dem einem Mann die Füße so sehr eingefroren waren, dass seine Zehen abgestorben waren. Sie waren ganz schwarz gewesen. Oh nein, sie wollte nicht mit schwarzen, toten Zehen aus diesem Dilemma herauskommen.

Falls sie überhaupt hier herauskam.

Als sie wenig später einen Menschen auf sich zukommen sah, war sie so erleichtert wie nie zuvor. Er fuhr eines von diesen Schneemobilen und steuerte direkt auf sie zu. Sie war gerettet und sprach ein Dankgebet zum Himmel.

Dann jedoch erkannte sie, wer er war, und blieb stehen. Ungläubig starrte sie ihn an.

»CeCe!«, rief er.

Sosehr sie sich auch freute, gerettet zu sein, wollte sie ihm dennoch nicht ins Gesicht blicken. Also machte sie kehrt und stapfte in die entgegengesetzte Richtung.

Richard fuhr ganz nah an sie heran, hielt an und sprang von seinem Schneemobil.

»CeCe, was machst du denn da?«, fragte er. »Nun bleib doch stehen!«

Sie stapfte weiter.

»Hey!« Er hatte sie eingeholt und packte sie bei der Schulter. »Jetzt warte doch! Willst du dein Leben riskieren, nur weil du sauer auf mich bist?«

Jetzt drehte sie sich um und schrie ihm ins Gesicht: »Hau ab! Ich will nicht mit dir mitkommen! Ich weiß alles! Alles, hörst du?«

»Du weißt gar nichts, CeCe«, schrie er zurück. Sein Gesicht war knallrot, und er schien genauso zu frieren wie sie. Und das alles nur wegen ihr. Trotzdem. Sie hatte nicht vor, ihm zu verzeihen.

»Ich hab euch gehört, gestern Abend«, ließ sie ihn wissen.

»Das habe ich schon von Julia erfahren. Aber du hast das völlig falsch interpretiert, was du gehört hast!«

»Ach ja? Ich glaube, da gab es nichts falsch zu interpretieren. Ihr habt darüber gesprochen, dass ihr mich belogen habt!« Sie schrie noch immer, war so wütend. Weil sie ihn doch wirklich gemocht hatte. Dabei gewesen war, sich in ihn zu verlieben. Ach, was machte sie sich denn vor, sie war bereits bis über beide Ohren in ihn verliebt – auch jetzt noch. Und das machte es noch viel schlimmer.

»Komm doch bitte mit zurück ins Hotel, dann können wir darüber reden, CeCe. Dann kann ich dir alles erklären.«

»Wenn du mir unbedingt etwas erklären willst, dann kannst du das auch hier und jetzt tun.«

»Der Sturm wird immer stärker. Außerdem sind wir doch beide schon total durchgefroren. Wir werden uns noch eine dicke Erkältung holen oder Schlimmeres.«

Sie dachte an die schwarzen Zehen. »Ist mir egal«, sagte sie.

Richard sah sie an und seufzte. »Ja, ich habe dich belogen. Wir haben gelogen, Mitchell und ich. Es war aber alles meine Idee, von Anfang an.«

Ha! Hatte sie es doch gewusst!

»Du hast aber eine völlig falsche Vorstellung davon, worüber ich gelogen habe. Es ging mir doch nie um das blöde Geheimnis deiner Vanille. Es ging mir die ganze Zeit nur um dich! Als ich dich in dieser Sendung gesehen habe, habe ich mich nämlich auf den ersten Blick in dich verliebt und wollte dich unbedingt kennenlernen. Da ich aber nicht wusste, wie ich das anstellen sollte und da du nun mal eine Vanillefarmerin bist, dachte ich, ein Gewürzseminar wäre doch eine gute Gelegenheit, dich einzuladen.«

Sie starrte ihn an. Das Gewürzseminar ... Sollte das etwa bedeuten, er hatte es nur ihretwegen organisiert? Das komplette Seminar?

»Ich habe also meinen besten Freund angerufen, der zufälligerweise ein Gewürzunternehmen leitet, und habe ihn gebeten, als Veranstalter zu fungieren. Und ich habe ihn auch gebeten zu lügen. Damit du nicht dahinterkommst. Das war falsch, das weiß ich jetzt. Ich wollte nur nicht, dass du mich für verrückt hältst oder so.«

»Das ist aber ziemlich verrückt, Richard«, sagte sie und konnte noch immer nicht glauben, was sie da hörte.

»Ja, das ist mir schon klar. Du machst mich verrückt, CeCe«, gestand er.

Ja, das alles war vielleicht irgendwie sogar romantisch. Doch es erklärte noch immer nicht die anderen Dinge, die sie gehört hatte.

»Aber um welches Geheimnis ging es denn dann,

Richard? Du hast Mitchell gegenüber von einem Geheimnis gesprochen.« Das hatte sie genau gehört!

»Na, um das Geheimnis, das ich dir anvertraut habe, weißt du etwa nicht mehr?«

Der Grund, weshalb Mac & Cheese sein Lieblingsessen war?

»Und warum hast du Mitchell gesagt, dass du unbedingt etwas herausfinden musst und dass du mich nicht eher gehen lassen kannst, bevor du es weißt?«, fragte sie.

»Dabei ging es auch einzig und allein um dich. Darum, dass ich herausfinden will, ob du die Richtige für mich bist. Ob du die bist, die ich denke zu sehen. Die, von der ich seit Wochen träume, fast jede Nacht…«

»Du träumst von mir?« Sie war nun doch ziemlich sprachlos und unglaublich bewegt. Wenn das alles stimmte, was Richard ihr da erzählte, dann war er ja gar kein Mistkerl, ganz im Gegenteil. Dann war er der romantischste Kerl, den sie je kennengelernt hatte, mal von ihrem Vater abgesehen.

Und das alles nur für sie?

Er nickte. »Bitte, CeCe, glaube mir. Ich will dein Geheimnis gar nicht erfahren, wenn es dir so heilig ist. Ich respektiere es, dass du es für dich behalten möchtest. Viel wichtiger ist es mir zu erfahren, was deine Lieblingsfarbe ist oder dein Lieblingssong oder dein Lieblingsfilm. Ich möchte alles von dir erfahren, möchte wissen, wer du wirklich bist.«

Und in diesem Moment wurde es ihr klar: Richard hatte ihr all diese Fragen, die sie beunruhigt hatten, nur gestellt, um mehr über sie herauszufinden. Über ihre Person. Weil er in sie verliebt war, ja, das war er wirklich. Das sah sie jetzt in seinen Augen.

Sie fiel ihm um den Hals. »Ich bin so froh«, sagte sie.

»Kommst du mit mir zurück?«, fragte er. »Bitte.«

Sie nickte und stieg hinter ihm aufs Schneemobil, mit dem sie sich den Weg zurück zum Heavenly Resort bahnten. Wo sie nichts anderes wollte, als ihn um Verzeihung zu bitten. Und Mitchell und Julia auch. Sie war so dumm gewesen. Tja, die Liebe machte das manchmal mit einem, auch wenn man es gar nicht wollte. Die Liebe war unberechenbar. Die Liebe …

Sie umfasste Richard und lehnte sich an ihn, und trotz der immensen Kälte fühlte sie seine Wärme. Fühlte sie, dass er ihr alles geben konnte, was sie brauchte. Nie zuvor hatte ein Mann etwas derart Romantisches für sie getan. Sie hatte noch immer nicht richtig erfasst, was das alles eigentlich zu bedeuten hatte, was er alles auf sich genommen haben musste, finanziell und organisatorisch. Doch sie wusste, dass es groß war – wie groß mussten dann erst seine Gefühle für sie sein?

Kapitel 36

Julia saß heute in der ersten Reihe, und zwar direkt neben Mitchell. Zwischendurch berührte er wie zufällig ihre Hand oder kam mit seinem Bein ganz nah an ihres, und dann musste sie einfach lächeln, während sie versuchte, das Geschehen vorn auf der Bühne konzentriert zu verfolgen.

Heute war der Tag der Vanille.

CeCe stand da und sah trotz der Erkältung, die sie sich eingefangen hatte, wunderschön aus. Sie trug die fliederfarbene Bluse, die ihr so schmeichelte, und strahlte bis über beide Ohren. Julia wusste, dass ihre Freundin nicht nur wegen ihres Vortrags so guter Laune war, sondern auch weil Richard und sie sich versöhnt hatten, weil das Missverständnis aufgeklärt war und die beiden sich besser verstanden als je zuvor. Richtig verliebt waren sie, und wenn Julia nun zu Richard blickte, konnte sie ihn lächeln sehen. Er schien genauso glücklich zu sein, und dazu hatte er allen Grund.

Mitchell hatte ihr die ganze Geschichte erzählt, und sie konnte noch immer kaum fassen, was Richard auf sich genommen hatte, nur um CeCe kennenzulernen. Die Frau seiner Träume, von der er anfangs ja nicht einmal gewusst hatte, ob sie es auch wirklich war.

Das war inzwischen aber mehr als eindeutig. Die beiden

waren das absolute Traumpaar, und sie gönnte ihnen ihr Glück sehr. Vor allem freute es sie, dass ihre beste Freundin und sie beide so gesegnet waren und auf dieser Reise auf zwei Männer gestoßen waren, die noch wahre Gentlemen waren.

Sie musste lächeln, als Mitchells kleiner Finger ihren Unterarm berührte. Kurz sah sie ihn an und zwinkerte ihm zu. Dann konzentrierte sie sich wieder auf CeCe. Sie hatte dem Publikum bereits einiges über die Gewürzvanille, die Vanilla planifolia, erzählt, unter anderem, dass sie eigentlich eine Orchideensorte war und ursprünglich aus Mexiko stammte. Dass sie heute aber überwiegend auf Madagaskar angebaut wurde, wo die Farmen mittlerweile von bewaffneten Männern bewacht wurden, da aufgrund des stetig wachsenden Marktpreises Diebstähle, Überfälle und Korruption an der Tagesordnung waren. Jetzt zeigte CeCe dem Publikum gerade ein Bild der noch unreifen grünen Vanillekapseln. Sie erzählte von den Unterschieden der verschiedenen Vanillesorten. Von der lieblichen Bourbon-Vanille, die ihren Namen von der Insel Réunion hatte, die früher einmal Île de Bourbon hieß, als die Franzosen begannen, sie dort anzubauen. Von der Tahiti-Vanille, die sehr blumig war und hauptsächlich in der Kosmetikindustrie eingesetzt wurde. Und natürlich von der Mexiko-Vanille, die eher hölzern-würzig war und sich auch gut für herzhafte Gerichte eignete.

»Hier in Kalifornien kann man die Vanille ab Ende März ernten. Dann sucht man zuerst nach den besonders dicken und langen Kapseln und knipst diese mit der Gartenschere ab. So mache ich es. Einige Farmer pflücken sie auch per Hand, doch ich möchte nicht aus Versehen zu viel von der Pflanze abreißen und gehe lieber auf Nummer sicher.« CeCe lächelte ins Publikum und stellte das nächste Bild ein.

»Und nun kommen wir zu dem Vorgang, der mir am besten gefällt. Das Trocknen der Kapseln. Denn natürlich müssen sie, bevor man sie überhaupt verarbeiten kann, die bekannte schwarzbraune Farbe und diese schrumpelige Form annehmen, die Sie alle kennen.«

Julia lachte. Schrumpelig? CeCe war wirklich einmalig. Sie trug ihre Präsentation vor mit Worten, die sie auch im echten Leben benutzte, und tat dies mit solch einer Selbstverständlichkeit, dass allein das sie schon von den anderen Teilnehmern abhob. Da konnte vielleicht höchstens noch Spicy Pete mithalten, der ja auch ganz locker erzählt hatte. Nun, wenn man es recht bedachte, hatte auch Kandidat Nummer zwei, Frank Hoover, ziemlich alltäglich dahergeredet. Zwar glaubte sie nicht, dass er auch im wahren Leben sprach wie ein Roboter, aber er hatte ihnen immerhin von seinen Blähungen erzählt, und das war ja auch schon mal was. Wieder musste sie lachen.

»Alles okay?«, flüsterte Mitchell.

Sie nickte. Alles war bestens. Besser könnte es gar nicht sein.

»Also, der Prozess verläuft so. Zuerst werden die grünen, frisch geernteten Schoten in einem Heißwasserbad bei sechzig Grad blanchiert, dann werden sie in Decken eingewickelt und kommen für achtundvierzig Stunden zum Schwitzen in Holzkisten. Danach werden sie dann täglich auf Bastmatten ausgelegt, um in der Sonne zu trocknen...« CeCe erzählte und erzählte, und alle hörten ihr aufmerksam zu, denn es wurde zu keinem Zeitpunkt langweilig. »Hätten sie gedacht, dass von fünf Kilo grünen Kapseln am Ende nur ein Kilo schwarzbrauner Vanilleschoten übrig bleibt? Übrigens sind sie am qualitativsten, je dunkler, je öliger und elastischer und natürlich je länger sie sind. Vierzehn Zentimeter sind wunderbar.« Sie machte eine Pause und lächelte. »Meine Schoten haben eine minimale Länge von achtzehn Zentimetern.« Sie zeigte ein Bild von sich selbst, auf dem sie einige besonders lange Schoten in der Hand hielt. Staunen und Bewunderung überall. »Selbstverständlich können Sie auch die kurzen dünnen Möchtegern-Schoten aus dem Supermarkt nehmen, aber wenn Sie das volle Aroma wollen, dann nehmen Sie meine Vanille.«

CeCes Vortrag war beendet. Die Leute klatschten. Dann wollte CeCe wissen, ob noch Fragen offen wären.

»Kommen wir denn in den Genuss, Ihre Vanille auch einmal zu probieren?«, fragte ein Mann, von dem sie inzwischen wussten, dass er ein Drei-Sterne-Koch aus Santa Barbara war.

CeCe nickte. »Aber natürlich. Heute Nachmittag zeige ich Ihnen nicht nur meine Schoten, sondern habe auch ein paar meiner Produkte zum Testen für Sie.«

»Darauf bin ich sehr gespannt«, erwiderte der Mann. »Vielleicht sollten wir dann alle nicht so viel zu Mittag essen?«

Ihre Freundin lachte. »So viel habe ich nun auch nicht dabei.«

Ein anderer Mann meldete sich: »Habe ich das richtig verstanden? Sie sind auf der Vanillefarm aufgewachsen?« CeCe nickte. »Darf ich fragen, wie das so war? Ihr Alltag, meine ich. Haben Sie da mitgeholfen und schon früh gelernt, wie man die Vanille pflanzt und erntet?«

»Oh ja. Ich habe mein Leben lang nichts anderes gemacht.«

»Hatten Sie denn überhaupt noch Freizeit?«

»Aber klar. Und wenn ich doch mal zu viel zu tun hatte, dann sind meine Freunde eben zu mir gekommen. Wie meine beste Freundin Julia.« Sie deutete zu ihr. »Die übrigens auch meine Assistentin ist und mir heute Nachmittag zur Hand gehen wird.«

Richard erhob sich und sagte, dass nur noch Zeit für ein oder zwei Fragen sei, da es jetzt in die Mittagspause gehe.

Mitchells Einkaufsleiterin, Mrs. Appleby, hob die Hand.

»Ja?« CeCe deutete zu ihr.

»Ihr Vortrag war wirklich interessant, lebendig und informativ – vielen Dank erst mal dafür. Nun würde mich aber noch brennend interessieren, was genau Ihre Vanille so besonders, so einzigartig macht. Weshalb wächst sie so gut in einem Gebiet, das doch eigentlich der Weinernte vorbehalten ist? Was ist Ihr Geheimnis?«

Julia sah zu CeCe und hoffte, sie würde jetzt nicht wieder überreagieren. Es war nur eine simple Frage.

Doch ihre Freundin überraschte sie, indem sie Mrs. Appleby in die Augen blickte und sagte: »Das Geheimnis ist Herzblut. Ich stecke all meine Liebe in meine Farm, und ich denke, das Ergebnis kann sich sehen lassen.«

»Auf jeden Fall.« Mrs. Appleby nickte überschwänglich. Anscheinend gefiel ihr CeCes Antwort. Und ihr gefiel sie auch.

Julia schüttelte sprachlos den Kopf. Wie reif CeCe innerhalb kürzester Zeit geworden war. Seit Richard sie gestern zurückgebracht hatte, kam sie ihr vor wie ein neuer Mensch. Als hätte sie so viel mehr erkannt als nur die Wahrheit über Richard. Vielleicht tat es ihr einfach gut, endlich mal die Beachtung zu erhalten, die sie verdiente. Vielleicht tat es ihr gut, geliebt zu werden.

Julia selbst schwebte ebenfalls auf Wolke sieben. Sie verbrachte jede freie Minute mit Mitchell und sprach sogar mit ihm über die Zukunft, und dabei hatte sie kein einziges

Mal das Gefühl, als fühlte er sich in die Enge gedrängt, so wie es bei Jackson manchmal der Fall gewesen war. Nein, er erwähnte ein gemeinsames Leben sogar noch öfter als sie. Sie hatten bereits fest ausgemacht, dass er sie in Berkeley und sie ihn in Fresno besuchen wollte. Außerdem wollte er ihr seine Eltern vorstellen und ihr die Gewürzfabrik zeigen, und sie hatte vor, ihn mit zu Jemima zu nehmen und ihm den hübschen Berkeley-Campus zu zeigen. Sie überlegte sogar, ihn mit in die Kirche zu nehmen und für ihn zu singen, dann könnte Jackson mal sehen, wie gut sie ohne ihn dran war.

Jackson. Er war in so weite Ferne gerückt, dass sie fast schon vergessen hatte, wie es mit ihm zusammen gewesen war. Hauptsächlich lag das wohl an Mitchells Küssen, aber auch daran, dass sie jetzt so viel glücklicher war als mit Jackson. Lange Zeit hatte sie sich offenbar etwas vorgemacht, aber jetzt sah sie ganz klar.

Mitchell nahm nun ihre Hand, und jeder durfte es sehen. Sie pflichtete ihm bei – wenn man sich mochte, sollte man es doch ruhig zeigen können. Geheimnisse brachten nur Probleme mit sich, das hatten sie alle am eigenen Leib erfahren. Mehr als genug. Von jetzt an wollten sie offen miteinander sein, das hatten sie sich fest versprochen, als sie gestern nach CeCes und Richards Rückkehr zusammengesessen hatten. Sie hatten es sich vor dem Kamin im Salon bequem gemacht, CeCe und Richard waren in dicke Decken eingewickelt gewesen, und sie hatten Tee getrunken. CeCe hatte sich bei jedem Einzelnen entschuldigt, doch ihr wurde schnell verziehen. Und dann hatten Richard und sie sich geküsst. Seitdem hatte Richard kein Geheimnis mehr aus seinen Gefühlen für sie gemacht, sondern hielt stolz ihre Hand, wann immer sie zusammen waren. Auch jetzt streckte er ihr seine Hand entgegen und holte sie von der Bühne.

CeCe sah so zufrieden aus. Die Hälfte hatte sie schon geschafft, und sie hatte mit Bravour bestanden. Den restlichen Teil würde sie auch noch meistern. Julia lächelte ihre Freundin an. Sie war nie stolzer auf sie gewesen.

Und dann machten sie sich alle zusammen auf den Weg zum Lunch, CeCes Hand in Richards und ihre in Mitchells. Er streichelte ihr sanft mit dem Daumen über den Handrücken, und sie war sich sicher, dass es das schönste Gefühl auf der Welt sein musste.

Kapitel 37

Nach dem Mittagessen ging es weiter. CeCe konnte gar nicht glauben, wie viel Spaß es ihr machte, vor Publikum zu stehen und von ihrer Vanille zu erzählen. Sie war stolz auf sich selbst, dass sie sich so gut wie nie verhaspelte und auch auf alle Fragen souverän geantwortet hatte. Natürlich hatte wieder jemand nach ihrem Geheimnis fragen müssen, aber diesmal hatte sie die perfekte Antwort parat gehabt, und die war einfach aus dem Herzen gekommen.

Jetzt stand sie wieder vorne, während Julia den Stapel Papptafeln in der Hand hielt, die sie vorbereitet hatte. Sie hatte sich nämlich etwas ganz Besonderes ausgedacht, etwas, das nach einer langen Seminarwoche bitter nötig war. Sie wollte die Leute dazu bringen, Spaß zu haben, statt immer nur schnöden Vorträgen lauschen zu müssen. Und deshalb verkündete sie: »So, meine Damen und Herren, kommen wir zu unserem letzten gemeinsamen Nachmittag. Ich bin mir sicher, Sie sind schon reichlich müde, weshalb ich mir dachte, dass wir, bevor Sie meine Vanilleprodukte probieren dürfen, ein kleines Quiz machen. Und zwar ein Multiple-Choice-Quiz. Ich werde Ihnen nun Fragen stellen, und meine zauberhafte Assistentin Julia wird je eine Tafel mit drei möglichen Antworten hochhalten. Sie heben einfach die Hände für A, B oder C, okay? Und dann sehen wir, wer richtig lag.«

Ihre Idee schien tatsächlich Begeisterung zu wecken, alle sahen ganz gespannt aus.

»Gut. Unsere erste Frage lautet: Was glauben Sie, wie viele Vanillekapseln eine einzige Pflanze pro Ernte hervorbringen kann?« Sie gab Julia ein Zeichen, dass sie die erste Tafel hochhalten konnte. »Sind das A: fünfundzwanzig, B: siebzig oder C: einhundertzwanzig Kapseln?«

Sie sah ins Publikum. Die meisten Leute hatten sich für B entschieden.

»Julia? Verrätst du uns die Antwort?« Julia drehte die Tafel um, und es kam ein C zum Vorschein. »Die Antwort ist C«, sagte CeCe. »Eine einzige Pflanze kann tatsächlich bis zu einhundertzwanzig Kapseln tragen. Okay, kommen wir zur nächsten Frage, und jetzt wird es langsam spannend. Was denken Sie, liebes Publikum, wie viel Prozent echte Vanille heute überhaupt noch in der Lebensmittelindustrie verwendet wird?« Sie hatte vorhin schon erzählt, dass die Firmen leider sehr häufig künstliche Aromen verwendeten, was wahrscheinlich auch kein Geheimnis war. Aber diese Antwort würde alle überraschen, da war sie sich sicher.

Wieder hielt Julia ein Plakat hoch und sah dabei aus wie eine dieser Damen in den Gameshows der Achtzigerjahre. Es fehlten nur noch Schulterpolster.

»Sind es ein Prozent, acht Prozent oder fünfzehn Prozent?«, fragte CeCe. Wie erwartet hob niemand bei nur einem Prozent die Hand, weshalb leider niemand diese Runde gewann. »Sie werden es nicht glauben, aber …« Sie nickte Julia zu, damit diese die Fragentafel umdrehte.

Eine Eins erschien neben einem Prozentzeichen. »Ganz richtig! Nur ein einziges Prozent an echter Vanille wird heute noch verwendet. All die Joghurts, die Eiscreme, der Kuchen und die Kekse, die Sie täglich essen, werden mit künstlichen Vanille-Ersatzstoffen produziert. Neunundneunzig Prozent, das muss man sich erst mal vergegenwärtigen. Erschreckend, oder?«

Alle sahen ziemlich verblüfft aus. Sie sahen einander an und starrten sie dann mit großen Augen an.

»Wenn Sie auf Nummer sicher gehen wollen, backen Sie selbst. Kaufen Sie Vanilleschoten, und stellen Sie Ihre eigenen Kekse oder Ihr eigenes Vanilleeis her. Das ist gar nicht mal so schwer.«

»Oder Sie bestellen einfach bei CeCe«, meinte Julia mit einem Augenzwinkern.

Sie grinste sie an. Ja, das hatte sie den Gameshow-Vorzeigedamen aus den Achtzigern voraus: Sie sprach. Diese Frauen damals hatten doch die ganze Sendung über kein Wort gesagt, oder?

»Gut. Ich hoffe, Sie haben sich alle von dem Schock erholt, und wir können mit der nächsten Frage weitermachen?« Als das Publikum nickte, sagte sie: »Um meine Vanilleschoten besonders ledrig und elastisch zu bekommen, tue ich etwas Spezielles mit ihnen. Was denken Sie, was das sein könnte? A: Singe ich ihnen vor? B: Massiere ich sie? Oder C: Lege ich sie in Öl ein?«

Julia drehte das Plakat um. Ein B kam zum Vorschein.

»Ja«, sie lachte. »Es ist wahr. Ich massiere meine Schoten tatsächlich. Wie ich schon erwähnte, es steckt sehr viel Liebe in dem, was ich tue.« Sie merkte, wie sie ein wenig errötete. Richard sah sie schmunzelnd an.

Sie stellte noch ein paar weitere Fragen und kam dann zur letzten. »Diese Frage ist eine besonders schwierige. Und zwar geht es um die Geschichte der Vanille. Ich habe Ihnen ja vorhin erzählt, dass die Vanille ursprünglich aus Mexiko stammt und die Spanier sie nach der Eroberung Mexikos

1519 nach Europa brachten. Und nun zu meiner Frage. Die Spanier waren damals sehr stolz auf ihre Entdeckung und wollten auf keinen Fall, dass die Königin der Gewürze das Land verließ. Deshalb verhängten sie eine besonders hohe Strafe auf die illegale Ausfuhr der Vanille. Was schätzen Sie, welche Strafe einem damals drohte? A: einhundert Peitschenhiebe? B: zehn Jahre Gefängnis? Oder C: die Todesstrafe?«

Diese Frage kam beim Publikum besonders gut an. Alle waren ganz gespannt auf die Antwort, das sah sie an ihren Gesichtern. Und als Julia dann die richtige Antwort anzeigte, hörte sie von überallher »Ooooh« und »Nein, das gibt's ja nicht« und »Du meine Güte«, denn es war tatsächlich die Todesstrafe, was kaum einer getippt hatte.

Sie freute sich richtig, dass ihr Spiel bei allen so gut angekommen war. Nun war es aber an der Zeit, den Leuten zur Belohnung für die vielen richtigen Antworten ein paar Köstlichkeiten zu geben. Sie holte zwei Teller Vanilleplätzchen hervor und auch zwei Tabletts mit vorbereiteten Löffeln, auf denen sich bereits eine Kostprobe von ihrer Vanille-Himbeermarmelade und auch ihrem Vanille-Mango-Cranberry-Chutney befand. Das alles ließ sie von Julia verteilen, und sie selbst ging noch mit einigen ihrer Vanilleschoten herum, um zu beweisen, dass sie auch wirklich von so hoher Qualität waren, wie sie erzählt hatte. Sie erntete einiges an Lob und bekam schon jetzt Visitenkarten zugesteckt, was sie als gutes Zeichen ansah, dass wirklich die eine oder andere Zusammenarbeit stattfinden würde. Nun würde sie auf jeden Fall Jessie voll einstellen müssen, es sah ganz danach aus, als ob viel Arbeit auf sie zukäme. Doch darauf freute sie sich sehr.

Als sie sich verabschiedete, gab es den lautesten Beifall der ganzen Woche. CeCe strahlte vor sich hin und sah, dass

Julia und Richard das ebenfalls taten. Allerdings war ihr Beitrag noch nicht zu Ende, denn jetzt ging es aufs Ganze. Es hieß, in zwei Stunden ein Drei-Gänge-Menü zu zaubern, und deshalb machten Julia und sie sich auch schleunigst auf in die Küche.

Der Küchenchef Chester und sein Team waren einfach unglaublich. Egal, was sie ihnen vorschlug, sie setzten es in die Tat um. Als es Zeit für den ersten Gang war, konnten sie und auch Julia, die die ganze Zeit mit in der Küche war, nur staunen beim Anblick der wunderschön dekorierten Teller.

Für die Vorspeise hatte CeCe sich einen gemischten Blattsalat mit Himbeervinaigrette und Vanille-Shrimps überlegt. Die Shrimps hatte sie selbst in einer Marinade aus Rapsöl, Vanillemark, Salz und Pfeffer eingelegt und dann angebraten. Die Salate hatte das Küchenteam zubereitet und alles so toll garniert, dass es ein Bild aus einer dieser Gourmet-Zeitschriften hätte darstellen können. Sie hatten obenauf jeweils drei Shrimps, Sprossen und eine Rote-Bete-Spirale gesetzt und noch ein wenig Himbeer-Balsamico-Reduktion auf den Tellerrand getröpfelt.

Sie stand in der Küchentür und sah dabei zu, wie ihre Vorspeise verteilt wurde, und sie beobachtete auch, wie die Gäste den ersten Bissen nahmen. Es schien ihnen eine Gaumenfreude zu sein, ihren Gesichtern nach zu urteilen, und darüber freute sie sich riesig.

Nun ging es an die Hauptspeise, und da hatte sie sich etwas ganz Besonderes überlegt. Sie hatte eigentlich geplant, Lachsfilet mit einer Vanillesauce, Vanille-Kartoffelpüree und dazu grüne und gelbe Zucchinistreifen zu servieren. Im letzten Moment hatte sie es sich allerdings anders überlegt, da ihr eine Idee gekommen war. Kurz hatte sie ihr Vorhaben mit Chester besprochen, der sie erst einmal komisch angeblickt hatte, dann aber wissend genickt und gelächelt hatte.

»Das bekommen wir hin«, hatte er gesagt und einige riesige Töpfe hervorgeholt, in denen sie die Nudeln kochten, die sie benötigen würden.

Und jetzt, zwei Stunden später, als die leeren Teller der Vorspeise zurückkamen, konnte sie nicht anders, als breit zu grinsen, während sie die Käsemakkaroni à la CeCe – natürlich mit einem Hauch Vanille – noch einmal umrührte.

»Probier bitte mal, ob die so passen«, sagte sie und schob Julia eine Gabel voll in den Mund.

»Oh mein Gott, die sind unglaublich! Ich hab noch nie zuvor so leckere Mac & Cheese gegessen. Er wird ausrasten vor Freude!«

Das hoffte sie sehr. Denn nur für ihn hatte sie sich umentschieden und auf das Kartoffelpüree, das eigentlich viel besser gepasst hätte, verzichtet. Doch sie wollte etwas Besonderes für ihn tun, eine Geste, die ihm zeigte, dass er ihr wichtig war. Und es sollte ein Dankeschön dafür sein, dass er sich ihr anvertraut hatte.

Sie ging nun selbst mit hinaus und hielt dabei zwei Teller in der Hand. Damit stellte sie sich ins Restaurant und bat um Aufmerksamkeit.

»Einen schönen guten Abend, verehrte Damen und Herren. Ich hoffe, Ihnen hat die Vorspeise geschmeckt? Ich habe noch etwas zu verkünden, bevor wir zum Hauptgang kommen. Und zwar wird ja auf der Menükarte Kartoffelpüree angekündigt. Ich hoffe, Sie haben sich nicht schon allzu sehr darauf gefreut und verzeihen mir eine kleine Änderung.« Sie sah zu Richard hin, der überrascht wirkte. »Ich dachte, es wäre doch viel schöner, die Leibspeise des Hausherrn zu servieren, der uns allen zusammen mit den Ver-

anstaltern eine wunderbare Woche hier in diesem Schnee-
paradies ermöglicht hat. Ich kann nur für mich sprechen,
aber ich fand das ganze Seminar unglaublich gelungen. Vielen Dank, Richard Banks junior, im Namen von uns allen.«
Sie hob einen der Teller zum Toast, und alle hielten Richard
ihre Gläser entgegen. »Stoßen wir auf diese Woche, auf
Mr. Banks und auf Mr. Hollander an!«, sagte sie und hörte
Gläser klirren. »Und nun wünsche ich Ihnen einen guten
Appetit mit dieser etwas anderen Hauptspeise.«

Lächelnd ging sie auf Richard zu und stellte ihm seinen
Teller hin. Er musste lachen.

»Mac & Cheese?«, fragte er verblüfft.

»Mac & Cheese«, bestätigte sie. »Nur für dich.«

Sie stellte auch Mitchell seinen Teller hin, der ebenfalls
lachte. »Etwa mit Vanille? Na, da bin ich aber gespannt.«

Richard sah sie an, als hätte sie ihm gerade die größte
Freude aller Zeiten gemacht. Als hätte sie ihm einen Mase-
rati zum Geburtstag geschenkt. Sie legte ihm eine Hand auf
die Schulter. »Lasst es euch schmecken.«

Jetzt setzte sich auch Julia zu den Männern. Das hatte sie
ihr vorgeschlagen. Es war doch viel schöner, wenn ihre
Freundin das Essen auch richtig genießen konnte, statt nur
ein bisschen was in der Küche zu naschen.

»Bis später«, sagte sie und ging zurück, um sich um das
Dessert zu kümmern. Hier hatte sie sich für eine Speise entschieden, die ihr selbst sehr am Herzen lag. Es würde Vanilleeis geben, selbst gemachtes natürlich. Sie nahm einen Löffel, tauchte diesen in den riesigen metallenen Eimer gelber
Masse und probierte. Oh, dieser Geschmack. Nichts kam
an echtes Vanilleeis heran. Sofort war sie wieder vier Jahre
alt und saß an der Seite ihrer Mutter auf der Veranda-
treppe.

»Schmeckt es dir, meine Süße?«, fragte ihre *mamá*.

»M-hm. Lecker«, antwortete sie mit vollem Mund.

Ihre Mutter lachte. »Nun iss nicht so schnell, sonst bekommst du noch Gehirnfrost.«

»Was ist das?«

»Na, du weißt schon, wenn man ganz dolle Kopfschmerzen kriegt von zu schnellem Eisessen oder zu schnellem Trinken kalter Getränke.«

»Wie neulich bei dem Schokoshake?« Sie konnte sich gut an die Schmerzen erinnern, da sie geglaubt hatte, ihr Kopf würde explodieren.

»Ganz genau.« Ihre *mamá* lächelte und leckte an ihrer Kugel Eis, die sie in eine Waffel gefüllt hatte.

Das Eis hatte ihre *mamá* selbst gemacht, und es war das beste, das CeCe je gegessen hatte. Es war noch viel besser als das von der Eisdiele, denn es schmeckte noch viel mehr nach Vanille.

»Weißt du, da, wo ich eigentlich herkomme, in Mexiko, da haben meine Onkel eine Vanilleplantage«, erzählte ihre *mamá* ihr jetzt. »Schon seit vielen, vielen Jahren. Als kleines Kind, als ich so alt war wie du, habe ich da immer gespielt und habe an den getrockneten Schoten geschnuppert. Ich liebe den Geruch, er ist für mich das Schönste, was es auf der Welt gibt.« Sie sah sie jetzt liebevoll an. »Von dir einmal abgesehen.«

»Du findest, ich bin schön?«, fragte sie erstaunt. »So wie ein Supermodel?« Sie durfte manchmal zusammen mit ihrer *mamá* Modezeitschriften durchblättern.

»Noch viel, viel schöner, meine Kleine.«

»Ich finde dich auch schön. Ich finde, du hast die schönsten Haare von allen.« Die langen Locken ihrer Mutter gingen ihr bis zum Po. Sie liebte es, mit ihnen zu spielen.

»Eines Tages wirst du auch solche langen Locken haben, da bin ich mir sicher.«

Sie sah an ihren eigenen Haaren herunter, die ihr gerade mal bis zur Schulter gingen. Wenn ihre *mamá* wirklich recht hatte, würde das sicher noch eine ganze Weile dauern. Dann würde sie vielleicht schon zur Schule gehen, und ihre *mamá* würde vielleicht endlich das Brüderchen bekommen, das sie sich so sehnlichst wünschte. Und wenn sie dann von der Schule nach Hause käme, würde *mamá* am Wegrand stehen, mit dem Brüderchen auf dem Arm, und ihr zuwinken. Und dann könnten sie noch mehr Vanilleeis essen.

»Dein Daddy kommt bald nach Hause«, sagte ihre Mutter. »Ich sollte langsam reingehen und das Essen vorbereiten. Heute gibt es Enchiladas. Willst du mir beim Kochen helfen?«

Sie nickte fröhlich und stand auf. Sie liebte es, in der Küche zu helfen, zu rühren und zu naschen, und manchmal durfte sie sogar durch die Glasscheibe in den Ofen sehen und nachgucken, ob das Essen schon gut war.

Obwohl ihre Mutter gesagt hatte, dass es Zeit zum Essenmachen war, blieb sie doch weiter sitzen und bewegte sich kein Stück.

»*Mamá?*«, fragte sie.

»Ja, gleich, CeCe. Gleich gehen wir rein. Ich will nur noch ein bisschen die Aussicht genießen. Sie ist so wunderschön.«

Ihre Mutter zog sie an sich und umarmte sie ganz fest, dann sahen sie beide zu der Sonne und dem rosaroten Himmel. Die alten grünen Dinger, die ihr Daddy Weinranken nannte und die zu nichts nutze waren, wie er sagte, waren ganz schrumpelig. Sie wusste nicht mal, wozu sie da waren. Den ganzen Platz könnte man doch bestimmt viel besser nutzen, zum Beispiel könnte man einen Swimmingpool oder einen großen Spielplatz bauen, mit Rutschen und Schaukeln.

Heute Abend, wenn ihr Daddy von der Arbeit kam, würde sie ihn noch mal bitten, eine Schaukel für sie aufzustellen. Sie liebte es nämlich zu schaukeln, genauso sehr, wie ihre *mamá* die Vanille liebte.

Sie gab ihrer *mamá* jetzt einen Kuss und hielt ihr ihre Hand hin. Sie nahm sie und erhob sich, und zusammen gingen sie ins Haus. Ihr Zuhause, wo es bald ganz lecker nach Enchiladas duften und wo ihre *mamá* sie vielleicht wieder durch die Glasscheibe in den Backofen gucken lassen würde. Denn ihre *mamá* war die Allerbeste, und das würde sie immer bleiben.

Voller Wehmut stand CeCe in der Hotelküche und sah Chester und seinen Leuten dabei zu, wie sie jeweils eine Eiskugel auf die vorbereiteten achtunddreißig Teller gaben. Sie hatten sie ganz hübsch mit einer Orangenreduktion und den mitgebrachten kandierten Orangenscheiben dekoriert. In die Eiskugel steckten sie jetzt noch je ein Gitter aus Karamell. Der Teller sah überwältigend aus, und sie hoffte, genauso würde den Leuten auch ihr Eis schmecken, das sie nach dem Rezept ihrer Mutter hergestellt hatten. Sie hatte es erst viele Jahre nach deren Tod gefunden, in einem alten Notizbuch, das ihr Dad zusammen mit einigen anderen Dingen, die er unbedingt aufheben wollte, in eine Kiste getan hatte. Dort hatte sie auch das Armband gefunden, das sie heute Abend trug, es war ein silbernes mit einem Anhänger, der eine Blume darstellte, vielleicht sogar eine Orchidee – für sie war es aber immer schon eine Vanilleblüte gewesen.

Nachdem das Dessert ausgeteilt worden war, kam auch CeCe zurück ins Restaurant und ließ es sich nicht nehmen, sich zu ihren Freunden an den Tisch zu setzen und ebenfalls ein Eis zu genießen. Es war wirklich gut gelungen und schmeckte in Kombination mit den kandierten Orangen vorzüglich. Nach ihrer Rückkehr nach Hause wollte sie unbedingt Lucinda anrufen und ihr davon berichten, wie sehr beide Komponenten miteinander harmoniert hatten und wie gut auch ihre Orangen angekommen waren. Julia fragte sogar, wo sie diese herhatte und ob sie ihr beim nächsten Mal welche mitbestellen könne.

»Auf jeden Fall. Da wird Lucinda sich aber freuen.«

»Ich sollte ja eigentlich neutral sein«, meinte Richard dann und lehnte sich zu ihr. »Aber ich muss sagen, dass dein Menü das beste von allen war. Mit riesigem Vorsprung.«

Auch Mitchell stimmte zu. »Da kann ich mich Richard nur anschließen. Dieses Eis, oh mein Gott, da könnte ich mich reinlegen. Kannst du mir eine Badewanne damit füllen?«

»Oh ja, da bin ich mit dabei«, sagte Julia grinsend und küsste Mitchell über den Tisch hinweg.

»Deine Mac & Cheese ...«, sagte Richard dann. »Ich weiß gar nicht, was ich sagen soll. Die hast du wirklich extra für mich gemacht?«

Sie lachte. »Na klar, für wen denn sonst? Oder gibt es hier noch mehr Leute, deren absolute Leibspeise das ist?«

Er sah sie unglaublich bewegt an. »Danke.«

»Gern geschehen. Haben sie denn geschmeckt?«

Er nickte. »Ich hab noch nie so gute Mac & Cheese gegessen.«

Das nahm sie als großes Kompliment auf, denn sie wusste ja, dass die Makkaroni seiner Nanny Elena ihm viel bedeutet hatten.

»So«, sagte Mitchell. »Wir haben noch sechsunddreißig Stunden, bis wir uns voneinander verabschieden müssen. Was wollen wir in dieser Zeit Schönes anstellen?«

»Oh, ich will noch gar nicht an den Abschied denken«, jammerte Julia.

»Ich ja auch nicht. Ich finde aber, wir sollten die Zeit nutzen, oder? Es schneit weit weniger, und für morgen wird sogar Sonne vorausgesagt. Habt ihr Lust auf Snowboarden?«

Richard sah zu CeCe, da er inzwischen mitbekommen hatte, dass sie von Wintersport keine Ahnung hatte.

»Wir könnten es uns auch einfach hier im Hotel gemütlich machen«, schlug er vor. »Das Spa nutzen, einen Film im Kino ansehen.« Ja, es gab in diesem Hotel tatsächlich einen Kinosaal! »Denkt dran, wir sind ab morgen fast allein hier, nachdem die anderen Gäste alle abgereist sind. Außerdem sind CeCe und ich ziemlich angeschlagen, da wäre es vielleicht keine so gute Idee, schon wieder raus in den Schnee zu gehen.«

Sie wusste, dass Richard sie nur retten wollte, doch auf einmal hatte sie wirklich Lust darauf, sich noch einmal in den Schnee zu stürzen. Bei Sonne natürlich und nicht inmitten eines Sturms.

»Ach, weißt du, Rick, ich glaube, ich sollte mal was Neues ausprobieren. Vielleicht macht es ja sogar Spaß.«

»Na gut, wenn du willst.«

»Rick?«, fragte Mitchell schmunzelnd. »Sie nennt dich Rick?«

»Ja. CeCe fand, der Name passt besser zu mir, klingt jünger und nicht so sehr nach meinem Dad. Was hältst du davon?«

»Was ich davon halte? Ich finde, das war die beste Idee aller Zeiten!«

»Na gut, dann dürft ihr mich jetzt alle Rick nennen, wenn ihr mögt.«

Rick. So nannte sie ihn auch, als sie an diesem Abend in seinen Armen lag und sie sich küssten. Sie befanden sich in seiner Suite, er hatte Kerzen angezündet und Champagner und Erdbeeren aufs Zimmer bringen lassen.

»Ich komme mir gerade ein bisschen vor wie in *Pretty Woman*«, lachte sie.

»Weil du auch eine *pretty woman* bist?«, erwiderte er grinsend.

»Haha, nein. Weil Richard Gere da doch auch Champagner und Erdbeeren aufs Zimmer bestellt. Für Julia Roberts. Sag bloß, du hast den Film noch nie gesehen?«, fragte sie schockiert, als sie sein ahnungsloses Gesicht sah.

Er zuckte mit den Schultern. »Tut mir leid, nein. Ich habe nie sehr viele Filme gesehen. Ich arbeite doch meist, und wenn ich mal ein paar freie Stunden habe, dann greife ich lieber zu einem guten Buch.«

»Das ist ja keinesfalls verkehrt, aber *Pretty Woman* muss man einfach gesehen haben. Können wir den hier irgendwie auftreiben? Wir könnten ihn morgen alle zusammen gucken.«

»Ich werde mal nachfragen. Ich fände es schön, einen romantischen Film mit dir zu gucken. Der ist doch romantisch, oder?«

»Sehr sogar.«

»Ich finde aber auch sehr romantisch, was wir beide miteinander haben«, sagte er.

»Das finde ich auch.« Sie küsste ihn und kuschelte sich an ihn.

Gestern waren sie beide viel zu müde gewesen, um einander näherzukommen. Heute aber wollte CeCe nichts mehr, als Richard endlich so richtig zu spüren, und das sagte sie ihm.

»Bist du dir ganz sicher? Geht dir das nicht zu schnell?«, fragte er.

»Wir haben doch nur noch zwei Nächte zusammen. Ich bin mir ganz sicher«, raunte sie in sein Ohr.

Er zog sie an sich und küsste sie, liebkoste sie, zeigte ihr, wie es sein konnte, wenn ein Mann eine Frau so sehr wollte, dass er ihre Bedürfnisse vor seine stellte und erst, als sie glückselig in seinen Armen lag, an seine eigenen dachte.

»Das war einfach nur unglaublich«, sagte sie, als sie später am Abend aneinandergekuschelt dalagen und durchs Fenster den Sternenhimmel betrachteten.

»Es war perfekt«, sagte er, und jetzt hatte sie keine Zweifel mehr, dass Richard Banks einer von den Guten war und dass aus ihnen etwas Einzigartiges werden konnte. Und als er ihr jetzt eine Frage stellte, war sie auch endlich bereit zu antworten.

»CeCe, darf ich dich etwas fragen?«

»Natürlich.«

»In dem Fernsehinterview … Da hast du auf die Frage, warum dein Vater ausgerechnet im Napa Valley Vanille anbauen wollte, geantwortet, dass er dafür seine Gründe hatte. Du bist auf dieser Farm aufgewachsen, weshalb mich schon, seit ich diese Sendung das erste Mal gesehen habe, die Antwort interessiert. Du musst sie mir nicht sagen, wenn du nicht willst, aber …«

»Moment! Du sagtest gerade, ›seit ich diese Sendung das erste Mal gesehen habe‹ … Hast du sie etwa mehr als einmal angeguckt?«

Sie konnte spüren, wie Richard nervös wurde, auch wenn sie im Kerzenflimmern seinen Gesichtsausdruck nicht richtig ausmachen konnte.

»Würdest du mich für völlig verrückt halten, wenn ich dir sage, dass ich sie mir sogar immer und immer wieder angesehen habe? Bitte halte mich nicht für einen Irren oder einen Stalker oder so etwas. Ich war eben fasziniert von dir. Wenn ich ehrlich bin, war es sogar Liebe auf den ersten Blick.«

Sie war sprachlos. Natürlich hielt sie ihn nicht für einen Irren, sondern eher für den wunderbarsten Mann der Welt. Was er alles auf sich genommen hatte, nur, um bei ihr sein zu können.

Sie küsste ihn so zärtlich, dass es ihnen beiden den Atem raubte. Sie hoffte, das war Antwort genug.

»Okay, ich verrate es dir«, sagte sie dann. »Mein Dad hat die Farm überhaupt nur aus einem einzigen Grund aufgebaut, und zwar wegen meiner Mutter. Weil sie Vanille so sehr geliebt hat. Sie ist schon sehr früh gestorben, da war ich gerade mal vier Jahre alt, und er wollte etwas ihr zu Ehren und in ihrem Gedenken tun. Etwas Besonderes, etwas, das uns für immer an sie erinnern würde, verstehst du?«

Richard wurde ganz still. Dann, nach einer Weile, sagte er voller Ehrfurcht: »Das ist das Schönste, was ich je gehört habe.«

Ja, das fand sie auch. Etwas Schöneres hatte es wahrscheinlich nie gegeben, und sie durfte Teil dieser wunderbaren Geste sein, an jedem Tag ihres Lebens.

Kapitel 38

Der Abschied fiel schwer. Nachdem CeCe jede Minute der letzten vierundzwanzig Stunden an Richards Seite verbracht hatte, mochte sie ihm überhaupt nicht Lebewohl sagen. Und genauso fühlte es sich an. Wie ein Lebewohl. Als wenn sie sich nie wieder oder zumindest für eine ganz lange Zeit nicht sehen würden. Und das war einfach unvorstellbar, da sie ihn am liebsten überhaupt nicht verlassen wollte.

Aber Richard hatte demnächst viel zu tun. Er wollte sein komplettes Hotel renovieren und musste sich danach natürlich wieder um seine Gäste kümmern, während sie mit der Farm beschäftigt sein würde und vor allem mit all den vielen Bestellungen. Sie hatte zwischendurch ihre E-Mails gecheckt – es waren in dieser einen Woche über dreihundert neue Aufträge eingegangen, und Jessie hatte nicht annähernd genügend Vorräte gehabt, um sie alle zu bearbeiten. Dazu kam noch, dass sie würde anbauen müssen, denn sie war einen Deal mit Mitchell eingegangen, der ihr ein Angebot gemacht hatte, das sie gar nicht hatte ablehnen können. Sie würde also ein weiteres Gewächshaus aufstellen und dort neue Ranken pflanzen, damit sie künftig genug ernten konnte, um die Century Spice Corporation ausreichend mit ihrer Vanille zu versorgen.

Ja, es kam einiges auf sie zu, und es machte ihr ein wenig

Angst, wenn sie ehrlich war. Sie freute sich aber auch auf die Herausforderung.

Richard sprach ebenfalls davon, expandieren zu wollen.

»An welchen Ort hast du für dein zweites Hotel gedacht?«, hatte sie gefragt.

»Am lukrativsten wäre natürlich die Gegend um Los Angeles«, hatte er geantwortet. »Dorthin kommen das ganze Jahr über Touristen und auch Leute aus der Filmindustrie. Ich habe mir bereits einige Objekte angesehen, mich aber noch nicht entschieden. Vielleicht erwerbe ich sogar etwas in Beverly Hills.« Er hatte ihr zugezwinkert und damit auf den Film angespielt, den sie sich alle am Samstag angesehen hatten, *Pretty Woman*, der Richard außerordentlich gut gefallen hatte.

Leider hatten sie das Snowboardfahren ausfallen lassen müssen, zumindest Richard und sie, da sie beide mit einer schlimmen Erkältung flachgelegen hatten. Julia und Mitchell hatten sich allein aufgemacht, während sie den ganzen Tag lang im Bett gelegen, sich DVDs angesehen und heiße Zitrone mit Honig getrunken hatten. Auch jetzt war keiner von ihnen so richtig fit, aber sie rappelten sich auf, denn das Leben ging nun mal weiter. Morgen würden bei Richard die Handwerker kommen, und CeCe würde zusammen mit Jessie Unmengen Kekse backen und Marmelade, Chutney und andere Produkte herstellen müssen, um alle Kunden versorgen zu können.

Ja, es würde weitergehen. Ohne Richard. Auch wenn sie das unendlich traurig machte.

Und nun standen sie gemeinsam auf dem Parkplatz und hielten einander fest, um sich gegenseitig zu stützen, weil sie noch so schwach waren und weil sie überhaupt nicht loslassen wollten.

»Du wirst mir schrecklich fehlen«, sagte sie.

»Du wirst mir auch fehlen.«

Sie hatten abgemacht, dass sie sich wiedersehen würden. Als sie Richard erzählt hatte, dass sie fest vorhatte, eines Tages nach Mexiko zurückzukehren und die Familie ihrer Mutter zu besuchen, hatte er sogar gesagt, dass er sie begleiten wolle. Dann könnte er Elena einen Besuch abstatten und CeCes Verwandten kennenlernen. Daraufhin hatte sie ihm gestanden, dass sie nicht einmal wisse, wer von ihnen noch am Leben war, da sie nie wirklich den Kontakt zu ihnen gehalten hatte.

»Was ist denn mit deinen Großeltern? Den Eltern deiner Mutter? Hattest du nicht erzählt, sie seien irgendwann zurück nach Mexiko gegangen?«

Ja, das hatte sie. Sie hatte ihm einiges erzählt, als sie endlich preisgegeben hatte, dass ihre Mutter aus Mexiko stammte. Doch von El Corazón hatte sie ihm noch immer nichts verraten, und das würde sie auch noch eine ganze Weile für sich behalten und in ihrem Herzen bewahren.

»Ja, das sind sie. Doch sie sind beide schon vor einer ganzen Weile gestorben.«

»Oh, du Arme. Das heißt, du hast außer Angie überhaupt keine Familie mehr?«, hatte er voller Mitleid gefragt.

»Julia ist auch Familie. Und Jemima«, hatte sie lächelnd geantwortet.

»Ich wünsche mir wirklich, sie eines Tages alle kennenzulernen.«

»Du kannst mich ja mal besuchen kommen auf meiner Farm. Dann zeige ich dir alles und stelle dich ihnen vor«, hatte sie vorgeschlagen.

»Das werde ich machen, versprochen.«

Doch sie hatten nichts Festes ausgemacht, und irgendwie

klang das Versprechen in CeCes Ohren so wie das ihres Vaters, als er wieder und wieder beteuert hatte, dass sie eines Tages noch einmal nach Mexiko fahren würden, es dann aber doch nie getan hatten.

Sie drückte ihn noch ein letztes Mal und küsste ihn lange auf die Lippen. Als sie sich löste und sich nach Julia umsah, hing diese noch immer an Mitchell. Die beiden knutschten bereits eine gefühlte Ewigkeit.

»Kommst du langsam, Julia?«, rief sie ihrer Freundin zu, die einige Meter entfernt stand. Und dann fragte sie Richard: »Wir sehen uns?«

Er nickte. »Wir sehen uns.« Sie war sich sicher, er wollte zuversichtlich wirken, er sah aber einfach nur traurig aus. So traurig, wie sie sich fühlte.

Langsam ließ sie seine Hand los, die sie bis dahin gehalten hatte, und stieg ins Auto, das Richard gleich am Freitag hatte abschleppen und zurückbringen lassen. Sie konnte es einfach nicht länger ertragen. Abschiede waren etwas, womit sie absolut nicht umgehen konnte, es hatte schon zu viele davon in ihrem Leben gegeben.

Zum Glück stieg Julia keine Minute später zu ihr in den Wagen und setzte sich ans Steuer. »Abschiede sind doch echt scheiße, oder?«, fragte sie.

»Das kannst du laut sagen«, stimmte sie zu und legte sich die Wolldecke über, die Richard ihr mitgegeben hatte. Sie stammte aus seiner Suite und war kuschelig warm und orange. Sie würde von nun an jede Nacht mit ihr schlafen und dabei an Richard und ihre wundervollen Stunden zu zweit denken.

Sie musste ein paar Tränen wegblinzeln und sah aus dem Fenster. Richard stand noch immer am selben Fleck und winkte ihr nach, als sie sich langsam in Bewegung setzten.

Mitchell trat zu ihm und legte ihm einen Arm um die Schultern. Gut, dass er jetzt jemanden hatte, der ihm Trost spendete. Gut, dass sie jemanden hatte und nicht allein war mit ihrem Abschiedsschmerz. Mit feuchten Augen sah sie Julia an, der es sicher genauso ging. Oder etwa nicht? Ihre Freundin sah überhaupt nicht traurig aus. Vielleicht, weil sie hoffnungsvoller war, was ihre Zukunft mit Mitchell anging?

»Weinst du etwa?«, fragte Julia sie. »Oh Gott, Süße, nicht weinen. Du siehst ihn doch wieder.«

»Ja«, sagte sie, war sich da aber plötzlich überhaupt nicht mehr sicher.

Sie hatten Sacramento hinter sich gelassen, wo sie in einem Diner Burger und Pommes zu sich genommen hatten, von denen CeCe die Hälfte hatte stehen lassen. Sie verspürte einfach keinen Appetit.

»Dir geht's echt mies, hm?«, fragte Julia, als sie weiterfuhren. »Vielleicht solltest du morgen doch besser einen Arzt aufsuchen.«

»Ach, das ist, glaube ich, nicht nötig«, antwortete sie. Es war doch gar nicht die Erkältung, die ihr alle Kraft raubte.

»Wie du meinst. Hach, war das eine schöne Woche, oder? Richtig schön.« Ihre Freundin lächelte vor sich hin und summte zu einem Song von Clare Bowen, die in der Serie *Nashville* die Scarlett spielte. CeCe musste an Benedict denken, mit dem sie gestern zuletzt geskypt hatte. Er hatte ihr erzählt, dass er noch immer seine Countrysängerin datete und richtig glücklich mit ihr war. Außerdem hatte er versprochen, heute Abend noch mit einer Hühnersuppe bei ihr vorbeizukommen und sie ein wenig aufzuheitern. Eigentlich freute sie sich immer auf Benedict, doch so richtig war sie nicht in Stimmung. Sie wusste gar nicht, was sie

434

ihm erzählen sollte, wenn er nach Richard fragte. Waren sie nun fest zusammen oder nicht? Würden sie sich wiedersehen oder nicht? War sie verliebt oder nicht?

Oh ja, das war sie, und das machte das Ganze ja so schwer.

»Wann seht ihr euch wieder?«, fragte Julia jetzt auch noch.

CeCe zuckte nur mit den Schultern. »So genau weiß ich das noch gar nicht. Hast du mit Mitchell schon etwas ausgemacht?«

Julia nickte. »Ja. Wir haben uns für den Valentinstag verabredet. Da kommt Mitchell nach San Francisco und will mich schick ausführen. Außerdem will ich ihm Berkeley zeigen, meinen Laden und alles. Er will gleich für ein paar Tage bleiben.«

»Oh. Das freut mich für euch«, sagte sie, spürte aber einen kleinen Stich im Herzen. Julia und Mitchell hatten also alles ganz genau geplant. Ihr Wiedersehen. Ihre Zeit zusammen. Ihre Zukunft. Und sie? Sie hatte gar nichts.

Sie wollte nicht schon wieder weinen, schloss deshalb die Augen und kuschelte sich ganz tief in die Decke.

»Macht es dir was aus, wenn ich ein bisschen schlafe? Ich bin total erledigt.«

»Nein, mach nur. Ich wecke dich, wenn du zu Hause bist.«

»Danke.«

Wenn sie zu Hause war. Das Zuhause, das sie eigentlich so liebte. Das Zuhause, das nach Vanille roch. Das Zuhause, das ihr immer Trost spendete. Doch wenn sie ehrlich war, wollte sie in diesem Moment viel lieber ganz woanders sein.

Kapitel 39

Richard vermisste Cecilia.

Er hatte die ganze letzte Woche extrem viel um die Ohren gehabt, hatte den Handwerkern Anweisungen gegeben, die Renovierungsarbeiten beaufsichtigt und beim Verlegen der neuen Teppiche dabei zugesehen, dass alles so gemacht wurde, wie er sich das vorstellte. Er hatte die Lieferung der neuen Matratzen angenommen und sogar dabei geholfen, die Folien abzureißen und sie in die Betten zu hieven. Denn er wollte beschäftigt sein, wollte nicht vierundzwanzig Stunden am Tag an CeCe denken und daran, dass es sicher eine gefühlte Ewigkeit dauern würde, bis er sie wiedersah.

Dann dachte er sich irgendwann: Wieso musste es denn so lange dauern? Es lag doch in seiner Hand, oder? Wenn er wollte, konnte er sie schon nächsten Monat oder sogar nächste Woche wiedersehen. Dazu musste er sich nur in seinen Wagen setzen und zu ihr fahren.

Dann wiederum überlegte er, ob das nicht zu früh war. Keinesfalls wollte er aufdringlich wirken, sie hatten sich doch erst vor wenigen Tagen verabschiedet. Wie würde CeCe reagieren, wenn er sie jetzt schon besuchen käme? Sie hatte es angeboten, klar, aber sie hatte von »irgendwann« gesprochen, nicht von nächster Woche.

Er wollte alles richtig machen, und er hatte überhaupt

keine Ahnung, wie das ging. Denn er war doch zum allerersten Mal so richtig verliebt. Er hatte Gefühle für diese Frau, die er zuvor nicht gekannt hatte. Allein schon an sie zu denken verursachte, dass sein ganzer Körper bebte. Er verspürte keinen Hunger, konnte nicht schlafen, wollte einfach nur bei ihr sein. Er wollte mit ihr reden, oh, wie sehr er die gemeinsamen Gespräche vermisste.

Seine Vanillekekse gingen ihm aus. Die letzten drei aß er mit Wehmut. Vielleicht könnte er einfach ein paar Tüten bei ihr bestellen ... Aber wie sah das denn aus? Er würde schon noch warten müssen, bis er sie wiedersah.

Mitchell hatte ihm erzählt, dass er am Valentinstag mit Julia in San Francisco verabredet war. Valentinstag – das war auch noch eine Weile hin, aber wenigstens in sichtbarer Nähe. Und sein Freund hatte ihm ebenfalls erzählt, dass er und Julia ausgemacht hätten, den Sommer am Lake Tahoe zu verbringen. Die beiden hatten bereits so viele Pläne. CeCe und er hatten noch nicht einmal ihr nächstes Wiedersehen geplant. Valentinstag ... das klang eigentlich gut. Das waren nur noch dreieinhalb Wochen, das würde er aushalten. Oder?

Die Renovierungsarbeiten waren beendet. Der normale Betrieb lief wieder. Gäste reisten an, er musste Hände ohne Ende schütteln, ein Lächeln aufsetzen und mit Stammgästen dinieren. Dabei dachte er die ganze Zeit an die Tage, an denen er mit CeCe, Julia und Mitchell an einem Tisch gesessen hatte. Erst jetzt wurde ihm bewusst, wie unbeschwert diese Zeit eigentlich gewesen war, wie alle Last und aller Stress von ihm abgefallen waren und er einfach nur das Glück hatte genießen können. Das fehlte ihm ebenfalls. Jetzt ging der Stress wieder los. Und er hatte ernsthaft daran gedacht, noch ein zweites Hotel zu eröffnen?

Wie machte sein Vater das bloß? Wie konnte er sich um achtzehn Hotels gleichzeitig kümmern? Nun, er war ein skrupelloser Kerl, der nie irgendetwas an sich heranließ und alles rein geschäftlich sah. Ihn interessierten weder seine Mitarbeiter noch seine Gäste, und ihm würde im Traum nicht einfallen, sich mit dem Gouverneur von Arkansas und seiner Familie an den Dinnertisch zu setzen und sich über die Collegepläne seiner Ältesten zu unterhalten.

Aber CeCe hatte auch gefunden, dass es eine gute Idee war. Dass er doch ein zweites Hotel eröffnen und für beide Geschäftsführer einstellen könnte. Victor wäre ein guter Geschäftsführer. Er war Empfangschef seit der Eröffnung des Heavenly Resorts vor elf Jahren und würde diese Aufgabe sicher meistern. Außerdem hatte er eine Beförderung wirklich verdient, er war der loyalste und zuverlässigste Mitarbeiter, den er sich vorstellen konnte.

Ja, das war ein guter Plan. Und wenn er erst einen geeigneten Ort und ein geeignetes Gebäude für ein neues Hotel gefunden hatte, würde er sich anfangs selbst um alles kümmern, bis er auch dort jemand Passenden für die Hotelleitung eingestellt hatte.

Darüber dachte er also nach. Und über CeCe dachte er nach. Und über ihre Eltern dachte er nach, darüber, was sie ihm anvertraut hatte. Dass Joseph, ihr Vater, nur aus Liebe zu ihrer verstorbenen Mutter angefangen hatte, Vanille anzubauen. Weil sie diese so sehr gemocht hatte. Welch eine romantische Geste. Welch ein aufrichtiges Herz. Welch eine große Liebe.

Er wollte auch etwas Romantisches für CeCe tun, etwas Großes, das ihr zeigen sollte, wie wichtig sie ihm war. Wie ernst er es mit ihr meinte. Doch er wollte es jetzt tun und nicht warten. Warten, bis es zu spät war. Er wollte nicht erst

438

nach ihrem Tod ihre Träume erfüllen, sondern schon zu Lebzeiten, denn das machte das Leben doch erst lebenswert.

Obwohl er CeCes Mutter Carmen nicht gekannt hatte, schlich sie sich immer wieder in seine Gedanken. Und irgendwann verstand er, weshalb. Er griff zum Telefonhörer und wählte eine Nummer in Italien. Denn im Gegensatz zu CeCe, die ihre *mamá* mit jeder Faser ihres Herzens vermisste, hatte er noch eine Mutter, die er anrufen konnte.

»Mom? Hallo, ich bin's, Richard. Störe ich dich gerade beim Lunch?«

Ein Lachen war zu hören. »Richard? Wir haben neun Uhr abends!«

»Ach, stimmt, ich habe gar nicht an den Zeitunterschied gedacht. Ich wollte nur mal wieder deine Stimme hören. Geht es dir gut?«

»Mir geht es wunderbar. Und dir?« Sie hörte sich wirklich glücklich an, und das freute ihn. Ja, das freute ihn wirklich. Er hatte sie seit der Scheidung nicht allzu häufig gesehen. Ab und zu telefonierten sie, aber er war erst zweimal bei ihr in Italien gewesen. Und sie hatte ein paarmal bei ihm am Lake Tahoe Urlaub gemacht. Immer war ihr neuer Mann Giovanni an ihrer Seite gewesen, den er nie wirklich hatte leiden können. Jetzt aber dachte er: Wenn er sie so glücklich machte, warum denn nicht? Wenn er ihr Joseph war, romantisch war, sie auf Händen trug und ihr jeden Wunsch von den Augen ablas? Was wusste er denn schon? Vielleicht hatte sie seinen Dad ja nur verlassen, weil der absolut nichts von Romantik gehalten hatte? Weil er lieber eine Rolex verschenkte als einen Strauß Blumen?

Blumen … Blumen waren romantisch, oder?

Und plötzlich hatte er eine Idee, vielleicht die beste Idee seines Lebens.

»Es geht mir sehr gut«, antwortete er. »Ich habe gerade das Hotel renoviert, und auch sonst kann ich mich wirklich nicht beklagen.«

»Das ist schön, mein Junge«, hörte er seine Mutter sagen. »Wie gefällt dir der Schal, den ich dir zu Weihnachten geschickt habe?«

Der Schal ... Den hatte er zu den anderen in die Kommodenschublade gesteckt und bisher kein einziges Mal getragen. Doch jetzt holte er ihn hervor, legte ihn sich um den Hals und sagte zu seiner Mom: »Er ist toll, wahrscheinlich mein neuer Lieblingsschal.«

Sie unterhielten sich noch ein paar Minuten, doch dann verabschiedete er sich, denn er hatte Dringendes zu erledigen.

Er packte einen Koffer und ging hinunter zum Empfang.

»Victor? Könntest du ein paar Tage für mich übernehmen?«, fragte er.

Überrascht sah Victor ihn an. »Wie meinen Sie das, Mr. Banks? Übernehmen?«

»Ich meine, kannst du den Laden hier schmeißen, mit allem Drum und Dran?« Das wäre auch schon mal ein guter Test für später.

»Aber, Mr. Banks, Sie sind doch öfter mal für ein, zwei Tage unterwegs, und das Hotel läuft auch ohne Sie gut.«

»Diesmal werde ich eventuell ein wenig länger wegbleiben.«

»Aber ... aber ... Wie lange denn, Mr. Banks?«

»Das weiß ich noch nicht. Es liegt nicht in meiner Hand.«

Das konnte nur eine Person entscheiden. Die Person, zu der er sich jetzt unverzüglich aufmachen würde. Vorher hatte er aber noch einiges zu erledigen. »Du machst das schon, Victor, da habe ich keinen Zweifel. Falls dennoch irgendetwas sein sollte, bin ich jederzeit auf meinem Handy erreichbar.«

Noch immer verdutzt stand Victor da, nickte aber und lächelte sogar leicht. Er würde das Ding schon schaukeln, da war Richard sich sicher.

Schnellen Schrittes lief er aus dem Hotel und über den Parkplatz. Er stieg in seinen BMW, fuhr los und stellte das Radio an. Er drehte am Knopf auf der Suche nach einem Song, der ihn in die richtige Stimmung versetzen würde.

Pretty Woman von Roy Orbison ertönte. Der Song aus dem gleichnamigen Film, den er nur elf Tage zuvor mit CeCe zusammen gesehen hatte. Das war perfekt! Einfach nur perfekt. Obwohl er den Text nicht kannte, sang er lauthals mit und fühlte sich so gut und auch so frei wie nie zuvor.

Kapitel 40

»Und? Hast du von ihm gehört?«, fragte Angie, die gerade dabei war, Gurken in hauchdünne Scheiben zu schneiden. Sie hatte angekündigt, dass es zum Mittagessen einen Gurkensalat zu den Petersilienkartoffeln mit dem Sojaquark geben würde.

»Er hat mir am Sonntag eine Nachricht geschickt und gefragt, wie es mir geht.«

»Mehr nicht?«

»Er hat auch gefragt, wie es Julia geht.«

»Wie romantisch«, bemerkte Angie mit sarkastischem Unterton.

»Es ist halt nicht jeder Mann so romantisch wie Dad.« Wahrscheinlich war es überhaupt keiner, und Joseph Jones war eine Ausnahme gewesen.

»Ach, Kind, nun werde doch nicht gleich so pessimistisch. Vielleicht weiß er einfach nicht, was er sagen soll. Es mag ja Männer geben, die in der Hinsicht ein wenig unbeholfen sind.« Sie zwinkerte Roy zu, der mit einer Zeitung auf einem Barhocker am Küchentresen saß.

Er blickte kurz auf und fragte: »Wie meinen?«

»Ach nichts, ich erzähl CeCe nur, dass einige Herren der Schöpfung ein wenig unbeholfen sind.«

»Zählst du etwa mich dazu?« Er tat empört.

»Na, nach unserem ersten Date hast du mich angerufen und gefragt, ob ich ein gutes Rezept für Obstsalat kenne.«

CeCe lachte. »Für Obstsalat? Gibt es dafür überhaupt ein Rezept? Ich dachte immer, man wirft alle Früchte rein, die man gerade dahat.«

»Genau darum geht es«, meinte Angie und grinste.

»Ja, okay, dann wissen manche Männer halt nicht, wie man den ersten Schritt macht. Aber ich kann doch nicht jedes Mal auf ihn zugehen, oder?«

»Oho! Hast du etwa auf mich gehört und die Initiative ergriffen? Seid ihr beide letztlich doch noch in der Kiste gelandet? Roy, hast du das gehört? CeCe wurde endlich mal wieder flachgelegt!«

Sie verdrehte die Augen. Ihre Grandma würde es wohl niemals sein lassen. Roy lachte. Ihm schien es nicht im Mindesten peinlich zu sein, wie Angie sich verhielt. Sie hatte wohl wirklich den Deckel für ihren Topf gefunden.

»Ich möchte ganz bestimmt nicht über mein Sexualleben mit dir reden, klar? Ich will nur sagen, dass ich damals schon den ersten Schritt gemacht habe. Wäre er nicht diesmal dran?«

»Das kommt ganz darauf an. Ist er denn sehr schüchtern?«

»Nein, eigentlich nicht. Seinen Gästen gegenüber ist er total offen.«

»Es geht doch hier nicht um Gäste, du Dummerchen. Die Liebe ist eine ganz andere Geschichte.«

Liebe.

Liebe.

Ob es wirklich Liebe war?

Sie musste ständig an ihn denken, ihr Herz pochte wie wild, wenn sie sich an die Zeit mit Richard zurückerinnerte, an seine Küsse, seine Berührungen … Am liebsten hätte sie ihm einen ganzen Eimer voll Vanilleplätzchen gebacken und wäre die drei Stunden zu ihm gefahren, nur um sie ihm vorbeizubringen. Sie würde so gern sehen, wie das Hotel nach der Renovierung aussah. Sie würde so gern sehen, wie das neue Hotel aussah, das Richard vorhatte zu eröffnen. Sie würde so gern sehen, wie es im Sommer am Lake Tahoe aussah. Sie würde gern sehen, wie Richard in fünf Jahren aussah oder in zehn oder in zwanzig. Wollte sehen, wie er im Hochzeitsanzug aussah und wie er mit Kindern umging. Ganz bestimmt würde er ein wunderbarer Daddy sein. Sie wollte … oh Gott, sie wollte so vieles.

Aber ob er das auch wollte?

Sie wusste ja, wie sehr er sich danach gesehnt hatte, sie kennenzulernen. Aber ob sie seine Erwartungen auch erfüllt hatte? Wäre das der Fall gewesen, hätte er sich doch sicher anders verhalten, oder? Hätte gefragt, wann sie sich wiedersehen wollten. Hätte sie zu sich eingeladen oder gebeten, sie besuchen zu dürfen. Hätte etwas für den Valentinstag ausgemacht.

Der Gedanke, dass Julia und Mitchell sich in nur drei Wochen wiedersehen würden, verursachte ihr ein Stechen im Herzen, das sie überhaupt nicht fühlen wollte. Sie freute sich doch für ihre beste Freundin. Sie hatte es so verdient. All das. Dass Mitchell ihr täglich gefühlt hundert Textnachrichten schickte, dass er sie jeden Abend anrief, dass er ihr ihre Lieblingspralinen schickte …

Sie seufzte.

»Ach, CeCe. Was ist denn los?«, fragte Angie und legte ihr eine Hand auf den Oberarm.

»Ich weiß auch nicht. Irgendwie fühle ich mich … unvollkommen. Als würde etwas fehlen.«

»Ist es Richard, der fehlt?«

»Ja. So ist es wohl.«

»Lass mich dir etwas sagen. Ich habe so lange hier und da gedatet und hatte nicht einmal das Gefühl, als ob sich mehr entwickeln könnte. Aber dann, als ich Roy kennenlernte, wusste ich es einfach. Man spürt es, wenn es der Richtige ist, CeCe. Wenn Richard wirklich der Richtige für dich ist, dann wirst du es wissen. Dein Herz wird es dir sagen.«

So etwas Ähnliches hatte auch ihr Dad ihr gesagt. Wusste man es denn wirklich? Und wie sollte sie es herausfinden, wenn sie und Richard sich überhaupt nicht sahen?

Sie aß ein bisschen was ohne viel Appetit und machte sich dann auf nach Hause. Als sie die Straße zu ihrer Plantage entlangfuhr, sah sie die einsame Dorothy am Rand stehen und winkte ihr traurig zu.

Zurück auf der Farm nahm sie die leeren Kisten vom Pick-up, denn heute war Mittwoch, und bevor sie nach Sausalito gefahren war, hatte sie in der Umgebung ihre Ware ausgeliefert. Es war bereits kurz nach fünf, und die Sonne würde bald untergehen. Jessie war wieder bei ihren Kindern, und die Farm war still und einsam. Vielleicht würde CeCe nachher noch Kekse backen, die gingen weg wie nichts. Doch zuerst machte sie sich einen Kakao, den brauchte sie heute einfach, und setzte sich draußen auf der Veranda auf den Stuhl ihres Dads.

Während die Sonne immer weiter Richtung Horizont zog und den Himmel dabei in ein zartes Rosa tauchte, dachte sie über die letzten Tage nach. Es war eine gute Idee gewesen, Jessie fest einzustellen, gemeinsam brachten sie weit mehr zustande. Und sie hatte gar nicht das Gefühl zu versagen, weil sie es allein nicht schaffte, sondern war froh über die neue Herausforderung. Ihre Eltern wären sicher stolz auf sie gewesen.

»Seid ihr das?«, fragte sie gen Himmel. »Seid ihr stolz auf mich?«

In dem Moment kam ein Auto die Auffahrt hochgefahren. Sie kannte den Wagen nicht, es war ein ziemlich teuer aussehender, brandneuer BMW. Doch als er hielt und sie genauer hinsah, konnte sie Richard hinter der Windschutzscheibe erkennen.

Ihr Herz blieb stehen.

Richard war hier? Hergekommen, zu ihr?

Sie stand auf, ging langsam die drei Stufen hinunter und auf ihn zu. Sie hoffte so, dass er keine Fata Morgana war.

Als er ausstieg und sie erkannte, was er in den Händen hielt, blieb sie fassungslos stehen. Tränen schossen ihr in die Augen. Er hatte Blumen für sie dabei, und zwar den größten Strauß, den man sich nur vorstellen konnte. Und er hatte sich sogar gemerkt, welche ihre Lieblingsblumen waren.

»Hallo, CeCe«, rief er ihr zu.

»Hallo, Rick«, brachte sie hervor, jedoch so leise, dass sie sich nicht sicher war, ob er sie überhaupt gehört hatte. Ihre Stimme hatte elendig versagt. Aber wie sollte sie auch sprechen mit diesem riesengroßen Kloß im Hals?

Er hatte bisher auch noch keinen Schritt gemacht. Die Situation war völlig surreal, er dort und sie hier. Er musste doch eine Halluzination sein, anders konnte sie es sich nicht erklären. Doch dann öffnete er den Mund und sagte etwas.

»Meine Vanillekekse sind mir ausgegangen.«

Sie musste lachen. »Echt?«

Er nickte.

»Und deshalb bist du hier? Um dir neue zu besorgen?«

Er schüttelte den Kopf und kam nun endlich auf sie zu. Schritt für Schritt, bis er vor ihr stand.

»Die sind für dich«, sagte er und reichte ihr die wunderschönen orangefarbenen Rosen.

Sie nahm sie entgegen und schnupperte daran.

»Sie sind wunderschön. Ich danke dir.«

»Gern geschehen. Falls es nicht genug sind …«

»Nein, nein, es sind genug. Mehr als genug. Ich meine, dass du mir überhaupt Blumen schenkst, ist schon … ist … einfach nur wundervoll. Ich freue mich unglaublich.«

Er lächelte. »Falls du trotzdem noch mehr möchtest, solltest du vielleicht mal einen Blick ins Auto werfen.«

Sie runzelte die Stirn, ging dann die zehn Schritte auf den BMW zu und hielt vor Schreck die Luft an. Der komplette Wagen war voll von orangefarbenen Rosen! Sie konnte gar nicht glauben, was sie da sah.

»Oh mein Gott, Rick! Wie … was … du hast … ich … ich …«

Sie drehte sich um und lief zu ihm, fiel ihm um den Hals und küsste ihn.

Niemals hatte jemand so etwas für sie getan! Er hatte ihr eine ganze Wagenladung ihrer Lieblingsblumen gebracht! Wenn das nicht die romantischste Geste aller Zeiten war, dann wusste sie auch nicht. Sie war sprachlos, im wahrsten Sinne des Wortes. Und deshalb hoffte sie, ihm mit ihrem Kuss alles zu sagen, was er wissen musste.

Sie legte den Kopf an seine Schulter und schloss überglücklich die Augen. Als sie sie wieder öffnete, sah sie Louis auf seinem Grundstück stehen und sie beobachten. Sobald er ihren Blick vernahm, drehte er sich um und lief mit hängenden Schultern in Richtung seines Hauses.

»CeCe, ich musste dich unbedingt sehen«, hörte sie Richard sagen.

Sie lächelte ihn an. Es fühlte sich an wie der Beginn einer

neuen Ära. Louis war endlich aus ihrem Leben verschwunden, und Richard war da. Er war wirklich da.

»Ich bin so froh, dass du gekommen bist. Wollen wir uns setzen?« Sie deutete auf die Veranda.

»Gerne.«

Sie gingen auf die Stufen zu und nahmen Platz.

»Ich habe hier ganz oft mit meinem Dad gesessen«, gab sie preis. »Und früher mit meiner Mutter.«

Er sah gerührt aus, weil sie es ihm erzählte.

»Mein Dad und ich haben hier immer Kakao getrunken. Das habe ich auch gerade gemacht. Wenn du magst, kann ich dir einen zubereiten.«

»Da sage ich nicht Nein. Aber warte noch einen Moment, ja? Zuerst möchte ich dir etwas mitteilen.«

Fragend sah sie ihn an, und sie hoffte bloß, dass er nicht doch eine imaginäre Gestalt war, die ihr jetzt sagen würde, dass sie nur träumte.

»Ich habe dir doch davon erzählt …« In dem Moment klingelte sein Handy, und er nahm es in die Hand. Sie konnte erkennen, dass auf dem Display *DAD* stand. Richard starrte einen Moment darauf, drückte den Anruf dann aber weg und schaltete das Handy aus, bevor er es zurück in seine Jackeninnentasche steckte. Er sah auf einmal ganz stolz aus, strahlte sie an und begann noch einmal von vorn. »Ich habe dir doch erzählt, dass ich ein zweites Hotel eröffnen möchte.«

»M-hm.«

»Ich weiß nicht, warum ich nicht früher drauf gekommen bin. Das Napa Valley ist doch so schön.«

Mit großen Augen sah sie ihn an. »Heißt das etwa …?«

Er lächelte und nickte. »Ja, welche Gegend würde sich besser eignen? Ich würde mir gern in den nächsten Tagen die Umgebung ein bisschen genauer ansehen. Dafür bräuchte ich noch einen Reiseleiter. Stehst du zufällig zur Verfügung?«

Sie konnte es kaum glauben! So viele neue Informationen, und eine war besser als die andere. Richard wollte ein Hotel ganz in der Nähe eröffnen. Er hatte vor, einige Tage zu bleiben. Und er wollte diese Tage mit ihr verbringen!

»Ich habe zwar unendlich viel zu tun, aber ich werde es bestimmt hinbekommen, dir als Reiseleiterin zur Verfügung zu stehen«, sagte sie.

»Das freut mich.« Er strahlte sie an. Sein Gesicht war erhellt von der roten Sonne, die kurz davor war, sich zu verabschieden.

Sie sah zu Richard, zu den Rosen, die auf ihrem Schoß lagen, und dann zu dem Auto, in dem sich noch Hunderte davon befanden. Gerade wollte sie vorschlagen, dass sie sie besser ins Wasser stellen sollten, als Richard sagte: »Eine Unterkunft habe ich auch noch nicht. Wüsstest du vielleicht, wo ich übernachten könnte?«

Sie lächelte ihn an, diesen Mann, der sie zur glücklichsten Frau auf der Welt machte. Und in diesem Moment verstand sie die Worte, die ihr Dad ihr offenbart hatte, die Worte, die Angie ihr gesagt hatte, denn sie wusste es. Wusste, dass Richard der Richtige war. Er sah sie so liebevoll an, so voller Hoffnung. Die Blumen konnten warten. Alles andere konnte warten. Sie erhob sich und hielt ihm ihre Hand hin, die er ergriff. Und zusammen gingen sie ins Haus, das heute noch ein klein wenig mehr nach Vanille duftete als sonst.

CeCes
wunderbare
Vanillerezepte

CeCes Vanilleplätzchen

Zutaten für 100 Plätzchen

300 g Mehl
100 g Zucker
2 gestrichene Löffel Backpulver
1 Prise Salz
2 Päckchen echter Vanillezucker
200 g weiche Margarine
1 Vanilleschote (mindestens 10 cm lang)

100 g Puderzucker
1 Päckchen Vanillinzucker

Mehl, Zucker, Backpulver, Salz und Vanillezucker in einer großen Rührschüssel vermengen. Margarine hinzufügen. Alles mit einem elektrischen Rührgerät leicht mischen. Die Vanilleschote mit einem scharfen Messer von oben nach unten aufschneiden, das Mark herauskratzen und zu den restlichen Zutaten hinzugeben. Alles zu einem homogenen Keksteig verarbeiten.

Eine Arbeitsplatte mit Mehl bestäuben, den Teig dünn ausrollen und mit einer kleinen runden Form (Durchmesser etwa 4 cm) Plätzchen ausstechen. Diese auf mit Backpapier ausgelegte Bleche legen und nach und nach in den vorgeheizten Ofen schieben. Bei 180 Grad Ober-/Unterhitze etwa 10–12 Minuten backen, bis die Ränder der Kekse leicht braun werden.

Kekse aus dem Ofen holen, mit einem Pfannenwender vom Blech nehmen und auf einem Teller abkühlen lassen. Puderzucker und Vanillinzucker in einem tiefen Teller vermischen und die Plätzchen nacheinander in der Mischung wälzen. In einer Keksdose lagern oder abgepackt in kleinen Zellophantütchen verschenken.

CeCes Vanillezucker

Zutaten für 1 Glas Vanillezucker

400 g Zucker
1 ausgekratzte Vanilleschote

Den Zucker in ein verschließbares Glas füllen. Die ausgekratzte Vanilleschote (zum Beispiel vom Vanilleplätzchen-Rezept) in vier Stücke schneiden und in den Zucker stecken. Das Glas mit einem Deckel schließen. Einige Tage stehen lassen, dann von Zeit zu Zeit das Zuckerglas schütteln. Nach 2–4 Wochen hat der Zucker das Vanillearoma vollständig aufgenommen, und man hat den wohlduftendsten Vanillezucker überhaupt erhalten.

CeCes Vanille-Himbeermarmelade

Zutaten für 4 Gläser Marmelade (mit 200 ml Fassungsvermögen)

750 g Himbeeren (frisch oder tiefgekühlt)
400 g Gelierzucker
Saft 1/2 Zitrone
1 Päckchen echter Vanillezucker
2 Vanilleschoten

Die Himbeeren zusammen mit dem Gelierzucker in einen großen Kochtopf geben, gut verrühren. Den Zitronensaft und den Vanillezucker hinzugeben und untermengen. Die Vanilleschoten mit einem scharfen Messer der Länge nach aufschneiden, das Mark herauskratzen und hinzugeben. Die Schoten ebenfalls beifügen. Alles unter ständigem Rühren kurz aufkochen lassen und bei mittlerer Hitze 5 Minuten weiterköcheln lassen.

Die Gläser bereitstellen. Die Marmelade vom Herd nehmen, die Vanilleschoten herausnehmen und die heiße Masse abfüllen. Sofort mit den Deckeln verschließen und die Gläser für 2–3 Minuten auf den Kopf stellen. Danach kühl und dunkel lagern. Die Marmelade ist circa ein Jahr haltbar. Nach dem Öffnen im Kühlschrank aufbewahren und zügig verzehren.

Danke

Ich kann mit Worten gar nicht ausdrücken, wie dankbar ich bin, dass ich mich literarisch endlich auf nach Kalifornien machen durfte, dem für mich schönsten Ort auf Erden. Bisher habe ich keinen zweiten gefunden, der so voller traumhafter Vielfalt ist. Atemberaubende Berge, Seen und das Meer, bezaubernde Kleinstädte, Metropolen voller Wolkenkratzer, heiße Wüste, grandiose Nationalparks, ein Gefühl von Freiheit, Sonne satt, fantastisches Essen und wunderbare Menschen machen den »Golden State« in meinen Augen zu etwas ganz Besonderem.

Von Herzen möchte ich meiner Mom und meiner Tochter Leila danken, die sich beide schon mit mir ins Abenteuer Kalifornien gestürzt haben, ebenso meinen daheimgebliebenen Männern – Sibah, Hakim, Dad –, die mich so großartig unterstützen und mir ermöglichen, meine Träume wahr werden zu lassen.

Dieses Buch unterscheidet sich von meinen anderen. Obwohl ich immer viel Herzblut in meine Geschichten stecke, habe ich hierin auch ein Stück meiner Seele verloren. Es wandert noch irgendwo in Kalifornien umher und darf dort auch gerne noch eine Weile bleiben, denn es folgen zwei weitere Romane, die in dem Sonnenstaat spielen. Ich kann es kaum erwarten, sie zu schreiben.

An dieser Stelle möchte ich gerne meinen Agentinnen Anoukh Foerg und Maria Dürig danken, die nicht nur stets die Ersten sind, die meine Texte lesen, und mir daher auch erstes wertvolles Feedback geben, sondern die auch auf den wunderbaren Titel »Wintervanille« gekommen sind. Außerdem möchte ich Johanna Bedenk und Angela Kuepper danken, die mit ihrem Lektorat wieder einmal das Beste aus meiner Geschichte herausgeholt haben. Dem ganzen Blanvalet-Team – danke! Ich fühle mich bei euch von Anfang an gut aufgehoben. Ich bin dankbar, von den Orten schreiben zu dürfen, die mir die Welt bedeuten.

Was noch zu erwähnen ist … Viele der Orte, die ich in das Buch einfließen lasse, gibt es auch in Wirklichkeit, jedoch habe ich mir die künstlerische Freiheit herausgenommen, ein paar kleinere Änderungen vorzunehmen.

Und nun wünsche ich viel Spaß in Kalifornien, meine lieben Leser. Ich hoffe, es gefällt euch dort so gut wie mir.

Leseprobe

MANUELA INUSA

Orangenträume

Endlich ist für Lucinda die schönste Zeit des Jahres gekommen: Wie jeden Juli besuchen ihre drei besten Freundinnen sie auf ihrer geliebten Orangenfarm im sonnigen Kalifornien. Der Plan: Orangen pflücken, die Sonne genießen, in Erinnerungen schwelgen und über das Leben und die Liebe sprechen – da gibt es zum Beispiel Jonah, den attraktiven Lebensmittelhändler aus dem Nachbarort, mit dem Lucinda sich mehr als nur eine Liebelei vorstellen könnte. Doch Rosemary, Jennifer und Michelle wissen nicht, dass die Farm kaum noch Gewinn macht und Lucinda kurz vor der Pleite steht. Als sie den Freundinnen offenbart, dass dies wohl der letzte Orangensommer sein wird, sind alle entsetzt. Doch sie fassen einen Plan, die Farm zu retten ...

Prolog

»Wirf ihn rein!«, forderte Lucinda ihre Freundin auf.

Jennifer war gut ein Jahr älter als sie, da ihr alleinerziehender Vater es damals versäumt hatte, sie rechtzeitig einzuschulen. Sie war an diesem Morgen wieder einmal tränenüberströmt bei ihr auf der Farm aufgetaucht, weil ihr Dad sie angeschrien und mit einem Gürtel durchs Haus gejagt hatte. Auch jetzt noch hatte sie gerötete Augen, und doch verzog sich ihr Mund zu einem Lächeln. Sie nahm den Kamm ihres Vaters, den sie stibitzt hatte, und warf ihn in die metallene Tonne, in der ein glühendes Feuer loderte.

»Was wünschst du dir für die Zukunft?«, fragte Michelle, mit der Lucinda bereits seit der ersten Klasse befreundet war. Zusammengefunden hatten sie alle aber erst mit elf beziehungsweise zwölf Jahren, als sie auf die Middle School gekommen waren.

Lucinda hatte die Idee gehabt, sich ganz früh am Sonntagmorgen auf der Orangenfarm zu verabreden, die ihre Eltern bewirtschafteten und die ihnen schon seit Jahren der liebste Spielplatz und Treffpunkt war. Sie hatte vorgeschlagen, ein Feuer zu machen, in das sie und ihre Freundinnen einen Gegenstand werfen konnten, der für etwas Bedeutsames stand, und sich damit von der Vergangenheit zu verabschieden. Sich etwas für die Zukunft zu wünschen, für eine bessere Zukunft, in der es keine gewalttätigen Väter und keine Jungen geben sollte, die einen verletzten, in der alles rosig war und voller Hoffnung. In der Träume wahr werden konnten.

Jennifer nahm sich für ihre Antwort viel Zeit.

»Ich wünsche mir einfach nur, dass er mich in Ruhe lässt. Mich für immer in Ruhe lässt«, sagte Jennifer jetzt schlicht. Lucinda hätte ihm an ihrer Stelle gewünscht, dass er in der Hölle schmorte, aber jeder sollte seine Gefühle nun mal so ausdrücken können, wie er mochte.

Sie stellte sich näher an ihre Freundin und legte ihr einen Arm um die Schulter.

»Darf ich als Nächste?«, fragte Rosemary und trat an die brennende Tonne.

»Klar«, antwortete sie.

Rosemary holte eine Handvoll Kartoffeln hervor und hielt sie der Tonne entgegen.

»Ich wünsche mir, dass ich all das hier hinter mir lassen kann. Die Farm, die Menschen … euch natürlich nicht mitgezählt. Aber ich will endlich raus aus diesem Kaff, nach Hollywood gehen und ein großer, berühmter Filmstar werden.« Sie strahlte bei der Vorstellung, und dann warf sie die Kartoffeln, die für Bakersfield und die Farm ihrer Eltern standen, eine nach der anderen ins Feuer.

Lucinda hatte keinen Zweifel, dass Rosemary alles schaffen konnte, was sie nur wollte. So klein und zierlich sie auch war, hatte sie doch das größte Selbstbewusstsein, das sie je bei einem Menschen erlebt hatte.

»Ich wünsche mir eine eigene Familie«, sagte nun Michelle, die Ruhige unter ihnen. Obwohl sie erst fünfzehn war, sprach sie von nichts anderem als von ihrer Traumhochzeit, von süßen kleinen Babys und von dem wunderschönen weiß gestrichenen Einfamilienhaus mit Vorgarten, in dem sie einmal wohnen wollte. Sie warf einen zusammengefalteten Zettel ins Feuer, auf dem sicher ein Gedicht oder der Text von einem der vielen Schnulzenlieder geschrieben stand, die Michelle sich den ganzen Tag lang anhörte.

»Das kam jetzt nicht wirklich unerwartet«, flüsterte Lucinda Jennifer zu, und diese grinste.

»Was erhoffst du dir von der Zukunft?«, fragte Rosemary sie nun.

Da brauchte Lucinda überhaupt nicht zu überlegen. Sie holte eine verfaulte Orange hervor und schmiss sie im hohen Bogen in die Tonne. »Ich wünsche mir nichts als gute Ernten und dass ich den Rest meines Lebens auf der Farm verbringen darf.« Denn seit sie denken konnte, verband sie etwas Besonderes mit diesem Ort, mit diesen Früchten, die solch wunderbare Duftnoten versprühten und einen Geschmack hatten, der mit nichts zu vergleichen war. Sie wollte niemals woanders wohnen, konnte sich gar nicht vorstellen, es ihren Eltern nicht gleichzutun, wollte nie etwas anderes machen als Orangen ernten, essen und verarbeiten.

Auch jetzt holte sie ein paar der reifen, wohlduftenden Zitrusfrüchte hervor und verteilte sie an ihre Freundinnen.

»Was machen wir nun mit dem Feuer?«, fragte Michelle ein wenig ängstlich. »Was, wenn deine Eltern aufwachen und es noch immer brennt?«

»Ach, das geht bestimmt gleich aus«, beschwichtigte sie ihre Freundin. »Iss deine Orange!« Sie nahm ihr die runde Frucht ab und stach mit dem Daumennagel in die Schale, um sie ein wenig zu lösen, weil Michelle immer so schwer einen Anfang hinbekam.

Und so standen sie da an diesem frühen Sommermorgen um nicht einmal sechs Uhr und aßen köstliche Orangen.

Jennifer lief der Saft das Kinn herunter, und sie wischte ihn mit dem Ärmel weg, was Rosemary die Nase runzeln ließ.

Lucinda schloss die Augen und atmete die Augustluft ein. Sie war unvergleichlich. Genauso wie dieser Sommer, ihr sechzehnter Sommer, den sie sicher niemals vergessen würde. Sie hatte nicht nur kürzlich ihren ersten Kuss bekommen, sondern auch das Gefühl, dass die vergangenen Wochen sie und ihre Freundinnen noch ein wenig mehr zusammengeschweißt hatten.

Der Moment war perfekt ... bis sie alle einen lauten Schrei hörten und sich ängstlich umdrehten. Denn dieser Schrei war anders als alles, was sie je gehört hatten, und er ließ ihnen das Blut in den Adern gefrieren.

Kapitel 1

Lucinda füllte die letzten getrockneten Zitrusfruchtstückchen in kleine Zellophantüten, verschloss sie mit weißen Bändchen und klebte Sticker mit den Aufschriften »Orangentee«, »Zitrustee« und »Kumquattee« darauf. Dann legte sie alles in eine große Kiste und stellte diese zu den anderen, die bereits gefüllt waren mit Marmeladen- oder Chutneygläsern, Sirupflaschen, Tütchen mit getrockneten Zitrusscheiben, kandierten Früchten und Orangenbonbons, die sie erst seit Kurzem im Sortiment hatte. Sie war extra früh aufgestanden, um all die Marktvorbereitungen am Morgen zu erledigen. Später würde sie dafür keine Zeit haben, denn heute war es endlich wieder so weit: Die Orangentage begannen.

Es war inzwischen zu einer wundervollen Tradition geworden: Jedes Jahr im Juli fanden sich ihre drei alten Jugendfreundinnen auf Lucindas Orangenfarm ein, um ein Wochenende mit ihr zu verbringen. In diesen Tagen – stets von Freitag bis Sonntag – ließen sie vergangene Zeiten wiederaufleben. Sie erinnerten sich an ihre Kindheit, erzählten sich Geschichten aus der Gegenwart und träumten von der Zukunft. Sie aßen Unmengen von Orangen, blieben die halbe Nacht auf und genossen die gemeinsamen Momente, bis sie sich am Sonntagabend trennten und jede von ihnen wieder in ihren Alltag zurückkehrte.

Lucinda wusste, dass nicht nur sie sich so auf diese Orangentage, wie sie sie nannten, freute. Den anderen ging es genauso, vielleicht sogar noch mehr, denn sie durften nicht das ganze Jahr über auf einer Orangenfarm in Kalifornien verbringen, sich im Frühjahr am Duft von Orangenblüten, im Sommer an dem von reifen Früchten und im Winter an dem von Orangen-Zimt-Zubereitungen erfreuen.

Lucinda lebte schon ihr ganzes Leben inmitten der Orangen, war auf der Farm aufgewachsen, hatte hier alle prägenden Erfahrungen gesammelt, hatte Menschen verloren, andere dazugewonnen, Wunderbares und Trauriges erlebt. Die Farm war ihr Leben, ihr Zuhause, sie atmete für sie; im Grunde war sie sich nicht einmal sicher, ob sie überhaupt anderswo überleben könnte, ohne den Orangenduft in der Luft. Und da sich in ihrem Leben einfach alles um Orangen drehte, war da bisher leider auch kein Platz für einen Mann gewesen, zumindest für keinen, der ihre Leidenschaft für die Plantage verstanden hätte. Nun, sie brauchte auch keinen, sagte sie sich immer wieder. Manchmal jedoch, an einsamen Abenden auf diesem großen Grundstück, fehlte ihr jemand zum Reden, und wenn sie neue Rezepte ausprobierte, wäre es schön, wenn da jemand anderes als sie selbst wäre, der sie kostete und ihr seine Meinung dazu sagte.

Nun, eigentlich war da sogar jemand. Alejandro, ein inzwischen in die Jahre gekommener Mexikaner, den ihre Familie seit gut zwanzig Jahren beschäftigte. Auch heute noch, nach dem Tod ihres Vaters und dem Weggang ihrer Mutter, gewährte Lucinda dem illegalen Einwanderer Unterschlupf in dem kleinen, alten Schuppen am äußersten Rande der Farm, denn auch wenn sie eine starke und selbstbewusste Frau war, fand sie es zugegebenermaßen beruhigend, nicht ganz allein hier zu leben.

Ab und zu klopfte sie bei Alejandro an, brachte ihm etwas zu essen vorbei oder unterhielt sich ein paar Minuten mit ihm, ansonsten sah sie nicht viel von ihm. Er verrichtete seine Arbeit – es standen immer kistenweise reife Orangen bereit, wenn sie sie brauchte –, aber wenn sie es nicht besser gewusst hätte, hätte sie denken können, Alejandro verlasse sein Häuschen überhaupt niemals. Er war sehr in sich gekehrt, was ja auch kein Wunder war nach allem, was damals, vor achtzehn Jahren, vorgefallen war.

Sie wischte sich mit dem Handrücken den Schweiß von der Stirn und band ihre langen blonden Haare zu einem hohen Pferdeschwanz. Es war zwar noch früh am Morgen, aber es waren schon jetzt gut fünfundzwanzig Grad. Im Laufe des Tages würde das Thermometer garantiert auf weit über dreißig Grad steigen. Lucinda wusste, dass ihre Freundinnen sich besonders darauf freuten, denn dann konnten sie den halben Tag in der Sonne liegen und es sich gut gehen lassen mit einem Cocktail und den neuesten Geschichten, die sie einander zu erzählen hatten.

Dies waren die einzigen freien Tage, die die vier sich das ganze Jahr über gönnten, mal ganz ohne Job und Familie. Besonders Rosemary und Jennifer waren beruflich sehr eingespannt, Michelle dagegen war froh, einmal dem trübseligen Hausfrauenalltag zu entfliehen, und Lucinda selbst freute sich riesig darauf, endlich ein wenig Gesellschaft zu haben. Seit Wochen schon zählte sie die Tage und konnte es kaum erwarten, dass die erste ihrer Freundinnen hier eintraf. Sie tippte auf Jennifer, da diese nicht nur gewissenhaft und zuverlässig, sondern auch überpünktlich war – das brachte deren Tätigkeit als Anwältin mit sich.

Sie schloss nun die großen Scheunentüren und streckte sich, atmete die warme Luft ein, die ganz wunderbar nach

467

all den Zitrusfrüchten duftete, die hier gediehen. Ihre Eltern hatten seit jeher immer nur Orangen angebaut. Doch nach dem Tod ihres Vaters und nachdem ihre Mutter beschlossen hatte, ihr die Leitung zu überlassen, bevor sie vor zwei Jahren fortgezogen war, hatte Lucinda nach und nach weitere Früchte angebaut wie Zitronen, Grapefruits, Mandarinen und Kumquats. Letzteren war sie selbst total verfallen, zurzeit waren es ihre Lieblingsfrüchte, und als die Bäumchen im Winter voll gehangen hatten, hatte sie fast täglich neue Rezepte mit ihnen ausprobiert.

Der Mix aus all diesen Früchten bewirkte, dass die Luft nicht nur angenehm roch, sondern irgendwie auch aufregend, sinnlich, voller Abenteuergeist. All das war es, was Lucinda als Mensch ausmachte, ihr Charakter spiegelte sich ganz in ihrer Arbeit wider, und sie war mehr als zufrieden mit sich selbst, diesen Schritt gewagt zu haben.

Die Sonne schien ihr in die Augen, sie blinzelte und legte sich eine Hand an die Stirn, um besser Ausschau halten zu können. Links von ihr erstreckten sich Orangenfelder, so weit das Auge reichte, rechts befanden sich der Garten und das dunkelgelb gestrichene Haus, das in der Sonne beinahe orange wirkte. Es war umrahmt von einer Veranda, auf der vier Rattanstühle, ein weißer runder Tisch und eine Hollywoodschaukel standen. Außerdem war sie übersät von Blumen. An jeder freien Stelle hatte Lucinda Töpfe und Kübel aufgestellt und -gehängt; Geranien, Fuchsien und Begonien verliehen dem Haus ein ganz besonderes Gefühl von Geborgenheit. Vorne im Garten blühten Hortensien und alle Arten von Rosen auf gepflegten Beeten, die sich bis zur Einfahrt entlangzogen, die mit weißen Kieselsteinchen ausgelegt war.

Noch immer war niemand zu sehen. Es war aber auch

erst neun Uhr dreiundzwanzig am Morgen. Lucinda erwartete eigentlich keine der Frauen vor zehn Uhr. Also ging sie noch einmal ins Haus, goss sich ein frisches Zitruswasser aus dem Krug ein und wusch sich das schweißnasse Gesicht. Sie wusste nicht, ob etwas dran war an der Behauptung, dass die Sommer in Bakersfield heißer waren als anderswo in Kalifornien. Dass sie extrem heiß waren, war aber keine Frage.

Ihr Blick durchs Fenster fiel auf die hinteren Orangenfelder, die ersten, die ihr Vater vor gut vierzig Jahren bewirtschaftete, als er die Farm damals erwarb. Er war gerade zwanzig Jahre alt und hatte nichts außer den zweitausend Dollar, die sein verstorbener Großvater ihm hinterlassen hatte. Davon kaufte er vier Morgen Land und pflanzte einige Orangenbäume, obwohl man ihm sagte, dass er sich lieber in Orange County niederlassen sollte, dort würden Orangen viel besser gedeihen. Doch er ließ sich nicht beirren. Er hatte es im Gefühl, dass er in Bakersfield sein Glück finden würde. Später erzählte er Lucinda im Vertrauen, dass es ein Werbeplakat für Orangensaft gewesen sei, das in einem Ladenfenster gehangen und den Ausschlag für seine Wahl gegeben hatte. Bei seinem Roadtrip durch den amerikanischen Westen der USA, den er nach seinem Highschool-Abschluss gemacht hatte, war er im Stadtzentrum von Bakersfield darauf gestoßen. Es hatte eine hübsche junge Frau gezeigt, die einen Korb voller Orangen trug, und es hatte die Aufschrift »Lust auf Orangen? Hier sind Sie richtig!« getragen. Hank hatte das wortwörtlich genommen und war geblieben. Als er sechs Monate später seine Lilliana kennenlernte, wusste er, er hatte alles richtig gemacht.

Ein Hupen ertönte, und Lucinda blickte auf. Sie sah

einen Wagen die Einfahrt hochfahren. Freudig lief sie aus dem Haus und konnte es kaum erwarten, der ersten Freundin um den Hals zu fallen.

Rosemary sah Lucinda aus dem Haus laufen und musste lächeln. Sofort war ihre schlechte Laune verflogen. Sie sagte sich, dass sie nun ihre Sorgen vergessen und sich einfach auf die Tage hier mit ihren Freundinnen freuen wollte. Ihre Orangentage.

Sie stieg aus ihrem weißen Mercedes Roadster Cabrio, das sie sich zum Geburtstag gegönnt hatte, und schob die Sonnenbrille hoch. Da fiel Lucinda ihr auch schon in die Arme.

»Rosemary! Ich freu mich so, dass du da bist!«

»Und ich mich erst. Ein paar Tage ohne Paparazzi sind der wahre Himmel für mich, das kann ich dir sagen.«

»Oje. Ich vergesse manchmal, wie berühmt du inzwischen bist«, sagte ihre Freundin und lachte.

Ja, hier in Bakersfield war sie noch immer die gute alte Rosemary Stutter, das kleine Mädchen, das von einer Hollywood-Karriere träumte. Für die Welt da draußen aber war sie Rose Steen, die Frau, die sich genau diesen Traum erfüllt hatte.

Lucinda betrachtete ihre erfolgreiche Freundin. »Du siehst umwerfend aus«, sagte sie und meinte es ernst. Rosemary war mit ihrer zierlichen Figur, den weichen Gesichtszügen und den braunen Locken schon immer die Schönste von ihnen gewesen, aber in den letzten Jahren hatte sie sich wirklich in eine zweite Natalie Portman verwandelt. Sie war bezaubernd, in jeder Hinsicht, fand Lucinda und mit ihr anscheinend der Rest der Welt.

»Ach, heute habe ich mich doch extra gar nicht herausgeputzt. Diese alten Klamotten«, erwiderte Rosemary und winkte ab.

Lucinda schüttelte lachend den Kopf, denn sie wusste, dass »diese alten Klamotten« wahrscheinlich mehr kosteten als der gesamte Inhalt ihres Kleiderschranks.

»Ich kann das Kompliment aber nur zurückgeben. Du siehst auch toll aus, Lucinda. Und kein Jahr älter als zwanzig, noch immer nicht. Wie machst du das nur? Und das ist eine ernst gemeinte Frage. In Hollywood geben sie alle Tausende Dollar für überteuerte Schönheitsprodukte und -behandlungen aus, du aber bist und bleibst einfach schön. Da bist du wirklich von Mutter Natur gesegnet.«

Lucinda sah an sich herunter. Heute trug sie kurze Jeansshorts und ein weißes Tanktop, und sie musste feststellen, dass sie schon wieder ein wenig an Gewicht verloren hatte.

»Das macht die viele frische Luft«, erwiderte sie. »Ich bin doch den ganzen Tag draußen. Außerdem ernähre ich mich sehr gesund.« Wenn Rosemary wüsste … In den letzten Monaten hatte sie kaum etwas anderes als ihre Früchte gegessen.

»Du musst mir deine Geheimnisse unbedingt verraten, ja?«

»Klar. Wir haben ja ein ganzes Wochenende Zeit.«

Ihre Freundin nahm nun ihre Hände in die ihren und sah sie einen Augenblick lang intensiv an. Lucinda glaubte fast, Tränen in Rosemarys Augen zu entdecken, dann lächelte sie aber auch schon wieder und fragte, ob sie reingehen und sich frisch machen könne.

»Natürlich. Du weißt ja, wo alles ist. Ich bleibe hier und halte Ausschau nach den anderen, ja?«

Rosemary nickte und verschwand im Haus.

Rosemary konnte mit Worten gar nicht beschreiben, wie glücklich sie war, hier zu sein. So sehr sie ihren Mann Edward und ihr Töchterchen Jeannie auch liebte, so waren die letzten Monate doch die Hölle gewesen. Das würde sie ihren Freundinnen natürlich nicht erzählen. Das tat sie nie. Wenn sie hier war, ließ sie das Hollywood-Leben, ihre schicke Villa am Strand von Malibu, ihre Filmrollen, die Paparazzi, die Gerüchte und die Probleme hinter sich. Für ein Wochenende konnte sie ganz sie selbst sein, dann war sie einfach nur wieder Rosemary Stutter, und das Leben war sorglos und schön.

Sie wischte sich die einzelne Träne weg, die ihre Wange hinuntergelaufen war, und tupfte sich das Gesicht mit einem Wattepad ab, das sie in der Schublade neben dem Waschbecken fand. Dann ging sie hinunter in die Küche und füllte sich ein Glas von dem Wasser ein, das auf dem Tisch stand. Frische Zitronen- und Orangenscheiben verliehen ihm einen spritzigen Geschmack. Allein diesen auf der Zunge zu spüren brachte alte Erinnerungen zurück.

Fröhlich ging sie wieder nach draußen, stieg die drei Stufen hinunter und atmete durch. Der Duft von Orangen lag in der Luft, er machte sich in ihr breit und verschaffte ihr ein wohliges Gefühl. Sie musste lächeln, dieser Ort war ihr der liebste auf der Welt.

Lucinda sah Rosemary in ihren schwarzen Shorts, der roten ärmellosen Bluse und den High Heels aus dem Haus treten und breit lächeln. Sie war richtig erleichtert, denn einen Moment lang hatte sie sich schon Sorgen um sie gemacht. Rosemary hatte so müde und so unausgeglichen gewirkt. Dabei glaubte man doch, dass diese Hollywood-Stars allesamt zufrieden und rundum glücklich wären, dass sie keine

Sorgen hätten, und wenn doch, dass sie diese mit ihrem vielen Geld sofort aus der Welt schaffen könnten. Rosemary erzählte, wenn sie hier war, auch immer nur, wie schön das Leben in L. A. sei, so als wäre es ein wahr gewordener Traum. Warum sollten sie ihre Worte anzweifeln? Sie freuten sich doch für ihre Freundin, dass ihr Leben als Schauspielerin, Ehefrau und Mutter so perfekt war. Neid empfanden sie keinen, da konnte Lucinda wohl für alle sprechen, denn Neid und Eifersucht waren Gefühle, denen sie alle schon sehr früh abgeschworen hatten. Nachdem damals, nach den tragischen Vorfällen ihres sechzehnten Sommers, die Wahrheit ans Licht gekommen war.

Rosemary trat nun auf sie zu und fragte: »Was glaubst du, wer als Nächstes kommt?«

»Jennifer, auf jeden Fall. Ich hatte sogar geschätzt, dass sie die Erste sein würde. Aber dann kamst du in deinem schicken Cabrio um die Ecke geflitzt.« Sie lächelte ihr zu.

»Ein Geburtstagsgeschenk. Hab ich mir selbst gemacht. Edward hat das gleiche in Schwarz bekommen.«

»Er kann sich wirklich glücklich schätzen, dein Göttergatte. Wie geht es ihm eigentlich? Und deiner bezaubernden kleinen Tochter?« Die kleine Norma Jeane war entzückend. Rosemary und Edward hatten sie nach Norma Jeane Baker benannt, wie Marilyn Monroe vor ihrer Hollywoodkarriere geheißen hatte. Doch sie riefen sie Jeannie.

Rosemarys Augen nahmen diesen ganz besonderen Glanz an. »Es geht ihnen sehr gut, danke. Jeannie kommt jetzt schon in die erste Klasse.«

»Machst du Witze? Die Kleine kommt in die Schule?« Lucinda staunte. »Wie schnell vergeht denn nur die Zeit?«

»Das frage ich mich auch immer wieder. Noch vor Kur-

473

zem musste ich ihr die Windeln wechseln, und jetzt sagt sie mir schon, wenn ich fett aussehe in einem Kleid.«

Lucinda musste lachen, und zwar aus zweierlei Gründen. Denn erstens war sie sich ziemlich sicher, dass Rosemary Jeannie niemals die Windeln gewechselt hatte, dazu hatten sie schließlich eine Nanny, und zweitens, weil Rosemary bestimmt niemals fett in irgendeinem Kleid aussah.

»Das tut sie? Nun, sie hat Mut, das muss ich ihr lassen. Sich mit dir anzulegen könnte mächtig in die Hose gehen. Du könntest ihr lebenslanges Fernsehverbot verpassen.«

»Das würde ich manchmal gerne tun. Was die Medien teilweise über mich bringen ... Das kann man keinem Kind zumuten. Sie versteht ja noch nicht, dass das nicht alles der Wahrheit entspricht. Neulich zum Beispiel wurde berichtet, dass ich eine Affäre mit Zac Efron hätte.«

Lucinda legte sich eine Hand auf den Mund und kicherte. »Ach herrje. Und das hat Jeannie mitbekommen?«

»Ja. Bridget, die Nanny, hat irgendeine Realityshow angehabt, *Teen Mom*, glaube ich, und dann kamen die Klatschnachrichten.«

»Oh nein! Und wie hat die Kleine darauf reagiert?«

Ihre Freundin lachte. »Du wirst es nicht glauben, aber sie hat sich gefreut! Sie steht total auf diese alten *High-School-Musical*-Filme und hat sich schon vorgestellt, dass Zac bald mit ihr durchs Haus tanzen würde.«

Nun konnte Lucinda sich selbst nicht mehr einkriegen vor Lachen. Jeannie war einfach bezaubernd, fand sie. Bezaubernde kleine Jeannie. Sie sah sie viel zu selten, das letzte Mal musste bald zwei Jahre her sein, da hatte sie Rosemary und ihrer Familie einen Besuch in Malibu abgestattet. Das war ja zum Glück nicht allzu weit entfernt, sogar im selben Staat, da konnte man ruhig mal für ein, zwei Tage runterfahren. Bei den anderen sah das schon ganz anders aus, leider.

Jennifer hatte es nach ihrem Jura-Studium an der UCLA nach Atlanta verschlagen, wo sie in einer Top-Anwaltskanzlei Karriere machte. Nach Atlanta konnte man nicht eben mal rüberfahren. Und nach Austin, Texas, wo Michelle lebte, war es auch kein Katzensprung. Das war aber nicht der Grund, weshalb Lucinda seit der Hochzeit ihrer Freundin nicht mehr bei ihr in Texas gewesen war. Es war einfach zu erklären: Sie mochte Michelles Mann nicht, und das war noch nett ausgedrückt. Russel war so dominant und harsch, damit konnte sie gar nicht umgehen. Auch wie er Michelle behandelte, fand sie unter aller Sau. Doch der schien es nichts auszumachen, sich sagen zu lassen, was sie tun und lassen sollte, sonst wäre sie wohl nicht schon seit vierzehn Jahren mit ihm verheiratet. Trotzdem, gerade für Michelle, die ihr von allen immer die liebste Freundin gewesen war, hätte Lucinda sich etwas Besseres gewünscht.

In diesem Moment fuhr Michelle die Einfahrt hoch. Rosemary stand aufrecht, ganz die Diva, da, lächelte und winkte leicht. Lucinda aber klatschte begeistert in die Hände und ging auf sie zu.

»Michelle!«, rief sie und breitete die Arme aus. Sie hielten sich eine halbe Ewigkeit lang fest umschlungen und strahlten einander dann an. »Ich hab dich so vermisst.«

»Ich dich auch. Hey, da ist ja auch schon unser großer Star. Wie geht es dir, Rose Steen?«

»Bestens, danke. Für euch bin ich aber immer noch Rosemary, ja?«

»Alles klar. Also keine Staralüren?«

»Nicht dieses Wochenende.« Rosemary zwinkerte Michelle zu und umarmte sie.

475

»Wo ist denn Jennifer? Ist sie sonst nicht immer vor allen anderen da?«

»Das frage ich mich auch schon. Ob sie ihren Flug verpasst hat?« Lucinda sah auf die Uhr. Zehn Uhr vierundvierzig.

»Lasst uns doch ins Haus gehen und versuchen, sie zu erreichen. Ich bräuchte auch dringend eine kleine Erfrischung«, sagte Michelle und zupfte an ihrem gelben Oberteil herum. »Der Mietwagen stand direkt in der Sonne, als ich ihn abholte. Ich kam mir die letzten zwei Stunden vor, als säße ich in der Sauna.«

»Warum hast du denn die Klimaanlage nicht angemacht?«, wollte Rosemary wissen.

»Ach, das habe ich nicht hinbekommen. Ihr wisst doch, ich und die Technik …«

Rosemary ging zum Mietwagen, steckte den Kopf durchs offene Fenster, drückte ein paar Knöpfe und verkündete: »Ist doch ganz einfach.«

»Du darfst es mir später gerne zeigen. Jetzt muss ich erst mal aufs Klo.« Das war Michelle. Sie sagte, was sie dachte.

Lucinda musste lachen. »Ich hoffe, du weißt wenigstens, wie *das* funktioniert. Also, es gibt da so ein Ding namens Spülung …«

»Haha! Macht euch nur über mich lustig, das juckt mich gar nicht. Ich bin nur froh, endlich mal abzuschalten.«

»Und wir sind froh, dass du das mit uns zusammen tust.«

»Ich will ja nicht drängen, aber ich muss jetzt wirklich mal …«

»Tu dir keinen Zwang an.« Lucinda machte eine einladende Geste, und Michelle lief in Richtung Haus.

Sie hakte sich bei Rosemary ein, gemeinsam folgten sie ihrer Freundin gemächlich.

»Ach, diese blöden Dinger«, sagte Rosemary, zog ihre schicken schwarzen Jimmy Choos aus und ging barfuß weiter.

Und Lucinda schloss für einen Moment die Augen und wünschte sich, dass dieses Wochenende ein ganz besonderes werden würde – denn vielleicht würde es ihr letztes gemeinsames auf der Orangenfarm sein.

Wenn Sie wissen möchten,
wie es weitergeht, lesen Sie

Manuela Inusa
Orangenträume
978-3-7341-0563-0/
978-3-641-21749-5 (E-Book)
Blanvalet Verlag

Willkommen in der
Valerie Lane,
der romantischsten Straße der Welt!

978-3-7341-0500-5   978-3-7341-0501-2   978-3-7341-0625-5

978-3-7341-0627-9   978-3-7341-0682-8   978-3-7341-0724-5

Lesen Sie mehr unter: **www.blanvalet.de**

Der Geruch von Salz in der Luft, sonnenbeschienene Felsen und ein kleines Cottage, das einfach glücklich macht!

416 Seiten. ISBN 978-3-7341-0726-9

Annie Marlow hat das Schlimmste erlebt, denn sie hat ihre ganze Familie durch ein tragisches Unglück verloren. Als ihre beste Freundin ihr rät, an den Ort zurückzukehren, an dem sie immer glücklich war, fällt ihr Oceanside ein, eine kleine Stadt am Meer, in der sie viele fröhliche Sommer mit ihrer Familie verbrachte. Annie mietet ein winziges Cottage und schließt auch bald neue Freundschaften – vor allem mit Keaton, der für sie der Fels in der Brandung wird. Während sie langsam zurück ins Leben findet, muss Annie sich schon bald fragen, ob da nicht doch mehr als nur Freundschaft zwischen ihnen ist …

Lesen Sie mehr unter: **www.blanvalet.de**